"天外"求索译丛

文学与文化经典译丛
丛书主编 张晓希

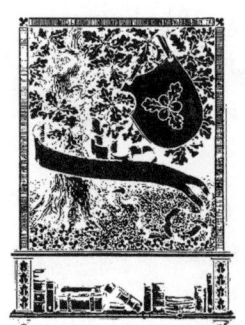

Riben Jindai
Wenxueshi

日本近代文学史

［日］高须芳次郎 ◎著
黎跃进 杜武媛 李建华 ◎译

中央编译出版社
Central Compilation & Translation Press

图书在版编目（CIP）数据

日本近代文学史 /（日）高须芳次郎著；黎跃进，杜武媛，李建华译.—北京：中央编译出版社，2017.9

（文学与文化经典译丛 / 张晓希主编）

ISBN 978-7-5117-3239-2

Ⅰ. ①日… Ⅱ. ①高… ②黎… ③杜… ④李… Ⅲ. ①文学史-日本-近代 Ⅳ. ①I313.094

中国版本图书馆 CIP 数据核字（2016）第 319931 号

日本近代文学史

出 版 人：葛海彦
出版统筹：贾宇琰
责任编辑：邓　彤
责任印制：刘　慧
出版发行：中央编译出版社
地　　址：北京西城区车公庄大街乙 5 号鸿儒大厦 B 座（100044）
电　　话：（010）52612345（总编室）　　（010）52612335（编辑室）
　　　　　（010）52612316（发行部）　　（010）52612346（馆配部）
传　　真：（010）66515838
经　　销：全国新华书店
印　　刷：河北下花园光华印刷有限责任公司
开　　本：787 毫米×1092 毫米　1/16
字　　数：376 千字
印　　张：31
版　　次：2017 年 9 月第 1 版
印　　次：2017 年 9 月第 1 次印刷
定　　价：95.00 元

网　　址：www.cctphome.com　　邮　箱：cctp@ cctphome.com
新浪微博：@中央编译出版社　　微　信：中央编译出版社（ID：cctphome）
淘宝店铺：中央编译出版社直销店（http：//shop108367160.taobao.com）　（010）55626985

本社常年法律顾问：北京市吴栾赵阎律师事务所律师　闫军　梁勤
凡有印装质量问题，本社负责调换。电话：（010）55626985

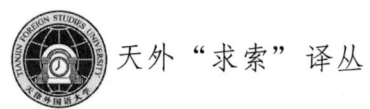 天外"求索"译丛

天外"求索"译丛编委会

主　任：修　刚

副主任：王铭玉

编　委：余　江　刘宏伟

目 錄

目 录

作者序 / 1

第一章 新文化的世纪与新文学的世纪 / 10

第一节 新文化的源流和文学 / 10

第二节 西欧文学的影响 / 17

第三节 日本文学的传统及其影响 / 28

第四节 国民的进步与文化发展 / 35

第五节 文学发展的第一时期和第二时期 / 40

第六节 文学发展的第三时期 / 47

第七节 文学发展的第四时期 / 53

第八节 文学发展的第五时期 / 60

第二章 启蒙运动和黎明前的文学 / 65

第一节 空前大改革与欧美文化的输入 / 65

第二节 英美功利思想的鼓吹者 / 70

第三节 启蒙运动的展开 / 74

　　第四节　混沌期的文学及其新倾向 / 80

　　第五节　新兴的翻译文学 / 85

　　第六节　政治小说的流行 / 90

第三章　黎明时期的思潮与新文学的诞生 / 92

　　第一节　欧化运动和思想界的新形势 / 92

　　第二节　明治文坛的晓钟 / 98

　　第三节　人生派的艺术及其先驱者 / 100

　　第四节　评论界的新人群体 / 104

　　第五节　初期艺术派的作家及其作品 / 109

　　第六节　以尾崎红叶为中心 / 115

第四章　新文学发展的种种情况 / 119

　　第一节　理想派作家露伴 / 119

　　第二节　森鸥外一派和《文学界》的人们 / 125

　　第三节　江户系统的作家和传奇派的作品 / 132

　　第四节　艺术性翻译文学的出现 / 135

　　第五节　戏剧文学的黎明 / 142

第五章　文艺评论的成立与新诗歌的诞生 / 146

　　第一节　两大评论家的特质及其论战 / 146

　　第二节　北村透谷的人生批评与大西操山的文明批评 / 155

　　第三节　宗教界与学术、艺术界的评论 / 158

　　第四节　新体诗界的第一步和新国文的兴起 / 166

第六章　浪漫主义时代的思想与文坛的主要思潮 / 171

　　第一节　中日甲午战争的文化意义与新思潮的勃兴 / 171

　　第二节　日本主义、世界主义、帝国主义的提倡 / 176

　　第三节　道德伦理的研究和社会主义思潮的产生 / 181

　　第四节　高山樗牛的尼采主义 / 184

　　第五节　宗教热与哲学热的流行 / 189

　　第六节　纲岛梁川的见神论 / 193

第七章　小说界的新倾向与主要作家 / 197

　　第一节　文艺批评家的要求和概念小说的流行 / 197

　　第二节　悲惨小说的代表作家——柳浪 / 201

　　第三节　个性派作家樋口一叶的作品 / 206

　　第四节　镜花的神秘主义及其特殊的文风 / 211

　　第五节　风叶、宙外和其他新进作家 / 215

　　第六节　深入描写时代精神的要求与倾向小说 / 218

　　第七节　红叶的复活与露伴的转变 / 224

　　第八节　小说界的新机遇和先驱者 / 231

第八章　以诗歌、戏曲为中心的革新运动 / 238

　　第一节　新体诗界的形势与划时代的诗作 / 238

　　第二节　晚翠、泣堇、有明等人的诗风 / 244

　　第三节　短歌革新运动 / 250

　　第四节　俳句革新运动 / 259

　　第五节　戏剧文学革新和新的剧作家 / 264

　　第六节　翻译文学及文艺评论的进步 / 269

第七节　评论界的各种问题及问题的提出者 / 276

第八节　有特色的杂文 / 279

第九章　自然主义时代的思想和评论 / 282

第一节　为什么会产生自然主义文学 / 282

第二节　自然主义文学的特性 / 286

第三节　推动自然主义勃兴的评论家 / 289

第四节　岛村抱月的自然主义观 / 295

第五节　自然主义对非自然主义者的胜利 / 300

第六节　自然主义的趋向和文艺评论的大势 / 304

第十章　自然主义的作家及作品 / 311

第一节　自然主义文学先驱国木田独步 / 311

第二节　岛崎藤村文学上的腾飞 / 316

第三节　田山花袋的自我革命 / 321

第四节　秋声、白鸟的自然主义色彩 / 325

第五节　风叶、青果、泡鸣及新进作家群 / 331

第六节　象征诗的兴起与自然主义的诗歌影响 / 336

第七节　自然主义对戏剧的影响 / 339

第十一章　从反动到苏醒的文学 / 342

第一节　破坏后的新建设 / 342

第二节　漱石、鸥外、虚子的小说 / 346

第三节　新浪漫主义的诸位作家 / 349

第十二章　改造时期的文学 / 355

　　第一节　欧洲的思潮及文学总的趋势 / 355

　　第二节　新理想主义文学的代表——武者小路实笃 / 362

　　第三节　有岛武郎及其他 / 366

　　第四节　小说界里的前辈们 / 369

　　第五节　新现实主义文学与其中坚力量 / 373

　　第六节　论坛新倾向和"右左倾"两派 / 380

　　第七节　社会主义文学的中坚与新机运的流动 / 384

附录一　日本近代文学年表 / 390

附录二　索　引 / 417

译后记 / 481

作 者 序

  大地震①后我们日本文坛正处于一个大转折时期，产生出从根本上强烈地影响人们心灵的文学的时候临近，不再是照搬或改编欧洲文学，而是创作具有日本独特色彩的文学的时候迫近了。虽然这种明朗的色调还没有出现，但的确新的机运在流转，在深深地酝酿着。这种情况在地震前已经开始萌芽。当时的"左倾派"——社会主义文学与纯日本的、东洋式的文学一起，成为促进新机运的一支力量。其未来还难以确切预言，但大概天灾不能将其消灭吧。表现第四阶级②的感情、意志，展示为了多数人物质上的最大幸福的革新愿望，燃烧着对某些资产阶级的邪恶坚决斗争的烈焰——这些是我们过去的文学中没有的倾向，表现上的巧拙另作别论。这一点，右倾派的人也承认。

  过去，我国第四阶级的人们在文学方面基本上是被忽略的人群。文学题材取自贵族阶级、富豪阶级、资产阶级乃至中产阶级知识阶层等，而唯独没有取自第四阶级。在大正新时代，既然年轻贵族打着新理想主义的旗号，表达贵族阶级的新思想、新感情，基本上从

---

  ① 指关东大地震。发生在1923年9月1日11时58分的日本神奈川县，震级7.9级，造成伤亡约25万人，房屋倒塌12万间，经济损失约300亿美元。
  ② 第四阶级指普通劳动者。法国1848年"二月革命"后，对社会主义工人阶级称为"第四阶级"。

中产阶级出身者的手中夺过了文学话语权，那么今天打出第四阶级的思想、感情的牌子创作一派的文学，应当也是必然之势。而且，我认为这应该是与当年以尾崎红叶为中心的砚友社①并行发展的一条道路，他们当时亮出的就是资产阶级思想、感情的牌子。但是，仅将表现第四阶级的思想、感情的艺术作为新时代的艺术，对其赋予过大的价值是不稳妥的。这不是绝对价值而是相对价值，正像相对个人的社会、相对社会的国家，都是相对的。与个人价值不是绝对的一样，社会价值也不是绝对的，同时国家价值也不是绝对的，都是在相对的意义层面而言。

转型期的文学，无论右倾派，还是"左倾派"，在内容上应该具备国际精神以及正确的社会意识。在差异性上需要民族性、国家品格，但在共同性、平等性上最需要国际性。即使按照反动的爱国主义乃至国家主义创作的作品，也必须或多或少存在国际精神和意识。这是思想上、文艺上东、西方共同的主体潮流。为了正义、爱与永久和平，为了将全人类的心与心正确地通过文学结合起来，无论如何不能抛开国际精神和正确的社会意识。只有民族性、国家品格的思潮是畸形的。无视这一世界主潮的作家，只能靠低级的通俗小说生存或者自生自灭。但是，在我们文坛，虽然有一部分人具有以国际精神和正义为基调的社会意识，但不是还有另一部分人处于颓废的心境之中吗？社会大转型时期的文学，参与其中的作家，必须自

---

① 砚友社是日本近代第一个文学团体。1885年由尾崎红叶、山田美妙、石桥思案、丸冈九华等四人发起，发行《我乐多文库》杂志。鼎盛期成员达一百多人。初期的文学活动受江户戏作文学的影响，带有浓厚的艺术至上和游离社会的倾向，后逐渐转向暴露社会现实，反映民众生活的写实主义，把江户时代的市井作家井原西鹤式的写实主义与坪内逍遥提倡的近代写实主义结合起来。在自然主义文学兴起之前，曾称雄文坛十余年。1903年随着尾崎红叶的逝世而解体。

我反省、重视这一点。

特别是震灾之后，在面临帝都复兴、广义上的新文化创造问题的时候。通过文学，促进社会就是促进人类，促进人类也就是促进了社会，任何人都应该有这样的自觉。

发展"个体"，就是发展"整体"；发展"整体"，也就是发展"个体"。"个体"与"整体"、社会与人类、国家与个人，在这里相对来讲是一种相辅相成的关系。换言之，在个人之我、国家之我、人类之我、世界之我的相对与混融之上，存在一个美妙、圆满的统合之我。只有个人之我的世界不是独立的，与之相对一定会有一个国家之我的世界。国家之我，个人之我两个世界也不是囊括了全部，还要想到有一个世界之我、人类之我。统括它们而互不冲突的是统合之我。因而，如果片面地偏向一个方面、无视其相辅相成这一点，就会成为畸形，生命变得脆弱，难以发展"整体"，最终使"整体"灭亡。国际精神是推动全人类向前发展的精神，正确的、觉醒的社会意识是推进全社会向前发展的意识。这是两股将欲偏向"个体"的东西与"整体"相结合、使之统合发展的力量。转型时期的欧洲文学，为了弥补过去的不足，全力集中于这种倾向。放眼世界，看看在苦闷的深渊中意欲复活的德国，看看疲于争斗又寻求光明的法国，看看在苦恼的阴影下走向新理想的英国，看看大动乱之后急于转向改革文学的俄国。我们的文学主流集中于上述倾向也是必然的。不管怎么样，开垦这块处女地是必要的。纯日本、纯东洋倾向的文学也同样如此。说到这一点，话可就长了，但日本文学不可能永远是欧洲文学的翻版和仿作。应当毫不懈怠地注意欧洲的新思潮、新文艺并加以介绍，但翻版和仿作该停止的时代已经到来。日本人特有的感情、乃至东洋人特有的艺术，这些都是应该产生的时候了。

当然这样的感情和艺术应该是在我们内部涌动、发酵。在大正的今天，理应能看到十舍返一九①、式亭三马②、山东京传③、曲亭马琴④式的东西，他们的艺术中鲜活地流淌出纯日本人的特色、东洋人的情调和气氛。就连崇拜中国文化的曲亭马琴，纯日本的东西也不少。在人才济济的现今文坛，除夏目漱石（1867—1916）、高滨虚子（1874—1959）、泉镜花（1873—1939）之外，不应找不到具有东洋独特色彩的作家。抑或诸君依然甘于翻版、模仿欧洲文学呢？我不接受这一点。自觉的、醒悟了的作家，必然会创造出纯日本式的、纯东洋式的文学。

在考虑到这种新倾向的同时，我将思绪带回明治初年以来的我国文学，恍若隔世。眺望到达今天这一步的艰难的文学之路，有着无穷的兴味。我认为对现代文学做出历史性的考察是一件非常重要而有意思的工作。

然而，生活在现代的人要对现代文学做出公平、严谨的历史性

---

① 十舍返一九（1765—1831），原名重田贞一，江户时代著名的戏作作家，主要作品有读本《怪谈雨夜中》（1803）、滑稽本《江之岛土产》（1809—1810），合卷《金草鞋》（1813—1831），代表作是滑稽本《东海道徒步旅行记》（1802）。

② 式亭三马（1776—1822），原名菊地旧德，江户时期著名小说作家，主要作品有《酩酊气质》（1806）、《浮世澡堂》（1809—1813）、《四十八癖》（1812）、《浮世理发馆》（1814）等。他的作品通过日常生活现象和细节表现世态炎凉与精神局限，体现时代本质。

③ 山东京传（1761—1816），江户深川人，通俗文学家，他本是江户京桥药铺老板，因爱好文艺而勤于创作，最善于写作讽刺滑稽性插图小说、言情小说，曾因宽政改革整肃风俗而受罚，其后转向"读本"小说。主要作品有《江户产风流烤鱼串》（1785）、《通言总篱》（1787）、《近世奇迹考》（1803）等。

④ 曲亭马琴（1767—1848），原名泷泽兴邦，江户时期著名读本作家，作品有深受中国明清白话小说影响的《越冰奇缘》（1804）、《石言遗响》（1805），历史题材读本《椿说弓张跃》（1807—1811）、《俊宽僧都岛物语》1808），代表作是中国小说《水浒传》《三国演义》翻译改写的《南总理见八犬传》（1814—1842）。

考察是很困难的，恐怕不经过至少 50 年的话，很难写出充实的东西。但是我并不因此而认为写现代文学史毫无用处，我在主攻日本文化史的同时，对欧美一般文化史也深加注意，对现代文学，早就相当有兴趣。由于这些原因，大正八年前后，我暗下决心，计划什么时候写下一部，3000 页到 5000 页稿纸的大部头的现代文学史，而且，平时我对这方面也尽量予以特别的关注。

　　但是写作这样大部头的现代文学史不是一件容易的事情。而且如何去写具有新生命的文学史？是以桑塔耶那①式的合理鉴赏为基础呢？还是以乔瑞·雷梅泰尔式的印象批评为基础呢？等等，存在着根本性的问题，这些都是困难重重。而我大体上是以印象批评为主，又参酌桑塔耶那的理论。而且鉴于我跟现代文学作家个人大都认识，因而不只是对作品和评论的价值批评，也想写一写人物、生活方面的印象剖析。然而粗略准备还不到一半的时候，我的挚友佐藤义亮②找我商量编写一本《日本现代文学十二讲》③。我 19 岁时也就是来到东京的前一年与佐藤相识，已有长达 26 年的交情。受到挚友恳切嘱托之时，我感到了心跳。虽然能力有限，也希望自己尽最大努力来写。编著大部头的现代文学史，尚需再作 10 年的准备。所以，眼

---

①　乔治·桑塔耶那（George Santayana，1863—1952），西班牙裔美国哲学家、作家。桑塔耶那融合不同哲学思想使他成为了当时最著名的哲学家之一。他诗性的哲学和文学作品独树一帜。代表性著作有《美感》（1896）、《理性生活》（5 卷，1905—1906）、《怀疑论和动物信仰》（1923）和《存在的领域》（4 卷，1927—1940）。桑塔耶纳是一个关注伦理或价值的哲学家，他认为美好的生活源于理性，即用理性去控制调和冲动，他致力于探讨理性在个人、社会、艺术、宗教和科学中的发展。

②　佐藤义亮（1878—1951），新潮社的创建者，新潮社是日本具有代表性的出版社之一，创立于 1896 年，以出版文艺类书籍而闻名，同时也出版周刊杂志和月刊杂志。

③　该著原名是《日本现代文学十二讲》，但其论述范围基本上是明治、大正时期的文学，就是学界一般认定的日本的"近代"时期，故汉译本译名为《日本近代文学史》。

下我姑且从私下收集的材料中选择。这样，我就开始了本书的写作。

一旦真正写起来，才更加体会到对诸家的创作、评论的价值做出正确、恰切的评判是多么的困难。对于我这样一个知识贫乏、鉴赏力平庸的人来说，写作过程中不知经历了多少苦恼，几度欲掷笔作罢。这方面的著述仅有四、五种，也没有适当的参考书。而我尽量避免我个人的主观理解和兴趣，力求采取客观、公正的态度，不脱离现代文学的特质。这样，本书终于完成了。数年前开始的准备工作，至此也终于有了一个简要的概括。

正如任何人都有其优点一样，我想本书也有它的优点所在。我试图特别关注时势推移与文学的关系，一般思潮对文学的影响，文学家的内部生活与其创作、评论的联系，各文士、诗人独自所拥有的特质及其长处、局限等等。然而，鉴于这一丛书的特点，受到一定篇幅的制约①，因而没有一一加以抉幽发微，对人生观、社会观乃至信仰的有无等做详尽细微的探讨。当然这里是就主要文学家简明地论及以上几点，而且简略勾勒从明治初年到现在文学发展的路径和过程，供初学者了解掌握。另外，对将来日本文学会怎样演进，我也简单地谈到个人大致而肤浅的预测。文坛分为"左倾"和"右倾派"，左倾派还只是刚刚萌芽，而右倾派的一部分已趋于成熟，他们忽视内在的意义而以技巧为本，想想他们的未来，是很有兴味的事情。所幸能得到全体聪明贤良的读者诸君，社会上的前辈朋友的校正，这是我的愿望。

关于本书还有几点说明：

---

① 该著列入新潮社的"思想·文艺·讲话丛书"。从书后所附丛书目录和说明看，该丛书包括20余种，每本500页左右。其中高须芳次郎执笔撰写6种：《日本近世文学十二讲》《日本现代文学十二讲》《东洋思想十六讲》《东洋文艺十六讲》《日本思想十六讲》《古代中世日本文学十二讲》。

（1）本书对主要的作家和评论家，简单地引用文章例证，但限于篇幅，自然主义以后的部分没有再引。

（2）转型期的文学当中，因为篇幅过长，戏剧、诗歌、俳句及翻译、杂文等的发展没有写出来，只是以小说为主。

（3）大正时代群才辈出，小说家，评论家，诗人、歌人、俳人，翻译家，杂文家等，先辈后人合起来，分别有五六十人以上，恐怕小说家在 100 人以上，歌人、俳人也很多。因此，本书尽量列举他们的名字，当然会有所疏漏，乞请方家宽宥。另外，关于大正时代的短歌、新体诗、俳句，如前所述必须略去。因此，这些歌人、俳人的名字也不能一一列举，也敬请谅解。有朝一日，再作增补加以详说。

（4）本书结尾，对日本文坛的将来，非常简略地谈了我的预想，也许不逊。这一点，如果有机会，我想充分地述说鄙见。如果我的预想有错误，希望赐教。我总是在想：当今文坛中的人们，是不是过于贴近文坛？为了自己内在的飞跃乃至获得新生，是不是需要下一番大死之后复活的工夫？这是否是我的错误的想法？这一点敬请方家指教。

（5）安斯托的《日本文学史》中将明治时代作为"东京时代"（Tokio Period）叙述了公元 1867 年到 1898 年的日本文坛，其中以《欧洲影响下的近时发展》（*Some Recent Development under European Influence*）为题，列举了福泽谕吉[①]、坪内逍遥（1859—1935）、山田美妙（1868—1910）、三游亭圆朝（1839—1900）、尾崎红叶

[①] 福泽谕吉（1835—1901），日本近代著名的启蒙思想家、明治时期杰出的教育家，创立日本著名私立大学庆应义塾大学。他毕生从事著述和教育活动，形成了富有启蒙意义的教育思想，传播西方资本主义文明，对日本资本主义的发展起了巨大的推动作用，因而被称为"明治时期教育的伟大功臣"，代表作有《文明论概略》和《劝学篇》。

（1867—1903）、幸田露伴（1867—1947）、德富苏峰（1863—1957）以及《新体诗抄》①的同人。但过于简略，只能了解一点点现代日本文学的真相。我希望通过文学，加强东方与西方相互的内在联系，将来能有更加精确、详细的现代日本文学史在欧美出版。而且，在日本，现代文学史现在也可以出四五册了吧。田山花袋（1871—1930）的《东京三十年》（1917）、《现代的小说》之类，如果由岛崎藤村（1872—1943）、德田秋声（1871—1943）等人来写或交谈的话，会成为之后重要的文学史料。或者是由内田鲁庵（1868—1929）、正宗白鸟（1879—1962）、近松秋江（1876—1944）、上司小剑（1874—1947）、高滨虚子（1874—1959）、小川未明（1882—1961）、片上伸（1884—1928）、吉江乔松（1880—1940）、阿部次郎（1883—1959）、千叶龟雄（1878—1935）等人撰写现代文学史或文坛回忆录，肯定会写出有益的东西，或者饶有兴趣的东西。我真切地期待着。我从德田秋声的《霉》（1911）当中非常有趣地读到他描写尾崎红叶去世情景的深刻印象。田山花袋的《东京三十年》等书也是一口气读完。没有再比这更有趣的读物了。由此，我不由得产生上述想法。前不久，与久违的高滨虚子相逢于帝国宾馆时也说明了此意。

（6）近时的宗教文学，因我研究大乘佛教的关系，想做详细论述。但限于篇幅，有待他日增补。

---

① 1882年由留美化学博士外山正一、留美植物学家矢田部尚今和留德汉学家、哲学家井上巽轩，受斯宾塞和达尔文进化论社会学影响，积极引进欧美先进文明，以推动日本跻身"先进文明国之林"，他们联手著译了诗集《新体诗抄》，收入了14首译诗，5首创作诗，以长篇叙事诗为主，诗集被称为"明治新体诗的始祖"。

（7）在《转型期的文学》一节中想就社会主义文学的理论和主张进行详述，还有其反对派的理论、主张也想进行详细的论述，依然是没有余力，很遗憾地只是把现象当做现象来记述。这也打算在不久的将来予以补充。

（8）年表是在仓促之间得到一位朋友的帮助完成的。当然进入大正年代，文坛事象异常复杂，遗漏很多，不够公平周到之处想必不少，只好等到将来修订时再完善。

第一章　新文化的世纪与新文学的世纪

第一节　新文化的源流和文学

新的时代产生新的文化，新的文化产生新的文学。因为以新时代为背景的新思潮、新气氛、新情绪必然成为一种重要动力，必然会创造反映这一时代色彩特有的文学。伴随着法国革命思潮，卢梭①"返回自然"的理论兴起，催生了新的浪漫主义文学；随着近代德国崛起，出现了克洛卜施托克②、莱辛③等新人，诞生了强有力的国民

---

① 让-雅克·卢梭（Jean-Jacques Rousseau，1712—1778），是启蒙时代瑞士裔的法国思想家、哲学家、政治理论家和作家，其著的论文《科学和艺术的进步对改良风俗是否有益》及《论人类不平等的起源与基础》确定他在哲学史上的地位。他的《社会契约论》的人民主权及民主政治哲学思想深刻影响了启蒙运动、法国大革命和现代政治、哲学和教育思想。他还有自传体小说《忏悔录》，书信体小说《新爱洛伊斯》和教育小说《爱弥儿》。卢梭的著作在明治时期被中江兆民翻译成日语出版，产生很大影响。

② 弗里德希·戈特利布·克洛卜施托克（Friedrich Gottlieb Klopstock，1724—1803），德国诗人。对歌德和狂飙突进运动影响甚巨。他反对理性主义，强调个人情感，崇尚浪漫主义，热衷于自然、宗教和德国历史。主要作品有《救世主》（1745—1773）和抒情诗《颂歌》（1747—1780）。其中《颂歌》对德国作曲影响深远。还根据古代日耳曼传说写了《赫尔曼的战役》（1769）、《赫尔曼和王公们》（1784）、《赫尔曼之死》（1787）等3部剧本。

③ 高特荷尔特·爱弗兰姆·莱辛（Gotthold Ephraim Lessing，1729—1781），德国启蒙运动时期美学理论家、文艺理论家、剧作家。主要理论著作有《当代文学书简》（1760）、《拉奥孔，论画与诗的界限》（1766）、《汉堡剧评》（1767）。戏剧创作有《萨拉·萨姆逊小姐》（1755）、《爱米丽雅·迦洛蒂》（1772）、《智者纳旦》（1778）三大名剧。作为启蒙主义思想家，莱辛批判虚伪的宫廷风格和"虔诚"的情感，用人道主义、浪漫主义取代已陷于僵死、衰落的古典主义。主张天才与艺术创造的完美结合，反对艺术创作中的固有的模式的限制。

第一章 新文化的世纪与新文学的世纪

文学,这些都是明显的例证。

我把从明治到大正的"现代"称之为"新文化的世纪"。由于外来文化的刺激而使文化现象焕然一新,在我国历史上除了奈良、平安时代,还没有看到先例。一般说来,受到异域文化的影响,从文学形式到内容都如此富有成效的变革时期,在我国文学史上还没有看到能与之相比肩的。因此,一个伟大的新时代产生了,文化史上呈现出活泼多彩的场景。

伴随着这个"新文化的世纪"的"新文学世纪"又是怎样产生的呢?要弄清这个问题,首先必须对导致"新文化世纪"的原因作一番冷静的探求。明治维新前的江户末期,文化上陷入颓废、停滞的状态。当然,在低调子的同时,由于传统的性情,江户的风俗乃至浮世绘中表现出极其颓废的都市情调的色彩,拥有一种令人怀念的魅力。清新、活泼的意趣已如落日般消逝。尤其像文学,没有从文化、文政时期的形式和内容中迈出一步,而是更为低下。要打破这种停滞、萎靡的状态,必须要有明治维新的革命。这场革命之所以成功,主要是顺应了排除颓废的必然趋势。"时代"期待着那只破坏之手,渴望着建设的时代重新到来。

由于这种"时代"的必然性要求,明治的新时代来到了国民面前。而且直到明治十年的西南战争前后,明治政府的新人都在进行空前大破坏的同时,推行大建设。开始实施废藩置县、征兵制度的实施和四民平等制度,实行各种改革。然而不论是破坏旧文化,还是建设新文化,作为其主要动力的往往是欧美文化。过去我国文化以中国文化、印度文化为主导,明治时代的文化是以欧美文化为主导。这种趋势一直持续到大正十年。当然,这 50 年里,欧化的程度自有浓淡疏密、厚薄之别,但总的来说没有超越出欧化倾向。对此或许会有很多的不同看法,对其功过如何,将来也许会有冷静的思考。然而无论如何，既然这是事实，就必须贴近事实，看其大致的形势。

导致这一趋势，其远因孕育于江户末期。江户幕府的锁国政策，在一定程度上助长了纯日本文化的完成。也正是因为这一点，在开国之际，面对剧烈涌进的欧美文化的冲击，导致了全体国民松懈，未能做好应对的必要准备。对于当时欧美的情况，只有少数知识分子和兰学①者了解，而且就算是他们，对欧美的形势也不是非常熟悉，而仅仅是抱着一种笼统的浪漫的想象。江户末期，因为兰学是传播新知识的媒介，年轻一代通过兰学，逐渐将海外新文化输入我国。这样，与维新革命一道，明治新文化得以建设，江户时代的旧文化则大多遭到破坏。关于这一点，我们有必要来看一看成为外部新的刺激力量的先驱——兰学史。

据说我国兰学的起源始于新井白石②。他不是兰学家，但他在山宅造访传教士西多蒂③，了解了欧洲的情况，著述《西洋纪闻》，因而被视为创立兰学的先驱。与新井白石同时代的西川如见④出版《华夷通商考》，是我国最早的商业地理著述。继新井白石之后是青

---

① 兰学指的是在江户时代日本锁国背景下，经荷兰人传入日本的学术、文化、技术的总称，字面意思为荷兰学术，引申解释为西洋学术。

② 新井白石（1657—1725），日本江户时代政治家、诗人、儒学学者，他对朱子理学、历史学、地理学、语言学、文学等方面造诣颇深，曾作幕府藩主第六代将军德川纲丰的文学侍臣。著作有《藩翰谱》《东雅读史余论》《古史通》等，文学方面，以《白石诗草》为代表作。

③ 乔瓦尼·巴蒂斯坦·西多蒂（Giovanni Battista Sidotti）是潜入日本意大利传教士，1708 年被捕遭到审讯，审讯中却将欧洲社会文化传播给日本。

④ 西川如见（1648—1724），日本江户时期天文学家、地理学家，著有《天文义论》《天文精要》《两仪集说》《长崎夜话草》等有关天文、历学、地理的著作。

第一章 新文化的世纪与新文学的世纪

木昆阳①。青木昆阳得到将军德川吉宗的允许,可以阅读基督教之外的荷兰语书籍。青木昆阳和医官野吕元丈②一起,跟随荷兰的甲比丹③修习荷兰语,并就学于长崎,最终,青木昆阳著《和兰话译》《和兰文字略考》,野吕元丈著《和兰本草和解》。这是我国第一次讲解西洋文化。

之后,兰学逐渐发展。安永三年(1774),受到荷兰哈佛医生指导的杉田玄白④、前野良泽⑤等的译作《解体新书》出版。这是历经千辛万苦将《图谱解剖学》译成日语。天明三年(1783),大槻玄泽⑥的《兰学阶梯》刊行,他的儿子大槻玄干⑦也著《兰学凡》。宽政十一年(1799)出自大槻玄泽之门的稻村三伯⑧主持的荷日对译

---

① 青木昆阳(1698—1769),江户时代中期的儒学者、兰学者,著作有《和兰文译》《和兰文字略考》《经济纂要》《昆阳漫录》等。

② 野吕元丈(1693—1761),江户中期医生,早年学习药草学,后奉幕府将军德川吉宗之命研究荷兰药物。著有《和兰本草和解》。

③ "甲必丹"源于英语"captain"的音译,也是荷兰语"kapitein"的音译,本意为"首领"江户时代,从欧洲航海来到日本的外国船的船长;也称长崎荷兰商馆的馆长。

④ 杉田玄白(1733—1817),江户时代的兰学医、兰学者,与人合作翻译《解体新书》,晚年写作《兰学事始》。

⑤ 前野良泽(1723—1803),江户中期的兰学者和医学者。本姓谷口,后成为丰前中津藩医者前野家的继承人。于46岁开始学习荷兰语,并往长崎从事研究。曾与杉田玄白一同观看解剖死囚尸体,两人并参加翻译《解体新书》。著有《兰日辞典》(1785)。

⑥ 大槻玄泽(1757—1827),江户后期兰学者,主要著作是《兰学阶梯》(1788),此书为兰学入门书,共2册。上卷讲述日兰通商与兰学兴起的历史,下卷讲述荷兰文语法。

⑦ 大槻玄干(1785—1838),江户后期兰学者,医生。大槻玄泽的长子。著作有《兰学凡》,是日本第一本荷兰语语法著作。后为幕府翻译荷兰天文学方面的制作,成为御用翻译官。

⑧ 稻村三伯(1758—1811),兰学者,随大槻玄泽学习兰学,参与编纂荷日对译词典《波留麻和解》。晚年在京都教授兰学。

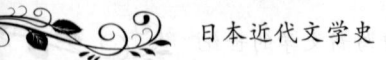

辞书《波留麻和解》① 出版。接下来是文化十三年（1816）荷兰甲比丹亨得利·兹弗②和长崎的翻译吉雄权之助、中山得十郎等合作，出版荷日对译辞书，就是世称《兹弗波留麻》或《长崎波留麻》③的辞书。以上所述的兰学发展，在推动西欧文化的输入方面出了大力。当时最新的医学、数学、天文学等是与兰学一道传入我国的。如本多利明④的《西域物语》就通过兰学了解了西欧的形势，才在当时显示其卓越的见识。

在这前后，向我国介绍西欧新文化的欧洲人是岑贝尔格⑤、泰勒格⑥、

---

① 《波留麻和解》是日本最早《荷日辞典》。"波留麻"（ハルマ）的《荷法辞典》的日语翻译。由稻村三伯、石井恒右卫门、宇田川玄随协力，于1796完成在江户刊行，也称《江户波留麻》。

② 亨得利·兹弗（Hendrik Doeff, 1764—1837），荷兰人，1799 来到日本，在日本 19 年，精通日语和日本文化，深受幕府信任，在日本翻译的协助下，完成《荷日词典》（《长崎波留麻》），回国后著有《日本回想录》。

③ 《长崎波留麻》（别称《兹弗波留麻》, 1816）是在出岛的荷兰商馆长兹弗的指导下，由中山得十郎、吉雄权之助等人以波留麻的《法荷辞典》为底本完成的日荷辞典。与之前编撰的日荷辞典相比，它在内容上有质的飞跃，流传度也比前者更高。

④ 本多利明（1743—1821），江户后期兰学者，最早全面研究西方思想和习俗并倡导采纳西方技术和观念的日本学者之一，学习天文学、数学和剑术，后研究地理、物产调查。他通晓欧洲情况，怀有重商主义思想，建议幕府采取促进贸易、开发虾夷地、奖励工商业等措施。著有《西域物语》《经世秘策》。

⑤ 岑贝尔格（Carl Peter Thunberg 1743—1828），瑞典人，从事医学和植物学研究，进入荷兰东印度公司后来到日本，在出岛的荷兰商馆工作一年多（1875 年 8 月—1876 年 12 月），期间招收日本学生，讲授医学、药学知识，也收集日本的资料和实物标本，回国后写下了《岑贝尔格日本纪行》。

⑥ 泰勒格（Isaac Titsingh, 1745—1812），荷兰人，1779—1783 年在长崎出岛任两任商馆馆长，其间与日本文人交往，传播荷兰文学，也观察、记录日本的社会文化，著有《日本风俗图志》。

第一章　新文化的世纪与新文学的世纪

希波尔特①三人。岑贝尔格向日本学生讲授最新医学、泰勤格讲授荷兰文学，希波尔特讲授动物学、生理学、医学等。特别是希波尔特在长崎开设的鸣泷学舍，出现了高野长英（1804—1850）、竹内玄同（1805—1880）、伊藤玄朴（1800—1871）、户塚静海（1799—1876）、高良齐（1799—1846）、二宫敬作（1804—1862）等优秀人才，成为西欧文化的摇篮。其他如费舍尔②、麦兰等也给日本带来了新知识。上述这些人都发表了有关日本的著述，起到了将东亚文化介绍给西欧的作用。在这种新气象下，西欧的科学思想逐渐输入日本，渐次成为明治新文化的一个源流。

与此同时，从外部首先打破日本的锁国政策、使我国和西欧文化联系更加紧密的最早国家是俄国。拉克斯曼③及列扎诺夫④作为使节来到日本，首先使日本从长夜的睡梦中惊醒。当时日本人称他们的国家为"暴风"，表现出巨大的恐惧。之后，英国也努力促使日本

---

① 希波尔特（Philpp. Franz Balthasar von Siebold，1796—1866），德国人，医生，植物学家，1823年荷兰东印度公司以少校外科医生身份来到长崎，肩负研究日本现实和文化的任务，在日本6年，设私塾鸣泷学舍讲授医学、植物学、动物学，也收集大量日本的材料，1829年希波尔特因为想要把当时被列为最高国家机密的日本地图带出日本而被驱逐出境。回国后写下了《日本植物志》（1835）、《日本动物志》（5册，1833—1850）、《日本》（20册，1832—1851）。

② 费舍尔（Johan Frederik van Overmeer Fisscher，1800—1848），荷兰商馆馆员。1800年作为荷兰东印度公司一等职员来到日本，在长崎出岛荷兰商馆工作。1832年离开日本。著作有《日本风俗备考》《费舍尔参府纪行》。

③ 亚当·拉克斯曼（Adam Erikovich Laxsman，1766—1803），俄国海军士官，西伯利亚探险家，第一位俄国遣日使节。作为受命于俄国沙皇向锁国中的日本提出通商要求的使者，同日本漂流者大黑屋光太夫等三人于1792年来到根室。他们一行在根室度过了一整个冬天，于第二年春天在松前会见了幕府官员。提出通商要求，但被幕府拒绝。

④ 尼古拉·彼得罗维奇·列扎诺夫（Никпай Петрович Резанов，1764—1807），俄国贵族、政治家，曾创建俄美公司并任经理，1804年成为首位俄国驻日本大使，向幕府提出长崎通商要求，被幕府拒绝。曾编写一部日语词典。

开国，多次派来船只，但都没有到达目的地。这样等到美国的培里①到来，给江户幕府猛然一击。结果是培理再度来访的1854年（安政元年）3月，和日本缔结了亲善条约。至此日本国势急转直下，又与英国、俄国、荷兰三国签订了修好条约。其后随着明治维新革命，锁国政策完全被废除，全方位向欧美学习，努力于新文化的创建。确实，欧美文化的优势、卓越随着种种研究而明显展示出来。在出身兰学的学徒中，如福泽谕吉早就接触英美文化，对其机构的优越性加以力挺和介绍，引导出一个任何人都要模仿西欧的趋势。当时日本首先是军事上模仿欧洲，其次是在政治、教育、实业、工业、衣食住等方面，也主要学习欧洲。很快波及文学、美术方面，受到欧洲的强烈冲击。

想来在明治初年，日本新文化创建的事业，尚缺乏自觉意识，并不是建立在对东西方文化的长处与不足作冷静比较，扬彼之长、舍己之短的基础上。有时也有不自觉地摒我之长而采他之短的情况。因为他们坚信世上最优秀的文化不在东洋，主要在西欧，希望万事都与西欧同一，以此作为唯一目标。在对近代欧洲缺乏了解的时候，没有任何预告，也没有任何准备，突然一下子呈现出一种科学的进步文化，文学、艺术也带有不可轻视的新光彩。在接触到这种欧洲之光的情况下，自然对其光彩与朝气，其严密、精确的风格感到惊喜，而且不能不惊讶不已。

日本的文化功能，历来就显示出对海外新文化敏锐、灵活的动态化倾向，首先是大量的模仿，然后加以消化吸收。日本人虽然相对来讲缺乏创造力，但模仿力、融合力方面，比之别的国家，自古

---

① 马修·培里（Matthew Calbraith Perry，1794—1858），美国东印度舰队司令。1853年、1854年两次率领军舰开到江户湾口和横滨附近，以武力威胁幕府开国。面对培里的强硬姿势，幕府只好接受开国要求，双方在横滨签订了《日美亲善条约》，日本被迫结束锁国时代，幕藩体制也随之瓦解。

第一章 新文化的世纪与新文学的世纪

以来就是特别杰出的方面。曾一度有过模仿中国、印度、朝鲜文化的时代，而日本人有一个长处就是不满足于单纯的模仿，而是对西欧文化充分消化，成为自己独特的东西。

从江户末期到明治初期，日本接触西欧文化的时候，最初无论在何处，都倾向于模仿。但随后渐渐开始采取冷静的态度，对西欧文化也像对中国和印度文化一样，进行一定程度的消化，吹进日本的气息，将其醇化为日本的东西。至少，这种倾向在明治后半期已渐渐出现。固然这种"醇化意识"的觉悟还很不够，但总的来说已从模仿踏上了醇化之路这一点是没有错的，经历了从不自觉的欧化，到自觉的欧化，再到今天纯日本式的这样一个过程。

考虑到上述事实，作为明治文化一部分的文学，与其说受到江户文学的影响，不如说更多、更强、更深地受到欧洲的影响。明治文化的开篇，是伴随着欧化倾向开始的，明治文学的启幕，也是随着欧化倾向开始的。明治年代的文化是万事欧化的历史。因而可以说明治文学的历史也是欧化的记录。没有欧洲文化作背景，就无法想象明治文学、大正文学，这在国粹派看来或许会感到遗憾，但作为史学家恐怕无法歪曲事实。

第二节 西欧文学的影响

英美文学最先给予日本现代文学以影响。这一点只要看看明治初年（从明治元年到明治十年）的教育、出版图书就会明白。这时期的学校，大学（东京大学即现在的帝大）以及庆应义塾[①]、同

[①] "庆应义塾"由福泽谕吉创建于1858年，当时是江户时代一所规模很小的传播西洋自然科学的"兰学塾"。在福泽谕吉的思想指导下，在日本社会各个领域起到了先导作用。现在的庆应义塾大学发展成一所私立综合大学。

人社①、同志社②等都是很有影响力的。庆应义塾宣传美国文化，同志社传播基督教文化，同人社鼓吹英国文化。当然，与英美文学思想一样，法国革命思想主要作为政治方面的目标受到推崇，并没有对文学产生直接影响。换言之，它不及英美文学对我国早期现代文学的影响程度。

在学塾中，村上英俊（1811—1890）的达理堂教授法语，而同志社、同人社、庆应义塾以及尺振八（1839—1886）的共立学舍、近藤真琴（1831—1886）的攻玉塾等，全部教授英语。而且庆应义塾的指导者福泽谕吉、同人社的中村敬宇（中村正直，1832—1891）等，通过他们的著译，极力宣扬英美思想。明治初年来到我国传播基督教的维尔倍克③、布朗④、高布尔⑤、帕

---

① "同人社"是1873由中村正直开设的私塾，1887年停办。虽只有十几年时间，但培养了如小林芳郎（大阪控诉院检察长）、池田藤八郎（众议院议员）、井口省吾（陆军大将、陆大校长）、三岛弥太郎（日本银行总裁）等人才。

② "同志社"是留学美国的新岛襄（1843—1890）坚信基于西方理想及基督教的伦理教义的信念，于1875年创办的基督教学校，1920年根据《大学令》改制为同志社大学。现在是一所位于日本京都的著名的综合性私立大学。

③ 维尔倍克（G.F.Verbeck、1830—1898），美籍荷兰改革派教会传教师，精通多种西方语言，修养很深，1859来到日本长崎学习日语，同时在洋学所教授英语、法语、荷兰语、德语，一边私下传播基督教。明治维新后被聘为开成所（后开成学校的前身，开成学校又为东京大学的前身）的教头，后又经他的学生大隈重信的推荐，又被聘为明治政府的法律和政治顾问。

④ 布朗（Samuel Robbins Brown，1810—1880），美国改革派传教士，在横滨山边开设布朗私塾。布朗私塾培养了一批日本基督教界的早期领袖，为基督教在日本的扩展作出了突出的贡献，促进了日本早期本土教会的建立与巩固。

⑤ 高布尔（Goble Jonathan，1827—1896），美国传教士，1860年来日宣教，同时从事建筑业、翻译和英语教育，明治四年（1871）将《摩太福音书》译成日语出版，创立横滨浸礼教会，1883年回国。

第一章 新文化的世纪与新文学的世纪

拉①、詹尼斯②、克拉克③等人大都以英语向日本人传播上帝的福音。总体上说，只有少数人在学习初级法语，而英语最先在比较广的范围流行。仅从这一点看，也可以推测出当时英美文学的势力居首位。

当然，在明治初期，即使对英美文化、文学的介绍，也只是停留在表面，而没有深入其精髓。像福泽谕吉宣扬美国文化，主要是其科学方面，限于社交、生活、政治、实业等方面，对精神进步文明方面很冷漠。即使偶然谈及道德，也只涉及独立自尊、个人品行问题。中村敬宇则不如福泽谕吉重实利，他介绍英国的道义思想及爱默生④的言论，特别注重品味。但若从势力和影响方面说，福泽谕吉远远胜过中村敬宇。明治初期小说中多少带有欧化倾向的代表作品，都是出自假名垣鲁文（1829—1894）之手，同时也都体现了福泽谕吉的影响。假名垣鲁文的《安愚乐锅》（1871）、《西洋徒步旅行记》（1870—1876）、《黄瓜使者》（1872）等就是明证。

---

① 帕拉（James Hamilton Ballagh，1832—1920），美国改革派教会传教士，帕拉夫妇1861年到神奈川，1871年任横滨高岛英语学校教师，宣传教义，为信奉者举行洗礼，创立横滨基督公会，在日本各地宣教半世纪以上，死于归国途中。

② 詹尼斯（Le Loya Janes，1838—1909），美国传教士。曾以炮兵大尉经历美国南北战争。1871年应聘熊本西洋学校教师来到日本，以美国军校的方式实行严格的教育，同时在自宅讲授《圣经》，是日本基督教教育创始者之一，培养了小崎弘道、海老名弹正、德富苏峰等著名的具有基督教意识的学者。

③ 克拉克（Edward Warren Clark，1849—1907），美国教育家、传教士。1871年应聘静冈县外籍教师来到日本，在静冈学问所担任英语、物理、化学的教学，两年后任开成学校（现东大）的化学教师。同时在自宅招收学生，传播基督教义，山路爱山、山中共古、中村正直都受到他的感化。1875年回国。

④ 拉尔夫·瓦尔多·爱默生（Ralph Waldo Emerson，1803—1882），美国散文作家、思想家、诗人。他提倡信赖自我，靠直觉认识真理，相信自己的思想，相信内心深处认为合适的东西，主张人能超越感觉和理性而直接认识真理。他的创作独具特色，注重思想内容而没有过分注重辞藻的华丽，行文犹如格言，哲理深入浅出，说服力强。代表作是《论文集》（第一、二集，1841、1844）。

　　从明治十一年至明治二十年期间，由于英美文学本位，通过英语翻译了法国、德国的文学作品，或许甚至被误译。这一时期是早期翻译文学全盛时期。这时期的翻译很少考虑作品内容如何、价值怎样，多数情况是基于兴趣，遇到什么就翻译什么。文部省编辑局也在明治十六年五月，翻译了霍兰德①、巴伦②、巴赫③、富兰克林④诸家的科学著作。文学方面有法国汤白⑤的《俄罗斯奇遇记》、卡罗女士⑥的《蒙里西物语》（大石高德译）、仲马⑦的《西洋复仇奇谭》（原作《基度山伯爵》，清水橘村 1879—1965、关直彦 1857—1934

---

　　① 托马斯·厄斯金·霍兰德爵士（Sir Thomas Erskine Holland, 1835—1926），英国19世纪法学家，1874年被任命为国际法和外交的职位，主要著作有《法理学要素》（1880）、《法学原理》（1886）等。

　　② 英国"农会记事"中登载了巴伦所著的农业经济相关文章。

　　③ 约翰·塞巴斯蒂安·巴赫（Johann Sebastian Bach, 1685—1750）巴洛克时期的德国作曲家，杰出的管风琴、小提琴、大键琴演奏家。巴赫被普遍认为是音乐史上最重要的作曲家之一，并被尊称为"西方'现代音乐'之父"，也是西方文化史上最重要的人物之一。

　　④ 本杰明·富兰克林（Benjamin Franklin, 1706—1790），美国著名政治家、科学家，同出版商、记者、作家。他领导美国独立战争，参与起草美国《独立宣言》和宪法，科学方面曾经进行多项关于电的实验，发明了避雷针，双焦点眼镜等。代表作有《穷理查年鉴》《富兰克林自传》。

　　⑤ 汤白（Tonbei），法国作家，父子合著改良小说《俄罗斯奇遇记》，1887年译成日语出版。

　　⑥ 卡罗（Karô），法国作家，著有《蒙里西物语》政教小说。

　　⑦ 亚历山大·仲马（Alexandre Dumas, 1802—1870），19世纪法国浪漫主义作家，法国大革命爆发后，亚历山大·仲马屡建奇功，当上共和政府将军，一生写的各种著作达300种之多，以其旺盛的精力和丰富的阅历，成为当时最受读者欢迎的作家。他的小说以真实的历史为背景，以主人公的奇遇为情节，曲折生动，出人意料，结构完整，代表作有小说《三个火枪手》（也译为《三剑客》，1844）和《基度山伯爵》（1844—1845），剧本《亨利第三及其宫廷》（1829），他的儿子小仲马也是著名作家。

第一章　新文化的世纪与新文学的世纪

译)、雨果①的《英雄的肝胆》(荣城居士译)、塞万提斯②的《谷间之莺》(斋藤良恭译)、儒勒·凡尔纳③的《佳人血泪》《亚非利加内地三百五十日空间旅行》(井上勤译)、欧仁·苏④的《人七癖·吝啬篇》(稽古堂刊)、左拉⑤的《世界第一美人》(井上勤译)等;

---

①　维克多-马里·雨果(1802—1885),法国文学史上最伟大的作家之一,法国浪漫主义作家的代表人物,一生创作了众多诗歌、小说、剧本、各种散文和文艺评论及政论文章,代表作品《巴黎圣母院》(1831)、《悲惨世界》(1862)、《九三年》(1874)等。

②　米格尔·德·塞万提斯·萨维德拉(Miguel de Cervantes Saavedra,1547—1616),西班牙小说家、剧作家、诗人。主要作品有《伽拉泰亚》(1585)、《堂吉诃德》(1605—1615)、《训诫小说集》(1613)、《贝尔西雷斯和西希斯蒙达历险记》(1617)。其中的《堂吉诃德》标志着西班牙古典文学的高峰。

③　儒勒·加布里埃尔·凡尔纳(Jules Gabriel Verne,1828—1905),法国小说家、博物学家、科普作家,被誉为"科幻小说之父"。他一生写了60多部科幻小说,总题为《在已知和未知的世界漫游》。他的小说作品根据科学发展的规律与必然的趋势,做出了种种奇妙无比的构想,在科学畅想的框架里编织复杂、曲折而又有趣的故事,情节惊险,充满奇特的偶合,加上大自然奇景,造成一种浓重的浪漫主义色彩,文笔流畅,叙述轻快,富于吸引力。代表作有:《地心游记》(1864)、《格兰特船长的儿女》(1865)、《海底两万里》(1869)、《八十天环游地球》(1872)等。

④　欧仁·苏(1804—1857),法国19世纪中叶著名小说家。他的作品揭露社会的种种弊端,描绘下层人民的贫困状况。《巴黎的秘密》(1842)以其对巴黎下层社会触目惊心的描写,曾引起强烈的反应。欧仁·苏的重要作品还有《流浪的犹太人》和《人民的秘密》。

⑤　爱弥尔·左拉(1840—1902),法国19世纪著名作家,自然主义文学领袖,创作了包括20部长篇小说的《卢贡—马卡尔家族:自然史和社会史》,还有"城市三部曲"(《卢尔德》1894、《罗马》1896、《巴黎》1898)和《四福音书》(《繁殖》1899、《劳动》1901、《真理》1902、《正义》1902,未完成)。其中以《小酒店》(1876)、《娜娜》(1879—1880)、《妇女乐园》(1883)、《萌芽》(1885)、《金钱》(1891)为代表作。

英国有斯威夫特①的《格列佛游记》（片上平三郎译）、兰姆②的《莎士比亚戏剧故事》（品田太吉译）、司各特③的《春江奇谈》（坪内逍遥、高田早苗等译）、迪斯累里④的《政界情波》（渡边治译，原作恩迪米昂）、《春莺转》（关直彦译）、《双鸾春话》（福地樱痴、塚原涩柿园共译），利顿⑤的作品翻译有《连理谈》（服部抚松译）及《花柳春话》（织田纯一郎译、原作是《阿勒斯特·玛特纳巴斯》）、《击思谈》（藤田鸣鹤译）、《慨世志士传》（坪内雄藏译）

---

① 乔纳森·斯威夫特（Jonathan Swift, 1667—1745），英国作家、政论家、讽刺文学大师，一生对暴政存有的强烈仇视态度、对被压迫者真挚的同情，把讽刺当做向不公平现象进攻的有力武器。他还创作关于社会和政治问题的非讽刺性作品，以及略带讽刺意味的诗篇。小说代表作是《一只桶的故事》（1704）、《格列佛游记》（1726）。

② 查尔斯·兰姆（Charles Lamb, 1775—1834），英国随笔作家，他的随笔题材丰富，叙事、抒情、议论互相穿插，使用的语言是白话之中夹点文言，情调亦庄亦谐、寓庄于谐，在谐谑之中暗含着个人的辛酸。代表作品有《莎士比亚戏剧故事集》（1807）、《伊利亚随笔》（1823）、《伊利亚续笔》（1833）。

③ 沃尔特·司各特（1771—1832）。英国著名的历史小说家和诗人，他以苏格兰为背景的诗歌十分有名，他的脍炙人口的长诗《湖上夫人》叙述中世纪苏格兰国王和骑士冒险的事迹，描绘了苏格兰的自然风光。他历史小说最为著名的是《艾凡赫》（1819）和《昆丁·达沃德》（1823）。

④ 本杰明·迪斯累里（Benjamin Disraeli, 1804—1881），出生于伦敦的犹太人后裔，政治家和小说家，托利党（保守党）首领，1867—1868年和1874—1880年间两度任英国首相。首相任内，对内进行一些改革，对外进行殖民扩张，曾被封为比康斯菲尔德伯爵。他的小说名作有"三部曲"（1844—1847，《年轻的一代》《两个国家》和《新十字军征伐》）、《恩迪米昂》（1880）等。

⑤ 爱德华·布尔沃·利顿（Edward George Earle Bulwer Lytton 1803—1873），英国小说家，在犯罪与神秘主义小说领域的创作方面有所开拓，创作了不少当时流行的通俗小说。主要作品有《佩勒姆》（1828）、《庞贝的末日》（1834）、《莱昂斯夫人》（1838）、《利希留》（1835）等。

第一章 新文化的世纪与新文学的世纪

等。剧本有莎士比亚①的《该撒奇谈》(《自由太刀奈波切味》坪内逍遥译)、《春情浮世之梦》(河岛敬藏译、原作《罗密欧与朱丽叶》)及帕尔莫尔的《女权扩张情理歧道》外二篇(准亭、高桥义雄译)等。其他还有服部诚一(1841—1908)译的《二十世纪》、井上勤译(1850—1928)的《海底旅行》、尾崎行雄(1858—1954)译的《春窗奇谈》《经世伟勋》等。近于非文学性的有宫崎梦柳(1855—1889)、小室案外堂(1852—1885)的《梦恋恋》《鬼啾啾》《西洋血潮小风暴》《自由凯歌》等翻译、改写、演义之类。仅从以上列举的作品,就能清楚翻译文学是如何盛行。这样,西欧文学陆续介绍进来,促进新文学的酝酿。这一点与江户文学的发展路径风格迥异。

江户文学一方面受到中国文学的影响,产生了浪漫色彩,但更多的是纯日本式的作品。井原西鹤②、式亭三马、十舍返一九、山东

---

① 威廉·莎士比亚(William Shakespeare, 1564—1616),英国文学史上最杰出的戏剧家,世界文学家史上的一流大诗人、剧作家。他流传下来的作品包括37部戏剧、154首十四行诗、两首长叙事诗。他的戏剧以对人性的深刻剖析,引发历代人们的深思与反省,有各种主要语言的译本,一直是世界各国舞台的常演剧目。代表作有《哈姆莱特》《麦克白》《奥赛罗》《李尔王》四大悲剧和《威尼斯商人》《仲夏夜之梦》等喜剧。

② 井原西鹤(1642—1693),江户时代小说家,俳谐诗人。原名平山藤五,笔名西鹤。大阪人。西鹤的俳谐与吟咏自然景物的俳谐相反,大量取材于城市的商人生活,反映新兴的商业资本发展时期的社会面貌。俳谐代表作有《俳谐大句数》(1677)、《西鹤大矢数》(1681);他的艳情小说以商人的冶游生活为题材,表现封建等级制和道德观念的压制酿成的悲剧,代表作有《好色一代男》(1682)、《好色五人女》(1686)、《好色一代女》(1686);他的市民小说叙述利欲熏心的商人发财致富的故事,对商人的精神世界挖掘较深,代表作有《日本永代藏》(1688)、《世间胸算用》(1692)等。

京传、为永春水①、柳亭种彦②、江岛其碛③的小说；近松巢林子④、

---

① 为永春水（1790—1844），江户人，"人情本"小说家。本名は佐々木贞高、通称は长次郎。师从式亭三马。他的人情本小说以艺妓生活为题材，展示艺妓的精神生活，表现江湖"粹""意气"等审美形态，代表作是《春色梅儿誉美》（1833）、《梅历余兴春色辰巳园》（1833—1835）等。

② 柳亭种彦（1783—1842），江户时期的通俗文学作家，"合卷"代表作家。其身为幕臣却爱好文艺，在风俗小说之外兼擅俳句、川柳、狂歌，并有一些关于风俗、语言的考证性文章。其初学山东京传写"读本"，后与插花作家歌川国贞合作，以描写细致的风格成为"合卷"的代表作者。代表作是《乡村源氏物语》（1829—1842）。

③ 江岛其碛（1666—1735），江户中期的浮世草子作者。京都人，原名村濑权之丞，俗称庄左卫门或市郎左卫门。是京都有名的大佛饼屋第四代老板。早年写作净琉璃，后期写作浮世草子，他的作品题材广泛，有气质类、好色类、历史类，思想稳健，艺术上结构巧妙，语言平实。代表作有《倾城色三味线》（1701）、《倾城禁短气》《世间儿子气质》（1712）等。

④ 近松巢林子（近松门左卫门，1653—1725），江户时代净琉璃（木偶戏）和歌舞伎剧作家。原名杉森信盛，笔名近松门左卫门。青年时代作过公卿的侍臣。有感于仕途多艰，毅然投身于被人所鄙视的演剧艺人的行列，从事演剧和剧本创作活动，创作净琉璃剧本110余部、歌舞伎剧本28部。被称为日本的莎士比亚，是日本戏剧作家的代表。历史剧的代表作是《景清出家》（1686），净琉璃的代表作是《曾根崎殉情》（1703）。

并木宗辅①、竹田出云②、三好松洛③、纪海音④、近松半二⑤等的净

---

① 并木宗辅（1695—1751），江户中期的净琉璃、歌舞伎作家。别号千柳。年轻时出家为僧，30岁还俗创作剧本，与竹田出云、三好松洛合作，将净琉璃发展到全盛期。一生创作净琉璃47种、歌舞伎10种。他的剧作情节复杂，大量吸取歌舞伎手法，代表作有《夏祭浪花鉴》《菅原传授手习鉴》《义经千樱樱》《假名手本忠臣藏》等。

② 竹田出云（1691—1756），江户中期净琉璃作家，大阪人，竹本剧团老板。其作为剧团老板以善于经营带来竹本剧团的繁盛。在净琉璃剧本创作上师从近松门左卫门，在近松亡故后不断写出优秀作品，将人偶剧种推向盛期。代表作是与并木宗辅、三好松洛合作创作的《菅原传授手习鉴》《义经千樱樱》《假名手本忠臣藏》等。

③ 三好松洛（1696—?）江户中期的净琉璃作家。早年经历不太清楚。1736年—1771年的30余年里，活跃在竹本座剧场。创作剧本50种以上，独立署名的名作有《花衣的各种缘起》《中元噂挂鲷》等，此外与竹田出云、并木千柳、近松半二合作了《菅原传授手习鉴》《假名手本忠臣藏》《义经千樱樱》等名作。处在出云、千柳之后第三的位置，晚年作为净琉璃界的前辈受到尊重。

④ 纪海音（1663—1742），江户中期的净琉璃作加。大阪人。本名榎并契因，俗称称鲷屋善八。剧作表现出坚守义理的理智风格，作为丰竹座首席剧作家，与竹本座的近松门左卫门对抗。代表作有《椀久末松山》《八百屋阿七》《倾城无间钟》《倾城三度笠》(1713)、《镰仓三代集》(1718) 等。

⑤ 近松半二（1725—1783），江户中期的净琉璃作者，大阪人，本名穗积成章。年轻时经历了一段游荡生活，后投身竹田出云门下，成为竹本座的作者，是净琉璃衰退时期最后活跃的作家。他的剧作写现实生活，构思宏大、展开推理性的情节，有《本朝廿四孝》《妹背山妇女庭训》《新版歌祭文》等名作传世。

25

琉璃①；樱田治助②、并木五瓶③、鹤屋南北④等的歌舞伎⑤剧本；其主体更多的是带有日本趣味，不一定受到外国文学的刺激和影响。但明治文学从一开始就在很多地方受到外国文学的刺激，这从作为小说的最初出版物全是翻译作品就能看得很清楚。而后到明治十八年，受到英国文学影响的坪内逍遥想到新文学的成长，出版了《小

---

① "净琉璃"又叫做木偶净琉璃，日本独有的专业木偶戏。也称"文乐"，是日本四种古典舞台艺术形式（能乐、狂言、木偶净琉璃、歌舞伎）的一种。"净琉璃"是日本民间的一种曲艺形式，在三味线的伴奏下说唱故事，"净琉璃"原是一种说唱曲的名称，这个词源自于早期流行的一个吟唱作品，该作品是关于一个武士和净琉璃姬的爱情故事。江户时代这种曲艺形式与木偶表演相结合，发展成为一种戏剧表演形式的木偶净琉璃。最杰出的作家是近松门左卫门。

② 樱田治助（1734—1806），江户中期的歌舞伎作家。江户人。俳名左交。号柳井隣、花川户，别名田川治助、津村治助。他的剧作合乎情理、具有写实风格。其作品约有120多种，主要剧作有《御摄劝进帐》《伊达竞阿国剧场》《戏场花万代曾我》《大商蛭子岛》《倾城吾妻鉴》《蟠随长兵卫精进俎板》等。

③ 并木五瓶（1747—1808），江户中期歌舞伎、狂言作家，大阪人，别名有并木吾八（五八、吴八）、并木五兵卫。他在"时代剧"和"世话剧"两方面的创作都很出色，其作品富有写实性和合理性。其主要作品有《天满宫菜种御供》《金门五三桐》《韩人汉文手管始》《入间词大名贤仪》《江户砂子庆曾我》《五大刀恋缄》《隅田春妓女容性》《富冈恋山开》《江户紫由缘十德》等。

④ 鹤屋南北（1755—1829），江户晚期的歌舞伎作家，原名伊之助，又名大南北。以写神怪剧而驰名，刻画奇形怪状的人物，阴森可怖。一生写作120多部剧本。透过自己特有的"鬼戏"，生动地描绘平民百姓的生活，把悲惨、谐谑和哀愁交织在一起。代表作品包括《天竺德兵卫异国故事》（1804）《小染和久松的风流佳话》（1813）和《东海道四古怪谈》（1825）等。

⑤ "歌舞伎"是日本典型的民族表演艺术，起源于17世纪江户初期，1600年发展为成熟的一个剧种，演员只有男性。歌舞伎的始祖是日本妇孺皆知的美女阿国，她是岛根其出云大社巫女（即未婚的年轻女子，在神社专事奏乐、祈祷等工作），为修缮神社，阿国四处募捐。潇洒俊美，阿国表演时还即兴进现实生活中诙谐情节，演出引起轰动。阿国创新的《念佛舞》，又不断充实、完善，从民间传入宫廷，渐渐成为独具风格的表演艺术。歌舞伎是日本独特的一种戏剧，也是日本传统艺能之一，2005年被联合国教科文组织列为非物质文化遗产。

说神髓》（1885）和《当代书生气质》（1885），可以说这是明治文学诞生的晓钟。在此前后，同人组织砚友社的各位，也多是具有英国文学素养的人，其领袖尾崎红叶、山田美妙等更是对英国文学产生共鸣的人物。

可以说当时独具特色的唯有一人，就是受到俄国文学影响的二叶亭四迷（1864—1909），他出版了《浮云》（1887）。即便是他，在受到外国文学刺激和启发这一点上，也没有什么差别。如当时粗糙的政治小说，最初的蓝本也自然是依赖于西洋的政治小说。在利顿、迪斯累里等人那里找到了蓝本。从颓废停滞的江户文学难以得到灵感和启示，新文学作家势必向外寻求。

这种情况虽然表明了日本文人缺乏创意，但也不必加以非难。日本文化史的事实表明，日本文化的停滞总是经由海外文化的输入而打破的。如果在自己国内不能找到新文学的世界，转而向西欧求之，也是顺理成章。在明治初年，这无疑是最好的办法。特别是西欧文学清新的描写、新奇的结构、进步的人生观、社会观，大大地拓展了当时文人的视野。

这些为明治二十一年至明治三十年，创作全盛期的出现奠定了基础，是培育文学沃土而施放的必要底肥。应该说，明治的新小说、新体诗、新短歌、新俳句等文类受惠于明治十一年至明治二十年的翻译时代。与之同时，从明治二十一年至明治三十年出版的翻译文学作品，虽然在数量上减少了，但在质量上则优于前期。这一点只要看看坪内逍遥、森鸥外（1862—1922）、内田鲁庵（不知庵）等的翻译就很清楚。

从明治三十一年以后至大正的今天，日本文坛仍然不断地受到海外文学的刺激，特别是日俄战争前后至世界大战结束期间，一直没有从海外文学的影响中摆脱出来。换句话说，是从西欧文学中获得的强烈印象,产生了整个新文学。浪漫主义、自然主义、神秘主义、唯美主义、社会主义文学,全都是由西欧文学的影响和启示而产生的。即便是夏目漱石一派的低回趣味①、俳谐式小说,也同样没有超脱出英国文学的熏染。而进入明治后半期,比之英美文学,法国、德国、比利时、俄国、挪威、意大利等国文学,对我国文坛产生更为有力的震动。西欧文学的势力就是如此统治着日本。这有利有弊,有功有过,但在对新文学的诞生做出巨大贡献这一点上,应该说值得感谢。

第三节 日本文学的传统及其影响

与西欧文学给予日本现代文学的影响相比较,江户时代或者说古代日本文学给现代文学的印痕和感化远为稀薄和微弱。而这样的时期不是连续性的,是断断续续、一时性的。大概这是欧化性很强的时代必然的事情。因为现代人比之于怀旧、保守,更强烈地倾向于前进和创新,交通的便利缩短了世界空间距离,东、西方的相互影响显得灵敏活跃。

---

① "低回趣味"一语出自漱石为高滨虚子短篇集《鸡冠花》所作的序言。夏目漱石在序言中写道:"文章中存在叫做'低回趣味'的一种趣味。这是我为了行文方便创造出来的用语,别人恐怕不易弄明白。一言以蔽之,它指的是,围绕一事,倾向一物,生发独特的或联想的意味,时而从左面眺望之,时而从右面眺望之,不愿轻易离去的那样一种审美情趣。"简言之,"低回趣味"就是以一种闲适、悠然、余裕的心态,把握人生和艺术,多方把玩,跳出人生的苦闷和生活的压抑。漱石的出世之作《我是猫》《草枕》《哥儿》都表现了夏目漱石的"低回趣味"理念。

第一章 新文化的世纪与新文学的世纪

如果要列举过去的文学对现代文学的影响的话,古代是《万叶集》①,平安时代是《枕草子》②,江户时代则是近松门左卫门的净琉璃、井原西鹤、江岛其碛、十舍返一九、式亭三马、曲亭马琴等的小说,樱田治助、并木五瓶、鹤屋南北的剧本,松尾芭蕉③、与谢芜村④、小

---

① 《万叶集》是日本最早的诗歌总集,全书共20卷,收录4世纪至8世纪中叶的和歌4500余首。内容包括四季风物、行幸游宴、狩猎旅行之作,也有恋人、朋友、亲人之间感情上相互闻问,还有葬礼上哀悼死者的挽歌以及口头流传的民谣。诗歌形式有长歌、短歌、旋头歌、连歌、佛足石歌。诗歌风格多样,有的雄强豪放、纯朴率真,有的沉郁悲壮、感天动地;有的寓情于景、清新有致,有的凄清纤丽、情致缠绵。作者上至天皇,下至平民,署名作者约450人。重要诗人如:高市黑人、山部赤人、柿本人麻吕、山上忆良、大伴旅人、笠金村、高桥虫麻吕、大伴家持等。

② 《枕草子》是日本平安时期女作家清少纳言(约966—1025)的随笔集。内容是对日常生活的观察和随想,取材范围极广,分为类聚、日记、随想三大内容。全书计有305段断片式的寥寥数语,文字清淡而有意趣,充分体现了作者细腻的观察和审美趣味,从中能了解日本平安时代皇室贵族的生活状态和品味素养。

③ 松尾芭蕉(1644—1694),是江户前期的俳谐大师。一生喜好修禅、读书、远行,尤其喜读中国的老庄、李杜。他把多人合作的半喜剧俳谐连歌提升为独立的诗歌门类:俳句,并将其形式推向顶峰(虽然当时称为俳谐,明治时代的诗人正冈子规首先称其为俳句)。他追求俳句平和冲淡之美,并在句作中注入禅的意境,体现枯淡闲寂的审美理想。他按自己的审美理想,培养了大批门生,史称"蕉门",他本人被后世称为"俳圣"。

④ 与谢芜村(1716—1783),江户时期的俳句诗人、画家。本姓谷口,别号夜半亭,提倡俳句的新风格,他提倡"离俗论",反对耽于私情、沾染庸俗风气的俳谐,致力于"回到蕉风"。他的俳句扩大了题材范围,表现手法也更为细致。他的《悼念北寿老仙》(1745)和《春风马堤曲》(1777)被视为一种自由诗式的韵文作品,为日本近代新体诗的先声。他的主要作品有《玉藻集》(1777)、《摘新花》(1797)、《俳谐三十六歌仙》(1799)、《芜村七部集》(1808)、《夜半乐》(1809)等。与谢芜村对后世俳句创作影响很大,尤其是对正冈子规的"俳句革新运动"产生了深刻的影响。

林一茶①的俳句②，贺茂真渊③、香川景树④、良宽⑤等的短歌⑥。一

---

① 小林一茶（1763—1827），日本江户时期著名俳句诗人，本名弥太郎，别号菊明，二六庵等，一生坎坷，长年贫病潦倒，多次经历丧亲之痛，但他性格刚强，感情丰富，对小鸟都倾注同情，对弱者的同情和对强者的反抗是他句作的基本主题，强烈地表现了人道主义思想。他的俳句巧妙运用方言俗语，在滑稽飘逸的字句里，潜藏着深刻的悲哀。主要作品有《病日记》（1802）、《我春集》（1812）、《七番日记》（1818）、《我之春》（1819）等。

② "俳句"是日本的一种的短诗体，由"五·七·五"3行17音节组成，要求严格，受"季语"的限制，它在连歌及俳谐连歌两种和歌形式的基础上发展而定型。其发展经历了俳谐三祖（山崎宗鉴？—1553；荒木田守武 1472—1549；松永贞德 1570—1653），"俳圣"松尾芭蕉和与谢芜村、小林一茶的复兴而完善。俳句是世界文学中最短的诗歌体式。

③ 贺茂真渊（1697—1769），江户时代中期的国学家、歌人。通称三四。37岁进京习国学，41岁往江户，后成为国学大家。其致力于以《万叶集》为中心的古代日本人的精神研究，主张和歌应以"万叶调"为根本，尊重和歌古风，确立了和歌发展的主流。著有《万叶考》《歌意考》《国意考》等。

④ 香川景树（1768—1843），江户时代后期的短歌作家、文学家。初名纯德、景德，通称银之助、真十郎、长门介，号桂园、梅月堂、万水楼等。他提出"调"的概念，认为一首歌的音调比他的文词内容更为重要。19世纪初，景树成为京都歌坛的领袖人物，建立桂园派。他全心研修歌道，以优美、平民的歌风振兴了关西歌坛。去世后，他的影响依然存在。直至19世纪晚期，桂园派始终在日本歌坛占统治地位。主要著作有《桂园一枝》《古今集正义》。

⑤ 良宽（1758—1831），江户后期的曹洞宗禅僧、歌人、汉诗诗人、书法家。本名山本荣蔵，字曲，号大愚。少年时代学习汉学，15岁左右就读于汉学名家大森子阳的私塾"三峰馆"，习四书五经及老庄哲学，18岁削发为僧，刻苦修行，操理佛事之余精研汉诗书法，写作和歌。一生住草庵，行乞食，云游四方，孤独清贫而落拓自在。他的歌作表现出正直纯真的性情，充满了对人类和自然的纯净之爱。传世作品有后人编订的《良宽歌集》《良宽和尚遗稿》。

⑥ "短歌"和歌的一种体式，由"5·7·5·7·7"5句31音节的格式定型，是日本最普通的诗歌体裁。它始于六七世纪，在最早的诗集《万叶集》中，有长歌、短歌、旋头歌、佛足石歌等不同和歌形式，但平安时代以来，短歌外的其他形式不再流行，和歌就是指短歌了，"歌人"就是指短歌作家。

第一章 新文化的世纪与新文学的世纪

般认为赖山阳①的诗文也给予一部分人以模糊的影响。此外还有上田秋成②的短篇小说、《今昔物语》③、《古今著闻集》④、《古事谈》⑤ 这一类随笔，作为一种素材被引用，似乎从中也给予了某种暗示吧。

---

① 赖山阳（1780—1839），日本江户时代后期的历史学家、儒学家、诗人。名襄，字子成，号山阳，又号三十六峰外史。自幼善诗文，30岁时就在广岛藩的廉塾担任"都讲"（相当于校长）。1811年到京都自己开塾，专心著述。赖山阳的汉诗造诣极深，诗风雄厚苍劲，奇拔险峻，古风盎然，兼具李、白、韩、苏四家风格，尤以咏史诗为上品。著作《日本外史》（1826）、《日本政记》（1832）、《山阳诗抄》（1833）、《日本乐府》（1828）、《山阳遗稿》（1841）等。

② 上田秋成（1734—1809），江户时代后期著名的作家、学者、歌人。出身大阪，本名东作，幼名仙次郎，秋成为其雅号。一生贫苦多难，但勤学不倦，潜心于日本国学研究，在《万叶集》和平安文学的研究方面倾注了心血。曾对本居宣长的"日本至上论"和"复古论"提出否定。他的文学创作有诗歌、随笔和小说，以小说成就最高，主要作品有《诸道听耳世间猿》（1766年）、《世间妾形气》（1767年）、《雨月物语》（1768）、《春雨物语》（脱稿于1808年）。

③ 《今昔物语》（1120年前后），又名《今昔物语集》，日本的传说故事集，凡31卷1040个故事。相传编者为宇治大纳言源隆国，故又作《宇治大纳言物语》。因每篇均以"今昔"开头，故有《今昔物语集》的书名。1—5卷为印度部分，6—10卷为中国部分，11—31卷为日本部分。内容包括佛教故事与世俗故事两大类，前者说明佛教信仰的功德与因果报应思想；后者叙述历史人物的逸事与孝子、烈妇等道德故事。此外，尚有文艺爱情、生灵、怪物、狐狸、仙人、盗贼等各种传奇故事。每一则故事皆含有通俗处世教训的寓意。后世很多作家从中选取创作题材或获得创作灵感，影响深远。

④ 《古今著闻集》（橘成季编，1254），是中世初期以官廷生活为素材的故事集。全书20卷30编726个故事，三分之一是镰仓时代的故事，三分之二为王朝时代的故事。内容极其丰富，包括政治、宗教、学问、艺术、世相等诸多文化现象都收录其中。贯穿全书的是编者思念王朝时代，感叹昔盛今衰的情绪。规模仅次于《今昔物语集》，是了解古代和中世生活、风俗及信仰等的重要资料，也对后世文学产生深刻影响。

⑤ 《古事谈》是镰仓初期的说话集。由源显兼编著，分为王道后宫、臣节、僧行、勇士、神社佛寺、亭宅诸道6卷。计有450余篇故事，大都是对《小右记》（1032）、《扶桑略记》（1094）等日记和历史著作，以及《中外抄》（1154）、《富家语》（1161）等典籍中的史实和掌故的选编改写，内容方面具有很高的价值，对以后的《续古事谈》（1219）、《宇治拾遗物语》（1221）提供了大量素材。

大概其中影响最大的是近松门左卫门、井原西鹤等对小说的影响。松尾芭蕉、与谢芜村对俳句，《万叶集》歌人对歌坛，鹤屋南北等对明治初期的剧本产生的冲击也是很显著的。大正文坛姑且不论，在明治文坛上，尤其是上述作家、诗人刻下了清晰的印痕。既然历史是从过去到现在、从现在到未来的连续，那么完全脱离传统而独立，在文学上也是不允许的。

在明治文坛，较早受到井原西鹤影响的是幸田露伴、尾崎红叶、樋口一叶（1872—1896）等。当时对井原西鹤的研究还不是很深入，仅在明治三十七年七月的《醒草》上刊出《好色一代女》的合评（森鸥外、幸田露伴、飨庭篁村 1855—1922）。而喜爱井原西鹤的尾崎红叶、幸田露伴只是在文体上模仿井原西鹤，并未触及精髓。樋口一叶也表现出相似的倾向。井原西鹤作品内容上的深沉酷烈、嘲笑讽刺等不是任何人可以轻易学到的独特境界。之后自然主义勃兴的前后，井原西鹤研究开始深入，但得其真髓的作品依然一部也没有产生。京阪出身的作家中，也没有写出像井原西鹤那样成功描写"金钱"的作品。甚至也没有作家能像他那样巧妙地描写花街柳巷。然而体味到井原西鹤的意趣，不知不觉地受到某些感化的作品似乎还是有的。田山花袋、岛村抱月的井原西鹤论之类无疑对这方面做出了贡献。井原西鹤研究必须进一步深入，也许更后一点能出现"大正的井原西鹤"。我认为井原西鹤的作品即使对大正文坛，也给予了一定启示的力量。

近松巢林子在剧本方面的影响比对小说方面的影响似乎更大。在戏剧方面，岛村抱月（1871—1918）学习近松剧作的结构。岛村抱月于明治二十九年十月，在坪内逍遥提倡下作为《早稻田文学》的同人，参与了近松研究，因而其创作受到近松很多的影响。上述近松研究是最为认真的研究，对近松的特色和价值的论述方面做出了贡献。

第一章 新文化的世纪与新文学的世纪

对此确立先声的是高山樗牛（1871—1902），他在明治二十八年四月的《帝国文学》上发表了长篇论文《近松巢林子》。比之井原西鹤研究，近松研究更为深入，这或许是由于坪内逍遥多次倡导的莎士比亚对比研究而受到关注的吧。那时候，井原西鹤的小说并没有与左拉、莫泊桑相对比，而是岛村抱月于明治二十八年撰写的《西鹤论》中，将《五人女》的殉情悲剧与莎士比亚的《罗密欧与朱丽叶》相对比。由此，我们可以看出莎士比亚热是紧随当时的文艺评论家的。

在剧本方面，谁受到近松的影响虽不清楚，但坪内逍遥指导下的年轻剧作家中，却努力吸取近松和莎士比亚的长处。戏剧界在明治三十五年三月至十一月，伊井蓉峰（1871—1932）与早稻田派①的畠山古瓶（1874—1907）通力协作，努力倡导近松戏剧研究，公认为是当时一种认真的新尝试。伊井蓉峰上演的是《天网岛》《堀川波之鼓》《冥途飞脚》《心中宵庚申》《恋八卦柱历》等。近松的影响在剧坛留下广而深的印迹。

松尾芭蕉对现代文坛有广泛的影响。与谢芜村的影响虽也不容忽视，但基本上是限于日本派乃至子规派②的俳句。小林一茶到近期

---

① "早稻田派"在广义上指那些毕业于早大文科，曾接受坪内逍遥及其弟子岛村抱月的指导，从文学杂志《早稻田文学》登上文坛的作家。《早稻田文学》1891年由坪内逍遥创刊，至1898年停刊。1906年复刊，由岛村抱月主编，正宗白鸟、秋田雨雀等人执笔，至1927年又停刊，杂志在近代日本文坛培养了大批作家。

② "日本派""子规派"是明治末年到大正初期的俳句流派。以正冈子规为领袖，主要成员包括河东碧梧桐、高滨虚子、夏目漱石、内藤鸣雪、佐藤红绿、柳原极堂等，他们以创办的报纸《日本》为阵地，展开俳句革新运动。他们主张排除幻想，以客观的写实手法创作俳句，使江户末期以来显示颓势的俳句又兴盛起来。1901—1902年他们出版《新俳句》，分春、夏、秋、冬四卷，是"日本派"俳句成果的实绩展示。正冈子规去世后，高滨虚子继承子规的思想，借杂志《子规》（又译为《杜鹃》）陆续培育出不少优秀的俳人，世称"子规派"。除上述前辈外，年轻一代如饭田蛇笏，山口誓子，水原秋樱子，中村草田男，石田波乡等都是该派的传人。

也有了共鸣者。但松尾芭蕉的影响不仅限于俳坛。北村透谷（1868—1894）、岛崎藤村等《文学界》的人们深受松尾芭蕉内在的触动。不仅如此，松尾芭蕉对大正文坛的部分作家、诗人也产生了影响。吉田弦二郎（1886—1956）特别崇拜松尾芭蕉，芥川龙之介（1892—1927）也尝试着对松尾芭蕉的研究。今后在对松尾芭蕉俳句、俳文中的寂味、清高的人生观和纯正的宗教意味作更深阐明的同时，也许会产生更加深受松尾芭蕉影响的诗人。

《万叶集》歌人对现代歌坛的影响也有应当重视的价值。"万叶"歌作有着宝玉般的朴素和真实，永远大放异彩，同时深深打动了正冈子规一派，他们创作万叶调和歌，由此产生了伊藤左千夫（1864—1913）、长塚节（1879—1915）等，还出现了《阿罗罗木》的歌人。总之，《万叶》歌的格调，以其心灵的真实，依然对现在的歌坛产生着影响。

鹤屋南北对明治剧坛的影响难以与上述人物相比，但河竹默阿弥（1816—1893）的剧本吸取鹤屋南北剧本的长处却是显而易见的。河竹默阿弥笔下成功角色的巧妙刻画，与鹤屋南北有着非常相似之处，他剧作中洋溢着江户色彩的情景描写，与鹤屋南北彼此旨趣相通。但鹤屋南北对大正剧坛的影响却意外的少。

总之，现代文学受日本传统文学的影响，比起受西欧文学的影响来，显得远为稀薄，恐怕不到西欧文学影响的一半。这种情况在宗教思想方面，同样可以看到。大正时代暂且不论，明治时代虽然基督教思想对文学有非常重要的影响，而受佛教思想影响的也就幸田露伴一人。这并不是因为佛教劣于基督教。大乘佛教的价值在基督教之上。但因为欧化倾向长时间支配着现代社会，其势力达于鼎盛时期，基督教热也就升温高涨。再加上文学家、诗人们非常了解基督教是西欧文学的重要背景，对其中蕴含的异国情调产生深深的共鸣，在神的福音面前表现出极大的敬仰和虔诚。像德富苏峰（1863—1957）、德富芦花（健次郎 1868—1927）、岛崎藤村、国木田独步、北村透谷等，都表现出浓厚的基督教倾向的色彩。中村吉藏在号称"春雨的时代"曾深深皈依基督教。内田鲁庵在写《岁末二十八日》前后似乎也有类似之处。在大正时代，武者小路实笃（1885—1976）是倾向基督教的代表。其他作家虽然在创作中没有显示基督教信仰的痕迹，但像岩野泡鸣、小山内薰（1881—1928）、正宗白鸟等，一度信仰基督教的人相当多。另外还有像纲岛梁川（1873—1907）既信仰基督教，又尊重佛教的独具异色之人。

到大正十二年，逐渐显示出以佛教思想为背景进行文学创作这一倾向，这里虽有种种原因，但却明显看出时势的推移。离开停滞的基督教的人是否越来越多，这且另当别论，现代新人中对佛教共鸣的人逐渐多了起来，则是无法掩盖的事实，对此后面还要述及。

第四节　国民的进步与文化发展

近代文学的发展，主要是由于上述的内部、外部文学的影响，但也有必要考察更为外在的原因。那就是随着我国在世界上开始惊人的飞跃、进步和新的机运，出色的作家诗人辈出。一般来说，濒临衰亡的国家、委顿不振的国家无论如何也难以产生新的文学和新的艺术。这是因为国民精神萎靡，缺少生活上的悠闲，没有可以产生新艺术的驱动力。日本长时期游离于世界大势，但期间自己固有的文化已经圆熟，而且也发展了文化性机能。因而虽然科学、工商业、交通、机械等方面不如欧洲，但在其他方面日本拥有自己独特的文化，在这些方面不一定逊于欧洲。日本文化具有一种非常强的能力，那就是一旦接触外来的新文化，即使短时期内非常狼狈，但经过勤勉和努力，很快能吸取消化新文化。这是长时期的传统形成的能力，绝不是一时的作用产生的能力。正是由于这种能力，日本文化主要吸收西欧长处而不断前进。截止到明治二十五六年前后，政治、军事、法制等方面大体上已基本具备了与欧美同样的形式；工商、文学、美术、教育等方面也逐渐迈上了发展的轨道。总之，日本民族顺应了世界潮流，在实力上已经显示出并不怎么逊色，这时日清战争[①]的时代到来了。

在欧美，人们对当时日本的了解还很肤浅。说得偏激一些，根本不知道日本的占大多数，认为日本是远东的一个小小岛国，文化上远远落后于欧美很多；还把中国和日本进行比较，认为无论在哪一点，日本都不及中国。然而随着日本连战连胜，其实力开始为欧美所认识。在此记录下了新兴日本文化向前跨越的事实，同时翻开了明治文化史新的一页。

接下来的日俄战争[②]更加证实了日本的飞跃和进步。当然，欧美的少数有识之士在日俄战争之前就已经认识到日本的发展了，但一般而言，认识到日本文化比之欧美文化毫无逊色是从日俄战争开始。至此的日本文化，与中日甲午战争时期相比，又向前迈进了一步，

[①] "日清战争"在中国称"中日甲午战争"，后面都译成"中日甲午战争"。中日甲午战争是1894日本发动的侵略中国和朝鲜的战争。按中国干支纪年，战争爆发年为甲午年，故称甲午战争（西方国家称第一次中日战争）。战争以1894年7月25日丰岛海战的爆发为开端，至1895年4月17日《马关条约》签字结束。战争以北洋水师全军覆没，中国战败、割地赔款而告终。

[②] 日俄战争，是指1904年到1905年间，日本与俄罗斯为了侵占中国东北和朝鲜半岛，在中国东北的土地上进行的一场战争。以沙皇俄国的失败告终。战争促成日本在东北亚取得军事优势，并取得在朝鲜半岛、中国东北驻军的权利，令俄国的扩张受到阻挠。日俄战争的陆上战场是清朝本土的东北地区，而清朝政府却被逼迫宣布中立，甚至为这场战争专门划出交战区。

第一章 新文化的世纪与新文学的世纪

同时再次揭开了明治文化史上的新篇章。

之后日本继续向前迈进，第一次世界大战后，已被列为世界三大强国之一，与英美比肩。有人认为，每一次战争日本的位置都往前提，终究是因为日本在军事上是最发达的。当然这有一定的道理。但如果仅仅是军事上特别发达，没有国民文化的发展，在世界大战的变局中，难以保持优胜的地位。依我之见，是全体国民的进步创造了日本的今天。

在这样蓬勃之势发展的日本，不可能唯独文学不发展，国家每向前跨进一步，文学也向前发展。把中日甲午战争后勃兴的文学和日俄战争后振兴的文学相比较，后者的进步特别显著。由此也可以看到近代文学向前发展的趋势。战争所带来的繁荣，胜利所带来的国民自豪的精神，提高了人们的生活，令人们心灵为之振奋，这些相互影响相互作用，使文学产生了惊人的革新与飞跃。而且可以想象，要创作与欧美相匹敌的作品，创造出具有震撼世界气概的东西这一抱负，强烈地刺激着文士诗人的心。在日清、日俄战争之后新进文坛的作家大量涌现，成为现在建立新兴文学的中坚，这恐怕也多是由于他们自励奋发、勤勉实干的结果吧。

近代日本是卓越的作家诗人辈出的时代，这终究是由不断发展的新机运所促成。但无论如何，胜过法国的路易王朝全盛时期、英国的伊丽莎白女王时期和德国弗利德里大帝时代的明治时代，文坛巨星频出，无疑是一大自豪之事。这里省却一一列举其名的繁琐，但无论是评论，还是创作，在后世长久留名的有十余人。虽然在文坛也有门派、有私情，但远比其他的社会领域自由，具有容易容纳新人的氛围，这对文学不知有多么幸运。昨天还是饿肚汉，今天一跃成为文坛的大家，面对美酒佳肴吟诵挥毫，这样的现象只有在我们文坛能看到。无名少年一朝成名的情况也不少。当然这也不是没有弊端，但无疑有利方面更多，文坛空气比较清新的缘由，应该说主要是因为这种自由的氛围。

另外，不用说整个国民教育的发展，读书能力的增强，新闻事业的发展都对助成文学的进步出了大力。新闻事业是现代的新事物，江户时代没有这些。当然这也是利弊相随的事情。不过，到目前为止，是利大于弊，而且它对新兴文学的发展给予了不小的推动。新进作家面世的机会与权宜多有赖于新闻事业。伴随着教育进步的科学思想的些许发展，对文学给予一定的影响，这一点在今后或许会更加显著。

总之，近代文学的发展是由（1）西欧文学的刺激；（2）日本传统文学的影响；（3）基督教思想的输入传播；（4）日清、日俄、世界大战的胜利；（5）国民的进步和飞跃；（6）教育的普及和读书能力的增进；（7）新闻事业的勃兴；（8）文坛比较自由的空气等综合作用而实现的。其盛况胜过平安时代，也不亚于元禄时代、化政时代。特别是在人才辈出这一点，在日本文学史上可以算是空前的。对此可以称之为"伟大的文艺复兴时期"。只是元禄时期的文艺复兴，多局限于"情"的解放，明治时期的文艺复兴，不仅是"情"的解放，还伴有"智"的解放，理智的解放！因为有了这一点，明治文学远胜于元禄文学。当然，虽说是"理智的解放"，并不十分彻底，但有总比没有强。这里存在着日本近代性的浓重阴影。

想来后世的文学史家定会把明治时代作为伟大的文艺复兴时代，加以憧憬和赞美。到那时，被当做列奥纳多·达·芬奇①的是谁呢？

---

① 列奥纳多·达·芬奇（Leonardo da Vinci，1452—1519），是文艺复兴时期意大利的一位多领域博学者，同时是建筑师、解剖学者、艺术家、工程师、数学家、发明家，他无穷的好奇与创意使得他成为文艺复兴时期典型的艺术家，而且也是历史上最著名的画家之一，他的画作《蒙娜丽莎的微笑》具有极大的艺术魅力。他与米开朗基罗和拉斐尔并称"文艺复兴三杰"。

第一章 新文化的世纪与新文学的世纪

被比作弗朗索瓦·拉伯雷①的是谁？被喻为布鲁诺②、蒙田③、米开朗基罗④、莫尔⑤、培根⑥、莎士比亚、斯宾塞⑦（《仙后》《天上美的赞歌》的作者）等的又是哪些人呢？这确是一个很有意思的问题。

---

① 弗朗索瓦·拉伯雷（Francois Rabelais, 1495—1553），文艺复兴时期法国最杰出的人文主义作家。出身律师家庭，早年在修道院接受教育，后来以行医为业，16 世纪 30 年代开始转向文学创作。他通晓医学、天文、地理、数学、哲学、神学、音乐、植物、建筑、法律、教育等多种学科和希腊文、拉丁文、希伯来文等多种文字，堪称"人文主义巨人"。拉伯雷的主要著作是取材于法国民间传说的长篇小说《巨人传》。

② 乔尔丹诺·布鲁诺（Giordano Bruno, 1548—1600），文艺复兴时期意大利思想家、自然科学家、哲学家。他勇敢地捍卫和发展了哥白尼的太阳中心说，并把它传遍欧洲，被世人誉为是反教会、反经院哲学的无畏战士，是捍卫真理的殉道者。由于批判经院哲学和神学，反对地心说，宣传日心说和宇宙观、宗教哲学，1592 年被捕入狱，最后被宗教裁判所判为"异端"烧死在罗马鲜花广场。作为思想自由的象征，他鼓励了 16 世纪欧洲的自由运动，是西方思想史上重要人物之一。

③ 蒙田（Michel Eyquem de Montaigne, 1533—1592），文艺复兴后期法国的思想家、作家。以博学著称，主要作品有《蒙田随笔全集》，书中日常生活、传统习俗、人生哲理等无所不谈，也对自己作了大量的描写与剖析，娓娓而谈；旁征博引古希腊罗马作家的论述；冷峻地观察人类感情，对西方文化进行冷静分析；有"生活的哲学"之美称；语言平易通畅，不假雕饰，开创了随笔式文学类型的先河。

④ 米开朗基罗·博那罗蒂（Michelangelo di Lodovico Buonarroti Simoni，也译米开朗琪罗，1475—1564），文艺复兴时期意大利的画家、雕塑家、建筑师和诗人，他的人体雕刻作品，刚劲有力、气魄宏大，充分体现了文艺复兴时期生机勃勃的人文主义精神。代表作如《哀悼基督》(1498)、《大卫》(1501—1504)、《被缚的奴隶》(1513—1516)、《摩西》(1515—1516)、《布鲁特斯胸像》(1537—1538) 等，他代表了文艺复兴时期雕塑艺术最高峰。

⑤ 托马斯·莫尔（St.Thomas More 又作 Sir Thomas More, 1478—1535），欧洲早期空想社会主义学说的创始人，才华横溢的人文主义学者和阅历丰富的政治家，作为律师和公众大臣，他能言善辩，诙谐幽默，又为人正直，主持公道。在其名著《乌托邦》中描写了一个理想社会，那里私有制被废除，产品归全社会所有，公民在政治上一律平等，人人参加劳动。但由于时代的局限，这个理想的社会是以农业和手工业生产为基础的。

⑥ 弗朗西斯·培根（Francis Bacon, 1561—1626 年），英国文艺复兴时期的散文家、哲学家，实验科学的创始人。他提出了唯物主义经验论的一系列原则；制定了系统的归纳逻辑，强调实验对认识的作用。主要哲学著作有《新工具》《论科学的增进》《学术的伟大复兴》等。他的争论散文集《论说文集》(1597)，文笔优美、语言凝练、寓意深刻，从各个角度论述了他对人与社会、人与自己、人与自然的关系的许多独到而精辟的见解。

⑦ 埃德蒙·斯宾塞（Edmund Spenser, 1552—1599），文艺复兴时期的英国伟大诗人。斯宾塞的诗作既有人文主义者对生活的热爱，也有新柏拉图主义的神秘思想，还带有清教徒的伦理宗教观念，艺术上用词典丽、情感细腻、格律严谨、优美动听，牧歌集《牧人月历》(1597)、长诗《克劳茨回家记》(1595)、十四行诗集《小爱神》(1595)、《祝婚曲》(1595)、长篇史诗《仙后》(1590—1596) 等。

第五节　文学发展的第一时期和第二时期

所有的历史现象，都是有机联系的整体。明治、大正文学的发展也是前后连续、浑然一体的，因而要严密地划分其发展阶段是很困难的。然而要理清其发展道路，势必要考察其前后关系，进行一定的阶段划分。因而为了叙述的方便，我将明治初年至大正十年的文学发展分为五个时期。第一时期是明治初年至明治十八、明治十九年前后。第二时期是明治十八、明治十九年到中日甲午战争前后。第三时期是中日甲午战争前后至日俄战争前后。第四时期是日俄战争前后至明治末期。第五时期从大正元年到大正十年。这样的划分，自然不能说文学史家之间没有异议，但我觉得如果以小说、戏剧、文艺评论为中心，宏观把握文坛主流的推移、变化，上述划分是比较适当的。

上述五个时期，我称第一时期是因袭旧文学的时代、第二时期是新文学诞生的时代、第三时期是浪漫主义的时代、第四时期是自然主义时代、第五时期是各派并立的时代。

当然，并不是不承认第一时期在因袭旧文学的过程中有些许新气运的流动，如暗夜中的萤火虫。但从整体看，依然是一种追逐江户末期文学余光的形势。第二时期称为新文学诞生的时代最为恰当，与第一时期相比，因袭旧文学的情况大为减少。第三时期一概称为浪漫主义时代也许名实难副，也可以称"写实主义的过渡时代"，但浪漫主义是其主潮这一点不容争辩。第四时期断然称之为自然主义时代怎么样？这也是从文坛主潮角度的概称，在自然主义之外，唯美主义、低回趣味小说日渐得势也是事实，但它们被自然主义一派

第一章 新文化的世纪与新文学的世纪

所压制、气势未能弘扬,因而称为"自然主义时代"最为确当。第五时期文坛主潮不是很明朗,一方面流行新唯美主义、恶魔主义、神秘主义、新浪漫主义等;另一方面又表现出人道主义、新理想主义等色彩,我因此称这时期为各派并立的时代。

第一时期前半期是明治文学的黑暗时代。这是从明治初年到明治十年。这一时期正处于大改革、大动摇、大破坏、大建设之中,社会上守旧分子与革新分子、保守派、进步派、自觉派、盲目派等继续着剧烈的纷争,到处充满着野蛮、险恶的空气。神风连之乱①、萩之乱②、佐贺之乱③、西南战争④等,国内不断地出现翻天覆地的骚乱。而且,新政府排除万难,对政治、军事、产业、教育等进行

---

① "神风连之乱"是日本明治初年,不满明治政府新政而爆发士族叛乱。明治政府主导的"明治维新"资产阶级改革,宣布"废刀令"等政策,废除了士族的特权。1876年(明治九年)10月24日,旧肥后藩的士族太田黑伴雄、加屋霁坚、斋藤求三郎等共约170人组成敬神党,因反对明治政府的废刀令而掀起叛乱。因为敬神党常被人称为"神风连",所以这次叛乱被称为神风连之乱。

② "萩之乱"是日本明治初年,反对明治政府的士族叛乱。明治政府的改革,废除了士族特权,引起一些士族的不满。辞职的前参议前原一诚为呼应神风连举兵,在故乡联络各地的不平士族,以旧藩校明伦馆为据点,于1876年(明治九年)在山口县萩市爆发叛乱。叛乱以失败告终。

③ 1874年(明治七年)2月1日,以江藤新平为首的旧佐贺藩士对新政府的朝鲜政策不满,提出打倒现政府,恢复旧朝议制度,发扬皇威。两千多人在佐贺揭起了反新政府的旗帜,烧掉了佐贺县厅。大阪、广岛、熊本各镇台的军队,击败反政府军,28日夺取了反叛分子的根据地佐贺城。对于抓获的残余分子,所有骨干处以极刑。史称"佐贺之乱"。

④ "西南战争"是明治维新期间平定鹿儿岛士族反政府叛乱的一次著名战役(1877年2月至9月间)。明治六年,西乡隆盛因为"征韩论"不被接纳以及和右大臣岩仓具视等政府要员不和,愤而辞官回到故乡,当时出身自萨摩藩的新政府军官及士兵们也追随西乡隆盛相继辞官返回鹿儿岛。1877年(明治十年)2月,旧萨摩藩士族推举西乡隆盛为首领,发动反政府的武装叛乱,萨军编为7个大队,共计3万余人。经过半年多与政府军的激战,萨军战败,西乡战死。因为鹿儿岛地处日本西南,故称之为"西南战争"。西南之役的结束,亦代表明治维新以来的倒幕运动的正式终结。

大胆改革，积极果断地推行废藩置县①。在这样一个时代，几乎无暇顾及文学、艺术。普通民众生活难以安宁，首先要解决的是面临的现实问题。而且有志者都热衷于政治方面，因而从事文学创作的只是一些坚持旧模式的保守者。

这期间终究不能希求新文学的诞生。小说方面只有假名垣鲁文在滑稽文学方面增添些许光彩。他的代表作《西洋徒步旅行记》（1870—1876）从福译谕吉那里采借美国文明的皮毛，裹上十舍返一九的外衣，是一部四不像的作品。戏剧方面因有河竹默阿弥，独放异彩，仅此完全不同于其他。还有杂文稍有起色。这方面的代表是成岛柳北（1837—1884），在《柳桥新志》《花月新志》《朝野新闻》等刊物上可以读到他的轻快文章。还有福地樱痴（福地源一郎，1841—1906）在《东京日日新闻》刊出的论文和记叙文，给荒凉的文坛带来一丝生气。其他还有福泽谕吉的杂著、中村正直的《西国立志篇》（1871）等有值得一看的地方。除却上述特别人物之外，梅亭金鹅（1821—1893）、柳水亭种清（1823—1907）等人，依然固守"劝惩主义"的残缺堡垒，满足于品尝式亭三马、十舍返一九、曲亭马琴、为永春水等的余唾。

但是到了第一时期的后半期，文坛多少有了一些生气。虽然在某些方面还充斥着动荡不安的气氛，但前半期浓厚的荒凉氛围已经大大减退。这是由于西南战争中痛恨新时代的武士大多被杀或销声匿迹的缘故。而且平生受尽武士轻侮的普通平民，证实了即使在战

---

① "废藩置县"是明治政府建立中央集权政权的一项划时代的政治变革。1871年（明治四年）7月废除全国各藩，统一为府县成立东京、大阪、京都三府和72县。原为旧藩主的知藩事，其家禄和华族身份得到保证，本人移居东京。各藩的年贡移交政府，债务也由政府承担。中央任命府知事掌管，县令治理各县，以代替知藩事，使权力集中于中央。对府县进行统一、废除、合计共设三府。结束了日本长期以来的封建割据局面。

场上也绝不是无能之辈,其势力自然得以伸展。当时的时代希望全都寄托于政治,掀起了"开设国会运动"。还有板垣退助(1837—1919)、中江兆民(1847—1901)、西园寺公望(1849—1940)等大力宣传自由民权思想。对新政治的热衷和向往,其结果是促进了政治小说①的出现。

当然,文学性不是很强的政治小说,与其说是小说,还不如说只是出于政治改革的目的而利用了小说的形式。而且其作品要么是翻译的,要么是出自与政治有关人员的手写成。最早出版的政治小说是明治十二年面世的《花柳春话》(1879),这是织田纯一郎(1851—1919)翻译的利顿的作品。其次是尾崎庸夫所译利顿的 *kenelm chillingly：his adventure and opinion*,署名与藤田鸣鹤合译,以《击思谈》为题出版。后来出版了矢野龙溪的《经国美谈》(1883—1884)。与政治小说风潮相应,坪内逍遥译述了莎士比亚的《裘力斯·恺撒》。所有这些作品要么是翻译,要么是向西欧寻求素材,明治新小说的萌芽,是借西欧文学的译作产生的。

政治小说之外,作为兴趣中心的是科学小说②流行,即井上勤(1850—1928)译述的《海底旅行》《月球旅行》之类。在科学思想尚不普及的时候,人们以极大的好奇心来阅读这类作品。其他还有明治十五年井上巽轩(井上哲次郎,1855—1944)、外山正一(1848—1900)等的《新体诗抄》(1882)公开刊行,为以后新体诗的发展奠定了坚实基础。以上现象若从纯文学角度看,总觉得单调

---

① 日本明治中期的小说类型,在自由民权运动中,一些政治家、理论家,模仿中国才子佳人小说的形式表达政治理想,反对专制政治,提出民众自由权利,民选议会的政治诉求。代表作是矢野龙溪的《经国美谈》(1883—1884)和东海散士的《佳人奇遇》(1885—1897)。

② 日本明治中期流行的小说类型,以一定的科学知识为依据,对未来时空加以丰富的想象,后来也称为"科幻小说"。

寂然，但《时事》《报知》《东京日日》等刊物的论说，是非常精练的文章，作为一种政论文学还是很值得一读的。《时事》《报知》《东京日日》分别由福泽谕吉、矢野龙溪（1850—1931）、福地樱痴执笔。

　　进入第二时期，明治文学开始迎来黎明的曙光，走上了正确的文学道路。很早就研究英国文学的文坛先觉者坪内逍遥在明治十八年四月出版了《小说神髓》（1885），促进了文坛的觉醒。在这本论著中，坪内逍遥提出要从小说界清除曲亭马琴以来的"劝惩主义"，必须倡导英国小说中的写实主义。当时明治文坛的大家尾崎红叶，正就读于大学预备学校，重新组建了"砚友社"，这是当时一群对过去文学颇为不满、热烈向往新文学的文学青年，他们和尾崎红叶一起，对坪内逍遥的《小说神髓》产生了强烈的共鸣。坪内逍遥为了实践自己的理论，出版了《当代书生气质》（1885—1886），受到当时青年的欢迎。被这些所惊醒的长谷川二叶亭（二叶亭四迷），作为时代的先驱，最早写出了杰作《浮云》（1887—1891）。这确实是一部将《小说神髓》的要素、原理在小说上具体化了的作品。而在当时文坛上除少数人外，都尚未认识到《浮云》的价值。

　　这样，随着文坛新形势的发展，砚友社同人开始发行《我乐多文库》，女学杂志《以良都女》《新妇女》《日本的女学》等月刊杂志几乎同时刊出。《以良都女》由山田美妙主持，从明治二十年到明治二十二、二十三年，文坛充满着新的生气和新的色彩。一方面，在思想界，哲学研究勃兴，种种哲学著作陆续出版。还有对妇女问题、戏剧改良等情况也展开热烈的讨论，对男女交际问题也进行了研究。伴随着这些，新小说特别受到新一代青年男女的喜爱，这是当时的新现象之一。明治二十年四月的《东京日日》以"小说的流行"为题刊出社论，而且在这前后增设了文艺副刊。《报知》也在

同年八月，有奖征集小说。乘着这一形势，推出了许多小说杂志。《小说萃锦》《大和锦》《小说文库》《新小说》《芳谭》《百花园》《新文学志》《都之花》等出刊。还在明治二十二年三月推出了单行本的新丛书《新著百种》。

以《我乐多文库》为园地的砚友社是小说界的先驱。以尾崎红叶、山田美妙为中心，川上眉山（1869—1908）、岩谷小波（1870—1933）、广津柳浪（1861—1928）、江见水荫（1869—1934）等先后加盟。尾崎红叶和山田美妙难以两雄并立，山田美妙于明治二十一年离开砚友社。在尾崎红叶、山田美妙之外另一个杰出作家是幸田露伴。

山田美妙最初比任何人都早，是第一个持有清新心态的作家，以言文一致文体表现其浪漫主义情思。他先于尾崎红叶出版短篇小说集《夏木立》（1888），在《国民之友》刊出小说《蝴蝶》（1889）。尾崎红叶也以不亚于山田美妙的劲头，在《新著百种》中推出《两个尼姑的色情忏悔》（1889）、在《百花园》刊出《南无阿弥陀佛》。当时尾崎红叶、山田美妙形成互相争雄之势，等到幸田露伴出来，在《都之花》刊出《露团团》（1889），三人作为小说界新人，成为鼎立中坚。尾崎红叶的艳丽文章、山田美妙的崭新结构和文风、幸田露伴的高远思想与意境，都是各自的独特之处。

其中，山田美妙中途受挫，因而尾崎红叶、幸田露伴的时代到来。二人的文章都受到井原西鹤的影响，但文风完全不同。就是在内容上，尾崎红叶执着于客观的恋情世界、色欲世界；幸田露伴则是竭力从主观上通过佛教思想表现意志的坚强与热情的力量。尾崎红叶在《二人女房》（1891—1892）、《伽罗枕》（1890）中展示了他理想的世界；幸田露伴也不示弱，发表了《风流佛》（1889）、《五重塔》（1891—1892）。由于题材的不同，可以看出二人似乎生活在不同的世界，这里有对比之妙。

　　幸田露伴、尾崎红叶之外，比较有特色的作家也不少。坪内逍遥的《细君》（1889）、森鸥外的《舞姬》（1890）、川上眉山的《墨染樱》（1890）、广津柳浪的《残菊》（1889）、斋藤绿雨的《捉迷藏》（1891）、高山樗牛的《泷口禅师》（1894）、飨庭篁村的《丛竹》、村上浪六的《三日月》（1891）等，皆是些评价不错的作品。像森鸥外的《舞姬》，洋溢着一种至今难忘的诗情。

　　还有在翻译方面，出版了一批创作更优秀的作品。内田鲁庵（不知庵）的《罪与罚》，二叶亭四迷的《幽会》《三个会面》，森鸥外的《恶因缘》《埋没的人》《地震》，森田思轩的《侦探尤贝尔》等，传入了海外文学的新气象。《埋没的人》以精巧雅致的文体翻译奥斯普·秀斌的杰作；《幽会》是屠格涅夫的《猎人笔记》中的一节，译作忠实原文原味，对文坛新人以异常深刻的影响。当然当时的读者还没有作好理解《罪与罚》这类作品的准备，即使是《幽会》，也只有少数人能够欣赏。此外，在通俗读物方面，黑岩泪香（1862—1920）的侦探小说引起普通读者的好奇心，塚原涩柿园（1848—1917）的历史小说，煽起人们英雄崇拜的欲望。

　　随着小说的蓬勃发展，文艺评论也逐渐兴盛起来。明治二十年，主要在报纸上寥寥出现，但在《早稻田文学》《栅草子》《文学界》《国民之友》等杂志陆续刊出之后，文艺评论充斥各大报纸的版面。如《读卖》，早就作为文艺性报纸，在评论方面投入很大，助成了这种形势。这些评论若与今天的文艺评论相比，显得远为诚恳实在、格调高雅、研究意识也很强。

　　雄视当时文艺论坛的是坪内逍遥、森鸥外二人。坪内逍遥推崇英国文学，以科学的批评方法剖析文艺，森鸥外倾心于德国文学，以哲学的批评方法阐明了文艺发展的道路。坪内逍遥崇尚客观倾向，森鸥外重视主观倾向,但他们都贴近事实,只是各自都强调自己的原理。两位大家当时围绕着"没理想"展开热烈的论战,成为前所未有的景观。仅就他们的文章而言,充分发挥双方的长处,可以看到实力相当的情景。此外,内田鲁庵(不知庵)、斋藤绿雨、石桥忍月(1865—1926)、北村透谷、森田思轩(1861—1897)等也写作评论,显示了各自的特色。

伴随着文艺评论流行的是史传类作品。对东洋哲学、国文学、中国文学的新研究和美学的介绍,在丰富文坛方面做出了贡献,史传也弥补了小说的单调。东洋哲学和国、汉文学的研究,多少展示了缓和极端欧化的功效。但还有不彻底之处,未能摆脱旧习。佛教的研究等也应予以充分的尝试,遗憾的是没有得以实现。

不久后中日甲午战争降下帷幕。虽然在近世萨、长两藩与外国舰船发生小小的冲突,但应该说全国性的与外国交战是这时才开始。因而国民精神非常紧张。而我军大胜,捷报频传,终于令中国屈服,国民的自觉精神有所加强,其抱负远大。如今考虑的是日本在世界的地位,日本在东洋的责任。社会充满活力,商业繁荣,意气风发,这是文学振兴的一个主要原因。这样迎来了明治文学的第一个跃进的时代。

第六节　文学发展的第三时期

第三时期强烈地追求的,是在第二时期没有充分展开的东西。与此同时,文学革新全面展开。正处在由于战争胜利国民意志昂扬的时候,文坛也充满生气,新作家随着形势发展而陆续崭露头角。作家诗人满怀着创造比过去更加伟大的文学的朦胧愿望,非常活跃。

这样出现了观念小说①、深刻小说②、社会小说③、家庭小说④等，戏剧革新运动⑤也兴盛起来了。

第二时期后期创作的小说，展示了明治文学的萌芽，但距枝叶伸展、开花还有一段很大距离，还只是在小说的荒野里插入铁锹，翻开土地，在这里播下种子，终于催出了新芽。由年轻气锐的作家努力创作的小说，与因袭过去旧模式的作品比较，确有一定的清新气息，但还是没有从旧式小说的气氛、情味当中摆脱出来，甚至往往具有改写的味道。总之，没有涉及活生生的人生的作品很多，从作家的小主观出发而创作的木偶式小说占很大比重，而且流于千篇一律，因而文艺评论家之中的不满、责难之声逐渐强烈，他们要求"要进一步触及现实！大胆表现人生！抛开浅薄追求深刻，走出书斋面向社会，创作社会性、国民性及至哲学性的小说"。

与上述呼声共鸣，首先出现了深刻小说、观念小说。其代表作

---

①　观念小说是日本近代的一种小说类型。盛行于1895年后的一段时期，作品以中日甲午战争后暴露的社会问题为题材，观念先行，批判现实，具有强烈的倾向性，也称为"倾向小说"。代表作家有川上眉山和泉镜花等。

②　深刻小说是日本近代小说的一种类型。以社会黑暗和人生悲惨为主题，但社会批判态度不鲜明，也称为"悲惨小说"，代表作家有广津柳郎、小栗风叶和樋口一叶等。

③　社会小说是日本近代小说的一种类型。中日甲午战争后，一批具有民主主义倾向的作家创作的反映当时社会问题的小说，涉及政治、经济以及社会主义问题。代表作家有内田鲁庵、德富芦花和木下尚江等。

④　家庭小说是日本19世纪末、20世纪初的一种小说类型。是以家庭关系为题材，以女性为读者对象的通俗小说，情节模式是封建家庭对女性造成的伤害，但她却以坚韧和容忍获得幸福。菊池幽芳的《自我之罪》、尾崎红叶的《金色夜叉》、德富芦花的《不如归》是其代表作。

⑤　戏剧革新运动是明治中期戏剧领域的改革运动，1886年末松谦澄发起成立"戏剧改良会"，提出必须改革传统歌舞伎的各种陈规陋习，加强戏剧与现实的联系，提高剧作家地位，但成效不大。1888年又成立"日本舞台艺术风气教正会"。但直到坪内逍遥主持"日本舞台艺术协会"，戏剧改革才有所推进。

第一章 新文化的世纪与新文学的世纪

家是广津柳浪、泉镜花、川上眉山等。广津柳浪以发挥其所长的《黑蜥蜴》（1895）巧妙地确保了其地位，紧接着发表了《今户情死》（1896）、《河内屋》（1896）、《青大将》《畜生》（1897）等，获得了好评。泉镜花处于尾崎红叶的门下，早就显示了其奇才，进入明治二十八年，发表了《夜行巡查》（1895）、《外科室》（1895）两篇作品，立即被认作观念小说的先驱，受到世人的高度评价。后来又写了《海城发电》（1896）、《化银杏》（1896）、《照叶狂言》（1897）、《辰巳巷谈》（1898）等，每一篇作品都巧妙地展开了他的诗境，令文坛耳目一新。川上眉山也在明治二十八年出版了《表里》（1895），被认为是观念小说的上乘之作，借着这股劲头，他又发表了《暗潮》《贱机》《白藤》等作品。这样，原本位于尾崎红叶下风的广津柳浪、川上眉山和泉镜花，显示即将凌驾尾崎红叶之上的态势。

在砚友社中，独自另辟蹊径的是江见水荫。他在《杀妻》（1895）、《碳烧的烟》等作品中，表现出一种清新的幻想。如果他能一直保持这一倾向，他的艺术生命也许会很长。但他对任何事都容易动好奇心，动辄走向通俗的倾向，这些牵累了他。还有同样出自尾崎红叶门下，与泉镜花并称的小栗风叶（1875—1926）模仿尾崎红叶的风格，创作以现实味见长的浓艳作品。他的成名作是明治三十一年发表的《恋慕流》（1900），表现出浓郁的浪漫主义色彩，之后陆续撰写了《十七八》《鬓下地》（旧时学生的一种发型）等，使他的特色更加得到认可。

活跃于文坛的其他新进作家有樋口一叶、小杉天外（1865—1952）、后藤宙外（1867—1938）、岛村抱月、田山花袋等。樋口一叶是位年轻的女作家，但在深刻地体验世态方面，体现出明朗的个性，因而创作了不少独特优秀的作品，而且没有砚友社一派的游戏情怀，而是描绘出真实的人生，写出了《十三夜》（1895）、《青梅竹马》（1895）等杰作。

后藤宙外、岛村抱月是当时坪内逍遥门下的"双璧"，最初作为评论家出现于文坛，但为文坛新形势所促，相率执笔于创作。后藤宙外致力于心理描写，岛村抱月在结构上显示出优势，他们的艺术手法毫不逊色于以往的任何作家。后藤宙外有《蚁荒》（1895）、《觉醒》（1897）、《黑暗的现实》（1897）等佳作；岛村抱月有《墨绘草纸》《夫妇波》等上品。小杉天外本来出自斋藤绿雨门下，撰写了《改良若殿》（1895）等作品，一直没有被认可，但对左拉的写作风格产生共鸣，打出写实主义的旗帜，创作出《初姿》（1900）时开始确立起他的地位。和上述作家相比，田山花袋只是创作千篇一律的恋爱小说，在当时文坛的地位甚低。

不久，观念小说、深刻小说等已不再引起文坛兴趣时，高山樗牛提出了"时代精神论"，产生了家庭小说、社会小说的要求。最终，文坛潮流走向新的、具有意义的现实方面。具备一定适应这一趋势可能性的作家是后藤宙外、小栗风叶两人。后藤宙外运用其社会阅历，撰写了《腐肉团》（1899），小栗风叶写了《政弩》，两部作品都取材于政界。和上述作家相比，以评论和翻译著称的内田不知庵，改号鲁庵后撰写的社会小说远胜过他们。《腊月二十八日》（1898）作为成名作而为人们所知晓，《霜柱溶化》《单只鹌鹑》中表现了他深刻的社会见识。

和上述作品并列的是家庭小说先驱德富芦花的《不如归》（1898—1899）。德富芦花和国木田独步一起作为民友社①派的作家渐渐被认可，但在此之前没有写出具有反响的作品。《不如归》出

---

① 民友社是1887年（明治二十）德富苏峰创立的出版社。发行杂志《国民之友》和《国民新闻》。主要社员有德富芦花、山路爱山、竹越与三郎、国木田独步等。以平民主义立场反对国粹主义和欧化主义，中日甲午战争后，倒向国家主义。民友社一直存续至1933年。

第一章　新文化的世纪与新文学的世纪

版，社会上广为流传，其表现手法为大家公认。尔后，一旦家庭小说的要求日益强盛，菊地幽芳的《自我之罪》（1900）、中村春雨（吉藏）的《无花果》（1901）等很快出版。这些作品虽然都获得了众多的读者，但缺乏艺术价值，终归只是对文坛的单调的一种补充。

根据上述情况，大概能够了解到新进作家受到时代的欢迎。而且他们朝气蓬勃，一扫砚友社一派的戏作气氛。这时候处境最为困难的是尾崎红叶、幸田露伴两人。新时代显示了一种稍不留神就会将大作家无情淘汰的势头，因而尾崎红叶表现出甚为焦虑的情绪。特别是以《青年文》《新声》《文库》等为据点的年轻新进评论家，毫不隐讳地高喊"埋掉红叶！结束露伴！"为了对抗这些声音，尾崎红叶凝练思想、锤炼文笔，在明治二十九年奋然出版了一篇《多情多恨》（1896）。

《多情多恨》是尾崎红叶毕生的杰作。在文坛新人追求异境、竟写奇谈的形势下，他独自以一个失去爱妻、沉入追慕的悲伤中的普通人的生活为中心，纵横描写，洗练地展示了言文一致的妙趣，老到却不枯淡，是他文笔独特的境界，确实让人们认识到了这就尾崎红叶。之后在明治三十年，开始撰写大作《金色夜叉》（1897），努力将当时评论家的要求及时代倾向都融进作品中，为这部作品费尽了心血，但最终以失败而告终。特别是文中斧凿之痕甚多，内容上迎合读者口味，仿佛壮士剧①。但他的努力确实值得尊敬。

幸田露伴比尾崎红叶更加沉寂。本来他的态度是主观性的、抒情性的，这严重地束缚了他的自由。他沉浸于诗性梦幻中时，文坛潮流大为改变，他的心境几乎没有与之相吻合的地方。他无意之中于明治二十八年至三十年公开出版了《新浦岛》（1897）、《二日物语》等作品。这里没有尾崎红叶那样的自励和跃进。他显得非常烦

---

① 壮士剧，日本近代新派剧的一种，1888年自由党成员角藤定宪用戏剧的形式，宣传自由民权运动，以写实手法，表现现实生活，用对话体自由发挥，并采用近代舞台装置。

闷，撰写了本打算触及时代潮流的《滔天浪》（1903），但没有写完就搁笔了，尔后不再轻易写作小说。

与红、露二人一起占据文坛第一流大家地位的坪内逍遥、森鸥外两人在别的领域发展。一直是时代先驱的坪内逍遥，计划从事戏剧改革，开拓戏剧文学的新生面。他的热情在不久后的《桐一叶》（1894）、《杜鹃孤城落月》（1897）以及《牧夫人》（1897）等剧作中体现出来，引得文坛一时里都把目光集注于戏剧。森鸥外也热衷于戏剧文学，创作了《玉匣两浦岛》等，同时致力于原来的翻译事业，以凝练的雅文体译出了《即兴诗人》（1892）。逍、鸥二人海外文学造诣很深，在文坛之外，作为学者也很优秀，因此丝毫没有红、露二人的焦躁。

与创作界新进作家辈出的情景一样，评论界也活跃着新进的人们。岛村抱月、后藤宙外、金子筑水（1870—1937）等作为早稻田派的新人在活动，高山樗牛、田冈岭云（1870—1912）、大町桂月（1869—1925）等作为赤门派①的新人在执笔。最初，评论界的潮流是倾向于凝视现实，但到了这一时期的后半，大力提倡天才主义、个人主义，迎来了浪漫主义的全盛时期。其主导者是高山樗牛，他从尼采②的思想中获得启示。而后他的言论日愈偏激，发展到极力提倡本能满足和美的生活，排斥常识道德、凡人主义和规整划一倾向。

---

① 赤门派：以杂志《帝国文学》为阵地，东京大学出身、活跃在文坛的一群作家、诗人、评论家，如高山樗牛、大町桂月、田冈岭云等。东京大学的大门是红色，故得名。

② 弗里德里希·威廉·尼采（1844—1900），德国哲学家，西方现代哲学的开创者，同时也是诗人和散文作家。他的著作对于宗教、道德、现代文化、哲学以及科学等领域提出了广泛的批判和讨论。他的写作风格独特，经常使用格言和悖论的技巧。主要作品有：《悲剧的诞生》（1872）、《人性，太人性的》（1878）、《查拉图斯特拉如是说》（1883—1885）、《善恶的彼岸》（1886）、《道德的系谱》（1887年）、《偶像的黄昏：如何以一支铁槌进行哲学思考》（1888）等。尼采对于后代哲学的发展影响极大，尤其是对存在主义与后现代主义的影响更甚。

他的主张引起青年人的热烈反响，促进浪漫主义热潮高涨和诗歌的勃兴。当时，俳句已经通过正冈子规等走向新兴，长诗由岛崎藤村、土井晚翠（1871—1952）、蒲原有明（1876—1952）、薄田泣堇（1877—1945）、武岛羽衣（1872—1967）等带来了新气，短歌由正冈子规、与谢野晶子（1878—1942）、与谢野铁干（1873—1935）、佐佐木信纲（1872—1963）等振兴。在整体上浪漫主义色彩加强，到纲岛梁川（1873—1907）的《见神的实验》达到顶点，同时，由本能的讴歌发展到对灵的赞美。这里可以看到时代的转机。而后日俄战争爆发，浪漫主义的理想破灭，比之以前更进一步向现实作深入的掘进，从诗意的幻境迈入科学的世界。这样，自然主义的时代到来。

第七节　文学发展的第四时期

如果说近代文学的第一时期是幼年时代，那可以说第二时期是少年时代，第三时期是青年时代，第四时期则是壮年时代。无论是内容还是形式，到了第四时期，更多地开始认识到艺术方面的意义。曾以充满蓬勃朝气，将人生幻想化，沉浸于美好理想的时代，被日俄战争打破了，触及现实的核心，进一步突出人生的实相，并且受到近代科学的影响，与"美"相比，更要抓住"真"。第四时期就是这样的时代。

那么，如果详细考察这一时期自然主义新运动，其原因是众多方面交错综合的。它们是：（1）由日俄战争的胜利带来的悲哀感打动了知识阶层；（2）科学精神终于受到重视；（3）人道主义、实用主义的影响波及文坛；（4）对过去的宗教、伦理、道德抱有不满，欲立足于个体的自我觉醒；（5）欧洲大陆文学的影响；（6）

超出形式化的乃至作为性的文学范畴，希望直接接触和表现赤裸的人生等。

　　西欧近代的首要特征是对科学的尊重。作为科学研究的对象，主要是真，而不是美和善。人们认为由科学所见的第一意义是真，揭示真才是科学的使命。这样的风潮风靡世界，势必波及文学，产生了比之美和善，把真放在首位的倾向。这一点与浪漫主义时代美居首位的情形大异其趣。归根到底，这种人生与其说美，不如说事实上更多的是丑恶的色彩，对此加以大胆的描写，就是所谓"暴露现实的悲哀"，这就要求排斥虚饰和形式，如实地描写真实的状态。当然，这样虽会伴随对人生做机械性唯物性理解的弊端，但却无暇顾及这种缺陷，毅然向真实的人生突进。这就是自然主义文学产生的主要原因。

　　而为促进这种倾向做出极大贡献的是法国、德国文学。新文学的刺激，总是来自西欧。日俄战争前后，我国文坛大量介绍法国的莫泊桑、左拉、巴尔扎克①、龚古尔兄弟②、福楼拜③等、德国的霍

---

① 奥诺雷·德·巴尔扎克（1799—1850），法国 19 世纪著名的现实主义作家，在 30 至 40 年代以惊人的毅力创作了大量作品，合称《人间喜剧》，包括 91 部小说，塑造了 2472 个人物形象，被誉为"资本主义社会的百科全书"，其中的《欧也妮·葛朗台》（1833）、《高老头》（1834）是他的代表作。他的作品在艺术上具有整体性和连贯性的广阔社会画面；通过典型环境塑造人物的典型性格；注重描叙物质环境。

② 法国 19 世纪自然主义作家。哥哥埃德蒙·德·龚古尔（Goncourt, Edmond de, 1822—1896）；弟弟茹尔·德·龚古尔（Goncourt, Jules de, 1830—1870），两兄弟毕生形影不离，都没有结婚。他们共同创作，献身于艺术和文学。小说代表作有《夏尔·德马依》《热曼妮·拉瑟顿》和《玛耐特·萨洛蒙》等。

③ 居斯塔夫·福楼拜（1821—1880），19 世纪中期法国现实主义小说家，他的作品描写日常生活中的人情世态，观察精细、善于开掘，采用自然朴素的白描手法，写景状物能抓住神髓，细致，准确传神以一种真实、自然的叙述艺术与描写艺术吸引人。他对 19 世纪末至 20 世纪文学有着极其深远的影响，被誉为"自然主义文学的鼻祖""西方现代小说的奠基者"。著名作品包含《包法利夫人》《情感教育》《三故事》和《布瓦尔和佩库歇》等。

第一章 新文化的世纪与新文学的世纪

普特曼①、施托姆②等的作品。田山花袋早就通过英译本读了这些作品,他于明治三十五年率先在《新声》杂志上,发表题为《露骨的描写》(1902)的论文,这是自然主义最早的呼声。

  田山花袋在当时的文坛没有显要地位,他的言论没有受到足够的重视,只是引起部分有识之士的注意。但自然主义倾向并不是永远不会到来。与田山花袋共鸣的新人逐渐抬头。同时,日俄战争后,自然主义在文坛占有很大势力。排斥文学上、人生观上的虚伪,如实地撰写作为人生的随军记者的报告,这种态度和想法越来越强大。刚开始对此有种种误解,但其趋势是归于自然主义的胜利,也即完成了文学上的革命。这是迄今为止陷于文学上的虚饰、人生观上的虚伪的我国文学的必经之路,至少是一次必须通过的路径。若不受此洗礼,要往前迈出一步也是不可能的。

  这种倾向从文学波及教育和思想。耽于论理式游戏的哲学、虚伪奴化的教育、固守旧生命的某种宗教——大乘佛教自然另当别论——等等,都有必要通过自然主义的洗礼加以改造。至少,那些过于倾向唯心的、形而上的东西,一度受到自然主义的洗礼,面临着重新修改的必然命运,应当变得更加自由、更为赤诚。自然主义

---

  ① 戈哈特·霍普特曼(Gerhart Hauptmann, 1862—1946)德国剧作家、诗人。创作风格多样,早年接受自然主义、写实主义的影响,后期转向象征主义。《日出之前》(1889)、《织工》(1892)、《獭皮》(1893)等现实主义剧作;象征主义戏剧《翰奈尔升天》(1894)、《沉钟》(1896)、《彼拉在跳舞》(1906)和《群鼠》(1911)。在一生的创作生涯里,豪普特曼共创作47个剧本,20余部长篇小说,5首叙事长诗,3部自传体作品,1912年,由于"他在戏剧艺术领域中丰硕、多样而又出色的成就",获得诺贝尔文学奖。

  ② 施托姆(Theodor Storm, 1817—1888)德国小说家、诗人。大学毕业后回故乡开设律师事务所,同时搜集整理家乡的民歌、格言、传说和童话,并创作带有田园牧歌情调的抒情诗。中篇小说《茵梦湖》(1850)是他的代表作,重要作品还有《在大学里》(1863)、《双影人》(1886)、《白马骑士》(1888),他的作品中充满了浓郁的诗意、富有乡土气息。他的小说情节紧凑,具有戏剧性;他的诗格调清新,意境优美,语言富于音乐性。

在这一点上有很大功劳。但是从一开始就很清楚，无解决、无理想、高唱幻灭的自然主义是一种解毒剂，其机械的唯物人生观，只能一时奏效，不能长期起作用。深入思考就会有上述感受。

但自然主义文学顺应时代的需要而出现，作为一场巨大的狂风暴雨兴起的时候，其势汹涌，不断排斥压倒与之相对的一切逆行。在自然主义的战士中往往能看到他们胸怀如此锐气和自信。而自然主义文学取代旧文学是明治三十九年到四十年之间。当时早已觉醒、成为自然主义先驱的国木田独步的《独步集》（1905）于明治三十八年出版，他已经获得了前所未有的反响。次年、生活在信州山中的岛崎藤村下山，向文坛推出大作《破戒》（1906）。一直在创作幼稚的恋情小说的田山花袋公开刊发《棉被》（1907），以其对自己身边之事的大胆描写，令全社会惊讶。真山青果（1878—1984）的《青果集》（1907）、正宗白鸟的《尘埃》（1907）等出版，增添了新的气势。

到了明治四十年，文坛开始出现一大转折。当时关于自然主义的是非争论反反复复，令人眼花缭乱。为自然主义挺身奋斗的是岛村抱月、长谷川天溪（1876—1940）、岩野泡鸣等人，反对他们的是以《新小说》为阵地的后藤宙外一派的人们。结果是在评论方面岛村抱月等获胜。砚友社一派成为文坛的预备兵，处于必须从文坛退下来的命运。只有小栗风叶、德田秋声两人例外。他们两人从外部推动自然主义运动，德田秋声创作《出产》（1908）、小栗风叶发表《觉醒之恋》（1908）、《青春》（1905—1906）等名作。给当时转折时期文坛增加生气与活力的，乘此机运登上文坛的新进作家。岛村抱月致力于理论的引导，写作了《被囚禁的文艺》（1906），陆续发表了不少认真研究的论文，与长谷川天溪、岩野泡鸣及《早稻田文学》一派的人们一起，努力于自然主义的确立。

这种风潮，也影响到长诗（新体诗）方面。兴起口语诗、歌咏都市情调、吟唱民谣诗，这些全是因为触及自然主义风潮。短歌、

第一章　新文化的世纪与新文学的世纪

俳句也没有游离于自然主义风潮之外,明治末期,河东碧梧桐一派俳句革新运动的兴起,仍然是这一原因。石川啄木（1886—1912）的短歌革新运动之所以获得反响,原因之一也是因为与自然主义风潮相互呼应的结果。

这样,自然主义在第四时期的后半期,势力非常强大。乘着时势,岛崎藤村的《家》（1911）和《春》（1908），国木田独步的《涛声》（1907）、《独步集续编》（1908），田山花袋的《生》（1908）、《妻》（1909）、《缘》（1910）三部曲和《乡村教师》（1909），德田秋声的《足迹》（1910）、《霉》（1911），岩野泡鸣的《耽溺》（1909），二叶亭四迷的《平凡》（1907）等出版,其他的年轻作家,也创作出优秀作品,新兴文坛呈现出兴旺之势。与此同时,过去的老作家中有很多或者失却了地位,或者销声匿迹,淡出了文坛圈子。

当然,文坛上不是只有自然主义,还有悠然地行进在其他轨道上的一派。他们是夏目漱石、森鸥外、高滨虚子、永井荷风（1879—1959）等。夏目漱石因《我是猫》（1905—1906）名声大噪,以《三四郎》（1908—1909）、《门》（1910—1911）、《虞美人草》（1907—1908）等作品,加固了低回派的特点,指导了铃木三重吉（1882—1936）、森田草平（1881—1949）等门生。高滨虚子在《国民》上发表了长篇《俳谐师》（1909），明显展示了作为小说家的实力。正如在《游戏》（1910）一篇中所显示的那样,森鸥外追寻他独自的心境,在《性欲生活》（1909）、《青年》（1910—1911）等作品中发挥了他特有的老练与洒脱。受到森鸥外推赞的永井荷风,以法国归来的新鲜气氛写出了不少享乐色彩浓郁的作品,《欢乐》（1909）、《美国的故事》（1908）、《冷笑》（1910）等,是他最有力的作品。

源于自然主义的时代气氛，无论如何文学都是具有散文性的，因而这一时期的后半，诗歌开始陷于不振。大正前期诗歌处于极度的停滞，此时已经种下了种子。其间，蒲原有明（1876—1952）、北原白秋（1885—1942）、三木露风（1889—1964）、金子薰园（1876—1951）、石川啄木（1886—1912）、若山牧水（1885—1928）、吉井勇（1886—1960）、土岐哀果（1885—1980）、前田夕暮（1883—1951）等人比较努力。

与诗歌状况相反处于优势的是文艺评论。在这方面特别是早稻田派的少壮评论家，片上伸（1884—1928）、相马御风（1883—1950）等善斗胜辩。赤门派中，生田长江（1882—1936）、阿部次郎（1883—1959）、安倍能成（1883—1966）等写作评论，给论坛增加了新的色彩与活力。

总之，这一时期的文坛，比之中日甲午战争后的文坛更有兴味、更具活力、更富光彩、更多意义。因为毕竟以新运动为中心的漩涡和波纹从整体上造成张力、促进运转、排斥旧生命走向新生命、排斥旧势力走向新势力。最直接受到这种刺激的影响，戏剧文学方面也兴起了革新运动。

关于戏剧文学的革新，坪内逍遥早在中日甲午战争前就不断努力倡导，读一下论文集《梨园落叶》就非常明了。恐怕再没有像坪内逍遥这样40年如一日对戏剧文学做出贡献的人了。坪内逍遥就是如此在戏剧文学方面倾注全力的人。在第四时期戏剧革新、戏剧文学改革的事业中，也是坪内逍遥率先着手。

坪内逍遥在明治三十七年发表了《新曲浦岛》（1904）、《新乐剧论》（1904），明治三十八年撰写了《新曲赫哉姬》（1905），接下来在明治三十九年文艺协会成立仪式上，在坪内逍遥的指导下演出了雅剧《妹背山》（1906）、史剧《子规鸟古城落月》（1906）等。同年十一月，在歌舞伎剧院文艺协会首次公演时上演了《威尼斯商

人》和《桐一叶》（1906）等。在这前后，杉赝阿弥（1870—1917）、冈木绮堂（1872—1939）、冈鬼太郎（1872—1943）等报纸剧评家成立的"若叶会"，由《每日新闻》作后援进行公演。这些人后来以戏剧会的名义，还上演了冈本绮堂的《新罗三郎》、森鸥外的《日莲十字街头说法》等。

这种事实上的革新，一方面大大地促进了新剧本的产生。突出的有真山青果（1878—1984）的《第一人者》（1910）、中村吉藏的《牧师之家》（1910）、佐野天声（1877—1945）的《大农》（1907）、山崎紫红（1875—1939）的《上杉谦信》（1905）等。此外，长田秀雄（1885—1949）、木下杢太郎（1885—1945）、秋田雨雀（1883—1962）、楠山正雄（1884—1950）、吉井勇等人，陆续写出新剧本。这种新兴之势是迄今为止的文坛无法看到的现象，说是"空前"也不为过吧！

这样，戏剧革新的时机开始真正成熟，文艺协会特别致力于它们事业的进步。随着东仪铁笛（1869—1925）、土肥春曙（1869—1915）、松井须磨子（1886—1919）等演员的培养，易卜生①的《玩偶之家》、苏德曼②的《故乡》等剧本上演，获得极大的反响。文艺

---

① 亨利克·约翰·易卜生（挪威语：Henrik Johan Ibsen, 1828—1906），挪威剧作家，是现代现实主义戏剧的创始人。初期创作取材民族历史题材，具有浪漫主义倾向的戏剧，代表作有《凯蒂琳》（1850）、《觊觎王位的人》（1863）；中期创作现实主义的社会问题剧，代表作有《社会支柱》（1877）、《玩偶之家》（1879）、《群鬼》（1881）、《人民公敌》（1882）；后期创作象征主义的心理分析剧，如《野鸭》（1884）、《罗斯莫庄》（1886）、《建筑师》（1892年）、《小艾友夫》（1894）、《约翰·盖勃吕尔·博克曼》（1896）等。

② 赫尔曼·苏德曼（1857—1928），德国剧作家、小说家。他的创作关注当时的社会问题，广受欢迎。戏剧名作有《故乡》（1893，1896年以英语出版时标题为《玛格达》）、《福利慈欣》（1896年，1912年英文版名为《弗雷迪》），他的小说名作《忧愁夫人》（1887年，1891年英文版名为《忧愁夫人》）以及《猫路》（1889年，1894年英文版名为《瑞加娜》）。

协会的活动，不久后激励了小山内薰等人，他与考察欧洲戏剧回国的市川左团次（1880—1940）联手，创立自由剧场，首次公演演出易卜生的《博克曼》，获得知识阶层的强烈共鸣。还上演了魏德金德①的《出发前半小时》、契诃夫的《狗》、森鸥外的《生田川》。随着如上形势的发展，形成了五六个新的剧团，致力于新的男女演员的培养。尾上菊五郎（1885—1949）、中村吉右卫门（1886—1954）等致力于近松剧的新演出也是这时候的事情。总的来看，戏剧文学的革新、戏剧的改革，也主要是多从欧洲新戏剧、新的表演方法和新的公演方法等获得启发。

第八节　文学发展的第五时期

进入第五时期，出现了文坛上各派并立的时代。这主要是因为毕竟文坛上的人们都意识到和尊重各自的个性，产生自己选择自己道路的倾向。同时，随着欧洲文化的衰落，也不再像以前那样在文学上、思想上受其启发。某一思潮占有非常的势力压倒其他思潮的情况，今后很难再出现。像自然主义曾经几乎席卷整个文坛的现象，我想今后不再容易看到。第五时期就是这样的表征时代。

所有的思潮，适应时势就会繁荣，不适应时势，即使拼命努力也自然会衰落。自然主义也不例外。进入大正时代，已经不能适应时代需要了，反而成为一种羁绊，逐渐走向衰退。特别是它无理想、无解决、幻灭而带来的枯淡、寂寞、黑暗之感，令大正新的一代强

---

① 弗兰克·魏德金德（Frank Wedekind，1864—1918），德国表现主义戏剧的先驱。《地神》（1895）、《潘多拉的盒子》（1904）、《书报检查制》（1909）、《弗朗采斯卡》（1912）、《赫拉克勒斯》等。他的剧作暴露了社会的阴暗、变态，具有较浓重的悲观色彩，艺术上具有某些自然主义痕迹，也大胆运用怪诞、象征等手法。

第一章　新文化的世纪与新文学的世纪

烈厌恶和失望。他们完全抛却自然主义去寻求新理想、有解决，寻求新的人生希望。顺应这一要求而产生的是新理想主义。其中之一就是德国的奥伊肯①倡导的学说，即把着眼点放在内在生命的统一和自由、明朗的道德生活。另一个学说就是法国柏格森②提倡的在物心两界的流转、变化中时时可以看到创造性的进化。

文坛主潮由自然主义向新理想主义演变的时候，小说、诗歌、戏剧都展示出新倾向。《白桦》的人道主义，永井荷风、谷崎润一郎等的享乐主义乃至唯美主义的作品也甚为得势，作为过渡时期的游荡文学的一派受到欢迎。这是前半期的形势。到了后半期，进入各派并存的时代，文坛的人们不是受既定的某一"主义"的支配。他们更为自由、更加个性化。而且随着思想上的新倾向，出现了新浪漫主义、社会主义的作品，但这些思潮无法很快风靡整个文坛。盲动、雷同之风渐次淡出文坛，进入了把尊重个性放在重要位置的时代，色彩、倾向也就分化为多种多样。与此同时，在小说、评论方面往往出现一种自甘堕落、不得要领的现象，掀起一股轻微混沌乃至一种颓废色彩之波浪，但这只不过是难以避免的一时性的现象。

特别是进入后半期，必须看到其主要特色之一，就是文学带上明显的社会色彩。过去，文坛上并不是没有人关注社会，但拥有这

---

① 鲁多夫·奥伊肯（Rudorf Eucken，1846—1926），德国哲学家，主要著作有：《近代思想的主潮》（1878）、《精神生活在人类意识和行为中的统一》（1887）、《人生的意义与价值》（1907）、《当代伦理学与精神生活的关系》（1913）、《人与世界——生命的哲学》（1918）等。他的哲学称为"精神生活哲学"。

② 亨利·柏格森（1859—1941），法国哲学家，文笔优美，思想富于吸引力。他反对科学上的机械论、心理学上的决定论与理想主义。他认为人的生命是意识之绵延或意识之流，是一个整体，不可分割成因果关系的小单位。他主张道德与宗教应超越僵化的形式与教条，走向主体的生命活力与普遍之爱。其写作风格独特，表达方式充满诗意。代表著作有《时间与自由意志》（1889）、《物质与记忆》（1896）、《创造进化论》（1907）、《生命与意识》（1911）、《精神的力量》（1919）等。1928年因《创造进化论》获得了诺贝尔文学奖。

种社会意识的仅有少数人，大多数几乎不涉及社会，不持社会意识乃至阶级意识的很多。不过这一时期，社会改造问题由政治家、社会主义者、经济学家等首先强烈地提了出来，这一强大的浪潮波及思想界，文学也不能不受其影响。文学家中希望进众议院、列候补的有二三人，或者多少有一些参加社会运动工作的。缺少社会意识或者阶级意识进行创作，或写作评论，逐渐显得有些困难。这是必经之路，之所以过去没有走到这一步，是因为日本文坛往往是为超然的倾向、艺术派的色调所框范。尽管如此，带着社会意识、阶级意识而进行的创作和评论，具有多大的价值？现在还很难马上做出判断。必须以长远的目光，注视今后的发展动向。

与上述情况并行，引起人们新的关注的是思想方面的倾向。在新理想主义前后，鼓吹民主政治、社会主义的声音逐渐加强，之后还有文化主义、新国家主义、传统主义、社会主义各派构成区分思想界色彩的主要要素。文化主义由与新德国学派一脉相承、对李凯尔特①学说共鸣的稳健思想家、哲学家所倡导；新国家主义、传统主义等由喜欢法国文学的一派所主张；社会主义各派由堺利彦（1870—1933）、山川均（1880—1958）等人所倡导。即使是同一"主义"内部，其倾向和色彩也略显不同。它们各有自己的短长。若以宏阔的视野来看，它们都是一种"文化主义"，但只有李凯尔特的文化主义是把内在的文化、精神文化摆在重要位置上；而社会主义不同的是唯物的文化，把经济组织放在重要地位；新国家主义，传统主义可以理解为是以世界眼光为前提的国家中心主义。将这些思

---

① 李凯尔特（Heinrich Rickert，1863—1936），德国哲学家，他强调价值凌驾于一切存在之上，认为文化与自然的主要区别就在于文化是永远具有价值的，自然则与价值毫不相干。主要著作有《先验哲学导论：认识的对象》（1892）、《文化科学和自然科学》（1899）、《自然科学概念形成的界限》（1896）、《历史哲学问题》（1905）、《哲学体系》（1921）等。

第一章　新文化的世纪与新文学的世纪

想整合，对较好的部分加以抉择、归纳，是不是由此能产生出全面的改革方针、具有整合力的新思想、新文化呢？

　　这一时期的剧坛、诗坛，沿着前期的发展道路，得到不少收获。比之旧剧，新剧获得更多的成功。其代表是艺术座、无名会等。前者由松井须磨子一派、后者为东仪铁笛一派所组成，但可以说他们是从文艺协会派生出来的二大支派。无名会在事实上仰仗坪内逍遥的指导，艺术座是由出自坪内逍遥门下的岛村抱月领导。而坪内逍遥以渐进的态度，岛村抱月以激进的态度，都为新剧的发展做出了不小的贡献。其次是以守田勘弥（1885—1932）为中心的文艺座、以市川猿之助二世（1888—1963）为中心的春秋座、以尾上菊五郎为首的狂言座等，也给停滞的旧剧注入了新的生气，同时，他们也染指新剧，与市川左团次一派相呼应。只是新剧步入绝境、一度沉寂，是因为受反动的势力所驱使，无秩序的小剧团消亡了，有根底的剧团与有根底的演员一起维持生存，从而促进了整个戏剧界新的发展机运。换言之，剧坛改革的事业大体上已经就绪。而且从作家方面说，已出现了相当有实力的作家，有才华的新作家不断涌现，已经崭露头角。

　　诗坛一度非常沉寂，但大正九年开始复兴，至今展示了新的势头，这是因为自然主义的散文性气氛略有削弱，诗人团结一致、紧密结合、携手并进。诗歌的发展也曾受到自然主义的洗礼而表现出民众化，然而这一时期稍微离开自然主义的影响，以各自的个性为根本进行创作。换句话说，这里看不出主流，同时诗歌领域色调复杂。前半期北原白秋、三木露风活跃诗坛，后半期新进诗人如云群起，形成英才割据之势。这和小说界的趋势一样。另一方面短歌、俳句没有长诗那样剧烈的变动起伏，也没有惊人的进展。而且依然是在个性方面显示特色的倾向更加强烈。

　　以上所述是第五时期文学发展的概要。到了这一时期，日本文学相对于欧洲文学，基本上已达到不很逊色的程度。至少赶上了欧洲近代文学的进程。剩下的问题是，比之量更重要的是质。就是质的方面怎么样？这也在某种程度上可以与欧洲比翼。我们关注的只是今后的巨大成功，今后必须开始创造真正的日本文学。

总之，近代文学的演变，在"史"的意义上显示出重要价值，它反映和预示了我国文化异常的飞跃。而且这种进步总是以欧洲文学为对象和目标，画出一条非常醒目的欧化脉络粗线。今后日本文学的对象和目标置于什么方向尚不清楚，但从明治初年到大正十年的文坛演变，看成是文学的欧化史，毫不过分。早在初期的混沌时代就广泛而深刻地受到欧洲文化、哲学、艺术的影响，由此发展而来，这是一点不假的事实。不用说这本来也不是什么名誉和光荣，但作为发展的顺序是不得已的，难以避免的趋势。也不能否认在发展的道路上，建设日本文学的人们烙下的弥足珍贵的努力的足迹。只是在今后，培育、创造出日本独自的文学是第一义的问题，必须取得以更多积极的、能动的"我"去影响欧洲的地位。光明来自东方的时代已经来临！

第二章　启蒙运动和黎明前的文学

第一节　空前大改革与欧美文化的输入

近代文学的第一时期是混沌时期。当然,这种混沌不是绝望。虽然有些模糊,但是可以隐约期待前途中会展开某种新的场面的混沌。不是一切都停滞了、不能产生任何东西的那种状态,而是满怀着即将进行一次大的转折、创造出某种东西的一种期望,可以预想在沿袭旧模式的过程中孕育着新的模式。

所有的改革,都是从面临的重要事情开始的。这些所谓重要的事情是政治、军事和实际生活。从封建制到君主立宪制、从旧兵制到新兵制,从停滞的生活到开阔的新生活的转变,这些是必须率先推行的。文学、艺术等无疑是生活中所必需的,但在当时它们是当做次要问题。确切地说,它们没有进入最初考虑的问题之列。第一时期的文学必然在混沌中彷徨,主要是由于这些情况。

当时的改革是如何进行的?我们试着根据年表粗略地列举一下,就会明白当时是如何的纷繁复杂了。

明治元年(1868)——伏见鸟羽之战
　　　　　　　　　明治天皇即位大典、册封皇后
　　　　　　　　　改称江户为东京

　　　　　　　　　　　改年号，确定一代天皇一个年号

　　　　　　　　　　　设太政官一职

明治一年（1869）——废除封建，奉还列藩藩藉，设立郡县

　　　　　　　　　　　废除公卿、诸侯贵族，作为华族

　　　　　　　　　　　改革官制，设置六省

　　　　　　　　　　　设北海道

　　　　　　　　　　　创设电信业

明治三年（1870）——设桦太开拓使

　　　　　　　　　　　改革藩制、允许百姓称姓

　　　　　　　　　　　使用人力车马

　　　　　　　　　　　与西国（西班牙）及瑞诺（瑞典、挪威）两国交换条约

　　　　　　　　　　　设立英、法、德、美外交使节

　　　　　　　　　　　发布新律纲领

明治四年（1871）——东西两京和大阪之间设置邮政

　　　　　　　　　　　废藩置县

　　　　　　　　　　　向欧、美派大使

　　　　　　　　　　　允许散发、不带佩刀

　　　　　　　　　　　废止秽多、非人的称呼

明治五年（1872）——设置陆、海军两省

　　　　　　　　　　　铺成东京至横滨的铁道

　　　　　　　　　　　颁布学制、创设国立银行

　　　　　　　　　　　召开博览会

　　　　　　　　　　　使用瓦斯灯

　　　　　　　　　　　废阴历用公历

　　　　　　　　　　　掀起战韩论

第二章 启蒙运动和黎明前的文学

明治六年（1873）——发布征兵令

　　　　　　　　　征韩论破裂

　　　　　　　　　设内务省、修改地租

　　　　　　　　　修改学制，兴办小学

　　　　　　　　　严禁复仇、设置公园

明治七年（1874）——征伐台湾

　　　　　　　　　平定江藤新平（1834—1874）叛乱

　　　　　　　　　副岛种臣（1828—1905）等建议设立民

　　　　　　　　　选议院

明治八年（1875）——施行邮政汇票法

　　　　　　　　　设立元老院、大审院和高等法院

　　　　　　　　　千岛、桦太交换条约

　　　　　　　　　发布出版条令

　　　　　　　　　发布新闻报纸条例和制裁诽谤罪

明治九年（1876）——严禁武士平民佩刀

　　　　　　　　　出现神风连之乱、熊本之乱、萩之乱

　　　　　　　　　确定官吏惩戒令

　　　　　　　　　明治天皇行幸奥羽

明治十年（1877）——推出地租减额诏令

　　　　　　　　　暴发西南之乱

　　　　　　　　　召开国内劝业博览会

　　　　　　　　　试装电话

　　　　　　　　　创设博爱社

　　　　　　　　　创建学习院

以上列举的是从明治元年到明治十年的部分主要事件，期间的重大改革经新政府之手果断推行。其改革目标有些复古色彩，但大都以吸收欧美文化为重点，几乎是欧化倾向。这个趋势依据著名的"五事之诏敕"中所倡导的"广泛向世界寻求知识"的主旨，其一就是欧美新兴文化展示出将风靡全世界的优越力量。欧美文化的光彩有如一块硕大的宝石，在当时的新人眼前璀璨闪烁。甚至令人担心，如果不是内容和外形全都欧化的话，国家的生命还能否保存下去。

因此，明治新政府所实行的重大改革包括废藩置县以及四民平等，征兵制度，废止秽多、非人称号，剪发以及禁止佩刀等，大抵上没有不是以欧美为范本的。政法、财政、教育、军事、各种利器、机械等也都是匆忙模仿欧美。例如，陆军最初学法国式，海军是英国式，教育学美国式。因为外语学习基本上是以英语为主，所以从整体上来说，英美文化势力给我们明治初期的文化以比较强烈的影响，但与英美精神的学习相比，更多的是倾向于英美物质生活的学习。军舰、大炮、电信、电话、火车、轮船、石版印刷的西洋画、玻璃制品、白铁皮制成的日用品最受重视。西服、牛肉、洋酒作为新文化的体现，备受新人喜爱。由于这样的情形，对于思想上的新拓展，当然不能期待很多，特别是从明治初年到明治十年，重大的改革与内乱并行，或者说交替出现的情况下，以物质方面乃至政治、军事方面的发展为重点，思想以及文学、艺术这些方面，几乎被搁置一边。至少在文学上应该说是一个黑暗的时代，或者是一个混沌的时代。

当然，这十年里报刊杂志和官立、私立的诸多学校都逐渐兴起，英美文化由中村敬宇、福泽谕吉等所宣传，但以今天的眼光看来，缺少值得多加注意的价值，主要是谋求常识道德、功利思想的普及，与内在的进步相比，更倾向于外在的发展。因而在没有培养思想的原野上，无法开出新的文学之花。

第二章 启蒙运动和黎明前的文学

但是,从明治十一年到明治十八年,除英美功利思想外,大力提倡法国的自由思想,文学开展的机运逐渐成熟。毕竟,通过西南战争,动乱基本平定,各方面都出现追求渐趋平和的秩序和进步的倾向。特别是这期间得以伸展的平民势力,是整个江户时代从未有过的。四民平等的布告虽然早已发布,但直到明治十年,受封建时代余风影响,士族势力仍很强大,战事上平民被认为是绝对没有战斗力的。但在西南战争中,主要是平民组成的军队与士族军队交战,事实清楚地表明他们毫不逊色,因而证明了平民的价值无论在哪方面都不比士族差。曾经海内的文化权力落入平民之手,今天兵权也呈现出移向平民的趋势。士族多半是保守主义的同道,而平民多数是进步主义的朋友,对日本的新发展贡献较大。对所谓"文明开化"的口号,最初产生共鸣的大多是平民社会的人们。从这一点说,明治的新文化,不是贵族、士族的文化,而是平民的文化,至少是平民倾向、平民色彩浓郁的文化。这是一个不以平民百姓为背景就难得长久的时代。以平民倾向、色彩为背景的文化,即使最初不兴盛,也有希望将来充分保持长久生命。这样的情况,在文学上也同样如此。

当然,明治政府中居重要地位的人物中既有出身贵族的人,也有岩仓具视(1825—1883)这样政治上极端的保守者,更多的是武士出身,但其中的大部分在理解平民的思想、感情方面,比起过去幕府中居重要地位的人们,要优秀得多。他们之所以布告四民平等、废除秽多非人称号,是因为他们对平民比以往有着更深的同感,在认可平民的权利、势力方面比较进步。尤其是民间学者中,站在平民立场上的很多。他们虽然出身武士,但对平民的地位、势力有正确的认识,努力善待他们,实现文明开化。其代表人物是福泽谕吉、中村敬宇等。上述的英美功利思想,主要是经这二人之手,最先输入我国。他们作为思想上的先驱者、指导者，最先出现在国民的面前。

第二节　英美功利思想的鼓吹者

英美功利思想的流入，是基于世界的形势。然而，另一方面不可否认的是教育作为其源流也是最有力的推动因素。福泽谕吉、中村敬宇等，原本是作为教育家立足于社会的，并非以思想家、文学家自任。与其他人相比，只有这二人具有思想上和文学上的长处，因而最恰当最具备普及教育方针和意见的资格。

以今天的眼光来看，福泽谕吉、中村敬宇二人作为思想家并没有什么新的独创，也看不出能站在高处阐明深远的真理，只是单纯停留在对英美功利思想的阐述上。说得不好听，他们是将这些思想现买现卖。尤其是福泽谕吉，在思想界有过有益的影响，但相应也伴随弊端，不能否认他的著述在思想上有些低调化色彩。

但如果放在当时的水准中来看的话，则不能一味地看轻福泽谕吉和中村敬宇，处于只管寻求富强之路的当时，特别是处于连续不断的动荡不安的当时，不难想象在思想上新领域的开拓者极其贫乏。在这样的情况下福泽谕吉、中村敬宇二人站在前列。他们了解到当时的人们不断地追求实学、追求功利，发自内心地参与其中。在这样的启蒙运动方面，他们共同取得了成功。因此，不能以今天的眼光，冷漠严责他们作为思想家的价值，倒是我们必须认可福泽谕吉、中村敬宇的卓越之处。

福泽谕吉早就创建庆应义塾，教授子弟兰学和英语等。中村敬宇比福泽谕吉晚几年，在明治六年设立同人社，教授学生英语。在

第二章 启蒙运动和黎明前的文学

这点上,他们是教育界的先觉者。此外,还有东京大学、外国语学校以及新岛襄(1843—1890)的同志社等,还有村上英俊(1811—1890)的达理堂、尺振八(1839—1886)的共立学舍、津田仙(1837—1908)的私立农校,板垣退助(1837—1919)的立志社、福田理轩(1814—1889)的顺天求合社、近藤真琴(1831—1886)的攻玉塾等等。这些学校一般以英美学问为主,但达理堂、立志社也把重点放在法国文化乃至法国思想上。英美的学问、思想成为主流,法国的学问、思想成为支流,统治着明治初期的教育界,点缀着思想领域。

福泽谕吉的本领在于通过著书和教育,宣传英美功利思想和实学,实现文明开化上面。他对此怀抱坚定的信念,大胆地给过时的封建制度产物的旧文化、旧风俗、旧习惯以无情的打击,为创建英美式的文明开化倾尽了全力。在这点上他起到了法国18世纪伏尔泰①和狄德罗②的启蒙作用。他不是深入思考,缜密考究的思想型的人,而是对目前所感受的新文化持积极宣传态度的人,不是闭门书斋、探寻宇宙奥秘的学究,而是根据西方的常识倡导独立自尊、建

---

① 伏尔泰(本名弗朗索瓦-马利·阿鲁埃 François-Marie Arouet,1694—1778),法国18世纪启蒙思想家、文学家、哲学家、史学家,被誉为"欧洲启蒙运动领袖""法兰西最优秀的诗人""欧洲的良心"。主张开明的君主政治,强调自由和平等。主要作品有:《查理十二史》(1731)、《扎伊尔》(1732)、《哲学通信》(1733)、《札第格》(1747)、《路易十四时代》(1751)、《风俗论》(1756)、《哲学辞典》(1764)、《天真汉》(1767)、《老实人》等。

② 丹尼斯·狄德罗(Denis Diderot,1713—1784),法国启蒙思想家、唯物主义哲学家、作家,以编撰《百科全书》的方式,汇集当时最进步的思想,将18世纪法国启蒙运动推向高潮。除为《百科全书》写的大量词条外,他还著有《哲学思想录》(1746)、《怀疑论者的漫步》(1747)、《供明眼人参考谈盲人的信》(1749)、《对自然的解释》(1753—1754)、《达朗贝尔和狄德罗的对话》(1769)和《关于物质和运动的哲学原理》(1770),另外还有哲理小说《拉摩的侄儿》(1762)。

构新日本的活动家，是具有一片忠诚的爱国热情和志士威风气质的杰出人物。只是整体基调倾向通俗化，在思想上、文学上创建不多。

如果单从文学方面来看福泽谕吉，在开创明治时代最初的评论或随笔方面，在创设平民性的新文体方面，应该大大地感谢他。福泽谕吉写作评论以前，我国没有在严格意义上可以称为评论或者批评的文章。当然有过少数政论，史论、文论等，但都在固定的旧概念的束缚下，缺少文化性的批判，执着于扭曲的好恶、是非、爱憎的情感，而且多是非理论性的东西。但福泽谕吉打破过去的模式，从以欧美文化为基调的思想见识上，努力具有理论性、合理性、实证性地揭示近代生活方法。从此开始有了严格意义上的评论。

特别是他的文章充满着平民式的新色调。大概由于他喜欢英、美的文章，从中获得启示，或许还受到日本镰仓时代的宗教文学在文章上的某些启发，其结果是他以简洁、通畅为主，不用艰深的文字，时常插入警句，以防流于单调，巧妙使用俗语，使一般人也能阅读。他的思想另作别论，他的文章，即使是今天的青年人阅读，也没有隔世之感，能感到一种平易的亲近之感。作为文章家的他远比作为思想家的他成功。他对"学问"有一段这样的表述："所谓学问从广义而言，有无形的学问，也有有形的学问，心理学、神学、理学等是无形的学问，天文、地理、物理、化学等是有形的学问。任何一个都要开阔知识见闻，考辨事物的道理，知晓为人者的职责。为了拓展知识、见闻，或者听人述说，或者自己体验，或者阅读书本，非如此不可。故对于学问掌握文字是必要的，但古来世人都认为只要阅读文字就是做学问，这是大大的误会。文字是做学问的工具，有如建造房屋用的锤和锯。锤子锯子是土木建筑不可或缺的工具，但只知道其工具的名称，而不懂得建造房屋的人，不能称之为工匠。同样，只知道阅读文字，而不辨事物道理的人不能称之为学

第二章 启蒙运动和黎明前的文学

者。所谓读'论语'而不懂'论语'就是指这种情况。"由此可以清楚福泽谕吉文章是多么的简明达意了。

他具有多方面的才能，撰写了寓言小说《畸型少女》，著有《福翁自传》（1888—1889），写了《世界国尽》（1869），可以看做是新体诗的一体，但都不具备太大的文学价值。只有《福翁自传》以其丰富的阅历为背景，可以看到他杰出的人格，颇多兴味，作为自传文学的一种，今天也值得一读。但他文学上的特质，始终表现在作为评论家乃至文章家上面。《劝学篇》（1872—1876）、《文明论概略》（1875）、《启蒙学习之文》《西洋事情》（1860—1870）等都很适合探讨他的文章、思想。从中可以看出他知识的广泛与驳杂，有如百科全书一般。

中村敬宇的事业，没有福泽谕吉那么大的反响，但作为一个思想者，他具有比福泽谕吉更为优秀的素质。当然，中村敬宇没有表现出福泽谕吉那种猛烈的破坏力和积极的建设力，但他努力从内部探究英美的功利思想，论述其优秀的一面，在这一点上显示了他不容忽视的潜力。换句话说，他没有福泽谕吉那样唯物，而是具有一定的精神性。即使福泽谕吉，也不完全是唯物的，但其主导倾向是触及事物的内在生命的情况比较少。即使论说智慧、论说男女的新道德也没有触及其深层的核心。然而，中村敬宇也和福泽谕吉一样掀起了改造事业和启蒙运动，但他着眼于内部，与外在方面相比，更是从内在方面来实行。对此，他曾说："怎样改造国民性，方法有二，一是艺术，二是教化。这二者有如车之二轮、鸟之双翼，相辅相成，引导民众走向福祉。即便只有艺术进入巧妙的领域，仅仅是物质上的开化的话，有如古代埃及、希腊的时代，不能纠正丑陋的风习，必须有教化的盛行，辅助艺术感化所不及之处。因此，可以说艺术是改造人的心灵的工具"。艺术和教化，是福泽谕吉所没有论及的领域。在福泽谕吉的独立自尊、智德之外，还这样着眼于艺术、教化，是中村敬宇的高明之处。

当然，中村敬宇也具有通俗性、功利性地解说道德的倾向。这从他对英人斯迈尔斯①的《自助论》《品行论》的译述中看得很清楚。《自助论》以《西方国家立志编》（1871）为题出版，读者面很广，同时，他另一方面又翻译了穆勒的《自由论》、爱默生的《报偿论》等，努力向人们展示比通俗更进一步的道德思想的境地。鉴赏介绍喜爱静思、探及宗教奥秘的爱默生的思想，正是表明中村敬宇不甘于仅仅向一般大众宣传自助精神。

中村敬宇的文章和福泽谕吉有很大的差异，福泽谕吉写自由自在的达意性文章，中村敬宇却主要写汉文调的文章，具有典雅庄重的风格。比之于通俗晓畅、纤细柔和，他更崇尚干练含蓄的贵族气质。他的翻译，一字一句，一丝不苟，而且试图从翻译味中超脱出来，可以看出他文学上的良好功底和努力。看看他的《西方国家立志编》第一节（引文略）可以说他创立了比较优秀的翻译文体。

第三节　启蒙运动的展开

与福泽谕吉、中村敬宇的著译一起，间接地为振兴文学奠定基础的是报纸杂志的发行。这是现代新文化的产物，以前也有，但数量极少又幼稚至极。明治以前出现的报纸有万延元年发行的《官版巴达维亚新闻》以及同样是官版的《六合丛谈》《香港新闻》《海外新报》《海外新闻别集》等，这些是外文报纸的翻译，全都是每月数次发行，与其说是报纸，倒更像是杂志。不是翻译、而是作为纯

---

① 塞缪尔·斯迈尔斯（Samuel Smiles，1812—1904），英国19世纪社会改革家、道德学家、随笔作家，一生阅历十分丰富，著述颇丰，主要有《自助论》《自由论》《品行论》《金钱与人生》《命运之门》《信仰的力量》等。

第二章　启蒙运动和黎明前的文学

日本报纸最早出现的是每月发行三次的《藻盐草》。它创刊于元治元年四月，由岸田吟香（1833—1905）、本间潜藏（1843—1923）两人担任编辑，美国彦造（也称为约瑟夫彦或约翰彦）参与顾问。接下来出版的是外籍传教士毕利的《万国新闻》、柳川春三（1832—1870）的《中外新闻》，以及《新闻事略》《江城日志》等，都是月刊或者周刊，编辑和印刷都还没有脱离粗糙幼稚的阶段。

以像样的报纸体裁出版的是明治元年二月由政府发行的《太政官日志》。这是现在的官方报纸的开始。同年三月，出版了福地源一郎（福地樱痴，1841—1906）的《江湖新闻》、辻新次（1842—1915）的《远近新闻》、桥爪贯一（1820—1884）的《内外新闻》。福地樱痴亲自到国外视察、研究报纸的实况，运用这些新知识创办《江湖新闻》，它是一份4开10页至12页、木板印刷的报纸，在报上不断地攻击政府，屡屡被禁止发行，受到处罚。其他报纸也在其前后，因为反对政府而被一时叫停。

然而时势在慢慢促进报纸的发展。《横滨每日新闻》以及可以称作《江湖新闻》后身的《东京日日新闻》的重新刊出，新闻界逐渐有了生气。这也是由于对报纸采取苛刻态度的政府一时态度变得宽容了，还多少带点保护色彩。还有一点就是因为新兴文化呈澎湃之势，显示出急潮般地要遍地波及的样子。

明治三年二月——《横滨新闻》出刊，最早的日刊

明治四年五月——《京都新闻》《纪州日新纪闻》《名古屋新闻》诞生

明治 五年二月——《东京日日新闻》发行

　　同年六月——《邮便报知新闻》出刊

明治 七年九月——《朝野新闻》诞生

　　同年十一月——《读卖新闻》发行

明治 八年一月——《东京曙新闻》出刊

同年四月——《平假名图画新闻》诞生

同年五月——《近世樱田新闻》出刊

以上报纸中，特别引起时人关注的是福地樱痴主办的《东京日日新闻》、成岛柳北所在的《朝野新闻》、藤田鸣鹤所在的《邮便报知新闻》等。福地樱痴占据着当时新闻界第一把交椅的位置，在论说和记叙文上尽情展示了他的才气和底蕴。他没有一定的主义信条，作为一个"立场人"颇有些暧昧，但他理解明治新文化的趋势，撰写令时人关注的论文。文笔与福地樱痴匹敌的是成岛柳北，他有点保守色彩，对新生代不是没有反抗的倾向，擅长讽刺、戏谑，撰写轻妙的杂文，在这一方面没有人能赶上他。福地樱痴的后任是末松谦澄（青萍，1855—1920）等，成岛柳北后面是末广铁肠（1849—1896）等。

这些新闻界的人们，不论他名声鼎沸还是默默无闻，他们是民众性的进步主义者，具有理解欧美新文化的头脑，因而在某种意义上，可以称他们为时代的先觉者。当然，他们当中有许多没有受过多少正规教育，思想上难免粗杂、散漫，但是在促进时代的进步、对民众起到一种启蒙作用，这一点具有不可忽视的潜在力量。他们的文章，还显得旧式，但大都有一种生气，意气泼辣。

新闻界的趋势如前所述，杂志界的情形虽没有新闻界那么兴旺，但在实质上也有其优势。杂志最初大多以翻译为主，但到了明治六年，集中了当时新人学说的《明六杂志》出刊，这是以宣传、鼓吹欧美新文化为目的、由森有礼（1847—1889）主持的明六社①的机关刊物，每月出版两期。加盟明六社的成员是福泽谕吉、津田仙

---

① 日本明治维新时期的学术团体。1873年由森有礼（1847—1889）创建。会员有西村茂树、中村正直、加藤弘之、福泽谕吉、西周、津田真道、箕作秋坪（1825—1886）、箕作麟祥（1846—1897）、杉亨二（1828—1917）等，皆为兼备汉学修养和西洋近代知识的学者。因明治六年成立而定此名，同时创办发行《明六杂志》，并定期集会，公开演讲。在日本传播新思想，推动日本近代思想启蒙。

第二章 启蒙运动和黎明前的文学

（1837—1908）、西周（1829—1897）、中村敬宇、加藤弘之（1836—1916）、西村茂树（1828—1902）等十余人，他们都是当时有名的教育家、学者。他们以指导时代的气概，将其力作刊于《明六杂志》。走在前列的是处于主导地位的森有礼，他是早就从英国留学归来的进步主义者，同时又是热爱清教徒风气的基督教徒。他的态度酷似福泽谕吉，而且主张更加严峻的改造。他干劲十足地想在某种程度上破坏旧日本，创造新日本。他写了《废刀论》《禁妾论》《男女同权论》等文章，遭到保守主义者的憎恶和反对，但他毫不屈服。他的结婚方式也显示了他的男女同权之实。

除森有礼的论文之外，《明六杂志》还刊出了西周的《罗马字论》、坂谷素（朗庐，1822—1881）的《万国共通语之必要》、神田孝平（1830—1898）的《演剧改良论》、津田真道（1829—1903）的《出版自由论》，杉亨二（1828—1917）的《硬货制论》等有益的论文，在知识阶层产生强烈的反响。西周的学说很快成为罗马字会、"假名之会"等的指导性理论。上述的人们都持激进态度，阐述他们的研究、主张的不少，这对启蒙运动做出了较大贡献。

无疑，与《明六杂志》并肩而起的《共存杂志》，对启蒙运动也是强有力的推动。这是由小野梓（1852—1886）主持，以研究欧美制度、文物为目的，当时许多青年才俊加盟的刊物。外山正一（1848—1900）、菊池大麓（1855—1917）、赤松连城（1841—1919）、大内青峦（1845—1918）、马场辰猪（1850—1888）、鸠山和夫（1856—1911）、矢野文雄（龙溪，1851—1931）、岛田三郎（1852—1923）等汇集一堂，其团体称之为"共存同众"。当然，他们的努力远不如明六社，但他们每月举行两次演讲会，成为公开演说的先驱。这样明六社主要通过文笔、共存同众主要通过口舌，努力普及欧美新文化、推动启蒙运动。

其他还有《同人社文学杂志》《评论新闻》《近时评论》《洋洋

社谈》《扶桑杂志》《草莽杂志》《团团珍闻》《颖才新志》《柳桥新志》《东京新志》《花月新志》等先后在明治十年之前创刊。其中文学性比较强的是成岛柳北执笔的《花月新志》《柳桥新志》等。服部诚一的《东京新志》也模仿柳北的余风，带有文学色彩。他们用流利的汉文写作，今天看来有隔世之感。

报纸杂志之外，各种翻译读物也提供给当时人们渴望的新知识。福泽谕吉的《穷理图解》特别有名，在其前后还有川本幸民（1810—1871）的《气海观澜广义》（1851）、吉田贤辅（1838—1893）的《物理训蒙》、石黑忠惠（1845—1941）的《化学训蒙》、小幡笃次郎（1842—1905）的《天变地异》（1868）、后藤达三（1842—1891）的《穷理问答》（1872）、加藤宗甫（1832—1889）的《化学入门》（1867—1873）等出版。教育方面著作的翻译也在明治六年至明治十年之间出版了10余种。当时文部省除出版《文部省杂志》外，对名著译述传播海外新知识做出了努力。这恰似近代法国达朗贝尔①和狄德罗编纂《百科全书》由政府印行一样。其中加藤弘之翻译伯伦知理②的《国法泛论》是文部省出版物中的名著，以其宣传国家主义思想受到重视。

其次是与明治初有些许复兴的国文学、神道的保守思想相对峙的基督教思想，通过新岛襄的极力宣传，拥有了比新知识宣传还引人注目的价值。新岛襄之前致力于宣传基督教的外国牧师当中不乏

---

① 让·勒朗·达朗贝尔（Jean le Rond d´Alembert，1717—1783），法国著名的物理学家、数学家和天文学家。1746年达朗贝尔与狄德罗一起编纂了法国《百科全书》，负责撰写数学与自然科学条目。他一生研究了大量课题，完成了涉及多个科学领域的论文和专著，其中最著名的有8卷巨著《数学手册》、力学专著《动力学》、23卷的《文集》和《百科全书》的序言等。

② 伯伦知理（Johann Caspar Bluntchli，1808—1881），出生于瑞士的德国学者、政治家，著有《一般国家法》《德意志国家词典》《国家学（论）》等，在国家理论和国际法领域有一定影响。

第二章 启蒙运动和黎明前的文学

人格优秀之人,但他们的势力范围过于狭小。新岛襄从美国回来后在京都建同志社,兴建以基督教主义为根基的学校,他的传教之道逐渐拓展,尔后五港三府的其他重要城市都形成传播基督教的势头。

　　基督教思想和近代日本文学的关系极为密切。虽然没有达到欧美科学对日本实际生活影响的程度,但在某一时期,某些方面还是受到基督教的深深感化,产生了以基督教思想为背景的文学。这一现象从第一时期的后半一直贯串到第五时期都留有其痕迹。既然近代文学主要以欧洲文学为其蓝本,至今仍然保持着对欧洲文学的仰慕,那么就不能忽略长期以来作为欧洲文学背景的基督教思想。特别是歌德①、但丁②、托尔斯泰③、陀思妥耶夫斯基④的大作,多有赖于基督教思想,因而要体味到世界大战前欧洲文学的精髓,无论如何必须研究基督教思想,至少《圣经》是非读不可。

---

①　约翰·沃尔夫冈·冯·歌德(1749—1832),德国18、19世纪最伟大的作家,他的创作把德国文学提高到全欧的先进水平,并对欧洲文学的发展做出了巨大的贡献。代表作诗剧《浮士德》构思宏伟,内容复杂,结构庞大,风格多变,融现实主义与浪漫主义于一炉,将真实的描写与奔放的想象、当代的生活与古代的神话传说融为一体,达到了极高的艺术境界。

②　但丁(Alighieri Dante,1265—1321),意大利伟大的诗人、文学家,青年时期从政,却报国无门,有过丰富的人生阅历和情感体验。一生的巨作是长诗《神曲》,长诗采用欧洲中古时期特有的梦幻文学形式,在基督教神学框架下表现对现实的社会和人生的诗性思考。此外还有诗集《新生》和理论著作《论俗语》《飨宴》及《帝制论》等。

③　列夫·尼古拉耶维奇·托尔斯泰(1828—1910),俄国作家和哲学家,同时也是非暴力的基督教无政府主义者和教育改革家,著有《战争与和平》《安娜·卡列尼娜》和《复活》这几部被视作经典的长篇小说。

④　费奥多尔·米哈伊洛维奇·陀思妥耶夫斯基(1821—1881),俄国19世纪著名作家,他醉心于病态心理的描写,展示人类震撼人心的肉体与精神痛苦,接踵而来的灾难性事件伴随着心理斗争和痛苦的精神危机,届时人性的复杂矛盾和深刻的悲剧性。主要作品有《被侮辱与被损害的》(1861)、《罪与罚》(1866)、《白痴》(1868)、《群魔》(1871—1872)、《卡拉马佐夫兄弟》(1880)等。

当然作为宗教的基督教与大乘佛教相比，略有逊色之处，但它的《圣经》，在长期接触东方文学的日本人眼中，充满了清新的饶有趣味的叙事抒情，比之佛教经典，容易理解得多，自然唤起青年们的共鸣。这样的趋势，在新岛襄的同志社首先播下了种子，出自新岛襄门下的海老名弹正（1856—1937）、德富苏峰、德富芦花、浮田和民（1859—1946）等成为民友社派的文学台柱。之后虽然不是受新岛襄的影响，《文学界》一派的人们中，接受基督教洗礼的有二、三人，这样在近代文学中能够看出基督教的流变，可以说其主源发自于同志社。

第四节　混沌期的文学及其新倾向

从明治初年到十年的文学几乎没有值得注目的东西。在混沌时代、黑暗时代要找出有力的小说、诗歌、评论等是非常困难的。不管怎么说，这一时期是新文学诞生的准备时期，是终于开始播下新的种子的时期。当时社会的人心全都在构想改造旧日本、建设新日本，所有的工作都集中在实际的问题。从某种意义说，即便大部分都是在模仿欧美，而在实际生活上也是想要创造一个闪耀着新生命的日本。这的确是一项巨大的创制、巨大的改造。

由于处于这样的一个时代，有实力的新人都忙于实际生活的改造与创制。几乎没有人把心思用在文学艺术上。文学方面的工作，完全由那些旧脑筋埋头于旧式戏作的人们来担当。这些人在文学上没有一点开创新世界的野心和气魄，只是追逐着江户时期的旧梦。只不过是式亭三马、十舍返一九、为永春水、山东京传、曲亭马琴之余唾，无论形式上还是内容上，创作的都是固守旧生命、缺乏生气之作，以此聊作自慰。在这些人当中，比较出色的是假名垣鲁文。

第二章 启蒙运动和黎明前的文学

假名垣鲁文的文学教养非常贫弱，只是凭着一股才气干下来。他所擅长的滑稽文学，模仿十舍返一九、式亭三马的做法，但只学得其皮相。不过他具有适应时代的才气，因而滥发浅薄的讽刺，勉强敷衍面临的问题。大概当时的社会，从旧文化向新文化变迁，建设与破坏同时并存，和混沌一起，动荡卷起漩涡，在这样的情况下，产生矛盾、冲突、碰撞、背离，值得付之一笑的事情应接不暇。穿着西装，脚踏木屐，披散头发却穿着和服，这样外表上的矛盾尤其多。假名垣鲁文着眼于这些方面，尽情地加以嘲讽。他的《西洋徒步旅行记》（1870—1876）、《黄瓜使者》（1872）、《安愚乐锅》（1871）等就是这一类作品，较之他江户时期的作品《滑稽富士游》（1860）、《政谈青砥碑》（1844）等有所进步。

《西洋徒步旅行记》可以说是他的代表作。其内容以福泽谕吉的《西洋事情》为基础，采用了当时参加巴黎博览会回来的宫田砂燕讲述的一些素材，加上假名垣鲁文高超的幻想。情节是福田的弥次郎兵卫和北八两人，随横滨的富商大腹屋赴英国都城伦敦，记录他们所到之处闹下的笑话。看它的序文，就很清楚假名垣鲁文的心境：

> 当今文明开化迅猛发展，我辈侥幸远离"不学子曰"的迂远，转向经验穷理的西洋风格，就连市井童儿，也一改中国式的芥子头，变为欧罗巴式的短发，不用孔子的遗著，改为英普法等欧美国家的 ABC，四百洲算什么，如今是万国世界五大洲，至此开始通晓天地之理，盛世盼望新玉之春之心境，废藩旧知事子弟无伙独自观世间，农业扶持飞鸟川，既往不咎商法开业，父母健在亦远游，舰炮一发三千里，朝闻道，夕死不可。吃牛肉，喝啤酒，强健身体保长寿，以得利富国为今日之报恩。

假名垣鲁文对英国式的功利主义抱着不满的情绪，在戏谑的语言中流露出讽刺。也许在当时的纯江户人中，和假名垣鲁文同样怀抱消极的反抗意识的人为数不少吧，假名垣鲁文主要是受到这些人的欢迎。

假名垣鲁文的《安愚乐锅》详细地刻画了象征新文化的牛肉店里顾客们的各种议论，描写以崇拜欧美的人为中心，他们高谈阔论时事政见的情景。《黄瓜使者》诙谐模仿福泽谕吉的《穷理图解》，讽刺当时人们模仿欧美文化皮毛的狂热。上面两篇仿照式亭三马笔触之处很多，但没有式亭三马的妙味。总的来讲，其讽刺流于表面，陷于单调，近似于无聊笑谈的东西不少。但描写了当时的风俗、世相的一个侧面，就是今天读来，还会感到一丝兴味。

除假名垣鲁文之外，当时写作小说的作家从数量上来讲不少。作品还比较出色的有万亭应贺（1818—1890）的《释迦八相文库》（1845—1871），第二代为永春水（1818—1886）的《时代加贺鸢》（1876）、松村春辅的《复古梦物语》（1873）、三世柳亭种彦合著的《白缝物语》（1849—1885）、条野采菊（1832—1902）的《柳荫月朝妻》（1870）等。其他有些知名度的作家有鹤亭秀贺、山山亭有人（条野采菊）、笠亭仙果（1837—1884）、柳水亭种清（1823—1907）、梅亭金鹫（1821—1893）等。他们都受到惩恶劝善主义思想的束缚，只不过在读本、草双纸、滑稽本、人情本等旧式文学中彷徨。几乎看不到像假名垣鲁文那样灵活的。

他们大多在报纸上发表连载读物，以保证其存在。假名垣鲁文首先在明治六年《横滨每日》上刊载滑稽小说。据说他生活比较贫困，但当时是他的得意时期，在报社拿到了最高的月薪。我们看看明治八年《东京每日》的工薪簿，塚原靖（涩柿园）40元，假名垣鲁文42元，其他都不满20元，假名垣鲁文的滑稽文学被认为最具

第二章　启蒙运动和黎明前的文学

优势的。当时的42元，抵得今天的300—400元，假名垣鲁文仅凭这些月薪，就应当生活得相当不错了。闲话不说，紧接着假名垣鲁文的是笔名为三世种彦的高畠蓝泉（1838—1885），他加入了《平假名图画》，担任小说主笔；称为二世春水的染崎延房（1790—1844）也加入了同一报社。明治十年梅亭金鹅加入了《团团珍闻》。其他写作报纸小说的还有渡边义芳、市川魁雷、须藤南翠（1857—1920）、伊东专藏等，这些读物取代了草双纸、合卷本，受到读者的喜爱。今天的报纸小说，萌芽于那个时候。若从"趣味中心"这一点来看，他们写作的东西，在俘获一批低级读者上面掌握了一些窍门。

　　与小说的不景气相比，创作戏剧剧本的河竹默阿弥是辉耀戏剧界的一大星座。他以江户戏剧最后的集大成者而著称。关于他，在《日本近世文学十二讲》①中，大体已作了评论。因此，关于江户时代的他，在这里不多述，主要说说他在明治年代的情况。他的杰作总的来讲在江户末期，进入明治后，流于迎合时尚，多为内在生命稀薄的作品。大概在江户文化中能挖掘出他的得意题材，而进入明治之后，由于缺乏体味新文化精髓的敏感和知识，难免陷入肤浅。在文明开化的新浪潮中，他虽然努力描写当时的世相，但往往摆脱不了劝善惩恶主义，远离人情之真。明治六年的《发结新三》（1873）、明治十年的《霜夜钟声十字签》（1877）、明治十四年的《岛衢月白浪》（1881）等，尽管显示了他丰富的才能，也仅仅是展示了他老练圆熟的戏剧技巧。往往为应付场面，写作投合世人所好的东西。总之，明治十八年之前他还是发挥了他的长处，之后就江郎才尽了。他的活历物不仅写不出历史剧的新意，也不是他的老本行。但正因为有了他，明治初期的戏剧界和文坛都得以添加异彩。

---

① 《日本近世文学十二讲》是本著作者高须芳次郎的另一本文学史论著作。

在这一点上，我们必须感谢这位江户戏剧界的一大殿后之将。

除小说、剧本之外，作为大众文学的一种，还出现了话本。这方面的代表是三游亭圆朝（1839—1900），《牡丹灯笼传奇》（1884）作为他的代表作广泛流传。谈州楼燕枝（1837—1900）的《岛衢冲白浪》、春风亭柳枝（1852—1900）的《仿唐倭抚子》等也获得普遍好评。三游亭圆朝在这方面锐意革新，乘新时代的大潮加以发展，提高话本的文学价值，但三游亭圆朝去世后，再也没有出现第二个圆朝。

另有一种被称之为杂文的文体装点着这一时期的文坛。其中较为有名的是成岛柳北系统的服部抚松（诚一，1841—1908）的《东京繁昌记》（1874）。这是以日本化的汉文，描写当时东京的生活，带有轻松的讽刺和滑稽的韵味。以《妾宅》为题的文章开头写道："当今女学之行专攻女学之道，稍有男女同权说。然而美人流行，未曾盛过今日。妻有正权，妾有内外。一男守一妇者甚鲜"，爱怜之中寓于着甜美的讽刺，值得作为一种东京印象记乃至风俗资料来看。

综上所述，第一时期前半的文学，除了河竹默阿弥、假名垣鲁文、福地樱痴、成岛柳北等之外，值得一提的几乎很少。通过他们得以保存文学色彩和命脉的文坛有的只是寂寞。但既然时势不安，充满动荡，大家都在追求功利主义的生活方式、忙于现实的改造、破坏和建设，那么这也是不得已的一种现象。即便是艺术界也陷入同样的局面。不过由于西南战争，新人战胜旧人，进步主义克服保守主义已自然明朗，新世界得以展开，时代的动荡趋于沉静，提供了新人登台的舞台，新文学之芽也由此开始破土而出。

第二章 启蒙运动和黎明前的文学

第五节 新兴的翻译文学

进入第一时期的后半段,很有意思的现象是,在以作家自任者尚未达到适应时代推移而觉醒之时,与小说缘分甚远的政治文学家、或者欧美文学研究者,率先促进了新文学的诞生。西南战争之后,那些梦想着政治赌博的人们,希望创造以和平手段参与国政的机会,而热衷于开设国会的运动。这极度地煽动了当时的政治热潮,如果有志于政治或者对政治有兴趣的人,不分老人、青年都喜好谈论政治。特别是燃烧着青春热情的人们,蹲在出租屋的二楼,高谈阔论天下形势,一边啃着烤红薯,一边暗自梦想着自己哪天成为大臣、参议。

与此同时,和英美功利思想一样,法国的自由思想也风靡了政界。这种思想的先驱是板垣退助等人,他组织的爱国社的宣言这样写道"看我们的这个政府,只能是为人民而设的政府,而我党的目的就是在于保全主张人民通义的权利,以此使我们的人民成为自主、独立不羁的人民"。他们生吞活剥法国的自由思想,表现出激进的态度和热情,他们看到法国大革命后的欧洲高唱自由平等的民权思想风行,也希望马上在我国看到。

当时的报纸杂志,都在尽最大努力宣传法国自由思想。中江兆民在明治十四年发行了《政理丛谈》(1881),次年以《民约译解》(1882)为题翻译出版了卢梭的《民约论》。在这前后,孟德斯鸠①

---

① 孟德斯鸠(1689—1755),法国启蒙时期思想家、西方国家学说和法学理论的奠基人。他的主要著作有《波斯人信札》(1721)、《罗马盛衰原因论》(1734)、《论法的精神》(1748)。他批判封建专制主义,主张社会改革,建立君主制即君主立宪制和"三权分立",以保障人民的政治自由和生命财产的安全。

的《法的精神》被介绍到我国，马场辰猪（1850—1888）的《天赋人权论》得以出版。乘着这种风潮，从欧洲回来的西园寺公望（1849—1940）和松田正久（1845—1914）等，发行《东洋自由新闻》，行进在与中江兆民同样的道路上。卢梭的学说早在明治十年就由服部德进行了介绍，但等到中江兆民雄健的译笔才开始广泛的流布。加之曾在《国体新论》中发表急进偏激意见的加藤弘之出版《人权新说》（1882），反对自由平等的民权思想，民权论者严厉地攻击加藤弘之，更加抬高了其气势。

由于这样的情势，政治上的新运动多方展开，最终自由党①、改进党②得以成立。自由党以板垣退助为首，宣传法国流的政治思想，改进党以大隈重信（1838—1922）为首，谋求英国式的稳健踏实的政治思想的弘通。政治热潮也因此增加了热度。其影响自然会波及文学。新文学的萌芽以此为机缘是一个很有意思的现象。之所以政治思想的文学表现最初不是通过创作而主要是通过欧洲的政治小说乃至传奇小说，是因为这一方面的在过去的日本文学中史无前例的缘故吧。

因此，首先是翻译文学的流行。出版的翻译作品以政治性的为主体，也有科学性的、也有纯文学性的。政治性的翻译，大都出自

---

① 自由党是日本第一个主要政党，成立于1881年，以坂垣退助为总理、中岛信行为副总理，常务委员有后藤象二郎、马场辰猪、末广重恭、竹内纲，干事有林包明、山际七司、内藤鲁一、大石正巳、林正明。该党的宗旨是："力图扩大自由，保障权利，增进幸福，改良社会"；"确立善良的立宪政体"。自由党的政治主张吸引了民权运动的左派人士。

② 改进党也称立宪改进党，成立于1882年，大隈任总理。犬养毅、尾崎行雄、小野梓、河野敏镰等参加。受英国渐进主义的影响，主张君主立宪制和二院制议会。该党宗旨是"保全王室之尊荣，保障人民之幸福"；主张中庸之道"夫惑于陋见而徒守旧者，急躁冒进好激昂者，均非我党之所望"，"政治之改良前进，为我党所希求，然急激之变革，则非我党之所望"。

第二章　启蒙运动和黎明前的文学

对政治感兴趣的人、或者直接与政治有关的外行人之手，这些作品不是由译者一一根据文学标准加以严格挑选，而是仅仅满足于诱发和刺激自己的政治趣味乃至幻想。这些适合译述的欧洲作家是大仲马①、利顿、迪斯累里、司各特等，可以将他们划分出现实性的和历史性的，司各特和大仲马是历史性的，他们的作品又兼有政治趣味。

最早出版的是织田纯一郎翻译的《花柳春话》。这是利顿的《阿勒斯特·马特纳巴斯》以近乎汉文直译风格译述，于明治十二年刊行。同是利顿的作品，还出版了坪内逍遥译的《慨世志士传》和藤田鸣鹤译的《击思谈》。迪斯累里的作品，出版最早是关直彦译的《春莺转》，随后出版的是尾崎行雄译的《春窗绮话》《经世伟勋》等。这些译文中，除坪内逍遥的《慨世志士传》外，翻译调子或拘泥于马琴调，或流于汉文直译风格，偏向其中一方，缺乏文学价值。然而始终追逐新东西又陷于政治热的时人们，把它们当做清新的文学，很容易就接受了它们。

科学性的作品方面，大多翻译的是法国小说家儒勒·凡尔纳的作品。这些作品一方面类似冒险小说。最早出版的是川岛忠之助（1853—1938）译的《新说八十日世界一周》。此后井上勤的《六万英里海底旅行》、福田直彦的《万里绝城北极旅行》、红芍园主人（森田思轩，1861—1897）的《铁世界》等陆续出版。另外还有《月球旅行》《非洲内地三十五日空中旅行》《学术妙用造物者惊愕试验》等。当然都是些文学价值很小的作品，只是以其意趣受到人们欢迎，在普及科学思想、冒险趣味方面起了很大的作用。在某种意义上起到了启蒙性作用，成为引导时代新风潮的一股力量。

---

①　大仲马是亚历山大·仲马（1802—1870）的简称，因他的儿子也是作家，为了区分，将它称为大仲马。

纯文学作品是小说、戏剧和诗歌诸类。坪内逍遥的《恺撒传奇》是莎士比亚的《裘力斯·恺撒》的翻译,坪内逍遥从明治十六年深深地喜爱莎翁。井上勤的《全世界一大奇书》是翻译阿拉伯故事集《一千零一夜》,片山平三郎的《格列夫四岛记》是斯威夫特的《格列夫游记》的翻译。其他还有《狐狸的裁判》(歌德原作,井上勤译)、《峡谷中的姬百合》(贝尔萨克莱的《德拉·梭伦》,末松谦澄译)等出版。明治年间最早翻译的要算是明治六年出版的《通俗伊索寓言》(渡边温译)吧。以上这些译作,除坪内逍遥的《恺撒传奇》外,译文值得一读的很少。而且这些作品除英美的原作外,都是通过英文本的二次翻译,更加远离原作的风韵。在坪内逍遥译《恺撒传奇》前后,高田早苗、天野为之等以《春江奇谈》为题,译出司各特的《湖上夫人》。

这样的文学作品的翻译,从明治十八年、明治十九年到明治二十一年、明治二十二年间,政治趣味、传奇色彩的东西陆续出版,这从第一章中列举的译著中也可以看出。欧化热的沸腾,促使翻译文学的全盛,不仅仅是英美文学,甚至法国文学的翻译也不少。但是具有艺术性的翻译在二叶亭四迷的《幽会》、新声社同人于《国民之友》发表译诗之前,几乎找不出来。

新体诗也同样是从欧美寻求典范逐步向前发展的。明治十五年七月出版的《新体诗抄》由外山正一、井上哲次郎、矢田部良吉(1851—1899)三人共同编译,其中译出了丁尼生[1]、金斯利[2]、朗

---

[1] 阿尔弗雷德·丁尼生(Alfred, Lord Tennyson,1809—1892),英国19世纪著名诗人,大学时代出版《抒情诗集》(1830),重要作品有《诗歌》(两卷本,1842)、长诗《公主》(1847)、《悼念》(1850)、组诗《国王叙事诗》(1859)、《伊诺克·阿登及其他诗歌》(1864)、《民谣及其他诗歌》(1880)。他的抒情诗对英国景色、自然风光和天籁的描写十分出色,诗作技巧运用完美。

[2] 查尔斯·金斯利(Charles Kingsley,1819—1875),英国19世纪的小说家和诗人,主要作品有社会小说《奥尔顿·洛克》(1850)、《酵母》(1851)、历史小说《希帕蒂亚》(1853)、《向西去啊!》(1855),诗集《仙女座》,儿童文学作品《英雄们》(1856)、《水孩子》(1863)等。他的创作富有同情心和正义感,常针砭时弊,笔力雄健。

第二章 启蒙运动和黎明前的文学

费罗①、格雷②、莎士比亚等诗人的原作。其总序中明确写道:"生活于新日本大潮流中的国民,因此要作诗抒发情志,不能不用现在的国语,采取欧洲诗歌形式"。那些译诗中,比较著名的有格雷的《悲歌》(矢田部尚今译)、丁尼生的《轻骑队进击曲》(山山仙士译)等。莎士比亚的《哈姆莱特》只翻译了一幕倒是很少见。翻译方法显得非常平实甚至失之单调,但作为最初尝试,倒是一种成功的方法。这与明治十四年出版的《小学唱歌集》中的译诗相比,就不得不承认它的确优秀。

除此之外,尚不能忽略的是明治十四年刊行的中江兆民的《维氏美学》,这是在森鸥外的《审美纲领》出版之前唯一的一本美学书籍,原作者是约·吉鲁·维龙③。这本书恐怕和中江兆民的《民约译解》一样,没有受到广泛欢迎吧。究其原因,是因为当时的文坛、学界,不仅对于精神科学还非常幼稚,加之功利性倾向以及因袭性的羁绊,就连对文学的本质都很少思考,不知道美学为何物,那是很自然的了。可以说,毕竟法国思潮的传入,为中江兆民最初开拓

---

① 亨利·沃兹沃斯·朗费罗(Henry Wadsworth Longfellow, 1807—1882),19世纪美国浪漫主义诗人,主要诗作有《伊凡吉林》(1847)、《海华沙之歌》(1855)、《迈尔斯·斯坦迪什的求婚》(1858)、《路畔旅舍的故事》(1863)、《候鸟》(1860)、《新英格兰悲剧》(1868)、《潘多拉的假面舞会及其他》(1875)、《凯纳梅兹及其他》(1878)、《天涯海角》(1880)、《在港湾里》(1882)等,他的诗作具有纯粹亲切、温文尔雅的抒情风格。

② 托马斯·格雷(Thomas Grey, 1716—1771),英国18世纪抒情诗人。一生的大部分时间在剑桥大学从事教学与研究,也是英国"墓园派"的代表人物,《墓园挽歌》是其代表作。一生作诗不多,仅10余首传世。

③ 维龙(Eugene Veron. 1825—1889),法国新闻工作者、学者。曾任《里昂进步》《共和法兰西新闻》编辑主任、《自由》主笔和《工艺新报》社长等职。其主要著作有:《人类智力的进步》《色当战争后的德意志史》《古代及近代艺术中的神话》《伦理学》《美学》《诸宗教的博物史》等。

美学领域提供了机缘。中江兆民的翻译精确严谨,一字一句一丝不苟,然而遗憾的是过于刻板、缺乏启蒙性的用意。

第六节　政治小说的流行

由于翻译文学的陆续出版,受到新刺激产生的是当时的政治小说。在最初,它不是在纯艺术意义上的创作。其作者基本上都是在政界血气方刚的少壮派,或者是执笔于报纸的才子们。与政治相关的人们,为了披沥自己在政治上的希望、抱负、指责社会的不平等,姑且以小说的形式寻求政见表达。末广铁肠在《雪中梅》序文中说:"怀抱对当时世态的深深感愤,借托爱情故事描写政治上的情形"。尾崎行雄说:"以小说家的身份出现,在镜花水月的幻境中表露锦心绣肠,有如声高容易进俗耳,这是今天我国政治家最急需、最方便的了。"由此可见,他们的用意和目的所在。因此,政治小说无法追求其艺术价值是其必然结果。但与以前的小说相比,在内容或者形式上,多少动了点心思,努力去适应新时代的要求。这和完全因袭旧有模式,没有向外迈出一步的戏作相比,有着不同的风貌和兴味。

作为政治小说,最早出版的是明治十六年刊行的《经国美谈》(1883)。这是矢野龙溪(文雄)想在希腊历史中寻求政治上的理想人物,暗中鼓舞新兴的日本青年而创作的作品。其次出版的是明治十七年藤田鸣鹤的《文明东渐史》(1884)、明治十九年末广铁肠的《雪中梅》(1886)、明治二十年须藤南翠的《新妆佳人》(1887)、末广铁肠的《花间莺》(1887)、东海散士的《佳人奇遇》(1887)等。另外有依田百川(1833—1909)的《侠义美人》、须藤南翠的《绿蓑谈》(1886)等也相继问世。

第二章 启蒙运动和黎明前的文学

以上作品中，今天读来还说得过去、相当富于人情味的要属矢野龙溪的《经国美谈》吧。小说内容是写希腊齐武的名士巴比陀和威波能二人协力奋战，谋划推动国家兴隆的美谈佳话，加以相应的曲折、波澜。文章典雅醇厚又朴实明朗，几乎没有夸张矫饰之笔。与之相比，东海散士的《佳人奇遇》多华丽夸饰的趣味，但书中叙述为自由独立而战的美国的繁荣，以爱尔兰的佳人幽兰女士为中心的各亡国志士联合战斗等描写，或许引起时人的兴趣，因而特别受欢迎。据说作者虽是东海散士，而实际上是出自高桥太华（1863—1947）之笔。引述其中一节，可见其文体表现：

时金乌既漫西山，新月在树，夜色朦胧。少顷，皓月当空，银辉照庭，清光入户。幽兰静起，开窗曰："光景如画，郎君幸临，栏外清懈、花香袭人。良夜岂能空度，盛会难以再期。徒然相对而泣，亦何益有哉？今宜鼓气奋勇，歌舞吟唱，以为自藉也"。

末广铁肠的《雪中梅》也是读者甚为喜爱的作品，但汉文调里夹杂着俗语，显得不太协调，他煞费苦心的新尝试归于失败。不过与过去的小说相比，人们对他在描写上注入更加写实的味道表示认可。另外，这部作品之所以轰动一时，是因为把宝押在了明治二十三年国会开设的事件上，试图从这一方面吸引当时人们的兴趣。这和须藤南翠《新妆佳人》的情形相似。《新妆佳人》适应当时的欧化热，描写华丽的舞会、年轻政治家和美丽姑娘的"罗曼史"等，而且都各自拥有自己的原型，因而受到欢迎。总之，政治小说与其说它是因为文学价值，不如说它们在诱发人们对当前面临的事实的趣味上取得更多的成功。因此，大部分政治小说只有一时的生命，过后就被完全淡忘了。

第三章　黎明时期的思潮与新文学的诞生

第一节　欧化运动和思想界的新形势

　　政治小说流行的时代渐渐过去，新文学产生的时代到来。所谓"新文学"的含义，是指摆脱过去的芜杂、浅薄倾向，以艺术性本质为基础的新出现的小说、戏剧、诗歌、翻译、评论等文类。其起点是当时毕业于东京大学文科的新人坪内逍遥在明治十八年四月发表《小说神髓》，提出文学的含义、创作原理等新理论，随后出版了作为范本的小说《当代书生气质》。从此开始出现了富有意义的文学曙光。

　　在论及"文学新时代"之前，先谈谈当时的社会动态及思潮。坪内逍遥在出版《小说神髓》和《当代书生气质》的前后，剧烈的欧化风潮风靡全国，特别是席卷了东京这样的大都市。当时，对应于现在所说的"改造"一词，提倡"改良"，对应"文化"一词，倡导"文明开化"，对应妇女解放讲究"男女同权"。可以想象当时的人们是多么努力锐意把新日本的文化，摆在欧美同等的水平上。以明治十六年所建鹿鸣馆为中心，由伊藤、井上提倡，在上流社会中举办化装舞会、舞会、音乐、骨牌游戏等，狂热倡导欧化衣食住，结果终于出现"人种改良说"。总之，不用说这些都陷入了肤浅的欧

第三章　黎明时期的思潮与新文学的诞生

化弊端。另一方面，"改良"的呼声高涨，认为道德、戏剧、讲谈、歌舞、音乐、美术、小说、歌唱都应当全部改革，不断论及男女同权、交际等问题，女子的教育突然受到重视。或好或坏，给现实社会增加新的生气、新的色彩，无疑其基调大都是欧化倾向。

总之，欧化运动被不断地引向极端。因为这不是冷静地比较、研究东西方文化各自长处的欧化运动。由于没有扬我之长、取彼之美的那份从容，流于极端就是当然的趋势了。当时有人把头发烫成西洋式卷发，有人恨不能把眼睛染成蓝色。更有甚者，没有任何理由地希望脱离日本国籍，归化英国，也有主张废除日语，最好全部使用英语之辈。福泽谕吉主持的《时事新报》热衷于日本改造事业，屡屡在报上刊出大胆的欧化论。倡导日本人种改良，劝说在日本人中加入西洋人血脉，也是出自《时事新报》。记不得出自何人之手，明治十七年十一月的报上这样说道："自古以来，我国国民只和日本国内同种结婚，没有其他种族血脉混合，故身体渐渐微弱缩小，终于像现在这样日本人成为世界第一矮种。尚且不只是结婚，就是在日本人中，也只是农、工、商各自种族同族通婚，其血统混合的范围极小。因而，改良日本人种，使其身体强壮魁伟的种种措施中，最切适的措施是离婚，那么离婚要想混入最良好的血统，在世界上是什么人种呢？除了欧美人种不可能有其他的。"还在"附言"中断言"日本的文明，现在的教育，我们无一赶得上他们，大概不能不说是因为日本人是劣等、欧美人是优等人种"。在这前后，出于福泽谕吉门下的高桥义雄（1861—1937）出版了《日本人种改良论》（1884）。这与伊藤、井上的欧化政策一样，是表示极端欧化主义的例子。既然日本不都是像福泽谕吉那样卓越的人，就难免引出如此严重的弊端。

欧化风潮日益发展，有关妇女问题的论著、杂志频繁出现。明治二十年二月，德富苏峰主办的杂志《国民之友》带着平民化的欧化主义色彩出刊，其版式、文章和广告等全是欧洲风格，以其新奇之趣吸引年轻人。大概就是这个时候，欧化热达到了鼎盛。

在这一欧化时期，继法国的自由思想、英国的政治思想，英美哲学与精神科学等一起陆续输入进来。马克罗德的《经济哲学》（田口卯吉译）、斯宾塞的《宗教进化论》（高桥达郎译）、威尔逊的《历史哲学》（铃置仓次郎译）、巴恩的《近代哲学》（有贺长雄译）、雷宾斯的《哲学史》（和田泷次郎译）、以恰连波斯的《思维哲学史》为基础的《独逸哲学英华》（竹越与三郎译）、安德·弗兰克的《民法哲学》（饭田宏次郎译）、赫克尔的《进化要论》（山县悌三郎译）、斯宾塞的《社会平衡论》（松岛刚译）、雷斯特尔·沃尔德的《社会学》（三宅雪岭译）等主要在明治二十年左右陆续译出。以斯宾塞乃至边沁①为主的英美哲学，包含了证据法学的功利思想。斯宾塞的社会平衡论，不只是主张个人的天赋人权，还广泛论及贵族与平民、劳资二者的关系，农村和城市的平衡，中央政府和地方自治体的关系等，将穆勒的自由论又向前推进了一步，因此风靡当时的思想界。

最初是东京大学大力引进英美哲学，费诺洛萨②讲授哲学，外山

---

① 杰里米·边沁（1748—1832），英国法理学家、功利主义哲学家和社会改革者。他是英国法律改革运动的先驱和领袖，并以功利主义哲学的创立者、动物权利的宣扬者及自然权利的反对者而闻名于世。他以功利原则的价值判断为基石，提出功利原理或最大幸福原理，对刑法给予特别关注。他的主要著作有《政府论断片》（1776）、《赏罚原理》（1811）、《宪法典》（1830）。

② 欧内斯特·费诺洛萨（Ernest Fenollosa, 1853 - 1908），美国东方艺术史家、美国著名汉学家和诗歌理论家。他长期生活在日本，在东京大学教学，在东京帝国博物馆美术部经理。他的著作包括《东方和西方：美国和其他诗歌的发现》（1893）、《中国和日本艺术的时代》（1912）等。

第三章 黎明时期的思潮与新文学的诞生

正一讲授社会学,也论述斯宾塞的进化论。由于课堂讲授,容易理解,易于接受,而后有关哲学的著述也陆续出版。明治二十年二月,比《六合杂志》晚很多出版了《哲学杂志》。在此前后,菅了法(1857—1936)的《哲学论纲》(1887)、末松谦澄的《哲学一斑》、井上哲次郎、有贺长雄(1860—1921)合编的《哲学辞汇》(1884)、渡边国武(1846—1919)的《印度哲学史》、井上圆了(1858—1919)的《哲学道中记》《哲学一夕话》《哲学要领》、滨田健次郎(1860—1918)的《语言哲学》、土子金四郎(1864—1917)的《哲学茶话》、有贺长雄的《社会进化论》出版。

随着哲学的新兴,关于佛教的著作也出来二、三种。井上圆了的《佛教活论》序论和本论《破邪活论》、村上专精(1851—1929)的《佛教道德新论》、田岛任天(1852—1909)的《佛教灭亡论》等出版。比之佛教,基督教乘欧化风潮之势显得非常隆盛。这只要看看基督教主义的学校陆续创设就很清楚。同志社、青山学院等创办后,明治学院、东北学院、关西学院、镇西学院、明治女校、宫城女校和其他二三所女校开办。还有基督教演说集《反响》得以刊行,《基督教新闻》的革新得以实现。明治十三年《新约圣经》翻译后,《旧约》全书的国语翻译也在期间完成,一神教协会建立,开办暑期学校,实现了日本基督教会的独立。这样基督教思想在部分青年男女心中的印象越来越深、越来越广。

如果从哲学、科学、宗教思想等方面看,欧化主义也不是没有意义,给停滞的日本思想界注入了新的生气。在事物的看法、思维方法等方面为我们指出了一条新的道路。但是在另一方面,忽视欧美文化的内在精神,更多的只是触及外表,往往模仿的是其短处和浮面的东西,因而到头来引向其反面,即保存乃至弘扬国粹运动的兴起。

国粹运动的意义在于：主张保存并且发扬东洋文化、日本文化的特质，对于忽视与欧美文化相对的自身文化优长而感到遗憾。这也是对只盯着欧美表象而忘却内在精神倾向的一次觉醒运动。这方面的先驱是西村茂树，他于明治十九年十二月在东京帝国大学连续三天公开演讲，论述日本道德。继之奋起的是政教社①同人，他们在明治二十一年四月发行《日本人》，批评模仿欧美文化皮毛的愚行，努力论说必须保存、张扬我国国粹的必要性。其同仁当中有三宅雪岭（雄次郎，1860—1945）、志贺重昂（1863—1927）、井上圆了、杉浦重刚（1855—1924）、岛地默雷（1838—1911）等人。之后福本日南（1857—1921）、陆羯南（1857—1907）等也加盟，发行《日本新闻》，进一步宣传国粹主义。这一派的人也都理解欧美文化，明了世界发展的大势，因而不是一种立足于保守主义的固陋和冥顽。在某种意义上甚至具有进步性，善意地说，这是一群基于日本国粹中心，而又自觉赞成引进欧美文化的人。

除政教社之外，鸟尾小弥太（1848—1905）组织保守中正党，撰写《保守新论》《王法论》（1880）等，川合清丸（1848—1917）等创立日本国教大道社，创刊《大道丛志》，川合清丸据此努力尝试神儒佛三教的调和、统合。还有"唯神学会"的创立，创办称为《随在天神》的杂志。胜海舟（1823—1899）、副岛种臣（1828—1905）、山冈铁舟（1836—1888）等人也是国粹主义者，与欧化主义者相对抗。这样国粹思想一度得势，正像欧化思想促进欧美文学的兴隆一样，国粹思想也促进了东洋哲学、佛教、国文学等的复兴。

井上圆了的《佛教活论》（1887—1890）是这一时机的产物，

---

① 政教社是明治中期以后的国粹主义文化团体。1888年由杉浦重刚、井上圆了、三宅雪岭、志贺重昂等发起成立。以发行的《日本人》杂志为阵地，批判政府的全盘欧化和对内镇压的政策，主张"基于本国立场考虑内外政策"的国粹主义。

第三章 黎明时期的思潮与新文学的诞生

这是在新的哲学层次上研究佛教，加以结构性的解说。还有在东京帝国大学文科开始研究佛教史、讲授佛祖释迦牟尼佛也是这时候。由鸟尾小弥太创立东京的东洋哲学会每月出版《东洋哲学丛书》也是这个时候。国文学方面，由落合直文（1861—1903）、小中村义象（1861—1923）刊行《日本文学全书》，倡导新的国文趣味，随后创立了国学院。

这样在国粹思想和欧美文化对峙的时候，《教育敕语》于明治二十三年公布，阐明了其国家主义的道德、国粹思想本质。随之井上哲次郎论析基督教与日本国体的关系，发表了反基督教的意见，这样引出了宗教教育冲突问题，结果以不利于基督教一方而告终，这是明治二十五年的事情。总之，直到中日甲午战争前后，国粹主义思想比较占优势，有时还呈现出压倒欧美思想之势。

这些思想在何种程度上影响了文学，难以做出明确的定量分析。但或直接或间接地投射于文学是不能否定的。总的来讲，欧化思想对文学的影响更多而且更为深刻。国粹思想只是直接影响了部分创作、评论乃至称之为美文的新国文，因而影响的范围比较狭小，而欧美文学给予了作家们想要创作（不是翻译，也不是改写）日本新小说的自觉。总之，宗教、哲学方面姑且不说，在文学上，多数情况是欧美文化的势力在我国文坛明显地延伸着脉络，由此产生进步和飞跃。在新日本小说的诞生方面投射了不少的光芒。因而公平地说，欧化思想和国粹思想在相互矛盾、相互对立的同时，又不知不觉间相互交错相互渗透，由此助成了新小说、诗歌、评论的创生。而其先驱是坪内逍遥的《小说神髓》及《当代书生气质》。

第二节　明治文坛的晓钟

　　坪内逍遥是一位总是站在文坛前列、至少提早 10 年预言性地开辟新世界的人。而且他不仅首先提出自己的主张，还必定提供证实其理论的作品，这种情况直到今天都没有改变。的确，坪内逍遥是一个具有优秀天分的人，而同时他又是努力向上的人，他始终关注欧美文学的信息和形势，不断努力从各方面做出详细的了解。《小说神髓》《当代书生气质》就是在这样的过程中产生的。

　　今天看来，《小说神髓》没有什么特别之处。但当时处于对"文学"还不能做出正确解释的时候，能恰切阐明其本质，这是由于坪内逍遥卓越的洞见。《小说神髓》告诉我们"小说是什么？"对这一问题做出新的解释，并明确文学意义上的小说、描写原理、方法等。上卷阐述了"小说的本质"及其"变迁"的轨迹，详细解说了小说的种类、目的等。下卷清晰地论述了小说的文体、结构、主人公的性格、描写的方法等。其要点在于主张：（一）明确小说和传奇的区别；（二）反对惩恶劝善主义而倡导写实主义；（三）论述了心理描写、客观描写的必要；（四）作家应以人生批判为目的而创作等。这样，坪内逍遥力促小说革新，将长期陷入邪路的小说引上正道。

　　坪内逍遥与此同时发表了将其主张具体化的长篇小说《当代书生气质》，意欲开创明治小说的一个新纪元。这部作品在多种意义上给读者以强烈的震撼。因为当时的小说一般都是些不学无术的逗乐者才写的，出自最高学府的学士也染笔小说，这是谁也没有料想到的。这个时候坪内逍遥创作小说无疑引发了时人的惊异和好奇。坪

第三章 黎明时期的思潮与新文学的诞生

内逍遥基于写实主义、以旁观者的态度对作品中人物及其周边环境努力进行如实的描写。这一新的尝试也令读者惊讶。从这个意义上讲，《当代书生气质》的确在文坛上开创了一个新时代。

当然，坪内逍遥的意图最初或许更大胆、奔放，但为了避免过于脱离时代，采取了多少缓和的态度，因此，并没有完全实现《小说神髓》的主张。虽然他的叙述部分采用的是七五调，落入了俗套。但对话部分，写活了当时书生生活和作品中的人物，这里可以清楚地看到作者的机智和新的心态。（大段引文略）

坪内逍遥就是这样描写书生生活的。明治十八年五月，第一卷出版，到第二年一月全部完成，一共17卷。小说情节是描写某英学塾的几名学生各自的境遇和命运、种种变化等，同时展示了他们新、旧思想的冲突，其中穿插着名叫小町田的青年与艺妓田之次的罗曼史和守山父子的奇遇等。据说上述人物基本上都是有原型的，即便是从这点考察，也可以看出坪内逍遥把重心放在写实上。

之后，坪内逍遥显示了作为小说作家的劲头，写作了《妹妹与弯背》（1885）、《内地杂居之梦》（1886）、《细君》（1889）、《一元纸币的故事》（1890）等。《细君》是坪内逍遥的杰作，刊载于明治二十二年的《国民之友》春季附刊。田山花袋评价说："这篇作品比之先前的《当代书生气质》更胜一筹。推出一个女佣人，巧妙地通过她的见闻感受来反映当时绅士家庭情况，也有周围环境和人物心理描写，很少做作，语体洒脱流畅、雅俗共赏而不令人厌味。"这大体上是一个稳妥的评价。但田山花袋说"逍遥在《细君》之后没再写作小说"，这是记忆错误。之后写作了明治二十三年刊于《读卖》的《一元纸币的故事》，可以说这是一张一圆纸币的自叙传，假托一圆纸币描写当时绅士生活、社交情况，予以轻松的讽刺，与夏目漱石的《我是猫》意趣基本相同。

坪内逍遥的文学活动给文坛各方面以影响。以尾崎红叶为中心的砚友社一派、创作《浮云》的二叶亭四迷等，直接受其影响。我觉得还有末广铁肠的《雪中梅》、须藤南翠的《新妆佳人》也多少烙有坪内逍遥影响的印迹。这样，坪内逍遥敲响了明治文坛的晓钟之后，明治二十二年致力于创办东京专门学校（早稻田大学的前身），谋求日、汉、欧三种文学的调和，其次创刊《早稻田文学》，在文艺评论和戏剧方面进行新的开拓。

第三节 人生派的艺术及其先驱者

二叶亭四迷（原名长谷川辰之助）忠实地接受坪内逍遥《小说神髓》的主张，成为开创人生派艺术的先驱。他不是立志做小说家的人，但早就具备卓越的文学才能，喜爱俄国文学。近代俄国文学总的来讲是为人生的艺术，真实而严肃。二叶亭四迷在接受其影响时，偶然读到《小说神髓》和《当代书生气质》，就考虑"自己也想写点什么"。

按照二叶亭四迷自己的说法，他写作《浮云》，一方面是为了解决部分生活费用，但写作这本书他是煞费苦心。他从别林斯基[①]的文艺评论中得到启示，在《浮云》中表现了当时日本文化的深层及至青年男女的新倾向，但其原型、叙述、对话中都凝聚了他的努力。

---

① 维萨里昂·格里戈里耶维奇·别林斯基（1811—1848），俄国革命民主主义者、思想家、文学评论家，他第一个系统地总结了俄国文学的发展史，成为俄国文学批评与文学理论的奠基人。主要作品有《亚历山大·普希金作品集》（1843—1846）、《乞乞科夫的经历或死魂灵》（1841）、《一八四二年的俄国文学》（1843）、《一八四六年俄国文学一瞥》（1847）等。

第三章　黎明时期的思潮与新文学的诞生

他的写作方法大体上是以陀思妥耶夫斯基、冈察洛夫①的描写方法为范本。还有他的会话似乎是从式亭三马的小说中获得借鉴。

二叶亭四迷的准备比较周到，立意构思也不一般。从这样的机缘和努力中产生的《浮云》成为出类拔萃的优秀之作实属必然。当然，这里坪内逍遥的恳切指导和建议无疑也起了不少作用。把全部功劳归于二叶亭四迷，是不是有所不妥？据马场孤蝶说，二叶亭四迷在《浮云》前后，还写了题为《幽会》的小说，但这似乎是屠格涅夫《多余人日记》②的改写。总之，作为二叶亭四迷最初的作品，这里还是列举《浮云》。

《浮云》的内容是以某部委任官内海文三和其堂妹阿势为主人公，加上叔母阿政和文三的朋友本田等，反映以青年男子恋爱暗斗为中心的时代风尚。特别突出地描写了性情古怪、内向、不善社交，意志柔弱的文三，以及他爱上阿势却恋爱没有成功的苦闷，受到新时代的女性教育、轻佻骄横、洋气的阿势讨厌文三，而对才子气质的本田心有所属。每个人的个性都表现得非常突出，性格刻画非常鲜明，几乎看不到人为的痕迹。特别是富于新意的文体和心理描写非常出色。这里摘引文三思恋阿势、时隐时现频繁幻想的一节：

　　忽然原来的幻想又活动起来了，尽想些无聊之事。有时会有种奇怪的感觉，全是一时的游戏，阿势并不是从内心里背弃

---

① 伊凡·亚历山大罗维奇·冈察洛夫（1812—1891），俄国19世纪著名的现实主义作家。他的长篇小说创作在19世纪俄罗斯文学史上占有相当重要的位置。他的创作真实地再现了19世纪40至60年代俄国社会演变的进程，即腐朽没落的封建农奴制逐渐为积极进取的资产阶级务实精神所代替。艺术上结构严密，人物具有典型性，语言精细优美。代表作为三部长篇小说：《平凡的故事》（1847）、《奥勃洛莫夫》（1847—1859）、《悬崖》（1869）。

② 应是《猎人笔记》中的一篇的翻译。

了文三，只是假装着背叛，在试探文三。其证据就是他想象着阿势马上就会走上楼来，带着她一如既往的高笑，笑声湮没掉此前的摩擦。但这样的幻想只是短暂的，残酷无情的记忆又活跃起来，这时，又浮现出前些天阿势生气的面孔，瞬息之间美梦破灭了。还有这样的情况。一下子心情又变了，觉得真是沦落了，尽想些没用的无聊琐事，空度时日，真是愚蠢之极，再也不去想阿势了，暂时放下这个念头，然而这样又好像停下了一件刚开始的大事，心总是悬着，又把思绪慌慌张张地拉回到阿势的事情上来，异常苦闷。人心这个东西，若总不间断地苦思着同一件事情，头脑就容易疲劳，思辨力减弱。文三也是如此，他苦心焦虑阿势的事情，不知不觉注意力涣散，难以集中在一件事情上。有时候就漫无边际地幻想一些毫无关联的鸡零狗碎的事情。一次，他曾两手枕头，仰面躺着，凝视着天花板。开始照例想着阿势的事情，之后看到天花板上的木纹，突然他想起了奇妙的事情。"这样看起来，倒像是水流的痕迹呀！"这样一想，阿势的事就全然忘记了。然后两眼死死盯住木纹，"根据看的不同角度，还能看到有高有低。嗯，这是视力的错觉吧！"文三突然又想起教过他物理的外国教师那张蓄有漂亮胡须的脸，同时又把木纹的事抛诸脑后。接下来在眼前出现了七八个学生，凝神一看，都是同学，有的将铅笔搮在耳朵上，有的抱着书，有的正在看书。再仔细一看，怎么文三自己也在其中，现在已讲完了电学讲义，准备做实验。大家围着电动机，不知为何频频争吵起来。刚想到这，突然机器和学生有如烟尘般地消失了，一下子盯住的还是木纹。"嗯，是视力的错觉吧！"不知何故，他笑了起来。"说到错觉，已经读过的书中，没有比沙利的《错觉》更有意思的了。那是用两天一夜一口气读完的呀！

第三章　黎明时期的思潮与新文学的诞生

怎样才能具有他那样的脑袋瓜呢，那一定是组织缜密……"沙利的脑髓和阿势似乎没有任何关系，可这时候突然阿势的事情又泉涌般地在他胸间翻腾。文三像是触痛伤处似的，大叫一声跳了起来。

这样的描写，令人想到陀思妥耶夫斯基的写法。作品中开创了保持调和的言文一致文体，叙述和对话紧密联系，对话从叙述中另起一行，两者能清楚地分别。对话前不再加上说话者的名字也是一种很好的做法。但当时能体味到二叶亭四迷技巧的只有少数独具慧眼者，一般人都认为这是一篇不可思议的怪异的小说。因而《浮云》出版时，几乎没有引起反响。

以上只是主要列举了《浮云》的长处，但也并不是没有短处和缺点。作品中时常随处可见不认真的冷酸和油腔滑调，或者插入注释、说明等。例如第五回描写阿势母女争吵，"如果把这当做母女间的争吵，这违背了这位女英雄的本意了。这怎么能说是母女争吵……并不是那么不道德的事。这真是可庆可贺，让我们停下眼好好看看成为日本文明的一个元素的新思想与落后于时代的旧思想的冲突吧"等等，都是些可有可无的文字。有时能看到"嗨，像文三这种人"啦、"趁他没回来说说这个男人的小传"之类的冷嘲的口吻，显得很刺眼。但这不能怪罪二叶亭四迷一个人，处于当时尚带有浓郁戏作气氛的作家中，这也是在所难免的吧。

尽管有这样的缺点，若与当时文坛的风潮、戏作程度比较来看，《浮云》至少超前十年以上。这对于读了陀思妥耶夫斯基的《罪与罚》，深受其感化，关注人生、社会真实面目的二叶亭四迷来说是必然的，而其他人主要向往英美文学，偶尔也有喜欢法国文学的，在这样的情况下，提倡为人生的艺术，几乎不被理解。不但如此，就是为艺术而艺术，还有很多没有清楚地意识到的，如之后掌握明治文坛霸权的砚友社，这个团体当时的确是可怜又可笑地在幼稚状态中彷徨。

在叙述砚友社的勃兴之前，必须先介绍一下民友社和政教社的"硬文学"，因为这与促进小说、诗歌发展的新闻杂志有着内在的关系。

第四节　评论界的新人群体

乘着时代新风潮，德富苏峰在明治二十年二月组建民友社，创刊《国民之友》。《国民之友》对小说、诗歌的发展也做出了贡献，但它本来的目的在于促进实现平民政治和展开文明批评。在明治文坛，像德富苏峰那么早成就文名的很少。他出生于熊本，就学于故乡的英文学校和同志社，受到英国文学、中国文学和基督教的影响。他携带着倾注他才气和素养写成的《将来之日本》书稿进京，经田口卯吉、岛田三郎等的推荐而出版，一跃而驰名文坛，作为评论界的新人得到认可。他乘势迅速出刊了杂志《国民之友》。

这个时期正是各种杂志陆续创刊的时代。创刊先于《国民之友》的是《中央公论》的前身《反省杂志》，而在它之后不久，《哲学杂志》《以良都女》《文》《我乐多文库》《日本人》《出版月评》《女学杂志》《都之花》《新著百种》《少年园》《大和锦》《小说萃锦》《大海》《新小说》等出刊。稍后一点出刊的是森鸥外的《栅草子》、坪内逍遥的《早稻田文学》等，《国民之友》是它们的先驱。

《国民之友》对政治、文学、宗教、社会的各个方面加以新的评论，还开设了文学栏目，春夏二季还加刊文学附录，成为文坛新人

第三章 黎明时期的思潮与新文学的诞生

大显身手的园地。刊于该刊的作品,为明治初期文坛增添了不少光彩。其中森鸥外的《舞姬》、二叶亭四迷的《幽会》、坪内逍遥的《细君》、幸田露伴的《一口剑》、樋口一叶的《岔道》、北村透谷的《宿魂镜》等是突出的作品。

那么,作为《国民之友》看家本领的评论、随笔,由福泽谕吉、福地樱痴、中江兆民、藤田鸣鹤、矢野龙溪、田口鼎轩(卯吉)等人一脉相承,步入了前进的道路,而由于德富苏峰却将其引到新的方向。在记述德富苏峰的情况之前,我想先谈谈福地樱痴、中江兆民等人。福地樱痴的情况前面已经提及,但据德富苏峰自己说他从福地樱痴的论文中受到不少感化。福地樱痴的《幕府衰亡论》有过分同情幕府的缺点,但文章流畅,富于余韵,可以说是他作为评论家的长处集大成的一篇。

中江兆民比之福地樱痴有更深刻之处。作为政治家他兴趣广泛,这一点中江兆民和福地樱痴一样,但作为评论家,福地樱痴是常识性的,中江兆民是哲学性的,至少有哲学的背景。他精通法国近代哲学,具有佛教、中国文学的修养。他赞同孔德①等人的唯物论实证哲学,倡导无神、无灵论,但即使是唯物的,也构成了他一家的哲学。由于这样一种情况,他的评论都是有根据的。他的文章典雅健朗、论理清晰。在他晚年的著作《一年有半》(1901)出版之前,已出版《三醉人经纶问答》(1887)、《法兰西革命前 200 年纪事》

---

① 奥古斯特·孔德(Auguste Francois Xavier Comte, 1798—1857),法国著名的哲学家,社会学、实证主义的创始人,在其著作中正式提出"社会学"这一名称并建立起社会学的框架和构想,他创立的实证主义学说是西方哲学由近代转入现代的重要标志之一。他认为人类社会有统一性,人性中的感性是推动社会发展的动力,人性中的才智是推动社会发展的工具。理想社会应该是人人都有实证思想,用科学来指导生活,并提出获取知识的四种方法:观察法、实验法、比较法和历史法。主要著作有《实证哲学教程》(1830—1842)、《实证政治体系或论创建人性宗教的社会学》(1851—1854)等。

(1886)、《理学钩玄》(1886)、《泰西理学小史》(1886)等。

矢野龙溪、藤田鸣鹤等依据《报知》的论坛，共同以雄健的笔锋评论时事，其调子大体上是英国式的长于常识性评论。田口鼎轩长于经济思想和史论，以平实明朗的文风写作论文。他最初经常为经济上的自由主义而战，尔后根据穆勒的学说发表了《日本经济论》(1878)，其后著有《日本开化的性质》《日本开化小史》(1877)、《中国开化小史》《乐天录》等，在《史海》发表了不少优秀的史论。其他还有犬养毅（木堂，1855—1932）、岛田三郎（沼南）、尾崎行雄（愕堂）、小野梓、原敬（1856—1921）、小松原英太郎（1852—1919）、关新吾（1854—1915）、古泽滋（1847—1911）、箕浦胜人（1854—1929）、末广重恭（末广铁肠）等也是为明治初期论坛做出了贡献的人们。其中岛田三郎和尾崎行雄比较突出，评论很多。

德富苏峰在这些人之后从事文明批评。他主要是凭借他的英语文学修养，他景仰爱默生、马可林，并吸收中国文学的长处，创造出一种独特的风格。今天看来，显得有些玄奥和枯燥，但在当时作为充满生气和才情的文章，在评坛放射出新的光彩。他虽然喜欢爱默生，但却缺乏爱默生深入思考、静思默想的风格。无论怎么说，他是一个现实的、具有常识性的、平朴明朗的进步民众思想的拥有者，具有浓郁的欧化色彩。同时，他又显示了赖山阳式的灵机应变地捕捉好题目、以其机智和新见解展开议论的独特长处。由于他广泛的兴趣，不仅论析政治、经济，还论析文学、教育，评述当代人物，也议论美术、历史，因而当时的年轻人很乐意接受他的理论。在这一点上，可以说德富苏峰在评论界开创了新时期。

另一方面，德富苏峰还作为新闻记者，致力于政治记事的趣味化和纪行文的新开拓等。他写作的议会报道，不是过去那种干枯乏味的东西，尝试了他独特的富于趣味的叙述。这主要是他受到英美新闻的启发。纪行文等，也是依托简洁的书信体，发挥新的意趣。读读《自然与人》《文学断片》，就能看到他这方面的长处。其短处是带有几分洋腔和生硬的感觉。另外，关于他的评论，读读《静思余录》《青年与教育》（1892）、《人物管见》（1891）、《进步还是退步》（1891）等，大体上也能清楚。只是他的文学评论，正如他自己所说"作者不是文学家、也不愿意做文学家""非文学家的文学之谈，本就是粗枝大叶"，这不只是谦虚之词，公平地说，是存在粗枝大叶、缺乏鉴赏力的缺点。

以德富苏峰为中心的民友社同仁，大多具有欧化主义、平民主义、基督教主义倾向。其中在文学方面出色的人物也不少。竹越三叉（1865—1950）、山路爱山（1864—1917）、人见一太郎（1865—1924）、德富芦花、国木田独步、宫崎湖处子（1864—1922）、矢崎嵯峨之屋（1863—1947）、塚越停春（1864—1947）、角田浩浩歌客（1869—1916）等，都具有显著的特色。其中，酷似德富苏峰的山路爱山和竹越三叉，之后一起作为史论家发挥其特长，但在政论方面，竹越三叉一度显出其优势。山路爱山和德富苏峰一样有多方面的兴趣，尝试各方面的评论，在文学方面与北村透谷论战，史论方面与高山樗牛论争。竹越三叉后来在政治方面耗费了他的才气和精力，出版《二千五百年史》（1896）后，没有更多的发展。而山路爱山却始终保持史论家的天分，因而留下更多的成果。

在纯文学方面专心致志的是德富芦花、国木田独步二人。当然，早期的德富芦花只是从事海外文学的译介，写些小品文等，还没有著作。国木田独步不如说是未来的作家，这时候过着记者生涯。与这二人相比，宫崎湖处子、矢崎嵯峨之屋早成文名。宫崎湖处子的成名作《归省》（1890），叙事、抒情都洋溢着清新的田园趣味。他后来写作新体诗、评论等，但其成就没有超出《归省》。矢崎嵯峨之屋的处女作《初恋》（1889）于明治二十二年一月刊于《都之花》，成功地描写纯洁无邪的恋情，其价值受到肯定。他的叙述部分以"ありません"调一以贯之，对言文一致体的风格做出了贡献，此外，还发表了《臭鸡蛋》《流转》《梦幻境》等诗趣盎然的短篇，展示了诗人独有的风格。的确，他作为俄国文学研究者，在创作上由此获得了一些启示。

大概民友社的同人，以德富苏峰为首都带有基督教色彩。德富芦花基督教色彩尤其显著。早期的国木田独步也可以看到基督教痕迹。德富苏峰常常在文艺评论中传播基督教的福音。比之基督教牧师从正面宣讲教义，民友社的人们从门外以文学的方式讲述更为有力，反响更大。

与民友社抗衡，宣扬国粹思想的政教社在文坛上也作出了相应的贡献。最初主要把持《日本人》写作评论的是志贺矧川（重昂）、三宅雪岭（雄二郎）等，后来福本日南（诚）、陆羯南（实）、池边铁昆仑（三山，1864—1912）、高桥自恃庵（健三，1855—1898）、正冈子规等加入。与内藤湖南一起在《亚细亚》执笔、后来夭折的奇才畑山吕泣（岸田吉藏），也属政教社的人。这一派人们的评论不像民友社派那样才华横溢，也没有那样的鲜活机敏，但他们的新保守态度鲜明，热爱东洋文化、日本文化，具有坚定的立场和男性的豪爽。而且以汉文调的风格，评说时势、议论政治、论说社会，其慷慨悲歌、咄咄逼人的气势，得到部分青年的赞赏。

三宅雪岭作为评论家，有着不逊于德富苏峰的本质。他多有哲学家的风范，《我观小景》（1892）、《宇宙》（1909）等展示了他的哲学倾向。而且他没有德富苏峰的华丽，但他具有冷静地观察世间的各个方面，做出严密的批判的长处。总的来说，他比之欧洲趣味，

更倾向于东洋趣味。他独特的脾性有点难读,而且他的文章中处处闪现出着砂金般的奇警之句。一般说来,在坦率直言、无所顾忌中,伴随着不被人憎恨厌恶的自然可爱,可以说这里体现了他独特的面貌。

志贺矧川作为评论家不及雪岭,但基于他的地理知识成就了他独特的风景论,在他情趣盎然、质朴坦诚的文章中描述风景,流淌着豪爽的自然气息。《日本风景论》(1894)证明了这一点。福本日南、陆羯南、池边铁昆仑、高桥自恃庵等也都是长于政论的人。在其他方面,福本日南擅长史论,陆羯南深通和歌趣味,池边铁昆仑长于人物评传,高桥自恃庵精通日本音乐。

福本日南的霸气、陆羯南的严明、池边铁昆仑的沉稳、高桥自恃庵的卓识情操,都在操觚界占有重要位置。特别是陆羯南,作为政论家,与德富苏峰、碌堂(朝比奈知泉,1862—1939)等齐名,他立足于儒教和德国式的国家主义思想,在庄重的文风中进行一丝不紊的论证。他因为具有法学的素养,所以在论述行政上的事情时,有点唱独角戏之感。一般而言,政教社派的人们像民友社派一样,缺少纯文学倾向、或者理解纯文学的人。但在努力宣传东洋文化乃至日本文化趣味、在评论界大放异彩、矫正欧化弊端这些方面,具有不小的功绩。只是在纯文学方面,无奈直接的贡献不大。而且动辄倾向于褊狭的国家主义,这对福本日南来说,的确是一种缺陷。

第五节　初期艺术派的作家及其作品

民友社、政教社率先在评论方面做出了贡献,而在小说创作方面做出不少贡献的是砚友社的人们。砚友社于明治十八年三月创立,先于坪内逍遥发表《小说神髓》一个月。最初的同人是尾崎红叶、山田美妙、石桥思案（1867—1927）等，他们就读于当时的大学预科，在各处举办半娱乐性质的文学聚会。同年五月他们创立了手抄传阅杂志《我乐多文库》，辑录了同人的剧本、俳文、俳句、短歌、狂歌、小曲、汉诗、汉文、谜语、画谜等。之后在明治十九年十一月从第9期开始付印。创刊号的发刊辞出自自称"半瓶醋"的尾崎红叶之手，通篇贯穿一种玩闹的氛围。引用其中一段就能清楚其基调："作檄曰之略显夸张，作文参之稍见妖媚，则以书告才子诸彦。夫人各有其乐，窃临壁之漏光读书有其乐，守财奴喜闻铜臭而得乐，一箪冷饭足矣的贫寒之家不亦乐有其所么？"还以这样一种口吻写道："诸彦与我月月将诸多乐子编辑成册，作为读书之余的消遣，真乃天下的无上快乐。有志共事的诸位，莫空藏珠玉。要说不待价而沽、不待价而沽，我就说买下了，买下了"。始终带有最初的那种无聊滑稽的氛围。

《我乐多文库》问世后，岩谷小波、川上眉山、江见水荫等成为同人。但山田美妙和尾崎红叶总有些对立，就最先离开，自去编辑《都之花》。这样一来，《我乐多文库》很快就停刊了，另外的《新著百种》成为尾崎红叶等人发表创作的阵地。这时有大桥乙羽（1869—1901）、中村花瘦（1867—1899）、广津柳浪等加盟，创办了《文库》，但也没有持续多久。明治二十二年冬，尾崎红叶加入《读卖》，陆续发表作品，广津柳浪、川上眉山、江见水荫、岩谷小波等也专心创作，发挥了各自的长处。尾崎红叶奠定了艺术派的基础，致力于门下秀才的培养，泉镜花、德田秋声、小栗风叶、柳川春叶（1877—1918）等都出自尾崎红叶门下。

砚友社同人大多出身江户，要不就是对江户文学及江户趣味深有共鸣的人。江户人风趣、恬淡，有点轻松戏看人生的感觉，反映

第三章　黎明时期的思潮与新文学的诞生

其性格的文学也风趣，娱乐性、游戏的成分很多。砚友社同人最初也具有这样的倾向。随着坪内逍遥的《小说神髓》发表，多少有些觉醒，但依然不能完全认认真真，多具有一种有趣的、可笑的、将文学诙谐化的倾向。哲学、宗教等不在他们的视野之中，对人生做深层次的考察、研究也不为他们所喜好。因而对为人生的艺术并没什么深刻的理解。

他们中的大多数是"通俗"意义上的艺术派。同人当中只有尾崎红叶、川上眉山、广津柳浪等留下稍微脱离通俗味道的纯艺术作品。尾崎红叶门下的人们，毕竟接触到新时代文学的空气，多少与砚友社的气质有些距离。如德田秋声，可以说他几乎没有砚友社的色彩，他一开始就具有人生派的倾向。但这是唯一的一个例外。小栗风叶、泉镜花、柳川春叶等依然在尾崎红叶的影响下，在继承砚友社长处的同时，也继承了其缺点。

由于这些情况，砚友社派在描写上，受到皮相写实主义很大的束缚。人物个性轻描淡写，往往满足于对人类共性的描写。对人生的表现也缺乏深刻的考察或批判，停留在表现人类共有的人生层面及至幻想中的人生面貌。整体上倾向于兴味本位、游戏本位。沉湎于小主观、小世界，未能走进大主观和宏阔世界。

然而他们在其文章上凝聚了非比寻常的苦心。这或许有一点是出于想尽量使贫乏的内容看起来好一些的原因，自然就会使他们热衷于在文章上下工夫。因而，专心于描写方法、文体的研究等，砚友社在拓展文学性领域方面立下了不小的功劳。在言文一致体、雅俗折中体等方面出现新的转机，明治新文体在某种程度上的完成，砚友社一派出力良多。当然，这也有全力倾注于文体之美、确实有过分偏于修辞一端之嫌。但一般的人只是赞颂他们的形式美。

以上所述是砚友社派小说的概观。下面来考察每个个人的文学活动。首先从山田美妙的业绩讲起。山田美妙最初作为小说作家，他的资质、技巧是与尾崎红叶相匹敌的，但事实上，山田美妙从一开始就没有尾崎红叶在文学上的优越，他的作品大多仅有历史价值。

山田美妙的功劳在于他作为言文一致的主倡者的首创之功。他在这方面的进步是受到明治十七年的"假名会"和明治十八年的罗马字会的刺激。他对言文一致体的句末，作了种种尝试，最初用"何々したのだ""……がそれだ"调，后来开始用"です"调，并用于他的小说集《夏季的茂密树林》（1888）中。

《夏季的茂密树林》中收录了《武藏野》《柿山伏》《花刺》《笼中俘虏》《恩仇记》《伪劣全刚石》等短篇。其中《武藏野》的写景被认为"优美且富新意"，但现在看来，多有矫揉造作、稚气的人为痕迹。明治二十一年刊于《都之花》的《花车》（1888）中，"です"调运用失败。次年载于《国民之友》的一篇《蝴蝶》（1889），不管怎样都是他的佳作。内容描写平家衰败时期的一位少女，在爱与忠义的冲突下苦苦挣扎，令人怜爱的情景。文章伴随着矫情，浓墨重彩，比之《武藏野》更进一步。另外，他还有《莓姬》《湿衣》《这孩子》等短篇，但最终没有与《蝴蝶》匹敌的。总体来看，始终免不了为文章而写文章的缺点。换句话说，就是太多游戏、玩乐的色彩。

山田美妙的好对手尾崎红叶，也没有袖手旁观。他在明治二十二年四月《新著百种》中发表了《两个尼姑的色情忏悔》（1889），显示了他作为艺术派的独特资质。在此之前他已写作了《风流京木偶》（1888）、《少女博士》（1887）、《江岛土产贝屏风》（1885）、《红子戏语》《怒气钵卷》等作品，但这些作品只使少数人认识到他

第三章 黎明时期的思潮与新文学的诞生

的才能。然而,《两个尼姑的色情忏悔》的出版,才作为他的成名作得到认可。《两个尼姑的色情忏悔》是一篇历史小说,情节是描述爱上同一男人的两个女人,在人情和义理的纠葛下成为尼姑,一天夜里,邂逅在山中草庵的主客两尼流着眼泪地聊起了过去,惊奇地发现二人爱上的男人竟然是同一个人。正如尾崎红叶在《自序》中说的"这篇小说以泪水为主",叙述两个女人悲惨的故事。篇中的人物是过去罗曼史中也有的类型,结构也没有脱离旧套。但在文辞上的苦心历历可见。这是尾崎红叶在井原西鹤的文体基础上加上欧洲文体的风味,以各种符号连接简洁的文句,采用给读者留有余韵的省略法、在"?"的符号中把这样一个罗曼史浓缩在一夜之间等,都是他的创新之处。

　　究竟是何等的萧瑟寂寥,偏僻的山村里,大雨滂沱,从早至晚。昨今两日,秋风凛凛。无边落叶萧萧下,树枝光秃,仅剩下山顶青松的点点绿色。荒芜山更见枯瘦,秃林更显凄清。

从这时起,令人担忧尾崎红叶多么沉湎于文辞,而其忽略内容也是从这时开始的一种倾向。田山花袋评论《两个尼姑的色情忏悔》说:"至于这篇文章,不是言文一致,也不是一般意义上的雅俗折中,完全是一种独创"。总之,《两个尼姑的色情忏悔》的特色在于新文辞之美。

之后,尾崎红叶在明治二十三年写作了《夏瘦》(1890)、《新色情忏悔》(1890)、《如此主人》(1890)、《拈花微笑》(1890)等。明治二十四年写作了《沉香枕》(1891)、《模糊的船只》(1891)、《两个妻子》(1891)、《剥皮蛋》(1891)等,明治二十五年写了一篇《心中的黑暗》(1892)。总之,尾崎红叶的作品分为三个时期来看比较方便。第一时期到明治二十七年，第二时期从明治二十八年到三十年，第三时期从明治三十年到三十六年。第一时期的主要作品是《两个尼姑的色情忏悔》《两个妻子》（1891—1892）、《沉香枕》《心中的黑暗》《三个妻子》（1892）、《新色情忏悔》等。第二时期的主要作品有《不言不语》（1895）、《多情多恨》（1896）、《青葡萄》（1895）等。第三时期的主要作品有《金色夜叉》（1903）、《八重绶带》。

　　在论述这些作品之前，先将作为作家的尾崎红叶作一简略概论。对于尾崎红叶的作品，我感到有不满意之点，也有敬服之处。我不满意的是尾崎红叶总是沉浸于自己的趣味之中，选择恋爱、色欲的题材，不越雷池一步。换句话说，就是在江户儿的小主观世界中踟蹰，不具备高远的理想及深刻的人生观、社会观、人类观。他缺乏内在的痛苦、郁闷和怀疑的体验，沉溺于一种皮相的乐天主义描写。作为他生命的描写也不是纯粹彻底的写实主义，而往往是做作的，不能从游戏作者的态度中超脱出来。

　　我最敬服尾崎红叶的地方是他能够很好地保持他的艺术气质，把一生奉献给了创作，撰写了《多情多恨》那样优秀的作品，创立了明治新文体。在明治小说界，可以说他的确在文体上具有堪称第一位的实力。他始终相信为艺术而艺术，一心走自己的创作道路，一日也不怠惰。即便无聊平凡的事情，一旦到了他的笔下，就产生了色彩、兴味，谁都能读出意趣。总之，他的进步比之内容和思想，主要是在形式和文辞方面。

　　当然，在尾崎红叶周围，没有一人拥有严肃的思想，而且一般读者也没有发展到今天的地步——即使知识阶层——只是一味地赞美、接受他的技巧，因而尾崎红叶几乎没有进行自我反省的机会，这大概是阻碍他实质性进步的一个重要因素吧。

第六节 以尾崎红叶为中心

第一时期的尾崎红叶，一方面接受井原西鹤的影响，一方面试图适应新时代的风潮。国粹保存思想促进了元禄文学的复活，文坛上出现对井原西鹤的共鸣，但大多只是触及井原西鹤的皮毛。没有一人触及井原西鹤敏锐、冷静的人生看法、深入事物本质的描写精髓，主要是模仿井原西鹤文体的调子。尾崎红叶也确实具有这样的倾向。他倾慕井原西鹤的不是其本质，而只是他的文采方面或题材方面。

尾崎红叶第一时期的作品概取材于井原西鹤常见的恋爱、色欲等领域，其中点缀着各种各样的女性，洋溢着追求兴味的气息。这些作品时代虽然是明治，却能让人联想到元禄的时候。人物性格也是比之明治色彩，更多地带有元禄色彩。而且文体也带有井原西鹤的气息。他的作品中体现出异色的是《两个妻子》《三个妻子》《心中的黑暗》《新色情忏悔》等。《两个妻子》在内容、形式上更多地发挥了尾崎红叶的特质，《心中的黑暗》《新色情忏悔》在内容上有特色。《三个妻子》从井原西鹤式的文体出发，被认为具有圆熟完成尾崎红叶独特的雅俗折中体的意义。

《两个妻子》是第一时期尾崎红叶的代表作。其内容不同于一般的恋爱，以出身小官吏家庭两个女儿为中心，描写她们选择了各自不同的方向逐渐行进的情节。姐姐阿银娇美漂亮，嫁给一个大官僚，但总为家庭风波而苦恼；妹妹阿铁不太漂亮，成为勤奋的工人之妻，在恬静平和的家庭中生活。通过两位女性来观照社会世相。尾崎红叶在写这篇小说时开始运用言文一致体。对此，他说："山田美妙的

也没意思，用'だ'调的话，太生硬，用'ありません'调太正式，都不能令人满意"，而提出"である"调。当然这还是一个尝试的时期，他也是以"である"调为主，时而以"なり""あり"作句尾。毕竟只用"である"调的话，自己感到流于呆板。

　　这与山田美妙他们幼稚的言文一致体比较，虽然多少有些轻薄不稳重，但总的来说比较协调。另外，两个姑娘的性格也颇为清晰，有些超越类型化的心理描写。但与二叶亭四迷的《浮云》相比还有距离，而且有明显的人为做作的痕迹，缺乏《浮云》的自然。描写时代精神、突现当时的文化，这些终究是尾崎红叶所想不到的。即便有这些不足，《两个妻子》还不失为尾崎红叶第一时期的杰作。

　　《三个妻子》从内容上看只是叙述明治的商人耽于女色，与三房小妾的浪荡，没有多大的意义，甚至把其时代当做元禄时代也无碍。但其文体将汉文与和文巧妙地浑融一体，华美艳丽，具有大牡丹花盛开般的意趣。至此，尾崎红叶独特的雅俗折中体乃至和汉折中体达到圆熟地步，其中描写游圆会的一节，具有特别显著的文采。

　　　　黎明的天空，云彩嶂叠，空气是那样的清爽。微风习习，丽日和煦。走进静寂的笑青门，只见翠柳浓荫，墙外密竹成林，内心里顿生一种无尽幽情。穿过内庭木门，只见眼前一片樱花盛开的樱林，每株何止千朵绽放枝头，人都有行走于云中之感。西边角上一棵普贤樱下，锦幕张挂，戏子手拖长袖，口出妙音，立于一旁。专供歇憩的桌子地板摆置一于林木之中，十一二个眉清目秀的女孩送茶添水。不远处的浓荫下一小屋专供茶水点心。隐隐约约地，在热茶蒸雾当中，落花随风轻舞。

　　以这样的文体，尾崎红叶最得意的三个女性的描写手段的确是

第三章 黎明时期的思潮与新文学的诞生

非常卓越,但还是缺乏鲜明的个性。基本上都是类型化的、仅仅停留在普通女性所共有的心理、情绪的表面描写上。

《新色情忏悔》的情节是描写了一个居住在宇治地方的俊美姑娘,没能嫁给意中人,却成为一个老富豪的妻子,在悲伤、凄寂中度过了青春岁月,进入老境。小说在内容上有其独特之处。《心中的黑暗》叙述盲人佐之市与千束屋旅馆的姑娘阿久米恋爱的罗曼史。关注盲人的恋爱心理以及阿久米对佐之市的心动,具有与尾崎红叶平时的恋爱小说不同的独特之处。《新色情忏悔》在写法上过于轻浮,有失败之处,而《心中的黑暗》以雅俗折中体,不是那样轻浮地描写了想要表现的要点,而且,不是硬要明确结局,而是"无言而思念、怀疑而忧心,这也是爱?心中的黑暗"——这样留有余韵,富有新意。尾崎红叶的第一时期,从以上的叙述可以有个粗略的认识。

尾崎红叶之外的人们的文学活动,都没有尾崎红叶那样鲜明,其中较早地显示出特色的是广津柳浪。他从这个时候起隐约具有一种不是只看到事物的表象、而是稍微能抓住事物本质的心态,以比较通达世故的眼光观照人生。当时他的成名作《残菊》(1889),以自叙体的形式描写了一位丈夫留洋、独自带着幼女、身患肺病的妻子的悲惨故事,很少砚友社派共通的轻浮之处。此外,他还有《五张画》(1892)、《可爱的孩子》(1894)等作品。

川上眉山喜爱当时流行的森川许六①、横井也有②等人的俳文,以洒脱优雅的文体描写悲伤的恋情。《墨染樱》(1890)、《净身》等

---

① 森川许六(1656—1715),江户前期到中期的俳人,松尾芭蕉门下十哲之一,代表性作品有《俳文集》(1706)。

② 横井也有(1702—1783),江户时代的武士、国学者、俳人,代表作有俳文集《鹑衣》(1787—1788,去世后由后人编辑出版),俳句集《萝叶集·埊集》等。

是他的佳作，但作品中没有充分发挥他的特色。岩谷小波以轻妙的笔触，描写少男少女相恋的伤感情境。《友禅染》《夫妇贝》等显示了他的特色。他在《少年文学》第一卷刊登了《黄金丸》（1891），了解到自己的才华所在，后来转向童话创作。

此外，大桥乙羽的《小袖袄》（1890）、石桥思案的《少女心》（1889），使他们进入作家之列。但大桥乙羽英年早逝，没能留下显著的收获。石桥思案或许是因患脑病，早已丧失创作力。江见水荫、中村花瘦、丸冈九华（1865—1927）、冈田虚心亭（1868—1936）等，只是列名同人而已。江见水荫的才能，与川上眉山相当，但在中日甲午战争之前还没有显示出来。

总之，砚友社的核心是尾崎红叶、山田美妙两人，他们出现在明治初期的文坛、努力成为新文学开展的先驱，在这一点上具有重要意义。只是他们的出发点未能彻底脱离戏作氛围，因而在其早期创作中带上了他们的弱点。

第四章　新文学发展的种种情况

第一节　理想派作家露伴

除砚友社同人的文学活动之外，还应该叙述的有幸田露伴、坪内逍遥、森鸥外、内田不知庵（鲁庵）、北村透谷等的文学业绩。幸田露伴在小说方面，坪内逍遥、森鸥外、内田不知庵在评论和翻译方面，北村透谷在创作和评论等方面，都对文坛做出了各自的贡献。随着小说开始向有意义的方向迈出了第一步，文艺评论、翻译也不像过去那样出自外行人，而是出自具有专业素质和教养的人们之手。时代的进步，已经开始出现步入文学正轨的趋势和人物。

与砚友社的尾崎红叶相当的人，一定被联想起来的不会是山田美妙，而是幸田露伴。和尾崎红叶与其同人门生携手阔步行进在艺术之道相反，幸田露伴却基本上是跋涉在孤独的道路上。初期他是胸怀佛教思想、尤其是禅宗思想的诗人。这从他作品中出现的"悟道""道念""念力""意力""神兴"之类的词语就能看出来。要理解幸田露伴，就必须多少了解一点佛教观念，仅仅把他视为"幼稚主观派"是不能解释他的。我认为他的《五重塔》虽然不能和华兹华斯①的《咏丁登寺》相比,但至少不是沉溺于尾崎红叶那样浅薄的小主观,不是视人生为游戏。而是更加真实地注重心灵世界,在小说中寄寓着佛教思想。也是因为这一点才称他为"理想派"或"理想主义者"。

当然,他既不通透大乘佛教的深意,也不是在佛教方面有很深造诣之人。但他具有通过佛教尤其是禅宗思想来剖析自我心境的热情,这点很显然。而这并不是从欧洲的哲学、科学之窗眺望佛教思想,不如说这是与他的诗情相通。从这方面说,他是个佛教诗人,是个培植东洋思想之根的文人。这样的人写作的小说与初期砚友社同人的浅薄写实乃至现实主义相对峙,是很有意思的对比。

他的成名作是明治二十二年九月作为《新著百种》第五篇刊行的《风流佛》(1889)。在这之前有发表于《都之花》的《露团团》(1889),但这是他受到"欧化热"影响。离开本质的作品,只不过是以兴味为中心。到《风流佛》开拓了他独自的天地,尔后创作了《一口剑》(1890)、《胡须郎》(1890)、《艳魔传》(1890)、《缘外缘》(1890)、《血红星》(1892)等,到《五重塔》,他的特色异常明显。这是从明治二十二年至二十五年的收获,中日甲午战争前写作了《风流微尘藏》(1903)等,显示了他饱满的精神。

纵观以上内容,我个人考虑把幸田露伴局限在小说家范围内是否合适?至少,不想把他看做现在文坛上狭义理解的小说家。他怎么也是个诗人。他的初期小说如上所述,但比起这些小说,他的纪行文、小品文更多地自由表达他的诗情,如《枕头山水》《梦中日

---

① 华兹华斯(1770—1850),英国浪漫主义诗人。他的小诗清新,长诗清新而又深刻,一反新古典主义平板、典雅的风格,开创了新鲜活泼的浪漫主义诗风。其诗歌理论动摇了英国古典主义诗学的统治,有力地推动了英国诗歌的革新和浪漫主义运动的发展。代表作有抒情诗《抒情歌谣集》《丁登寺旁》;长诗《序曲》《远游》等。

第四章 新文学发展的种种情况

记》之类，更为明朗地表现出真实坦诚的幸田露伴。

小说方面最能代表幸田露伴特色的是《五重塔》和《血红星》两篇，这正如要了解初期的尾崎红叶最好读《两个妻子》和《三个妻子》。即便不读《风流佛》《一口剑》，也必须要读《五重塔》和《血红星》。《五重塔》通过执着的木匠十兵卫，以写实派的文体，力图表现佛教的念力。《血红星》把否定现实的小乘佛教思想的碎片诗化，站在诗人皆非居士的角度，将其诗性一般地表现出来。《风流佛》《一口剑》这一系列至《五重塔》达到高峰。同样，《缘外缘》《艳魔传》这一系列由《血红星》推到了顶点。只有《胡须郎》，虽然不是完全相异的趣味，但也是幸田露伴对历史小说的尝试之作，不属他的"正宗"，只是旁系之作。

他的表现手法，不是注重观察和实验，而是依据主观幻想，在书桌上创造人物，因此虽然写出的人物具有奇特、非凡之处，但不能突出表现其个性。只是表现了轮廓，没有写出灵魂；只是表现了普遍性，没有写出特殊性。即使有心理描写，也只是对某一点加以夸张，没有从固有模式超脱出来。或者受文体的束缚，或者人为做作痕迹明显，或者只顾意气表达，一味堆砌文辞等，常常表现出一些破绽。崇拜井原西鹤，极力模仿井原西鹤文体的调子，这不只是尾崎红叶，幸田露伴也是如此。

但幸田露伴确实是文体高手，他虽然没有尾崎红叶那样的华美、艳丽，但他独特之处在于他以强大的气力贯穿的男性的强健的意趣。他的日记等表现出苍古、简洁的风格，只是他在文体上缺乏尾崎红叶那样顺应时代大势、注重新的尝试的倾向，因此，他的弱点是在初期，基本上一成不变。

他的杰作《五重塔》，是将明治二十五年连载于《国民新闻》的内容，以单行本的方式公开发行。他写作《五重塔》的时候是在

《读卖》与尾崎红叶对峙，但感到没有什么意义，逐渐离开了《读卖》。当时，他的诗友中西梅花（1866—1898）精神错乱，也激起他内心的强烈的动摇。因而独居山中草庵，一度过着绝食的生活。这时他早晚仰视耸立树林之间的五重塔，从中想到艺术长存乃至表现在艺术上的作者的念力。人生无常，生死易换，但人的意念力量却是强大的。世间所有事物都会变化，易为空虚，但艺术之光永恒。据说他脑海里浮现出这些，从中得到启示，开始创作《五重塔》。《五重塔》是依据他心中所感而创作的。

《五重塔》以执着的十兵卫为主人公，他是一个具有名人气质的木匠，小说内容描写他建筑五重塔的事迹。十兵卫是一个动作迟缓、不善言辞、固执倔犟的男人，但他技艺非凡。他获悉感应寺要修建五重塔，迫切希望由他一手设计、一手制作，简直是迫不及待。因而当他知道平时给他关照的师傅川越的源太要承包这一工程，就不顾义理，面见感应寺朗圆长老，诉说他的热切愿望。长老为十兵卫的热望打动，同意了他的要求。得知情况的源太，谅解十兵卫的忘恩负义，向他让步，提出合作建塔。但十兵卫对合作加以拒绝，提出必须自己独立完成，挫伤了源太的感情。源太的徒弟清吉愤怒砍伤十兵卫，但十兵卫努力独自完成了五重塔。临近竣工的时候，一场飓风袭来，满城一片狼藉，只有五重塔没有被自然威力损伤，从而展示艺术的永恒。这就是小说的主旨。

十兵卫是幸田露伴喜爱的人物，因而描写得非常出色。但十兵卫周围的人物全都是类型化的，只是作了普通的描写。暴风雨夜站在五重塔上的十兵卫，幸田露伴倾注全力加以描写，是人类意志力在艺术上的凝结。即使遭受自然威力的打击，一点也不畏惧，期待最后的胜利，这里有着悲壮、崇高的美学意蕴。还有暴风雨横蛮的情景，作拟人式的描写，是诸天善神迁怒罪恶的世界，降祸于人，

第四章 新文学发展的种种情况

这一点在今天看来,有过于雕琢之处,但依然不失为古典色彩浓郁的名文。

夜半钟声不似平日,刺耳欲聋。渐渐地怪风四起,闷热难当,睡梦中的孩子也不知不觉踹掉盖被。雨板啪哒作响,飓风摇撼着松柏树梢,呼呼风声中诸神呐喊:"搅扰人心的平和,让享尽浮世荣华的骄慢之徒吓破胆,搅动昏睡的蠢材胸中血潮,要虚伪奸诈的人脸色苍白。持斧者挥斧,舞矛者弄矛。你们的利剑早已饥饿,让它们饱餐吧;人膏鲜血这味太美了,让你们的剑虎咽狼吞,食人膏,喝人血,猛食饱胀。号令既发,狂风大作,持斧的夜叉、弄矛的夜叉、挥剑的夜叉都一齐奔腾而出。从长夜酣梦中惊醒的江户男女老少,都惊慌失措地叫喊:'风暴来了',把防雨板的插销拴牢,把门闩紧紧顶上"。家家户户仓皇不已。没有一丝怜悯的飞天夜叉王凶猛怒号:"你们不要害怕人,要让人们怕你们。人类轻慢我们,早已不把我们放在眼里,该向我们上供也忘记了。那些本该爬行却站立行走的狗,造了奢侈过度的巢穴的鸟,脱掉尾巴的猴,能言善辩的蛇,毫不诚实的狐崽,污秽不堪的母猪,我们长期被他们侮辱,还要忍耐到几时?让他们肆意轻侮我们,洋洋得意到何时?我们已经忍无可忍,他们的猖狂已到尽头,六十四年的业已经过去,凭神力我们挣断了束缚我们的命运之铁锁,捣毁了囚禁我们的慈悲之岩窟。时机已到,你们尽情地肆虐,强压了几十年的怨恨一齐发泄在他们身上,将他们臭气熏天的傲慢之气远抛铁山之外。将他们的头按到地上,让他们的身子尝尝残忍之斧的厉害,令他们在残酷的矛头、愤怒的刀剑下丧命吧。将冰块塞进他们喉咙,让他们在严寒里战栗。……猛烈地刮吧,闹吧,前进吧,与神战斗，与佛拼命，破坏秩序，毁灭正道，天下就是我们的啦！"每一叱咤，土石飞扬，从丑时到寅时，及至卯时、辰时，毫不间断地吆喝督战。数万夜叉愈发骁勇，涉水者溅起波浪，陆跑者踢起沙石，黄尘飞扬，遮天蔽日，有挥斧者冷笑着斫倒松树，那是经风雅之士苦心修整的松树。有舞矛者刹那间将房顶捅了一个大窟窿。①

这场暴风雨，把"好容易才刚刚盖好的五重塔，搓揉得九轮直晃，顶端的珠宝在空中画出看不懂的字，每逢狂飙以雷霆万钧之势袭来，暴雨以砸穿盾牌之力瓢泼般倾注，塔身就弯了，木质结构作响，忽而直立，忽而弓下，吱呦声中，摇摇欲坠"十兵卫惊慌地赶去，他打开第五层的门，猛然露出半截身子，"暴雨碎石般地打在脸上，连眼睛都睁不开。烈风几乎把他剩下的那只耳朵也刮掉了，气都透不过来。十兵卫不由自主地往后退了一步，但毫不气馁，奋勇站了起来。他抓紧栏杆，睥睨四方。只见天空比梅雨连绵的五月间还要昏暗，只有喧嚣的风声充斥乾坤，不绝于身。塔再牢固，也架不住高耸在苍穹之中，每逢飓风呜呜袭来，就摇来晃去，仿佛颠簸于激浪之中的无篷小舟，眼看就要颠覆"。十兵卫也很惊恐，但他决心与塔共存亡，没有离开塔顶，塔最终安然无损。这里洋溢着东洋式的情绪，幸田露伴的特色得到最鲜明的展示。田山花袋对《五重塔》有"幻想、夸张、做作颇多"的评说。这种倾向并不像田山花袋所言那么强烈。而且，可以说这里有几乎看不到幸田露伴嗜好的说教性语言和冗长的说明。这是我把《五重塔》当做他的代表作的缘由所在。

---

① 译文参看文洁若译《五重塔》，《苍氓：日本中短篇小说选》，中国社会科学出版社 1981 年 9 月版。

《血红星》收录在明治二十五年十月出版的《尾花集》中。小说情节描写诗人皆非居士20年来独自隐居山中草庵,回顾迄今所走过的人生道路,激情昂扬,一天夜里,他沉浸幻想之中,向往月宫嫦娥,奔赴月宫。小说中不乏议论之处,但从本质和文辞上看,都应该说是散文诗。而且在热情奔放之中的狂放之笔,洋溢着一种特别的诗意。还有《胡须郎》当时评价甚好,但没有什么特出的色彩和意味,只是幸田露伴的雕虫小技罢了。

总之,在浅薄的写实和江户式的游戏气氛支配文坛趋势的时候,幸田露伴一个人另辟蹊径,是冲破文坛单调的一种力量。比之于欧美思潮和文艺,他更倾向于佛教思想乃至东洋趣味,但他的特质显得单调狭隘。因而算他是日本的华兹华斯,却没有写出第二部《咏丁登寺》。

第二节 森鸥外一派和《文学界》的人们

以上所说的新文学,最初发源于由欧洲文学影响为出发点的坪内逍遥、二叶亭四迷等,后来产生了在元禄、化政时期的文学基础上稍微加上英美文学气息的砚友社派的小说,在佛教思想基础上多少带有井原西鹤风格的幸田露伴等的创作。然而与之相对,还有纯粹受到欧洲文学的深刻影响的一派,还有带有浓郁的化政时期的江户文学色彩的一派。前者是率领 SSS(新声社)① 一派的森鸥外以及

---

① "新声社"是森鸥外与落合直文、市村瓒次郎、井上通泰、三木竹二、小金井喜美子等组成的同人团体。他们一起翻译西方诗歌,以《于母影》为题在1889年《国民之友》夏季号的附录刊发,后以评论杂志《栅草纸》为阵地展开活动,取"新声社"三字首字母"SSS"作为表记。

依据《文学界》的北村透谷一派主要倾力于翻译文学的人们，后者是斋藤绿雨、飨庭篁村等人。

新声社以森鸥外为中心，他周围聚集了小金井君子（1870—1956）、落合直文、井上通泰（1867—1941）等。森鸥外是帝大医科毕业的高材生，以医生为职业。但他早年留学德国，接触欧洲的空气，而且对海外文学有深入钻研，他的国文、汉文也有相当的造诣。他的趣味和感情具有欧洲色彩，多少带上贵族式倾向，这不只表现在翻译上，创作上也留有同样的痕迹。

他在文坛崭露头角是明治二十二年八月与社中同人在《国民之友》夏季号附录刊出译诗《于母影》。但显示他作为小说家才能的是次年在《国民之友》春季号附录发表《舞姬》（1890）的时候。随后短时期里，森鸥外又刊出了《泡影记》（1891）、《信使》（1891）二篇。在这些作品中，森鸥外述说自己的经历，《舞姬》是留学柏林的纪念，《泡影记》是滞留慕尼黑时候的纪念，《信使》是逗留德累斯顿时候的纪念。这三篇都是以森鸥外青春时代为背景的恋爱故事。

当然，因为森鸥外精通欧洲文学，就是选取恋爱题材，也不是砚友社那种轻浮的游戏态度，总是真实、沉稳地表现，具有介于艺术派和人生派之间的味道。他的艺术表现，采用和文体，雅致朴实之中又有清新手法。如果要吹毛求疵，那就是形式上过于整齐而稍嫌生气不足。如果说二叶亭四迷在《浮云》中突出了当时的文化，那么可以说，森鸥外的《舞姬》等通过恋爱题材，基本如实地展示了人生的断面。

《舞姬》在今天看来，有些自然主义倾向，但总的来讲更是具备了与《泡影记》《信使》等同样的浪漫主义倾向的作品。对恋情的虚幻、恋爱的烦恼的咏叹非常突出，基本上是抒情性的，这本身就

第四章　新文学发展的种种情况

是《文学界》一派的热烈追求。森鸥外谦逊地说《舞姬》是描写"小小人物的小小生涯的一段小小的旅程"，但在当时并不一定是如上述的贫弱宵小的东西。小说内容讲述年轻的日本官吏太田丰太郎，留学柏林期间意外地和舞女爱丽丝热烈相恋以致怀孕，但在挚友的安排下暗自饮泪，同时告别爱丽丝回国，当时爱丽丝绝望而发疯。其中的人物，最为鲜明地描写的是爱丽丝，她那可爱的执着的性格栩栩如生。由于这篇小说，森鸥外的作家地位得以确立。

《泡影记》做作痕迹明显，但主人公玛丽的性格比《舞姬》中的爱丽丝复杂一些，她的与众不同之处也很吸引人，人物活动背景、周围的光景也富于诗意。我认为《信使》更出色，女主人公伊伊达小姐具有新时代女性的风采，无论在哪里都保持自己的个性，她对父亲硬性许配的青年士官梅鲁海姆没有真正的爱情，在孤独中显示她的美，而且她是一个意志坚强，总带几分伤感的姑娘，森鸥外成功地描写了这样一个特殊的女性。伊伊达的周围，家庭、姐妹、军人等也作了很好的映衬。只是插入恋慕伊伊达的可爱牧童的情节虽然构思不错，但过于人为做作，显得有些平庸。伊伊达小姐给人强烈的印象，是因为她首先骑马出场，具有鲜明的浪漫主义色彩。小说描叙："稍远一点的地方，有一个少女勒住了胯下的白马，我的眼光久久停留在她身上。她穿着银色骑装，拖着长长的下摆，戴着一顶用白绸子卷着的黑帽子。人们争着看方才从那边林荫道里涌出来的无数勇猛的猎兵，她却瞧也不瞧，神态是那么优美高贵"。这时还没交代她的名字。在别尔罗伯爵的晚餐会上，"坐到饭桌上一看，五位小姐的打扮各自不同，也分不出哪一个更漂亮些，只是年纪稍大的一个上下穿着一身黑，显得有些与众不同。仔细一看，竟是那个骑白马的人"，伊伊达小姐的印象更加鲜明了：

其他几位小姐对我这个日本人似乎感到稀奇，当伯爵夫人夸奖我的军服时，有一个接着说："又是黑夜又是黑带子，倒像个布芬施威格士官"。而那个桃红脸的小小姐还很天真地、不无鄙夷地说："也不见得呢。"于是她们都忍不住想笑，只得把羞红了的脸低向盛着汤的盘子上，唯独那个黑装的小姐连睫毛也不曾动一下。待了一会儿，小小姐也许想为刚才的没有礼貌道歉似的说道："可是那位先生的军装上下都是黑，伊伊达会喜欢呢。"听到这里，黑装小姐回头瞪了她一眼。这一双眼睛，经常总是迷惑地瞅着远处似的，可一旦她瞅人时，竟要比语言还更清楚地表明心思。刚才的那一眼，使人感到是含笑叱责。我从小小姐的话里知道：先前大队长所说的梅鲁海姆的未婚妻伊伊达小姐，就是这个人了。（中略）这位伊伊达小姐高高瘦瘦的，在五位小姐中只有她是黑头发。除了她那富有表情的眼睛之外，也并没有比其他姑娘显得特别突出的美丽之处。她眉心之间总有少许皱纹，面色显得苍白，是由于黑色衣服的关系吧。

微现烦恼的小姐姿仪中，突出小姐特殊的性格。最后写她诉说着自己的苦闷，但究竟会如何，没有清楚地揭示其归宿，留有余情。但是森鸥外的作品具有一种贵族式气息和冷静，削弱了恋爱罗曼史的色彩，缺乏鲜活的情致，这无论如何是一种不足。森鸥外在小说创作外，还写作评论，显示了日本的莱辛的面貌，对海外小说诗歌的翻译，也显示了他一流的译风。其他情况另作别论。

《文学界》的同仁与率领新声社同人的森鸥外的文学活动正好形成对照。《文学界》在明治二十六年创刊，以北村透谷为中心，岛崎藤村、马场孤蝶、星野天知（1862—1950）、户川秋骨（1871—1939）、户川残花（1855—1924）、平田秃木（1873—1943）等是最

第四章　新文学发展的种种情况

初的主要执笔者,后来,上田柳村(敏)等参与。这一派人都具有国文学乃至江户文学的基础,但又特别喜欢欧洲文学,从中获得了许多新的启示。在这一点上总是不由得联想到近代英国的拉斐尔前派(P.R.B)①和18世纪末狂飙突进②时代的诗人、作家们。在以情性的笔触、迸发出奔放的感情这一方面,试图打破过去的传统习性、把握住新生命这一点,《文学界》的同仁带有我国拉斐尔前派乃至狂飙突进的色彩。当然,他们都还年轻,以北村透谷为首,岛崎藤村等都可以说还没有定型,但大都具有罗曼蒂克、理想主义者的面貌,在真实地探究自我、远眺人生这一方面,表露出他们诚挚的烦恼和苦闷。这里创造了一个完全不同于砚友社派的世界。他们当中都倾心于但丁、歌德、松尾芭蕉、西行③等,或者仰慕希腊等地的古代人文。他们赞美、憧憬清纯的恋情,向往欧洲文艺复兴时代,具有厌世、漂泊的至纯心境。寻求新宗教、新道德而不可得的烦恼,是他们哀伤的根由。以上几点,与其说是艺术性的,不如说更多人生派的倾向。而且他们的性情,大都是诗人性的,但不是为艺术而艺术,他们拥有为人生而艺术的意识。当然,不是全都如上所说,其中也

---

① 拉斐尔前派(Pre-Raphaelite Brotherhood),又常译为前拉斐尔派,是1848年在英国兴起的美术改革艺术团体,成员有约翰·埃弗里特·米莱斯、但丁·加百利·罗塞蒂和威廉·霍尔曼·亨特。他们认为拉斐尔时代以前古典的姿势和优美的绘画成分已经被学院派的教学方法所腐化,主张回归到15世纪意大利文艺复兴初期的,画出大量细节、并运用强烈色彩的画风。这个画派的活动时间虽然只持续三四年时间,但是对于19世纪的英国绘画带来了很大的影响。

② 狂飙突进(Sturm und Drang)是18世纪七八十年代德国的一场声势浩大的文学运动,赫尔德和青年歌德、席勒、J.H.福斯、J.M.米勒、J.A.莱泽维茨、克林格和K.P.莫里茨等一批年轻知识分子在法国启蒙思想的影响下,表达摆脱封建束缚、解放个性和建立合乎自然的社会秩序的时代要求。运动的名称源自克林格的同名剧本。

③ 西行(1118—1190)是平安末期、镰仓初期的歌僧,俗名佐藤义清。《新古今集》中收录其歌作94首,有作品集《山家集》《西公谈抄》传世。

有真正意义上的艺术至上主义者。

从整体来说，作为时代先驱的新运动，大多因其困难而反响很小。这样的情况在《文学界》也得到证明。他们的新运动没有像砚友社的小说那样普遍被理解。有人嘲笑他们为"高踏派"。但一部分文学青年受其影响，得到深深地感染。带头的是北村透谷，他是罗曼蒂克、理想主义者的代表，总是在追求一种什么幻想、一种新的理想。他没有幻想就无法生存下去，他无法忍受前进的途中没有理想。他最初在政治中追求理想，之后在宗教中寻觅，最后在文学中探求，都不能如愿，又回归于宗教，步入绝境，最终是灰色的死亡迎接了他。

从另一方面看，北村透谷心里总是燃烧着功名的烈焰，可以说是一种自我扩张的倾向。他一方面觉得为了功名可以牺牲一切，另一方面，他的脆弱意志又使他不能执着某方面而建树功名。就是自我扩张，也没有达到白热化程度。但他在某种程度上有一种摧毁阻碍新生命展开的传统习惯的力量。他虽然没有显示出福泽谕吉那样伟大的摧毁力量，但对思想上、文学方面的旧生命、功利思想等多少有所冲击，仅此而已。旧的东西这样摧毁了，至于怎样创造新的东西，他还没来得及深入思考，可以说只留下了一个计划。然而，要从事这样的工作，在当时是非常困难的，只有富于天才和热情、尊重内在生命的北村透谷才能做得出来。

北村透谷以评论为主，也创作小说、戏剧、新体诗、俳句等。评论和新诗是完整的，但小说、戏剧等全是未竟之作。关于他的小说《宿魂镜》，岛崎藤村说："他自己都说那是一篇非常失败之作，甚至跟我说都想把北村透谷的'透'字换成'桃'字来发表。当然，我也觉得那不是北村透谷的得意之作，但是能看出其弊端吗？"这是一种同情性的评论，但在揭示其特殊个性上不是没有道理。历

第四章　新文学发展的种种情况

史剧《五缘》《十梦》等只拟定了计划，但没有完成。诗剧《楚囚之诗》(1889)、《蓬莱曲》(1891)等，只能说可以看到他的特殊色彩，结构上、表现上也不能说成功。关于他的评论、新体诗，后面再另作论述。

除北村透谷之外，当时写作美文的有平田秃木、马场孤蝶等，写作感想随笔的有岛崎藤村、星野天知等。"美文"近似今天的散文诗。平田秃木创作了《神曲余韵》(1897)、《草堂书影》《薄命记》(1894)等。马场孤蝶写作他感怀青春生活的东西。星野天知不太出名，但他融合基督教思想和江户浪漫情愫，叙述业平①、利久等人的事迹。《纳骨堂彻悟有限》《忧柔树》等至今还留在我的记忆中。《忧柔树》是他发表在《国民之友》的小说。总之，《文学界》同人所做的工作虽然反响意外地少，但远比当时驰名的其他流派的小说家受到敬重，他们在内容、文体方面，都有进步之处。

当时，上田柳村和户川秋骨一起在《文学界》发表评论，介绍外国文艺动态。上田柳村是艺术至上主义者，和北村透谷的人生派倾向有相异之处。恐怕平田秃木等也是这方面的人吧。我之所以说《文学界》并非全是人生派，其中有艺术至上主义者就是这个原因。而且在那个时代，也需要认真的艺术至上主义者，需要不受游戏三昧束缚的艺术派。只有上田柳村，后来到了自然主义时代，又努力倡导为人生的艺术。看看上田柳村的发展轨迹，就可以明显地看到那个时代发展的印迹。

---

① 在原业平(825—880)，平安时期天皇家族的嫡系子孙，因争斗失利而降为臣籍，其人才华横溢，风流倜傥，传说与3733个女子相交，居"六歌仙"之首，所咏恋歌为多。平安时代的歌物语《伊氏物语》就是以在原业平所作和歌为中心而创作的。

第三节　江户系统的作家和传奇派的作品

追随江户文学传统的作家，除砚友社之外还有不少，但能引人注目的不太多。其中稍微突出的是斋藤绿雨（正直正太夫）、飨庭篁村。斋藤绿雨可以算是批评家，不是纯粹的作家。他的作品具有江户儿似的讥嘲、讽刺的强烈气息，往往受其束缚，并没有写尽人生之态。从内容上说，是缺乏新意的游荡文学，只不过描写年轻人痴迷于与艺妓交往的情形。《捉迷藏》（1891）、《油地狱》（1891）等都是这类作品。当然，小说局部中穿插着斋藤绿雨式的机敏，但总体上为了显示嘲讽而牺牲小说中的主人公。而且他的讽刺过于追求效果，时常显得腻味，多令人扫兴。他中途放弃了小说创作，可以说他有自知之明。

飨庭篁村几乎超越了明治时代，体现出继承假名垣鲁文、梅亭金鹅（1821—1893）一系的前代作家的特点。实际上他的长处在诙谐的杂文方面，可以说写小说根本不是他所长。他的作品风格俏皮，但大多是为诙谐而诙谐，为滑稽而滑稽。他平时喜爱江岛其碛，创作了《当代商人气质》（1886—1889）等，但对江岛其碛之外的新世界没有开拓，不过，他在假名垣鲁文之后，尾崎红叶、幸田露伴之前的过渡时期，为振兴文坛还是立下了功劳。他的特征在《竹丛》中表现得很清楚。和飨庭篁村属于同一系列的还有幸堂得知（1843—1913）、南新二（1835—1895）等。幸堂得知的长处和飨庭篁村一样是在剧评方面。他和南新二相同，发挥其滑稽趣味，多少表现出黄表纸的风格，但他的技巧不及飨庭篁村。他们的滑稽幽默是追随江户文学的残影，因而明治的新幽默要经由尾崎红叶、夏目漱石之笔来开拓。尾崎红叶在《两个妻子》中，显示了他独特的幽默意趣。

在上述作家之外，还有一群在通俗小说领域开拓了新境界的作家，那就是传奇派和侦探派。传奇派中又有历史小说、人情小说等类别。这类作品出现比较多，是时代的要求。在当时皮相写实主义的风潮下写出来的大多是恋爱，无论艺术表现还是思想内容都陷入千篇一律，因而读者已经开始倦怠。不仅如此，作家们早已装扮成大家，完全不再努力向上，使其作品更加糟糕。这一点，当时已被坪内逍遥、金子筑水所指出。

体现小说界的这些缺陷的，首先是村上浪六的拨鬓小说①、黑岩泪香的侦探小说等。村上浪六的小说是广义的传奇小说，但从取材历史人物的角度讲，又是通俗历史小说。今天看来，那都是些幼稚、粗杂之作。但乘着保存国粹的呼声兴起的时势，这些揭示国民性的优点，以具有仁爱侠义的男性气质的人物为主人公的传奇，一时受到读者的欢迎。毕竟，与砚友社一派小说的女性化和流于单调相对，村上浪六的小说是阳刚的、情节富于变化，这使他取得了一时的成功。正如坪内逍遥在题为《小说学校拨鬓科的教学规则》一文中讽刺村上浪六的不足所说的那样，总的来说，村上浪六只是根据勇敢、侠义、直率等综合起来的大概念，描写类型化的人物，严格地说，他的小说和文坛主潮没有关联。《三日月》（1891）、《井筒女之助》（1892）是他的代表作。

黑岩泪香的侦探小说完全是为满足报纸读者的爱好而写的，因而也就在一定程度上清楚其价值。他主要是翻译改写西洋侦探小说，

---

① 以村上浪六为代表作家创作的一种通俗小说，以狭义的男子为主人公，主人公形象的一个共同特点是留有独特的发型：双鬓发如拨弹三昧线的拨子，小说因此而称为"拨鬓小说"。

反映异国情调成了一大特色。其代表作有《大金块》《人耶鬼耶》（1888）、《铁面具》（1892—1893）等。这些作品一时风靡读书界，这是因为厌倦了小说的单调的人们，以其好奇心，想了解犯罪的秘密、侦探的艰难等，仅此而已。

其他写作通俗传奇小说、历史小说的作家还可列举出依田学海、村井弦斋（1864—1927）、须藤南翠、塚原涩柿园、迟塚丽水（1866—1942）、石桥忍月（1865—1926）、宫崎三昧（1859—1919）以及山田美妙等。其中值得一提的只有塚原涩柿园。涩柿园具有相当丰富的历史知识，以他多少懂得的历史演变趋势来描写英雄的心境、性情和行为，往往透过这字里行间却如见其人。但并没有想通过研究欧洲的历史小说，达到新意义的自觉，依然停留于皮相表现，流于千篇一律。

在这样的趋势下，写得稍微认真，又具有文学价值的历史小说的是高山樗牛。高山樗牛看到当时对历史小说乃至历史文学呼声甚高，他在明治二十六年偶然得知《读卖》悬赏征集历史小说，他应征创作了《泷口入道》。当时的评选者是坪内逍遥、尾崎红叶、幸田露伴三人，高山樗牛以第一名入选。正如高山樗牛自己所说《泷口入道》是"抒情性的叙事诗"，作品依托平家时代青年男女的恋爱悲剧，表现他的主情性倾向。小说的题材、构思并没什么特出之处，但其态度真诚，文辞优雅，这些明显地表明，在当时的作家中他所具有的卓越之点。高山樗牛走上文坛的机缘，主要是由于这一篇小说的创作。

除上述作家之外，在关西文坛还有相当一批作家。特别是明治二十四、二十五年，年轻文人聚集大阪，组织浪华文学会①。同人有

---

① "浪华文学会"是以西村天囚为中心1892年在大阪成立的文学团体，出版杂志《浪华文学》，成员还有渡边霞亭、加藤紫芳、本吉欠伸等人。

西村天囚（时彦，1865—1924）、菊池幽芳（1870—1947）、渡边霞亭（1864—1926）、木崎好尚（1864—1944）、井上笠园（1867—1900）、冈野半牧（1848—1896）、本吉欠伸（1865—1897）等，还有宇田川文海（1848—1930），堺利彦（枯川，1871—1933）等。堺利彦当时最年轻。

　　西村天囚创作了《回收站之笼》（1888）这样的寓意小说讽刺时势，因此他的才能被公认。已经显示出他日后作为文论家的倾向。本吉欠伸夭折了，他是堺利彦的哥哥，总算写出了几篇具有幸田露伴风格的理想派小说。然而尚未大力发展他的特质就辞世了。渡边霞亭这时期不断地与冈野半牧等人一起创作历史小说。菊池幽芳一面创作《小帘之门》等，一面大量阅读英国文学，也读了俄国陀思妥耶夫斯基等的作品，准备写作《自我之罪》（1899—1900）。这样可以看到关西文坛一时振兴的架势，虽不能期待出现井原西鹤、近松门左卫门第二，但却试图达到与东京文坛相并峙的程度，然而中途顿挫，结果多数作家转向了新闻记者行列，之后又有了关西文学第二次复兴，在我和中村吉藏（1877—1941）、山川智应（1879—1956）的合作努力下组织兴起了浪华青年文学会，作为机关刊物出版《关西文学》（改题为《善恶草》），持续了三四年之久。

第四节　艺术性翻译文学的出现

　　明治文坛的小说由二叶亭四迷的《浮云》起，开始了有意义的展开。同样，对海外文学的翻译也是由二叶亭四迷开始获得文学性的价值。那是二叶亭四迷在明治二十一年七月的《国民之友》刊出了《猎人笔记》（屠格涅夫）中的一节《幽会》，接下来在十月的

《都之花》发表了依然是屠格涅夫的《邂逅》。当时，德国、英国文坛还不知道屠格涅夫的名字，因而在日本知道屠格涅夫的大概也只有二叶亭四迷、矢崎嵯峨之屋两人吧。在那时，二叶亭四迷在我国传播俄国文学的新声比谁都早。

和《浮云》的意义没有为一般读者所理解一样，《幽会》《邂逅》好在哪里？一般读者最终也没理解。不过当时的确有少数文学青年被深深打动。其中一个是田山花袋，他在《东京的三十年》中写道："令我震惊的是一、二号前出刊的《国民之友》上二叶亭四迷的译作《幽会》。在粗放的经书、汉文、国文培养下的我的脑袋和修养，对这种精细的不可思议的表现方法的文体感到非常惊讶，甚至疑惑'还有这样的文体？'但是这种精细的叙述法是外国文体的特长。我觉得今后日本文体也一定要这样，于是就开始留心阅读报刊杂志了"。国木田独步也是其中的一员。

二叶亭四迷的翻译，与过去文坛门外之人的译品不同，是在细致的考究和敏锐的文学感受下完成的。他在《我的翻译标准》中写道："翻译外国文学的时候，只是考虑意义，把重点放在意义上的话，就有损伤原文之虞。我确信必须领会原文的韵味，将其在译文中再现。逗号、句号都不随便丢弃。如果原文中有三个逗号，一个句号，译文中也是一个句号，三个逗号，这样把原文格调移译过去。特别是初译的时候，语句数要和原文一样，保持原有形式，以完全移植原文韵味为目标，在形式上下很大的苦功"。而且二叶亭四迷参酌俄国成功的翻译家丘科夫斯基的手法，努力译出原作的风韵。

作为翻译家的二叶亭四迷有种种优势：（一）精通俄国文学，（二）具有条分缕析的办法和细腻的阅读感受力，（三）在英国文学、中国文学、日本江户文学等方面都有相当的造诣，词汇丰富。这样他在翻译文学上另辟蹊径是必然的。因此，《幽会》《邂逅》二

第四章 新文学发展的种种情况

篇似乎很好地体现了屠格涅夫的情调,不仅译文老到,而且读起来就像是创作一般,浑然天成。《幽会》开头一段景物描写,国木田独步异常佩服,在《武藏野》中加以引用,下面节选一节:

  九月中旬的一个秋日,我在白桦林里坐着。从早晨起下着阵阵小雨,有时又照射着和煦的阳光,这是阴晴不定的天气。天空中弥漫着轻柔的白云,突然有几处地方白云净尽,在拨开的云层中露出青天,晴朗洁净,有如漂亮而温柔的眼睛。我坐着,顾盼四周,倾听八方,头上的树叶沙沙细语。只要听听这细语之声就可以知道这是什么季候。这不是春天愉悦欢快的笑语,不是夏天温柔的窃窃私语和绵长的絮叨,也不是深秋冷漠的喋喋不休,而是勉强可闻,令人昏然若睡的轻言细语。微风轻轻拂过树梢,雨水濡湿的树木里,因太阳光照或云层遮蔽而不断变化。有时光明普照,仿佛一下子一切都在灿然微笑,不很茂密的白桦树干刹那间蒙上了一层白绸似的柔光,飘落地上的树叶一下子像镀上斑斓的金光,顾长繁茂的凤尾草,它们优美的草茎随意地错落绾结,已经染上秋色,呈现出熟透了的葡萄之色;有时四周一下子变成了淡蓝色,艳丽夺目的色彩瞬间全然消失,白桦树失却光泽,宛如冬日里寒冷的阳光照临,雪光泛照的一片白色。小雨悄然而至,潇潇飘下。

  由此可以明显地看到:译文努力地突现出屠格涅夫细微的观察方法和敏锐的感受力。当然其中也有斧凿的痕迹,也有拗口之处,但这些是白璧之瑕。二叶亭四迷能够如此深得原作神韵,译出即使今天读来仍能感动人心的译文,固然有他的卓越天分,但应该说主要是在文学方面努力的结果。

和二叶亭四迷一样，翻译了符合艺术性要求译作的还有森鸥外、坪内逍遥。森鸥外除了创作了三篇小说之外，其他的几乎全是翻译。坪内逍遥屡屡论及翻译的意义、方法等，为了证实其主张，翻译了莎士比亚的《麦克白》。森鸥外主要致力于传达德国文学的风韵，坪内逍遥主要致力于融会英国文学的情致。森鸥外翻译小说、诗歌，坪内逍遥翻译戏剧作品。

森鸥外主要以国文调翻译海外文学，其中缘由不甚明了。是不是受到他的贵族化趣味乃至由国粹主义而来的复兴国文思想的刺激？或者是因为他用言文一致体难以发挥他国文表达的技巧呢？当然，如果考虑到《文学界》的新人都是用国文调写作他们的抒情文章，那森鸥外的国文调在当时也许才是自然的事情。

明治二十五年七月出版的森鸥外的《水沫集》（1892），收录了16篇译作，都是以典雅的文体翻译的。而译文的气息，与二叶亭四迷迥异。二叶亭四迷要求连一字一句都不能背离艺术性原作的调子，以此表达出整体的气韵。但森鸥外首先努力于传达出整体风韵，不拘泥于字句。这只要看看森鸥外在《国民新闻》刊文讲述关于剧本翻译的感想也就清楚了。他写道："凡是剧本翻译如果没有把握整体意义，而只是照搬原文翻译过来，看到的是我国读者不能理解的怪异的句子。因此，自古以来，欧洲诸国互相译述，从别国文学记录中寻求自己迁徙异乡的足迹，也不是全都逐字翻译。大概剧本翻译之所以能自由一些，是因为剧本能多方面理解其意义，它不同于哲学书籍。在哲学著作中，虽然作者不同，但概念是惯例性的，要改动一个字都不容易，译者最好死抠原文字句，这样的翻译不仅译文晦涩，还要不厌其烦。而剧本是拿来读和听的，需要将形象直接呈现在读者或观众的眼前"。森鸥外毕竟是以自由的态度，把重点放在呈现整体意蕴上。

森鸥外的翻译方针与二叶亭四迷不同，但在他的名译中能看到他的独特之点。他在国文调中运用汉文，在其间予以润色，成为取得一定程度成功的一个因素。在我的脑海中印象特别深的是奥西普·肖品的《埋没的人》、克兰斯特的《恶因缘》《地震》等。《埋没的人》描写不幸的音乐家基沙失恋、艺术停滞的悲惨生涯，具有极为浓烈的抒情色彩。森鸥外受到这一点的感奋，深得原作风韵：

> 基沙鼓足了勇气，"你不要丢人，弹一曲吧"，他口中嘟哝着，脸色苍白，身子发颤，伸手取下"小提琴"时，眼中放出一道光芒，刹那间消逝在褐色的睫毛之后。
> 这时，好像有儿童站在眼前，似乎看到空中飘洒着火雨，心中燃起烈焰，一种令其如痴如醉的旋律冲击他的耳鼓。

就这样，森鸥外独自一人，不只限于德国文学，也介绍欧洲各国的文学。在范围广泛这一点上，森鸥外比二叶亭四迷更突出。与森鸥外主要以国文调翻译相对，以汉文调为主进行翻译的是森田思轩。他与森鸥外巧妙插入汉语用以弥补国文的柔弱冗漫不同，几乎通篇采用汉文调。有时为词句所限不惜损害原作风韵。代表森田思轩翻译水平的是《侦探尤贝尔》《瞽使者》《死刑前的六小时》等。他偏爱翻译雨果的作品，将原作汉文化的倾向明显，这表现了一种特点，也体现了不足。

坪内逍遥在《文学种种》中论述了《应翻译的外国文学》《英语和英国文学》《外国语学与外国文学》等，反复希望能在欧洲文学方面实现艺术性的翻译。对此他论述道："我们渴望外国佳作的优秀翻译，而佳作难译的原因，已如前面约略谈及。那么，怎样才能实现这样的愿望？这个问题也不太容易回答。盖达到优秀译作的方法，自古有种种说法。过去本·琼森①翻译的《西亚努斯》，非照原文一句一句对译不可，《巴托罗缪市集》也是一行就必须译成一行。还有桑迪斯②译《变形记》，译诗和原诗的句数必须完全一样，为此而煞费苦心。这些都是主张必须直译。德赫姆曾经嘲讽地说道'直译者就像一些游子，在自己本国语言之外游荡而忘记回归，而且所带回来的又是国人不懂的语言'，还引用了乔叟'发挥原作者的意思'的说法、多拉特的'宁失其语而绝不失其意'的说法。"恐怕坪内逍遥主要是赞同德赫姆的吧。当然，尽管如此，也不是说不需要在字、句上下工夫，而是综合本·琼森和德赫姆、多拉特等翻译方法的优势。坪内逍遥连载于《早稻田文学》的《麦克白》评注，一方面体现了一字一句一丝不苟的严谨、精致的面貌，而另一方面又努力再现原作的本质、艺术风格，成为艺术性翻译的一个典型。

聆听坪内逍遥的理论并且着手艺术性翻译的是内田不知庵（鲁庵）。他作为评论家出现在文坛，有英国文学的修养，翻译了陀思妥耶夫斯基的《罪与罚》。从明治二十五年末到二十六年夏，出版了第一、二卷，但销行不畅，第三卷最终没有面世。之所以在二叶亭四迷的《浮云》《幽会》不受欢迎的时候书店接受《罪与罚》，是因为当时正是侦探小说流行的时期。也就是说，《罪与罚》是被当做侦探小说来处理的。

在《罪与罚》译文的批评中，大概坪内逍遥的评析最为确切。

---

① 本·琼森（Ben Jonson，1572—1637），英国文艺复兴时期剧作家、诗人、评论家和演员。他以讽刺喜剧见长，《福尔蓬奈》《炼金士》为其戏剧代表作，他博览群书，知识渊博，曾编译古罗马历史悲剧《西亚努斯》和《卡塔林的阴谋》。主要诗集有《格言诗》《森林集》《灌木集》等。

② 桑迪斯（George Sandys）是17世纪英国诗人，曾翻译出版古罗马奥维德的《变形记》（1621—1626）。

第一卷一出来，坪内逍遥充分肯定道："译文全是《浮云》式的言文一致体，刚柔相济，男女、老少、城乡、上下的各种口吻，描写得如临其境、如闻其声。至于那译文中最巧妙的段落，读者忘却了是译文，觉得仿佛撞上了《浮云》中尚未出版的一节。这是内田不知庵近期的杰作。"接下来也谈到缺点："若要鸡蛋里挑骨头，译文中偶尔可见的直译口气，插入一些并不重要的原文，混用不太协调的雅语，产生一种不调和的感觉。尽管如此，有了前述的巧妙译工，这些只是白璧微瑕而已"。对于第二卷坪内逍遥评论道："第一卷还没觉得怎样，但到了第二卷，有数不清的地方不由自主地会喊出'妙'"，"相对译文的别扭之处，用铅笔画上记号，结果读完之后，很难找出那些记号"。当然，坪内逍遥的评论多少有些倾向于同情，但内田不知庵的执着、译文中巧妙运用东京俗语等，是可与二叶亭四迷相匹敌的。内田不知庵的翻译接近：坪内逍遥所谓的"外国佳作的优秀翻译"。

此外，作为翻译家，还有一些或为人知或不为人知的人们。森田思轩门下的原抱一庵（1866—1904）、新声社的小金井喜美子（1870—1956）、《女学杂志》的若松贱子（1864—1896）和松居松叶（1870—1933）等是人们熟悉的。德富芦花也尝试了二、三种译作，因为匿名而不为世人知晓。当然，这些人大多是中日甲午战争以后才显示出他们的特色。

介绍外国文学的人中还有《文学界》一派中的平田秃木。上田柳村比平田秃木稍晚些出现。平田秃木（1873—1943）主要致力于海外诗歌的介绍，翻译了诗人兰顿题为《想象对话》的诗作。坪内逍遥、森鸥外除翻译之外也致力于海外文坛新动向的介绍。而高山樗牛，早就翻译了歌德的《维特的烦恼》。总体上说，翻译、介绍者人数虽然不多，但从质量上来说，出现了远远胜过政治小说翻译流行时代的翻译，在此，我们终于获得了体现艺术意义的翻译，我们可以称之为翻译文学的黎明期。而这个时期能有森鸥外、坪内逍遥、二叶亭四迷、内田不知庵等四位翻译家是日本文坛的幸福。

第五节　戏剧文学的黎明

与翻译文学的黎明一道，戏剧文学的黎明也徐徐而至。戏剧文学的革新不像小说革命那么简单。小说界，只要作家提供作品，评论家与之相应，革新的步伐就会稳步前进。然而，在剧坛有传统的种种束缚，其革新不是简单易行。戏剧的改革比之小说相对迟缓，也实属无奈。

戏剧文学的改革，首先从实际方面的工作开始。这虽然是有些肤浅和妥协，但毕竟不由此迈出第一步的话，实在是没办法。明治二十一年七月，以田边太一（1831—1915）为会长的"演艺矫风会"的成立可以说是革新的先声。当时市川团十郎、尾上菊五郎也很赞成，演出了《先代萩》《鞘当》等剧作，但也没有什么新的意义，只是"矫风"这个词朦朦胧胧地暗示了注入新的空气的必要。然而到了明治二十二年九月，"日本演艺协会"成立，土方久元（当时的宫内大臣，1833—1918）成为会长，文艺委员中网罗了尾崎红叶、坪内逍遥、森鸥外、河竹默阿弥等，演员中汇集了市川团十郎、尾上菊五郎、市川左团次等各方面的名流。与"演艺矫风会"相比，的确向前跨进了一步。但在协会中，像坪内逍遥、森鸥外这些当时文艺新人的积极性意见得不到重用，最终依然没有成功。尽管如此，朝野绅士、新一代文艺家携手剧坛改革一事，可以说的确取得了引起世人注意的效果。

第四章　新文学发展的种种情况

在从当时旧式戏剧文学的余波向新式戏剧文学潮流发展这一过渡时期中出现的新作家是依田学海、福地樱痴等人。依田学海也许熟悉戏剧的演出情况，但他对真正意义上的历史剧不理解，思想保守，因而他并没有彻底改革戏剧文学的抱负和信念。他与川尻宝岑（1843—1910）合著的《文觉上人劝进账》《拾遗后日连枝楠》等也没有什么新意，只是运用旧式戏剧规则的试作而已。特别是《文觉上人劝进账》，演出时不得已将标题改为《那智泷誓文觉》，而且表面上以竹柴其水之名发表，由此可见其尴尬之态。依田学海戏剧改革的劲头虽然很勇猛，但在素养、见识上没有与新一代适应的可能性，因而失败了。

福地樱痴和依田学海相比，只不过年长一天，但他的强项在于其丰富的社会阅历，足以立足于戏剧界，而且他利用这一点，巧妙地联手市川团十郎。本来他是作为新闻记者、政治家迈出他人生的第一步，最初是否抱有成为剧作家的愿望非常值得怀疑。假如他在政界不下台的话，大概不会成为剧作家的吧。他或许具有写史传、政论的修养，而文艺上的素养似乎并不怎么样。但他才华横溢，具有无所不能的本领，因此又写小说、又写剧本，显示了他的多才多艺。他的早期作品中没有佳作，但在中日甲午战争之后，逐渐发表了二、三篇具有独自特色的作品。初期作品有《大久保彦左卫门》《春日局》《日莲记》《关原誉凯歌》等，是为适应市川团十郎的气质而写的，缺乏艺术上的意义。若要探求优点的话，可以说作品中几乎没有过去剧作中看到的那种残暴和淫靡，作品风格基本上是稳健而高雅。缺点是缺少热情、新意和特出之处。尽管如此，他早期作为歌舞伎座首席作家，把剧坛和文坛联合起来这一点上功不可没。

这个时期河竹默阿弥的活动明显减少。当然，他以老到的技巧为市川团十郎写作活历剧，也写世态剧，但总体上丧失了原来的气势和激情，这是功成名就后平静的晚年里展示的余光。明治二十五年，收集了他杰作的《狂言百种》（1892）出版了，一直到第八卷。

与上述各位作家站在不同的立场上锐意进行剧坛改革的是森鸥外、坪内逍遥两人。森鸥外从德国剧坛和戏剧的角度，坪内逍遥从英国剧坛和戏剧的角度，都将新的气象活用于日本的戏剧文学。由当时知识阶层创建的演艺革新团体，都以自己的贵族趣味、嗜好乃至知识作为标准，要求闲适高雅的历史剧，或者剧本形式完全符合过去的模式，只是主张排斥过去剧作中不自然的、卑猥的因素。这些在某种程度上无疑是必需的，但是几乎没有考虑到剧作的内在生命、表演的新技巧，作为革新的意见是姑息不彻底的。坪内逍遥、森鸥外对这些不满，尤其是不赞成历史剧中乱用考古癖、旧戏肤浅的写实化等。

因此，森鸥外主要在《栅草子》上发表他的革新意见。他力排改良论者的妄见，同时主张戏剧革新的第一步必须放在剧本上。他反对过去的作者迎合演员、谄媚一般观众的陋习。他觉得应该站在这个立足点上向剧坛提供新的剧本，将卡尔德隆①的《萨拉梅亚镇长》题目改为《调高矣洋弦一曲》翻译过来，刊载于明治二十二年的《读卖》。还在《栅草子》发表了莱辛的《爱米丽亚·迦洛蒂》，改名为《折蔷薇》。在这些译作中，森鸥外与旧剧基调作了相当的妥协，台词等都改为过去习惯的语言，但时代还是太幼稚，无法上演欧洲的剧本，甚至能读懂卡尔德隆、莱辛作品的人都很少。

坪内逍遥比森鸥外更热心于戏剧改革。他早就把莎士比亚的剧本《恺撒大帝》译成净琉璃体。而且他大体上也具有和森鸥外相同

---

① 佩德罗·卡尔德隆·德·拉·巴尔卡（Pedro Calderón de la Barca，1600—1681），西班牙戏剧家，他的剧作具有现实主义色彩，出色地反映了当时社会生活。如《隐居的夫人》《忠贞不渝的王子》《萨拉梅亚镇长》等。代表作品为剧作《人生如梦》。

第四章　新文学发展的种种情况

的倾向，把剧本革新放在最重要的位置上，主张剧本应着重于自然地描写人情。这样坪内逍遥从评论方面刺激剧坛，在明治二十六年十月的《早稻田文学》发表《我国的历史剧》一文。这篇文章应该看做坪内逍遥积极推动戏剧革新运动的一篇宣言。

坪内逍遥在他的宣言中，首先批评河竹默阿弥、依田学海、福地樱痴的历史剧，指出它们流于表面现象，并触及历史剧的本质。坪内逍遥驳斥道："在舞台上写实性地表现历史上的事件和人物到底无关紧要，对于历史剧中的古代世相，只要让普通观众能浮现出古代的幻象则足矣"。文中还进一步谈到过去剧作的根本性缺点：（一）混淆了叙事诗和诗剧的区别；（二）忽视人物性格而以事件为主。主张改变这一点，提倡欧洲式性格剧的必要性。坪内逍遥之意概在指出"将过去的梦幻剧（这是坪内逍遥新造词，意指旧剧情节不统一、不自然，呈现的仿佛是梦中景观）作为梦幻剧原样保留，只是加以改削、补缀而可能使美丑长短全部丧失殆尽"这样一种倾向。其结果就是期望新历史剧的出现。

森鸥外、坪内逍遥所说的，是正确而准确的，但时代尚未觉悟。戏剧界的当权者、过去的作者都只是冷漠地无视他们的意见，因为毕竟这些人还不具备理解坪内逍遥理论的修养和准备，而是在崇古的空气和残影中徘徊，还没有达到任何的觉醒，有如因守旧风的历史剧固着在古老的生命上一样，还在毫无意义地反复上演着。由于坪内逍遥对此不满，对当时的形势关注了一段时间，不久后开始写作《桐一叶》。总之，直到进入浪漫主义时代，戏剧文学方面，没有产生出值得注目的作品。

第五章　文艺评论的成立与新诗歌的诞生

第一节　两大评论家的特质及其论战

小说、戏曲等作品的兴衰都多伴随评论的兴衰。当然，或许有些许例外，但是一般来讲，在评论衰退的时代，小说、戏曲等都会不景气。即便是没有这种情况，评论与小说、戏曲的关系也如同鸟的双翼，单翼飞翔非常困难。多数情况下是两者相辅相成，才能沿着正确的方向向前发展。德国在伟大的评论家莱辛出现的时代，出现了赫尔德尔[①]、威兰德、克洛卜施托克[②]等一大批诗人；法国在丹纳[③]、圣伯

[①]　约翰·哥特弗里德·赫尔德尔（Johann Gottfried Herder，1744—1803），德国古典哲学家、启蒙运动思想家、"狂飙突进运动"的精神领袖。他的重要论著有《论语言的起源》（1770）、《论莎士比亚》（1771）《论莪相和古代民族诗歌的通讯选》（1773）、《人类历史的最古老文献》（1774）等。

[②]　弗里德里希·戈特利布·克洛卜施托克（Friedrich Gottlieb Klopstock，1724—1803），德国诗人。他的诗作反对理性主义，强调个人情感，崇尚浪漫主义，热衷于自然、宗教和德国历史。主要作品有《救世主》（1745—1773）和抒情诗《颂歌》（1747—1780）。还写作剧本。

[③]　伊波利特·阿道尔夫·丹纳（Hippolyte Adolphe Taine，1828—1893），法国著名的文艺理论家和史学家，历史文化学派的奠基者和领袖人物，他的艺术哲学对19世纪的文艺研究产生了深远的影响。《艺术哲学》（1865—1869）是他最重要的文艺理论著作，集中体现了他的文艺理论思想，著作中结合古希腊、欧洲中世纪、文艺复兴时期的意大利、16世纪的法国、17世纪荷兰的艺术文艺史实加以比较分析，科学地揭示了文学艺术与种族、环境、时代这三个要素的紧密关系。

第五章　文艺评论的成立与新诗歌的诞生

夫①等评论家出现的时代，不久后出现了左拉、龚古尔兄弟、莫泊桑等作家。从这些例子，我们可以看出大致的倾向。

评论，从某种意义上来讲是一种创作。在我国文坛，偏重小说和剧本，把它们叫做创作，而不把评论、杂记、小品视为创作。既然任何一种形式都需要作者的创作能力，那么，把评论看做创作也丝毫不为过。特别是文艺评论，因为需要在鉴赏小说、喜剧等文艺作品的基础上，付出不亚于作者的辛苦。因此，文学史家必须充分地尊重他们。

在新文学产生的时代，文艺评论的发展，与文明评论、史论等相辅相成，呈现了不逊色于小说的新局面。文艺评论的领袖人物是坪内逍遥和森鸥外，接下来的新人有内田不知庵以及石桥忍月、斋藤绿雨、北村透谷、宫崎湖处子（八面楼主人）、金子筑水、岛村抱月、后藤宙外、户川秋骨等人。站在史论前列的是田口鼎轩，其次就是山路爱山、竹越三叉、塚越停春楼等人。这样，在评论方面也出现了新的飞跃。

自从坪内逍遥撰写《小说神髓》后，报纸、杂志上文艺评论逐渐出现。虽然只是极少数，而且文艺素养贫乏，带有杂乱、信口开河之嫌。有如山路爱山那样根本不懂得文艺的真谛却在空论文艺的倾向。然而，像山路爱山还算好的，其他概多在其下。这不是那些觉醒了的文坛之人所能够忍受的。因此，坪内逍遥、森鸥外率先展开了文艺评论的新方式。

---

① 查尔斯·奥古斯汀·圣伯夫（Charles A. Sainte-Beuve，1804—1869），法国文学评论家，将传记方式引入文学批评的第一人。他认为了解一位作者的性格以及成长环境对理解其作品具有重要意义，重要论著有《文学肖像》（1844）、《当代肖像》（1846）、《周一的讨论》（1851—1862）和《新的周一》（1863—1870）。圣伯夫也创作了浪漫主义风格的诗歌和小说。

森鸥外非常欣赏莱辛等人的评论乃至德国的哲学，自然以理论为主、以经验事实为辅的方式开始文艺评论。而坪内逍遥则具有追随英国的马修·阿诺德①、道顿或者法国的丹纳等人的倾向，所以，体现了以事实、经验为主、以理论为辅的风格。森鸥外是由归纳到演绎，而坪内逍遥则是由演绎到归纳。森鸥外的态度总体来讲是严正、富于理智和内涵。坪内逍遥的态度大致是同情的、鉴赏的、外延的。前者带有学者性质的，动辄生硬；后者带有常识性质的，简单而轻松。这样各自代表了一个方面。

森鸥外在明治二十一年十月，在出版《栅草子》撰写文艺评论的时候，发表宣言说："聊以审美之眼，评论天下文章，较明其真赝，披剥工疵，以助自然之力，速为荡清之功。"总之，他把自己当做日本的莱辛，依据哈特曼②的美学，来评判小说、喜剧之类。他把文学作为主要评论的对象，但并不局限于此，也评论绘画，谈雕刻，同时又介绍莱辛的著作《拉奥孔》乃至哈特曼的美学，如此在艺术、学术文化方面充分地进行评论。

森鸥外以雄健的笔锋展开有条不紊的论述，其情景非常壮观。凭借着年壮气锐，与当时的文艺评论家展开了激烈的论战。如内田不知庵、石桥忍月等论坛之雄，难免不被他的实力所压倒。能成为森鸥外论敌的最佳人选只有坪内逍遥一人。坪内逍遥于明治二十四

---

① 马修·阿诺德（Matthew Arnold，1822—1888），英国近代诗人、教育家，评论家，曾任牛津大学诗学教授，主张诗要反映时代的要求，写过大量文学、教育、社会问题的随笔，抨击英国生活和文化方面的地方主义、庸俗风气、功利主义，成为当时知识界的批评之声。代表作有《评论集》（1865）、《文化与无政府主义》（1869）等。

② 卡尔·罗伯特·爱德华·冯·哈特曼（Karl Robert Eduard v Hartmann，1842—1906），德国哲学家、美学家、现代非理性主义和唯意志论学派的先驱者之一。主要著作有《无意识哲学》《美学》《价值学纲要》等。谈到的美学思想深深影响森鸥外，他的悲观主义美学思想成为森鸥外从事文学创作的理论依据。

第五章　文艺评论的成立与新诗歌的诞生

年十月创刊《早稻田文学》，主要介绍英国文学，系统客观地记录文坛趋势的同时，对小说、戏曲之类进行评论。以其淳雅的文笔，对其稳健的思想进行详尽的阐述，令无数人为之倾倒。他在《麦克白评释绪言》中，指出莎士比亚创作内容出色的原因，在于可以绰绰有余地吸收万般理想，最终使用"没理想"这一新词来表达，与森鸥外展开论战。坪内逍遥的"没理想"解释如下：

或许是因为有与无二者不能混为一谈的缘故吧。古人往往多将没理想的作品解释为大理想，将其作者评价得像神、像圣人、又像至人，但是没理想未必就是大理想。也有时会把小理想看成是没理想。婴儿极小的欲望，可以把它看做有欲（恶），也可以把它看做无欲（善）。俳句诗人上岛鬼贯有一俳句"萧瑟秋期至，缘何众人不知晓，皆源自心底"（俳句原文17字——译者注）。此17字，硬要解释的话，或者可以连佛教都覆盖了，也或者涵盖了东西哲学的几个体系。木内宗吾曾经的义举，如果借显赫的麦考莱之笔来立传的话，恐怕可以成为与哈姆普敦、黎盛顿之辈相提并论的义举了。毕竟，鬼贯等俳句诗人之作没有本人的解释，木内宗吾的义举也没有详传，如同婴儿之口无以言语一样，就看解释者如何去想了。恐怕即便是莎士比亚，如果用散文来撰写悲剧的话，具体来讲，如果是用小说体来撰写的话，其价值就会降低，因为在其叙事过程中，不可避免地表现自身的理想。例如，《李尔王》的悲剧，非常像曲亭马琴的作品，劝惩的旨意非常明显，但是因为作品中没有作者本身的评价之词，全凭欣赏者的理想，不一概要求看做劝惩之作，可以自由地添加其他的解释。然而，我们再看曲亭的作品，如墓六夫妇的性格，虽看似非常自然地活动，但是我们不将此评价为没理想，而是劝惩之意。因为作者在叙事的过程中很明显地阐明了这一点。松尾芭蕉的《古池》一句，有各种各样的解释，也是同样的道理，大家对《源氏物语》进行各种臆测，也是同样道理。虽然以上例证尚且不足，但是，没理想未必是大理想、小理想也时而被看做没理想的原因，由此可知一斑了。总而言之，因为我相信，将没理想的作品用理想来评释是非常非常没有必要的，所以这时的评释主要应当努力描写所闻所见，而不加一己之想法的解释。但是大家在本文的前后中所看到的，也会不得已而引用故人的评释，没有叙述我个人的拙见。若想整体解释由读者自己来完成，想成为理想、日本的大人物的人，就应当从《麦克白》的脚本中寻找出日本国，而想要理想万古，就应当从《麦克白》中寻找出 Eternity。没理想诗歌的无限趣味着实在于其如海洋般的度量。

总之，坪内逍遥的意思就是，反对作者拘泥于小主观、把自己囚禁在自身创作的小天地里，需要像莎士比亚那样几乎隐没自身的影子、不知道自身的理想在哪里这种广度。而且他认为不掺杂任何主观想法的客观评论、以演绎为主的评论才是好的。然而，"没理想"这一新词，看法不同，可以有各种解释。因此，首先遭到森鸥外的反对。森鸥外以"乌有先生"之名，在《栅草子》杂志上刊发文章，向坪内逍遥展开论战，进行毫不留情的驳斥。坪内逍遥很快作出回应。如此反复论战。

坪内逍遥为证明森鸥外的疑点，在《"没理想"之语义辩》一文中阐述道："我所谓的没理想，有湮没理想或不见理想两种含义。虽然将此解释为没有理想的意义也无妨，但是我的宗旨是所谓的理想绝无、本来没有理想又自然是另一回事。然而，他用于造化和用

第五章 文艺评论的成立与新诗歌的诞生

于诗文,在本意上是不同的。对造化来讲,是专用作权宜之计,对诗文来讲,是用作代表目的即戏剧本体的一面的词语。"又进一步说:"辽阔无边的大造化,容下(湮没)古今万千理想富富有余,若以理想作为现代人能想到的极致的名字的话,那么我们给造化命名为没理想也并非不可。因为没理想这个词,可以解释为湮没即埋没现代人的众理想尚有余地之意。"

然后,又解释说,所谓诗文上的无理想就是"湮没作家看不见作家之意。并非一定指作家没有理想之意。此段大致意思是,如果与针对造化时没有什么不同的话,就稍有区别。"举例辩解道"例如,说莎士比亚是没理想,当然不是说没有理想之意。虽说如此,但是也不是超人类的理想或者大理想之意。大多数评论家的意思是作为他的理想之处不是他的理想,他的理想很难看出。因此,称戏剧没理想,不是说戏剧的本体,应当看做是对其进行客观评价的一个词。我以为戏剧兼有活的差别相和活的平等相。我所说的活的差别相就是,每一个人物都有各自的特质,摆脱作家的性情来言行。所谓活的平等相,无非就是指活的差别相的背后的摆脱作家的性情,即没理想、不能看到作家性情之意。虽能看到统治人类的因缘果报法则的始终如一,但不彰显作家小天地之意。换句话说,意思就是,作家能够摆脱自我来描写每个不同的人物即是戏剧。"

坪内逍遥的真意就是在戏剧方面要尊重纯客观。这一点通过以上的辩论非常明确。森鸥外不满足于此,更要阐明主观的力量,力求阐明要有理想、有个人理想、非湮没理想。由此可以看出德国的戏剧和英国戏剧的差异、歌德和莎士比亚的差异,从中也看出森鸥外的偏德国式和坪内逍遥偏英国式的差别。森鸥外从自身的世界观出发说:"世界不只有一个现实,还充满着理念。坪内逍遥看到没理性界(意志界)而看不到理性界,看到意识界而看不到无意识界,产生意识而不思考主观客观相分的原因，如果将老子、庄子、杨朱、墨子、孔丘、释迦及其他古今哲学家所观得的世界为小，自己要创造一个残缺的世界的话，那将是靠不住的、荒唐的。如果眼光只关注后天的话，仅仅守住达尔文①的理论就足以了。但是，仅此造化无法完全表达，孔雀各种颜色的羽毛，虽然自根部所吸收的养分是一样的，但色彩的变化每一根都不同。相异的颜色合起来形成了全身的纹理。这不就是先天的理想吗？"而且，在谈及审美理想时，他从正面阐述了先验的理想论，说道："听那并非破旧的邸园精舍的钟声，会想念期盼的人、感到寂灭为乐，另一方面也会感到其声之美。看那沙罗双树的花色，会感到诸行无常，也会看到可喜之处。其色之美，并不是因为有耳朵能听到、有眼睛能看到才感受到的，而是先天的理想此时暗中跃出在呐喊此声美丽、此色美丽。这不就是感受性的理想吗？"

森鸥外又指责坪内逍遥诗文上的没理想，说："假如像倡导没理想的人所说的那样的话，莎士比亚因擅长语言中不体现自身理想，就是大；拜伦②、斯威夫特因为擅长体现自身理想的抒情诗或小说，就是小。这仅仅是因为莎士比亚、拜伦和斯威夫特偶然诗体不同而

---

① 查尔斯·罗伯特·达尔文（Charles Robert Darwin, 1809—1882），英国生物学家、进化论的奠基人。他曾长期作环球航行，对动植物和地质结构等进行了大量的观察和采集，通过观察和研究，他认为生存斗争在生物生活中具有根本性的意义，自然条件就是生物进化中所必须有的"选择者"，具体的自然条件不同，选择者就不同，选择的结果也就不相同，出版著作《物种起源》（1859），提出了生物进化论学说，从而摧毁了各种唯心的神造论以及物种不变论。他的理论对生物学、人类学、心理学、哲学的发展都有不容忽视的影响。

② 乔治·戈登·拜伦（George Gordon Byron, 1788—1824），英国19世纪初期伟大的浪漫主义诗人，代表作品有《恰尔德·哈洛尔德游记》《唐璜》等。他不仅是一位伟大的诗人，还是一个为理想战斗一生的勇士；他积极而勇敢地投身革命，参加了希腊民族解放运动，并成为领导人之一。

第五章　文艺评论的成立与新诗歌的诞生

产生的大小之别，他们本来的才气状况并没有大小之分。"而且主张莎士比亚作品也有理想，他尖锐地诘问道："莎士比亚能成为大诗人是为什么？如果说抒情诗和小说里体现作者的理想，无法达到无理想的话，擅长抒情诗的大诗人、擅长小说的大诗人难道就不应该产生吗？如果叙事诗的宗旨是纯粹客观的话，其容易达到没理想概会远在戏剧之上吧。选择倡导没理想的戏曲而不选择叙事诗又是为什么？大概在没人回答这些问题期间，即不能说莎士比亚没理想，也不能说没有理想是大诗人的本来面目。"森鸥外所言的确有一定的道理，可以看出是对坪内逍遥疏忽之处的一个补充。

坪内逍遥对此作了如下回应："诗人笔下的世界有两个，一个是精神世界，一个是物质世界。甲以虚幻的世界作为理想，乙以真实的世界作为自然。以理想为宗旨的人，以我为尺度行走社会，以自然为宗旨的人，超越自我来描写社会。前者应统称为抒情诗人，后者应统称剧作家。前者往大了讲，也许可以释天命，成为一代预言家，后者往大了讲，也许将造化收入瓶中，成为永恒的不言的救世主。理想家之作，往大了讲，作者巨大可吞乾坤；造化派之作，往大了讲，造化活动，作者消失其间。因此，对抒情诗人来讲，应希望其理想的高大圆满，对剧作家来讲，应完全藏匿起理想的影子，单描写世态。另外，仅从小处着眼的话，二者又都不能离开现实，抒情家会歌颂他自身的悲伤，剧作家则会描写一己所见的小世态。"坪内逍遥指明世相诗人具有没理想的倾向，抒情诗人具有理想的影子。毕竟，坪内逍遥、森鸥外的论战是来自于立足点的不同。所以，将双方的观点合而为一时，是不是就能看出真正的真理呢？

坪内逍遥和森鸥外在理论优先还是纪实优先的问题上也存在着意见分歧。的确，不仅是文艺评论，哪怕一般的评论，偏向理论轻纪实或者偏向纪实而轻理论，都不是恰当的。但是，理论的不足通过纪实来弥补、纪实的不足通过理论来弥补是可能的、合理的。不过，以纪实为主的意思是，担心理论动辄会陷入不切实际的空论，并不是只管偏重纪实。纪实的背面也隐含着理论的倾向、色彩。特别是，坪内逍遥说："世间具有远见卓识的学者何其多。法国人、德国人所擅长的应是，将自身完全托付于他人，自己以谆谆报道现实为宗旨，衷心地以盎格鲁撒克逊的着实的常见为师。"明确了以公平稳健为主要目标的宗旨。这不是在论文上这样做的，而主要是在报告名义下做的。因此，通常不能将此与论文的纪实相提并论。

然而，森鸥外不管其特殊情况，一味指责纪实。关于这一点，他这样说道："看到罗马圣彼得寺塔、惊异米开朗基罗创造的雏形之美，这一点凡是有一定识别建筑眼光的人皆能做到。如果把这当做美的话，不应因为纪实者的作用完成了，谈理者这样就行了。正如某些法国人，根据高等静力学的算法，识破了古人在不经意间达到静态的极致，了解到其美的原因。假如不吃透美的精髓进入法则阶段的话，审美学就不能兴起。读坪内逍遥的纪实文可以不具备很强的归纳能力，听我的说理之言拥有一般的理解力就足矣"。

森鸥外的话也有道理。但因此而排斥坪内逍遥的纪实主义是错误的。纪实与哲学上的经验派、客观派有一脉相承之处，这与森鸥外与哲学上的超越派、主观派有相通之处是一样的。两者的长处合起来就是正确的道路。但是，在文艺评论的初期看到这种论争是自然的顺序、不可避免的趋势。森鸥外耽于理论，具有脱离常识倾向，更多地呈现出学究式的卓越的文学见解，进而促进了美学的勃兴，这一点功不可没。与此同时，坪内逍遥不偏向于任何一方、周到公平地记述文坛的主要思潮，整理出非常准确的文学史料，使人可以一目了然地了解当时的趋势，这也是不可忽视的一大功劳。

第五章　文艺评论的成立与新诗歌的诞生

第二节　北村透谷的人生批评与大西操山的文明批评

继坪内逍遥、森鸥外之后，给文艺评论增添色彩的是北村透谷。他是一个具有宗教性热情的评论家，排斥功利、拒绝实用、强调灵性或内部生命的价值与权威。在他的眼里，不具备内部生命的文学是没有任何价值的。深入挖掘内部生命源泉的文学、触及生命的艺术才是他所尊重的。这反映出他的个性。他自始至终守护这种个性，保持着特殊性。

因此，他在《怀念富岳诗神》中谈到了艺术的永久性，在《内部生命论》（1893）中谈到："内部的自觉也好，内部的经验也好，虽然各自名称不同，归根结蒂无外乎指根本的生命。诗人哲学家崇高的事业确实是离不开谈论内部生命。"拥有这种自觉的人在当时比较少。如山路爱山，主张功利主义的文学，曾与北村透谷展开论战。山路爱山之所以把文学功利化是因为不满意《文学界》一派的清高态度。比起内部生命，山路爱山更重视现实，把利用福利作为必要的方针。北村透谷根本不服他这一点。当然，山路爱山的现实倾向也还是当时思想界的一个分流，北村透谷并没有说它就一定没有意义。它具有与北村透谷的理想、浪漫倾向相辅相成的性质。

北村透谷站在以上的立足点，热爱内部生命元素的真善美，对妨碍真善美发展的旧习惯、旧生命始终持反对态度，而且采取消极的方式努力去打破它。然而，回过头来看，他最终都没有住进他一直追求的新思想之家。他的悲剧也由此而产生。

除了北村透谷之外，内田不知庵、森田思轩、斋藤绿雨等人的文艺评论也具有一定的特色。内田不知庵与石桥忍月针锋相对地展开文艺批评,与后来的内田鲁庵时代相比,更具辛辣、嘲骂、讽刺的味道,内田不知庵著书《成为文学家之方法》(1894),揭露当时文人的缺点、弱点,这是因为他对文学非常认真,也是极其不满砚友社一派的小说作品的结果。另一方面,他又撰写《窥文学之一斑》,将文学的本质进行分类、剖析、综合,努力将有关文学的概念传给初学者,而且他主要是接近早稻田派的。

比内田不知庵更加犀利进行评论的是斋藤绿雨。他的文艺评论是一种非科学的主观的、类似为讥讽而讥讽的那一种。而且,从思想上看事物的本质又不是他的长项,在进行小说、戏曲等评论时,基本上停留在查找修辞上的缺陷这么一个程度。简单地说,他是一个讥讽性的修辞论者。而且,因为他有以一己之见的江户趣味来评判其他趣味的倾向,所以,无论如何眼界都是狭小的。尽管如此,表现他的这种看法的文章,就好像是以一种敏锐的神经来写的一种独特的东西,有时候会非常巧妙地抓住作家的弱点,令人产生一种痛快的感觉。这样,虽说他的文艺评论无疑是文坛的名品,但还是不及他后来观察社会而随时撰写的那些讥讽短文之妙。关于这一点,后面再做介绍。

与斋藤绿雨他们相比,森田思轩的表达更为稳健,以凝练厚重的文笔评论对象,属于具有保守倾向的一类。他的评论依然是容易倾向于修辞上的。他即便在翻译上也常常热衷于修辞的斟酌而流于极端。

除了上述人物之外,还有《文学界》一派人马,基本上可以看做是以北村透谷为代表。寺山星川(1867—1910)、德富苏峰、山路爱山、飨庭篁村、高田半峰等人也时而执笔评论,其中山路爱山和寺山星川最具特色。山路爱山从功利的角度坚信文章即事业,站在这一立足点进行文艺评论。寺山星川以德国哲学为依托,写出比较

第五章　文艺评论的成立与新诗歌的诞生

完整的评论，有点小森鸥外的感觉。以上这些人以坪内逍遥、森鸥外为中心从事文艺评论方面的活动，其势头不亚于小说方面。如此，明治文坛的文艺评论开始成立了。

另外，文明批评始于福泽谕吉，由民友社、政教社成员所继承，几乎与此同时，在文明批评方面最具典型的是大西操山（1864—1900）。以大西操山为中心，在其周边有介绍基督教文学兼社会批评的内村鉴三（1861—1930），有佛教思想乃至东洋思想的鼓吹者井上圆了，有令诗的感受韵味与耶稣的福音相一致的岩本善治，有拥有诸多趣味的西方哲学的介绍者井上哲次郎。

大西操山作为哲学家为人们所知晓，但他的特色未必仅限于哲学方面，在文艺批评方面也有他独到的见解。在哲学方面努力进行更多的介绍，在文明批评方面也常常吐露自家的创见。之所以他在文明批评方面取得成功，是因为他从哲学寻求批判的根基，努力自由地考虑事物的本质、自由地探求真理，并且发挥多方面兴趣的原因吧。他调动了政治、教育、宗教、文艺以及各种精神学科方面的知识。他内心充满了对真理的热爱，总是先于时代一步，在世人尚未觉察之前，对即将直面而来的问题，率先发表自己的意见。他无论对待什么问题，都会发表公平的、自由的、进步性的意见。对于那种无意义的保守思想、过于独断守旧的见解，他会毫不犹豫地积极地加以辨析，大张旗鼓地摆开论阵，始终不失君子般持重的态度，总是非常平和，不会过激或过热。丝毫不见他像高山樗牛那样以激烈的热情和勇敢的态度来吸引他人的样子，为了探求真理，他始终追逐着理与情两条线，从不脱离正确轨道。简单地说，具有合理性和稳妥性，也未免温吞、缺少激情之感。他的评论与其说是热血青年的嗜读，不如说是受到一部分有识之士、真挚的年轻学徒们的敬读。事实上，也可以看出这样一种倾向。

大西操山的进步性合理性意见体现在许多方面。在明治二十三年十二月《日本评论》杂志上，在论及诗歌、剧本时候，单就值得一读的剧本会出现进行了预言。同时，曾对英国女性作家进行了详尽的考察，将当时不为日本文坛所知晓的作家予以介绍、评论。他很早就注意到了社会主义思潮，并阐述其概要。特别是在宗教方面的评论上，他有着比文学更深的造诣。明治二十四年十一月，在井上哲次郎论及基督教与日本教育的冲突时，面对众多论客的提问，大西操山发表了自己独到的公正意见。当时，佛教徒从感情上来讲排斥基督教，都向着井上哲次郎，而大西操山既不因为与基督教关系较近就偏向基督教，也不因为与佛教的关系疏远就排斥佛教，而是从宗教的本质入手，步步展开，证明真理的永恒性。

大西操山在当时文学界、思想界的位置，由此可见一斑。他在东京专门学校（当今的早稻田大学）讲解哲学、美学等课程时，与坪内逍遥的莎士比亚课程并列，成为早稻田大学的两大精品。听了他的课深受感化的有岛村抱月、金子筑水、纲岛梁川等人。他们这些人，一方面在文艺方面深受坪内逍遥的指导和影响，另一方面在思想方面也受到大西操山的引导和启发。拥有如此卓越的进步的自由思想之人，年仅 36 岁就离开了人世，非常令人痛惜。

第三节　宗教界与学术、艺术界的评论

当时，出现像大西操山这样的文明批评家可以说是思想界充满生气的象征。思想上的启蒙运动，与前期相比，大有进步，无论内容还是形式，都增添了更多的新色彩。国民中的知识阶层如饥似渴地憧憬思想上的新光明。这一点从基督教的复兴、佛教的复活、哲学的流行就可以看出。与此相随，新进评论家陆续抬头。

第五章 文艺评论的成立与新诗歌的诞生

当然,他们当中没有人真正拥有独创思想,也没有人对东、西方宗教思想进行深入系统的比较和剖析,更没有人注意到我国作为建国精神的根本——积庆、重晖、养正三大要素①。但是他们每个人都充满了朝气与泼辣劲,一心开辟自己前进的正确道路,并在自己的道路上发挥各自的个性,这样的想法活跃在宗教评论家群体中。少壮的哲学家们致力于哲学的普及和大众化,每个人都燃烧着一股对知识炽爱的热情。其中,作为基督教方面的评论家有岩本善治、内村鉴三、横井时雄(1857—1927)、海老名弹正(1856—1937)、植村正久(1858—1925)、松村介石(1859—1939)、高桥五郎(1856—1935)等人。基督教的传道文书如火如荼,出现了许多机关杂志,如《同志社文学》《六合杂志》《心海》《里锦》《评论》《青年文学》《自由基督教》《真理》《女学杂志》等等。虽然当今的基督教陷入不振,但是当时喜爱新知识的一群人多聚集于此,还在机关杂志上介绍欧洲的文化乃至文艺、哲学,总体来讲充斥着新鲜的空气。基督教方面出现许多的评论家是自然的趋势。

他们当中大放异彩的是岩本善治。他的感想录充满了内省和喜悦,行文具有清新优雅的韵味,拥有一种铭刻人们脑海的力量。总之,有一种感觉就是他信仰的点滴都会以忠实沉稳的笔调跃然纸上。事到如今,我还时常回忆起来。内村鉴三与岩本善治的韵味不同,他展示出科学家般的知识才智、在《地人论》《宗教与文学》等杂志上充分证实了自身卓越性。他后来在《独立评论》中展示辛辣味道的评论风格,被视作日本的卡莱尔②,这种素质当时已经显露端倪。

---

① 神武天皇以三件神器象征的建国三纲:玉(积庆)象征一视同仁,体现仁慈;镜(重晖)象征自己反省,体现明智;剑(养正)象征破邪显正,体现正义。

② 托马斯·卡莱尔(1795—1881),苏格兰哲学家,评论家、讽刺作家、历史学家,他被看做是那个时代最重要的社会评论员,他一生当中发表了很多重要的在维多利亚时代被赞誉的演讲,他的作品在维多利亚时代甚具影响力。主要著作有《法国革命》(3卷;1837)、《论英雄、英雄崇拜和历史上的英雄事迹》(1841)和《普鲁士腓特烈大帝史》(6卷;1858—1865)。

松村介石与岩本善治、内村鉴三相比，稍微缺乏个性，却充满生气，他用地道的汉学家的头脑论述基督教精髓，多少拥有一些迷倒青年人的力量。高桥五郎的文笔也洋溢着活力，具有炫耀博识、大吹大擂的一面。其他拥有新思想的人们，个个都长于文笔，致力于基督教的宣传。他们的评论，总的来讲与文学也有不浅的交涉，对新文学的兴盛也产生了一些间接影响。

佛教方面，不像基督教界拥有那么多的评论家。作为纯粹的佛教学者似乎也有优秀人才，但新的研究者中，意在阐明久没于世的东洋思想中心势力的大乘佛教真理的人却极其贫乏。倡导国粹保存主义之前的佛教界，完全处在沉睡之中。毕竟没有与新兴的基督教抗衡的势力。陷入如此不振的佛教得以复活，主要是由于反作用的机运使然，同时受到了基督教的刺激。其中重要因素之一，是明治二十四年末，井上巽轩（哲次郎）把基督教的宗旨作为从根本上反神道教精神的东西，从正面加以严厉的攻击。

获得了力量，佛教徒一时崛起。明治二十五年前后，《明教新志》《佛教公论》《反省会杂志》《佛教文学》《净土教报》《佛教》《同学》《妙宗》等杂志相继出版。而且，欧洲的印度哲学流行、芝加哥万国宗教会议的召开，更加促进了佛教复活的气势。田中智学（巴之助，1861—1939）、田岛任天（像二，1852—1909）、北田道龙等人发出佛教界改革的先声也是在这个时候。在这种趋势下，井上圆了作为评论家和学者，为佛教界倾尽其力。

井上圆了感慨佛教的不振，公开出版《佛教活论》等诸多著作，发表与佛教相关的新研究，不断促使佛教徒的觉醒。记得出版《佛教讲义录》的也是他。当然，他的文章平淡而长于说理，所说之处也未必老套，其中多少有些新意和热情。田中智学作为评论家的特色在进入日俄战争前后的时代更加鲜明了。此时，他优秀的资质在

第五章 文艺评论的成立与新诗歌的诞生

《读卖》发表的文章中就有体现。

伴随着哲学民众化的倾向,致力于东西方哲学的介绍、批评的是大西操山、井上圆了、三宅雪岭、井上哲次郎等人。当时,有各种各样的人都乘着流行的潮流,写作与哲学相关的著述,但是真正具备资格的只不过是以上这些人。其中,大西操山最为优秀,这是不言自明的。

大西操山有《西洋哲学史》《良心起源论》(1890)、《伦理学》《论理学》等完整的著述。此外,还在其他领域,他瞅准时机随时发表研究结果,发表哲学著作的读后感。类似《先哲斯宾诺莎的性行》《叔本华》之类的书,他写了好几本。这种情况下,他不采用学究的腔调,主要采取一种极其平易明了文风,让任何人都明白西方哲学的某一个。他之所以没有流于浅薄,是他的素养使然。

井上哲次郎曾以巽轩之名写过新体诗,所以,他在哲学家中是仅次于大西操山的文体家。他在东洋哲学方面研究阳明学派,在西洋哲学方面主要喜欢德国的哲学,解说冯特①、谈论恩格斯②。明治二十三年,他从德国、法国留学归来,彰显新锐之气,致力于哲学趣味的传播。他的文章雅健、有些许华丽。作为哲学家,与大西操山一样经常评论时事问题。姊崎嘲风(1873—1949)、高山樗牛等人

---

① 威廉·冯特(Wilhelm Wundt,1832—1920),德国生理学家、心理学家、哲学家,他学识渊博,著述甚丰,研究领域涉及哲学、心理学、生理学、物理学、逻辑学、语言学、伦理学、宗教等。重要著作有:《对感官知觉理论的贡献》(1862)、《关于人类和动物心灵的讲演录》(1863)、《生理心理学原理》(1874)、《语言史与语言心理学》(1901)、《民族心理学》(1900—1920)等。

② 弗里德里希·冯·恩格斯(Friedrich Von Engels,1820—1895),德国思想家、哲学家、革命家,马克思主义的创始人之一,是卡尔·马克思的挚友,为马克思创立马克思主义提供了大量经济上的支持,在马克思逝世后,帮助马克思完成了其未完成的《资本论》等著作,并且领导国际工人运动。它的主要著作有:《自然辩证法》《家庭、私有制、国家的起源》等。

曾接受过他思想上的指导。

　　三宅雪岭将主要精力倾注在政论上。明治二十六年，他热衷于哲学研究，写了《我观小景》(1893)，可以看做是后来出版的《宇宙》的先锋，有些地方会让人联想起德国心理学家费希纳①的《死后的生活》。当然在现在看来有些幼稚和独断。但当时正是哲学流行时节，在陆续出版的作品中别具特色。他的长处就是时常使用奇特的语言，来表现他的个性。他有卡莱尔的韵味，但更多让人想到爱默生。不过，比爱默生稍显俗气。

　　再就是在史记史传这一方面，民友社一派属于中坚力量。这大概是由于德富苏峰在这方面早就拥有兴趣与优势，并出版了《吉田松阴》的缘故。但作为先驱者，与德富苏峰相比，首先应提到的是田口鼎轩。田口鼎轩一方面是经济学家、政治家，但他的优势更多的是在于史论上。在我国文化史缺乏的时代，他很早就出版了《日本开化小史》(1877—1882)、《中国开化小史》。他大概从巴克尔②、基佐③等人的文明史中得到了一些启发，不是像历来的历史那样讲事实罗列，其新意在于把重点放在文化现象上来，略述当时的历史大势。当然，在现在看来，有些随意不得要领的地方，但是在那个时代，就算比较系统的了。

---

　　① 古斯塔夫・费希纳 (Fetcher, Gustav Theodor, 1801—1887) 德国哲学家、物理学家，心理物理学的主要创建人。代表作是《心理物理学纲要》(1860)。

　　② 亨利・托马斯・巴克尔 (Henry Thomas Buckle, 1821—1861)，英国著名的实证主义史家，新史学的先驱，代表作是二卷本的《英国文明史》(1857—1861)。

　　③ 弗朗索瓦・皮埃尔・吉尧姆・基佐 (François Pierre Guillaume Guizot, 1787—1874)，法国著名的政治家和历史学家，法国第22位的首相，著有历史著作《欧洲代议制起源史》(1822)、《法国史概论》(1823)、《有关英国革命回忆录集》(1823)、《英王查理一世、查理二世在位时期英国革命史》(1827—1828)、《欧洲文明史》(1828) 和《法国文明史》(1829—1832) 等。

第五章 文艺评论的成立与新诗歌的诞生

田口鼎轩在杂志《史海》上发表他的历史方面的知识,基本上在每一期都对历史人物进行大胆地剖析。当然,有种纯粹为发现而发现的倾向,但是他极力提倡历史研究的自由,功劳不小。民友社一派的史论家,从德富苏峰到竹越三叉(1865—1950)、山路爱山无疑都受到了《史海》的启发。以《史海》的创刊为起点,当时的历史热逐渐高涨。他们为了弥补文坛的单调,他不仅是写历史小说,还频频出版人物评传之类。虽然作品极为通俗,但率先出版的是《世界百杰传》《日本百杰传》等。之后,作为知识阶层必读之书,又陆续出版了民友社编写的《十二文豪》及其他政治家的评传。这一直延续到明治二十九年。在长田偶得等人编辑的《伟人史丛》时达到了顶峰,同时也开始走向衰落。

关于历史文学的流行,金子筑水的说法抓住了本质:为了回顾我们的过去,了解我们的现在和未来,分析了其流行的各种原因。主要有以下几点:(一)羡慕过去的好古之心;(二)普通的爱国心;(三)单纯的学者气质;(四)欧化主义的反作用;(五)对肤浅庸劣小说类的倦怠;(六)空漠的好奇心等。

《十二文豪》作为史论乃至史传是最值得记忆的文学作品。在内容上,与历来的传记不同,不拘泥于单纯的事实的罗列,而是咀嚼事实使其系统化。其文体有民友社一派的风格,多少带有一点做作,但叙述方式明快而新颖。虽然缺少依据根本史料进行调查的准备,但是非常符合时代所要求的自由史论、自由史传。当然,其中有好的有不好的。有的仅仅是将欧洲所出版的评传原封不动地抄译过来。但是,像森田思轩的《赖山阳》、内田不知庵的《约翰逊》、北村透谷的《爱默生》、德富芦花的《托尔斯泰》、宫崎湖处子的《华兹华斯》、竹越三叉的《麦考莱》、山路爱山的《新井白石》《荻生徂徕》、塚越停春的《近松门左卫门》等大致上都还不错。撰写之人和被撰写的人物感觉基本上相吻合。只有平田久（1871—1923）的《卡莱尔》和人见一太郎（1865—1924）的《荣格》略显逊色，因为笔者缺乏文学方面的资质。

森田思轩的《赖山阳》（1898），虽然现在看来没有多好，但在当时是《十二文豪》中的压轴卷。虽然他是作为翻译家而成名，但是他的强项是在史传或随笔上。翻译倒不如说是他的弱项。而人们往往是将弱项误认为是强项，把强项没当回事。森田思轩也如此。德富苏峰评论《赖山阳》说："该篇不仅充分体现了题目的主人公，也体现了著者本身，完成得天衣无缝。锐利、宽宏的评论的眼光、领悟时代精神的卓见、多角度的趣味、较为公正而没有偏颇的判断"。这多少有些过奖之嫌，但所举其美还算恰当。

内田不知庵的《约翰逊》虽没有《赖山阳》那么成功，但却得到了坪内逍遥的推赏。约翰逊的气势与内田不知庵语言的刻薄并非完全没有关联。关于其特色，坪内逍遥说："概著者评论18世纪的腐败暗讽明治之今日，记录约翰逊的行实，暗诫明治之文人。因此，如其说这个传论是一个正常的传论，不如说是以此为材料的时论。"作为其两大优点，举出了（一）博通轶事琐谈而巧言之；（二）对所接触的事物可以深得要领地写出嘲世讽俗的评论来。

从以上两书的完成情况来看，基本上可以类推出《十二文豪》的特色和价值。其缺点，除了森田思轩的《赖山阳》之外，每一个都有。没有涉猎根本的史料，而是以两、三本参考书为基础来进行叙述评论，所以往往陷入谬误和独断。斋藤绿雨很早就针对这一点在《给鸥外渔史》一文中，流露出讽刺的意味。在文章中，他这样说道："民友社的十二文豪自不必说，小说方面有深见重左、塙团右卫门，戏剧方面有大久保彦左卫门，随意将人名揪出来是近来所流行的。如果那帮家伙发现如此小字（斋藤绿雨有写细小字的习惯）

的信函，认定他是一个胆小之人、是一个吝啬的男人的话，就只会带来麻烦，所以就填写在了信封的封面上。请大家仔细看好。这样一来，那些人就会说，他很大胆、豪爽、豁达云云。所以，要想当英雄，需要费一番心思。"这真是抓住他们的弱点。山路爱山等人当时还很年轻，所以往往会有过于独断、轻率的倾向。他们称赞赖山阳说："他如此受到天下人的景仰，书生们都竞相投靠赖氏门下，文运也由于赖氏而大为改变，他真的成为了精神世界的帝王了。"这样夸张的口吻随处可见。森田思轩对此不满，曾指责过山路爱山的《论赖襄》。虽然山路爱山在当时应该还属于比较有前途的史论家，但那的确是一部未完成的作品。

竹越三叉除了《麦考莱》（1890）之外，还写了《新日本史》（1891）、《二千五百年史》（1896）。竹越三叉的史论、史传也与山路爱山有着同样的毛病。《二千五百年史》也不重视史料，把传说当成事实，推测说桓武帝信仰基督教、平将门与纯友一起登比叡山俯瞰皇城并许下豪言壮语等等。有不少类似这种把无稽的浪漫，当成了事实的情况。民友社一派的史论、史传与当今德富苏峰写的《日本国民史》的方法完全不同。但是，《二千五百年史》里有着专业的历史学家所看不到的优点。那就是它抓住了时代的大势和事实背后所隐含的意义，写得系统而富有趣味。而且，在叙事时插入评论、加上人物论，巧妙地避开了易于流于单调的史书的弊端。这不能不说是一个成功。在这一点上，《二千五百年史》的价值受到了专业史学家以外的人们的公平看待。

总之，史论、史传的文学价值，不亚于小说、戏曲等。这也同样是一种创作。从广泛涉猎原典史料来看，写作过程所费辛苦最多。然而，历来出版的文学史，大多忽视这一事实，只有田山花袋用那么两三行文字，将《十二文豪》写入了《明治小说史》。作为文学

史家，这是不公平的。卡莱尔作为文豪的价值，因为主要长于史论、史传，如果从卡莱尔的著作中去掉这些的话，那他的价值一大半就没有了。我之所以比较耐心地介绍了史论、史传，就是出于以上的考虑。

概括来讲，这一时期的评论，除文艺评论之外，涉及宗教、哲学、史学等各个方面。与过去相比，有一个实质性的进步。在思想上看出了新的研究的精神，在艺术上看出了鉴赏的精神。当然，还缺少精心和细致，有流于粗疏、独断、偏见的一面。但是基本上都很认真，像小说界那样的游戏氛围很少。而且，自由看待事物的倾向、系统论述事物之风得到加强。

第四节　新体诗界的第一步和新国文的兴起

相对于文艺评论的确立，还有一个可以称作新现象，那就是新诗歌的诞生。新诗的出现，与其说是诗人的努力，还不如说最初是由那些并非诗人的学者，播下了拓荒之种。进入新文学产生的时代，青年诗人、小说家、新国文学家们培育了新诗歌的幼芽。明治十八年十月，汤浅半月（吉郎，1858—1943）从《旧约圣书》耶路撒冷民族故事中选择诗歌题材进行诗歌创作。作品题目是《十二石塚》（1885），表现了古雅的语言和柔和的诗风，但却没有清新感。在此前后，《新体诗抄》（1882）、《明治新体诗歌集》（1882—1883）以及尾崎红叶、山田美妙合著的《新体诗选》、大和田建树（1857—1910）的《渔火》等相继出版。还有落合直文的《孝女白菊之歌》（1888）也出版了。

如同成为小说界先驱者一样，山田美妙也曾经一时在新体诗方

第五章 文艺评论的成立与新诗歌的诞生

面尽情地展露了他的才华。在五五调、七五调、八五调等诗歌形式上都显示了他非同寻常的苦心创意。但他不是一个诗情之人,不如说他是一个修辞之人。他在新体诗方面也和小说一样成为失败者的原因就在于此。

当时,森鸥外意气风发,欲成为诗歌界开拓的先锋,率领SSS(新声社)的同仁,将译诗《于母影》寄给了《国民之友》。主要是翻译了德国的诗、辅之以汉诗的和译、英诗的汉译及和译等。其主要价值在于用古雅的语言表达德国的诗风、诗情,能够让人从中看到作者的风貌这一点。下面引用一节拜伦的《曼弗雷德》的译文。

> 这盏灯须再加满油,即使这样,
> 也不能燃烧到像我必须醒着的时间那样长,
> 我的睡眠——假若我睡了——并不是安睡
> 那只是一种永久不息的思索的连续,
> 那时候,我对它是无法抗拒的。我的内心,
> 是彻夜不眠,我的眼睛只是闭起来,
> 向深邃的内心眺望。

这样,通过森鸥外等人,近代欧洲诗歌之花才富有成效地移植到我国诗坛中。通过这些刺激,北村透谷、户川残花、矶贝云峰、矢崎北邙散士(嵯峨之家)、大西操山、中西梅花、太田玉茗(1871—1927)、石桥忍月与山田美妙等人共同活跃在诗坛上。山田美妙在修辞上的确与初出茅庐的诗人不是一个档次。如《病后之吟》(五五调)就是如此。

> 无论何时死,

  意欲明澄心，
  意欲明澄心，
  如月清风白。

  中西梅花虽在修辞方面不如山田美妙，但充满奇异的诗情和个性。他的诗歌虽然纯真，但结构不完整。而且，他不久就因病去世，因此仅在诗坛上留下一道极短的闪光而已。继中西梅花之后，汤浅半月出版了《天地初发》、古藤庵（岛崎藤村）发表了《怜拜伦寄户川栖月》等诗。岛崎藤村的诗没有特别值得一提的价值。汤浅半月的诗译自希伯来语《创世纪》，诗句非常精练。此外，岩野泡鸣等也是这个时候起开始创作诗歌。

  北村透谷在其短短的一生中，着手诗作就是在此时。作为一个诗人，他憧憬着理想之光，追求着浪漫的梦想，一生痛苦与烦恼重重。他这种由此而流淌出的悲伤的诗情则有些过多。他并没有那种将悲情积蓄在心中，充分整理、充分发酵的从容，而是径直将迸发出的情感原原本本地记录在纸上。这既是他的长处也是他的不足。

  当然，他并不是无视修辞，只是与外表相比，他更重视内容罢了。他急于在诗歌方面发挥自身独到的个性，热衷于进行大胆的新尝试。诗剧《蓬莱曲》《楚囚之诗》等作品，在尝试方面是失败之作。尽管如此，我们可以清楚地看到他的新的意图。《蝴蝶的未来》《沉睡的蝴蝶》《骷髅舞》等是他的佳作。现在引用《沉睡的蝴蝶》的第三节：

  飘零的花瓣有其归宿，
  命运早为它准备了冬床。
  你迷恋初春而出来，

第五章　文艺评论的成立与新诗歌的诞生

直至秋天还在陶醉。

清晨——

你吸纳千花万草的露珠，

夜晚——

你沉浸于无数真实的梦境。

难道你就这样孤寂地，

同百花一起消失？

这种厌世之声并不新鲜，但是联想到作者的个性，就会深切地感受到一种哀痛。然而公平地讲，因为他给诗坛所留下的印象是意外地淡薄，终究不可能与他在评论上的飞跃相比。更何况创造一个时代毕竟不是他所能承担的职责，唯有等待受过他些许影响的岛崎藤村的才华与努力了。

这一时期诗坛的大致趋势就是这样。在这方面，如果说还有值得一提的新贡献的话，那就是介绍了诗论以及欧洲的诗歌。最初的诗论是由山田美妙的《日本韵文论》而引起的森鸥外、内田不知庵、路功处士、石桥忍月等人的论战。那时，森鸥外根据他的新知识，阐明了抒情诗的本质，指出了诗人所应遵循的道路。此外，民友社《十二文豪》中的歌德、华兹华斯的评论以及夏目漱石的《文坛平等主义的代表人物沃尔特·惠特曼》、平田秃木、户川秋骨等人的海外诗论等，都刺激了年轻的诗人。平田秃木的《格雷氏的风雅之歌》《意大利初期抒情诗》《南欧诗影》等，与户川秋骨的《普罗旺斯恋歌》《奥维德与自然界》等作品是值得令人记忆的新声。

必须与新诗歌的诞生一起提及的是新国文的发生。提起新国文，首先让人想到的是短歌的革新者在国文方面有着很深造诣的落合直文。落合直文在这方面是功不可没的。但是从公正的角度讲，感觉到与落合直文携手前进的森鸥外、小金井喜美子等对新国文的开拓之功，《文学界》这一派的人们在文章上的创意，二者都特别值得一记。森鸥外、《文学界》的人们虽然不是国文学家，但是却给国文增加了新意、将新的感想以及异国文艺之花移植到国文里了。

　　落合直文好像与森鸥外有相互影响的地方。森鸥外通过国文学的造诣刺激着落合直文，落合直文通过国文学的素养刺激着森鸥外。落合直文是一个稳重的才子，拥有一个领悟时势新潮的头脑。他与保护国粹的呼声相呼应，与池边义象（1861—1923）等人开始了国文开拓的新运动。经他之手写出的国文与过去的相比，的确富有新意。因此，他在叙事抒情上展露才华，出版了描写野中至登富士山的单行本《高岭之雪》引起了时人的注目。《历史读本》《日本文学全集》（1890—1892）等作品体现了他努力进取的一面。这与佐佐木信纲的《日本歌学全集》（1890—1891）的刊行共同诠释了新的意义。在文章上深受他影响的是大町桂月（1869—1925）、武岛羽衣、蓝井雨江（1869—1913）等人，一时使所谓的"美文"流行开来。不得不说其源头就在落合直文等人。然而，落合直文最显著的业绩倒不如说是在于短歌的革新运动。关于这一点有待后叙。

　　总之，综观这一时期，在小说、翻译、评论这三个方面的进步非常显著，而在其他方面只能期待中日甲午战争后的发展了。中日甲午战争成为明治文学创立新纪元的一个进步的机缘，对明治文学的发展形成了很大的刺激。方方面面的逸才伟才在充满活力的国民抱负的光照下群集而出。并且，实现了由缺乏个性转向个性显露、由肤浅的现实主义到浪漫主义、由形式创新到内容充实的转变。

第六章　浪漫主义时代的思想与文坛的主要思潮

第一节　中日甲午战争的文化意义与新思潮的勃兴

一旦爆发事关一国命运的战争，国民的精神自然不得不为之紧张。而且，这一战争在取得了前所未有的胜利之时，国民的意气会骤然高涨，我国在甲午战争时就是如此。历史上虽然曾经有过战胜元军袭击和意欲征服朝鲜的事件，但那时主要多得力于自然的伟力。朝鲜一战虽创造了相当的浪漫，终究落得一个不明不白的结局。然而，中日甲午战争是通过自身的力量获得了相当的成果。这对日本文化的发展必然产生重大的影响。文学也的确是受到其刺激而显示了飞跃的景象。

关于这一点，我们首先考察中日甲午战争的文化意义是必要的环节。从事实来看，中日甲午战争是文化力量相对进步的中国，和在新兴文化力量上展示活力的日本之间的文化斗争，以文化力量相对弱小的朝鲜为中心进行的，是高文化涌向低文化之地寻求平衡的体现。这是发展的力量和保守的力量之间的冲突。再从文化本位的角度来看，是死死抱住固有的停滞的东洋文化的残影不放的中国，和吸取了欧洲文化处于新生途中的日本之间的文化斗争，是中世文化和近世文化的冲突，是旧势力和新势力的竞争。当时世界的趋势

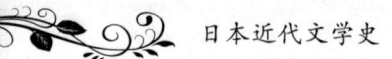

表明了近代欧洲文化的胜利。顺应这一形势的日本从一开始就拥有了另一种强势。然而，中国没能顺应世界的趋势，反倒逆势而行，所以首先弱势就伴随着中国。

当时的欧洲还没有正确地理解日本的文化潜力。当然，对中国文化也同样如此。只是很肤浅地看待日本和中国，认为中国拥有辽阔的土地、众多的人口就会取胜，而日本土地狭小、与中国相比只有很少的人口，笼统地预期中国的胜利和日本的败北。欧洲人不了解日本，关于这一点，我们通过德富苏峰当时所引用的一个例子就可以得知。德富苏峰在赴欧洲时，有一身份高贵的女人问他："日本属于中国的哪个省？"听到这一奇异的问话，德富苏峰不禁大吃一惊。将中国和日本混淆，这在日本与英美成为世界三大强国的当今，当然难以置信。但是，在中日甲午战争时期，绝不是不可思议的。在这种日本完全不为人所知的情况下，欧洲人几乎完全不理解日本潜在的文化力量、完全没当回事也实属无奈。

单从物质文化来看，当时的日本还很贫穷弱小，位居欧洲之下。但从文化势力本身来看，日本所拥有的传统与素养未必逊色于欧洲。在过去，将印度、中国、朝鲜、葡萄牙、荷兰等国文化作为精神食粮消化吸收的日本，早已做好了对抗欧洲文化压力的准备。中国在这一点上与日本正相反，一味固守自身文化，自近世以来吸收异域文化的力量异常迟钝。在文化上拥有年轻生命的国家（日本）与文化上只有衰老生命的国家（中国）之间的争斗，显然不言而喻是日本取胜。

特别是日本的国民性，虽然平素受岛国根性的束缚会发生内争，而一旦遇到外敌，一切都握手言和，统一步调，拼命努力。而中国，看不到这样的国民性。日本人与个人相比更倾向热爱国家、中国人则是与国家相比，更倾向于爱个人。一个是大事之时国家本位，一个是个人本位。因此，这一点又必然使日本成为战胜者。而且，在每一个国民的教养上，或者在武力上，在政治方面，日本都要优越于中国，拥有许多的人才，因此中国的败北是必然的结果。德富苏峰感到震惊是因为欧洲不了解日本的真实情况。

这样，在日本取得胜利的时候，正如英国的评论家史蒂德所说，就在昨日还是亚洲一小国的日本，成为东洋的最大强国，其国际地位骤然提高。然而，仅仅如此的话，战胜或许毫无意义。但是，另一方面，与此同时，日本国民觉醒了，认为在文化方面日本不亚于欧洲。这才是中日甲午战争对我国来讲最有意义的一点。由此产生了新思想，新文学得到进一步的发展。

想来日本虽然随着明治政府的开港主义而一跃进入世界历史的进程中，但是许多日本国民尚未意识到这一点，还抱有东洋孤岛的感觉，认为没有与欧洲各国为伍的力量。然而，战争的胜利让国民普遍产生了一种自豪感，令国民意识到日本开始以宽广的胸怀、放眼世界，步入世界进程，明确地令日本国民相信日本文化与前景大有希望。这也是必须发起生气勃勃文化活动的原因。

在文学史上，把中日甲午战争到日俄战争这段时间称作浪漫主义的时代。当然，从前一时期一脉相承下来的现实主义倾向，一方面依然投影到思想、文艺上，但是从整体上来讲，浪漫主义的色彩更广、更强。

就思想界的发展趋势来看，具有一种始于现实主义，渐次带有浪漫主义的倾向。日本主义、帝国主义、社会主义、伦理研究热等的产生，多属于现实性的。当然，有看法认为，在日本主义、帝国主义、世界主义内部也不能说完全没有浪漫的因素。日本主义梦想着将世界日本化，世界主义梦想着将日本世界化，而帝国主义则摆脱不了未来领土不断扩张的幻影。然而，大致说来，现实主义的色彩要多一些，与理想的、空想的相比，更希望扎根现实，具体体现和平的胜利、和平的膨胀、文化的进展。特别是，伦理研究以及社会主义胚芽的萌生完全是现实性的。

但是，由《文学界》一派以及幸田露伴等人播种的浪漫主义这一脉络，始终没有渗透到现实主义倾向中。首先在文坛上，浪漫主义新运动的兴起，造成了思想界的波动。本来，前述的这些带有现实倾向的各种主义主要都是忘我的、非自我的、具有轻视个性的特点，没有尊重个性的感觉；是受制约的，非解放的；是外延性的，非内性的；是传习的，非创新的。在文坛上，所接触的欧洲新文学与思想，都会意识到以上几点而觉得不满意。因此，高山樗牛对日本主义的现实思想感到无路可走、认为自我权威和尊重个性是必要的，率先发起了浪漫主义的新运动。他猛然站起来，提倡个人主义、天才主义、本能主义。

个人主义、天才主义、本能主义并不是高山樗牛所创造的思想，这些都源自于尼采的哲学。尼采是旧宗教（主要是基督教）、旧道德、旧伦理、旧文化的诅咒者，对缺乏个性没有自我乃至凡人主义的思想深恶痛绝。他因此排斥基于基督教的奴隶道德、弱者道德，主张君王道德、强者道德。他极力主张天才主义，痛骂凡人主义，呼吁"回归本能！"阐述通往权利意志象征的超人之路。想来，当时的欧洲文化对马科斯·罗德的《变质论》置若罔闻，从内到外都非常颓废，走入绝境。敏锐地感受到时代的尼采，了解到这一点，欲将新的生气注入这颓废的空气中。

不用说，高山樗牛的意图与尼采不同。然而，在打破旧道德、创立新道德，排斥旧伦理、建立新伦理这一点上与尼采一脉相承。这就是他之所以倾心于尼采，主张个人主义、天才主义、本能主义的原因。因为个人主义是针对过去缺乏自我、没有个性的旧习而提

第六章　浪漫主义时代的思想与文坛的主要思潮

倡的,是保护个人、充分发挥个性的意思。本能主义是呼吁反抗以往流于伪善、虚伪的本能压抑,所以其意思是以本能的解放为目的的。这些构成了高山樗牛浪漫主义新运动的内容,归根结底就在于解放被囚禁的情感和意志。

当时的文坛,意欲尝试取得战争胜利后的一个飞跃,但没有达成目标。等到高山樗牛极力主张个人主义、天才主义、本能主义时,就豁然出现了与其产生共鸣的、狂飙突进运动的时代。当时的青年从高山樗牛的主张当中寻找从旧道德旧伦理中解放的理由、追求新道德新伦理,浪漫主义思潮随着情意的解放而奔涌。奔放热情的泉水注入诗歌之瓮的时代到来了,青春美妙的情感纵情流露的时代到来了,梦想着未来新的理想、拥有某种憧憬的时代到来了。

这样,追逐浪漫主义潮流的结果,最终表现为对新哲学、新宗教的渴求。当时的青年虽然得到某种程度的情意解放,但是还没有获得新道德、新伦理。虽在个性与自我上觉醒了,但是对于如何发挥个性、如何开拓自我,没有给予有力的暗示与希望。高山樗牛本身也早已深感烦闷而最终步入宗教之门,走向了日莲主义的思想之境。青年群体中有许多都与高山樗牛有着同样的烦恼。像岛崎藤村这样难以忍受这种烦闷的就自杀了。受到这些刺激,哲学热、宗教热曾盛极一时。

在那样的时代,给青年人带来些许光明的是,黑岩泪香的《天人论》、纲岛梁川的见神试验、清泽满之(1863—1903)的精神主义、伊藤证信(1876—1963)的无我之爱的主张等。以上这些都不是否定的思想而是肯定的思想,是一种向佛或神寻求究竟如何拯救存活怀疑之我、烦闷之我的思想。对此进行了各种解说,或站在科学的立场上,或建立在直觉的基础上。归根结底,不是黑暗的而是光明的,不是绝望的而是乐天的,不是停滞的而是向上的。而且当时的一部分青年对这些产生了强烈的共鸣。但是，总的来说，这些都近似于过去的与现今的旧宗教、旧哲学的综合，并不是一种大胆的、根本性的新思想的展开。作为与新时代要求相统一的思想尚有所欠缺。因此，浪漫主义的梦想伴随着日俄战争在现实面前被打碎，进入自然主义的时代。

总之，来自中日甲午战争胜利的刺激与影响，如上所述，给思想界和文坛带来了波动。与前一时期的思想界相比较，颇为认真，带来了以往日本思想史上未曾有过的"我"之觉悟，即个人的、自我的觉醒。而且，我们知道这不仅仅是情意的解放，在狂热追求新道德、新宗教、新哲学、新伦理的过程中，显著地加深了其内涵。与此同时，文坛与思想界同时产生了波动，浪漫主义成为主潮，现实主义退居其次，增加了新的色彩。

第二节　日本主义、世界主义、帝国主义的提倡

这一时期思想上的新运动始于日本主义及世界主义等等。明治初期到中日甲午战争时期出现的思想是：进步主义和保守主义、文治主义和黩武主义、内政本位主义和国权扩张主义、平民主义和贵族主义、欧化主义和国粹主义、功利主义和艺术主义等等。当然，这些内容都不是明确的，都是很模糊的。没有经过充分的思想上的训练与陶冶。所以，也就尚未发展成系统。

然而，这一时期的思想较之以前，增加了明确的程度，而且开始有组织地进行阐述了。至少，即便是像日本主义、帝国主义这些最早出现的思想，也都具备了这一点。形成了一种要发表思想上的主义，就要在进行一定的学术讨论之后进行的风气。特别是，日本

第六章 浪漫主义时代的思想与文坛的主要思潮

主义由于是哲学家、教育家、文艺评论家们倡导的,所以在他们之间进行了相当的讨论。思想上的主义,不是突如其来没有任何联系就产生的。日本主义产生于国粹主义的系统,又将其推进了一步。这是由战争胜利所带来的国民觉醒的产物。虽然国粹主义也伴有国民的觉醒,但却是模糊不清的,并不是以哲学的、科学的头脑进行深思熟虑的觉醒,也不是伴有意识到日本国际地位的觉醒。然而,日本主义一派非常合乎逻辑地拥有这种觉醒和意识,而且,另一方面,不满足于过去的宗教,将其看做是非国家性的,拥有一种试图以日本主义取代宗教的抱负,而且,采取了国际上和平共处为主、国内重视传统的方针。

如此倡导日本主义的人们是井上哲次郎、高山林次郎(高山樗牛)、元良勇次郎(1858—1912)、木村鹰太郎(1870—1931)等。其中心人物恐怕是井上哲次郎了。他们都具备哲学和科学的素养。他们所说的,与国粹主义的那些人相比,远远要进步得多。日本主义的纲领是:(一)崇拜祖国;(二)以光明为宗旨,崇尚活力;(三)期待精神的圆满和清净洁白;(四)重视国民团结和社会生活;(五)尚武;(六)期待世界和平和人类情谊。发行杂志《日本主义》,大肆宣传其主义。特别是高山樗牛通过《太阳》的论坛,为日本主义的弘通而奋战。

明治三十五年五月,高山樗牛在《太阳》上论述了"日本主义",谈及倡导日本主义的原因时说道:"考虑到本邦文化的性质,弄清宗教及道德的历史渊源,以广泛的人文开展原理为依据,承认国家进步与世界发展中的特殊与普遍相关的理法,进一步照鉴本邦精神与国民性情特质,为了我们国家的未来,我等在此倡导日本主义。"而国粹主义者则宣称:"勿妄模仿欧美,我国粹不可以不保存。无条件地沉醉于外邦文化,抛弃我长处美处即国粹,实属不可。"二者相比，日本主义可以说是一种颂扬国粹的积极思想，比起以往国粹主义消极的一面前进了一步，倡导的方法也很巧妙。

其次，高山樗牛又专门对日本主义的定义进行了解说："依据基于国民特性的自由独立的精神，以发挥建国当初的抱负为目的的道德原理就是日本主义。"虽言之明确，但是对照日本主义的纲领来看，称为我国建国精神的三大要素积庆、重晖、养正这一主旨，没有明确地表达出来。恐怕高山樗牛没注意到这一点吧。但是，如果忽略了这一点的话，建国当初的抱负就有些牵强。精神圆满也是极其模糊的，只不过是抽象的美辞罢了。期待世界和平、尚武从某种角度来看，也存在着很大的矛盾，而且高山樗牛等人对此并没有反省，而是在积极地抨击佛教和基督教。

高山樗牛抨击宗教的理由在于"我国人民是公正豁达的人民，有为进取的人民。退缩保守和忧郁悲哀不是它的本性。于是乎，日本主义以光明为主旨，崇尚活力；于是乎，排斥注重退让、训练禁欲、鼓吹厌世无为的各种宗教。""退让、禁欲"指的是基督教，"厌世无为"说的是佛教吧。但是，这是没有理解宗教的本质的一种言论。基督教的本意是大爱，退让、禁欲是其末端。佛教的本意是体现人和国家的极善、极美、极真的思想，厌世无为只不过是末端的弊病。而且，大乘佛教是充满活力光明的，而非厌世的。主张厌世的是小乘佛教。高山樗牛不通晓这些而胡乱地抨击宗教。而且妄断说："今日之宗教与如是民族（日本）无一用。因此，我国本来无一宗教，两千年的历史，终没能拥抱宗教。"对高山樗牛来说，这种大胆的独断倾向非常多。奈良、平安、镰仓时代的文化与佛教相拥的事实连中学生都知道。他之所以若无其事地无视这些事实，归根结底是因为他对复归原始日本国民性倾注了热情，另一个原因就是他从国家主义的立场出发对宗教界传道者的行为和生活抱有反感

第六章 浪漫主义时代的思想与文坛的主要思潮

的结果。即使这些可以原谅,但毕竟抨击宗教是一种太过的、不合理的偏见,所以才受到世人的强烈反对。

而且,日本主义的论说文辞严肃、沉重,内容上却没有新发现和创新,过于夸大其词,不少人对此抱有反感。建部遁吾(1871—1945)驳斥"日本主义",说它是"拿着十年前国粹主义早已道破的东西,在新衣裳遮盖下在众人面前发表的厚颜无耻的陋见。"《帝国文学》的记者咒骂日本主义者是"商坚匹夫"。这虽然有些极端,但是,在日本主义者的主张当中的确存在着这种即便受到指责也实属无奈的地方。不仅如此,因为高山樗牛等人试图以此谋求国民精神的统一,阻碍了思想的自由,其狭隘与鲁莽受到耻笑。日本主义很快就自我消亡了,就是因为过于夸大其偏见。

然而,日本主义的提倡并不是毫无意义的。或多或少明确了一些原来模糊不清、不得要领的国民觉醒的内容,努力做出体系化的阐明。这给当时的国家主义思潮抛洒了一线积极的光明。而且,重视现实生活、注重国民幸福是现实精神的显露、触及近代思想的一个契合点。在以上这几点上必须承认日本主义的功绩。高山樗牛从日本主义的立场,评论文学、倡导描写国民精神乃至时代精神、强调树立国民文学,对文坛的确给予了新的刺激。

与日本主义形成绝好对比的是世界主义的提倡。世界主义是源自战争胜利所带来的世界性觉醒的产物。主要可以说是对内的觉醒成为日本主义,对外的觉醒成为世界主义。如果说日本主义是继承了国粹主义的话,那么世界主义就是继承了欧化主义。日本主义着重于颂扬日本固有的文化,世界主义则是依然继续摄取欧洲文化,以期建立新文化。

世界主义者与日本主义一样没有组建某种团体。从一开始就没有公开发表和倡导宣言。只是后来《世界之日本》杂志的出版加强了这种风潮，与德富苏峰等人的世界主义的言论相呼应，不知不觉地产生了世界主义的新名称。当时的知识阶层中的进步分子、基督教的牧师、学者文人等大都对世界主义产生了共鸣。从热爱祖国这一层面来看，其实世界主义也好，日本主义也好，它们之间没有太大的差别。但是从另外的角度来看，却存在着相当大的差别。日本主义是以日本为中心看世界，世界主义是以世界为中心看日本。前者是国家至上主义，轻视个人；后者是个人主义，重点在于个人。在文化上，前者热爱日本固有的国民性和道德，后者并不拘泥于此而是要进一步创造新国民性和新道德。世界主义不像日本主义那样偏狭、排他，拥有更加自由的心态，不抨击宗教，总的来说，许多人多少被基督教所吸引。

世界主义者并不是反对日本主义的全部，但是对排斥宗教、国家万能这两个主张给予了相当的反击。这一点，世界主义者比较具有合理性、富有自由的精神。在宣传、鼓吹、具有组织性的讲解这一点上不及日本主义那帮人。因此也就没有特别地受到强烈地反对和嘲笑。世界主义在从文化上拓宽日本国民的眼界、开阔胸怀、增加自由思想这方面是具有功劳的。另外，在文学上，成为强化研究和引进欧洲思想、文学趋势的一大动力。

继世界主义之后产生的帝国主义，从思想上来讲是最缺乏价值的。但是，在将世界各强国的现实思想具体化这一点上也不是没有意义。帝国主义被解释成意味着国家和平膨胀的思想，而事实却是武权的膨胀主义。对照美国、英国的行动言论就非常明显。这之所以在日本得到提倡，是因为我国的政治家、政论家们受到国际地位的提高和对外关系上的必要性促使，后来成为孕育军阀政治、军国主义的母体。这一思想对我国文学产生的影响最少。或许是因为我们的诗界没有像英国的帝国主义诗人吉卜林那样的人物的缘故吧。

如果勉强寻找的话，可以说仅仅产生了平木白星（1876—1915）的《日本国歌》（1903）吧。

第三节　道德伦理的研究和社会主义思潮的产生

随着日本主义、帝国主义等的提倡，思想界现实主义的色彩越来越浓，迅猛产生了思考现实生活规则的道德、伦理问题的倾向。堕入当时世人常见的浅薄的功利主义、物质主义的情况并不少见。想来当时的时代潮流就是，在中日甲午战争胜利后经济形势一派大好的影响下，人们追求眼前的享乐的倾向显著增强，在有些人看来，甚至令人感觉到是一种精神上的堕落。尊重功利、偏重物质的弊端毒害着思想界，这也是难以避免的事情。学者中的觉醒者，首先为了拯救这一弊端，立志伦理研究，希望赋予社会根基以现实的新生命。换句话说，就是明确伦理道德上的正确观念，旨在指导现实，不让现实生活方向误入歧途。

坪内逍遥在明治三十一年十月废除刊物《早稻田文学》时说道："社会日益颓废，自命文坛开拓者的觉悟又不能苟同，说心里话，只要不给社会的根基点燃一道生命之火，那么它所表现的文学、艺术恐怕是微不足道了。吾人见于此，姑且退出文坛，将全部精力转移到社会教育方面。"虽然他所谓的"一道生命之火"乃至"社会教育"意味着什么并不明确，但他最终不是埋头于伦理研究来引导青年学徒，积极地赋予社会以光明了吗？坪内逍遥在此前后，从学术角度刻苦钻研伦理上的各种问题，对照当前活生生的事实，为弄清正确的伦理观念付出了努力。

高山樗牛与坪内逍遥一样感叹时代的堕落，说"社会无制裁，人无义愤，不憎奸恶之人，不怪诡诈之人。"感叹道"如今虚荣之风浸遍社会，富人担心他的富有不被人所知，不富的人恐怕被人知道他的不富。"他也是被这种痛彻的感受所打动，而投入伦理研究，不断运转他机敏的头脑，寻求规范人类行为的原理。

不仅坪内逍遥、高山樗牛，之后还有纲岛梁川。此外，思想家、教育家中，伦理研究的风潮也很兴盛。《伦理学说书解题》的出版受到当时教育界的欢迎。格林的自我实现说等有关伦理的新书陆续出版。丁酉伦理会①的成立和演讲集的发行标志着这一风潮终于取得了最后的成果。哲学馆（现在的东洋大学）使用缪尔赫德的伦理学书，这是文部省所忌讳的。作为伦理学行为要素的动机的问题，受到各方面的议论也是在这时候。文部省之所以阻止缪尔赫德的学说，是因为在过去的历史上，哲学馆的一名教授流露出为了至上善的自由而可以容忍杀虐者行为的口吻。关于这一点，文部省和伦理学家有着不同的见解，像纲岛梁川就指责了文部省的干涉。而动机论一时间在思想界被热烈讨论。那是明治三十六年的春天。

这些伦理研究对文坛的影响很小。但是，高山樗牛在伦理方面没能抓住根本的生命而转向尼采，纲岛梁川也对伦理感到绝望而走向宗教，从中找到了安居之地。由此我们可以断言，伦理研究成为反向地令文坛出现狂飙突进运动的间接性机缘。此外，唤起文人田园生活问题、品行问题，也是源自伦理研究的一大收获。

社会主义的发生，准确地说是在前一时期。然而，在一定程度上引起社会关注是进入这一时期之后。如民友社很早就翻译出版了

---

① "丁酉伦理会"是日本最早的伦理学研究会。以1897（明治三十）年姊崎正治、大西祝、横井时雄、浮田和民、岸本能武太等人组建的"丁酉恳话会"为基础，于1900年成立。从1903年起，编辑出版集刊《丁酉伦理会讲演集》。

第六章 浪漫主义时代的思想与文坛的主要思潮

卡彭特①的《文明的弊端及其救治》。在《自由新闻》的社论上提倡普通选举和土地国有。之后,在明治二十三年,出现了社会问题研究会,美国人卡斯特、片山潜(1859—1933)、三宅雪岭等人开始进行社会主义研究。进入中日甲午战争后,受到不断出现的劳动争议的刺激,首先成立了"劳动组合期成会"②,发行了杂志《劳动世界》。明治三十一年,诞生了"社会主义研究会"③,安部矶雄(1865—1949)、幸德秋水、河上清(1873—1949)、杉村楚人冠(1872—1945)、片山潜等人时常在"一位论派"协会会合。之后,改称为"社会主义协会",其会员总共不足40人。

这样,社会主义在思想方面的势力还非常单薄。大西操山在明治二十九年十一月,在《六合杂志》上阐述社会主义的必要性和提防有产阶级对社会主义的误解。但没有产生多大的反响。但是,暴发之徒、享乐主义者们的横行,招致了中流以下人士的反感,为社会主义的产生打下了基础。社会主义这伙人以开始政治运动为目的,组成了社会民主党,但是仅仅一天的时间,就被政府解散了。而后,诞生了杂志《社会主义》,创立了平民社,发行了《平民新闻》。《平民新闻》是即将发生日俄战争时,由高唱非战论、离开《万朝报》的幸德秋水、堺利彦等人发行的。官府对此严厉惩罚,最终将

---

① 爱德华·卡彭特(1844—1929),著名的英国社会主义诗人、哲学家,早期同性恋解放运动的先驱。主要著作有:《文明的弊端及其救治》(1889年)、自传《我的日子与梦想》(1916年)、文集《中间之性》。

② "劳动组合期成会"是日本最早的劳动者组织,成立于1897年,干事长高野房太郎、干事片山潜、泽田半之助等,以推进劳动者之间的联合、相互扶助为活动内容,组织者在各地演讲,创办机关报《劳动世界》,到1899年会员达到5700人。1900年实施治安警察法,加上经费困难,于1901年解散。

③ "社会主义研究会"是1898年以安部矶雄、片山潜、幸德秋水为中心,组建的社会主义理论研究团体。1900年改组为"社会主义协会"、1904年解散。

幸德秋水等人投入大牢。以上是这一时期社会主义运动的大致情况。

　　当时这些运动尚未发展到对文坛造成影响。田冈岭云、斋藤绿雨等人都给《平民新闻》投过稿，当然他们对社会主义知之不多。在日本出现卡彭特、出现罗素①、莫里斯②、巴比塞③等人那就是很久以后的事了。然而，在明治三十五年，阔别文坛已久的矢野龙溪突然出版《新社会》，阐明社会主义思想。其特点在于，将生产与分配平等化，一如既往地阐明分配不偏颇的方法。然而，其表现平庸、缺少文学色彩。尽管如此，因为其内容在当时来讲是新奇的，所以被广泛阅读。总之，社会主义文艺的萌芽应该看做是出现在《平民新闻》和《新社会》等刊物上，但文学色彩尚不鲜明。

第四节　高山樗牛的尼采主义

　　高山樗牛提倡尼采主义，是由于他对伦理研究的绝望，其根基

---

　　① 伯特兰·罗素（Bertrand Russell，1872—1970），英国哲学家、数理逻辑学家、历史学家，无神论或者不可知论者，也是20世纪西方最著名、影响最大的学者和和平主义社会活动家之一，1950年罗素获诺贝尔文学奖，以表彰其"多样且重要的作品，持续不断的追求人道主义理想和思想自由"。他的代表作品有：《数学原理》（1910—1913）、《关于我们的外部世界的知识》（1914年）、《物的分析》（1927）、《幸福之路》（1930）、《西方哲学史》（1945）等。

　　② 威廉·莫里斯（1834—1896）是19世纪英国设计师、诗人、早期社会主义活动家，工艺美术运动的先驱，拉斐尔前派的重要成员。他的叙事诗集《伊阿宋的生与死》（1862）、《地上乐园》（1868—1870），借古希腊到中世纪的传说抒发胸中块垒；《艺术与社会主义》（1884）、《社会主义原理纲要》（1890）是它的重要论著。

　　③ 亨利·巴比塞（Henri Barbusse，1873—1935），法国作家。1895年出版诗集《泣妇》，先后在几家出版社工作，主编通俗杂志，并创作长篇小说《哀求者》（1903）和《地狱》（1908）。第一次世界大战使巴比塞的思想和创作发生了根本性变化，经过战争的苦难，他走向了革命，创作了反战小说《火线》（1915）和《光明》（1919）。

第六章 浪漫主义时代的思想与文坛的主要思潮

是德国哲学的流行。明治三十年前后,随着德国政治思想的流入,哲学也被引进来了,哈特曼、黑格尔①、谢林②、叔本华③等人的哲学得到阐述。先是德国人维斯在帝国大学讲授罗素的哲学。明治二十七年,凯比尔来日讲授叔本华的哲学。之后,井上哲次郎的实在论、加藤弘之尝试德国式讲解的天赋人权说、三宅雪岭的宇宙论、村上专精的佛教哲学研究等相继问世。总体上看,德国哲学的势头似乎要超过英国哲学,但另一方面,因带有一定浪漫主义倾向,爱默生、卡莱尔等人的思想在一部分青年学生当中占据一定的势力。

高山樗牛喜欢英国文学,也同样喜欢德国哲学,因此才接近尼采。首先将尼采介绍到我国来的是吉田静致。他在明治三十二年前后的《哲学杂志》上,以《哲学史上第三期的怀疑论》为题,概述了尼采的思想。接着,长谷川天溪在《早稻田学报》简单介绍了尼采的一个侧面。之后,高山樗牛倡导起尼采主义,明治三十四年一月,他在《太阳》杂志上首先登载了《作为文明批评家的文学家》,紧接着八月份,发表了《论美的生活》一文。高山樗牛总体来讲多

---

① 格奥尔格·威廉·弗里德里希·黑格尔(Georg Wilhelm Friedrich Hegel, 1770—1831),德国著名哲学家,其思想标志着19世纪德国唯心主义哲学运动的顶峰,对后世哲学产生了深远的影响。重要著作有:《精神现象学》(1806)、《逻辑学》(1812—1816)、《哲学科学全书纲要》(1817—1830)、《法哲学原理》(1821)、《美学》《历史哲学讲演录》等。

② 弗里德里希·谢林(Friedrich Wilhelm Joseph von Schelling, 1775—1854),德国哲学家,是德国唯心主义发展中期的主要人物,他关注自由、绝对和人与自然之间的关系,代表作有:《论一种绝对形式哲学的可能性》(1794)、《先验唯心论体系》(1798)、《宗教与哲学》(1804)、《对人类自由本质的研究》(1809)。

③ 亚瑟·叔本华(Arthur Schopenhauer, 1788—1860),德国哲学家,他强调意志的独立性,开启了非理性主义哲学。主要著作有:《论充足理由律的四重根》(1813)、《论视觉与颜色》(1816)、《作为意志和表象的世界》(1819)、《论自然中的意志》(1836)、《论意志的自由》(1839)、《论道德的基础》(1840)、《伦理学中的两个基本问题》(1841)等。

有浪漫主义者的气质，即便在探讨现实问题的时候，也隐约流露出浪漫主义的色彩。一旦进入浪漫主义时代，他便强化了本来的倾向，最先发现时代的潮流，从尼采身上找到了他行进的道路。他自己将此称作是"一种变调"，将自己到达"带有浪漫主义气息的一种个人主义"的宗旨告诉友人。这就是他的尼采主义。

《作为文明批评家的文学家》的确是他作为评论家的具有划时代意义的论文，表明了他的显著进步。他自身首先在内心掀起狂飙突进运动，很快在文坛、思想界使自己成为狂飙突进运动的先驱。他在文艺本位的时代、浪漫主义的精神生活就是从这个时候开始的。他在论文中，首先介绍尼采，叙述他成为步入绝境的19世纪文明的反抗者的理由，将尼采的本色阐明如下：

可以看出，他的学说到此，从根本上否定了现时的民主平等主义，发挥了极端而且纯粹的个人主义特色。因此，没有历史、没有真理、没有社会、没有国家，只承认个人各自的"我"。这与十九世纪末的思想形成何等的对比？早先的《浪漫主义运动》、亨利·马克的无政府主义，与尼采的这个个人主义的极端性相比较，感觉到尚缓慢了很多。而且，我们应当注意的是这样一个事实，就是这种思想超过预想地大大动摇了德国现代的人心。

在此，我们不能禁止赞美作为文明批评家的尼采的伟大人格。他为了个人，与历史而战、与真理而战、与境遇、遗传、传说、习惯中包罗一切生命的也就是现在所谓的科学思想而战，徒把外面表皮的观察当回事而不解决精神生活的幽微的当今心理学，以及陷入如认识论那样一部分繁琐的研究而遗却了本能、动机、感情和意志的当今的哲学，这些都是他作为所谓的伪学

第六章 浪漫主义时代的思想与文坛的主要思潮

而排斥的。他作为青年之友与所有理想而战。他承认遍布比当今的学术所能告诉我们的更大真实存在的宇宙。同时要想认识这个真实存在的宇宙、到达其秘密之处,就要承认当今所谓的学术道德的极端无力。通过他那预言家的眼光,他懂得了其方法是什么。

这些言论有一种高山樗牛借尼采表达自己对日本思想界、学术界的不满和反抗意味。他又进一步叙述托尔斯泰和易卜生等人作为文明批评家的本质,强烈地指责日本文学家的弱小、低劣。他对当时的文人对时代文化漠不关心、创造不出任何为人生的艺术而感到不满。换句话说,对当时的小说、戏曲没有社会批评、没有关于生活制度的批判、没有对时代文化的判断,这些都使他深感遗憾。结果,他对伦理研究感到绝望,与尼采产生共鸣,在个人主义层面接触到了自我解放或者自我拯救的福音。他从国家主义摇身一变成为了个人主义者。以国家为中心行动的他、被伦理规范囚禁的他,从此开始以个人为中心、自己为中心行动,试图打破伦理的羁绊。他的这种自我革命,使他开始大胆地倡导本能主义。

高山樗牛的本能主义从尼采将基督教的禁欲主义当做虚伪来排斥、重视人的本能中得到了启示。本能主义就是人本能的解放。贴切地说,就是通过性欲满足而得到自我解放的思想。大胆地推翻了以往日本以庸俗的眼光对性欲进行的伪善的解释。高山樗牛将彻底的本能主义的生活称作是美的生活,极尽言辞赞美之。现在看来,他所说的过于幼稚、文章也令人觉得只是在炫耀其华丽。但是,他大胆、热烈地反抗伪善的形式、倡导本能主义这一点,显示出浪漫主义者的形象。

其次,他之所以咒骂凡俗主义、极力主张天才主义,是因为与尼采的以天才发现一种自由精神、超越功利主义这一点产生了共鸣。"得百名凡俗，不如得一名天才"就是高山樗牛的主张。总之，他痛彻地感受到，不为旧道德、旧习惯所束缚，不成为功利主义的奴隶，可以自由地体现自己的权利意志的天才的存在，是现代文明最需要的。

高山樗牛鼓吹的尼采主义给文坛带来了很大的反响。同他一道致力于介绍尼采的还有以《帝国文学》为阵地的登张竹风（1873—1955）。然而，率领早稻田文人的坪内逍遥从其英国式的稳健踏实的伦理观出发，断然反对尼采主义。公正地讲，尼采的思想对时代的恶乃至时代的病毒来说是一剂猛药，根据用法的不同，或可有利，或可有害。高山樗牛并没考虑到这一点，只是凭着他那股对时代的反抗精神而极力赞美尼采。他没有想到意志薄弱的人会因此在不经意间对道德产生叛逆。当时从事伦理教育的坪内逍遥对此感到非常不满，起草《马骨宣言》，指出尼采主义之所以成为反动思想雏形的原因及其言论上的矛盾和缺陷，驳斥高山樗牛的言论。高山樗牛回应并把矛头指向早稻田派，登张竹风也举全力支持。文坛因此涌起很大的波澜，甚至连余波都引起《新生》记者与《帝国文学》记者的论争，尼采主义的论战成了赤门派、早稻田派对抗的一种形式。

最终，有关尼采的论争的确大噪文坛，相比之下，尼采的哲学思想及其人物却没有得到阐明。但暗示了那些陷入道德、伦理怀疑的人们所要走的路，要么是个人主义，否则就是宗教之门，令现在的"我"生活下去的道路除此之外别无他路。当然，由于每个人的个性不同，不用说道路自然会各不相同。如最后高山樗牛与纲岛梁川相继步入宗教之门。

高山樗牛的思想对文坛影响相当强烈，成为令那些昏昏然、缺乏自觉的部分文人和青年学生参加到狂飙突进运动中来的一大动力。

文艺上浪漫主义的潮流在他们的推动下,创造了横溢的机缘,成为迸发出热情、憧憬、理想、空想之泉的一大动因。步入绝境的文学由此获得了新生。开始抛弃旧的美意识,接触新的美这块宝玉。文艺上个性的发挥、自我的扩充、文明批评,这些都多少提到小说家、评论家的意识上来了。没个性、无自我、平庸、凡庸的文学,在受到高山樗牛及其论争刺激的人们努力下,呈现出近乎被从文坛驱逐出去的趋势。从以上意义上来看,高山樗牛的个人主义、天才主义、本能主义到鼓吹尼采主义的新运动,在当时的文坛,必须重视。

第五节　宗教热与哲学热的流行

　　高山樗牛的尼采主义对文艺产生了比较好的影响。但从思想层面看,连高山樗牛自己都没能做到心安理得。个人主义的极致,从思想上来讲必然是自我灭亡。本能主义也只是一时的自我满足,思想上的意义非常浅薄。归根结底,高山樗牛作为对时代的刺激,也仅仅停留在强烈主张而已,就连他本人对尼采主义也没能彻底,最终未能得到安心与坚守。

　　当时的文学青年比较强烈地受到尼采主义的影响,但是其反作用也显现出来。他们在个人的觉悟下,反抗旧道德、旧宗教、旧伦理,但却没有将新道德、新宗教、新伦理摆在他们面前。他们即便被置于毁坏了的家中,也不知道如何重建这个家园。抱着重打鼓另开张的念头,亲近哲学,按捺住对人生的各种思绪,冷静地凝视自我。因此,哲学热兴盛起来了。但是历来的哲学没有给他们最后的光明。只是徒增怀疑与烦恼,没有找到其真正的归宿。怀疑的倾向非常强烈地套牢了他们。岛崎藤村呼喊着"人生不可理解"投身于华严瀑布之中。而且不断出现效仿者。怀疑的倾向永远不是他们所能承受的，所以转而热烈地祈求能给他们力量和光明的新宗教。

当然，从明治三十二年前后开始，一部分思想家继续就宗教的发展问题进行讨论。宗教热就这样早早地形成了一条路径。金子筑水在《教育学术界》上，评价井上哲次郎、元良勇太郎等人的宗教论，论证了如果只指出宗教的短处、不看其长处的话，反而会毒害教育界的原因。从明治三十三年到三十五年的论坛形成一种氛围，基本上是以宗教论为中心。当然，哲学上的论争次之。

作为这一时代的产物，首先出现的是高山樗牛对日莲的赞仰声，清泽满之于明治二十四年创办了宗教杂志《精神界》。随后的明治三十六年出版了黑岩泪香的《天人论》（1903），明治三十八年出版了纲岛梁川的《病间录》（1905）。最后产生了伊藤证信的《无我之爱》。作为其余波，陆续出现了一些自称神佛之徒。高山樗牛之所以成为宗教的先驱，是因为他对时代思潮有着敏锐的知觉，再加上他自身被疾病所困扰，不断对人生深入思考的缘故吧。

严格说来，高山樗牛对日莲的赞仰或许是文学性的，而不属于宗教。他对日莲产生共鸣的动机起于他读了田中智学的《宗门之维新》（1891）、才了解到日莲主义者的远大理想和意气，萌生出对其教祖日莲进行研究的想法。田中智学是纯正日莲主义的权威，他的言论当中有许多值得思考的东西。特别是《宗门之维新》是其划时代的名著之一。高山樗牛之所以被其深深打动，还由于他有着机敏的感受性和锐利的理解力。但是，与纯正日莲主义的思想相比，他深深仰慕的更是日莲的伟大人格，那是尼采所谓权力意志象征。缺少佛教素养的高山樗牛，没有更好的方法在精神上解释日莲。他读了日莲的遗作，惊叹其表现力的卓越，但在他还没有完全彻底理解其宗教思想的时候就离开了人世。日莲之所以提倡折伏主义、四个

第六章 浪漫主义时代的思想与文坛的主要思潮

格言和对元寇的预言、将《法华经》看做是阐述释迦本意的佛典,对于这些,高山樗牛也了解其大概,用华美的文章传达给了世人。由此可以得知,高山樗牛不仅仅止于对日莲文学上的共鸣、对日莲的敬仰,在思想上对日莲也多少有些正确理解,不止于理解作为权力意志象征的日莲,而且逐步接近宗教之门。在此,可以理解为他找到了可以安居的归宿了。他直到最后都是时代精神的先驱者。这样的高山樗牛,年仅33岁就告别了人世,实属文坛和思想界的一大损失。

高山樗牛去世的前一年创刊的《精神界》是清泽满之及其门下赞仰亲鸾的园地。在这里,他们大力宣传扎根于亲鸾的一种精神主义。以谦虚的、恭敬的态度和流利的文章,在新的气氛下表达人们的法悦感谢,成为感动一部分宗教青年的力量。但是并没有像高山樗牛赞仰日莲那样产生强烈反响。

高山樗牛去世后,使当时哲学热漩涡激起涟漪的是黑岩泪香的《天人论》(1903)。这表明了他思想上的一个转机。虽然不清楚黑岩泪香在哲学上有多深的造诣,但当时站在人生转折点的他,受到时势的刺激,首先想得到自我思想的依据。他迈出了走向哲学研究的步伐,抓住了平生信奉的向上主义的原理,那就是唯心的、肯定的、光明的。虽然并没有他独创性的见解,但他反对中江兆民的无神、无灵魂说,认识到灵魂不灭以及神的存在,并由海克尔[①]、普希讷尔的哲学、科学得以证明,最后归结到向上主义这一点上。由此可以明确地看出他要拯救怀疑的人们的意愿。这就是他所谓的"无

[①] 艾伦斯特·海克尔(Ernst Haeckel,1834—1919),德国动物学家和哲学家。他将达尔文的进化论引入德国并在此基础上继续完善了人类的进化论理论。著有《生物体普通形态学》(1866)、《创造的历史》(1868)、《人类的进化》(1874)、《系统发生学》(1894—1896)、《宇宙之谜》(1899)。

二教"。他那解说文的雄健畅达也具有吸引年轻人的力量,现引用一节如下:

> 宇宙的大自观是神吗?所谓大自观就是大自观。我们担心神一词动辄令人觉得是神人同形。然而,若神一词非指宇宙大自观的话,就不知道指什么了。又常常寻求一个词令任何人都可以想起的大自观之灵的万一。如果这样的话,除了神这个词之外就不知道还有什么词了。是的,大自观就是神,是超越我们的神的思想的神,是神之上的神,并非是以此神、形式,抑或以人格可以想象得到的神,也并非在宇宙的某个角落里筑巢而栖的神,存在于万物之中,与万物共存。故有人从神的一面来看向上主义,称其为泛神论,也叫万有理教。泛神论的中兴之祖焦尔达诺·布鲁诺说过"物即使再小,也不可能小到容不下神性。"我非常信服此词。人可不信此神,却不能脱离神域。脱离了神域就是脱离了宇宙。
>
> 信奉此神有礼吗?答曰"无"。此神与万物共存与我同在。无需堂宇,无需祭坛。只是相信此神与我同在,恭敬、谨慎、安泰、欢喜地拥有一颗心的话,我们所在之地即是祭坛。此神于万物之上教导我们要仁爱、尽义务、要勇健、要学习、要真诚、要正直。显示此神形象的就是心灵之窗。请深省来接近神。

黑岩泪香的《天人论》在哲学界看不出有如此的反响,但他更多的是受一般青年的喜欢。这促进了与之相同的通俗哲学书的产出,但对文学上的影响几乎看不到。然而,或许我们可以说在加强哲学的民众化倾向、通俗地谋求文学与哲学的协调上是成功的。

第六章　浪漫主义时代的思想与文坛的主要思潮

第六节　纲岛梁川的见神论

　　给苦于怀疑、对哲学失望的青年带来光明的是纲岛梁川的见神论。见神论被收集在《病间录》里，是在明治三十八年五月发表的。直到明治三十三年前后，他主要致力于伦理研究，同时也搞点美学研究。但是从明治三十四年前后起，他开始一心专注于宗教。伦理研究时代的他似乎只不过是一介学究。坪内逍遥、大西操山等人的感化在他身上也尚未见出成效来。归根结底，这不是因为他自己压抑自己个性的缘故吗？直到他对伦理研究感到失望、转而潜心宗教方面之后，他的那种带有宗教味道的诗人的个性才逐渐地显露出来。

　　纲岛梁川之所以对伦理研究感到失望，是因为在他进行研究的时候越是进行理性的推理，越是产生各种各样的疑问，对此感到束手无策。而且他也对伦理研究的冷索、无味感到厌倦了。他转向宗教，虽说经历了以上的心路历程，但我认为还有一个原因就是他身患疾病，而不断地想寻找到内心安宁的境地。总之，他迟早会有一种达到这一归宿的内心倾向。

　　作为评论家，他努力做到冷静而合理。总的来讲，他本质上是一个重情的人。他在文艺、伦理方面的著述、文章基本是稳健的，但没有什么特异之处，并没有什么独到的见解。说得不好听的话就是很平凡。这是因为重情的他尤其努力做到冷静压抑本来的自己。然而，在他转向宗教方面之后，他就不再追求空泛的理论，不拘泥于冷静的解剖与批判，开始勇往直前地显露其重情的本质。换句话说，他发挥出此前一直被忽视的个性，展示了他独自的诗性的倾向。这是明治三十四年前后的事，这种倾向接触到当时的浪漫主义主潮，给思想界及文坛带来了相当大的反响。《基督之诗》《悲哀的高调》就是他最初的发声。使这种倾向又向前逼进一步的是《宗教的真理》一文。他在文章中几乎是很主观地谈论他直觉神的存在的理由，推断说："难道不可以说我知道神，严格讲是感觉到或者体味到神（措辞略欠稳正）吗？"关于神，他这样说道："既然神的确应当是主观的、理想化的影子、而且就是这样迫于意识的要求而现身的话，那么它就不是梦想、不是幻觉，而是一个严肃的真实的存在。"他这样一心执著于"知"，囿于实证，给怀疑神的存在的人一个打击，当时已经达到见神实验的他的素养明确地得到了展示。

见神的实验是从他那诗般直观的窗口所得到的神的形象。这是极其浪漫的理想，是从他的宗教体验产生的法悦、欢喜的陶醉的象征。他把这叫做"神我融会"。这种感觉在大乘佛教的纯信者而言，是常常体会到的，未必是他纲岛梁川一个人的体验。但是，用美妙的文字表达出来就只有纲岛梁川一个人了。当时宗教热还处在尚未完全冷静下来的时期，纲岛梁川的见神论很快就引起了思想家的注意，是非之声骤然兴起。现引用《见神的实验》中的一节如下：

最初的经历是发生在去年七月某日的夜里（忘记日期）。我因病不得已每天半夜习惯在地板上干坐一个来小时。那天晚上，也是往常那个时间醒来，坐在了地板上。就像一片静寂、清澈而明净的夜晚的星空一样，我心无一丝杂念，清新之极。这时，一种优雅朦胧的、好比皈依时陶醉的心境似的愉悦悄然在内心深处涌出，渐渐地占据了整个意识。这种现世的愉悦和绝伦的静寂、并不孤独的无与伦比的愉悦，感到持续了十五分钟左右后模模糊糊地消失了。我直到如今也未能揣摩透那天夜里所经

第六章　浪漫主义时代的思想与文坛的主要思潮

历的内心深处。直到现在每每想起当天夜里的心境,时常感到人世间怀念天上生活的样子。

　　还有一次是与去年九月末发生的事有关。我时隔很久想去离我家不远的澡堂,由家人搀扶着出了门。恰巧此时,秋天万里晴空下,郊外的林峦远远地被夕阳笼罩着。我眺望着景色,不禁怦然心动。在这刹那,忽然受到与天地之神同时看到眼前森然的景色这样一种意识的冲击。只是一刹那的意识,而且自己现在回想起来感觉到,那绝不是空叶幻影之类的。令人铿然直觉那是一种超乎理智的新启示。

纲岛梁川这样叙述道。然后又说:"呜呼,吾之所见、吾之所感,皆如是也。或过分急于阐明自己,或辞藻繁琐有意识不明之处。皆请谅解吾之笔墨不到之处。如今尚且对此事的表达伤脑筋。只是我感觉到由内迸发出一种意识:如此见神、进而从此以天地间万物都难以替代的无上光荣的'我是神之子'。我意识到我们处于宇宙的真正的位置。我们不是神,也不是大自然的一波一浪。我是'神之子'。参与天地人生经营的神之子。这是何等高贵的自我意识啊"。他永远都是重情的、主观的。以建立在此基础上的诗一般的直观力感应到了神的存在。在他感受到神的存在时,他体会到了类似无限法悦的味道。关于这一点好像无论怎样评价都可以。但是,在当时绽放出特殊的光彩,给苦闷的青年群体投射了一线光明,进而给文坛多少带来了波动。成为促使具有神秘、象征倾向诗歌诞生的一大契机,也是令自称身佛之徒群起的一个间接的原因。他离开人世时36岁、与高山樗牛一样都是患的肺病,令人感到悲伤。

　　思想上浪漫主义的主潮到高山樗牛、纲岛梁川时达到了顶点。浪漫主义的色彩在小说、新体诗、戏曲等其他方面都有明显反映。

这种趋势，促进了文坛新人的抬头，除了以往的大家之外，还出现了充满生气的新作家、评论家。狂飙突进运动的使命也基本得以完成。俳句、短歌的革命和评论的振兴也是在这个时期。为人生的艺术隐约发出新芽也是在这个时期末。

第七章　小说界的新倾向与主要作家

第七章　小说界的新倾向与主要作家

第一节　文艺批评家的要求和概念小说的流行

高山樗牛痛惜中日甲午战争的胜利并没有给文学带来什么好的影响，也没有出现爱国文学的力作。这是一种日本主义的立场，没有洞悉日本文坛的真相。没能出现纪念战争胜利的爱国文学确实有些遗憾，但是在其他方面还是有所收获，能充分弥补这些文学上的不足。坪内逍遥当时在《太阳》杂志上这样阐释道："一般而言，取得伟大胜利的国民应该能够产生伟大的文学。但是，战争胜利本身终究不能成为伟大文学兴盛的原因。正如前面稍微提到的一样，首先，倘若说一个国民具有高尚伟大的精神、意气风发是获取胜利之道，那么伟大文学形成的因素是在没有取得胜利之前，早已在该国国民心理上形成了。因为从时间顺序上来说，实际上的胜利，通常都是精神上虚拟的胜利，先于物质上的胜利。虽然一般来说是文学的兴盛在大胜利之后，但其根本是一样的。二者是相辅相成的关系，却并非能够互为因果。"虽然不能断言当时我们国民具有伟大高尚的精神，但至少是普遍充满了勃勃生机。既然有这样的趋势，文学上是不可能没有表现的。仅就文学上有影响力的杂志相继出版这一点，就可以令人感觉到是怎样地充满活力。

毋庸置疑，杂志的陆续问世主要是得益于战争胜利所带来的财界的繁荣。也可以说经济上的富裕使民众对新文学产生了要求。乘此风潮，在明治二十八年一月《帝国文学》《太阳》等问世，紧接着《文艺俱乐部》《文库》等出版，明治二十九年以《醒草》（由《栅草子》改版）、《世界之日本》《新小说》（再发行）以及《新著月刊》《青年文》《杜鹃》《日本主义》《中央公论》（由《反省杂志》改版）、《江湖文学》《新声》（《新潮》的前身）等相继出版。在大阪，《小天地》《关西文学》先后刊行，带着复兴关西文坛的使命而出现。《帝国文学》的创刊词中写道："国民文学之声之所以首次在维新后三十年的今天发出响亮的声音，是因为我们对之认可，为之欣喜。大概立足现实，才是生存的第一要务。那么国民文学应当如此，而不应该是那些还看不到的东西。"还高呼"呜呼一带蜻蜓州，首尾相贯七百里；追溯历史三千年，山河之美，风俗之醇，宇内无与伦比。如今，外扬国威，内振人心。大东帝国之文学岂能独自久久如此之落寞。"文章内容虽多带有稚气和矫饰，但也可以从中看到国民的觉醒和无法自抑的活力。恐怕这种抱负和骄矜不只是《帝国文学》同仁的，执笔于其他文学杂志的年轻有为的诗人文人们，也一定具有同样的自豪感。即便如此，在文学上的进步，一二个天才的异常飞跃另当别论，从整体上来看，自然都遵循着一种法则，而不会导致悬殊的惊人的结果。即便是在中日甲午战争之后，也没脱离这一法则。

　　从小说方面来看，前期的停滞由于拨鬓小说、侦探小说的流行而一时阻滞，进入这个时期后出现了新的转机，由观念小说的兴起拉开了序幕。这源于从旧生命向新生命转移的第一步、从拘泥于表面现象的境况，尽可能向真正的现实靠近这种内在心境的显现。从本质上来看，我宁愿把观念小说称之为概念小说，因为那不是观念，

第七章　小说界的新倾向与主要作家

而是概念的产物。如果是观念的话，含有其意想从根本上来讲是系统的、完整的这样一层意思。但如果是概念的话，其想法从根本上来讲未必是完整的，或多或少有些漠然之处。当时的观念小说含有的意想不是以上意义的观念，而是概念。把义务与恋爱，公德与私德，节操与境遇等相对应的概念的冲突矛盾在小说中表现出来。我认为把它们改称概念小说是更为恰当的。

这种概念小说的诞生是由于摆脱了以往的清高、逃避倾向，即便肤浅，也要表现对社会现象的审视。换句话说，就是即便再浅薄，也要接触鲜活的现实的一隅，来强化这种现实的倾向。虽然有观察方法上的扭曲、俗套化、肤浅之嫌，但和前期的小说相比，希望在现实性上突出新意这一意图，可以显而易见。在这一方面表现了一定特殊性的有泉镜花、川上眉山等人。

创作这种小说，一方面需要有社会学的修养，另一方面需要有哲理性的头脑。但是成长于砚友社的川上眉山、泉镜花等没有这样的素养。他们是为了顺应当时评论家不断追求"深刻"，才勾涂抹概念小说。他们并没有考虑到自身发展的倾向和资质是否符合这一类小说，只是茫然地想着改变眼前的状况才执笔的。因此，早已预见到了失败的因素，很难摆脱不自然、生硬的局限。

现在想来，泉镜花起步于概念小说，可以说是有些与众不同。当时的泉镜花，还没有东京化，或者说没有成为江户人，更没有砚友社化，带有十足的北国人的书生气质。至于这样的一个泉镜花迈出了其文学上成功的第一步，能够独自标新立异、执笔于竭力表现"深刻"的概念小说，也是情理之中的。

泉镜花最早发表了《夜行巡查》（1895），描绘了恋爱和责任感的纠葛冲突。它描写了一个巡查当看到妨碍自己恋情的男子酩酊大醉掉进河里时，出于职业责任感，他抛开了对那男子的憎恶，而一心救他，并为此而献出了自己宝贵的生命。后来，他又写了《外科室》（1895），描写一个医学士和一位伯爵夫人的悲惨恋情。其文体仿佛生硬的翻译调、有故显清新之处。其观察是表面的，与题材所要表示的"深刻"相对照，便可以看出其矛盾之处。泉镜花通过创作改变文坛现状的这些小说，确立了自己作为作家的存在价值，逐渐稳步迈向成名。这个时期发表了《夜半钟声》（1895）、《海城发电》（1896）、《琵琶传》（1896）、《化银杏》（1896）等。

川上眉山在前期虽然没有明显的特色，但新文坛的潮流似乎刺激了他，使他努力去顺应这一潮流。他公开发表了应该属于概念小说的《书记官》（1895）、《表里》（1896）。他在这两篇小说中谈到了社会组织的不完善。那当然不是社会主义性质的观察，不过是看到了社会压抑个人、具有一种导致自我堕落的可怕的力量。为了表明这种观点，他在以上两篇中描写了处女破了贞操、道德家变成了盗贼这样的情景。总之，川上眉山概念化地认为"社会是罪恶的诱惑力"。他幼稚的社会观参照当时文坛的状况来看不足为奇，倒是对他积极地去接近社会真相的这种奋发之心应该表示赞同。

川上眉山和泉镜花之外，还有执笔概念小说的作家。但概括地看，他们走的道路是同样的。总的来讲，都是把个人和社会力量的冲突矛盾作为主题，任何时候都是社会力量强大、个人力量弱小，个人一旦被社会力量所抑制，就会走向堕落。虽说只看到如此社会现象的眼光缺乏冷静、有些罗曼蒂克是时代的主流，但还是导致淡薄了现实主义的气氛。这是因为他们并不是在广泛地探求事实、深入挖掘的基础上，将其提炼成概念，而是先验地带着某个概念、再把现象事实镶嵌上去。意图是好的，但在观点和写法上却是失败的。

第二节 悲惨小说的代表作家——柳浪

与概念小说风潮相呼应的是所谓的悲惨小说，那是眼泪的升华物。在这方面，做出显著成绩的当属广津柳浪。明治二十八年，他发表了一篇《黑蜥蜴》（1895），成为悲惨小说的开拓者。到了明治二十九年，随着《河内屋》（1896）、《今户情死》（1896）、《信浓屋》《变目传》等作品的发表，一下子开辟了悲惨小说的新纪元。仅用一年时间，广津柳浪就开拓了悲惨小说的新时代、统治着文坛的原因究竟何在？

岛村抱月在谈及概念小说、悲惨小说产生的原因时指出：（1）人们厌倦了以往大多数小说流于单调和过于浅薄，希望看到一些深刻的作品；（2）悲惨小说多少令人感到有些深刻；（3）含有某种哲学观念的作品很深刻。断定其既悲惨又深刻正显示了当时美学思想的幼稚和文学风尚的低俗。一切皆寻求"深刻"的倾向，虽说是无意识的、模糊的，但是读者已经厌烦了浮浅写实的表象，正是显示出追求更加深入现实的文学作品的内在需求。那应该是什么样的小说呢？其写作手法及内在本质等问题，当时都没有认真思考过。其结果，顺应时代要求就产生了概念小说，紧接着是悲惨小说，一时间引起文坛的关注。

概念小说和悲惨小说，不仅仅是顺应社会追求深刻这一要求而产生，除此之外二者还有一脉相通之处，那就是要描写社会力量的黑暗和压抑。可以说概念小说主要是描写社会力量的压抑，悲惨小说主要是描写社会的黑暗。以悲惨的事实将社会的黑暗反映出来——广津柳浪正是在这一维度下确定选取题材的角度。广津柳浪完全没有想到站在高处、以宽大慈悲之目光,来关爱地审视那些生活悲惨和备受摧残的不幸的人们,显示出他喜欢为悲惨而描写悲惨的倾向。说句不好听的:广津柳浪是为了迎合时代潮流而玩弄了悲惨。也可以说,他与泉镜花和川上眉山一样,似乎都拘束于概念了。

但广津柳浪有一个显著的优点,那就是他脚踏实地的心境。他有着尽可能仔细地观察悲惨人物的生存状态、把他们的真相和个性表现出来的精神。因而他比泉镜花和川上眉山更现实,可以看出他着眼于现实毫不畏缩。他主要描写了性格上有缺陷的、肢体上有缺陷的男女,在逆境中沉沦时从心底里产生的那种悲痛之情。他在《黑蜥蜴》中描写了独眼、满脸疙瘩的丑陋的木匠妻子,被其好色的公公逼迫失去了贞节,为了向丈夫表明自己的忠贞,她用黑蜥蜴把公公毒死,自己也悲惨地死去。

广津柳浪在之后的《变目传》《龟先生》(1896)、《青大将》《畜牲腹》(1897)等小说里描写了病态的男女、悲惨的杀人等故事。在这些作品中,最具代表性的是《畜牲腹》。小说描写生下一对男女双胞胎的产妇,受到一恶婆的唆使,将其中的一个孩子偷偷地埋掉了,最后又与丈夫的感情破裂。高山樗牛在评价《畜牲腹》时这样写道:"在最近出版的小说中,我推荐尾崎红叶的《金色夜叉》和这部作品,虽不及尾崎红叶的文字精练,但广津柳浪的作品感情丰富,大有一气呵成之势,深深地抓住了读者的心。"高山樗牛赞扬广津柳浪的戏剧性手法,但对他冗长的写法感到惋惜。

最能体现广津柳浪优长的主要是描写情死的作品,如《今户情死》《河内屋》之类。可以说这类作品不能进入他的悲惨小说的范畴。不过如果把男女情死作为悲惨形式的话,也可以说是悲惨小说的一种变形。广津柳浪之所以会在这方面获得成功,是因为有下列长处:(1)巧妙的会话;(2)出色的戏剧性渲染;(3)重视细节描

第七章　小说界的新倾向与主要作家

写等,但必须指出的一点,主要是因为他有沉迷于吉原花街柳巷的实际经历基础。如果没有这些,就会削弱《今户情死》和《河内屋》的成功程度。广津柳浪沉浸在吉原的情调、氛围之中,也因此孕育出《今户情死》和《河内屋》。而所谓的"吉原物",从好的意义上讲,可以说充分发挥了他的优点。

田山花袋曾这样评价《河内屋》:"结构完整,具有戏剧性,事件的复杂性充分体现了他作品的风格。"这是大部分评论家所公认的。《今户情死》虽没有《河内屋》那样完整、情节也很简单,但吉原柳巷中的氛围很好地表现了出来。描写的部分也不是《黑蜥蜴》的那种雅俗共赏,而是采用了言文一致体。开头是这样写的:"二十四日的月亮还未升起,天空连朵云彩都没有,一片漆黑,有一个犹如灵魂的星星在闪烁,仰望它会令人感到寒冷。以不夜城为荣的电灯,也难逃霜寒三月的孤寂,从大门到水道末端,在茶馆的二楼也听不到任何的尖叫声。"虽然现在看来不觉怎样,但在当时让人们品味到了新鲜的吉原情调。作为主人公的花魁吉里是广津柳浪着力描写的人物,在这方面他最先踏入心理描写的领域。

　　吉里把平田和善吉的事情有时分开考虑,有时一起考虑。一想到再也见不到平田,心中很是不安。虽说是没有根据的事情,但平田想依赖自己的话就应该想办法为他做点什么。善吉现在的境况真是令人感到可怜。平田认为这也是自己的原因,被善吉的真情所感染,平田难以抑制自己的感情。听说善吉只今天没有来,为什么如此冷遇那样有情的人呢,感觉像做了坏事、犯了大罪似的。善吉妻子的可怜感同身受,更感到被平田抛弃的自己没有果断性。难以忍耐的平田开始眷恋以往的事情,善吉又可怜又担心,自己开始抑郁消沉,耳边能够清楚地听见善吉的每一句话，并能清楚地看到善吉哭泣的样子，最终忍耐不住，哭泣起来了。

这一节是关于吉里与情人平田以及对自己尽心尽意的客人善吉之间相互倾慕的错综复杂的心理描写。如果和二叶亭在《浮云》中对主人公文三的心理描写相比较的话，这篇虽然显得逊色，但摆在当时的文坛来看，应该说是不错的了。相对于文坛上追求"深刻"，他在描写上多少可以看到进步的地方是心理描写，之后不久，就出现了被称之为心理小说的东西。

虽然说广津柳浪在很多方面有自然主义的倾向，但是他自己并没有发现，而且因为擅长戏剧性的渲染，它的自然主义倾向反而受到束缚。与其说他崇尚事实真相，不如说更具有浪漫主义风格。他的创作拘泥于常识道德，在大胆而赤裸地展现生的黑暗方面，凸显自己的好恶之情。换句话说，他的作品削弱了对人生的理解，影响人物刻画的深刻性。

当时确实形成了广津柳浪时代，虽然时间不长。当时的作家多少有些追随他的风格和倾向，于是取材于花街柳巷和残疾者的小说多了起来。其中，以花街柳巷为中心的小说之所以较多出现，是因为在实验和观察方面比较容易，而且当时的作家对这种创作有相当的亲切感和比较浓厚的兴趣。除了广津柳浪的作品外，能够留在记忆里的还有樋口一叶的《青梅竹马》《浊流》，森鸥外的《染色不同》，江见水荫的《泥水清水》等，严格说来，只有樋口一叶的作品保持了长久的生命力。

总之，文坛能够走出低谷，并不仅仅得益于广津柳浪、川上眉山等人的发奋，从另一方面来说，与拥有清新的气氛、感觉的新进作家的努力是分不开的。由概念小说、悲惨小说进一步发展到心理

第七章　小说界的新倾向与主要作家

小说、社会小说、家庭小说，必须经过这样的途径展开。这就是当时文坛的形势，新的时代要求新的作家。乘此机运而出现的作家，基本上有以下这些人：

砚友社系统——泉镜花、小栗风叶、德田秋声、柳川春叶；

早稻田系统——岛村抱月、后藤宙外、水谷不倒；

民友社系统——国木田独步、德富芦花；

幸田露伴系统——田村松鱼、中古无涯；

无所属派——小杉天外、内田鲁庵、田山花袋；

女流作家派——樋口一叶、北田薄水、小金井君子、三宅花圃、大塚楠绪子；

新声社系统——中村春雨、田口掬汀；

广津柳浪系统——永井荷风。

其中，无所属系统虽无导师，也在文阀激烈的时代中独立涌现出来，因此饱尝了痛苦。田山花袋接近了《文学界》、砚友社派，内田鲁庵接近了早稻田派，小杉天外接近了斋藤绿雨，樋口一叶接近了半井桃水乃至《文学界》一派，中村春雨（吉藏）和永井荷风一样，曾一时师从于广津柳浪，将他们和现在被称作新进作家的新人比较容易成功这一点相比，存在着很大差异。特别是砚友社在尾崎红叶指导下，弟子们团结一致巩固了文阀。虽然有利，但弊端也不少。田冈岭云的《青年文》《国民之友》《文库》《新声》等各种杂志，为打破文阀作了不少的努力。在《新声》中佐藤橘香（义亮）不断地执笔文艺评论，与高须梅溪一起、大声指责尾崎红叶的《文库》的小岛乌水和千叶江东也加入进来。

第三节　个性派作家樋口一叶的作品

　　有文学史家认为，新进作家作品的一半是心理小说，我很难认同这个观点。特别是将樋口一叶放入心理小说派的说法欠稳妥，我认为将当时作为小说界的新人小说作家分为个性派、非个性派和中间派三类倒是比较稳妥些。个性派的代表人物有樋口一叶、泉镜花等，非个性派的代表人物有岛村抱月等，中间派的代表人物有后藤宙外、小栗风叶等。

　　所谓的"个性派"，就是作家的个性鲜明地表现出来的意思。在当时的作家中，个性意识并不明显。然而，樋口一叶和泉镜花都很自然地将他们的个性反映在他们的作品之中。"非个性派"是指没有明确表现自己的个性的作家，如岛村抱月模仿近松的文风，没有表现他自己的个性。"中间派"是指作家在隐约显现自己个性的同时，另一方面又受其他作家风格的影响。后藤宙外，小栗风叶等就有这样的倾向。而最终的问题关系到作品的质量如何。

　　新进作家中，樋口一叶充分地发挥了她的个性，给文坛留下了数篇令人惊异的作品。与其说她是努力型的作家，不如说她是得天独厚的作家。她是一位具有一种罕见天才的女性作家。另一方面，她的特长在于认真、内心具有丰富的诗情和审视人生百态。虽不能说是自觉的，但樋口一叶并不喜欢为艺术而艺术，而喜欢为人生的艺术。从这点来说，樋口一叶可以称之为人生派。

　　樋口一叶的人生观、社会观中有着深刻的悲观情怀。人生不如意，而且充满悲伤的命运，人生中只有哀愁和苦难，没有欢乐和喜悦，这就是樋口一叶的人生观。在她看来，生存于这种人生的无产

第七章　小说界的新倾向与主要作家

阶级女子们，只能长期持续遭受摧残。而且，冷酷无情的、不合理的社会，对这些感到生存痛苦的人们，不是给予温柔的慰藉，而是强烈地鞭笞。社会的黑暗势力——没有比这更可怕、更残忍的了，这就是樋口一叶的社会观。立足于这样的人生观、社会观的她，曾经采取反抗的态度，始终显示出固执己见的个性。但这只是在前期能够看到，进入后期就安于一种消极的、放弃的状态。无论怎样努力，无论怎样挣扎，在命运面前，除服从之外，别无选择，这是樋口一叶看到的。但是，并不会因此而放弃反抗。一半放弃，一半反抗，最终还是没有找到积极的解决方法，在她年仅25岁的时候，最终没有嫁人就离开了人世。

　　樋口一叶的人生观、社会观从根本上说是常识性的。但是，这并不是她从哲学书和其他书本中得来的，而是从她自身的生存体验中获得。从这一点来说，即便平凡，也很有意义。她很早就离开了父亲，和老母亲、一个妹妹过着贫穷孤寂的生活。对照她生平的阅历，会产生一种痛楚的况味。而且，同时期的砚友社派的许多人，都把人生视为游戏，没有紧紧把持一种独特的人生观和社会观。与此参照来看，就能认同樋口一叶人生观、社会观的意义。

　　当然，她所描写的世界不够广阔，甚至可以说非常狭窄。但她却对这个世界认识得很深刻。而且，把同类型的男女和单调的情节反复用在小说中，因为描写非常认真，所以无论哪部作品都伴随着真实的味道。另外，樋口一叶的文学修养在当时来说算是非常杰出的，她倾心于井原西鹤的小说和《源氏物语》。虽然处在近代，但樋口一叶确实抓住了井原西鹤的精髓。总之，即便社会面狭窄，但把握得深透，真实地描写——这是樋口一叶的特色，再把井原西鹤风格的一个方面融入其中。

　　本来，樋口一叶的初期，热衷于艺术派，但是逐渐地转向人生派。她并不是意识到艺术派是怎样的、人生派又是怎样的而批判性地去思考。但其文学素质使她成为人生派的艺术家。以上两个倾向在她的作品里可以很清晰地看到。在前期——明治二十五年以及二十六年，有许多追求艺术派表面痕迹的作品。但是，后期——明治二十七年以及二十八年，带有人生派倾向的作品很多，而且清晰地呈现出她的个性。在这里，能够触摸到她的文学发展顺序和道路。

前期的如《暗樱》（1892）、《埋木》（1892）、《玉榉》《五月雨》等，局限于表面写实主义、通过常套的空想来展开故事情节的作品很多。文章也能够看到有肤浅模仿井原西鹤的地方。但是在其厌世观、反抗的态度里，一点真实的火焰在明亮地燃烧着，与砚友社派的作品有一种不同的感觉。换句话说，始终贯穿全部作品的情况终究是真实的，丝毫没有出现轻浮的地方。在此，可以看到樋口一叶素质出色的部分，可以令人预想到她在后期文学上的飞跃。

后期的作品《浊流》（1896）、《青梅竹马》（1894）、《十三夜》（1895）、《麦秆虫》等4篇作品永久性地代表着她的风格，具有不朽的生命。樋口一叶向这一境推进，是她专心致力于艺术的结果，是因为她无论得到怎样好的评价，都不得意忘形，纯真地保持着沉稳谦逊而极其慎重的心态。这个时代是她的个性清楚地觉醒的时候。摆脱了井原西鹤的表面模仿，抓住井原西鹤的精髓，注视着自己的环境，把映照在清澈内心的形象，如实地作为浑然天成的有机体描写出来。虽然这里也伴有前期的厌世观、反抗情绪，但只是成了模糊的影子，没有像前期那样受限于女性所特有的感伤主义，心底默默地怀着悲哀感而深入事情真相的静观乃至观照的精神得到了清晰的体现。她的视野并不开阔且眼界受到限制，但她在她的世界里很有毅力地、非常真实地进行深入挖掘。从这里可以发现她那特有的、文学方面的宝玉。

第七章　小说界的新倾向与主要作家

　　这四五篇代表作品虽然视野狭隘，但是却让人生动地看到了人生的一面。在这里看不到描写的缺陷和破绽，非常完整，无懈可击，而且形成了与发挥樋口一叶个性极为相称的独特文体，触及心理描写的枢机。其中，感触最深的是非常成功的女性描写。如《浊流》中的阿力，这个沦落到底层的铭酒屋的女人，小说深刻地揭示了她那不为人知的内心烦恼；《十三夜》里的小关，她虽然对压抑和束缚自己、没有自由的家庭感到失望，但为了让父母安心，选择孤寂地放弃不满念想；《岔道》（1896）里的小京，她凭借一双细嫩的双手勉强维持生计，最终实在撑不下去，只好打算去做人家的小妾；《亲自》里的小町，她因不能自控与生俱来的放纵而招致了身败名裂；《青梅竹马》里的小绿，她从乡村来到东京吉原的妓院做养女，逐渐感到了性意识的觉醒。樋口一叶洞悉到男性作家终究无法描写的地方，凸显了她对女主人公描写的高超的文笔。

　　樋口一叶的作品中最成功的是《青梅竹马》。我曾经评论过这部作品"既没有令人惊奇的、耸人听闻的事件，也没有高潮。像观念小说和深刻小说那样，事件本身、人物本身没有任何异常之处，只不过是以吉原柳巷为中心、为背景描写在那附近的少男少女的生活。另外，从情节上来讲，也是极其简单平淡。尽管如此，之所以拥有深深打动人心的诗一般的魅力，是因为在那些少男少女的生活里，真实地暗示了人生的重要方面。例如，委婉地暗示出一个脆弱少女身上黑暗命运的必然性。樋口一叶将其清晰地看到的人生暗淡的忧愁里所包含的那个小小世界真实地再现出来了。"这样的评论，即便现在我也认为是很妥当的。在这篇小说里，樋口一叶的主观乃至人生观没有像其他作品一样呈现出来，不见任何踪影。现在来看，可以把这个看做是自然主义的态度，可以说是一种纯粹的客观态度。而作品的底蕴贯穿的是浪漫主义的倾向，金丝般闪烁的诗情成为主线贯穿整体。

其次，在描写上，《青梅竹马》也表明她达到了艺术的最高点。吉原所特有的地方色彩，以及围绕女主人公小绿的信如、正太、三五郎等少年的不同形象被很好地加以描绘。特别是小绿，正因为她是**樋口一叶**着力描绘的人物，从一个疯癫的野丫头的时代，因为性的变化而逐渐变得温和羞涩的过程，被内在地刻画出来了，对这些少男少女们的未来留有悬念，这一点也非常好。但是会令人对所预示的黑暗生活的命运油然而生一抹长长的哀愁。

当然，现在再读《青梅竹马》，能够感觉到我当初阅读时的那种兴致已经有所淡薄。我曾深深地被《青梅竹马》第十回的吉原情景的描绘所打动，那是即便现在也很少看到的妙文，只是随处可见的说明性的东西令人有所不解，虽然如此，在当时，没有一个人能够如此清晰地描写吉原。下面节选一小段：

> 从赏夜樱①的热闹的春天开始，经过挂灯笼悼念玉菊②的季节，到演仁和贺戏的初秋，就在这条街上，十来分钟的时间里，要走过75辆洋车。不知不觉地打发走第二次演仁和贺戏的季节之后，红蜻蜓在地里飞舞，花街水沟旁又传来了鹌鹑的鸣叫。从这时候起，早晚吹来瑟瑟的秋风，怀炉炭代替了上清店的蚊烟香。石桥附近田村商号磨粉的声音，都仿佛带着一缕缕的哀愁。在花街拐角，海老妓楼的大时钟的响声，也缓缓地传出了

---

① 每年的3月，在吉原花街里仲之街一带的街道上种樱花树，晚上点灯能供人观赏。人们将3月夜樱、7月玉菊灯笼、8月仁和贺戏称为吉原花街的三大景观。

② 玉菊是日本江户时代末期享名一时的吉原当红妓女。吉原的妓院和馆子为了纪念她，每年盂兰节时在花街内挂各种各样的灯笼，供人观赏。

凄凉的调子。日暮里①发出长年不熄的火光，人们一想到那是烧骨的烟，就会感到无限凄凉；走过堤坝旁的小径时，馆子后楼传来哀怨的三弦声，使人不禁停住脚步，抬头倾听。原来是仲之街的艺妓在施展她的妙技，唱着：

蒙你垂怜，同衾枕——

这样很平常的歌曲，也不知道为什么使人感到深深的悲哀。有个妓女出身的女人说：从这个季节开始，到妓馆来的客人，就不像那些拈花惹草的浪子，而是一往情深的诚实人了。

岛村抱月把樋口一叶的风格概括为："作品的故事情节即便忘了，风情也会留在心底"。这样的评价是至理名言。总的来看，充满了抒情性的类似散文诗般的情致。当然，那是一个方面，她的作品也有不尽如人意的地方，但任何人都不能奢望十全十美。前后只有四年的时间，樋口一叶以她的文学收获，在日本文学史上却留下了印痕，这在日本文坛极其少见。只是有一个饶有兴味的问题：文学界一派、川上眉山、斋藤绿雨等人在交往中给了她什么影响，她又对那些人产生了怎样的感化？对此，很难草率断言。

第四节　镜花的神秘主义及其特殊的文风

创作《化银杏》以后，泉镜花从概念小说向前迈进一步，发挥出他的个性。他把北国的明与暗都体现于一身，还带有一种江户趣味的色彩。最初，从现实出发不是他的正道，而是旁门左道。自撰

---

① 日暮里在东京市郊，是火葬场所在地。

写《化银杏》时起，他的小说里开始表现出神秘的、奇异的空想，靠近了他的正道。他的神秘主义、奇异主义不是来自于哲学、科学上的研究，而是来自于他的嗜癖。这不是宗教性哲学性的东西，更多的是诗性的东西，是通过诗情带来的神秘、惊奇。这些触及了浪漫主义的本质。不过，总体上来讲多少带点为神秘而神秘、为奇怪而奇怪这种半玩闹的氛围。

泉镜花从《一之卷》（1896）写到《六之卷》（1896）的长篇小说，逐渐显示了其文学上的进步，发表了《龙潭谭》（1896）、《照叶狂言》（1896）、《风流蝶花形》（1897）、《化鸟》（1897）、《髻题目》等作品。在这些作品里，描写了被恶魔诱惑的幼童的幻梦、怪蝶所象征的妓女的死亡、执意住在草庵中的高贵女人、愚弄世间的疯女人等等。《照叶狂言》写得最好。田山花袋认为这部作品是从森鸥外的《即兴诗人》得到了启发，但究竟如何呢？这是一篇抒情味浓郁的作品，通过对自己幼时的回忆，用美妙的文章描写了在北国某个城市的戏剧小屋里见到的歌舞伎女演员这样一个群体。全然不见镜花作品中伴随的怪异、奇特，整体上朴实完整。

继《照叶狂言》之后，更多更好发挥镜花长处和美好的是《辰巳巷谈》《参拜汤岛》（1899）等。而且其兴致逐渐高涨，接连写了《锦带记》《通夜物语》《黑百合》《高野圣僧》（1900）等作品。至此，可以看出泉镜花的两个主要的倾向，就是像《参拜汤岛》那样具有现实性以及像《高野圣僧》那样具有超现实性、神秘性。江户趣味乃至"通"的趣味证实了其现实性。妖怪趣味和童话趣味增添了超现实性的色彩。泉镜花总是将两种主要倾向互相交错，依据他的个性而合二为一。而且因为他爱好描写江户式女性和古怪美人，作品整体上散发着浪漫的情趣。创造了"镜花喜欢的女人"这样特殊的人物，除了尾崎红叶等人女性描写的影响之外，还刻画了他自身创造的女性。

代表着这个时期泉镜花现实方面的作品大概是《通夜物语》吧。代表超现实方面的大概是《高野圣僧》吧。虽说是现实性的，但镜花作品空想成分相当浓厚，只是没有神秘的特点了。他在特有的浪漫世界里空想，非常巧妙地将现实的事件与诗一般的幻影相吻合。不是以现实为起点的空想，而是把空想作为起点的现实。换句话说，是以空想为基础建立起来的现实的梦幻。

《通夜物语》是以美术家玉川清与吉原的妓女丁山的浪漫故事为中心，穿插了阿清的未婚妻澄子、伯父夫妇、娶了澄子的军人筱山等人物形象。阿清对要澄子嫁给别人非常生气，用了伯父的钱为丁山赎身而被伯父斥责，又被筱山所侮辱。这时，丁山在一旁非常同情阿清，出于一时的意气和冲动刺杀了筱山，而且丁山自己也倒下了。阿清面对这样的悲剧，一边含着泪一边用丁山的血往隔扇上画丁山这样一个故事情节。这是一部除镜花之外他人难以想象的特殊的作品，整部作品都充斥着浓郁的戏剧性。

《高野圣僧》描写了一位为巡教而进入信飞地区山中的高野圣僧，在山中的一座孤屋里遇见了一个奇特的美女，差点被其迷惑，另外，还看到各种各样的妖魔鬼怪的情景。故显神秘、夸张妖魔色彩的成分当然是有的，但基本上是在镜花自己喜欢的舞台上，用简洁的笔墨，对情景作出栩栩如生的描写，令读者入迷。特别是描写山中的月夜和美女这一节，充分体现了镜花的特色：

> 她抬起手按住黑发，用毛巾使劲拭擦腋下，随后双手拧着毛巾，亭亭玉立，本来就肤白如雪，又用清冽山泉涤净，这样一个女人的汗水，滴下都是粉色的吧！
>
> 她左一下右一下地梳着头发，说：

"哎呀，一个女人这样疯，要是掉进河里可怎么办呢？冲到下游，村里的人们看见会说啥呢？"

"会以为是白桃花吧。"我突然心血来潮，脱口而出，我为我的大胆不安，和她面面相觑。

而她露出喜悦的笑容，看上去很是天真、似乎一下年轻了七八岁，露出处女般的羞怯，低垂眼帘。

我把目光转向别处。在月光的映照下，女人的姿容愈益姣美，在水雾迷蒙中，胴体看上去像似透明的乳白色，映射到对岸被水打湿而发黑的、光滑的巨石上。黑暗中看不太清楚，但左边近处好像有个洞穴，比鸟还大的蝙蝠从中嗖嗖飞出，环绕在女人左右，大蝙蝠遮住了月亮。

"哎呀，不行，有客人呢。"女人好像被吓了一跳似的，叫嚷着。

"你怎么啦？"我已经穿好了法衣，所以坦然地问道。

"没啥。"她只简短回答，就羞怯地迅速转过身去。

这时一只像小狗大小的、深灰色的动物跑过来，从后面紧紧贴在女人的背上，赤裸站立的女人，上半身似乎消失了。

"畜生，没看见有客人吗？"女人愤愤责难——"你们太狂妄了。"厉声责骂的同时，猛回头，朝从其腋下窥视的动物脑袋狠击一拳。

那动物"吱吱"怪叫，从后面腾空跳起，用长长的胳膊吊在刚才挂法衣的枝头上，又临空后翻坐在了树杈上，就势蹭蹭地爬上了树。噢，是只猴子。

有人说《高野圣僧》象征地表达了泉镜花的妇女观和恋爱观。根据理解的不同，也不是不可以。但是我不喜欢那种故意的牵强附会。我想说它主要描写了山中的神秘就足矣。硬要赋予作品以镜花来自佛教的平凡的妇女观、恋爱观，反而削弱了其诗性的兴味。总而言之，这个时代的泉镜花劲头十足，直至日俄战争时代到来，一直与小栗风叶齐名。

第五节　风叶、宙外和其他新进作家

与个性派作家保持较近关系的是中间派作家。起带头作用的是小栗风叶（1875—1926）。小栗风叶在尾崎红叶门下，和泉镜花一起很早就展现了卓越的才能。他作为新进作家被认可是从明治二十九年出版《晚妆》（1896）、《龟甲鹤》（1896）开始的。他相对于泉镜花的北国情调，含有三河平野的气质。与泉镜花灰暗而神秘、空想本位相对，他明朗、具有常识性、现实本位。镜花怎么说都有点天才的成分，而风叶却只有普通的才能。二人都受到尾崎红叶的感化，但是可以看出小栗风叶继承了尾崎红叶派更多的痕迹。二人虽然都带有浪漫主义倾向，但是这方面镜花更浓些，风叶稍微淡薄些。

风叶从一开始就执着于现实，有追求写实派的自然主义倾向。这一点他并没有明确意识到，而是从他的性情癖好、嗜好中产生出来的。这些不是他熟悉哲学、科学乃至欧洲文学而得来。这一点与镜花痴迷于自己神秘、魔幻的趣味、彰显理想主义的倾向非常相似。

风叶在文坛崭露头角之时，人们仍然有注重伦理色彩的倾向，总体上来讲是控制性欲描写。但小栗风叶排斥这种倾向，从一开始就在《晚妆》中描写兄妹乱伦之恋。《龟甲鹤》属于概念小说系列，但是与泉镜花相比，现实味道更浓、更自然。后来在明治三十年写了《十七八》(1897)，在这里也展示了风叶所特有的初期自然主义的取材结构。

他的成名作是明治三十一年在《读者》杂志上发表的作品《恋慕流》(1898)。作品描写了被称作音乐界天才的青年与在西洋音乐方面大有希望的闺秀美少女的浪漫爱情。他们因为爱情而抛弃了名誉和地位，违背了父母意愿，但是人生道路的艰难使他们痛苦、陷入不得不住在柴钱小旅店①的悲惨境地。尽管如此，青年也没有放弃音乐之路，把他的艺术生命寄托在一管竖笛上。风叶浓重的笔墨描绘了一出悲恋的末路，取得了惊人的成功。而后他接着出版的《鬟下地》(1899)，也描写了女演员的爱情，在现实趣味浓郁的描写的同时，又显示了浪漫主义的倾向，得到了文坛相当的推赏。

《鬟下地》之后，小栗风叶又写了《沼之女》《苏醒女人》(1901)、《黑装束》《凉炎》等作品，凸显了他横溢的才华，接着又写了《肚脐日记》《未成年》等。他所有的优点都与他的才气有关。他敏感而富于流动性，在顺应外界的推移方面有极为巧妙之处。但是，其活动方式不是在内在的，而是外在的。不是核心的，而是表面的。《苏醒女人》是受了高山樗牛的个人主义、本能主义的影响写成的，但是小栗风叶多大程度上理解了高山樗牛的思想和尼采主义是非常值得怀疑的。与此相比，泉镜花对外界的发展无动于衷始终坚持其本质，完全形成了两个极端。

相对于小栗风叶、泉镜花等人，作为早稻田的新进作家华丽登上文坛的是后藤宙外(1866—1938)。后藤宙外在坪内逍遥的指导下在早稻田研究文学，其毕业论文是从美学上论述尾崎红叶与幸田露

---

① 指收取柴钱，即自己做饭的旅客，付给旅店的柴火钱之后让客人住宿，租金便宜的简易旅馆。

第七章　小说界的新倾向与主要作家

伴的写作风格。在作家很少接受正式文学教养的时代，后藤宙外开始写小说，在当时从各种意义上来讲都是非常受欢迎的。主要的意义在于与以往的作品相比，有望为人们提供更加新颖、真实的小说。后藤宙外的成名作是《司空见惯》（1894）、《黑暗的现实》（1895）这两部作品。分别是明治二十八、二十九年出版的作品。虽说是新进作家，但是后藤宙外与泉镜花、小栗风叶相比，因在年龄上要年长很多，在结构等方面从处女作开始就很少疏漏。尤其是在心理描写和叙景上很下工夫，很快就得到了文坛的认可。总之，是一种温雅踏实的写作风格，稍微有陷入说理的痕迹。而且他的作风很早就固定下来了，甚至掺杂着些许的训诫语气。但是最终还是开始倡导田园小说，那是一种家庭小说。后来他标榜非自然主义，逆文坛潮流而行，其根源主要在此。

作为中间派的新进作家，还有田山花袋（1872—1930）。田山花袋一味地写恋爱小说，描写的必定是以美丽的山水为背景的美丽年轻男女的爱情。在这一点上，他与这个时期的江见水荫（1869—1934）的写作风格非常相似。但是，江见水荫比田山花袋现实的成分还要多。江见水荫与其说是在讴歌，不如说是在描写。而花袋全都是空想，与其说是在描写，不如说是在讴歌；与其说是面对现实，不如说是在竭力反复地重复美丽的梦想。这里可以看到花袋的浪漫主义。他的作品单调，给人一种假花的感觉。但是另一方面又有一种源于他个性的那股认真劲，丝毫没有那种甜美的感伤主义情形。换句话说，他的作品不伴有游戏气氛。看看他的《故乡》《小桃源》《野花》（1901）等作品，就可以了解花袋小说的特质。他本分地沿着这条路一直走，当他走到极点走到尽头，才幡然醒悟，开始率先提倡自然主义。

作为非个性派的新进作家，有岛村抱月、水谷不倒以及初期的小杉天外等人。小杉天外从开始提倡左拉主义的时代起，逐渐展露其个性。初期，他只是模仿斋藤绿雨的写作风格，于明治二十八年撰写了《奇病》（1895），明治二十九年撰写了《卒塔婆记》（1896）、《改良若殿》（1896）等作品。关于后期的他，就另外和伴随着文坛的新时机出现的作家一起阐述吧。岛村抱月作为评论家早就展示了他的个性，在创作方面准备充分，学习近松写作上的构思，有一些说理性的地方，整体上来讲非常完整，但笔法平淡，当时诗兴大发的他与晚年的他不同，被英国式的道德所支配，应该深入写的地方却很收敛这样一种倾向。但另一方面，的确有老成的风格。完全没有新进作家身上所看到的那种幼稚，其写作风格表现在《玉蔓》《夫妇波》《月晕日晕》《墨绘草纸》等作品中。

在岛村抱月前后，水谷不倒公开发表了《薄唇》《靖刀》这两篇文章，仅仅是仰慕近松的写作风格，除此之外看不出什么特殊的地方。此外，和早稻田派①相关的那些人都步调一致地开始动笔写小说，但是没有展示特别显著的特色。伊原青青园（1870—1941）、五十岚巴千等就是这样一些人。青青园的特色仍然在剧评，巴千在修辞学上展示了他的长处，但他们曾经步岛村抱月、后藤宙外的后尘一度受挫，开始驰骋于小说界。看这些就能明白当时的早稻田派在新兴文坛上有多大的敏锐劲。

第六节　深入描写时代精神的要求与倾向小说

在新进作家中，有不少是在提倡家庭小说、社会小说的呼声中出现的。这些人有必要另外叙述，我既没将他们加入个性派，也没

---

① 文学史上的"早稻田派"，广义上指那些毕业于早大文科，曾接受坪内逍遥及其弟子岛村抱月的指导，从文学杂志《早稻田文学》登上文坛的作家。

第七章 小说界的新倾向与主要作家

加入中间派。家庭小说、社会小说，是以讽刺小说、滑稽小说为前驱而兴起，无疑主要是当时文艺批评家刺激的结果。这些讽刺、滑稽为小说，对中日甲午战争中的暴发户专横跋扈所带来的拜物主义弊端，以及由此而引发的伪善、虚饰之风进行尖锐讽刺、深刻揭露，并将其作为好笑的素材。当时森鸥外的《秃头》，坪内逍遥的《心的解剖》虽然都是翻译，但展示了好笑文学的典范。而且斋藤绿雨、小杉天外、思案、松叶、川上眉山、岩谷小波等对于讽刺、滑稽展示了他们的才华。不过都是肤浅的，没有很好地理解"笑"的意义。而且他们都不清楚时代的真相，写的都是为了笑而笑的文学。

不满足这些，高呼"要彻底描写时代精神！"的人是内田鲁庵（1868—1929）、高山樗牛（1871—1902）等人。高山樗牛最初从日本主义立场出发，错误地评论当时的小说是"非国民性"的，但是，幸亏他没有固执于此，逐渐转向有意义的方面，提倡从日本主义的立场出发把时代精神表现在小说里。他所说的时代精神就是国民精神的意思：

> 在古今东西文艺史上，不可动摇的一个事实是"伟大的文学与伟大的人物一样，最能代表时代精神"。而将所谓"代表时代精神"曲解为"迎合世俗好恶"之意，这恐怕是有语病的。不过如果有人对当代国民感情、欲求发出非常嘹亮的呼声，对其渺茫的前途指明具体方向，说"看吧，尔等的理想在此"会怎样？对于那些眼睛不能看、耳朵不能听、嘴巴不能说，只是拥有心中的苦闷，徒然地在黑暗中摸索，这样一代民众的内心犹如"奏一弦而万管和之"，翕然而趋之。

高山樗牛的说法绝非有新意，也绝非高明。但对当时的小说家来说是相当困难的。高山樗牛解释时代精神时说："未必一定要讲社会学、通晓经济学，只要拥有这样一面镜子就行——能将国民思想活动映进自我心中"。实际上要想考察时代精神，并抓住其要领的话，必须有作为文明批评家的素养，还要有正确批判时代文化的眼力，至少要有相当丰富的文化史知识。但是，高山樗牛并没有论及这些。

内田鲁庵的言论比高山樗牛调子稍微低些。他以谩骂为业，谈及当时小说的缺陷时说："翻开文艺俱乐部或新小说，天下拘泥于太平无事，疯狂恋爱，放荡不羁，宛如与世隔绝"。不过，他的痛骂的确戳中了时弊。内田鲁庵从这样的立场出发，迫切要求当时的小说家理解时代思想。总之，这正是希望出现触及活生生的社会生命的、健全作品的呼声：排斥恋爱小说、游荡文学，以清纯的思想为基础，显示出了谋求正派小说的心理动态。

高山樗牛乘此机会，希望出现社会小说，他说"现在的多数作家年龄尚小，阅历不足，其表现的人物、事物的思想多数是不谙世事的公子哥一类。比如他们所能够描写的人物，只不过多数是和他们同年代的二三十岁的壮年，而且这些人物跟他们自己的境遇近似，对一般读者来说是毫无兴趣的人物，作为这些事情产生的必然结果，除了平凡的爱情故事以外，作者与读者之间没有共同的兴趣。而且这种小说所能够满足的读者，只不过是一部分青年书生，年龄在四五十岁以上的、多少有点社会经验的人眼里，自然会看出小说的幼稚与空洞。一句话，就是如今小说家的根本缺点，是不能抓住这个现实社会、这个活生生的社会的共同兴趣；由于过于主观而显得既幼稚又狭隘"。基本上今昔同感，大正小说不就一半以上都是这样的吗？高山樗牛的话令人觉得似乎预想到了他死后的情景、揭示了日本现代小说的共同缺陷，实在是遗憾。"年龄四五十岁以上的、有社会经验的人眼里"看着有意义、值得推崇的小说，即使现在也寥寥无几，仅能数出四五篇。

第七章 小说界的新倾向与主要作家

那么,高山樗牛所要求的社会小说其内容是什么呢?没人能确切地说明这个问题。仔细分析其言论,大意是:(一)应该描写社会真相;(二)带有社会主义倾向;(三)有扩大政治宗教方面的取材的意义。总之,摆脱单调的恋爱小说,抓住以往没有描写的、活生生的社会真相,表现时代思想的闪光点,这被称之为社会小说。这不是从外部否定社会真相,而是要求从内部触及社会,要求以文明批判的眼光仔细观察社会面貌。但是,当时的小说家基本上在写小说时没有从内部去考察社会真相。只是从外部轻描淡写,不具备文明批判的眼力,茫然地描写社会真相的局部,这里存在根本的错误和知识准备的不足。老实说,他们中间具备撰写社会小说资质的人几乎没有,也没有他们心中所描写的理想社会。

当时最先开始动笔创作社会小说的是内田鲁庵,他不仅自己提倡社会小说,而且持续了多年的文坛生活,所以写作社会小说时的抱负和热情肯定胜过他人。而且明治三十一年三月公开发表了《腊月二十八日》(1898)。其内容讲的是,一个叫有川纯之助的青年想到墨西哥发展开垦事业,但遇到了养父母家、妻子的反对,非常遗憾不得不中途放弃事业,因此既烦闷又苦恼。结果,当有人告诉他基督教的"爱",他才知道真正的幸福是家庭的和平。以年末的气氛为背景,以老练笔法描写,就社会的一个方面加以批评,体现了鲁庵的新功夫,基本上与社会小说的宗旨相一致。之后他受到文坛的欢迎,公开发表了《单只鹌鹑》《霜柱溶化》《落红》。在这些作品里他指出了社会以及个人的缺点,虽然有些肤浅,但稍微加上了尖锐地讽刺,不过有冷冰冰的地方,描写方法比较露骨,往往有引起反感的地方。

小栗风叶(1875—1926)、后藤宙外(1866—1938)、德田秋声(1871—1943)、德富芦花(1868—1927)以及木下尚江(1869—

1937）等人，受到鲁庵文学活动的刺激，开始写作社会小说。小栗风叶的《政弩》、后藤宙外的《腐肉团》（1899）、德田秋声的《懒汉》，试图描写政界的一面，但都流于肤浅而失败。德富芦花首先发表《不如归》（1898）而出名，于明治三十六年发表《黑潮》（1903），装点了社会小说的结尾。这是以欧化时代的知名政治家为主人公，描写其在家庭方面的黑暗部分，暗中讽刺了政界的混浊。现在看来《黑潮》是通俗的新闻小说式的作品，但整体上是严肃的。关于政界的情况的确是从德富苏峰那得到的材料。因此，不像小栗风叶、后藤宙外等人那样对政治毫不知情。

继《黑潮》之后出版的是木下尚江的《火之柱》（1904）。木下尚江在明治三十四年加入到社会民主党的创立员中，因和片山潜（1859—1933）、安部矶雄（1865—1949）等人交往，很早就抱有社会主义思想。《火之柱》就是寄托了他的社会改造观，通过小说创作，以文艺进行社会主义思想的宣传。木下尚江把社会小说的未来希望具体化，可以说为日后的无产阶级文学埋下了伏笔。木下尚江在明治三十八年出版了《良人的自白》（1905），受到当时厌倦了单调小说的读者的普遍欢迎。因为他的表达和态度毕竟都很认真，没有那种文坛上的腐臭味。

继社会小说之后出现的是家庭小说。这是与黑暗小说相对的光明小说，与游荡小说相对的纯洁小说，与不道德小说相对的道德小说，乃至适应了宗教小说的要求。家庭小说的含义，是指在家里在子女面前可以公然阅读的道德小说、纯洁小说。这毕竟是由游荡文学的反拨而产生的小说。不过另一方面，家庭小说中带有排斥以往的游戏气氛和轻薄语气的意味。为了满足这一要求，新进作家陆续登场，积极地撰写家庭小说。

最先适应这种形式的是德富芦花。他早就有丰富的文学才能，但几乎不被世人所知。看来中日甲午战争中的浪漫故事刺激了他，在《国民》上刊登了一篇《不如归》，描述了海军军官川岛武男和他妻子浪子的悲欢离合。这是一部凄美的小说，虽然平凡，却是纯真爱情的记录，文章大体通俗易懂，虽然现在看来有些幼稚和浅薄。但德富芦花具有在当时的小说家中难以看到的真实感，作家最重要的是生命真实感，这正是德富芦花的长处所在。《不如归》受到空前的欢迎有一半原因是在于这个"真实"。德富芦花在当时文坛是孤立的，坚决守卫着他的真实，终于取得了成功。首先最为推崇《不如归》的是当时我作为编辑的《文艺新闻》，那正是我执笔写的平结文章。那时德富芦花从隐居的逗子市给我寄来了感谢信，曾经为了访问我特意来过东京。

在《不如归》前后，菊池幽芳（1870—1947）的《自我之罪》（1900）、田口掬汀（1875—1943）的《女夫波》（1904）、中村春雨（吉藏，1877—1941）的《无花果》（1901）、草村北星的《滨子》、柳川春叶（1877—1918）的《泊客》（1903）、《忘水》（1804）等相继出版。后藤宙外的田园小说也与之呼应。关于文人生活的实际研究乃至道德上的观察，成为文学表现的问题，当时文人的不道德行为，在杂志上被严重斥责，这是对文人生活加上道德批判的结果。后藤宙外在经济上、思想上、主张文人田园生活的好处，甚至在作品中都有涉及。在以上的小说中，多少有点艺术价值的是后藤宙外、中村春雨、柳川春叶等人的作品，其他的没有超出低级的诽谤。而且出现在以往报纸上的讲谈曲艺，一时间因家庭小说而被驱逐，菊池幽芳、柳川春叶等人的作品受到报纸的欢迎。因此取材的范围有所扩大，但仅仅如此，多数作品仍然没有脱离肤浅写实的范围。

第七节　红叶的复活与露伴的转变

　　如上述及的新作家群起之时，以往在文坛中享有威权的尾崎红叶、幸田露伴等人的业绩怎样呢？中日甲午战争后的文坛，对红露两大家的责难之声渐渐兴起，特别是反对尾崎红叶的浪潮有达到顶峰之势。《国民之友》的记者看到，尾崎红叶自明治二十八年七月以来，沉默了约半年间没有发表小说，就写了尾崎红叶"悲观论"。在这里，记者把尾崎红叶称之为排斥想象派的领袖，责骂"红叶退出创作界，是意识到自己江郎才尽，与其说他是小说家，不如说他是记事文作家"。当时兴起打破文阀的运动，盛行支持新进文人，痛骂大家。

　　那时，就连比较同情尾崎红叶的高山樗牛都对尾崎红叶的前途表示了悲观之意。他感叹明治文人文学生命的短暂，谈及尾崎红叶的状态时说"就连听起来像文坛梁山泊的砚友社领袖、持续很久的宋公明全盛时期的尾崎红叶，现在被川上眉山、泉镜花一代的新作家排挤，是不是不得不暂时退出创作界呢？我们不知道今后的小说界即将产生几个一流作家，以过去推测未来的话，恐怕尾崎红叶的名声不会持续很久。"其他的《青年文》《新声》《文库》等也都强烈谴责尾崎红叶无所作为。

　　尾崎红叶作为砚友社的掌门，即使面对新兴文坛也要暗中扩张势力，非常热衷于巩固自己一派。他或许是因为自重，或许是因为陷入僵局，明治二十七年以来，只对托尔斯泰的名剧《克鲁采尔奏鸣曲》《冷热》《邻家女》《笛吹川》等改编或合著，没有拓展他独自的领域，他自己恐怕也非常苦恼，不知今后往哪个方向发展。因不清楚这些内心情况，批评家把谴责的矛头频频地指向他。尾崎红叶成为谴责的靶子，内心肯定相当痛苦。多血质的他、自负感很强，对此非常激动并自我奋发。因此他阐明自己尚未衰老的原因，大有压倒批评家的谴责之势，于明治二十九年二月在《读卖新闻》发表长篇小说《多情多恨》（1896），想一举恢复名声。小说预告里这样写道"这不是俳句，不是短讯，不是改编，不是合著，实在是一展超人本领的大作。"当然这是他自己写的。《多情多恨》果然是一部不负他自我发奋努力而创作出的得意之作。正如尾崎红叶所说的"社会上的小说是珍馐，这是俺家的米饭"。险些被埋葬掉的尾崎红叶，因此而重新复活。

《多情多恨》是尾崎红叶从肤浅写实向前迈进一步，从艺术派走向人生派，能够看到自觉倾向的作品。换句话说，是展示了尾崎红叶一大转变的小说。大体上略微展现自然主义倾向方面，明确地证明了尾崎红叶并非是保守的。我曾经评论过《多情多恨》，说"他倾向于自然主义的小说主要是因为他文学见识的优越和艺术热情的高涨。当然处于过渡期的他，虽然未能完全摆脱游戏气氛、常识道德和江户人的平凡兴趣，但总的来讲却展示了自然主义的写作风格，开辟了观念小说、动人小说以外的新领域，真不愧是大家尾崎红叶。在《多情多恨》里，以往尾崎红叶小说里几乎相同的事件高潮、期待、以兴趣为中心的事情等消失殆尽。从情节上说，多情多恨的数学教师鹫见柳之助失去爱妻，仍然始终思念妻子，忍耐不住寂寞与孤独，寄身于朋友叶山家，因与叶山的妻子过于亲密，被叶山的父亲怀疑而离开了朋友家，只不过是150多天的失恋记录，几乎没有什么曲折与波澜，出现的人物也不过是柳之助、诚也、他的父亲和妻子阿种、柳之助亡妻的母亲和妹妹阿岛等。尤其是始终出现的人物只有柳之助、诚也、阿种三人。从以上的情节和人物来推测，必须对当时的批评家是否会以好意来接受这本书有所考虑。但是,我相信尾崎红叶在那些平淡的情节和结构上展开的世界,一定会和他的新手法一样,其文学的优越性会被认识到。不愧是尾崎红叶,在这点上没有落后于时代,因此使他复活的强项就在于此"。我觉得这个评论现在还是正确的。

接着,我谈到《多情多恨》的描写方法,说"尾崎红叶观察的焦点是关于柳之助失恋心理的力求精致的内心描写方面。当然,这是一半的成功。但是在柳之助的性格描写里有矛盾,公式化、编造性的、个性模糊。从性格描写来说,诚也及其父亲、阿种、阿岛等都是成功的,这些人物都有明显的个性,诚也快活、潇洒、好行侠仗义的性格,阿种外表冷淡内心充满温情的气质都非常生动。相传这里每一个都有原型,也或许是。怎样看诚也都好像有尾崎红叶自身一面的真实写照。不过,文章略感冗长,难以掩饰作家为了自身的兴趣而勉强拉长"。但是可以说言文一致的文章是由《多情多恨》开始展示了接近完美的领域。在等候场面的描写上是极为巧妙的:

> 叶山冲进了悬挂着磨砂玻璃灯笼的大门,因向导进去了,柳之助也跟了进去,但不知有几间屋子。门的里边是御影石铺的地面,正面铺着整齐的台阶,一扇拉门开着,银色的隔扇屏风反射着电灯的光亮,能看到时隐时现、忙忙碌碌行走的人影。刚一进玄关就出现了一个女仆,看到叶山就假惺惺的好像非常怀念似的说:"哎,请进吧"。总觉得难为情的样子,柳之助站在叶山后面,无意中看到左手阴凉处那漂亮的侍从休息室,摆着五六辆自家用车,车夫们杂乱地围着火盆喝酒。柳之助虽不知是什么家,但觉得是个繁荣的商店。被带到紧靠里边的一间,途中意想不到的地方出现了梯子,奇怪的地方摆着宴席,艺妓

第七章　小说界的新倾向与主要作家

频繁地走来走去，十分热闹的样子。俩人被带进很小的六叠的房间，屋檐外边是里院，柳之助站着看了一会儿客人和艺妓划拳的影子。

"干傻事呢。"关上拉门稳稳当当地坐下，这么狭小房间里的灯光非常耀眼，令人难以忍受。火盆也没有，女仆也不来，在光亮与寂静之中，叶山靠在柱子上，闲着没事捅象牙烟袋管，发出扑哧扑哧的声响。柳之助拔开细纱窗帘，不停地摇晃着腿，好奇地凝望着黑部杉的天花板。

之后，等候的女佣人出来，展开了尾崎红叶笔下一流的对话，那对话是自由自在的、潇洒的、发挥出独特的妙趣。

女仆端着火钵进来，又马上返回拿来了茶和点心。
"啊，肚子饿了。"听到柳之助的声音，女仆斟了茶。
"哎呀，是岐阜发生了洪水吗？哪儿发生了饥荒？"
"啊"柳之助惊呆了。
"今天早上的火灾是番町。"叶山说。
"哎呀，是吗，我的情郎住在番町"。女仆转过身来慢慢地说，柳之助感到十分愕然，皱着眉头，起身转到一边了。
"不，是吗。哎呀，已经不在台湾了吗？"
因为叶山太认真了，女仆也不自觉地被吸引住。
"唉，你为什么呢？"
"是军人的事吧"
"又在戏弄人了，你的俏皮话总是罪孽深重，我讨厌"
"还有罪孽更深的事，你知道吗？"
"当然知道"刚一得意忘形，柳之助就急不可耐地说——

"快点儿吃点啥吧。"

这简直是晴天霹雳,女仆大吃一惊,这人到底有多土气,一副为日后着想的表情看着他的脸。

"你太馋了,这可是情人茶馆呀,不是贪嘴吃东西的地方。"

这对柳之助也是霹雷一声响。

"呀,这是情人茶馆啊?!"

"是的,是情人茶馆!"柳之助有点慌——

"叶山,这里是情人茶馆吗?喂"。

这样的描写是尾崎红叶最擅长的地方,其他作家是难以体会到这种诙谐的。如泉镜花虽略微学到一些,但没有得到尾崎红叶的真髓。

尾崎红叶在《多情多恨》之后写了一部《金色夜叉》(1897—1902),这部小说除了在量上属于最长的篇幅,社会上的评论也极好。严格来看,这只不过是一部高级的通俗风俗小说。这部作品用词非常讲究,极其华丽、绚烂,正如尾崎红叶自己说它有点像《颖才新志》(明治初期的投稿杂志)似的不俏皮。不仅死板而且沉闷,往坏处说类似记事文范文。虽然情节曲折变化、波澜起伏、有戏剧性的味道,正因为如此有不自然之嫌。但是在内容上尾崎红叶企图将当代文学的要求合而成一,这一点还是有意义的。这就是在尽力兼容概念小说、社会小说、家庭小说、心理小说等倾向的同时,巧妙的摄取时代精神、感伤主义、罗曼主义等潮流,还要尽力迎合时代潮流的各个方面。会话等部分精炼再精炼,苦心锤炼的痕迹清晰可见。然而,结果是整体通俗,忽视了内在的生命力,以及鲜活的人生。太过于看重文章外部结构、形式、时代的嗜好等方面,没有《多情多恨》那样成功,这一点应该是值得惋惜的。明治三十六年十

第七章　小说界的新倾向与主要作家

月，正值37岁壮年的尾崎红叶还没有来得及完成《金色夜叉》的结局就离世了。他最主要的功绩就是巩固了明治新文体的基础，推进了文学家的社会地位，而且在他的门下还培育了很多人才等。

与尾崎红叶的文学活动相比，幸田露伴的业绩稍处劣势。虽然幸田露伴没有受到如尾崎红叶般的指责，却被认为不如尾崎红叶那样发奋努力。尾崎红叶通过《多情多恨》多少进行了自我革命，而幸田露伴其内在本质依旧如前期，没有太大的差别。与其说他在文学上缺乏自我革命的勇气和热心，不如说他在本质上缺乏适应外界发展变化的可能性。这是理想派中常见的特征，和泉镜花一样仍属于不能随文坛的潮流巧妙流转的人物。但即便如此，幸田露伴不像泉镜花那样，执着于自己的兴趣，不改变原本的倾向。在其脑海里始终有顺应时代、改变写作风格的想法。只要看看明治二十六年前后开始发行的《国民新闻》上发表的《风流微尘藏》就明白了。

《风流微尘藏》（1893—1896）在量上完全可与《金色夜叉》相匹敌。这部作品的几个章节如《一个人睡》《竹叶舟》《菊之滨松》等很出色。就这些而言，幸田露伴企图在大的框架内展现人生的一面以及各种各样的人物。但是与最初的干劲相反，半途而废放弃了写作。大概是因为目标太大，一下子用劲太猛的缘故吧。《风流微尘藏》在内容上依然表达了幸田露伴所特有的人生观。但在手法上，与前期的幸田露伴相比，稍微加进了一点写实的要素。

此外，幸田露伴还写了《二日物语》《大胡子男人》《天宇都浪》《新浦岛》等。其中值得重视的是后两篇。《新浦岛》是明治二十八年一月《国会新闻》刊登的一篇抒情味很浓的寓意小说。他把人生的悟道寄托到小说中。他的悟道接近老庄哲学的境地。按照他的见解就是，提高生活的第一步在于抛开物质的生活，进入清淡的自然生活。再向前迈一步，就提高到神仙生活，再向前一步就进入了非仙、非生、非死、寂静无为的境地。至此，人才达到真正的自由和解脱。为了说明这种心灵历程以及结果，幸田露伴写下了《新浦岛》。总之，这本书显示了幸田露伴在精神上可以达到的最终境界。

在《二日物语》中，幸田露伴描绘了西行，受到高山樗牛的称赞。但只是指风格上古典味很浓，内容上没有任何的创新。接着，明治三十六年九月，《读卖》刊登了他的《天宇都浪》（1903）。这部作品记录了他为适应文坛新潮流的苦闷和动摇。虽然没有什么内在的变化，但他努力在表达上通过他特别使用的言文一致体进行一场形式上的自我革命。但是总有些伸展不开，不如尾崎红叶那么自由自在。其内容上所暗示的佛教思想与当时的宗教热一脉相承，受到部分读者的欢迎。不过不知幸田露伴是心气不够呢还是走投无路，中途就搁笔了。从此，幸田露伴的文学生涯与现在的文坛就没有了任何联系。

除尾崎红叶与幸田露伴两位大家，其他砚友社派的人中，江见水荫（1869—1934）比前期更好地显示了其特质。如上所述，他的特质与田山花袋相对照，他的代表作有短篇集《水车》及《杀妻》《炭烧的烟》（1896）等。如果他能从始至终正确的恪守在《水车》等一系列作品中的诗人倾向，他的文学生命或许会更长一些。但是也许是为生活所迫，中途转向通俗新闻小说。山田美妙（1868—1910）在明治三十年前后时写了《可怜狂》《阎罗地藏》等，虽然笔法很圆熟，但缺乏真实感，这样他的文学寿命急剧缩短。岩谷小波（1870—1933）作为童话以外的业余爱好，在明治二十八年前后写了《堇日记》等。不过，这当然是没有下工夫的。其他的还有村上浪六（1865—1944）的《当世五男人》、弘斋的《日出岛》、丽水的《半月城》、塚原涩柿园（1848—1917）的《五月女坂》等。全都是些通俗的作品,只有涩柿园的历史小说稍稍醒目些。总之,面对新进作家群起的现象,可以说仅仅只有尾崎红叶一个人没有屈服。他在临死前曾说"再生七次,仍为写文章尽瘁",这种气魄令人难忘。

第八节　小说界的新机遇和先驱者

在新作家和旧作家的对峙当中,小说界的新机遇初见端倪。抓住此机遇的有小杉天外(1865—1952)、永井荷风(1879—1959)、岛崎藤村(1872—1943)、田山花袋(1871—1930)、国木田独步(1871—1908)等。排斥过去的肤浅写实,发扬彻底的真正写实,这本是长久以来评论家所要求的,但却并不容易实现。小杉天外是在谁都没想到的时候,在模糊的意识下,以率直、大胆、如实的描写出世态和人物的方式,最先扬起了左拉主义旗帜,试图接触写实主义。

左拉主义以左拉的自然主义为依据,其刺激来自海外。不追求欧洲文学范例,就无法产生自发性的小说革新事业。就像小杉天外景仰左拉那样,田山花袋、岛崎藤村等倾心于莫泊桑。国木田独步与华兹华斯和屠格涅夫产生共鸣。小栗风叶、永井荷风也是从欧洲文学中得到启发。如果全部除去欧洲近代文学,我们文坛的革命性工作就什么也做不成了。

小杉天外对于左拉主义的领悟程度如何至今是一个疑问。善意地汲取他主张的主旨就是"因为人生非丑非美,非善非恶,只有其如实的姿态。小说就是写社会现实,认真、老实地记录人事和事实"。这种说法还有探讨的余地,对于不以谈理为生命的他,要求再高的说明是不可能的。总之,他的意思是反对过去的唯美的、道德的倾向，虚心坦怀地对待世态、人事，将这种恬静的慧眼映射出的表象如实地表现出来，以此作为主要着眼点。

最早佐证小杉天外主张的是明治三十三年八月发表的《初姿》（1900）。这是小杉天外在写了《咖啡店》《乱发》《蛇莓》《女儿心》（之后的《左绳》）等，充分练就了创作本领之后达到的新境地。《初姿》的第一回、第二回里描写剧场的细腻写生手法，令人想起左拉的《娜娜》等。《娜娜》是以女演员为中心人物，《初姿》则以擅长清元小调的高手女艺人阿俊为女主人公，描写了她们所遭受摧残的生活和脆弱的爱情。文章的缺点是整体上乏味散漫，很难看出突出的核心内容，但没给事件、人物添加好恶感，没有进行不自然的人情化，这些地方与小杉天外的主张相吻合。

《初姿》成功后，小杉天外写了《暗紫色》《恋与恋》等，但到了《流行歌曲》（1901）就充分发挥了他的长处。这篇小说描写了一位身为人妻的女子雪江，她继承了父亲多情的遗传基因，嫉妒自己的丈夫与其妾的交情，为了复仇自己犯下了通奸罪。小杉天外学习左拉写作的意图，试图通过小说阐明遗传性和境遇是如何支配人的命运，而且，他极力自然地描写雪江通奸的动机，归结于遗传及气候的情况。这种描写方式触及了当时的官能描写，他的这种技巧为人们所推赏：

雪江喝酒后进入了这间房，感觉身体内的血液急速地流动。然后走近东端，悄悄地向室外看了一眼，看见对面五六米远的地方，医学士堀田正在说什么。隔着玻璃听到的声音，就如同在身后不断滴落的美妙的珠玉之音。二人沐浴在夕阳中，透过玻璃能看见对方，而且和以前那个乳臭未干、做鬼脸的堀田相比，如今的医学士是如此的英俊、优秀啊！皮肤并不是常所说

第七章 小说界的新倾向与主要作家

的那么白，宽额头，高鼻子，眼神清澈，而且26岁就取得了学士学位，真是一幅才子相。雪江出神地望着，也许是因为温度的缘故，面红耳赤，如同沐浴后的肌肤，浑身发汗，法兰绒睡衣的绒毛变得湿润。

从以上的介绍可以推测，小杉天外的文学兴致正值顶峰，但他只是略通左拉主义的皮毛，未能深入其核心，仍有许多地方被以往的旧习——空想成分所束缚。正因为此，他在自然主义的时代没能成为一个真正的冠军，同时使他走向通俗小说。《流行歌曲》之后，他写了《魔风痴情》（1903）、《拳头》（1906）和《长者星》等，成了通俗小说家。

但他的左拉主义运动并不是没有意义。关于这点我曾经说过"基于他的运动反对当时受道德约束的作品这一点，基于努力触及未来时代真相的一部分这一点，基于试图即使在外形上也要自然这一点，他给了少壮作家们很好的刺激"。

与天外相比，更加领悟左拉主义、极力主张自然主义倾向的是永井荷风。永井荷风在文学生涯上发奋努力，开始研究法国文艺，首先与左拉产生了共鸣。在其影响下，他写了《地狱之花》（1902），说明了自己作为作家新的态度：

> 人类确实摆脱不了动物性的一面。姑且不论这是构成肉体生理上的诱惑呢，还是从动物进化而来的祖先所遗传。人类根据自身的习惯与实情形成了宗教和道德，以及长期以来不断完善。但就在当代的生活中，人类又把这一阴暗面完全名之为罪恶。在这样已成定论的情况下，这种阴暗的动物性怎样继续下去呢？如果要创造完美、理想的人生，我坚信首先必须对这种

阴暗面进行特别的研究。这有如法庭要伸张正义之光，有必要仔细侦查犯罪的证据和它的确实性。所以，我要无所顾忌地描写出伴随祖先的遗传和境遇而产生的无数的欲情、阴谋和暴力行为。

永井荷风的话使我想起《卢贡·马卡尔家族》中左拉的序言：

在这本书中，我在指出个体集合起来的一个家庭与社会的关系之前，首先我想以这种一贯的思维来描写：古老的家族剩下十余个子孙，到后来一个个的离去了，而且根据这些男女子孙从前家族继承的遗传性以及种种的境遇的变化，而发生了很多悲剧。我仔细地研究了遗传与境遇二者的关系，想对于它们的形成进行科学的叙述。

永井荷风毕竟只是稍微改变了左拉的语言来进行表白。永井荷风最突出的仍然是对遗传与境遇的科学叙述。左拉本身就存在各种各样的缺点与长处。英国的评论家杜登这样说他的缺点"他的作品基本上都是把人放入野兽的模型里，把人怪物化"。永井荷风对于日本小说的唯美性、伦理性抱有很大的不满，于是就将所谓的"野兽化"尝试在小说人物身上。当然，这在当时确实是必要的。对于破除小说掩盖事实真相的弊端是行之有效的。

《地狱之花》描写的是一个上流社会家庭里的性欲狂暴的故事。描写被聘为家庭教师的园子，受境遇的控制而堕落的经过。但最后的结果挺好，这一点与小杉天外的做法不一样。这种描写方法也是小杉天外从没有用过的，能看到他想进行内心描写的努力。这与小杉天外的左拉主义相比前进了一步。

第七章 小说界的新倾向与主要作家

由于小杉天外、永井荷风的努力，日本的文艺才有了与近代科学精神相融合的开端。自然科学的勃兴是从18世纪末到19世纪的一大现象，达尔文之后出现的德国化学家李比希①、迈尔②、赫姆霍茨③等建立了能量守恒定律以来，自然科学的势力变得非常强大。在这以前出现的抽象的、空想的人生观和哲学急剧减弱。作为幻想哲学而风靡一代的黑格尔的学说主张也突然衰弱。而且，具体的、实证的科学思想迅速地获得了势力，直至唯物论的崛起。海克尔、费尔巴哈④、麦克斯·斯奇鲁纳等的出现，都赶上了这一潮流。

受到这一趋势的推动，将自然主义精神和方法运用到文学创作上，就是文学上的自然主义。法国的左拉就是在试验、分析的方法的基础上进行文学创作的代表人物之一。在缺乏科学思想的日本人眼里，能发现左拉的作品里有很多地方非常有趣而且卓越，这是很自然的，并没有什么不可思议的。小杉天外、永井荷风他们恐怕是睁大惊异的双眼来看待左拉的小说的吧。

以自然科学为背景的文学上的唯物主张与个人主义、本能主义思想相结合，向文坛注入新气流的是岛崎藤村、田山花袋、国木田独步等人。在这三人中，最先觉醒的是国木田独步。他与其说是从外部倒不如说是更多的是从内部觉醒的一个人。明治三十四年三月，

---

① 尤斯蒂斯·冯·李比希（Justus von Liebig, 1803—1873），是19世纪最著名的德国化学家，是有机化学、农业化学和营养生理学的奠基人。

② 尤利斯·罗伯特·迈尔（Julius Robert Mayer, 1814—1878）是德国的物理学家，最早进行热功当量实验的学者。

③ 赫姆霍兹（H. Helmholtz, 1821—1894），是德国的物理学家，1847年他作了题为《论力的守恒》的著名报告，奠定了能量守恒定律的基础。

④ 路德维希·安德列斯·费尔巴哈（Ludwig Andreas Feuerbach, 1804—1872）德国19世纪唯物主义哲学家，代表作品《黑格尔哲学的批判》《上帝、自由和不朽》《神统》等。

他发表了《武藏野》(1901)，展现了自然主义的先例。当时最先介绍《武藏野》、写了大约 3 页评论的人是我。尽管《武藏野》拥有确立国木田独步在文坛上地位的实质，但在当时受到忽视，最终被湮没了。

先驱者的命运总是如此，他真正被认可还要再等五六年。在明治三十五、三十六年前后，悄悄地写了《酒中日记》(1902)、《牛肉与马铃薯》(1901)、《女难》(1903)、《第三者》这些名篇。

田山花袋亦如国木田独步很不走运，他在恋爱小说家的名下，经常受到冷遇。不过，他在天分上虽不及国木田独步等人，但由于他是一个努力、进取的人，也很早就热衷于海外文学，随着他逐渐地从生的艰苦奋斗中觉醒，与自然主义文艺产生了共鸣。左拉、莫泊桑对他的精神给予了强大的影响，因此他率先进行自我革命，在新声社的《黎明》中刊出了《重右卫门的最后》(1902)。这是以野性自然的少女与生理残疾的男人重右卫门为中心，描写了他们悲剧性的一生。在艺术上他采取了相当大胆的做法，成为自然主义的先驱。而且为了表明他的主张，明治三十七年，在《新声》上发表了《露骨的描写》(1904)，对砚友社的小说加以痛击，这一点如前所述。

岛崎藤村从写诗转向写小说，比田山花袋稍晚些开始自然主义小说创作。他勇敢直面生的现实，写了《稻草鞋》《水彩画家》《老姑娘》《椰子的叶荫》等，其中最优秀的是《水彩画家》(1904)。我曾经这样评价说"这部作品是以信州的地方色彩为背景，留洋归来的水彩画家与妻感情不和、还有认真的艺术家的孤独感、对在留洋中认识的天才女音乐家产生共鸣的心境，描写了以上这些情景，表现了艺术家的生活烦恼多。在性格方面，女音乐家清乃被描写得很好。主人公传吉的苦恼也作了相当的描写，但还差那么一点点。描写部分好像是把岛崎藤村的诗改为散文的，诗味充裕。从这时开始，岛崎藤村的描写部分的雕琢、精炼的痕迹显著，总有些放不开的感觉。大致的感觉是自然主义的，也带有感伤主义乃至浪漫的情怀，这一点是其不足。但即便如此，还是有胜过小杉天外、永井荷风的地方"。另外，必须补充的是由《水彩画家》首次引发的原型问题，曾一时间发生了激烈的争论。

其次，作为新机遇的产物之一、小栗风叶的杰作《青春》（1905—1906）过渡期色彩显著，不能不提及。小栗风叶在尼采主义、屠格涅夫的《罗亭》等的启发之下，试图要描写年轻时代的牺牲者。但是由于他太急于描写时代缺点，而忘记以温暖同感的眼光来描写主人公钦哉的性格，这是一大缺点。文章与尾崎红叶一脉相承，优美之处比比皆是，大有极尽绚丽之感。从这个意义上来讲，《青春》是一部令人难以忘怀的作品。但可以看出这样一种倾向，就是这部作品基本上是凭作者的才气写出来的，而不是迫于真实的内心要求乃至内心觉醒的必然写出来的。这是最值得惋惜的。

经过以上的过程，与日俄战争同时在文坛上特别是小说界出现了一大转机，文学上的大革命到来了。产生自觉文学、真实文学的黎明期就这样重新到来了。

第八章　以诗歌、戏曲为中心的革新运动

第一节　新体诗界的形势与划时代的诗作

浪漫主义的时代是追求美好梦想的时代，是追求理想的蓝色花朵（Blaue Blume）① 的时代，是充满憧憬的时代，是引吭高歌的时代，一句话是诗歌的时代。因此，在这个时期诗歌蔚然勃兴，在新体诗、短歌、俳句方面掀起了轰轰烈烈的革新运动，而且获得了某种程度的成功。几乎与此同时，实现了戏曲的革新、文艺评论的振兴等等。

新体诗的革新和勃兴尤为显著。这纵然也是由于时机的成熟，还有一个原因就是以岛崎藤村（1872—1943）、土井晚翠（1871—1952）等为中心，薄田泣堇（1877—1945）、蒲原有明（1876—1952）等一批有实力的诗人辈出、献身于诗坛的革新。这些诗人总的来说在诗情上是受到了欧洲诗歌的启发。华兹华斯、拜伦、雪莱②、

---

①　"蓝色花朵"（Blaue Blume）在西方，尤其是在德国文化里，代表着欲望、情感和灵感，是浪漫主义文化的象征。

②　珀西・比希・雪莱（Percy.Bysshe.Shelley，1792—1822），英国著名的浪漫主义诗人，也创作散文随笔。代表诗作有《爱尔兰人之歌》《麦布女王》《伊斯兰的反叛》《解放的普罗米修斯》等。

第八章 以诗歌、戏曲为中心的革新运动

济慈①、丁尼生②、罗塞蒂③、勃朗宁④等英国的诗人自不必说,从海涅⑤、歌德、凯尔奈尔、乌兰德⑥等诸位德国诗人的诗篇中也都各自有所感悟。

但是,那时并不是没有立足于日本趣味和中国趣味的诗人。只是因为大抵上都不是进步的、而是保守的、回忆性的,不适应新时代。相对来讲,一旦受到欧洲新诗的洗礼,并由此逐渐打造独特自我的世界,是比较容易成功的。而且这在当时来讲是一种最好的路径。岛崎藤村、土井晚翠、蒲原有明、薄田泣堇等人皆是按此路径行进的。

这一时期,在最初阶段虽然没有惊人的诗作,但总有生机盎然

---

① 约翰·济慈(John. Keats,1795—1821),英国杰出的浪漫主义诗人,才华横溢,与雪莱、拜伦齐名。他的诗篇被认为完美体现了西方浪漫主义诗歌特色,代表作有《希腊古瓮颂》《秋颂》《忧郁颂》《白天逝去了》等。

② 阿尔弗雷德·丁尼生(Alfred Tennyson,1809—1892),英国维多利亚时代最具特色的诗人,他的诗作题材广泛,想象丰富,形式完美,辞藻绮丽,音调铿锵。其131首的组诗《悼念》被视为英国文学史上最优秀哀歌之一,因此获桂冠诗人称号。

③ 但丁·加百利·罗塞蒂(Dante Gabriel Rossetti,1828—1882),19世纪最有个性的英国画家兼诗人,是英国拉斐尔前派画家的重要代表。他的妹妹克里斯蒂娜·吉奥尔吉娜·罗塞蒂(1830—1894)是英国19世纪最重要的女诗人。

④ 罗伯特·勃朗宁(1812—1889),19世纪英国诗人,剧作家,以精细入微的心理探索而独步诗坛,对英美20世纪诗歌产生了重要影响。主要作品有《戏剧抒情诗》《指环与书》、诗剧《巴拉塞尔士》。

⑤ 海因里希·海涅(Christian Johann Heinrich Heine,1797—1856),19世纪最重要的德国诗人,既是浪漫主义诗人,也是浪漫主义的超越者。他使日常语言诗意化,赋予德语一种轻松、优雅的风格,代表作有《诗歌集》《哈尔茨游记》《德国,一个冬天的童话》《西里西亚织工之歌》《罗曼采罗》。

⑥ 路德维希·乌兰德(J. Ludwig Uhland,1787—1862),德国浪漫主义诗人。他的叙事诗和抒情诗多采用历史传说,美化中世纪,同时也反对当时的封建专制统治,具有民歌风格,如《歌手的诅咒》《诗集》等,流传很广。晚年从事学术研究,《古代高地德语与低地德语民歌集》《德国文学和传说史》(八卷)很有价值。

之感。首先是盐井雨江（1869—1913）翻译并出版了司各特的《湖上夫人》，之后外山正一（1848—1900）的《可儿大尉》、武岛羽衣（1872—1968）的《小夜砧》等也都出版了，接下来就是上田万年（1867—1937）的《新体诗歌集》、井上巽轩 1855—1944）的《比沼山之歌》、与谢野铁干（1873—1935）的《东西南北》（1896）也出版了。不久，新体诗杂志《大和琴》也应运而生了。如此，勃兴的势头达到了顶点是在明治三十年到明治三十四年左右。而后直到明治三十七年主要是在维持现状的过程中迎来了转变的时机。

据《帝国文学》所记载，在参加新体诗革新的人们中，外山正一倡导诗形自由论，井上巽轩在《比沼山之歌》中谋求的是汉语、俗语、国语等的协调，然而这些都没有获得很好的成效。作为学者，对诗坛贡献最大的是上田柳村（上田敏 1874—1916）。他不仅在《帝国文学》上介绍了近代英美诗人，还介绍了维尔哈伦①、卡米耶·勒莫尼埃②、莱昂内尔·约翰逊等，撰写了《鲁宾斯坦的圣乐剧》等。海外诗坛的新声多是由上田柳村传入我国诗坛的，对年轻的诗人们形成了很好的刺激。

在《帝国文学》上始终发表新体诗中的拟古派有大町桂月（1869—1925）、武岛羽衣、盐井雨江等。其中武岛羽衣处于领先地

---

① 埃米勒·维尔哈伦（Emile Verhaeren，1855—1916），比利时诗人、剧作家、文艺评论家，用法文写作，重要诗集有《黄昏》《瓦解》和《黑色的火炬》；4 幕剧《修道院》是维尔哈伦在戏剧方面的代表作。

② 卡米耶·勒莫尼埃（Camille Lemonier，1844—1913），比利时法语作家，著有小说《男子汉》（中译"偷猎者"）、《绞肉机》、鸿篇巨制《有产者的末日》等。

第八章　以诗歌、戏曲为中心的革新运动

位,他的《小夜砧》和德国诗人毕尔格①的《莱诺勒》有着异曲同工之妙,在当时备受推崇,歌颂了一个妻子对出征的丈夫的幻想,描写细致入微而又充满了神秘感。然而,武岛羽衣的缺点是过于文雅,缺乏热情,失去了紧张感。盐井雨江、大町桂月在热情上比武岛羽衣略胜一筹。盐井雨江(1869—1913)的代表诗作为《海滨的笛竹》。那是一个渔夫的孩子每到夜里就起床到海边,把胸中的思念寄托于笛子而歌唱。总之,这三个人是国文专业出身,他们并没有深入研究欧洲的诗歌,所以总是流于保守。

诗界的形势令许许多多的人行动起来了。在落合直文(1861—1903)、森鸥外等人的指导下,与谢野铁干在立志于短歌革新的同时,进行了新体诗的创作。明治二十九年出版了《东西南北》(1896),明治三十年出版了《天地玄黄》(1897)。总的来说,其中的诗多以抒情为主,频繁使用汉字词,虽强劲的韵律中寄托了叱咤风云的豪迈,但大多粗糙而矫饰。现在看来是很幼稚的。诗坛的前辈汤浅半月(1858—1943)与山田美妙(1868—1910)等依然坚持诗歌创作,但没有值得看的东西。有志于俳句革新的正冈子规(1867—1902)也于明治二十九年在《日本人》中创作了体现其俳句思想的诗歌,但毕竟不过是业余爱好。同年以《早稻田文学》为阵地的繁野天来(1874—1933)、三木天游等人出版了《铃虫松虫》(1896),多用五七调,时而也用五五调。三木天游以温柔的抒情诗见长,而繁野天来以豪放、粗淡的诗趣见长。

那时,比较而言,给诗坛增添了清新趣味的是收集了以《国民

---

① 戈特弗里特·奥古斯特·毕尔格(Gottfride August Bürger,1747—1794),德国狂飙突进时期著名的叙事诗诗人。叙事诗大部分具有反封建的人民性,结构紧凑,节奏强烈,并富有戏剧性,他的诗作《莱诺勒》(1773),写一个少女控诉"七年战争"夺去了她的未婚夫,是德国文学中著名的动人的叙事谣曲之一。

之友》为阵地的人们所创作的诗歌《抒情诗》一卷（1897）。有国木田独步、田山花袋、松冈国男（柳田国男，1875—1962）、宫崎湖处子（1864—1922）、太田玉茗（1871—1927）、矢崎嵯峨之屋（嵯峨之屋御室，1863—1947）等6人的诗，这些诗歌在《帝国文学》里被谩骂为"这不是诗集，是对韵文的意见"。诗歌率直地吐露了青年期的纯情，丝毫没有掩饰其稚醇。这一点或许是其宝贵之处。这一时期，出现了很多种类的诗集，但免不了鱼龙混杂。

如以上顺序，诗歌的革新稍稍推进了其步伐之时，岛崎藤村的《嫩菜集》（1897）于明治三十年八月出版。它打破了诗界的混沌状态，是宣告日本诗歌走向划时代的产物。在内容、诗形和辞藻上表现了艺术上的一致的最早的诗集。诗歌界的黎明的色彩由《嫩菜集》增添了浓重的一笔。

岛崎藤村出版《嫩菜集》，作为新体诗人之所以能够取得显著成功的原因有：（一）专念，热忱熟读欧体诗，受到斯温伯恩①、罗塞蒂等写实派的影响；（二）在诗形和措辞上倾心研究；（三）艺术禀赋丰富，具有代表性地表达了新时代的情感；（四）在叙事和抒情两方面都具有才能；（五）国文学和中国文学的素养相当丰富等。岛崎藤村的恋爱诗当然有他富于个性的色彩与气息，但不可否认的是受到作为恋爱诗人罗塞蒂奔放情感的影响，以及被称为"拜伦再生"的斯温伯恩的性感、官能性的抒情诗作的影响。再加上他自身所拥有的过人的热情，在孤独的境地、漂泊的旅途中思恋，想象着美女，憧憬着自然的美好，沉浸在爱慕的感情里。透过这些体验，他感受到正值青春的日本年轻人的情感，在《嫩菜集》里强烈地唱出了心

---

① 阿尔杰农·斯温伯恩（Algernon Swinburne，1837—1909），英国维多利亚时代最后一位重要的诗人，他崇尚希腊文化，又深受法国雨果和波德莱尔等人作品的影响，在艺术手法上，他追求形象的鲜明华丽与大胆新奇、声调的和谐优美与宛转轻柔。

第八章　以诗歌、戏曲为中心的革新运动

声。而且因为他在艺术上的细致入微、修炼及熟练的技巧，他的诗没有任何破绽。因此《嫩菜集》在诗坛中具有划时代的影响自是理所当然。

当然，在当今看来，《嫩菜集》多有多愁善感的倾向，过于理想化了，对于人生有些超脱和逃避。虽然有这诸多缺点，但《嫩菜集》的优点绝不会受到伤害。因为那里有永远美好的梦想，有抹杀不掉的热情的喷泉。若说《嫩菜集》中哪首诗最优秀，恐怕是仁者见仁智者见智了，而我想推荐的是《深林之逍遥》《四只袖子》《秋风之歌》等，如：

　　清爽的西风啊，
　　当你将初秋的树叶扬起；
　　凄凉的秋风啊
　　当你把片片树叶抹红。
　　有如传道的婆罗门，
　　天南地北将大道宣讲；
　　秋风呼啸掠过，
　　秋叶翻飞飘落。
　　有如拍打翅膀的雄鹰，
　　朝夕翱翔苍穹；
　　呼啸奔驰的秋风
　　雄姿矫健，凄厉呼号。

因《嫩菜集》一举成功的岛崎藤村，并没有忘记提高自己。第二年（明治三十一）初夏，出版了《一叶舟》（1898），冬季出版了《夏草》（1898），展示了他的诗歌心境的推移。《一叶舟》中可以看

243

出其热情中增添了一抹平静；《夏草》中表现了岛崎藤村由浪漫世界转向现实世界的心境。这种倾向到明治三十四年出版的《落梅集》（1901）就更具体化了。打破多愁善感主义这一层硬壳虽然非常困难，但岛崎藤村努力打破它，在现实中拓展自己新的地盘。

在《一叶舟》中曾经热烈歌颂恋情的岛崎藤村，在《白瓷花瓶赋》里，歌颂了失恋的艺术家出于心中的苦闷而创造出的纯白的花瓶上所表现的美的意境。在《晚春的别离》《月光》中岛崎藤村开始趋于沉静，展示了他的诗情才智。到了《夏草》《农夫》《新潮》就能看到歌唱现实生活的内容。从恋爱的暖梦中渐渐醒来，藤村着眼于现实的心境终于明朗。到了《落梅集》，衷心赞美热爱劳动、热爱事业、坚强地生活在现实中的人们，他们的形象更加清楚。当然，增加了教训的情调，有些诗趣稍减之嫌，但是从中可以看到很早就对劳动者怀有同情的岛崎藤村的博爱之心。岛崎藤村作为诗人的生涯至此发生转机：是执着于诗抑或转向散文。而他毅然转向了散文。

第二节　晚翠、泣堇、有明等人的诗风

相对于热情的诗人岛崎藤村来说，冥想诗人土井晚翠的存在则是个很好的对比。岛崎藤村女性化，而土井晚翠则男性化；一个是相比思考更先敏锐地感觉，一个是相比感觉首先是深刻地思考；前者具有优雅清新的气质，后者具备豪健、雄放的趣味。而且任何一方都是脱离实际的。但如果从价值上说，土井晚翠位居岛崎藤村之下。在诗的鉴赏方面，和彼得、西蒙斯等人一样缺少深思熟虑的高山樗牛虽然频频赞赏土井晚翠的诗歌，但这些赞赏多是出于友谊的考虑。从实质上来看，土井晚翠并不是高山樗牛所赞赏的那样优秀

第八章　以诗歌、戏曲为中心的革新运动

的诗人。

对于土井晚翠我曾说过："晚翠那些哲理诗，并不是思想发展成熟的自然的内在伸张，主要是将书本上获得的哲理囫囵吞枣，借助明快而壮美的辞藻来表达。如果他是与真实的人生搏斗，或是跳进真实社会的漩涡，经历许多苦闷与懊恼之后得到的思想也好、哲理也罢，当然会具备能给人的内心带来极大震撼的冲击力、积极性。但因为是书本上的哲理，抽象冷淡、没有力量，缺乏从根本上触动人心的可能性。"土井晚翠的缺陷的确如此。

但土井晚翠的诗歌成功的因素可以列举以下几点：（一）当时像他这样冥想派的诗人几乎没有；（二）在诗的表现上明快；（三）富于男性风格，却又不像铁干等人那样流于粗放、芜杂。再有，赤门派的评论家竞相过度赞赏他也可以说是其中一个原因吧。他最初的诗集是明治三十二年出版的《天地有情》（1899）。诗中，主观的对待人生，感叹现实的悲痛与无常，明确地流露出憧憬于理想天地的诗人情怀。在他的诗思中所缠绕的不再是燃烧着的青春热情，而是扎根于理智中的哲理性的思想潮流。《暮钟》就是其中的优秀诗篇：

邸园精舍房檐朽，
酒肉香四溢；
圣索菲亚塔荒废，
福音惠于众。
傍晚钟声起，
灵鹫衔橄榄，
至高妙法声传远。

天地有情暮色中，

醒我骖莺梦，

凤楼无所踪，

花香晚月容，

幻景脆脆晓春夕。

山巅霞断红，

天女缝补以绫罗。

袖里纵寒风，

撼得天地心旌动。

妙乐震回眸，

此刻乐声中。

土井晚翠继《天地有情》之后，于明治三十四年出版了《晓钟》（1901）。这个比以前更增添了现实感，技巧也有了进步。而且以北清事变为主题，讴歌了《黑龙江上的悲剧》等。但是在他的诗情上，却没看到他向上的一面。诗歌生命流动变得迟缓。想来是因为他没有像岛崎藤村那样反省、凝思自己的路径，很快就停滞不前了。

除了岛崎藤村、土井晚翠，稍后出现的青年诗人双雄是薄田泣堇（1877—1945）、蒲原有明。薄田泣堇和岛崎藤村基本上是同一路线。最初沉浸在浪漫的情感中，一心一意地赞美艺术和恋爱。但是明治二十三年之后突然转变为贴近现实，与美好的梦想相比对当前的现实更感兴趣。他们和岛崎藤村所走的路非常相似，同时有一段时期，薄田泣堇恐怕受到岛崎藤村很多的感化影响吧。

薄田泣堇最初的诗篇是明治三十二年十一月出版的《暮笛集》（1899）。他出生在中国，具有充满温情的才气，而且敬仰英国诗人雪莱、济慈等，喜爱读《希腊古翁颂》，与《西风颂》产生了共鸣。在他的诗中可见他们的影响。《暮笛集》中热烈的情操和清新、典雅

第八章 以诗歌、戏曲为中心的革新运动

的情调从开始就显示出薄田泣堇诗作的成功。而且到了明治三十四年他出版了《逝去的春天》（1901）。在这里也能看到《暮笛集》的痕迹。另一方面，薄田泣堇关注农民、田园等时事问题，往往可以看到他通过这些来寄托诗情。《石狮赋》便是他的优秀之作：

> 爪抓岩石裂，
>
> 雄姿呈怒态，
>
> 鬃毛长卷披后背，
>
> 汹涌似春潮。
>
> 丰胸肌腱大力男，
>
> 有如拉满弓。
>
> 愤怒额间现明"王"，
>
> 阔肩似火烧，
>
> 长尾甩动焰光闪。
>
> 锦毛密裹腿，
>
> 踏落野蔷薇，
>
> 巢中睡鸟仍寂然。

在壮美的情趣方面，薄田泣堇的诗中是有些与众不同。但是，薄田泣堇的缺点是与内容相比，苦心经营辞藻，动辄囿于美好的言词中。从某种意义上讲，他是追求辞藻美的诗人，是艺术至上主义者。然而，他在诗形上也悉心钻研，在八六调等方面费尽心思，表现了坚定的热情。可是他却忽视了在思想上、情意上应有的飞跃。

蒲原有明与薄田泣堇相比是较有深度的诗人。至少在思想上他有抓住内在生命的倾向。《嫩草叶》（1902）是其最初的诗集，其中主题多为讴歌爱情。但是，他并没有长久地执着于恋爱，他努力渗入恋爱深处，触及恋爱神圣而神秘的境地。明治三十六年五月出版的《独弦哀歌》（1903），讴歌恋爱伴随的烦恼、苦闷与寂寞。因蒲原有明有仰慕罗塞蒂的倾向，因此《独弦哀歌》中也有罗塞蒂的影子。蒲原有明的特色、个性渐渐表现出来，神秘的色彩和诗的情思融为一体。现在引用《幻影》中的两节如下：

  看此时眼中的影像
  小小的陶壶在浪中起伏燃烧
  壶面光芒四射
  似火勾勒出的火的少女
  幻影诚然就此消失殆尽
  小小陶壶在浪中沉没之时
  吾身——火焰的琴弦
  有谁来用火的小手指弹拨

  岛崎藤村、薄田泣堇从恋爱时代逐渐到关注现实的转变和蒲原有明从恋爱到神秘的转变，自然情况各有不同。前者是外在的，着眼于眼前活生生的事相，与此相反，后者凝视自身灵感之弦，并企图弹拨。蒲原有明早已在此表现出后来朝象征诗发展的倾向。就浪漫主义作家这一点，可以说蒲原有明拥有最多的天资、具有柯勒律治①的痕迹。

  以上四位诗人无论在哪些方面都代表浪漫主义时代。而那个时代的一大特征，应该是历史叙事诗的流行。那是以对往昔历史人物

---

① 塞缪尔·泰勒·柯勒律治（Samuel Taylor Coleridge，1772—1834），英国19世纪诗人和评论家，是幻想浪漫诗歌的代表诗人，代表作《古舟子咏》以简洁的结构和朴素的语言讲述了一个生动的罪与赎罪的故事，诗作中有许多超自然的人物和事件。

第八章　以诗歌、戏曲为中心的革新运动

之美的强烈憧憬为中心而产生的历史叙事诗。这与司各特憧憬中世骑士异曲同工。平木白星（1876—1915）的《夜晚新七》（1904）、《释迦》（诗剧，1906），与谢野铁干、前田林外（1864—1946）、平木白星等人的合著《源九郎义经》，岩野泡鸣（1873—1920）的《丰太阁》《田户之海主人》等等，一时间陆续出版了许多历史叙事诗，引发了浪漫主义的幻想。如薄田泣堇就是在这种形势下歌咏了神话世界。

现在列举一下在此期间声名远扬的其他新体诗人的诗集，有河井醉茗（1874—1965）的《无弦弓》（1901），儿玉花外的《社会主义诗集》（1903）、《风月万像》，高安月郊（1869—1944）的《金字塔》《夜涛集》，岩野泡鸣的《露霜》，与谢野铁干的《紫》等。蒲原有明培育了《新声》的年轻人，与此相反，河井醉茗指导了聚集在《文库》的年少诗人，并对诗歌领域的开拓做出了贡献。他的《无弦弓》是一部含有文雅的思想和流利的音调的令人喜爱的诗集。虽然岩野泡鸣从此时起在内容上已拥有杰出之处，但因技巧笨拙而没有被人们所认可。还有作为《文库》派①的诗人横瀬夜雨（1878—1934）、北原白秋（1885—1942）、人见东明（1883—1974）、小牧暮潮、沟口白羊等都成名了。从《新声》中产生了实力雄厚的诗人。正如片上天弦（1884—1921）一时名噪《新声》诗坛，是一位展示了优秀诗人资质的新人。

---

① "《文库》派"是指明治末期的一个诗歌流派，1895年《文库》杂志创刊，河井醉茗任诗歌栏目编辑，培养了一大批诗人，代表诗人有河井醉茗、伊良子清白、横瀬夜雨、北原白秋、人见东明、小牧暮潮、沟口白羊、岛木赤彦、山崎紫红等，他们执着于日本传统，少欧美诗风影响，风格质朴，曾出版诗集《诗美幽韵》（1900）、《青海波》（1905）等诗集。

第三节　短歌革新运动

伴随着新体诗的兴起，直接受到新刺激的是日本原有的短歌及俳句。在新时代，需要新的短歌、俳句。但是当时的短歌、俳句完全是落入陈旧的套路，走入了绝境。在形式、内容上没有任何生命感。这样的沉滞状态必须由若干人来打破。觉察到这种机运、并站在革新前列的，短歌界是落合直文（1861—1903），俳句界是正冈子规（1867—1902）等。

伴随着国粹保存主义的兴起，落合直文最早以和歌革新为目的，于明治二十五年组办了浅香社①。门下有大町桂月（1868—1925）、与谢野铁干、服部躬治（1875—1925）、金子熏园（1876—1951）、盐井雨江（1869—1913）、九保猪之吉（1874—？）、内海月杖、尾上柴舟（1876—1957）等人。落合直文教门下弟子时，以非常热情、自由的态度，努力使他们各自的个性得到充分的发挥。其歌题、词句等方面比传统的新颖了许多。不过，他本身仅有国语、中国文学的素养，几乎没有接触过欧洲文学。因此，不能从根本上打破自身固有的躯壳。其诗歌的革新不温不火，还不是很彻底。但是与传统的短歌相比，在题材、词意上都增添了清新的趣味，预示着未来诗歌的新时代即将到来。鉴于以上几点，可以说落合直文是过渡期的诗人，起到了从旧时代转向新时代的桥梁作用，同时在诗歌领域里撒下了新的种子。他事业的一半全靠他门下所为而留于后世，落合

---

① 1893年，落合直文成立了私塾形式的浅香社，培养了与谢野铁干、尾上柴舟、金子熏园等一批优秀的歌人，他们和旧派诗人对立，高举革新短歌之旗，主张和歌近代化，浅香社成为近代和歌结社的摇篮。

第八章 以诗歌、戏曲为中心的革新运动

直文的歌风从下面的几首中可以揣测一二:

若得寻一人,思吾歌情浓。
而后欲将死,此生亦无憾。
绯色串片甲,威武身上穿。
长刀腰间佩,愿看山樱花。
春夜敲棋子,声声不绝耳。
客栈静悄悄,不觉已三更。

与谢野铁干继承了落合直文的歌风,而且极欲强有力地表现自我个性和趣味,与内在的充实的生命力相比,他拥有的更多的是才气、意气和匠心。因此几乎没有展示出独自的创造性。但在刺激和歌革新风潮上,做了比较有意义的工作。他在初登歌坛之时,创作了许多格调粗犷豪放且表象霸气、充满矫饰、近乎空虚的诗歌。他把这些称之为《男人之歌》:

还什么废话,我想要说的,
唯在此长刀,唯有此长刀。
来呀,小子!想上你就上。
倒剥你的皮,做我佩刀鞘。

这样有如斗士戏剧演员般粗犷豪放的诗歌,受到了一些年轻人的追捧。正因为如此,给了要重新创造诗歌的青年超乎想象的刺激,这就是他的优点所在。他的歌风日臻成熟,基本上脱离了粗犷之风是在明治三十三年四月发行了《明星》之后。这里交织流露出一些才气和清新之味:

生驹葛城山，不挂一丝云。

如此日子里，怎能去恨人。

诗集手中拿，豆叶口中吹。

纪伊之霞光，要比和泉浓。

二人相对视，娇羞低眉人。

梅花盛开中，两车想让行。

事事与愿违，失意人消沉。

恼人驱蚊火，葵叶落雨滴。

那只是理想，这才是命运。

人生岔路口，叹我如白堇。

　　与谢野铁干的功绩在于努力培养更多的门下人才。即便仅就培养了与谢野晶子一人来说，也是他的一个成功。也许对他而言有一种事务性的才能，无论是对《明星》等书的编辑还是对有新思想的弟子的指导，都有其巧妙之处。《明星》中的诗歌浪漫主义倾向初露端倪，以星堇风格①的恋爱为中心，深深地打动了青春时代的男男女女。由此，与谢野晶子也对《明星》的星堇主义产生了共鸣，从而极大地发挥了她的个性。

　　与谢野晶子（1878—1942）在初期是一个对美好梦想和奔放爱情的追求者。她受到堺市附近的茅渟海②美丽风光的感化，与河井醉茗一起立志写诗。关于与谢野晶子，我曾经写过短短的感想。感想

---

① 文学史上把以《明星》为根据地，以与谢野铁干夫妻为核心，诞生了一群浪漫主义歌人称为"星堇派"。他们的诗歌中场描写"星"和"紫堇"，以"星"象征恋爱，"堇"暗示激情，认为恋爱与发自灵魂深处的激情，是纯正的艺术之母，这是《明星》的文学理念。"星堇派"的这种歌咏爱情的浪漫诗风称为"星堇风格"或"星堇主义"。

② 现大阪湾一带。

第八章 以诗歌、戏曲为中心的革新运动

中写到:"那已经是 20 多年前的事情了。记得我初次见到少女时代的与谢野晶子是明治三十三年的夏天。地点是海浪轻轻拍打的滨寺海边的料亭。在那里举办新诗社的短歌会,我作为与谢野铁干的朋友出席了这次短歌会。当时与谢野晶子梳着银杏卷发髻,虽然脸色略显暗黑,但言谈举止中总不免流露出敏锐的才华,藏青色碎白花纹的单衣和紫锦腰带,至今仍历历在目"。

与谢野晶子作为歌人而成名是在那之后不久。她的歌集《乱发》于明治三十四年八月发行后,文坛顿时惊奇不已,极力赞美与谢野晶子的成功。晶子之所以获得如此大的反响,是因为她性格浪漫,拥有恰好符合时代新潮流的可能性,以及其自身所拥有的艺术天分和奔放豪迈的热情。她的成功在其他方面得益于王朝文学特别是清少纳言等人的影响,还有与谢野铁干的指导。特别是与谢野晶子的感受性很强,倾心于高山樗牛所倡导的尼采主义,受到个人主义、天才主义和本能主义的强烈影响。这也是她的诗歌思想能够产生飞跃的一个原因。综上所述,她鲜明的个性与新思潮的结合,与其近乎奇特的自由、朴素、大胆的态度相辅相成,使她的诗歌获得成功。

《乱发》中所讴歌的爱情远比江户时代的诗人所讴歌的爱情要强烈而性感。在爱情至上这一倾向上,带有明显的希腊主义色彩。另一方面,具有空想性和幻想性。在叙景、抒情上还能看到欧洲文学的影响。至少,能看到近代神经的闪烁和近代情感的律动。从整体来看,与谢野晶子自身感到得意的情诗相比,在叙景、幻想方面有更多的值得一看的东西。她的爱情诗歌在反抗性、大胆性上饶有趣味,但在内容上却很贫乏。叙景、幻想的诗歌无论是在格调上还是在内容上,都显示出与晶子出色的一面相吻合,同时也带有纯日本的味道。当然,幻想诗歌往往伴有晦涩、险怪和炫耀等缺点。无可厚非的仅限于叙景诗歌:

柔肌热血心不动,
喋喋说道不寂寞?
春光易逝生不息,
手触酥胸乳坚挺。
无惧人言道与果,
世间相爱你和我。

以上是与谢野晶子爱情诗中具有代表性的一部分。总是显示出本能的、刹那间的爱情至上的倾向,当时我也深感佩服。但现在看来,之所以找不到那种感觉了,是因为有很明显的矫揉造作的地方。

日暮北嵯峨,贪玩小娇狐。
忽闻钟声起,藏匿花丛中。

手掩压乳房,神秘面纱揭。
爱欲花园里,花红正浓时。

口诵他人诗,漫步夕阳下。
街柱冰冷冷,一场秋雨寒。

春宵拾阶上,轻敲寺院钟。
顺台阶而下,足有二七段。

镰仓高德院,释迦牟尼佛。
美男子化身,郁郁夏木林。

第八章 以诗歌、戏曲为中心的革新运动

枕君手臂眠，隐隐闻琴声。

一场春宵梦，一根鬓发折。

可以说吟咏京都的情景是与谢野晶子独特的地方。她能够很好地品味京都的乡土情调，情感与这种情调甚为契合，而且努力去讴歌不为他人所发现的地方，这一点很独特。由于她不是那种深刻冥想的人，所以幻想诗只能是她追求即兴的新奇而已，有着编造的痕迹，陷入了自以为是的境地，弄不好的话就会陷入语言的游戏里。总之，《乱发》是当时歌坛具有划时代意义的重要诗集，和歌革新的目的终于因此而显示出前途有望的迹象。继《乱发》之后，明治三十七年发行的《小扇》（1904）显示了与谢野晶子诗歌创作的进步。

除与谢野晶子之外，《明星》的诗人有窪田空穗（1877—1967）、山川登美子（1879—1909）、茅野雅子（旧姓增田，1880—1946）、水野叶舟（1883—1947）、平野万里（1885—1947）、高村碎雨（光太郎，1883—1956）和相马御风（1883—1950）。以上诗人中最具显著成就的是窪田空穗。从信州山区来到东京之初，空穗的诗就有独特的风格。正如信州人身上所通常能看到的那样，具有极其理智的眼光，并为其所累的倾向并非没有，但拥有敏锐的感性、优雅的情愫和一直直面现实的优点。他的诗集有《白日田野》（1905）。可以说其诗歌具有鲜明特色是在日俄战争后。

从落合直文门派出来的诗人中，这一时期自成一家的诗人不能忽略金子薰园、尾上柴舟及服部躬治。服部躬治由于过分拘泥于古典形式，因此没有得到与他的努力相应的反响而告终。尾上柴舟是一个理智而有学者风度的人，虽在思想上含有些许深意，但有偏于冷漠的地方。金子薰园本质上讲是个谦虚、文雅友好、具有绘画趣味的人，对大自然具有深深的爱恋。他非常了解自己的特点，一心努力在写景方面有所创新。《残月》（1901）、《写景诗》（1902）等，显示出金子薰园最初走的路线多是清新温和的爱情诗歌。

此外，与落合直文一派相对，根岸派①是一个鲜明的对照。根岸派的中心势力是正冈子规。正冈子规的成就主要在俳句的革新方面，拥有过剩的才气和精力的子规受到时代机运的刺激，在和歌的革新上亦全力以赴。这不是他的正业，只是一个副业。正因为如此，并没有显示出他如俳句方面显著的活动。在俳句方面，他在形式和内容上都尊崇自由、清新，但在和歌方面，形式上崇尚万叶调②，并常常有拘泥于此的倾向。若摄取《万叶》精神，而舍弃《万叶》的形式则会更好，但存在着精神上是现代的而形式上是保守的矛盾。他本人还好，但他弟子中的末流更多地陷入弊端。

正冈子规的诗歌以俳句趣味为中心生命。换句话说，他以和歌的形式表现了俳句的思想。而且他崇尚《万叶》风格，但终究没有拘泥于此，以雄健紧凑的格调为主，创造了子规一流的和歌。他的和歌仍然是客观地观察日常生活及写景，几乎没有涉及抒情的方面：

二尺红蔷薇，
吐露新芽嫩又娇，
轻柔舞银针，

---

① 1899年，正冈子规和弟子们一同创办"根岸派短歌会"，同与谢野铁干和与谢野晶子夫妇为代表的浪漫主义诗歌组织"新诗社"相对应，成为当时日本诗坛的两大流派。

② 日本和歌风格和形式特点的演变，大体上有"万叶调""古今调"和"新古今调"，称为短歌的三大风格。"万叶调"指《万叶集》中的短歌风格，表现为质朴、率真而感情浓重，现实性和直观性较强，较少重视形式和技巧。

第八章 以诗歌、戏曲为中心的革新运动

丝丝春雨飘。

茅舍突檐边,

樊笼高挂囚小鸟。

春日晦暗中,

倦鸟懒啼鸣。

悠悠春光里,

唯与小鸟两相对。

默默悄无语,

花草日影长。

高高楼阁上,

春寒冷冽正料峭。

晨眠正酣时,

闻听卖花声。

正冈子规还喜欢把日常生活原原本本写进和歌。这未必是不考虑诗歌价值如何?但在拓宽和歌领域,也未必没有意义。

3月31日(浅草公园失火新闻)

老翁还火盆,酒鬼点着火。

听闻其缘由,又觉甚可笑。

4月2日(中村湖村、长塚节、坂本四方太来访)

诗人去兮歌人来,歌人去兮俳人来。

来来往往好热闹,长长一日终告了。

5月1日（体温39度6）

棣棠已凋零，菜花未结籽。
五月第一天，为我灾难日。

从以上诗歌可以看到，他的诗作与《明星》派大不相同。正冈子规与浪漫主义潮流几乎没有关系。他以《马醉木》《日本》等为阵地，对《明星》中的和歌没有好评，而他的弟子对《明星》派有所指责，都说明了他对有沉浮于浪漫主义潮流之嫌的《明星》派，具有相当的不满。就这一点，正冈子规在和歌方面反抗浪漫主义的弊风，或者说是冷眼相观，也许正冈子规并不是不理解浪漫主义，而是不能接受它的弊端。

正冈子规门下有伊藤左千夫（1864—1913）、长塚节（1879—1915）、香取秀真（1874—1954）等，举办了"根岸短歌会"，表现出率真的诗歌形式。特别是伊藤左千夫，作为诗人展现了其浓郁自然色彩的诗歌特色。不像《明星》派那样沉溺于欧洲趣味，而是反映素朴的日本趣味。这一点展现了其纯真的一面。因没触及时代的主流，其反响也比较冷寂。

与根岸派趣味不同的还有竹柏园派①，其领导人是佐佐木信纲（1872—1963）。佐佐木信纲作为诗歌学者非常优秀，如果从诗人的本质来说，未免天赋有些贫弱。不过他的态度并不保守，而且还明显地竭力顺应时代潮流。换句话说是努力歌咏创新的诗歌。但是局限于常识，倾心于精细，缺乏活力，几乎没有展现出个性的特殊色彩。即便如此，企图抓住清新诗味的意图，不能一概而论地否定其意义。

---

① 竹柏园派：指以佐佐木信纲为核心的短歌流派。佐佐木信纲1896年和森鸥外等创建竹柏会，还和与野谢铁干等创作诗刊《心之花》，参加和歌革新运动。佐佐木信纲以"竹柏会"为阵地，培育了木下利玄、川田顺、前川佐美雄、九条武子、柳原白莲等歌人，翻译家片山好文，文学家久松潜一也曾师从于他。

第八章　以诗歌、戏曲为中心的革新运动

　　总之，当时新歌人发动的歌坛革新运动，伴随着浪漫主义新风潮，出乎意料地轻松地取得了成功。毕竟时机成熟是重要原因，但是另一方面大多是依靠各个派别歌人们的努力。那么新歌的特色在哪里？可以从以下几点来考虑：（一）内容上，吸收了欧洲趣味乃至俳句趣味；（二）形式上，总的来说与其说是古典风味，不如说是研究出了新风格和新语汇；（三）新题材的采用；（四）个性的展开；（五）对于人生和自然的新观点；（六）和歌制作上的批判以及剖析之风兴起。这些都是在传统的旧派和歌中几乎看不到的特色。

第四节　俳句革新运动

　　与和歌革新运动同时展开，并取得巨大成功的是俳句革新运动。革新以前俳句，停滞不前超过了和歌。讥讽、歪理、陈腐等弊端紧紧依附于旧俳句而无法摆脱。处处皆是丝毫不解文学意义的俳师们在肆意横行，对这些不良倾向感到愤慨并毅然决然地号召革新的先驱者是正冈子规。
　　正冈子规从帝国大学读文科时开始研究俳句，他摆脱了传统的幽玄主义和寂瑟主义，在其独自的见解下觉察出了俳句的文学生命。他看过的俳人松尾芭蕉①和与谢芜村②的俳句给予了他很大启示。他

---

①　松尾芭蕉（1644—1694），本名松尾宗房，别号桃青、泊船堂、钓月庵、风罗坊等。江户时期被誉为"俳圣"的著名俳句诗人。他把俳句艺术形式推向顶峰，将一般轻松诙谐的喜剧诗句提升为正式形式的诗体俳句，并在诗作中灌输了禅的意境。

②　与谢芜村（1716—1783），本姓谷口，别号夜半亭（二世），画名谢长庚、春星等。日本俳句诗人、画家。提导俳句的新风格，提倡"离俗论"，反对耽于私情、沾染庸俗风气的俳谐，致力于"回到芭蕉去"，他的俳句扩大了题材范围，表现手法也更为细致。主要作品有《玉藻集》（1777）、《摘新花》（1797）、《俳谐三十六歌仙》（1799）、《芜村七部集》（1808）、《夜半乐》（1809）等。

整理了这些令他感铭的东西,在明治二十六年写了《芭蕉杂谈》(1893),明治二十九年撰写了《俳人芜村》(1897)。后者是他以独自的美学观点,对与谢芜村的俳句进行的批评与剖析,那种明快在传统的俳师们那里是完全无法体味的。

正冈子规一方面很擅长理论,另一方面又擅长作俳句的技能。他兼有清晰的头脑和同情的慧眼这两点。所论之处必须实现,实现后再论述,由此展开。这是只有正冈子规才有的优点。也就是说,他非常了解俳句并能确切地剖析俳句的意义,并把自己的感受分享给人们、在指导人们向自己立志的境界前进方面,有其独特的力量。这是俳句革新的先驱者必备的资格。

正冈子规的俳句主张是"创作纯客观的写生俳句"。为了打破拘泥于自己的小主观、小理论的旧俳句弊端,首先开阔了新的文学眼界,可以说是坦率地看待眼前的自然和人情世故,比什么都有必要。而且准确无误地对眼前的自然和人情世故进行艺术性的写生是第一重要的。他的主张在《日本》一书中也得到体现,还根据自己的主张在不断地创作俳句,起到了示范作用。《男女句合 12 月》《灯火 12 月》等书是显示正冈子规的新俳境界初期的作品。当时比起松尾芭蕉他更敬仰芜村,主要尝试打破形式的运动,后来主要以建设为主。也就是说,打破旧套是第一目的,其次是新建设。"星期日浴衣袖子宽松舒适谐调""把暖水袋放进被窝里读书暖和吧"等,是显示他最初破格的风格的一个例子。

聚集在他周围的新俳人中,特别出色的是内藤鸣雪(1847—1926)、高滨虚子(1874—1959)和河东碧梧桐(1873—1937)。他们三人对促成正冈子规的革新运动有不小的功劳。他们以正冈子规为中心,把杂志《杜鹃》从伊豫松山搬到东京发行,为新俳书的出版付出了努力。而且正冈子规的《俳谐大要》出版,在《杜鹃》中

第八章 以诗歌、戏曲为中心的革新运动

《芜村句集》的轮流讲解,河东碧梧桐在《俳句评释》中对《猿蓑》的文学价值进行的阐述,如此,所谓的日本派乃至杜鹃派①的俳句风格逐渐向一般的文学青年推广。

明治三十一、三十二年,正冈子规的俳句开始形成了他的特色。从这个时候开始,他的句作内容方面广泛,艳丽的东西、优美的东西、豪迈的东西都有,而不是偏向某一个方面,俳境变得更宽阔,趣味更向上、更进步了。可以说这里基本形成了明治的与谢芜村的基础:

　　瀑布飞流下,
　　八万毛孔齐张开,
　　嗖嗖冷风寒。
　　枯苇横水中,
　　春风吹拂渐次绿
　　有如青鳉游。
　　剃刀两鬓刮,
　　远处隐约钟声荡,
　　春天上野里。
　　大佛圣眼里,
　　吾等凡夫俗子辈,
　　亦是迷茫身?
　　寒冬原上草,
　　山犬瑟瑟淌小便,

---

① "日本派""杜鹃派",都是指以正冈子规为中心的俳句流派,因他们的俳句革新主张和创作主要在报纸《日本》和杂志《杜鹃》上发表,因而得名。代表人物还有内藤鸣雪、高滨虚子、河东碧梧桐、松濑青青等。他们反对旧派俳句,以大胆奇特的构思,新鲜的表现,写生的手法,汉语、变调、流星雨的实用为特征。

疑是天降霜。
山中强风起，
口部浅浅木桶里，
海藻凉粉动。

正冈子规的俳句革新运动在其有生之年基本完成。他未完的事业主要是由高滨虚子和河东碧梧桐二人努力整理完成的。河东碧梧桐和高滨虚子比正冈子规小很多，在参加俳句革新之时，由于年轻精力充沛，倾注全力打破旧套。他们不拘泥于形式，有时甚至有些标新立异，这一点对革新工作大有裨益。从大体的俳句风格看，河东碧梧桐以纯客观为基础创作印象清晰的俳句。高滨虚子主客观上创作了有余情和余味的俳句。只有内藤鸣雪一人，正是因为年长，不把像河东碧梧桐、高滨虚子那样打破旧套当回事，而是公正地研究古今俳句，稍流于保守。当然在内容上，与旧俳句看法不同。内藤鸣雪运用雅语、汉语创作稳雅、踏实的俳句。其他围绕正冈子规的俳人有佐藤红绿（1874—1949）、石井露月（1873—1928）、松濑青青（1869—1937）、坂本四方太（1873—1917）和村上霁月（1870—1946）等，日本派的势力日益增大。

除日本派外，有志于俳句革新的团体还有秋声会①和筑波会②等。日本派基本上是以专业俳人作为中坚力量，而秋声会、筑波会

---

① 秋声会：日本明治时期的俳句团体，1895年由角田竹冷等为对抗日本牌儿成立。主要成员有早稻田派和砚友社成员，如尾崎红叶、户川残花、岩谷小波等，1896年发行杂志《秋之声》。他们的主要贡献在于收集研究古俳句，调和新旧俳句。他们的句作是文人俳句的业余之作。

② 筑波会：日本明治时期的俳句团体，因其成员大多毕业于东京帝国大学，也称大学派，1894年成立，主要成员有佐佐醒雪、大野洒竹、田冈岭云、水野醉香等，主要阵地是《帝国文学》，主要贡献是俳谐和俳谐史研究，也创作俳句。

第八章 以诗歌、戏曲为中心的革新运动

是以将业余爱好的俳人们作为中坚力量。角田竹冷（1856—1919）、岩谷小波（1870—1933）、尾崎红叶等率领秋声会，旗下多是尾崎红叶的弟子。日本派属田园派，而秋生会则属城市派，一方显示出书生气，另一方显示出行家范。筑波会是以佐佐醒雪（1872—1917）和大野洒竹（1872—1913）等人为中心，由红门派的文人所组成的俳会。其态度不温不火，不像日本派那样的热烈。以上两派依据《秋之声》《帝国文学》《青年文》等书刊，大力宣传其俳风，但终究没有获得日本派那样大的势力。说实话日本派是俳句革新运动的正统，而其他派只不过是旁系而已。

因此，日本派依靠《日本》以及《杜鹃》以及其他分支的地方俳志，其势力逐渐扩大，明治三十五年出版了《獭祭书屋俳话》（1892）和《增补獭祭书屋俳话》以及炭太祇①、高井几董②等人的句集，即使在正冈子规死后其势力也没有什么变化。如《杜鹃》，现在尚在继续发行。毕竟，正冈子规这一人物作为领导者非常适合，同时又很大程度上得益于日本派的自然团结。

综上所述，俳句革新运动的成功无疑与和歌一样，是因其时机的成熟，但还有其他种种原因：（一）刷新俳句内容，赋予其艺术意义；（二）力求新素材；（三）追求奔放、自由的格调；（四）对人情世故、自然开阔新眼界的同时，采取写生本位和纯客观主义。另外，虽然不像和歌那样，但俳句多少也增添了些来自欧洲趣味的水彩画和洋画风格。如此被视作旧生命残骸的俳句，至此成了新一代人表现其文学新生命的一部分，显示出复活的光芒。

---

① 炭太祇（1709—1771），江户时代俳谐师，其剧作以吟咏身边情事见长。有《太祇句选》（1773）和《太祇句选后编》传世。

② 高井几董（1741—1789），幕末时期著名的俳谐师，号晋明、高子舍、春夜楼等。有俳谐集《血影》（1772）、《晨鸟》（1773）、《井华集》（1789）和俳论《新杂谈集》。

第五节　戏剧文学革新和新的剧作家

下面必须谈一谈戏剧、翻译、文艺评论、杂文随笔等方面的进步。这一期间的戏曲与前一时期相比，显示出明显的进步。居于领先地位，首先显示出新史剧典范的是坪内逍遥。坪内逍遥不久前在《早稻田文学》中发表过史剧论，指出了巢林子①、河竹默阿弥②、依田学海（1833—1909）和福地樱痴（1841—1906）等的史剧缺失，倡导"史剧的本质应该是表现出人情世故的真相，描述以每个人物的性格为因，每个人物的境遇为缘，并以此因缘而成就的大业果。"当然，坪内逍遥极力主张要响应新时代的要求，保留了普通的梦幻剧，还撰写了新史剧，而且为了支撑其学说还写了《桐一叶》（1894）一书。

坪内逍遥平生深受莎士比亚的影响，而且还通晓英国的各种戏剧，从中所得加以运用，再加上自己的新思想，怀抱着伟大的抱负，撰写了堪称史剧革新典范的《桐一叶》一作。我曾经评价过《桐一叶》说："这不是一部仅供朗读的剧本，而主要是预期实际演出而写

---

① 巢林子，即近松门左卫门（1653—1725），日本江户时代净琉璃（木偶戏）和歌舞伎剧作家。原名杉森信盛，别号巢林子，近松门左卫门是他的笔名。他从25岁前后开始写作生涯，直到72岁去世为止，共创作净琉璃剧本110余部、歌舞伎剧本28部。近松被称为日本的莎士比亚，是日本戏剧作家的代表。他的历史剧代表作是《景清》（1686）、《国姓爷会战》（上演于1715年），现实剧（世话物）代表作是《曾根崎殉情》（1703），艳情故事剧的代表作是《倾城佛原》（1699）。

② 河竹默阿弥（1816—1893）明治初期最著名的歌舞伎剧本作家，本名吉村新七，晚年改名古河默阿弥，以写出表现贫民生活的社会剧和新历史剧而著名。所著各种歌舞伎剧本360余种，包括历史剧、时代剧、舞咏剧、井市杂剧，范围很广。代表作有《三人吉三廓初买》等。

第八章　以诗歌、戏曲为中心的革新运动

的新史剧。因此,它一方面由于适合实演,摄取了旧剧的美好之处,另一方面不受过去悲剧的制约,基本上力求展现新思想和新的历史解释。这里包含了逍遥不为人知的苦心。如果《桐一叶》是作为仅供朗读的剧本自由撰写的话,或许可以写得更加大胆自由,但另一方面,既然是预想实演,也不能一概忽视旧剧的优点。因此恐怕还是无法摆脱束缚史剧创作自由的不便。不仅如此,在《桐一叶》出版之际,剧作界的徇私舞弊重重包围了作者,因为几乎和剧坛没有关系,所以要写新史剧,必须有相当的自信、勇气和周密的准备。《桐一叶》的优点有很多,众口皆碑的优点是性格表现基本成功、场面搭配恰当、台词与其他词句艺术味浓郁。但其最大的优点是以片桐且元为中心的理智性悲剧的构成。关于《桐一叶》,高山樗牛认为作者似乎没有太注意整个悲剧的形式,所以虽然一个剧情一个场面会津津有味,但通览全篇,情浅感薄。如此评价,作为对席勒的《华伦斯坦》有着共鸣的他是在所难免的。《桐一叶》避开这种华丽的悲剧,创作出了朴素的以理智为中心的悲剧。这不是令人感动的悲剧而是引人深思的悲剧。不是催人甜蜜眼泪的戏剧而是诱人悲苦泪水的戏剧。因此,《桐一叶》或许如同过去的悲剧一样,缺乏强烈打动人心的力量。但是品味理智性的悲剧能给人以感触、令人思考寂寞人生的一隅。这就是《桐一叶》的特色。"

此外,我对《桐一叶》中的人物性格和场面推定道:"在性格描写上,众人一致认为对有复杂内容的淀君情况的描写最为鲜明,而且元的性格与其说是复杂,倒不如说是因为有着无与伦比的性格,而无法对其评定是非。有时候也可以看成是一种失败,可以评价说没有高山樗牛那样悲壮英雄的样子。然而,善意地理解的话,坪内逍遥所期望的不就要把且元表现为非英雄、朴素而理智、怀疑性的、意志力薄弱的人这一点吗?这些不正是寄予我们某些令我们思考的

东西吗？即使在性格描写上有欠缺的地方，这里有新的趣味，新的意义。那么，关于场面，长良堤的场面最为精彩。从樱狩的场面到淀君狂乱的场面的变化令人耳目一新，饶有趣味。长良堤具有浓郁的抒情味，令人回味无穷。总之，坪内逍遥的新史剧，在戏剧文学史上留下了划时代的足迹，作为过渡期的杰作而受到人们的重视。"我现在基本上也持这个想法。

继《桐一叶》之后，在剧坛中引起争议的是坪内逍遥的《牧夫人》（1896）。这是一部以镰仓时代为背景制作的三部曲构成的史剧之一，之后又写了《义时的末日》和《惜别星月夜》这两部，像预期的一样完成了三部曲。当然，即使仅仅其中的一部曲也是独立完整的，仅就《牧夫人》来看，也能充分想象出阴惨的镰仓时代的样子。

从文化发展的角度看，镰仓时代在日本意识表现这点上，具有超过平安时代的充实内容。不过，由于伴随文官政治的发展在源赖朝死后陆续引发的诸多悲剧，政治方面给人们非常黑暗的感觉。骨肉间同胞间不断出现策略、阴谋、诅咒、暗斗等，令人眼花缭乱，多数属于难解之谜。这里蕴藏了史学家们大展抱负的题目，和吸引诸多剧作家关心之谜。坪内逍遥之所以眼光注意到这一方面，是试图通过其慧眼，透过历史表面看到的隐微之处，对于难解之谜，提出一个解决的方法。

我曾经评论《牧夫人》道："坪内逍遥首先以牧夫人般充满奇异之谜的女性为中心人物，再扯上拥有诸多秘密的政治家北条义时，描写历史的隐微之处，其着眼点着实非凡。大概因为作者在《桐一叶》一书中，已经巧妙地描写了像淀君这样非常复杂的女性，而且大获成功，所以在《牧夫人》里又一展其独特韵味，超过了对这种麦克白夫人般充满野心的女性的描写，这是再自然不过的了。但是，

第八章　以诗歌、戏曲为中心的革新运动

与淀君相比，不仅牧夫人的内在生活有难以剖析之处，而且，因为缺少淀君般浪漫色彩，总是令人觉得在描写上需要更多的苦心。有时会令人感觉到不够深刻。其次，在场面的配置方面，富于变化，缜密地做到了始终不令读者厌倦，但是这种写法太过于细致，有些令人缺乏自然感之憾。尽管如此，在当时能够把握这样困难的题材，并获得较为显著的成功，除了坪内逍遥，恐怕谁都无法做到吧。在这一点上，《牧夫人》可以说在戏剧冒险上创造了新的纪录。"《牧夫人》和《桐一叶》为当时年轻作家们指明了新史剧前进的道路，而且在刺激他们的创作热情上发挥了巨大的影响力。

此外，坪内逍遥于明治三十年在《新小说》发表了《杜鹃孤城落月》，同时也将《二叶楠》等作品寄给了《新著月刊》。《杜鹃孤城落月》以片桐且元的末路为中心，描写了丰臣家族的衰亡，是一部共三幕七场的历史剧，也可以被看做是《桐一叶》的续篇。虽然并没有投入《桐一叶》那样多的精力，但是整体故事完整，也是较少受到非议的作品。

和坪内逍遥几乎同一个时代的福地樱痴对戏剧文学也作出了贡献。他从明治二十八年前后开始就时常写作历史剧。但是，却没有引起更多关注的作品。他拘泥于常识和俗套的平庸之作较多。其中，比较值得一看的是《侠客春雨伞》。主人公大口屋晓雨、娼妓葛城等，都是很常见的类型，并没让人产生特殊的兴趣。但是，钓钟庄兵卫作为孤寂的失败者的真实和悲痛这一部分洋溢着沉痛的味道。场面的组合煞是老练，可以看出作者为使读者不产生倦怠感的良苦用心。除了福地樱痴之外，松居松叶（1870—1933），高安月郊（1869—1944），冈本绮堂（1872—1939）等作家也时常执笔写作，但是都没有像森鸥外那样引人注意。

森鸥外于明治三十六年写了《玉匣两浦岛》（1903），于明治三

十七年写了《日莲高僧街头说法》(1904)。《玉匣两浦岛》是他剧本方面的处女作,是一部取材浦岛传说的两幕诗剧。坪内逍遥总是写些庞然大物,而森鸥外则是写一、两幕速写式的剧本。森鸥外的作品在后来多是一幕剧。《玉匣两浦岛》在极力主张活动胜过享乐,主张有意义的事业生活胜过和平的空想生活上展示出了新的风采。

森鸥外的这种小主观,或者一己之理想,借浦岛传说以诗的形式表现出来。在台词方面尽力使用典雅的词句,用七五调创作出流利的风格。但缺点是缺乏热情,充满贵族气息。

虽然不知道森鸥外对日莲有多少研究,但对他来说,《日莲高僧街头说法》是一个较难把握的题目。通常典雅的台词会给听者以快感,但是对于描写热烈而伟大的英雄僧人来说,很遗憾,他能力不足。不过,往好处解释的话,在具有速写风格,在灵巧这一点上,只有森鸥外才能写出的地方。

松居松叶写有《恶源太》《敌国降服》等作品。高安月郊写有《大盐平八郎》《江户城的让出》等作品。虽然高安月郊的着眼点总的来说是不错的,但是技巧却并不与之相称。至于绮堂,当时还没达到发挥出特色的时候。与此同时,在剧评方面,出现了三木竹二(森笃次郎,1879—1908),伊原青青园(1870—1941)等人,他们写出了具有创意的踏实的剧评,这对戏剧文学来说是件值得欣喜的事情。

随着新剧本的出现,翻译剧亦随之逐渐上演。剧坛的改革,其新的呼声必然谋求来自于欧洲文学的刺激和形式。这一趋势是坪内逍遥很早就极力主张的。坪内逍遥在明治二十九年的《早稻田文学》上连载了《哈姆莱特》,首先做出了示范。在那之后,到了明治三十二年,户泽姑射的《奥赛罗》在《太阳》上发表了。在明治三十四年,高安月郊的《易卜生的社会剧》出版了,其中收录了《社会的敌人》《玩偶之家》等。但是时代还没有发展到迎来《玩偶之家》演出。高安月郊此外还翻译了《李尔王》，一心想把新潮引入戏剧文学中。

江见水荫（1869—1934）的《奥赛罗》等剧虽然作为翻译剧有些拙劣，但还是在明治座的川上一座上演了。土肥春曙、菏叶合译的《哈姆莱特》在本乡座上演了。当时，莎士比亚戏剧显示出了最受欢迎的态势。这些翻译除坪内逍遥之外，没有值得一提的。但是，特别值得高兴的是当时的文坛与剧坛的接触逐渐开始了。以前，剧坛是不对文学者开放的，很难有文学价值的脚本出现，更不能上演。正是通过福地樱痴的努力，文坛和剧坛开始了切实的接触。坪内逍遥、森鸥外他们的努力又给予了剧坛新的刺激，文坛和剧坛的交流终于就绪。当然，过去的脚本作家中没有人才也是原因之一，但是新一代的趋势是，不管到什么时候，都不允许安于旧套。坪内逍遥在明治三十七年公开发行了《新乐剧论》(1904)、《新曲浦岛》(1904)，剧坛改革运动确实更进了一步。

第六节　翻译文学及文艺评论的进步

看看翻译文学的趋势如何？在这方面的进步也渐渐显著起来。将这一领域分为前期和后期来看比较方便。前期从中日甲午战争开始到明治三十五年，后期从那之后到日俄战争。虽然前期没有显示出明显的进步，但已迈出了扎实的步伐。后期翻译文学陡然崛起。前期人们对欧洲文学的热情还不够，而且这方面的研究者和介绍者也还是少数。当然，这有待于前期时代对翻译倾注精力的人们的努力，其中心人物是森鸥外、二叶亭四迷等人。

二叶亭四迷于明治二十九年一月,翻译了屠格涅夫①的《单相思》(1896),于明治三十四年四月翻译了《浮萍》(1901),并在《太阳》上连载。此外,还翻译了《酒袋》《犹太人》《父母心》《梦语》《孽缘》等作品,屠格涅夫的小说占多数。其中,特别出名受到推重的是《单相思》和《浮萍》这两篇。

《单相思》是自传体恋爱小说,给读者以清新的抒情诗的感觉。它生动地描写了在莱茵河畔美丽风光里青春男女的缠绵爱情故事,巧妙地描写了充满狂热的少女和充满理性的男主人公之间的悲苦恋情。男主人公后来成为孤独的老人,追忆往昔恋情时余情无限,令人感到深深的悲伤。二叶亭四迷的翻译文笔,既流利又婉转,仿佛原作的神韵一般。《浮萍》是名作《罗亭》的译作,男主人公罗亭的性格给了日本新一代青年强烈的冲击。二叶亭四迷的文笔如同创作作品般自在到极致。小栗风叶的杰作《青春》(1905)就是由此得到了启示。

森鸥外在这个时期翻译了安徒生②的《即兴诗人》(1892)。虽然有的地方让人联想到樋口一叶的《埋木》,但另一方面有不同的感觉,描写了清纯的恋情。内容以罗马的风光为背景,出身坎帕尼亚的即兴诗人与一个歌妓相爱,中途那个歌妓去世了,当他看到她写

---

① 伊凡·谢尔盖耶维奇·屠格涅夫(Иван Сергеевич Тургенев,1818—1883),是19世纪俄国的现实主义作家,善于通过生动的情节和对大自然情境交融的描述,塑造栩栩如生的人物形象,而且能迅速及时地反映当时的俄国社会现实。他的语言简洁、朴质、精确、优美,为俄罗斯语言的规范化作出了重要贡献。主要作品有中短篇小说《猎人笔记》(1852)和6部长篇小说:《罗亭》(1856)、《贵族之家》(1859)、《前夜》(1860)、《父与子》(1862)、《烟》(1867)、《处女地》(1877)。

② 汉斯·克里斯蒂安·安徒生(Hans Christian Andersen,1805—1875),丹麦19世纪著名作家,创作诗歌、戏剧、小说、游记和童话故事,其中影响最大的是童话故事,他用40年心血精心创作了168篇童话,最著名的童话故事包括《冰雪女王》《拇指姑娘》《卖火柴的小女孩》《丑小鸭》等。他的作品被翻译为150多种语言,成千上万册童话书在全球陆续发行出版。《即兴诗人》是他创作于1835年的小说作品。

第八章　以诗歌、戏曲为中心的革新运动

的遗书中记录了对自己的强烈的爱后，痛惜不已，给人一种很深很特别的人情味。文体虽然像以往那样典雅，但是总觉得有些过于死板不舒畅。遗憾的是，森鸥外虽然很精心打造，但却没有收到如期的效果。

　　内田不知庵（即内田鲁庵，1868—1929）和二叶亭四迷、森鸥外等人同样用功，翻译了康威的《雕刻师》、左拉的《战尘》等作品，但是译文生硬，读起来晦涩。或许是由于太过拘泥于原文，也或许是因为没了翻译《罪与罚》时的兴致，或者是让别人翻译后他修改的。此外，小金井喜美子（1870—1956）在森鸥外的指导下，分别于明治二十七年和明治二十八年翻译了莱蒙托夫①的《浴泉记》（1894）和欣德曼的《名誉夫人》（1895）等。若松贱子（1864—1896）翻译了普罗克特②的《遗物》、伯内特女士③的《小公主》等作品。这两位女翻译家，确实功力扎实，很好地表现了原作的风貌。此外再举二、三例的话，有浅野冯虚（浅野和三郎，1874—1937）的《圣诞颂歌》④、《见闻札记》⑤，长田秋涛（1871—1915）的《王

---

① 米哈伊尔·尤列维奇·莱蒙托夫（1814—1841），俄国作家、诗人，一生创作了400首抒情诗和30首叙事长诗；诗歌代表作是长诗《童僧》（1840）、《恶魔》（1841），也创作小说和剧本，长篇小说《当代英雄》（1839—1841）是他的代表作。

② 阿德莱德·安妮·普罗克特（1825—1864），一位英国女诗人，慈善家。她积极参与女权团体和期刊。若松贱子将她的诗作《遗物》翻译改写成散文。

③ 弗朗西斯·爱丽莎·霍奇森·伯内特（1849—1924），出生英国的美国小说家和剧作家，她最出名的是三个孩子的小说《少主方特勒罗伊》（1885—1886）、《小公主》（1905）和《秘密花园》（1911）。

④ 《圣诞颂歌》（1843）是英国19世纪现实主义作家查尔斯·狄更斯（1812—1870）的短篇小说集。

⑤ 《见闻札记》（1819）是美国著名的作家华盛顿·欧文（1783—1859）的作品集，集中有32篇散文、随笔和小说，以幽默风趣的笔调和富于幻想的浪漫色彩，描写了英国和美国古老的风俗习惯以及善良淳朴的旧式人物。引起欧洲和美国文学界的重视。作者被称为"美国文学之父"。

冠》（1899），今野愚公翻译的果戈理①的《小说家》和《结婚》，黑岩泪香（1862—1920）翻译的雨果的《悲惨世界》，上田敏的《尽心竭力》等。

　　上述作品中，上田敏的《尽心竭力》是他作为海外文学的介绍者而应受很大推重的作品。不过是学习森鸥外的一种仿古文，虽然书的各篇都翻译了，但是与原作的风韵相差甚多。他还是作为研究论文的作者、作为学术爱好者要成功得多。在这一点上，他拥有一种可以与高山樗牛相媲美的典雅、清新的文风和博学。但他并没有受到一般大众的欢迎，应当为之惋惜。恐怕其超凡脱俗之处成为他的一种损失了吧。

　　翻译文学的前期，大体上如前文所述。进入后期后，在介绍和翻译上呈现出加倍于前期的繁盛景象。在小说方面，出版了尾崎红叶的《巴黎圣母院》（作者为雨果），永井荷风的《娜娜》《洪水》（作者为左拉），长田秋涛的《茶花女》（作者是小仲马②），原抱一庵（1866—1904）的《艾拉姆》（作者是爱德华·布尔沃·利顿），《巴黎的秘密》（作者是欧仁·苏），富永蕃江的《红字》（作者是霍桑③），

---

① 尼古莱·瓦西里耶维奇·果戈理-亚诺夫斯基（1809—1852），俄国现实主义文学的奠基人，他善于描绘生活，将现实和幻想结合，具有讽刺性的幽默，他最著名的作品是长篇小说《死魂灵》（1842）和喜剧剧本《钦差大臣》（1836）。

② 亚历山大·小仲马（1824—1895）19世纪法国作家，是著名作家大仲马的私生子，他的作品大都以妇女、婚姻、家庭为题材，富有生活气息，感情真切自然，语言通俗流畅，成名作《茶花女》（1848）取材于自己的爱情经历。比较有名的作品有《私生子》《金钱问题》《放荡的父亲》《欧勃雷夫人的见解》《半上流社会》《阿尔丰斯先生》《福朗西雍》等。

③ 纳撒尼尔·霍桑（Nathaniel Hawthorne，1804—1864），美国19世纪前半期的小说家。他的作品描写社会和人性的阴暗面，着重探讨道德和罪恶的问题，主张通过善行和自忏来洗刷罪恶、净化心灵，艺术上擅长剖析人的"内心"，想象丰富、结构严谨，运用了象征主义手法，增添了作品的浪漫色彩，加深寓意。其代表作品有：短篇小说集《重讲一遍的故事》（1837）、《古宅青苔》（1846）等，长篇小说《红字》（1850）、《带七个尖顶的阁楼》（1851）、《福谷传奇》（1852）、《玉石人像》（1860）等。

第八章　以诗歌、戏曲为中心的革新运动

本田增次郎的《黑骏马》（作者是安娜·西维尔①），吉田荻洲的《走马灯》（作者是都德②）等。尾崎红叶的《巴黎圣母院》是他用非凡的文笔根据秋涛翻译的《巴黎圣母院》进一步改写的。永井荷风的《娜娜》《洪水》这两篇虽然都是左拉的作品，但是前者概述了作品的梗概，后者只译述了文章的大概意思。正因为他敬仰左拉，所以比较了解左拉的构思。但是，他翻译的左拉的作品，在数量上虽然很多，但是在质量上，并没有像前期那样好的作品。

虽然有以上遗憾，但在介绍方面确实胜过前期，使尼采、易卜生、托尔斯泰、高尔基③、霍普特曼、左拉、雨果、瓦格纳④、苏德

---

① 安娜·西维尔（Anna Sewell, 1820—1878），英国作家，她创作的《黑骏马》被称为"第一部真正的动物小说"，是她一生中唯一的一本书。作品讲述一匹历尽坎坷终获幸福的马"黑宝"成长的故事。创造性地以马的视角来描绘社会百态，细腻地勾勒出马的心理活动，探讨人与动物和谐共处的可能，也为儿童文学的创作开辟了新的天地。

② 阿尔丰斯·都德（Alphonse Daudet, 1840—1897），19世纪法国著名的现实主义作家。一生共写了13部长篇、1个剧本和4个短篇集。代表作品有散文和故事集《磨坊书简》（1866），短篇小说集《月曜日故事集》（1873），长篇小说《小东西》（1868）、《小弗洛蒙特和大黎斯雷》（1874）。他的短篇小说具有委婉、曲折、富有暗示性的独特风格，《最后一课》《柏林之围》等作品已成为脍炙人口的名篇。

③ 马克西姆·高尔基（Алексей Максимович Пешков, 1868—1936），原名阿列克塞·马克西莫维奇·彼什科夫，是社会主义现实主义文学奠基人，政治活动家，苏联文学的创始人。他的作品洋溢着对积极人生态度的赞美，向往唤起人们对自己作为人的自豪感，鄙视怜悯与恩赐。主要作品有长篇小说《福玛·高尔杰耶夫》（1899）、《母亲》（1906）、《童年》（1913）、《在人间》（1916）、《我的大学》（1922—1923）、《阿尔塔莫诺夫家的事业》（1924—1925）、《克里姆·萨姆金的一生》（1925），剧本《小市民》（1901）、《在底层》（1902）、《敌人》（1906）等。

④ 威廉·理查德·瓦格纳（Wilhelm Richard Wagner, 1813—1883），德国作曲家，著名的古典音乐大师，歌剧作家，他承接莫扎特的歌剧传统，开启了后浪漫主义歌剧作曲潮流。创作了《尼伯龙根的指环》和《特里斯坦与伊索尔德》等划时代的经典乐剧，使浪漫主义歌剧发展到顶峰。在创作中他强调戏剧第一，音乐第二，坚持音乐必须服从戏剧内容需要进行创作的原则。

曼、显克维奇①等外国文豪及其思想、作品等，虽然只是概要，但都传入了文坛。出现了桑木严翼（1874—1946）的《尼采的伦理学说》（1902）、登张竹风的《尼采和二诗人》、伊达朴堂的《高尔基》等稍微有点研究性的作品。在这个时期也出现了上田柳村（敏）的《文艺论集》（1901）和畔柳芥舟（1871—1923）收集的关于海外文学的各种学说的书。我也乘此机遇，在《新声》上连载了以《卡莱尔的人物及事业》为题的长篇论文。

接下来，我想有必要谈谈关于文艺评论和各种文体风格。文艺评论到了这个时期，取得了长足的进步。这不仅是因为一时从赤门、早稻田出现了很多具有新文学素养的人才，出版了很多著名的文学杂志，还是因为评论旺盛的时运渐渐开始成熟了。在前期，虽然森鸥外、坪内逍遥、内田不知庵和"文学界"一派的人们主要从事评论事业，但是来自早稻田的岛村抱月、后藤宙外、纲岛梁川、金子筑水、五十岚巴千、长谷川天溪、中岛孤岛（1878—1946）、林田春潮、梅泽和轩、平尾不孤、正宗白鸟、近松秋江等人也开始活跃于评论界，我也得以附骥尾。出现了来自赤门派的高山樗牛、姊崎嘲风、大町桂月、田冈岭云、上田柳村、白河鲤洋（白河次郎，1874—1919）、中内蝶二（中内义一，1875—1937）、登张竹风、藤田剑峰（藤田丰八，1869—1929）、畔柳芥舟、佐佐醒雪、笹川临风（1870—1949）等人与早稻田相抗衡。此外，《国民之友》有八面楼主人（宫崎湖处子）、角田浩浩歌客（1869—1916）、德富芦花等

---

① 亨利克·显克维支（Henryk·Sienkiewica，1846—1916），波兰19世纪著名的现实主义作家。他的作品具有民主主义和爱国主义思想，人物性格鲜明，情节引人入胜，语言优美流畅，素有"波兰语言大师"之称。代表作有揭露美国金钱至上和种族歧视的通讯集《旅美书简》（1876），历史小说三部曲《火与剑》（1884）、《洪流》（1886）和《伏沃迪约夫斯基先生》（1888），另有两部著名的历史小说《你往何处去》（1896）和《十字军骑士》（1900），1905年荣获诺贝尔文学奖。

第八章　以诗歌、戏曲为中心的革新运动

人。《文库》有小岛乌水（1873—1948）、千叶江东（千叶龟雄）等。在跟我有关系的《新声》有同事田口掬汀（1875—1943）、中村春雨（中村吉藏，1877—1941）、正冈艺阳等人。《醒草》的森鸥外、斋藤绿雨、幸田露伴等人在《云中语》上大加评论。当时，森鸥外另外在《二六新报》里发表了《心头语》（1899）一文，嘲笑高山樗牛虽鼓吹尼采之风，却完全没有尼采的风格，笑他是"没有牙、没有齿的尼采"。这个时期之初，作为文艺评论家在《新声》里曾毫无忌惮直书的佐藤橘香（佐藤义亮，1878—1951）完全搁笔，而专心于出版事业，这对评论界来说是非常遗憾的事情。

如上所述，作为评论家能与小说家相匹敌的人才一时层出不穷，这是空前的景象。另外，刊登这些评论的杂志有《早稻田文学》《帝国文学》《新小说》《文艺俱乐部》《太阳》《文库》《青年文》《新声》《少年文集》《醒草》《明星》《杜鹃》《关西文学》《时代思潮》《新文艺》等。

当时的评论家，除了《醒草》一派以外，基本上都是年轻人居多。早稻田和赤门的评论家不仅在文艺评论上拥有扎实的文学知识，还在哲学、美学、修辞学等多方面拥有特殊的知识，在素养上表现出明显的进步。另外，岛村抱月、后藤宙外、纲岛梁川、金子筑水、高山樗牛、上田柳村、田冈岭云、登张竹风、姊崎嘲风等人作为先进评论家而受到世人瞩目。岛村抱月在美学素养方面，后藤宙外在稳健常识方面，金子筑水在哲学素养方面，纲岛梁川在伦理学的研究方面，高山樗牛在美学、文明史知识方面，上田柳村在外国文学的造诣方面，田冈岭云在东洋哲学方面，登张竹风在德国文学方面，姊崎嘲风在宗教学方面，这些人全都有真才实学。但是，在以上这些人中最有成就的是高山樗牛、岛村抱月、金子筑水、纲岛梁川和姊崎嘲风。

高山樗牛是个很优秀的人，热情、态度温和。岛村抱月是个在冷静中不乏温情的评论家，因此很受大众欢迎。金子筑水有哲理头脑，而且在丰富的文艺趣味和正确的判断力方面，才能不低于岛村抱月。纲岛梁川作为诗的宗教人，开创了自己独特的风格，获得了成功。姉崎嘲风作为宗教学者拥有卓越的才能，获得了持久的声望。

在文风上，高山樗牛和岛村抱月两人很杰出。高山樗牛的文章很有男性气概，威严庄重，坦荡华丽，气魄非凡，但是带有稚气，显示了傲慢自大的特点。岛村抱月的文章虽然很明快，格调统一，别有一番风韵，但底力不足。金子筑水的文章有些冗长，但很平稳雅致，丝毫没有理性哲学者的文章中常见的枯燥感。纲岛梁川的文章朗朗上口，明丽又有风度，但是有些地方拘泥于格调显得死板。姉崎嘲风的文章虽然过于迂回冗长，不时陷入矫揉造作里，没有一点威严稳重的样子，却显出一种清丽的情趣。大町桂月虽然有一段时间和高山樗牛可以相提并论，但如果从实质上来说，大町作为评论家远不如高山樗牛，也不如其他人，他不过是一个自由撰稿人罢了。我宁可选择田冈岭云而不是大町桂月。田冈岭云的评论毫无忌惮，流露出霸气、血气和意气，而且未必不合理。在文字的雄健劲拔这一点上，他是赤门派中非常出色的人物。特别值得一提的是他致力于举荐新作家，为文坛注入新空气立下了汗马功劳。《新声》《文库》的青年评论家努力打破文阀，也是非常了得。然而他们并没有得到赞赏却遭到了憎恨。总之，文学史家们忽视了褒扬他们的公正态度，不能不说是忘恩。

第七节　评论界的各种问题及问题的提出者

在当时评论界出现的各种问题中，思潮和小说、戏曲等方面的问题在前面已经阐述过了。我想要把其他的主要问题略述一下。那

第八章 以诗歌、戏曲为中心的革新运动

就是（一）古文学的新研究；（二）美学方面的研究；（三）文人生活方面的问题。古文学的新研究是在保存国粹的呼声下兴起，并通过文人的国民性自觉精神而兴盛。这也出于这样一种考虑，就是为了现代文学的发展，以一种全新的心态来回味过去的文学。其先驱是《早稻田文学》的近松研究。

虽然坪内逍遥用科学的批评法很早之前就开始了近松的新研究，但是在当时有很多人没有注意到，只有高山樗牛和岛村抱月两位，在这方面有所关注。渐渐引起世人的瞩目是在《早稻田文学》的同仁每月召开近松研究会之后。以前，近松及其作品，虽然有名，但几乎没有得以阐释。坪内逍遥深表遗憾，于明治二十九年十月，将岛村抱月、后藤宙外、纲岛梁川、五十岚巴千等人召集到自己家里，一起评价近松的历史剧、世态剧代表作，开始研究其由来、性格、构思和修辞等。自此，古文学的新鉴赏方法为人们普遍所了解。《早稻田文学》的同仁运用哲学、美学、修辞学、心理学、文学史等各方面的新知识，剖析了近松的作品。在这种刺激下，赤门派的人们也出版了《国文学大纲》《中国文学大纲》等。但是，并没有像早稻田的近松研究那样极尽精致、细心。

当时，美学作为文艺评论的基准和原理受到重视。在文坛的人才中，有美学造诣的人也渐渐出现了。以森鸥外为首，有高山樗牛、岛村抱月、纲岛梁川、畔柳芥舟等人。森鸥外主要做翻译，而最初将自己的美学主张组织起来的是大西操山（大西祝，1864—1900）。大西操山于明治二十四年三月发表了《滑稽的本性》《悲哀的快感》等文章。这之后，从明治二十八年到明治三十二年又发表了《近世美学思想刍论》《论审美感官》《审美新说刍论》等。同时，他也在早稻田的讲堂上为岛村抱月、金子筑水等人讲述美学概要。

大西操山之后，立志于美学研究的是高山樗牛。他于明治二十五年十二月完成了题为《论戏曲中悲哀的快感》的论文，于明治二十八年写了《美术与道德》，于明治三十二年写了《大佛露佛说》和《关于古社寺与古美术的保存》。另外，还有在《近世美学》（单行本）和《历史书论》中与坪内逍遥的论战，以及不少引起文坛注目的美学论文，如《关于美感的考察》《关于月夜的美观》等。

大西操山的美学观点具有科学性，基本上是稳妥、公正的，很少有令人非难的地方。而高山樗牛的美学观点，有时太过主观，无视科学法则，大胆断定，喜欢标新立异。但是，在《近世美学》里，介绍欧洲美学的部分虽然有些囫囵吞枣之嫌，但解说方法明快，还是比较得要领。与高山樗牛相比，岛村抱月作为美学者更优秀一些，这个时期，他在《早稻田文学》上发表了很多美学论文。明治二十七年发表了长篇论文《论审美意识》（1894）。不久，又发表了《新奇的快感与美的快感的关系》《音乐美的价值》《气韵生动》《和汉美论研究》《审美的研究法》等文。他与大西操山的做法相同，重视科学的研究，遵守实验派的新做法，尽力避免主观，虽然不是不接受学说的新锐，但更崇尚稳妥。不过，并非只是追随先人的足迹。他充分利用了自身敏锐的推断力和分析力，树立起快乐的美学观。进入自然主义时代后，他的美学组织得更加完整，而且，显示出了在构成修辞学美论上难得一见的卓越才能。这并不是因为我也是早稻田出身而感情用事的一味赞扬他，而是基于事实的一种判断。

除此之外，森鸥外在这个时期翻译了《审美纲要》（1892）和《审美新说》。他的译文过于忠实原文，死板难懂。美学研究之风，逐渐触动了文坛的人，出版了很多关于这方面的小册子，但是却没有特别值得看的东西。但是，美学的兴起赋予了文艺评论一个基础甚或是原理，从这一点上来讲并不是没有意义。

其次，文坛中的现实生活问题与实践伦理研究的风潮是一脉相承的。文人的生活如何，品行如何，如何积累内外的修养等事情虽然有些浅薄，但却是眼前面临的问题。这时候，后藤宙外在《新小说》上劝说文人过田园生活。其意图在于缓和文人生活所伴随的经济困难问题，以及更便于加强精神修养。但是，这并不是对所有的人都适用。当然，有的人适合田园生活，但也有人适合都市生活。后藤宙外实践了自己的说法，成为了田园之人，但是由于与时代趋势相距太远，反而产生了他在文学上退步的结果。尽管如此，他热情的劝说确实是发自内心深处的。

　　文人的品行问题，不管到什么时候都会有不少被议论。像《新声》《文库》那样基本上遵守清教徒主义，毫无忌惮地谴责品行不端的文人，其慷慨激昂的文词不时在文坛引起轩然大波。此外，《新声》除了文坛时事评论以外还开设了社会时事问题专栏，很早就开始了讨论社会改造的问题。但是将文人及其作品相对照，进行详细论述的是从《新声》开始的。之后，《文库》也加以效仿，不久文人的月初评论就在各方面流行起来。其次，在宗教评论方面，内村鉴三在《独立评论》中的短评以及田中智学（巴之助，1861—1939）的单行本《宗门之维新》，都与整个文坛有交涉。鉴三的短评具有卡莱尔的讽刺和辛辣，每一句都迸发出苦涩的味道。《宗门之维新》这部著作倡导日莲主义的世界性宣传、强调日莲的真精神，而且文字雄健，气魄豪迈，是一部很优秀的作品。高山樗牛就是通过这本书受到了日莲主义的洗礼。此外，姊崎嘲风在思想上的言论，三宅雪岭、羯南、日南、铁昆仑、德富苏峰、竹越三叉等人的政治文学、山路爱山的历史论、春汀的人物评论等等，也都在论坛上大放异彩。

第八节　有特色的杂文

　　杂文这一类型，往往很容易被文学史家所忽视。但是，反而在这方面往往会有很多文学上的珍宝。在此，我想简略谈一谈写生文、美文和纪行文等。在以上之中，最能令文坛产生巨大波动的是写生文。这是正冈子规在《杜鹃》中所主张的。和俳句相同，由于重视纯客观上的记叙，与现实主义思潮、左拉主义等有着相通的地方。但是，缺点是正冈子规只谈论了写生而没有涉及写意。错误之处是注重客观，缺少主、客观的融合。写生文在给文章添加新意方面有些功劳，但是其弊端是流于冗长、烦琐和肤浅。在正冈子规的写生文中，《灯影》《死后》《墓》《耙子和灯笼》等作品并没有写生文的弊端，只有优点。但是其后人中有很多却没能避免陷入到写生文的弊端之中。

美文继落合直文之后，武岛羽衣、大町桂月、盐井雨江等人尝试了国文的一种新体。然后户泽姑射、久保天随（1875—1934）、浅野冯虚等人也进行了效仿。现在看来，只有浅野冯虚的美文有些艺术感，其他人的根本不足为道。但是在当时，作为清新雅致的文章受到文学少年的欢迎。我也从新声社用美文体写出了单行本《暮云》和作为《黎明业书》一部分的《游子》。

纪行文通过田山花袋、小岛乌水等人的努力，产生具有新一代色彩的文章。此外，川上眉山、迟塚丽水等也都擅长纪行文。与作为小说家相比，田山花袋最初的许多优点更多的是作为纪行文学家被认可，如《日光》《南船北马》中处处充满了细致的山水描写、诗人的情趣。小岛乌水写了《扇头小景》等，展示了才华的出众，但是有流于肤浅的地方。之后，以科学的知识用平淡的文章进行了水彩画风格的山水描写。川上眉山的《心情日记》和迟塚丽水的《富士高峰》都是纪行文中特别优秀的。特别是《心情日记》（1899）充满了新俳句趣味、其旷达的韵味空前绝后。这是川上眉山在明治三十二年哲学烦闷时代的作品。

在短文中以斋藤绿雨的《感想录》《备忘录》等以及德富芦花的《自然和人生》为代表。《自然和人生》（1899）以美术家的视角

第八章　以诗歌、戏曲为中心的革新运动

凝视自然，笔锋简洁而描写细腻。德富芦花的优点就在于此。短文成就最高者，非斋藤绿雨莫属。他那种固守江户情趣、反抗新时代情趣、通晓人情世故的讥笑、痛骂、讽刺、诙谐等趣味随处可见。如"得到爽快的神髓者，乃当今一流之论客。笔是一支、筷子是两支，不能说是寡不敌众。"这样一种风格，斋藤绿雨之后再没有第二人。

综观以上文坛总的趋势，全都明显地展现出了从停滞不前向新局面转变的过渡期的面貌，令人隐隐约约看到新机运的流动，到处都有暗中摸索的风气，以期到达新的境地。此时爆发了日俄战争，给文坛带来了很大的冲击，促进了生活改变的同时，也促进了文学改变。趁此机运，产生了自然主义文学。这样就彻底清除了文坛的旧风气，创造了有意义的新风气。严格地说，是真正翻开了近代文学史的第一页。还有像相马御风那样，把日俄战争前的文学看成"自觉以前的文学"，之后的文学看成"自觉以后的文学"也未尝不可。但我倒是认为把以上两种说成是"无自觉文学"和"有自觉文学"更合适，或者称前者为"空想的文学"称后者为"现实的文学"，还可以叫做"为艺术的文学"和"为人生的文学"，含义无须赘言，其后自然明白。

第九章　自然主义时代的思想和评论

第一节　为什么会产生自然主义文学

在现实激烈的撞击下，稚嫩美丽的梦想是不会永远持续下去的，必有其清醒的时候，因为现实是严峻的、冷酷的。无论是谁，如果真正接触到这个现实，不管你愿意不愿意，梦幻都会被残忍地击碎，这是毫无办法的事。只要我们没有切身感受过梦想的破灭，也就不能体味到真正的人生。只有摒弃清高的、逃避的态度，凝视活生生的现实，同时加以正确地、深刻地思考，这样将自我与人生，同现实碰撞乃至紧密结合，才能产生有意义的文学艺术。即产生为人生的艺术。要解释自然主义文学艺术，首先要理解这样的事理。

曾风靡文坛的浪漫主义文学，并不是没有意义。确实，日本文学的内容形式都是丰满艳丽的，但那是沉醉于美丽、神秘的梦幻，过于憧憬异常惊奇的世界。即使不是回避现实，也是在极力美化现实，这个过程如同寻求"绿色之花"，一样式的空想！那样无论好坏，都不是真正接触现实。现实中不仅有美的一面，也有丑的一面，不仅有善的一面，也有恶的一面。面对现实，自始至终不仅有惊异的创造、异常的事件，更多的是日常平凡的事情。而浪漫主义是透过其美好的幻想，把真正的现实美化、神话化、异常化，不去面对丑恶、虚伪及平凡的事情。这是浪漫主义的局限和肤浅之处。在我们文坛中感受到这些局限的人们，通过对欧洲的科学精神、自然主义倾向的思考，首先开始内在动摇，直至产生一次新运动。如此，在我们文坛自然主义机运开始运作。这是一次文学艺术必须接受的洗礼。换言之，如果不是通过自然主义大门后的浪漫主义，无论如何根基是很容易动摇的。不仅仅是浪漫主义，理想主义也是如此。我们对自然主义的需求迫在眉睫。

曾经出现的浪漫主义思潮，和科学精神无论如何有不相容的地方，虽说科学对人类来说并不是绝对的权威，但以追求"真"为全部内涵科学，却是19世纪至20世纪的一大势力：始终结合实际，立足实践，从事实的积累、分类，达到明晰真理，找到心灵正确的归宿。毫不留情地对梦想、神秘、诗的幻想、惊异等进行分析，接受其现实规定。夸张地说，在科学力量面前，没有梦想、神秘、诗的幻想和惊异，必然会将其唯物化，机械化，物质化。而浪漫主义的生命，则在于有梦想、有神秘感、有诗一般的幻想、有惊异感、有主观灵性。因此，无论如何也无法与科学相融，而科学势力展示出要征服一切的势头。欧洲是注重科学区域，与人类的感觉相比，更多的人相信科学，在这样的区域里，浪漫主义全盛的梦想不会永远持续下去。达尔文的《物种起源》在欧洲风靡一时，在明确了自然选择与适者生存的原则以来，影响到了哲学。在英国孕育出了功利主义使徒边沁和约翰·斯图亚特·穆勒[①]，在法国孕育出了实证哲

[①] 约翰·穆勒（或译约翰·斯图尔特·密尔，John Stuart Mill, 1806—1873），英国著名哲学家和经济学家，19世纪影响力很大的古典自由主义思想家。他把实证主义思想最早从欧洲大陆传播到英国，并与英国经验主义传统相结合。他支持边沁的功利主义，他的个人自由观念建立在"最大多数人的最大幸福"这一功利主义原则之上。他的主要著作有《逻辑体系》(1843)、《政治经济学原理》(1848)、《论自由》(1859)、《论代议制政府》(1861)、《效益主义》(1861)、《论社会主义》(1876) 等。

学的祖师奥古斯特·孔德，在德国孕育出了持有唯物主义人生观的艾伦斯特·海克尔等。加之，产业大革命促进了社会主义思潮的异常发展。在此看到了为解决社会问题的人物马克思、恩格斯、狄慈根①等的崛起，这样的风潮自然不允许把欧洲的文学艺术封闭在浪漫主义的美丽梦想中。在法国，雨果的浪漫主义文学艺术兴盛达到顶峰时，不久就产生了反抗他的自然主义倾向。也就是以写了《包法利夫人》的福楼拜为先导，出现了左拉、都德、巴尔扎克、龚古尔、莫泊桑等。接下来俄国在现实主义倾向的影响下，很早自然主义思想就已觉醒，以果戈理为先导，冈察洛夫、陀思妥耶夫斯基、屠格涅夫、托尔斯泰等在文坛树立起新的旗帜。之后又波及德意志乃至整个欧洲，自然主义文学艺术取得了势力。其详细过程在此略去。最终，我们的文学艺术由于上述的欧洲科学精神、唯物哲学以及自然主义文学等的影响和刺激，犹如从白日梦中醒来，极力主张自然主义。当然，为这种风潮推波助澜的是日俄战争。

日俄战争比中日甲午战争规模更大，付出的努力和牺牲也是空前的。其胜利大大地提高了日本的地位，从一个东洋强国迈进了世界强国。伴随而来的是文化的飞跃发展和经济的飞速膨胀。然而，如果进一步深入思考的话，战争流血牺牲的悲剧会让有心的人们觉醒，以往倾向于帝国主义、国家至上思想的人们对眼前的现实悲剧再也不能糊里糊涂了，而开始考虑自己的生活本身。与尼采等的个人主义思潮相结合，将自己的注意力转移到了怎样才能有效地发挥自我，怎样去追求自我的实现，面对严峻的现实，关注自己与现实的关系。随着这种氛围的形成，浪漫主义梦想开始破灭，不久自然

---

① 约瑟夫·狄慈根（Joseph Dietzgen，1828—1888），德国19世纪来自工人阶层的哲学家，自认是马克思和恩格斯的学生，对辩证唯物主义哲学作出了贡献。主要著作有《人脑活动的本质》（1869）和《哲学家的成果》（1887）。

第九章　自然主义时代的思想和评论

主义文学就呈现出繁荣景象。

那么，首先我想简要地说明自然主义文学艺术是什么。简单地说，它的实质方法就是文学的科学化，也能看成是彻底现实化乃至真实化。还能理解为文学的人生化。说白了，自然主义文学艺术就是科学的精神和方法在文学上的应用。甚至可以说以往的日本文学是非科学的。对近世文明最大势力的科学置之不理，没有分析而是偏于综合。在科学早已发达的欧洲，先于日本一步把科学精神和方法应用于小说、戏剧等方面。当时的短篇小说大肆宣扬科学知识最有价值，认为没有比人类的五官更能实证的确凿的知识了。科学的目的就是揭示事物的"真"。为了追求"真"这一目的，要冷静地追溯其原因，把握结果的规律乃至遗传等规律，并把这种倾向应用到了文学上。这样一来，把现实的发展趋势细致地进行分析，无论如何彻底弄清人生的"真"，就不再满足于像以前那样观察模糊不清的现实，只是梦幻美丽。而是立即接近现实的人生，正视那些隐藏的方面、虚伪、邪恶的方面、黑暗幻灭的方面。通过这些来抓住人生的"真"。这就是文学的彻底现实化、真实化。以上就是自然主义的根本特质。将这些特质延伸开来，就会触及道德问题、社会问题等，就会产生排除以往肤浅的看法、虚伪和被形成理想所束缚的小主观的倾向。所有的现实问题在进入视野的同时，新的思想问题也进入了视野。因此，它的影响不仅仅在文学这一方面，还涉及思想、社会改造的问题诸多方面。

自然主义的本质，大体如上所述，由此可以想象出在文学上带有破坏性、反抗性、革命性的色彩。自然主义在"自然"这一层面来说是浪漫主义的一个分支，但在其他方面，多是反对浪漫主义的，特别是完全反对古典主义的，与古典主义正相反，而且从根本上企图打破浪漫主义的梦想。这难道不正是文学上的一次革命吗？

第二节 自然主义文学的特性

现在把浪漫主义和自然主义对照来看，不同的地方很多：浪漫主义是主观的、精神的、艺术的、空想的、异常的、技巧的、诗意的；而自然主义是客观的、物质的、人生的、现实的、平凡的、无技巧的、散文式的。自然主义与浪漫主义的目的、倾向、路径几乎是正相反。比起分析更倾向于综合，创作人生姿态美丽的梦想，描绘诗一般的梦幻，创造惊奇、非凡等浪漫主义色彩，这些在自然主义那里完全看不到。自然主义排斥美丽的梦想，鄙视诗一般的梦幻，嘲笑惊奇、非凡等，因为这些不仅不能触及"真实"的人生，而且被虚伪的人生所束缚。自然主义还排斥为艺术而艺术，极力主张为人生的艺术；不喜欢游戏性的倾向，崇尚认真的倾向；而且排斥综合，主张分析再分析。浪漫主义和自然主义的不同之处，大概如上所述。

在以上的差异之中，特别要说明的是，以往的小说、戏曲等陷于为艺术而艺术，带有游戏三昧倾向，而自然主义则是人生的非游戏的。为人生的艺术是自然主义的一个目标。当然，从本质上说，真正意义上的"为艺术而艺术"具有相当高的价值；肤浅的表面的"为了艺术而艺术"没有什么意义。自然主义主要是反对后者。虽然不明确人生是什么、人生的真相是什么？但至少明确地拥有思考人生的倾向。自然主义让我们严肃地思考自我，认真地思考社会，坦率地思考思想道德。归根结底是人生的，是为人生的艺术。但是清楚地指出人生的理想，或给出一个哲学的解决方案，不是文学的职责。自然主义终究只是提出问题，让你直视活生生的真相，是未解

第九章 自然主义时代的思想和评论

决的,是现实的暴露。当然,这里存在着不满,既然是打破旧习俗的文学艺术,其势如破竹是必然的。这一点非常重要,应该牢记。

以上倾向,令自然主义作品提供了一个问题,关于社会组织的缺陷、道德上的弊端以及男女问题等,这些将来应该如何解决,令人深思。屠格涅夫的《猎人笔记》涉及的是农奴的问题。霍普特曼的《西里西亚织工》涉及的是劳资问题。这一类在自然主义的作品中非常多。这就是促成社会改造、道德改造、男女关系改造等的一大主要原因。

归根结底,从自然主义的立场来说,文学不是为了游戏,而是为了人生。不涉及人生的文学是毫无意义的,那是可有可无的文学。自然主义文学在为人生和与人生相关联这一点上,具有其重要的意义。可见,真正的文学萌芽是和自然主义共同产生的。这就是所谓的文学人生化。

其次,作为自然主义特征应当注意的是描写方面的问题。其描写目的就是呈现"真"本身。为了追求"真",会采取消极的或积极的两种态度,二者在追求"真"上并没有区别,只是在态度和倾向上产生了分歧。持有消极态度的,描写无想无念的客观人生,不掺杂任何先验观念,没有加入丝毫自己的主观意识。这就是本格自然主义,或报告自然主义。左拉、莫泊桑就是这一派的。但是持有积极态度的,描写人生不排除加入自己的主观意识,将静观人生、事物后所获得的自身的印象、情味等综合地如实地再现出来。这就叫做彻底自然主义,或印象自然主义。龚古尔兄弟就是这派人物的代表。以上两派虽然多少有些差异,但他们的目的都是要追求人生的"真",因此,在排除以前的技巧、虚伪这一点上别无二致。正所谓在"无技巧"这方面是一致的。

另外,在描写要素上也和以往有很大的不同,在题材上也是如此。在题材上和以前的文学不同,并不回避浅近的、平凡的、丑陋的东西,反而积极地加以运用。在丑陋中包含着性感的、兽性的、黑暗的诸多要素。就拿德国的普罗克特的"世界的丑恶"论来说,在我看来,那就是"人生的丑恶"。如果像浪漫主义那样把人类看成美丽的、精神的话,就变成了"世界的美化"乃至"人生的美化"。但要是像自然主义那样把人类看成物质的话,看到的更多的是肉体的、兽性的,因此性欲描写是自然主义的主要要素之一。

以前的小说,并非没有描写人类肉体的、兽性方面的,但描写得比较朦胧、美丽、委婉。自然主义在这点上是露骨的、赤裸的。既毫不回避,也不加以美化。把人类本来肉体的、兽性的方面,丝毫不隐藏地、大胆地描写出来。在这一方面,和以前的文学趣味不同。

不是要发现人类生活中英雄的、突进的、飞跃的、非凡的事情,而是喜欢描写那些日常反复发生的、浅近的、平凡的事情,以期从中发现人生的意义。本来人类一般来讲都是平凡的,英雄事迹不是什么地方都有,从平凡转向平凡才是人类的生活,才是接近自然的生活。"人类生活的平凡"就是自然主义的要素所在。

自然主义文学确实具有这样的倾向:在描写上,追求精确、细致,选择的对象都是一些日常平凡的事情。而且并不将事情浪漫化,始终坚持到底不粉饰。也就是把"没有情节的小说"作为其一大特点。因为渲染、尽善尽美容易人为地倾向于虚伪、倾向于修饰,因此,要得到自然的真谛,就要摒弃渲染和尽善尽美,努力使其描写极尽准确、细致,以达到逼真的境地。而且,把重点放在个性和周围环境上。左拉说"环境决定一个人造就一个人"。当然这是一种偏颇的说法,但是唯物地审视人类的话,是非常容易产生这样的感觉的。总体来说,人类受周围环境影响的情况很多,因此把重点放在

对周围环境的描写上。人类、土地各有其独特的色彩、情趣，即事物的个性。以往的文学满足于对于人物、土地等类型的描写，但自然主义却努力避开这些。即使一棵树、一块石头、一粒沙也没有相似的类型，而是要追求特殊的个性，描绘出独一无二的特性，这无疑是非常困难的。自然主义描写的一大特征就在于此。

以上站在公正立场上介绍了自然主义的特性，归纳起来就是：自然主义在本质、方法上是科学的，态度上是人生的。而且，所有自然主义文学都把人生的"真"作为主要着眼点。在描写上分为消极的（本格自然主义）和积极的（彻底自然主义）两种，以无技巧、无渲染为主，重视对周围和个性的描写。而且更多的是赤裸裸地描写人生的黑暗面。其结果，自然主义在我国带来了文学上的空前革命。

第三节　推动自然主义勃兴的评论家

在我国文坛上自然主义的兴起是日俄战争之后。单纯的自然主义萌芽时期要早几年。明治三十三年，小杉天外的《初姿》（1900）出版时就可见其萌芽。岛村抱月把小杉天外的左拉主义叫做前期自然主义，但对田山花袋、岛崎藤村也并非不可以这么说。严格地说，从日俄战争结束开始，真正的自然主义思潮及其文学开始兴盛。

战争给我国文坛带来划时代的影响。中日甲午战争结束后，在文坛上看到浪漫主义的兴起，日俄战争的结果是发现了自然主义。有人认为在日俄战争惨剧中，取得胜利后的悲哀是其发生的原因之一。当然是其原因之一，不过，恐怕不是有力的主要原因。如果说其最有力的主要原因：第一就是近代世界文明主流的科学精神的影响；其次多数源于由浪漫主义的走投无路而产生的个人觉醒乃至伴随着个人主义、天才主义、本能主义而兴起的自觉的生命意识。

成为自然主义中心人物的田山花袋、岛崎藤村、国木田独步等都曾一度受到浪漫主义的洗礼，或者可以说是狂热的浪漫主义者。特别是田山花袋、岛崎藤村两人，这样的倾向更明显。他们都有过无限追求美好梦想的时代。但是走到尽头之后，猛然间从浪漫主义梦想中清醒，转向自然主义。即使从思想上看，浪漫主义最终是处于必须转向自然主义思潮的状态。如果强加上个人主义观念的话，就会不断强烈地浮现出这样的想法：如何建立自我的生活、如何解释自己的人生。并且，当意识到从本能主义出发所看到的人生姿态与传统小说所描绘的人生不同，就会撕下虚饰的人生面纱，探究其丑陋的内幕。这些在我国文坛上都是有助于自然主义崛起的重要原因。

在我国文坛，推动自然主义勃兴的是岛村抱月、长谷川天溪等早稻田出身的评论家。自然主义的名称一时间在社会上容易产生误解，而且后藤宙外等文艺革新会的成员们都竭力反对，一部分教育家对此也产生共鸣。岛村抱月、长谷川天溪、田山花袋奋力抗争，终于使自然主义在文坛占有一席之地。在这一点上，评论界的声援对自然主义做出了很大的贡献。

然而，从事实上看，自然主义小说先于评论一步。评论家觉醒之前首先要有小说家的觉醒。从年代上来讲，明治三十四年国木田独步的《牛肉与马铃薯》（1901），小杉天外的《流行歌曲》（1902）相继问世。明治三十五年，田山花袋的《重右卫门的最后》（1902），国木田独步的《酒中日记》（1902），永井荷风的《地狱之花》（1902）等陆续发表。小杉天外和国木田独步最早感悟到了自然主义的倾向。虽然他们自己说"既不是自然主义也不是其他什么主

第九章　自然主义时代的思想和评论

义",但事实上,具备了自然主义的本质。然而,比国木田独步的作品更有力地加强了自然主义风潮的是岛崎藤村的《破戒》(1906)和田山花袋的《棉被》(1907)。姑且不谈作品的价值,国木田独步的势力在很长一段时间不太被认可,但到了明治四十一年前后,他的真正价值才开始被认识。想来这正是自然主义风靡文坛之时。随着新风潮的兴起,许许多多新进作家崭露头角。其中大多是自然主义者,但也不乏特例,这就是以余裕派乃至俳谐派①之名占据文坛一隅的夏目漱石一派,这些小说体现了与自然主义不同的韵味。但文坛的主流仍然由自然主义所统治。至少到明治末年,自然主义文学一直处于中心舞台,之后慢慢衰退,进入大正新时代后,新浪漫主义、新理想主义文学才开始抬头。

要明确自然主义文学是如何展开的,从顺序上来讲,首先有必要考察促进其发生与发展的评论界。在评论方面,发出自然主义先声的是田山花袋。他最先在《新声》上介绍了欧洲的自然主义文学,并阐明当今的日本文学必然会是自然主义的原因。这个时期倾听花袋声音的人还很少,那是明治三十五年写完《重右卫门的最后》之后不久。到了明治三十七年,他发表题为《露骨的描写》(1904)的论文,主张不运用艺术表达技巧。

评论界自然主义的呼声终于兴起是在明治三十七年(1904)前后。从种种意义上来讲,这一年是文学上回忆较多的一年。岛村抱月从欧洲回来再度兴起《早稻田文学》是这一年,自然主义机关杂

---

① 夏目漱石1908年为俳人、小说家高滨虚子的短篇小说集《鸡冠花》作序,首次用了"余裕派"一词。漱石认为,小说可分"有余裕的小说"和"无余裕的小说"。所谓"有余裕的小说",是以悠然、超脱的态度来描写人生,表现出低回、闲适的情趣。当时日本文坛以《杜鹃》杂志为中心,倡导写生文的作家就是"余裕派"作家,包括夏目漱石、高滨虚子、伊藤左千夫、长塚节等。因他们大都创作小说的同时,还创作富于余韵的俳句,也称他们为"俳谐派"。

志《文章世界》的刊行也在这一年,岩野泡鸣的《神秘的半兽主义》的发表也是在这一年,还有岛崎藤村的大作《破戒》的问世。岛村抱月、长谷川天溪等人尤其认真执笔评论。岛村抱月一门有片上伸、相马御风、中村星湖,与正宗白鸟、近松秋江相呼应出现在评论界,评论界霎时充满新鲜空气。另外,以夏目漱石为中心,小宫丰隆(1884—1966)、安倍能成(1883—1966)、阿部次郎(1883—1959)、和辻哲郎(1889—1960)等人出现在一方,更令人感到一股新的气势。不用说自然主义思潮成为评论的主要话题的同时,也成为人们关注的焦点。

岩野泡鸣的《神秘的半兽主义》(1906)一方面触及浪漫主义风潮,另一方面阐述悲苦的人生与灵魂、重视热诚与威严、主张灵肉一如,这些也触及了自然主义,这是一个过渡期的产物。此时,一方面在我们诗坛上极力主张表象文学即象征主义的诗。这同宗教思潮有所交涉,重视神秘的直观、悲痛的表象以及内在生命的暗示。乍看之下,这种倾向与自然主义没什么关联,对此岛村抱月说道:"把象征主义称之为日本风格的意义在于,其根本点在于色彩的相对单调,而回归绝对的思想。推测其结果,或许会达到贫枯、寂寞、孤独、悲哀这样一种基调的愉悦。"寂寞、孤独、悲哀这一点与自然主义的幻灭的悲哀和暴露现实的悲哀一脉相通。而且,之后不仅仅是诗坛,整个文坛的基调都变得认真而严肃,显示出不是游戏的,而是非游戏的、人生的色彩。

长谷川天溪继高山樗牛之后在《太阳》论坛上阐述了《幻灭时代的艺术》(1906)。那是明治三十九年十月。紧接着岛村抱月于同年十二月,在《报知》上阐释了"发人深省的文艺"的必要性。长谷川天溪所要表达的,归根结底就是"在如今这个幻想破灭的时代,艺术必须是去除游戏因素发挥真实体。"这是与岛村抱月"发人深省的文艺"一脉相承的新要求。长谷川天溪显然排除游戏文学、虚饰文学，崇尚"无修饰的艺术"。他竭力阐述缘由：所有幻影在科学面前，势必被打消，这样的时代应当出现以真实为根基的无修饰艺术。之后不久，长谷川天溪在《反基督教的精神》中论述了基督教不足以引导国民进入新时代的理由，并呼吁"肯定自我、肉欲、大地、意志、国家"。在这里也明确地显示了他的自然主义倾向。

他所倾力完成的论文是《排除伦理性游戏》（1907）和《暴露现实的悲哀》（1908）。这两篇文章对自然主义思想的宣传有极好效果。在《排除伦理性游戏》中，他排除一切既成理想，阐述了应该把持各自内心的独立、自由和正确的人生观的必要性。由此他在谈及文艺的真实和为人生的艺术时断言"如果文艺仅仅是供娱乐所用的话，舍弃对现实的研究在那翱翔，这不是我们所要讨论的。如同哲学家仅仅以延伸推理能力完善理论体系为目的，文艺家也脱离现实创造一个自我的世界也未尝不可。如果是信奉所谓为艺术的艺术主义的人，可以遵循他们的理想，凭借想象，创作有趣味的作品。然而假如将文艺与生活相联系，即文艺作品的目的不仅是供娱乐之用，还想着要有'阐明'这一要点的话，如上就无法得到满足。如同仅以理论的顺利推演为目的的人或者会成为哲学家或者图书管理员，想将理论和人生相关联的人或许会成为道德实践家或者宗教研究家一样，文学家如果想要与人生结合的话，就必须要接触现实世界。而且，对待现实的态度也就是看待现实的方法，必须是放弃一切理想、道德即我所谓的破理显实的态度。今天所谓的自然主义，正是以此为立足点。"总之他认为必须摒弃道德、宗教、哲学、理想等等，直面现实，向着以往被冷落的肉欲方面突进。

《暴露现实的悲哀》可以看做是《排除伦理性游戏》的续篇。长谷川天溪在这篇文章里说"幻象中的理想破灭之后，留下的是什么,那就是现实。"还说"我们不应该不满足于仅以我们所观察到的现实世界为基准而描写的人生",其次还谈到了欧洲自然主义文学的状态:

> 让我们看看欧洲大陆自然主义的潮流吧!它兴起的背景不正是沉痛的幻想破灭以及"无解决"的悲哀吗?易卜生的剧作、霍普特曼的著作,其深远的背景不就是荒凉寂寥的天地吗?不要把尼采、莫泊桑可怜的晚年仅仅归结为生理性的,正是现实所暴露的悲哀造成了他们的死亡。他们这一自然主义流派不是津津乐道地描写丑陋、琐碎、非理想、非艺术、反道德、肉欲和性欲,而是真实无伪地描写现实,而且其背景是一片极为悲哀的苦海。
>
> 人随着年龄的增长会失去青年时期的幻想,越来越接近现实愈发感到悲哀,直至接受最后死亡的现实。人类社会也是如此。当今社会与以往相比,不是更让人感到悲哀吗?塔索①在诗中吟唱:"世界在变老,愈老悲愈多。"有增无减的悲哀这一大背景实在是近代文艺的生命源泉,离开这一背景,有血有肉的文艺就无从谈起。

这一说法非常直接地抓住了自然主义文艺要领。但是,更有学术见地、更有高度、更系统地阐明自然主义文艺要领的是岛村抱月。岛村抱月作为当时海外归来的新型知识分子,作为当时评论界的权威,在自然主义倾向日渐浓厚的时代,站到了自然主义一边,给文

---

① 托尔夸托·塔索(Torquato Tasso,1544—1595),意大利文艺复兴运动晚期的诗人,对古典文化和哲学十分热爱,跟人文主义者交往甚密。早期用浪漫情调写骑士业绩的长诗,后期作为宫廷诗人写牧歌剧。代表作是叙事长诗《被解放的耶路撒冷》(1575)。

第九章　自然主义时代的思想和评论

坛以超越长谷川天溪的影响力，同时对自然主义地位的确立也起到了不小的作用。

第四节　岛村抱月的自然主义观

岛村抱月写了很多关于自然主义的论文。明治四十年六月《当今文坛和自然主义》（1907）在《早稻田文学》发表以来，又相继发表了《文艺上的自然主义》（1908）、《自然主义的价值》（1908）、《自然主义与一般思想的关系》《失去热情的自己》《代序：论人生观中自然主义》《怀疑与告白》《第一义与第二义》等。他的诸篇论文里，丝毫没有热情、鼓吹、煽动的力量。然而，却具有非凡的远见卓识，情理与引例皆稳妥不失公正。长谷川天溪所云过于率直往往导致误解，或引起他人反感，而岛村抱月几乎没有，他更多的是拥有积极消除误会，缓和反感的力量。

他的《文艺上的自然主义》在自然主义的基础上加上文艺史观考察，明确了自然主义为何产生、为何兴盛，对长谷川天溪没有论及的地方做了很好的补充。在《当今文坛和自然主义》一文中，明确了自然主义与以往文学不同的原因，说"与技巧主义、情绪主义相对而建立自然主义时，前者是关注事象前后的技巧和情绪，后者关注的是事象本身，而且在以事象本身为目标的过程中，进一步展开三个阶段的概念。"第一阶段是尽量将事象贴近现实体验，强调现实中存在的性质，可称之为"写实性自然主义"；第二阶段是彰显事象中的道理与意味，并从中显示出主张和蕴涵的哲理，可称之为"哲理性自然主义"；第三阶段是在事象中看到题材的整体，再从事象中展现其全貌，可称之为"纯粹性自然主义"。对此，岛村抱月说

"其技巧并非冰冷的客观现实的事象，而是睁开灵魂之眼、生命之机刹那间觉醒的事象，是瞬间活动的自然。"他尤为重视"纯粹性自然主义"，并进行了如下的解说：

> "纯粹性自然主义"在归纳总撰事象之前，所意识到的未必和现实完全一致，所意识到的理趣也未必很深刻。而是将这样的意识视作一种杂念而加以排斥。因为担心从作家个人主观而产生矫揉造作的意图。那么作家以什么为内心的目标来决定自己的创作态度呢？直接的回答是消极的，即所谓：唯有无私念，去除个人的杂念，消除自我意识，尽可能抑制一切自我情感的抒发，努力使自己如同淡然之水一般。虽然不清楚禅家三昧的境界如何，但自然主义的三昧境界不正存在于消除我欲私心、心灵深处满怀温柔、和善、谦逊吗？此时的自然事象就如镜中影像完全映现出来，达到真正的物我合一，此时我们才会被自然的真实感动而流下泪水。面对自然而情不自禁地流下泪水，这种感觉也许只能在把我们自己完全倒空之后才会产生。这样，在将傲慢固执之情一扫而空之后，我们心灵之镜中的事象，以一种清新纯净之情得以温润。事象在此鲜活而灵动。无念无想之后，我们的情感、我们的生命与事象融合，创造出一幅鲜活自然、极目辽阔的自然图景。所谓物我融合、展现自然全景正是缘于此。总之，从去除一切私念的虚静心境产生的事象中，自然而然地融凝别样清新的情感和意趣，这就是"纯粹性自然主义"的极致。

如上所述，岛村抱月对自然主义描写方法的解释是谨慎而沉稳的。这与长谷川天溪血气方刚、流于急进相比有很大的不同。岛村

第九章 自然主义时代的思想和评论

抱月为排除对自然主义的误解而撰写的《自然主义的价值》一文，深得要领。当时，对自然主义存在着种种非难。从作者内心寻求外形纯客观的东西，究竟能否达到无念无想？作品中能否完全不掺杂主观的因素？等等，受到了种种质疑。岛村抱月给予了恳切的答复，言及审美的主观与客观，并将审美主观分为抒情性主观、情绪性主观、情趣性主观三个方面。他辩解道："现在以自然主义对主观的排斥相对照，要排斥的应该是'抒情性'与'情绪性'两方面。抒情性主观，其内容和目的都破坏自然的真实，所以应当排斥；情绪性主观，由情感的夸张产生的技巧上的造作，同样会遮蔽自然的真，因此也应当排斥。所谓无念无想，从知性的角度看，就是在事象的描写中，斩断第一阶段和第二阶段的利己的道德的考量，以及对此加以表达的技巧。那么，剩下的就是将知性的事象，一步一步尽可能类似试验地，令人感到非常自然地展开，以期与事象——对应的情绪反应达成契合，就可以如实地再现出理智与情感相融合的第三阶段了。这是客观艺术的极致。由直接间接的实验所引导，事件的描写自然展开。与此同时，将第三阶段的情感析出，成为一种鲜活的事件。以此为切入点进行直接描写下去。排除主观也好，排除技巧也好，无思念也好，所谓描写的自然无非如此。"

岛村抱月力求进一步辨明自然主义以"真实"为目的。他认为作为文艺目的快乐与实际意义二者并存且相互作用。紧接着他这样写道："从这一点来看自然主义的话，其所谓的真所包含的道德方面的意义，在这一层意义上得到了认可。毕竟在此，实际意义披上了真的名义与快乐相拥，并以此来完成美的要求。自然主义并非使文学降临到道德应用之门。以往的文艺逐渐落入俗套、即将成为一种空想的游戏、形似的游戏。特别标榜真，只不过对此从另一方面提出相反的，明确了不得不给文艺增加实际意义这一层价值的原因而已。"他接下来谈及必须以"真"为主、"美"为从这样一种关系，为使文艺更有价值、更加严肃，并非加上真，相反是这种真急于要发挥。社会改革之念、科学发展之志、世相暴露之望难以抑制而发，才形成这种文艺。在这种情况下，美为从，真为主，美只不过是为了发挥真的一种方便而已。

当时，对于自然主义最大的误解就是其男女间兽性描写的宗旨及其本能满足主义。这基于长谷川天溪他们不断极力主张肉欲描写以及田山花袋的《蒲团》《少女病》等作品都露骨地描写了中年人对少女的性欲而得到文坛的好评。终究是表皮上的一种误解，倡导新主张的时候往往极易引起误解。岛村抱月对于这样的误解，做了如下描述：

> 肉欲也是现实的一部分，提出在必要的场合进行真实的现实描写不是令人反感的。这可以称之为"自然主义的大胆"，但这种肉欲一定要从作品整体背后所隐藏着的严肃意义中来运用，抓住这个要点，肉欲本身也就具有了严肃的意义，必须是认可与否的界限。剩下的问题就是读者理解力有程度不等的差异。看过《早稻田文学》上今村法官的文章，他关于这一点的看法深合我意，大多数鉴赏水平不高的读者，往往在没有理解整个作品背景的中心意义之前，先就被肉体描写所迷惑。我想高级的文艺作品必须能预见到这种可能性。多数落后的人与少数先进的人的矛盾，不久的将来就会成为社会道德与文艺的矛盾冲突。……
>
> 关于本能满足主义我这儿无须多说。如果有人从道德出发，而以本能的直接满足（尤其是兽欲）为实际目的，那么这种言论也应该从道德层面加以论辩。对这种观点反对也罢，赞成也

第九章　自然主义时代的思想和评论

罢，全都由自身的道德秉性而定。赞成与否的声音将来就是道德的声音。这与自然主义的肉欲描写是两回事，自然主义是以文艺的标尺来确定赞成与否。

岛村抱月的辨明非常明确，在直指根本意义、巧妙避开枝节这一点上大获成功。他最后阐明了自然主义的价值和本体，考察了其思想方面的意义。在此基础上，他论述了自然主义分三个阶段与一般思想的联系。在打破旧习、开拓创新这一方面，虽然文艺在文艺范围内进行，道德在道德范围内进行，但根本上具有相通的思想倾向，这是作为第一阶段的联系；与一般思想重科学重经验一样，文艺也重现实，即所谓排斥理想，这是第二阶段的联系；在此之后还有第三阶段。岛村抱月所说的第三段就是："自然主义主张直接去探求神秘的事物，反对借助于宗教这样的中间事物，这与一般思想试图离开现有宗教意识是一致的。其中心意义，与以寻求绝对至高无上的理想并向上超越人生相反，它是一种向下的寻求，具有在现实中直接把握绝对事物的东洋式倾向。以毁灭现实，改变现实为目的思想，与充分展开现实为目的思想相对照，自然主义是后者在文艺上的极端实行。这种实行手段很繁琐，但归根结底，最重要的问题是这种根本倾向能不能在创作中自始至终得以实行。不论方式如何，结果必然是不同的。让我们憧憬着本体回归现实，回归现实的人生吧！——我们已经听到了自然主义的吁求。"总之，这里隐约暗示了岛村抱月不仅要从文艺上认识到自然主义的价值，还要积极地从思想生活上去认识这样一种终极倾向。认真仔细想想，走到这一步是最恰当的，但关于其最终的最深最高的一点，岛村抱月什么也没有说。

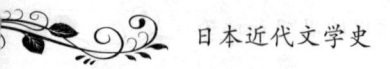

第五节　自然主义对非自然主义者的胜利

就这样，评论界的战将为自然主义不断战斗、巩固其阵地。而对此高呼反对的有后藤宙外、通口龙峡、泉镜花等。也就是说，早稻田派中的《新小说》一派、砚友社、赤门派的一部分等联合起来要保持以往小说的倾向。后藤宙外是其中心人物，明治四十年前后起，在《新小说》上展开反自然主义论战。对此不断发出共鸣的是对自然主义抱有误解的一些教育家。然而，他们对自然主义的城堡不能轻而易举地攻陷而深感焦躁。到了明治四十二年，反对者组织"文艺革新会"，进一步反对自然主义，但是赞成者为之甚少，而且文坛的新人基本上都与自然主义产生共鸣。

像后藤宙外，对于自然主义不从正面进行反对，而是表现出一种冷嘲的、清高的态度。这是一部分精通海外文学的人们，不想在日本重复欧洲已经过时的自然主义时代。对此，岛村抱月说道："至少现在，这是日本文坛最为亲切的一种趣味。不，也许早已露出端倪，但明确地进入小说界则尚属新鲜。在遥远的法国，于斯曼①突然

---

① 乔里-卡尔·于斯曼（Joris-Karl Huysmans，1848—1907），法国小说家，他的文学创作以80年代中期为界，前期是自然主义，后期是现代派的先锋。自然主义时期的作品有《玛特，一个妓女的故事》（1876）、《华达尔姊妹》（1879）、《巴黎速写》（1880）、《同居生活》（1881）等。这些作品以饮食男女，官能感受为题材，艺术上观察精细，形象逼真，墨重色浓。《逆天》（1884）的出版标志他的转向。

第九章　自然主义时代的思想和评论

转变，布尔热①就反对了。二十几年后，法国在继续也罢，已经消亡也罢，但在我们读书界，以自然主义和西方人所倡导的趣味去切身体味，这是眼前的事实，毫无办法。"想来，像上田敏这样的人物，的确是对自然主义持有清高态度的人。

其次，有一些人对自然主义一派未必会去论争，但明确抱有不满。如夏目漱石、森鸥外他们这一派。夏目漱石对自然主义小说怀有强烈不满。特别是对长谷川天溪等人的自然主义是文学的正道而其他似乎都是邪道的这一说法难以信服。无需冷静周到地考虑，自然主义也存在着长短利弊自不待言。夏目漱石与岛村抱月一样把自然主义当做是一种"全新的趣味"，并没有无条件地赞成自然主义。他在高滨虚子的小说集《鸡冠花》里，讨论余裕派、非余裕派小说，把自然主义的小说放入非余裕派的范畴，说"如果说只有自然主义才是小说的极致的话，不得不令人怀疑。"并嘲讽其缺陷，驳斥道："把自然主义小说看做第一义是错误的，因为那是没有脱离生死的烦恼底限的第一义，如果从打破生死上来看，它是第二义的。"

根据夏目漱石的说法，余裕派的小说是绰绰有余不显逼仄的小说，是避开了"非常"这一字眼的小说，是无所触及的小说，有雍容韵味的小说。非余裕派的小说是令人窒息的小说，是令人处于窘境的小说，是一种没有随性因子、舒适因子的小说，是将关于一生的浮沉这样重大的问题当做主题的小说。而且夏目漱石自身和高滨虚子他们的小说都属于余裕派，认为与非余裕的自然主义小说一样

---

① 保罗·布尔热（Paul Bourget，1852—1935），法国小说家、评论家，心理分析小说的鼻祖。早期作品《无法挽回》（1884）中曾运用自然主义创作方法。但代表作《弟子》（1889）对自然主义进行抨击，作品具有浓厚的宗教色彩，独特的心理分析和细腻的心理描写。他的其他作品还有《残酷的谜》（1885）、《都市》（1893）、《离婚》（1904）、《当代心理学文集》（评论 1885）等。

有存在下去的权利。关于这一点，夏目漱石说"人生有无数余裕。品茶浇花、绘画雕刻消遣、开开玩笑、唱唱小曲、钓钓鱼、看看戏、避避暑之类的都是有余裕的人生。这些又都是文艺的素材。以这些为素材写成的小说，有低回趣味、依依趣味、恋恋趣味。"而且提及所谓低回趣味的内容，夏目漱石解释道："顾名思义，因为是尽可能长时间伫立一处的趣味，所以从某种角度说是难以前进的趣味。换言之，假如不是有余裕的人的话，就不可能有这种趣味。闲人出来买东西途中会被吸引住，或是看看派出所门前提着老鼠的小和尚，或是听听自负之辈的夸夸其谈，重要的购物总是难以完成。但是如果是大忙人的话，就没有这个'余裕'了。出去买东西的话，买东西就是目的。买东西只要是买到了，这样就算达到目的了。小说也是这个道理。如果仅仅把趣味放在了篇中的人物是死是活这样的命运上的话，自然就没有了'余裕'。因此，被逼入窘境，低回趣味就减少了。"自然主义不停地说些揭露现实的悲哀与幻灭、有增无减的悲痛、个人的寂寞、主观的庄严以及触及人生之类的事情，想来这是因为他把自然主义的这些说法看做是偏颇的人生的看法、看做是没有余裕的死板至极的解释。他说："世界很大，在广阔的世界里居住的方法也各种各样。随缘临机地享受各种居住方式也是余裕。观察也是余裕。体味也是余裕。等待这些余裕而发生的事情以及对于这些事情的情绪什么的依然是人生。"夏目漱石所言虽有些暧昧，但是以东洋的日本的趣味为主，实实在在地想到自然主义的缺点，的确不是毫无意义的。因为夏目漱石没有像岛村抱月一样有条理地带有学术见地充满热情地阐明自己的文学主张，总让人觉得有不彻底的地方。对夏目漱石的说法产生共鸣的只不过是他的门生以及《杜鹃》一派的小说家们。

与夏目漱石的余裕小说、低回趣味的同时，令人想起的是森鸥

第九章　自然主义时代的思想和评论

外的《游乐》。想必森鸥外也和夏目漱石一样，对自然主义抱有不满，称当时文坛为"末流文坛"。然而，他并没有像夏目漱石那样从正面展示他的文学见解，而是对自然主义有些清高地冷眼旁观，加以嘲笑。他在小说《性生活》中讽刺了当时自然主义兴起的文坛，或在小说《游乐》中，隐约透露出他的低回趣味、依依趣味。这似乎可以说与夏目漱石的余裕小说同出一辙。

总之，夏目漱石、森鸥外他们只是没有像后藤宙外那样从正面和自然主义论争而已，实际上，还是属于非自然主义这一类别。但是，对于论坛来说，因为他们的影响是很微小的，所以对自然主义一派来说，他们的不平和不满是无关痛痒的。这样，自然主义就非常正当地取得了文学上的胜利。关于这一点，间接助推自然主义发展的有两大主要力量。一是近世欧洲文学的介绍、评论非常兴盛，二是实用主义哲学的引进。

欧洲大陆文学的介绍，对自然主义文学崛起起到了多大的推动作用无可估量。俄罗斯、德国、法国、斯堪的纳维亚、意大利、挪威等其他自然主义文学不断被翻译，或者是译介论述了大意。托尔斯泰、易卜生、左拉、莫泊桑、屠格涅夫、高尔基、邓南遮①、苏德曼、霍普特曼、福楼拜、契诃夫、梅特林克②等人的作品，给予了我

---

① 加百列·邓南遮（Gabriele d'annunzio，1863—1938），意大利著名诗人、小说家、剧作家、民族主义者。早年的创作具有现实主义倾向，后来写作唯美主义，代表作有诗集《初春》（1879）、《新歌》（1881）、短篇小说集《阿尔奇奥内》（1886），影响最大的作品是《玫瑰三部曲》（《欢乐》1889、《无辜者》1892、《死的胜利》1894）。邓南遮同时也是著名的法西斯分子，是墨索里尼的主要支持者之一。

② 莫里斯·梅特林克（Maurice Polydore Marie Bernard Maeterlinck，1862—1949），比利时剧作家、诗人、散文家，象征派戏剧的代表作家，早期作品充满悲观颓废的色彩，宣扬死亡和命运的无常，后期作品研究人生和生命的奥秘，思索道德的价值，主要的作品有《盲人》（1890）、《佩利亚斯与梅丽桑德》（1892）、《蒙娜·凡娜》（1902）、《青鸟》（1908）等。1911年荣获得诺贝尔文学奖。

国作家和评论家以强大的影响。岛崎藤村、田山花袋、德田秋声、正宗白鸟都在其影响之下，至少从中得到了启发。致力于这些作品的翻译和介绍的人有二叶亭四迷、内田鲁庵、森鸥外、上田敏以及升曙梦（1878—1958）、马场孤蝶（1869—1940）、岛村抱月、中村吉藏（春雨）、片山孤村（1879—1933）、樱井天坛（1879—1933）、小山内薰、草野柴二、吉江乔松（孤雁）、片上伸（天弦）、生田长江等。

其次，实用主义哲学虽然没有欧洲大陆文学那样的影响势力，但它从根本上尊重现实的传统、只接受与现实人生有关的真理这一点与自然主义有相通之处。谈及此事，岛村抱月在明治四十三年一月这样说道："实用主义思想愈来愈成为人们研究的课题，表现为或者论述哲学与实用主义的关系，或者论述艺术与实用主义的关系，或者论述教育与实用主义的关系。早稻田一派的年轻哲学家们未必倒向实用主义，但是，从迄今高深的纯理论哲学的梦中醒来，把现实中自己的生活作为起身的第一步来研究，很快就进入了哲学的领域。我认为这种倾向到了去年（明治四十二年，1909）更加清晰了。这仍然是现实的自我反省吧。"且不说这种观点，我们也可以看出，实用主义间接地从思想上推动了自然主义的发展。

第六节　自然主义的趋向和文艺评论的大势

如上所述，自然主义原本就是支配我国文坛的必然命运和趋势，并且有不少助长其发展的诱因。自然主义最终从日俄战争时期开始到明治维新结束，成为文坛的中心势力。而且其影响不仅限于文坛，不仅仅打破了文坛的旧习，还掀起了打破思想、生活、社会道德之

第九章　自然主义时代的思想和评论

类旧习的旋涡。换言之，它达到了试图打破思想观念、生活习俗、社会道德的一切虚伪与粉饰的局面。这是因为旧习多数与自然之理相违背，与"真"的目的相左。虽然不清楚其打破的程度，但的确成了新时代人们挑战不良陋习的形式。开始时，因为其主旨并不明确，有人将自然主义解释为本能主义，肤浅地讨论道德与文艺的冲突。但后来一旦明白了自然主义的主旨，从旧道德、旧习惯、旧生活、旧社会的弊病中觉醒的人逐渐多了起来，从被禁锢的生活中进入到开放生活的人增多了。

尼采等人早已经大声疾呼要打破旧习，但自然主义的提倡，其意义得以特别凸现。接下来的问题是应如何改造现实的道德，如何去创造新的社会与生活。在这一方面，自然主义指责、挑剔当今社会存在各种各样的弊病，男女间的交往问题、劳资问题等都存在各种各样的弊病。至于如何解决这些问题，则丝毫没有涉及。在打破旧习、破坏偶像、暴露情弊这一面，自然主义起到了相当的作用。但在解决问题方面，则难如所愿。于是出现了陷入怀疑、因如何处理艺术与生活而焦虑的人。如岛村抱月的《怀疑与告白》《实践的人生和艺术的人生》等论文，展示了从自然主义思想出发，却艰难前行的境界。岩野泡鸣的自然主义式的象征主义，也展示了由自然主义而达到艺术，即实行的意义。

究其根源，自然主义走向怀疑论是其必然归宿。只要不打破旧习、摒弃偶像，建立新宗教、新道德，接下来就只有怀疑。什么都无法相信和依靠，只有怀疑存在着并发挥作用，或者说是凭借着怀疑而生存。而且自己的生活秩序不能很好地统一，只有七零八落的碎片。对此，岛村抱月在《怀疑与告白》以及《自己与分裂生活》中有相关叙述。他叹息"现在的哲学、宗教都在怀疑中存续着"，"认为不从现实出发的哲学、宗教、道德、艺术就会失去光彩，希望

永久停留在现实中将光彩投射到更多人心里——处在这样的时代，就不得不打破自我人格的自觉统一。"从这一层面来看，可以说岛村抱月希望贯彻自然主义思想，是想以知性取胜，却败于知性的人，是个寂寞、孤独的人，是要解放"理智"而被"理智"囚禁的人。

如果不选择岛村抱月那样的道路的话，或者只能像岩野泡鸣那样进入艺术就是人生实践的天地，或者一直埋头于虚无主义世界，但这不是轻而易举的事情。在理论上，岛村抱月在艺术和现实人生之间画出了一条明确的界线，但在他的人生实践上，他的晚年寂寞难耐，终归触碰了艺术即实行这条线，因为无论是谁都难以忍耐长时间的怀疑与沉寂。岩野泡鸣从最初发表《神秘的半兽主义》开始，就显示出艺术即人生的倾向，因此他能达到自然主义式的象征主义是理所当然的结局。岛村抱月和岩野泡鸣之后都经历了人生中各种挫折。自然主义最终陷入难以达到所有的满足、寂寞孤独的境地。不仅在观念上、社会上可以这样说，在文学上也可以这样说。自然主义的分裂与新的思潮勃兴就是其明显的证据。明治四十三年左右，永井荷风等人极力主张享乐主义文艺，也是自然主义的一个反拨。这些后面另作论述。

自然主义的概要与归宿大体如上所述。然后必须再说一句的是文艺批评的进步。高山樗牛去世以来，岛村抱月正在英国留学，上田敏写得不多，文艺评论基本上处于一种停滞的状态。但是，自然主义逐渐兴起的时候，长谷川天溪首先发挥作用，岛村抱月从海外留学回来，在复刊的《早稻田文学》首刊上，发表了《被囚禁的文艺》（1906），展示了其新锐的气势。接着有《莎翁扫墓记》《路易王室的梦想足迹》之类的雄篇大作发表。当时他正为趋于右倾还是"左倾"而苦恼，最后终于决定趋于"左倾"，之后作为自然主义运动的指导者和阐释者作出了很大的贡献。在他的文学活动下，早稻田派的新人、才子空前之多。其中相马御风、天弦（伸）、中村星

第九章 自然主义时代的思想和评论

湖、文雄四人,如同正宗白鸟、近松秋江等接受了岛村抱月的指导一样,在评论上接受了岛村抱月的指导,重新披沥了各自独到的见解。《早稻田文学》因此展示了在文艺评论上的崭新风采。

在《文章世界》上,田山花袋和前田晁共同执笔了文艺评论。前田晁(1879—1961)是在自然主义运动中付出相当努力的人之一。当然是在田山花袋的指导下。秋田雨雀、楠山正雄(1884—1950)、近松秋江(1876—1944)等也参与了评论。总的来讲,在评论上,当时的早稻田是占优势的。与此相比,只因为夏目漱石门下以及生田长江等占据评论界之一隅,赤门派在人数上、气势上都有些不振。然而,安倍能成、阿部次郎、小宫丰隆、和辻哲郎等没有早稻田末流那样的肤浅之处。生田长江(1882—1936)的评论很尖锐,文章短小精悍,主题突出,与近松秋江的废话连篇喋喋不休的叙述,形成鲜明的对比。

当时,对于文艺评论的形式和内容都有各种研究,与前期的状况相比,视野更加开阔。前期最进步之处也只是达到这样的程度:非常拘泥形式、表面地学习法国丹纳的科学批评方法。然而,进入这一时期后,有人学习布吕内蒂埃、圣伯夫等的做法,或模仿卡莱尔、马修·阿诺德等的手法。而且,印象评论乃至鉴赏评论成为主流,科学性的评论退居其次。印象评论是看重评论家自身的心情和感受,以自由的方式对文艺进行评判,正是所谓的"废话"。鉴赏评论是咀嚼文艺的味道,并细心品味。这展示了评论家的见识、趣味、性格相结合的鉴赏力。无论是印象评论还是鉴赏评论,终究必须是合理的。这里需要睿智的光芒。这就是桑塔耶那[①]非常看重合理鉴赏

[①] 乔治·桑塔耶那(George Santayana,1863—1952),西班牙裔美国哲学家、诗人、小说家、文学和文化批评家,在美学、哲学、文学创作和文艺批评诸领域内均有重大贡献。主要著作有《十四行诗及其他诗集》(1894)、《美感》(1896)、《理性生活》(5卷1905—1906)和《三位哲学诗人:卢克莱修、但丁、歌德》(1910)等。

的原因。可以看出，在岛村抱月的评论中，基本上是合理的鉴赏评论。

岛村抱月回国后的抱负，恐怕就是成为高山樗牛之后的评论界霸主吧。留学之前，他已经作为评论家与高山樗牛几乎并驾齐驱，展示了紧随其后的潜力，但在学识见识上尚有所欠缺。换言之，也就是有些不成熟。不过在英德三年的留学中，他在美学、心理学、戏剧、美术等方面积累了渊博的学识后回国，他的见闻学识不仅有了飞跃的进步，他的文章和以前相比，也多了些韵味和厚重，不仅温雅、明快而且富有趣味，情理兼备，缺点已几乎不存在了，以前干燥乏味的倾向也都得以克服。但缺乏潜力是他的弱点。这样，他成为当时评论界的权威。以他为中心聚集的年轻评论家，都是他的模仿者。然而，这些人到后来都逐渐阐明了其特质。

当时友情声援《早稻田文学》的评论家有纲岛梁川、金子筑水二人。纲岛梁川的情况前面已经谈到，这里不再赘述。金子筑水从德国留学回国，正是他在哲学造诣上取得长足进步之时，他把倾注心血的长篇论文寄给《早稻田文学》。他对自然主义运动寄予同情，但并未参与进去。他与近世德国文学产生共鸣，在明治三十九年前后曾断言：新理想主义文艺将会统治未来。在这一点，他与岛村抱月具有不同倾向，更接近于白桦派。关于思想问题，他有时会将自己的所见公之于众。例如，关于实用主义、社会主义等，他提供了讲坛式的解说。他的文章典雅，但与岛村抱月相比，略显沉闷、啰嗦，但理路正确，竭尽详情，令任何人都可以轻易读懂，却并没有因此而流于肤浅，具有根底厚实之处。这大概是因为他具有哲学的背景吧。如同杉森孝次郎（白松南山，1881—1968），金子筑水也是我敬仰的人之一。

另外，长谷川天溪的评论虽不像岛村抱月那样从容有分量，但

第九章 自然主义时代的思想和评论

有锐利的解释与辩说,应该称之为有天赋的自然主义评论家。他的文章虽略有些头重脚轻,公文式的缺乏品位、色彩单调,但没有矫揉造作,这是他的一大特点,而且在清晰地阐明自然主义的精髓方面,恰到妙处。他早已专心于评论,但因文笔不好,很久都没有得到认可,处于不被知遇的地位。但到这一时期,他作为文坛的一名战将,多少受到了重视。可以说这是他勤奋努力的结果。

生田长江对自然主义持冷眼旁观的态度。他主要埋头翻译,有时执笔写些评论。《艺术家与艺人》(1914)是展示其才华的随笔,没有废话,不时地冒出几句得意的名言警句是他特有的风格,缺点是总觉得有点肤浅。除他之外还有中泽临川(1878—1920)、田中王堂(田中喜,1867—1932)等人。这两人当时如同在云端隐约闪现的蛟龙鳞片,尚未发挥其特色。他们和生田长江一起,大多在进入大正时期之后,才显示出作为评论家的实力。虽然相马御风、片上天弦(片上伸)等作为评论家虽早已展现了优秀的才能,但真正打下根基还是到了大正时代之后。相马御风的文章明丽又有柔和的味道,片上天弦的文章庄重又诗味十足。但前者很容易流于冗长,后者又很啰嗦。还有,夏目漱石门下的评论家并没有在这一时期显示出明显的作用。

近松秋江在《文坛废话》中与其说展现了他的鉴赏力,倒不如说他的说话方式和蔼可亲、无所拘泥、细腻的女性式的特色引起了人们的注目。作为印象评论的一种,是他在文坛占据一席之地的原因。而田山花袋的随笔,时常有独断之处,但却以自由的书写方式阐明了自然主义的精神与看法。前田晁的评论也很有活力,充满朝气。

总之,论坛因为以上这些人而热闹非凡。当然关于自然主义论战时时在进行,评论题目没有穷尽之时。正如"被埋葬的作家"和

"应该埋葬的作家"所说的那样，无论怎么说，这是一个疯狂埋葬非自然主义文人的时代。换言之，大有视非自然主义的大多数为异端，并使其折服之气概。整体上来说论坛生机盎然。但在临近明治末期，自然主义几乎走到尽头，无解决、无理想、无道德等虚无倾向，令那些非常认真又有同情心的人们感到非常失望，自然主义逐渐走向衰退，评论坛也随之萧条，整体上趋于沉静与慎重，并挣扎着开始黑暗中的摸索，另寻新的理想、道德之光。对于自然主义的功过，我将另作论述。

第十章 自然主义的作家及作品

第一节 自然主义文学先驱国木田独步

　　自然主义崛起前后，实现了一场创作方面的大革命。因此，作家方面也有很大的变化，涌现出各种各样的人物，有因逆潮流而行遭到淘汰的、有抓住新机遇而得势的、有得益于"时代"而瞬间受到认可的等等。这一时期，刚迈出早稻田校门的新进作家，与三田派、赤门派的年轻人相继成群结队，大量出现在创作界。有中村星湖、正宗白鸟、水野叶舟、近松秋江、小川未明、薰、秋田雨雀、谷崎润一郎、森田草平、铃木三重吉等人以及加能作次郎、长田干彦、田中介二、水上泷太郎、久保田万太郎等。其中女性作家有弥生子、田村俊子、仙子等人。另一方面，田山花袋、岩野泡鸣、德田秋声等人进入这一时期后迅速抬头。夏目漱石、高滨虚子等早就出现在文坛或俳坛。这一时期主要以小说创作为主。此外，还有像"国木田独步"那样的，久久处于不被知遇的地位，到了这一时期其价值也得到了认可。而且风靡文坛一时的砚友社派，除小栗风叶、德田秋声两人外，都逐渐凋落了。像尾崎红叶那样在自然主义崛起前就去世的，没有看到凋落的情景，就这一点可以说是一种幸福的吧。

作为创作自然主义小说的先驱者，首先浮现在人们脑海中的是国木田独步、岛崎藤村、田山花袋三个人。这些人本来都是写诗的，而且都有过追梦的时代。但很快觉醒，并将自然主义新潮流推送到文坛，这里有他们不断的拼搏和努力。而他们之中，事实上国木田独步是第一个觉醒者。

国木田独步是一位天才诗人。他很早就开始对宇宙、人生进行认真思考，努力寻找其中的奥秘。当他难得堂奥，转而思考起宇宙、人生的悠久和不可思议，深切感受到中间的生生死死，脆弱的人们的悲痛、寂寞的命运。而且他也在此命运中，曾经信奉过基督教，陶醉于恋爱美、自然美之中。最终，他醒悟了。但悲愁哀痛的感觉，一直到死也没有离开他。最终他很自然地拥有了神秘主义的、宿命论的思想。像他这样的天才诗人在砚友社派中一个也找不出来。

因此，在以尾崎红叶为中心的砚友社派几乎统治整个创作界的时代，他很不走运。他早在《武藏野》（1901）一书中发出了自然主义的先声，但其卓越的才能只得到《新声》同人中极少数人的认可，一般都对他冷眼视之。但他并不介意，始终坚定不移地走在自己所认定的道路上。在举世都赞美尾崎红叶小说的时候，他断然在《尾崎红叶论》中明确指出了尾崎红叶艺术的不正之道。这样的文学觉悟和勇气难能可贵，在当时也只有他一个人。

的确，他和尾崎红叶的艺术基本上是背道而驰。尾崎红叶具有江户人的秉性，摆出一副行家雅士的样子，对宇宙和人生不会去认真思考，而是嘲弄。对现实的悲痛、命运的寂寞之类，红叶直至晚年几乎都没体悟到。按常识来讲，他是个乐天派，爱好社交，是个美食家，又很执着，诸事喜欢热闹和华丽。国木田独步在《诚实日记》（1908—1909）中坦诚地吐露感想说："想来我们诗人的本分在于倾听、诠释和尊重人性在人类内心深处发出的幽音悲鸣，也就是

第十章 自然主义的作家及作品

说,这个幽音悲鸣比起基督、孔子、华兹华斯、莎士比亚、王阳明更值得一听,而且比起自身的纰漏也值得一听,之所以听后将其发挥,就是要以此教化人类"。又进一步说"我们看到的这个社会,人们生活的情景是一件意义深刻的事情。如果人生有意义的话,那么我们看到的事实的深处就存在着大意义、大奥妙。……芸芸众生最终如何?终究如何?他们的精神、他们的生命到底有什么意义?大圣贤的生命意义倒是不难领悟,因为他们各自怀揣理想,永远点燃着伟大高远的希望,所以,看到他们的理想之时也就可以感受到他们的意义。至于大多数芸芸众生其意义最终如何?想到此,着实令人茫然不知。想来那些人生的悲观者不堪血泪悔恨,不正是被这种情景所打倒了吗?然也。宗教的起因不就在于此吗?然也。"我们据此早就可以感受到他与尾崎红叶不同的立场。不只是他们的人生观不同,文学态度、方式方法等方面也都不同。因此,砚友社派兴旺时期,国木田独步在文坛上的真正价值终究既没有得到认可的机会,也无所依靠。

然而,国木田独步扬眉吐气的时代终于来到了。自然主义思潮给予了他一次让世人了解他真实价值的机会。从明治三十八年《独步集》(1905)出版时开始,之后明治四十年,出版《涛声》(1907),次年出版《竹栅门》1908),愈发很好地巩固了他在文坛的地位。《独步集》公开发行之时,他作为作家已经十分老练了。他和高山樗牛、樋口一叶等同样都天资聪颖,但另一方面他在社会上的阅历和各方面的人接触,使他具有比较丰富的经验,这对他的作品产生了很大影响。他是一个直觉敏锐、神经敏感的人。凡是目光所触的所有事物他都务必会敏捷地抓住其精髓。对于杂乱无章的社会和人类以及复杂的世间万象,能够摄取出一部分来比喻人生,是因为他有上述的优点。他洞悉世情,赋予了他不将自己囿于一个狭隘的主观之瓮中，而是以一种客观的态度，从容观照。当然，他的任何一部作品，都无不反映了他悲伤的人生观。但并不是赤裸裸地去表现，而是自始至终将其客观化。他在自然主义兴起之前，大胆地描写肉欲，表达喜怒哀乐，可以时常看出他机智幽默的一面。

他写短篇小说比长篇小说更拿手。晚年执笔的长篇小说《暴风》还没有完成就离世了。像他这样有着敏锐的直觉，希望通过一些情节表现人生的一个侧面的人，似乎更适合写短篇小说，而不适合写长篇小说。他也不喜欢持续写那些冗长无益的东西。那么，最能体现他特色的作品是什么呢？却令人不得不琢磨琢磨。国木田独步简直一点也不像田山花袋那样，写得有好有坏的分别，拿出任何一部作品来，都是无懈可击，非常完美。总之，与作为自然主义先驱被认可、在文坛上具有一定分量之时相比，那之前写了更多优秀作品。《波之音》《竹栅门》等是他成名后的作品，受到很多的关注。相对来说，《波之音》并不是他最好的作品，《竹栅门》才算是他纯熟的作品。但结局部分阿源之死，多少给人一种造作之感。依我看，他的代表作应该是《牛肉与马铃薯》（1901）、《恶魔》《命运论者》（1903）、《巡查》（1902）、《女难》（1903）、《第三者》《酒中日记》（1902）等。从好的一面来讲，这些作品都清晰地表现了国木田独步的特色。通过以上7篇就能了解国木田独步的人生观。暗示了所有的人都稀里糊涂地不去考虑所背负着悲痛的命运、生的不可思议、宇宙的秘密、自我的本来面目等。能够看出他追求令人惊异的宇宙奥妙的严肃心态以及直面命运的精神。《牛肉与马铃薯》描写了聚集在明治俱乐部的几个人的不同外表，其中围绕牛肉主义（现实主义）和马铃薯主义（理想主义）夹杂着警世名言而展开，最终，借冈本的口说出了如下的人生观：

第十章　自然主义的作家及作品

有人对我的朋友这样说过。有人提出"我是什么？"这样一个愚蠢的问题并为此而烦恼。终究，不可得知的问题是无论如何也无法得知，通常来说如此。但是这个问题并非是要得到答案而提出来的。实在是痛感到在这个天地之间的这个"我"是如何的不可思议而自然发出的心灵呼唤。这个问题本身就是心里的真实的声音。

我从哪里来？往哪里去？这是人们经常说的话。

但是本不想发出此问而不得已发出此问的人，从内心流露出宗教的源泉，诗也是如此。因此，除此之外其他都是游戏、是虚伪。

这种庄严的心境是自然主义者的一个要素。国木田独步明治三十四年前后就呼吁过。然而，现在看来，并非如此，在当时触及国木田独步那样心境的是极少的。《牛肉与马铃薯》以外的三篇中，《女难》《命运论者》描写的是男主人公的半生因遭遇不可思议的命运而苦恼，《巡查》描写的是安于独身生活的悠闲、欲平凡地终其一生的山田巡查的一面。每篇作品都表现了主人公对当前的命运既不反抗，也不打算开辟未来的命运，甘于乖乖地服从命运，或被命运捉弄，是把国木田独步的"不能与命运抗争"的思想具体化了。在这方面他是个"死了心的人"。这里没有光亮，飘荡着黑暗的阴影。

国木田独步表现这些的描写手法简洁而有力，非常紧凑，没有一丝多余。虽然色彩并不丰富，文字也并不华丽，但拒绝粉饰，有一种恰如其分地将目前的事实、印象深深地刻入读者脑海的力量，而且在对话中夹杂着他独特的名言警句，打破了流于单调的场景。读了《牛肉与马铃薯》就会发现这些特色。《竹栅门》则显示了作者相当圆熟老练的写作手法，在技巧上他确实很成功。但在思想上他抓住了什么？这一点和他最初的希望、心愿相去甚远。而且他是英国式的，有过于偏向道德稳妥的倾向。下面是《女难》的一节：

　　这是四年前的事了（一个男人开始说），自己因为什么事行走在银座，看见在十字路口的一角有个男的在吹竖笛，在他前面站着七八个人，自己也突然停下脚步，加入了旁观者的行列。
　　时间是春天的五月末，太阳西斜，西边一排排房屋的影子，爬上了东侧房屋基石以上三四尺高的地方。吹竖笛的男人腰部以上被火红的夕阳照射着。因接近暮色，街上越显喧闹，铁轨马车穿梭，人力车东奔西跑的车轮声，赶路人的脚步声，四处喧嚣混杂，在这种喧嚣的场所喧嚣的时间，那个男人悠然地吹着竖笛。因此，在我的眼里就连他半身所沐浴的春天的夕阳看起来都是如此的平静、安详，令人觉得他的笛音所到之处，似乎都形成了一片悠悠的天地。
　　自己一边听着他吹出的时高时低、似断非断的哀调，一边痴痴地看着他的身影。

第二节　岛崎藤村文学上的腾飞

　　岛崎藤村作为一个真正的小说家得到认可始于他出版的长篇小说《破戒》。他从诗歌转到小说，写了《稻草鞋》《水彩画家》等，但这些作品都没能确保他作为小说家的地位，而《破戒》使他一举成名。并且评论家还发出赞叹，认为这是自然主义文学的一个标本。这和他内在的努力分不开。

第十章 自然主义的作家及作品

岛崎藤村与国木田独步一样是一个天才诗人。国木田独步即使不是清教徒，也有基督教式的地方，至少是宗教式的。而岛崎藤村却与众不同，有希腊人文主义的迹象，同时具有敏锐的感觉。国木田独步不努力读书，但藤村努力涉猎欧洲大陆文学，从中吸取大量的营养。关于书房里的修养，岛崎藤村远胜于国木田独步。

岛崎藤村多愁善感的因子也比国木田独步多得多，有易发感慨、重感情的倾向。早期的作品中，这方面有显著的体现。他本人也对此有认识，在写《破戒》时，尽量遏制了多愁善感之处。即便如此还可以看到无法完全遏制住的地方。《破戒》是他在信州小诸、还有东京市外的东大久保的简朴的家中，前后花费了23年才写成的。这期间他失去了两个女儿，忍受着物质上极度的贫困。虽然国木田独步也长期忍受了生活的艰辛，但过日子有一时冲动、做事果断的地方。而岛崎藤村令人觉得因为对生活过于认真，做事太过小心，相应地痛苦就更深吧。

《破戒》是满怀深厚的同情心创作的一部作品，提出特殊阶层生存境况的社会问题。小说的故事情节：主人公濑川丑松是信州小诸地区的小学教师，出生在一个特殊部落民家庭。这个地方因为特殊部落民会遭受不明缘由的非法的迫害，丑松严格遵守父亲的告诫，很长一段时间隐瞒了出身。后来，他衷心敬仰嘲笑"自己是贱民"、反抗非法社会的前辈猪子莲太郎，勇敢地公开了自己的出身，希望自己能像个真正的男人活着。丑松经常为与心爱少女志保的恋情失败、失去自己的地位而烦恼，但最终毅然决定表明自己的身份而移居国外。

通常在文坛上很少有涉及社会问题的作品，而且都是一些没有意义的东西。但是《破戒》以一个小学教师为主人公，提供了在新时代必须站在人道的角度，解决重要的社会问题。小说中生动地描绘了主人公欲堂堂正正、英勇顽强地生存下去,并和非法将其压制的社会力量进行抗争。岛崎藤村是个出色的技巧家,这是他始于诗人时代的一个显著特征。他在写作《破戒》时,努力尝试着冷峻的客观描写,区分各种纤细感觉,注重表现带有地方色彩的鲜明印象。在这方面,藤村取得了傲人的成绩。岛村抱月推荐《破戒》时说:"的确这是我国文坛近来的新发现。我深深地感到:这部作品标志着我国小说界达到一个新的转型时期。可以说,由于这部作品,我国创作界首次得以与欧洲近世自然派问题文学等量齐观,这是文学生命价值的发现。小说中有一种19世纪末式的悲观主义气息。纵观我国小说界划时代的、或者希望划时代的众多前驱者的创作,《破戒》作为最鲜明地举起新机运旗帜的作品,我毫不犹豫地献出满腔的敬意。"

当然,综合各部分整体来看,在关键的结尾处,作品笔法有些松散、性格描写显得草率、为了突出鲜明的地方特色而过于啰唆、略显俗气等问题有些碍眼。但这么一部大作,难免会多少有一些缺点和破绽。总体说来,岛崎藤村显示出压倒文坛老手的技巧,可以想象得出他的构思是如何地周到、绵密,会话和文体大概都经过了反反复复的推敲。下面是引自小说的一节:

莲华寺的钟声,在晚秋静穆的天空里回荡。那钟声响起来,就像是在慰藉农民们一天的劳累,催促他们早点好好休息。留在田野里继续劳动的人们,都在加紧赶完手中的活计。这时,浓重的暮霭笼罩着千曲川的对岸,高社山一带的山脉也渐渐隐没在黑暗里了。西边的天空骤然变成了一片橘红色,不一会儿,秋天的落日在田野上现出了晚霞。前方不远的树林和村落,一齐沉浸在苍茫的暮色之中。啊!如果既无烦闷、又无悲伤,能

第十章 自然主义的作家及作品

这样观赏田园风光,那青春时代该是多么快乐啊!丑松越是感到心中翻腾着烦恼,外界自然的美就越活生生地透进他的心灵深处。南方天空里出现了一颗星星,这颗晶莹亮丽的星星,把傍晚的景色映衬得更加庄严肃穆。丑松一边出神地眺望,一边往前走。他想起了自己的一生。

"然而,这又该怎样呢?"丑松往豆子地中间的小路上走去时,像是自己在鼓励自己,"我也是社会的一员,和别人一样,我也有生存的权利!"

想到这,他浑身充满了力量。不一会,他往回走时,回头一看,敬之进一家仍然在干着活。透过暮色,他看到两个女人头上戴的布巾显出了灰白的颜色。清冷的空气里传来了木槌的声音。"收集稻草喽"的吆喝声也隐约可闻。站在那儿向这边张望的是省吾吧。天色愈来愈暗,只能看到黑影在移动,人们的面部和身躯都无法分辨了。(第四章第三节)

《破戒》出版不久,国木田独步去世了。岛崎藤村和田山花袋并列成为新兴文艺的中坚力量。这之后,他在《街树》(1907)中描写了中年人的悲伤,虽然引发了人物原型问题,但专心致志无时懈怠的紧张状况反映在作品中。最终形成了《春》(1908)、《家》(1911)这两部长篇作品。《春》是明治四十一年,《家》是明治四十三年发表的。这两部杰作与岛崎藤村的《破戒》时代相比,更进一步证明了他的作品越来越娴熟了。

《春》是岛崎藤村对青春时代某个时期的追忆,把《文学界》的同人年轻时的样子,以龚古尔式的粗描法表现了出来。在这里他以岸本捨吉的名字出现,也生动地凸显出北村透谷、户川秋骨(1871—1939)、马场孤蝶(1869—1940)、上田敏等人的面貌。正因为北村透谷的天性、周边等特别用心地加以描写，所以非常完美并充斥着悲伤的气氛。内容也挺好，但可以说写法更出彩，采用惜墨如金的省略法，只在关键处浓墨渲染，这是岛崎藤村的独到之处。

《家》的内容是围绕两大家族20多年间复杂的生活而展开，是一部上千页稿子的大作，可见岛崎藤村的苦心。主人公是三吉及其妻子阿雪、三吉的姐姐阿种及其丈夫达雄、达雄的儿子正太及其妻子丰世等为主要人物，其他10个左右的亲人围绕在周边。描写这些从信州的山区，来到繁忙社会的人各自变化的样子，不是件容易事。但岛崎藤村以慎重的态度，将如此困难的题材巧妙地构思，部分也好，整体也好，都较好地保持了有机的统一，表现出了独到的见解、犀利的笔触。

岛崎藤村的这两部长篇获得成功。同时，即便写一篇短篇，他都不会马虎对待，每一笔都非常认真，显示出一丝不苟的写作风格。田山花袋也有即兴草就的作品，但岛崎藤村完全没有。短篇也全是出类拔萃的。《绿荫丛书》第四编《微风》中有《出发》《突贯》等短篇，都显示出以紧张的心情描写的佳作。但可以看出他的另一面：由于名人气质而有些过于僵化之处。这一时期，因为文风过于精雕细刻，已经有些令读者不畅、刻板之感的地方，而且其故作正经的地方稍稍有些刺眼。

作为小说家最了解岛崎藤村的是中泽临川吧。中泽临川评价岛崎藤村是"日本的屠格涅夫"。是因为其作为诗人的同时，还是写实主义者，紧紧抓住"真"，用晓畅的语言写人生，同时富于感情色彩，这就是他与屠格涅夫的相同之处。相比于思想，岛崎藤村更擅长于艺术。他自己也知道这一点，他要做一个彻底的人生的研究者或随军记者，而且在某种程度上实现了他的这一目的。他说"成为艺术家之前先做人","不要忘记优秀的文学产生于从生活本身能够发现什么东西之时",明确地表明写作的准备并不是草率行事。但是,从思想上看,他的前途令人觉得似乎并不光明。他有苦恼、有寂寞、有哀愁。为了战胜这些,他只有"放弃",只有忍耐顺从。这是他的弱点。总之,岛崎藤村是个优秀的技巧家、印象派自然主义代表。

第三节　田山花袋的自我革命

　　田山花袋虽然不像国木田独步、岛崎藤村那样有天分,但经过超常的努力也得到了不亚于他们的声望。想到田山花袋,我脑海中就浮现出一个真挚而精力旺盛的人。虽然晚了一些,但他也达到了国木田独步、岛崎藤村他们的文学境界。不过他具有健康的体魄,超人的精力,总是坚持不懈地研究欧美文学。而且因为有着小栗风叶般的才气,所以没有流于肤浅。在努力开拓前进道路时,他遇到了自然主义这一矿脉,这样把他从运气不佳的境遇中解救了出来。

　　这样说也是未尝不可的,我们想象一下田山花袋在进行自我革命之前,是如何地苦恼、面对前途是如何困惑,就不由得对他毅然决然地从保守已久的浪漫主义转换到自然主义表示莫大的敬意。在这一生的回转期中,他向文坛毅然地抛出成名作《棉被》。与此同时他告别了持续已久的恋爱的美梦。

　　如果以成果论,《棉被》并不算很好的作品。即使是田山花袋在发表这个作品的时候,有多少自信,恐怕也要打问号的。但是田山花袋的态度及对题材的选取方法,与以往的有很大的区别,敏锐地触及了自然主义的第一要点,这一点使《棉被》出了名。

《棉被》的情节是描写一名疲惫的中年作家，对人生感到倦怠，却对一名女弟子产生了性欲的感觉，嫉妒她与其他文学青年恋爱，找借口让她回家了。弟子走后，他把脸贴在留有少女气息的被褥上，感到了性欲的冲动和心灵的悲伤。田山花袋原来除《重右卫门的末日》（1902）以外，大都美化男女恋情，对性欲采取朦胧描写的手法。但在这部作品里，毫不忌惮地描写性欲，这点是《棉被》的突出之点。岛村抱月对此进行评价，列举了对描写的不满之后，说"存在其中的新趣并没有因此而消失，这是一部肉欲之人、赤裸裸之人的大胆的忏悔录。在这一方面，自明治小说以来，在二叶亭四迷、小栗风叶、岛崎藤村诸家作品中可见端倪，到了这部作品则最为明显，且有意识地呈现了出来。这部作品充分代表了没有虚构美丑的描写，而进一步主要对丑进行描写的自然派的一面。"这是具有同情、理解的、稳健的评价。田山花袋最近回想当时说"为什么这么拙劣的东西，那样受世人欢迎呢？《棉被》这样的作品为什么引起那么大的轰动呢？想到这些就会感到非常难为情"。

田山花袋发表《棉被》不久，就写了《隣室》《一个士兵》《少女病》（1907）等。《少女病》和《棉被》是同样趣味的作品。《一个士兵》描述了将死的士兵，因境遇的压迫而被压倒的情景。因描述了日俄战争中的一个插话而受到了注目。这样田山花袋每写一篇小说，地位就有所提高。最终田山花袋完成了《生》（1908）、《妻》（1909）、《缘》（1910）三部作品，在这里，田山花袋实践了自己所主张的平面描写。田山花袋发表《生》时，就对自然描写进行了解说：

> 我在创作《生》时采用的创作方针，正如我至今所主张的那样，不掺杂丝毫的主观，没有人为的构思布局，只是把客观

第十章　自然主义的作家及作品

的材料作为素材呈现出来，就是想尝试一下这样的写法。不仅不加入作者的主观，也不介入客观现象的内部，也不深入人物内心世界，只是对看到的、听到的、接触到的现象进行如实的描写，这就是平面描写的关键所在。把现实中自己的经历，不添加丝毫的主观，不对内部加以说明或解剖，如实地描写所见所闻。如果要这样写的话，自然就必须是印象深刻的。因此我尝试的描写方法也可以说是印象深刻的。

他所提倡的平面描写，绝对避免说明，主要以描写方式贯穿始末。他进一步扩展这一写法，坚持说"如果不仅仅依赖描写，就无法达到现代小说的极致"。而且还说"记述或者说明，都证明作者的主观如普通人一样，处于一种或者热情或者冷淡、或者批评或者肯定这样一种状态，一旦具备主观的东西不干扰创作的冷静和知识，才会产生出如实描写现象的气氛。虽然'旁观的态度'这一词，会招致各种误解，或者被滥用，但我认为在这种意义上必须是旁观的态度。"总之，田山花袋的说法，就是通过严肃的观照、远离实践的旁观来进行描写。在区别艺术与实践这一点上与岛村抱月意见一致。

如果田山花袋所说的能够严格实行的话，或许能写出比岛崎藤村更好的作品。但实际上田山花袋的创作和他的观点不完全一致。他在宣传自然主义方面最勇敢，但是他的作品却忽略了必须进一步深入挖掘。这是他特有的多情善感的倾向无时无刻不在干扰着他。他的咏叹癖、抒情癖等时常抬头。

《生》《妻》《缘》三部作品描写了田山花袋的半生。《生》描写了某个家族，其旧的东西逐渐凋敝，新的东西在成长，展示了他生活的一部分。描写了期间父子兄弟各自对人生的执着，他们生活的情形，以及随着时间的推移，新陈代谢无情地降落到这一家。小说中总有些部分繁杂散漫、粗糙，但能看到写法新颖，富有生气。此外，以《乡村教师》（1909）、《发》《漩涡》等作品，贯彻平面描写的作品占据了大部分。这些作品里有田山花袋独自的特色，但同时没能摆脱左拉、莫泊桑式的机械性的、物质性的以及把灵魂的东西物质化的倾向。这或许是田山花袋的作品中自然主义的优点，也是缺点，和其他作家相比，田山花袋更加鲜明。

总之，从思想上看，田山花袋也是一种世纪末式的落魄者，贯穿其作品的是消极的放弃。有一种对人生的悲哀、苦恼、丑恶、烦恼的无奈而随波逐流、有自己也跻身于这种污流之中的倾向。这一点，比起与他敬仰的自然主义泰斗左拉，显得过于消极。左拉在《三名城》①中着眼于由科学到信仰、由伪教会到真宗教心的发展，与这种积极的想法相比，田山花袋的作品令人觉得缺少点什么。当然不仅仅是田山花袋，岛崎藤村也同样如此。这一缺陷，有心之人早在自然主义旺盛时期就已经看到了。在我国出现了模仿《卢贡-马卡尔家族》的作品，但模仿《三名城》的作品最终没能出现。非常倾心左拉的田山花袋，也没有触及《三名城》的境地，这该怎么理解呢？下面是摘自他的代表作《棉被》的最后一节：

  时雄想象着有厚厚积雪的15里的山路和被大雪覆盖的山沟里、村镇。他登上了二楼，分别后这里原封未动。由于强烈的思念和恋慕，使他深情地追忆伊人的依稀面影。武藏野寒风肆虐，屋后的古树林传来像潮水汹涌般的呼啸。打开东边的木板套窗，光线像流水似地倾泻进来，还跟分手那天一样，桌子、

---

① 《三名城》是左拉晚期的作品，包括"三部曲"：《鲁尔德》（1894）、《罗马》（1896）、《巴黎》（1898）。

书柜、瓶子、胭脂盒,依然是原来的样子,仿佛他爱慕的人像往常一样去了学校。时雄打开书桌的抽屉,里面扔着一根沾有发油的旧丝带,时雄拿起来嗅着上面的气味。过一会儿,他站起身打开了壁柜拉门,看见三个大柳条箱用结实的麻绳捆着,后面是芳子一直在用的被褥——葱绿色藤蔓花纹的被褥和花色同样的厚棉被叠放在一起,时雄将被褥拽出来,一股女人的令人眷念的油脂和香汗气息,使他怦然心动,难以言传。尽管天鹅绒被头有些污渍,但他把脸贴在上面,尽情地嗅着那令人依恋的女人气味。

第四节 秋声、白鸟的自然主义色彩

继岛崎藤村、田山花袋、国木田独步之后,对自然主义文学有大贡献的是德田秋声和正宗白鸟二人,小栗风叶、真山青果等也一度做出相当的贡献。德田秋声原属于砚友社派,但他的资质本来就具有自然主义倾向。因此,在小栗风叶、泉镜花等人得意的时代,他处于严重失意的境地,只能说寄些许希望于未来。甚至和他并行的柳川春叶(1877—1918)等似乎也要超过他。但新机遇在文坛变动的同时,实现他文学飞跃的收获时节来到了。

德田秋声在田山花袋发表《棉被》那年,写了《火焰》(1907)、《凋落》(1907)等,转年写了《分娩》(1908),明治四十二年写了《新家庭》(1909),明治四十三年写了《足迹》(1910),待到发表《霉》(1911)的时候,他的地位得以提高。

从明治四十前后开始,他的特色在作品里就清楚地表现出来了。北国贫苦人身上所特有的那种阴郁深深地影响着他。同样是出生在北国的泉镜花则具有罗曼蒂克的色彩,甚至流露出明亮与华丽,而德田秋声却没有,他是彻底的现实主义,寂寞苦闷的色彩强烈地沁入内心。那么他对此就满足了吗?其实并非如此,对这些总是感到不满,感到焦虑。但他不知道应该怎样从黑暗的世界逃脱出来,总是挣扎、哀叹的同时,成了黑暗命运的隐忍者。放弃绝望的世界,坚韧地保持着自己的人情味。而且没有田山花袋、岛崎藤村那样的感慨和抒情的心情,只依靠人性,虽然寂寞,但有韧性,这正是他的长处。

《霉》的确是他独特的作品。这样妙趣横生的作品只有他能写出来。《霉》是坦率描写作者自身经历的报告书,描写了一位身心都很脆弱的文学家笹村,和一位叫阿银的年轻女性从相遇时的感觉开始,到不知不觉地爱上了她,娶她为妻,生下儿子,以及婚后家庭逐渐发生的变化。其间的贫穷、寂寞、阴暗并不是文学家特有的,而是更多地表现出了人性的东西。这种"人性的"地方是这部作品的优点,而且生动的实感在此得以印证,描写得滴水不漏。采取自然主义者主张的无渲染、无结构的写作方式,语无伦次,人为的开头、经过、结尾什么的一概都没有,而且色彩浓重地突出了每一个重点。这和岛崎藤村的《家》手法一样。

这样,德田秋声虽然不是以兴趣为中心来进行写作,但一旦读起来,不可能停下来,一定会读到最后。这就是《霉》的魅力。具体地说,是因为生的悲惨滋味和隐忍者的痛苦真正令读者感同身受。岛村抱月评价《霉》说:"秋声以朴素的作风,探索出一条新的道路,可以说是达到了一个顶点,从这个意义上讲这是一部值得关注的作品。还有,用那样的手法去处理那样的题目,可以说达到了一般作风的顶点,从这一点来讲也是值得关注的作品"。

在《霉》里,对女主人公阿银的描写最为生动,弥补了其作品

第十章 自然主义的作家及作品

单调的感觉。而且还出现了明治时期的文豪尾崎红叶去世的情景，这是一种凄凉的配色。下面是引自其中的一段：

　　夜晚，笹村面对强烈的灯光，正在集中精力写作刚开头的一部作品。机器锻造的声音已经停止，就连对面的酒店也已经关门了。镇子紧里面，最近新建了个肥皂厂，好像是厂里的工人喝醉了，用口齿不清的嗓音哼着小曲经过，还有拉着空车回家的疲惫声音。

　　K在起居室，在银小姐的陪同下，没完没了地喝着酒，时不时能听到平心静气的说话声和银小姐的笑声，她外甥在中间的房子的角落里，已经进入了梦乡。

　　一到夜里，笹村的头脑就非常兴奋，拿起笔来两眼冒光、精神爚铄。他想起了在商家待过的银小姐，刚才和喜欢酒的K妩媚地说"酒是好东西"。

　　就是这样的银小姐，在笹村回去以后，把剩下的麦酒倒进杯里，时不时地喝着。酒一上脸，她肌肉松弛的双膝就放开了，并以淫荡充血的眼神看人，嘴角松弛，能看得到龋齿，说着轻浮的俏皮话，独自捧腹大笑。银小姐的父亲一喝酒就高兴，她身上好像流淌着她父亲的血。

　　"女人喝酒令人愉快。"

　　笹村时不时皱眉头，女人一喝酒就变得妩媚，所以有时为了让女人喝醉，自己特意先开始喝酒。外面很安静，里面说话的声音听得很清晰，女人来到厨房，好像是筹备酒菜。笹村站起身去厕所，苦笑着通过这里，女人低头烤着鱼，白皙的脸上已看不到酒气了。

人们认为《烂》（1913）是他仅次于《霉》的杰作。以出自青楼、由某个公司职员的妾成为妻的阿增为主人公，其丈夫浅井、朋友小雪、妹妹阿今等作为陪衬，主要描写了阴暗角落里的女性生活，以及男主人公的性欲生活等。文章中描写最为生动的是阿增，把她有喜有忧的心理变化及动作描写得活灵活现。

《足迹》应该看成是《霉》的前篇，以阿庄的名字描写了阿银的前半生。用非常深刻的笔法描绘出了乡下的一个少女来到东京伴随着成长的身心变化。田山花袋曾经这样赞叹这篇小说"这个柔弱女子的背后，展开了无限广阔的生活，这着实令人不得不去思考一些东西。——将他人如此深刻细致地描写、把复杂的事件描写得令人印象深刻、没有写成叙事风格。对这些我感到了浓厚的兴趣"。

总之，上述的杰作展示了德田秋声在描写阴暗角落里的女性比描写生活在明亮地方的女性更得心应手。而且他的文风不像岛崎藤村那样华丽，完全是非常质朴的，绮语丽句根本不存在。但是他敏锐的感受和纤细的神经作用体现得非常鲜明，字句安排都非常紧凑。说得通俗点，有种米饭一样的味道。他的毛病是说明和描写交互使用，往往无视时间和地点的顺序，但这对德田秋声来说并不算什么问题，前者形成他的一大特色，并开创了新的写作手法。

与德田秋声不相上下的正宗白鸟，是天生的自然主义小说家。他的思想是消极的、逃避的、否定的、虚无的、绝望的乃至放弃主义的。他不相信宗教，不相信哲学，不相信别人，就连自己也不相信，任何一切都不相信。因此，他对未来看不到任何希望和光芒。对任何事物没有沉醉，没有感动，总是一副痛苦着、孤独着的表情，异常清醒。正宗白鸟身上的这点清醒，和德田秋声他们不同。如果说他们都产生了对旧习或传统反抗破坏的态度，但他的反抗和破坏都不是强有力的，是一种孤寂的反抗、微弱的破坏。而且对于反抗

第十章　自然主义的作家及作品

和破坏之后将会发生什么，他自己也没有考虑过。无奈最后变成了冷笑，变成了讽刺，直到最后放弃。脱离不了世纪末的形式。这里清楚地体现了正宗白鸟的个性与倾向，与此相结合表现出来的是他的艺术。

他的写作技巧得到认可是明治四十年写《妖怪画》（1907）之时，其成名作是《到何处去》（1908）这部作品。此后他写了《两个家族》《普普通通》《落日》《徒劳》（1910）等作品，地位逐渐地得以提高。他主要是对契诃夫等人的作品产生共鸣并衷心敬仰，所以总觉得有契诃夫的痕迹，而且还有一个时期好像热衷于巴尔扎克的作品。

正宗白鸟曾经说过"自己为了吃饭，没办法才写小说，这是因为没有其他能力。"或许有这些因素吧。但另一方面，他那种世纪末的苦恼不得不向外宣泄，这也是事实。《到何处去》是他苦恼的一个发现，这些苦恼变成了冷笑讥讽被诉诸笔端。他初期的作品是为了冷笑而冷笑，为了讽刺而讽刺，这些在他后期的作品中逐渐缓解，少了些冷酷。

《到何处去》可以说是他自传的一部分。篇中主人公菅沼健次就是他自己。健次说"不沉溺于主义，不沉溺于读书，不沉溺于酒色，也不沉溺于自己的才智"。而且关于婚姻，他还说什么"无聊！结婚组建家庭这是开天辟地以来无数人都经历的老掉牙的事情，桂田的家庭、织田的家庭、家庭的种种实例，已经看够了"。

这种虚无的具有讽刺性的人物在正宗白鸟的笔下表现出来了。不过，总的来说，与篇中的人物相比，健次所说所想更吸引人。也就是说，他尖锐的讽刺再加上他的个性这一闪光点，会令读者产生共鸣。而且与整日无所事事、一味追求感官刺激的健次的寂寞与孤独所伴随的哀愁产生共鸣。现摘取其中的一段：

健次打发秋季里最难熬的短短的一天，去上野公园散步，去咖啡厅，去啤酒馆，然后去拜访杂志社里的一位同事，对不感兴趣的话题随声附和，好不容易打发了两三个小时。从同事家出来之后，穿过汤岛天神庙回到家。值得一提的事一件都没有。忙碌的人，把心全部投入到工作中，就会忘记时间；沉浸在欢乐中的人，也好似在没有日夜的世界里玩耍。而此刻的健次正在和时间抗衡。喝酒、散步、吹牛聊天，或者午睡，都只是为了打发时间，没有任何意义。而一个月两个月这样无聊地度过，回过头来，再对岁月在无聊中流失而感到吃惊。

　　如果没有强烈的刺激来沸腾自己的热血，他就会感到自己在一天比一天颓废，就会感到青春的躯体正在被时间的蛀虫所蚕食，对这样维持生命的现状感到而无限惆怅。因而他拼命幻想，寻求各式各样的刺激。普通的麻醉剂一点不起作用，如果是酒，得是酒精度很高的烈酒或威士忌；如果是烟，非鸦片不可；如果是恋爱，只跟樱树的阿雪、织田家的阿鹤那样的女人甜蜜的交谈，没有丝毫的醉意。正义、公道都构不成刺激。他觉得，把自己从不温不火的世界中拯救出来，让筋肉进出热血，使自己心荡神驰，才是自己唯一的救世主。加入革命军被炮弹炸得粉碎也好，入伙山贼被处绞刑也好，无论结果怎么样，无论名义怎样，时间长也行，时间短也好，哪怕立刻倒下也可以，他渴望立即投身于刺激自己最初的事物之中。不仅如此，如果这样的刺激物不是自然地出现在眼前，他会主动迎上去靠近它。战争、革命、北极探险这都是为了使人类从无聊当中消遣解脱出来。平坦的道路令人厌倦，只有攀爬险峻的悬崖，才可以使人忘了时间而无暇哈欠。（《到何处去》第10节）

第十章 自然主义的作家及作品

健次这样再三思考，忽然间他有又所改变，"只有真正为了社会为了理想，才能认真地攀爬悬崖，若开始就知道是消遣，还能踏入荆棘中吗！"他立刻感到了幻灭。健次说"世界日渐褪色，几万人的蠢动就像芦苇和芒草沙沙作响，听起来毫无意义"。就这样展开了主人公的孤寂生活。从以上几点可以说，《到何处去》是一篇尖锐地触及自然主义思潮一个方面的代表作。

正宗白鸟在这之后的《两个家族》《微光》（1910）、《泥娃娃》（1911）、《毒》等作品，逐渐展现了他写作技巧的娴熟，磨去以前的棱角而显得圆融了。他的眼睛清澈明亮，他的描写从来不放过任何一个要点。而且以远离匠心的、无懈可击的、简明的文风，再现其印象。从部分来讲，也有出乎意料的平凡庸俗的地方，但从整体上看，其妙处显而易见。尽管如此，因为他的讥讽与嘲笑过于冷酷，有时让我很难苟同。

第五节　风叶、青果、泡鸣及新进作家群

除以上论及的作家外，应该按顺序谈一谈小栗风叶、真山青果、岩野泡鸣等人。小栗风叶非常努力，绝不让自己落后于时代。他在《青春》（1905—1906）里显示了自然主义倾向，进一步提高了其地位，把一个自私自利的青年作为主人公，想要表达其成为时代牺牲品的这样一种状况，但没有从内心产生真实同感的他，最后结局还是失败了。此后他写了《天才》《极光》《恋爱鲨》等，在描写上保留了娴熟的手法，内容都是肤浅的，毕竟他本质上缺乏自然主义倾向，只是在表面上努力去适应文坛的时代潮流。这一点，对于爱惜他才华的我等来说感到非常遗憾。

真山青果在本质上，略胜于小栗风叶。但总的来说，热情旺盛、罗曼蒂克倾向很强，在重视平面描写、纯客观乃至旁观态度的时代，反而显得有些不恰当。不过，在表现手法上他具有优秀的技巧。好像很粗鲁，其实他具有那种能够表现细腻情感的特有的表现手法。而且非常擅长描写地方农民生活和平凡的男女。《南小泉村》（1909）是他的代表作。还有《癌肿》《不生女的一生》（1913）、《茗荷田》等佳作。因他中途疏忽了修养，出乎意料地很快地退出了小说界，而投身到了演艺界。

岩野泡鸣从创作和评论两个方面反映出他的特殊色彩。他很长时间不得志。他在小说界得到认可，大概是出版了他在桦太的痛苦经历《发展》和《放浪》（1909）的时候。这些没有引起太大的重视。后来写了《盆地》，直至写了《沉溺》（1910），才显示出了他的个性。这是他提倡的即时享乐主义哲学的具体体现。文中没有丝毫的游戏情绪，文中的主人公就是他自己，他以生硬的笔墨大量描写了自己沉迷于艺伎的生活，总觉得有些笨拙之处，但却包含着真实感，乃至一种热忱，弥补了他文章的缺憾。而且比起形式更注重内容，自由地发挥独自的特色，让人感到他是有前途的。

除了以上这些人，声援自然主义的老权威中有二叶亭四迷。他写完《浮云》以后，作为业余爱好，把主要精力放在了翻译上，很长时间都没有执笔创作。明治四十年，为《东京朝日新闻》写了《面影》（1907），紧接着又写了《平凡》（1908），当时都获得了好的评价，赞扬他写法老练。特别是《平凡》的社会评价很高。

二叶亭四迷的一生充满矛盾。他是个多疑的人，在理想和现实中间徘徊，在社会上可以说是在失意之中结束了他的一生。虽立志搞政治，但没能坚持到底，虽有文学才能，但又讨厌当文学家，也没能坚持到底。毕竟，他觉醒于"知"又受挫于"知"。如果考虑他的一生，这里包含了深刻的意味。

《面影》叙述的是中学教师小野哲哉与其妻妹小夜子之间的感情纠葛。他的确与年轻的作家不同，态度从容，在对事物的看法和写法上显得非常沉着。岛村抱月评价这部作品，指出作家从高处俯瞰现代生活，接着又说："文章反复体现的特色之一，在于温馨地描写广阔而圆滑的世态，而且将其与冷漠地解剖畸形性格有机融合在一起。"这种味道只有在二叶亭四迷的小说中才能看到。

《平凡》是用第一人称描写作家年轻时代的作品。如题目所示，再现了平凡的生活，但熟练的手法，与彻底剖析人间世故的态度，浑然天成，融为一体，自然引起读者的共鸣。特别是对话与《面影》一样，非常熟练，没有丝毫的疏漏。不过往往能看到唠唠叨叨、不明确的地方。思想上虚无主义成分非常突出，未免让人感觉有些不够完美。不过考虑到二叶亭四迷当时的心境，大概也实属无奈。而且他写完《平凡》去了俄国，然后在回来的途中得了病，在孟加拉湾死去，那是明治四十二年五月。

自然主义作家中主要人物大概就是以上这些。当时群起的新进作家中，有不少相当有特色，如上司小剑、中村星湖（1884—1974）、水野叶舟（1883—1947）、小山内薰、窪田空穗（1877—1967）、近松秋江（1876—1944）、田村俊子（1884—1945）、伊藤左千夫、长塚节、野上弥生子（1885—1985）等。上司小剑到了中年才开始写小说，最初发表长篇《木像》时还没有得到认可。但在杂志《杜鹃》上《海鳗之皮》的发表，证明他不是平庸之辈。以大阪的地方色彩为背景，描绘丈夫出家以后，妻子百无聊赖的心情，语言表达非常贴切，对白中运用的大阪方言也十分娴熟，突显出了道顿堀的氛围和情调。他具有正宗白鸟式的讽刺和德田秋声式的朴实，但他的讽刺稍微缺乏一点尖锐，在朴实上面，没有德田秋声那么明显。通常低调是他的缺点，但有十分凝练之处。

中村星湖是直接走上自然主义创作道路的第一人，他的成名作是《少年行》（1907），曾经当选《早稻田文学》的悬赏小说，选他的人就是二叶亭四迷。总的来说，他的本质并非自然主义。他出现在文坛的时候，正是自然主义掀起风潮的时候，他也投身进去。其写作风格，没有华丽的描写，踏实的色彩以及贯彻观照的心境，给人一种寂然而清静的感觉。《星湖集》（1910）充分地体现了这种感觉。他从《漂泊》（1913）开始，发生了转变，让人看到了他为弥补伴随自然主义的缺陷而付出的努力。

水野叶舟作为一个曾经在感觉描写上开辟了新局面的人，引起了文坛的关注。他的特长是相比写小说更擅长小品文，《森》《回音》等都是上乘之作，特别是描写景色尤为巧妙。在小说中，描写女性上有特殊手法，但缺乏向纵深发展。短篇集《微温》、长篇《御代》等是他的代表作。他的好友吉江孤雁（1880—1940）在小品文方面也展现了清新的自然描写，唯一可惜的是，他没有积极地写小说，完全就是一个自然诗人。吉江孤雁有《高原》（1909）、《绿云》（1909）等小品文集。说起吉江孤雁，就会想起同是信州出身的漥田空穗。漥田空穗作为歌人，很早就自成一家，曾一时写小说，努力在乡土文学方面创作新的领域。与水野叶舟相比，精通世道，非常具有小说家的气质，但因不出众，没有太大的反响。

小山内薰（1881—1928）是剧坛的才子，因适合舞台监督、戏剧评论而知名。作为业余爱好，他也写小说。他的作品流露出城市人的色彩，脱俗、才气横溢。但肤浅没有实力，被才气所累。在长篇《大川端》（1913）、短篇集《窗》（1908）、《蝶》（1909）等作品中，都可见其特色。

近松秋江是与正宗白鸟同时出现在文坛上的，但很快被正宗白鸟

超越。他是个漫不经心的男人，缺乏忍耐力，没有写多少作品。而且与小说相比，看起来更适合杂谈。在长篇《送给离别妻子的信》（1910）中，详细地描写了他那绵绵无尽的爱的烦恼、性欲的苦闷等，他的特色这时才得到认可。这就是所谓的"新内情调"。从此，近松秋江在以爱欲为主题方面，以孱弱的神经，展现出他独特的趣味。

田村俊子、野上弥生子是女性作家的代表。其他的还有国木田治子（1879—1962）、冈田八千代（1883—1962）、长谷川时雨（1879—1941）等，她们没有什么突出的特色。田村俊子的小说，从感觉上来说与水野叶舟有许多相同的地方，那就是都属于具有敏锐感觉的人。水野叶舟在这方面非常脆弱，俊子比他有过之而无不及。这里流露出女性特有的味道，而且语言丰富、色彩浓厚、魅力强大，但有的地方被个人趣味所束缚。短篇集《誓言》（1913）、长篇《放弃》以及《女作者》等显示了她的特色。其次，野上弥生子是英国风格的女流作家，虽不像俊子那样引人注目，但是文雅、大方，显示出现代女性的倾向。田村俊子有病态的性功能，而野上弥生子更加健康，尽管如此并不失新鲜色彩。看短篇集《新的生命》就能了解其写作风格。地地道道地继承自然主义的女流作家，是出自田山花袋门下的水野仙子吧。田村俊子、野上弥生子二人，要说是自然主义，也可以说是自然主义，但是又未必能断言。写《野菊之墓》（1906）的伊藤左千夫、写《土》（1910）的长塚节也是如此。当然伊藤左千夫的写作方法从《杜鹃》派的写生文分出派别，形成了另一种特色，总的来说自然主义色彩很浓。《土》是一部描写乡土农民生活方面非常优秀的作品。

其他的还有佐藤红绿的《脚炉》、德富芦花的《槲寄生》（1909）。《槲寄生》作为人生记录在如实提供艺术素材这方面，可以看做符合自然主义倾向。《槲寄生》的出版是在明治四十二年。

第六节　象征诗的兴起与自然主义的诗歌影响

　　自然主义思潮的影响必然波及诗歌方面。首先在新体诗方面，促使了自由诗的崛起。当时的诗坛，在受到自然主义影响之前，已形成了象征诗的时代。有人解释说象征诗的出现也是由于自然主义的波动，这首先是受到了岩野泡鸣自然主义的象征主义论的影响。本来，象征诗是冥想神秘玄幻的境地，蕴含着反科学的思想，这一点与尊重科学为基础的自然主义相悖。而且前者是立足于主观主义，自然主义站在纯客观的立场。考虑这些因素就能了解，象征诗并不是自然主义影响的产物。

　　象征诗传入我国诗坛是在明治二十九年至三十年（1896—1897）。当时通过《文学界》《帝国文学》等杂志，传入的名字有夏尔·波德莱尔[①]、勒贡特·德·利尔[②]、帕尔·格雷夫等，还对高蹈派[③]（自

---

　　①　夏尔·波德莱尔（Charles Baudelaire，1821—1867），法国19世纪最著名的现代派诗人，象征派诗歌先驱，波德莱尔认为，美不应该受到束缚，善并不等于美，美同样存在于恶与丑之中。代表作有《恶之花》（1857）。

　　②　勒贡特·德·利尔（Leconte de Lisle，1818—1894），法国诗歌流派帕那斯派的领袖，他的诗作主要特点是严整而不主观，并讲究诗的体裁，有些冷酷，甚至生硬无情，但是渊博和正直、华丽和工整综合在一起。代表作有《上古之歌》（1852）、《蛮族诗集》（1862）、《悲歌》（1884）等。

　　③　"高蹈派"，又称"帕纳斯派"。1866年在巴黎成立的法国诗人团体。因出版诗集《当代帕纳斯》（3卷；1866，1871，1876）而得名。帕纳斯是古希腊神话中阿波罗和缪斯诸神居住的仙山。帕纳斯派文学主张的中心是反对一切功利艺术。主张"为艺术而艺术"，注重形式，倡导诗歌客观化、科学化，反对浪漫派诗人过度抒情，主张态度客观、立论严谨、技艺完美，领袖人物是勒贡特·德·利尔，主要诗人有泰奥多尔·德·邦维勒（1823—1891）和泰奥菲尔·戈蒂叶（Theophile Gautier，1811—1872）等。

第十章 自然主义的作家及作品

由诗派）等流派的由来进行了解说。在当时幼稚的诗坛，还没有解放新诗兴致的准备和力量。但是，到了明治三十八年，上田敏的译诗集《海潮音》（1905）、蒲原有明的象征诗集《春鸟集》（1905）先后公开发行。蒲原有明在序文中写下了如下宣言：

> 自然和我为一体，我感受到自然的呼吸，自然也看到我的影子。如果诗情中已有此新意，势必就会要求其表现上用一种新的方式。要求有与之适应的音节格调措辞和构词的新意，同时放宽国语的制约，实在是难以不使之含有现代的幽致。视听官能必须时常保持清新和活力，视听又相互交错，夹杂在现代人的情感中。这里有银光之声，这里有嘹亮的色彩。不只有慧眼和心耳，我们还可以用嗅觉感官感受到灵魂的香味，称嗅觉为卑微的感官，那是因为无从知晓感官的痛彻体验。

蒲原有明主要学习法国的象征诗，不过他的诗开始可以说是失败的。他在《五月霭》中借助了霭和早晨窗户的声音，来象征恋爱萌芽的产生和迅速消退的感情。在《阳光与落叶》里，把诗人的自信比喻成日月的光芒，但其表达晦涩，因此没有收到预期的效果。不过，这种新的尝试与上田敏的《海潮音》都获得了相当大的反响。《海潮音》收集了很多象征诗，而且翻译得非常巧妙。当时模仿薄田泣堇诗风的人转为追逐蒲原有明的诗风了。不仅如此，薄田泣堇也受此倾向影响，明治三十九年公开发行的《白羊宫》（1906）就吸收了象征诗的风格。

就这样，还波及了《明星》派的年轻诗人们。在这段时间里，蒲原有明更加下工夫，借助自然光景在象征生存的意义方面显得更加成熟。这些作品收录到了他的《有明集》（1908），明治四十一年公开发行。对这种现象，岩野泡鸣发表了其独特的象征诗观，并加以自然主义的解释，说"技巧不是主要的，并非想把宗教观念加入到内容里，现在的苦闷只是瞬间的"，而且发表了他的诗集《黑暗的杯盘》（1907）。

此后不久，受到岛崎藤村、田山花袋等人文学活动的影响，诗坛不自觉地吸取了自然主义倾向。这对诗的大众化也很有好处，但同时也伴随着诗的平凡化、低俗化。出现了内容上更贴近现实，形式上主张自由的诗歌。在此之前的诗歌基本上都是空想本位，都是歌颂爱情、憧憬和美丽的梦想。而现在则排除这些，更重视扎根于现实。另外以往的诗歌在形式上有八八、七五的字数限制，而现在则打破了这些条条框框的限制，更尊重与内容相吻合的节奏感。这样，在诗坛上发生了小小的革新运动。加入到运动中的有自由诗社的三木露风（1889—1964）、相马御风（1883—1950）、人见东明（1883—1974）、福田夕咲（1886—1948）等人。《昴星》一派的北原白秋（1885—1942）、吉井勇（1886—1960）等人也发起了同样的运动。而且，从此产生了都会诗和口语诗。

口语诗的主张确实有意义，但在创作上没有显示出助其成功的成果。相马御风的《瘦犬》、三木露风的《暗门》等，只不过是单纯的试作，对口语诗的宣传没有起到多大的作用。在都会诗方面反而出现了异国情调和新鲜感觉的味道，多少起到了丰富诗坛色彩的作用。总之，自然主义对诗坛产生的影响大致上说是利弊各半。在自然主义逐渐衰弱的时候，三木露风和北原白秋两人的特色变得非常明显。

其次，自然主义对短歌方面的影响，比新体诗要晚很长时间，直到接近明治末期才显现出一点迹象。在此之前的短歌带有罗曼蒂克的痕迹，也是主要歌颂爱情、表达憧憬。但被自然主义思潮所刺激的年轻诗人们,在排除这些的同时,主张以作家的日常生活为基础,以真实感情的诗歌为主。也就是说,比起空想,更立足于现实,极力主张以现实为诗歌的生命,希望听到切实的真正的呐喊。其先锋有若山牧水(1885—1928)、石川啄木(1886—1912)、土岐哀果(1885—1980)、前田夕暮(1883—1951)等人。

以上诗人中,只有若山牧水的罗曼蒂克的倾向比较多,侧重感情,但大胆、真实地描写现代人的苦闷懊恼,还是很有真实感的。而且他有时创作节奏灵活的诗歌,这是因为心中对自由的渴望。其他三人虽都同样以日常生活为中心来创作,前田夕暮则显得有些平静,这大概是因为他是一个理智的人,而不是充满激情的人,但他对于各种事相,持有冷静观察的心境。

石川啄木、土岐哀果的颓废主义味道很浓,他们的心境是幻灭的、否定的、自我放弃的。这与自然主义者完全一致,由此心境产生了他们的幽默与讽刺。当然不是冰冷的语气,其背后闪烁着温暖的泪光。此外,还记得像金子熏园的《记忆中的诗歌》也带有自然主义色彩。总之,短歌也同自然主义一样,内容与形式都发生了变化,加深了现实的韵味,而且其思想上的得失问题基本上和小说是一样的。再补充一点就是,当时的俳坛,河东碧梧桐(1873—1937)、荻原井泉水(1884—1976)等人提倡新的倾向,谋求俳句革命,自然主义的影响也是其中的一个主要原因。

第七节 自然主义对戏剧的影响

最后,在戏剧文学中自然主义的影响怎样呢?虽然不像新体诗、短歌那样深切,但在当时的少壮派作家中,戏剧创作明显具有自然主义倾向的有二三人，他们是中村吉藏（1877—1941）、真山青果（1878—1948）、佐野天声（1877—1945）等。中村吉藏自英、德留学回来不久，明治四十三年，在《东京朝日新闻》上撰写了社会剧《牧师之家》（1910）。从那个时候开始，他崇拜易卜生，尖锐地揭露社会的虚伪与矛盾，立志提出新的问题。《牧师之家》揭露了宗教界的腐败，加以尖锐的批评，作品里展开了他那独特的哲学。但缺点是整体上有点不完整。

佐野天声也崇拜易卜生，写了《富农》（1907）、《意志》（1907）、《不死的誓言》（1908）之类的作品。《富农》是强烈的个人主义者同周边作战，实现了大陆式的富农主义，皈依耶稣基督教，不因抱有非战主义的思想而感到羞愧，描绘了他始终坚持个人权威的一生，只是语言表达有很多不尽如人意的地方，但在新意上值得推崇。

真山青果与天声一样，对易卜生产生共鸣，创作了《第一人者》，这是一部把为破除陋习而战的新人作为主人公、尝试了强有力的表现形式的作品。因他的技巧远远超越天声等人，作品整体很成熟。他还写了《如果没有出生的话》，彰显了作为新进戏曲家不可轻视的实绩。除真山青果外，岩野泡鸣也写了《火焰舌》《斧头福松》等，但几乎没有什么反响。

坪内逍遥尽管和自然主义没有关系，但他这个时期对戏曲界的贡献是显著的。坪内逍遥在明治三十七年秋，起草了《新乐剧论》（1904），提出国剧革新的必要性，尊重过去我国国民的生活，在这些特点的基础上创造新乐剧。实践这些想法而写的作品有《新曲浦岛》《新曲赫哉姬》等。前者从现实出发，暗示不应该抛弃理想；后者采纳了《竹取物语》的传说，表现了仙女升天的情景。这些都是坪内逍遥从真挚的研究中得出的新的尝试。

第十章　自然主义的作家及作品

其后,坪内逍遥公开发表了《扛钵姬》《新曲初梦》《新曲金毛狐》等作品。还在明治三十九年组织了文艺协会,举办了第一次私人演出。而且明治四十四年对该组织进行了改组,在第一公演中上演了易卜生的《玩偶之家》。转年,公演了苏德曼的《故乡》,不仅在戏剧界,还给予了思想界广泛的新刺激。与此同时还应该记住的是小山内薰、市川左团次（1880—1940）提携产生的自由剧场。在那里,上演了易卜生的《约翰·盖勃吕尔·博克曼》、契诃夫的《狗》、弗兰克·魏德金①的《出发前半小时》等。

那么,作为戏剧,还应该铭记的是山崎紫红（1875—1939）的新史剧。明治三十九年他出版了《七个橘梗》,共收录了7个独幕剧。这里或多或少有点自然主义的影响。这是因为山崎紫红以发挥个性、自我实现为目标,在主人公身上寄托了新的情感,而且在表达上也有新意。此外,也出现了秋田雨雀、楠山正雄、吉井勇、长田秀雄（1885—1949）、木下杢太郎等新人。

其中,长田秀雄、吉井勇、秋田雨雀后来逐渐发挥了其特殊性。秋田雨雀在气氛剧——静剧方面得到了发展。长田秀雄、吉井勇有追求艺术至上主义的倾向。吉井勇在剧本集《生灵》（1921）中写有《俳谐亭句乐之死》《狂艺人》《无赖汉》。长田秀雄写了《饥渴》,展示了独自的面目。

---

① 弗兰克·魏德金（Frank Wedekind,1864—1918）德国剧作家。被奉为德国表现主义戏剧始祖,于1889年开始写作,因为反对自然主义,对资本主义社会的所谓"道德"进行了讽刺。主要剧作有:《青春觉醒》（1891）、《地神》（1895）、《潘多拉的盒子》（1904）、《亡灵舞》（1906）等,都以两性关系问题为题材。《官廷歌手》（1899）、《凯依特侯爵》（1900）、《书报检查制》（1909）、《智者之石》（1909）、《弗朗采斯卡》（1911）、《西姆逊或羞耻和嫉妒心》（1913）、《赫拉克勒斯》（1917）等。

第十一章 从反动到苏醒的文学

第一节 破坏后的新建设

人把要破坏的东西一个个破坏殆尽之后,心思自然会转向建设方面。破坏后建设,建设后再破坏,这就是人的一生。在思想和文学方面也可以看到同样的现象。自然主义的文学以及思想,非常出色地打破了束缚我们的陋习、偶像、虚伪以及传说之类,也彻底打破了与此相关的——精神上的、神秘的、浪漫的、梦幻的、理想的东西,一度把我们从所有的东西中解放出来。然而,真正意义上的满足和幸福就能来到我们的生活中吗?真的就能给予我们复兴的欢喜、新生的愉悦吗?不,这些都难以期待。为什么呢?

那是因为自然主义破坏成功后,虽然解放了我们,但其自身被科学、知识、物质之类的东西完全束缚了。成为自然主义基础的科学、物质、知识曾一直守护着自然主义。但支撑自然主义的中心柱子后来开始腐蚀,从内部开始坍塌了。自然主义不仅把人间视为物质,而且把灵性也视为物质,把冷寂的、机械的人生观强加于所有的人,这是有心人难以忍受的。即使打算忍受,在既没有光亮,也没有希望的黑暗虚无的世界里,谁都不可能长久地待下去。对于人来说,没有比内心的僵化、机械化更可怕的了。因此,我们当然必

第十一章 从反动到苏醒的文学

须找回被物质摧残的灵性、恢复被知识压制的感情、把被科学毒害的心灵拉回理想的方向,这是再理所当然不过的事情了。

最早发现这一点的,在评论方面,是金子筑水、片上天弦等人。金子筑水对自然主义既抱以同情,又深感到不满。他在明治四十一年写的《生活中的人情味》(1908)里说:"同现实主义精神一样,浪漫主义精神对于我们来说终究离不开"。第二年又在《怀疑和努力》(1909)里谈到:"人生不是早已决定的命运的机器。人类实现空想,改造、创造空想才是真正的人生。神秘、不可思议不终归是我们自己造出来的东西吗?"这种说法是他经常重复的。当时的文坛热衷于自然主义,对此反应非常冷淡,没有倾听他的呼声。但金子筑水的话到后来的确得到了证实。正当自然主义流行之时,田山花袋、长谷川天溪等人把其说成是无理想、无解决的,片上天弦认为这是不恰当的,并断言"这不是无解决,而是未解决。"透露出对即将到来的新生活的憧憬之情。

因此,片上天弦一直推行他的信念,在自然主义文学开始衰退之际,谈及反自然主义的倾向时说:"在这一两年间,似乎不满足于对现实静观描画的态度,这种精神在各个新人作品里面都得到了体现。与那些观照者要储存人生的经历相反,这些人们甚至会为自己生命的灯火注尽所有的油,好像有一股要尝试用尽自己生命的热情。他们这些人与其说是记录描写生活历史的人,倒不如说是首先要亲自创造生活历史的人,与其成为艺术家,首先要成为艺术品。他们想要的不是对生的观照,而是对生的享乐,不是制造艺术,而是宁愿把自己的真实生活作为艺术品。"敏感的人,对这个新倾向是无论如何不能不关心的。不仅如此,从打开新局面上看,也是必然应该达到这一点的。

这种倾向在年复一年中变成了优势。对此,生田长江在《否定和肯定》中提醒道："继承了所谓无理想无解决的自然主义的新的人生观，必须是一度被否定的、又再次被肯定的人生。与一次都没有被否定过的、天真的人生肯定——那是所谓享乐主义的浅薄轻浮的人生观——是不能混淆的。"

随着这个新机运的流动，当时给我们思想界指明前进道路的是倭铿①、柏格森等人的新哲学。倭铿的哲学是排除怀疑的、机械的、物质的、虚无的引导人们的自然主义弊端，极力倡导内在生命力、内在统一的必要，与向外的自我发展相比，更需要内在的自我发展。即倭铿告诉我们应该抛弃小我，追求真我，远离本能生活，向道德生活前进，达到一个广阔的、自由的精神境界，每天创造、建立新的内在的生活。

其次，柏格森在《创造进化论》（1907）里讲述了生命随着时光的流转在不断进化。根据他的说法，物心两界的现象被一定的时间与形式所束缚，只是看上去好像在单纯地发生作用、变迁，但其实是存在着不断的进化。无论哪个，哪怕是一分一秒，都不会以相同的形式、相同的样子变迁，而是在接受过去的情形、样子的同时创造出新的形式、新的状态。由此涌现出真正流动的生命。

这样，倭铿、柏格森所阐述的新人生的创造、新生命的展开，给予我们这些知识阶层的人们以强大的印象和影响。怀疑、苦恼、

---

① 倭铿（鲁多夫·奥伊肯，Rudolf Christoph Eucken，1846—1926），德国哲学家。主要著作有：《近代思想的主潮》（1878）、《精神生活在人类意识和行为中的统一》（1887）、《为精神生活的内容而战》（1896）、《宗教之真理》（1901）、《人生的意义与价值》（1907）、《认识与生命》（1912）、《人与世界——生命的哲学》（1918）、《人生回顾》（1920）等。他的著作文字晓畅易懂，毫无康德、黑格尔式文体的晦涩，洋溢着"为天地立心，为生民立命"的热情。1908 年，为了表彰"他对真理的热切探求、思想的洞察力、广阔的视野和热情、雄浑的表现手法，及在他许许多多作品中无用这种手法，维护和发展了生活的理想主义哲学"，被授予诺贝尔文学奖。

第十一章　从反动到苏醒的文学

虚无、痛苦、挣扎、喘息无一不与倭铿、柏格森产生共鸣。因此，在我们思想界，唯心论的势力陡增，而且欲从自然主义分离出去的越来越多了。

这种趋势的端倪早在夏目漱石的小说中表现出来。在他的作品里，已经出现了新理想主义的萌芽，暗示了即将出现的新文学是怎样的东西。但是，因为对自然主义抱有不满，首先发起反抗运动的是催生新浪漫主义文学的人们。其中享乐的、唯美的倾向非常显著。这是产生于对自然主义失望、希望从新的感官的愉悦中使颓废的自己得以重生的精神。永井荷风、谷崎润一郎等人的艺术就是如此。如果稍有偏离，就只能表现为浪荡文学了。

但是，新浪漫主义并不只这些。还有小川未明（1882—1961）、森田草平（1881—1949）、铃木三重吉（1882—1936）等人，开辟了与永井荷风、谷崎润一郎等不同的领域。他们都拥有热情，有坚守主观的倾向，不仅仅满足于观照的世界。他们立足现实的同时，眼睛凝视着一片天空。那里有他们的一片新天地，而且很快就奠定起一块块着手破坏后重建的基石。

当然，具有真正意义的建设还需要稍加等待，必须依靠明治四十三年创刊《白桦》的武者小路实笃、有岛武郎等人的新运动。他们以《白桦》为阵地，扬起新理想主义的旗帜，转变为从客观到主观、从实验到直觉、从物质到内心、从没有理想到追求理想、从知识到情意。然而，这不是向旧的浪漫主义的倒退，而正是接受过一次自然主义洗礼后的新理想主义，是穿过否定之门后的肯定思想。不过，要想弄清这一趋势，首先必须从夏目漱石等人的小说开始逐一考察。

第二节　漱石、鸥外、虚子的小说

　　夏目漱石在自然主义全盛时期高举反自然主义的旗帜，毫不动摇。当时后藤宙外、小杉天外、广津柳浪、江近水阴等在新兴文学面前逐渐缺乏生气，只有泉镜花彷徨在一直以来的梦幻境界里，写了《三昧线渠》等书勉强维持着那孤立的身影而已。生田葵等人好像也要扩大势力，但出乎意料的是没能扩大。在这种时候，作为反自然主义的泰斗，夏目漱石写了大量的小说和随笔，被看成是一方巨匠。

　　在夏目漱石的小说里，所谓的禅味、俳味是主要的。如他所述，自然主义派嘲笑他总是说其作品触及了第一义，说："所谓的第一义就是在生死海中的第一义。假如人生观不能超越它的话，那这个或许就是绝对的第一义了。假如打破生死的关口，不把两者放在眼里的人生观能够成立的话，那所谓的第一义反而可能堕落成第二义。"这明显是禅的思想。自然主义是处于相对的、在差别界中；与此相反，夏目漱石则处于绝对的、超越差别界。因此，他到晚年频繁地提倡"则天去私"。"山青水绿，在自然之上还能添加什么呢？这个世界本身就是佛的国度。"这是佛教的大乘思想。因为他喜爱的俳趣味也有一些和他信奉的禅的思想是一致的。从以上来看，他无论如何都是纯东洋式的、日本式的。几乎没有受欧洲思想熏陶的地方。这样的境界同自然主义的境界相比，有非常广泛、明朗地舒适悠闲的地方。而且夏目漱石没有排斥理想，没有排斥灵性，注重内心生活，容忍主观。在这一点上，同自然主义正相反。但在此可以说，夏目漱石有着杰出的见识。武者小路实笃等人对他产生共鸣的一个

第十一章　从反动到苏醒的文学

主要原因就在于此。

他在文坛，第一部有分量的作品是《我是猫》。这是最能代表他的长处、特色的作品。之后，他出版了许多佳作，但是能够达到《我是猫》程度的作品再也没有了。就是如此，这部作品在他来讲是最为独特的作品。

他有丰富的英国文学素养，有相当高的中国文学的造诣，而且还具备丰富的、江户人所共有的机智与才学。江户人的爱好、英国人的爱好、中国人的爱好乃至禅的趣味、还有俳谐趣味，这些都集于一身。特别是幽默的写作手法贯穿于每篇作品。他崇拜乔治·梅瑞狄斯①。他这样一个人，以《我是猫》（1905—1906）获得了异常的成功是理所当然的。作品借助猫的观察，描写中学教师苦沙弥先生的家庭以及交友等，任意地安排繁多的事件，故意地不加以统一，到处闪烁着警句与机智，充满优雅而又新颖的滑稽与洒脱。

此外，他还有《哥儿》（1906）、《二百一十日》（1906）、《草枕》（1907）、《虞美人草》（1907—1908）、《坑夫》（1908）、《三四郎》（1908）、《从此以后》（1909）、《门》（1910）、《春分之后》（1912）、《行人》（1912—1913）、《心》（1914）、《明暗》（1916）等作品。《三四郎》《哥儿》与《我是猫》有异曲同工之妙。在《从此以后》《门》《春分之后》里或多或少增添了自然主义的色彩。

自然主义者注重描写，与之相反，他采取的表现方法是叙述性、说明性的。还有，自然主义主张排斥技巧，但他总是注重技巧。能

---

① 乔治·梅瑞狄斯（George Meredith, 1828—1909）。英国19世纪作家，他的作品富有哲理，广泛应用的内心独白，是20世纪"意识流"技巧的先导。主要作品有小说《理查·弗维莱尔的苦难》（1859）、《罗达·佛来明》（1865）、《维多利亚》（1867）、《哈利·里奇蒙历险记》（1871）、《利己主义者》（1879）、《令人惊异的婚姻》（1895），还有诗集《现代爱情》（1862）。

够变化各种句法、丰富地运用文字是他这一派作家的惯用手段。他喜欢卖弄讽刺、谐谑，因此，大体上以洒脱轻快的情趣贯穿到底。但有时感觉嘈杂，夸张的痕迹非常明显，还能看到冗长、啰嗦、令人无聊的地方，时而又非常理地陷于诡辩。然而这些缺点是不得已的，在心理描写上，特别展示了他杰出的本领。他排除从平面看人生，而是立体地看待人生，深入到人的内心中去，且努力使其解剖深入细致。在《明暗》《心》里，这一特长得到很好的体现。此外，他的作品还有像《幻影之盾》（1905）、《伦敦塔》（1905）那样带有浪漫主义诗意、清新典雅的作品。

除了夏目漱石，与自然主义行进路向不同的有森鸥外、高滨虚子两人。不可思议的是森鸥外是个永远不失年轻气质的人。他没有热情，而且极其自爱，不会随声附和周围的形势。但是，作为理智的人，因有现代人的烦恼，并非不能打开自然主义者的心胸。他基本上是个放弃主义的人。关于人生问题，他没能把那紧张的心情坚持到底。平静、透明，多少带有典雅的讽刺味道。而且是以所谓"玩"的心情来写小说。其表达手法在见解的正确性和描写的老道这方面，仍然充分体现了老专家威严和典雅的特点。看看《涓滴》《走马灯》等短篇集、长篇《青年》（1910）等，就能了解其特色。

另外，他在历史小说方面打开了新的境界，展示了他的特殊才能。在《天保物语》（1914）里描写了大盐平八郎骚乱，那老练踏实的文笔有一种令人觉得非他莫属的妙处。一个是他的考证癖、索隐癖起了很大作用，看得出来他详细调查史实，使他的历史小说的色彩和余韵都描绘得非常好。

高滨虚子的小说因夏目漱石的原因被列入余裕派、低回派。但是，未必全是这样，他还有相当程度的自然主义倾向。原来是写生文领域的人，有把重点放在文章的"高潮"或中心兴趣上的习惯。

因此，有难以顺顺当当接受自然主义的地方。但他没能做到彻底观照。不过《俳谐师》（1909）等作品相当程度上是自然主义作品，是他付出很大力量的杰作。当然，他和夏目漱石同样标榜技巧主义，甚至说"没有技巧的地方就没有艺术"。因此，描写里积累了各种各样的苦心、显示了巧妙的意味，同时也可以看出人为的痕迹。有时候还可以看到冗长、啰嗦的地方。他自认为投入了最大精力的作品是《朝鲜》，作品里渗透着更为成熟的味道。此外，《三张与四张半》作为短篇小说也是一部杰作。

第三节　新浪漫主义的诸位作家

自然主义陷入僵局，文坛开始分化时，首先出现的是新浪漫主义文学。这是接受过一次自然主义洗礼后的浪漫主义。和之前的浪漫主义相比，一方面有牢固的现实依据。当时因不满自然主义，生于城市拥有高雅趣味和颓废的气氛，自然就很容易倾向于唯美与享乐。这是因为他们没有走向宗教，没能追逐神秘的幻想，一味地追逐感官的享受。永井荷风、谷崎润一郎等人都出生于东京，很早就接受了传统的颓废气氛和高雅趣味。他们鲜明地发挥唯美主义和享乐主义的色彩是理所当然的事情。

永井荷风从欧美留学回来，顿时在文学上显示出异常惊人的活跃。他主要吸收了近世法国文学的精华，再加上他所喜爱的江户趣味，而且还摄取了中国文学富丽的一面，把这些都融为一体。也就是说他的脑是法式的，他的胸是江户情调的，他的腹是中国文学式的。很少有人兼备这三样。如果要寻找其同类的话，应该是写《漩涡》的上田敏、谷崎润一郎等人吧。不然，就是永井荷风之后很久才出现的佐藤春夫一伙。

本来，永井荷风最先接受自然主义的洗礼，曾一度是左拉主义的忠实信徒。这种倾向在他欧美留学纪念的《美国物语》（1908）、《法国物语》（1909）里就出现了。在前者中看到了还没有从过去的外表中完全脱离的他。但是，在后者中能够看到他自身的变革。他在这里大胆地描绘出了社会生活的黑暗面以及男女的性欲生活。这是自然主义性质的。但是，另一方面，享乐的、唯美的倾向在这里早已萌芽。毕竟，在这里本质地展示了他的演变。

明治四十三年出版了《欢乐》《冷笑》（1910），唯美享乐的味道与色彩很浓。至此，他是一个颓废主义者、艺术至上主义者。他以法国训练的文明批评家的气魄，主要对日本文化重新开始艺术性的批判，他对日本文化极其不满。但是，他没有足够的勇气改革其缺陷。反而消极断念，采取了逃避的态度。他的象牙塔是以前的江户世界，是现在的花柳世界。他避难于此，给现代的东京施加冷嘲热讽，以"冷笑"待之。而且完全陶醉于感官的享受，任凭颓废的情绪四溢。

《冷笑》和上田敏的《漩涡》使用同样的方法。关于为什么要写《冷笑》，他阐述说："目的是向杂乱无章、了无情趣的明治四十三年东京生活的外表，尝试慎重的批评，叹息安居于那个时代空气的困难，同时深入研究摸索我们纯正优良的日本特色在哪里。我的《冷笑》并不只是歌颂'享乐主义'的作品。而是享乐主义的主人公在风俗的氛围里，不得不去讲述那种进入川柳式的放弃和半悟状态的苦闷与悲哀。"但事实上，《冷笑》完全是以讴歌享乐主义贯穿始终的。当然，在这部作品中，他所进行的文明批判尖锐地揭露了现代日本文化的畸形和肤浅的一面，是非常痛快的，不过仅此而已。作为他理想的新文化福音，丝毫没有流露出来。

第十一章　从反动到苏醒的文学

他不愧是艺术至上主义者，他的文章充满了艺术色彩和芳香。《隅田川》（1909）、《红茶之后》（1910）、《牡丹之客》《新桥夜话》（1912）等，每一部作品都是如此，基本上都是浓艳而且轻轻流淌音乐般的和谐音。虽然多少有一点拘泥于格调和文字的华丽，不过，这些都不是明显的缺点。时而叙事，时而抒情，巧妙地相互交错，笼罩着清新的氛围。

相对于永井荷风，唯美色彩更浓的是谷崎润一郎。他开始出现在文坛的时候，是自然主义开始衰退的明治后期。时运恰好给他那浪漫的本质带来了好运。他是个彻底颓废的人。对病态感官美的追求，沉溺于变态性欲的受虐狂，对罪恶之花的赞美，这些形成了他的特质。他不像永井荷风那样——一味地憧憬过去的江户，批判日本的现实文化，不想假装成花柳小巷中新《梅历》① 的主人公。而到谷崎润一郎一直不停地追求强烈的新刺激。因为他强烈地感受到现代人共有的世纪末式的忧愁和单调乏味的人生带来的倦怠，试图回避这些，而从官能刺激中寻求新的刺激。对于他而言，普通的刺激解决不了任何问题，企图得到不同寻常的刺激。因此，普通的感官美不会产生什么反应，必然追求那种病态的。单纯的性欲不能完全满足，就要追求变态的。平凡的善良容易倦怠，因而就会憧憬罪恶之花，或追求怪异的梦想。所以说他是个彻底的颓废主义者。

每当我想象他那丰富的幻想世界，总是有一种陶醉于鸦片后产生美丽奇幻的感觉。在他的小说里，出现了许多的毒妇、不良少女、不良少年、堕落的年轻人、病态的青年人。《恶魔》（1912）、《阿艳之死》《刺青》（1909）、《阿才与巳之介》《麒麟》（1910）等短篇

---

① 《梅历》，即《春色梅历》（1832—1833），日本江户时期人情本的代表作，的作品，是描写美男子丹次郎与深川艺妓米八、阿长的恋爱与放纵愉悦的生活，作者是为永春水（1790—1843）。

小说，明显地体现了他的特色。即使单看《刺青》这一篇，感觉能够类推所有的内容。《刺青》讲述的是江户末期刺青名人发现了无与伦比的美少女，在那如玉般的肌肤上刺青，为其倾注了全部心血，完成刺青后就死去了。这部作品里病态的、唯美的倾向给人一种强烈的印象。《恶魔》是变态性欲的具体化，描写了一个被所爱的美女虐待和压迫，但是仍然感到喜悦，舔食沾有这个女人鼻涕的手巾，独自沉浸在快感中的病态男人。

描写毒妇是谷崎润一郎擅长的方面。《阿艳之死》《阿才与巳之介》等是把江户时代的传奇故事重新诗化的作品。作品表现女主人公妖艳而又生动的毒妇形象，如同开始凋落的大牡丹花般魅惑人。真是恶之花的创造！谷崎润一郎喜欢描写毒妇。另外他有时描写不良少女的原因，在于对恶之花的赞赏和仰慕。

从上述情况看，令人感觉到谷崎润一郎的感官功能超常地锐利而且病态。面对怪异的、神秘的、妖魔般的美，他敏锐的触觉和探求的欲望似乎绵延不绝、强有力地发挥作用。对他来说，理想、宗教、神秘的灵感等等，这些东西都无所谓。假如变态性欲、颓废的感官美、恶魔主义的诗一般的表现、恶之花的创造贯彻始终的话，那也就已尽所能了吧。总的来说，他是日本的奥斯卡-王尔德。他同王尔德一样是"架空颓废"的皈依者、颓废艺术的开创者。

他的文风与展开的内容高度一致，运笔之处充满了才情和精力，与永井荷风丰丽的文风相比，更加强而有力，文笔确实果敢自由，而且他试图表达的感觉得到充分体现。但是，不如永井荷风洗练，有时给人一种生硬的感觉。

出自夏目漱石门下、热衷新浪漫主义的作家有铃木三重吉、森田草平二人。《煤烟》（1910）是森田草平特有的作品。他是艺术即真实生活的信仰者。《煤烟》就是很好的证明，甚至有人说"这是一部欲将邓南遮的《死的胜利》（1894）搬到自己的生活中的作品。"其内容以他和平塚明子的现代式爱情为中心。他本想通过明子实现艺术即现实生活的信念，但是，他的这一愿望遭到了具有冷静自我意识的明子强烈的排斥。据说他因此非常激动，想在监原山中杀死明子取得自己的胜利而未果。森田草平的文风充满热情，非常适合写《煤烟》这样的作品。《煤烟》作为一部空前绝后的特殊作品，或许会拥有很久的生命力。他的《自叙传》（1911）也充满了他那特有的味道。

铃木三重吉不满足于自然主义文学，试图创作充满独特新情趣的小说。他往往将素未谋面的梦幻般的女人作为恋爱对象，在心中反复刻画，而且在他小说里，会把他和一个日式少女联系在一起，从而展开浪漫的世界。要说单调，再没有比之更单调的了。但是，他拥有特殊的技巧来表现这一题材。他那敏锐的神经和敏锐的感觉在这里起了作用，展示了纤细的情趣。因为他是通过写生文训练出来的，虽文中有啰嗦之处的不足，但坚韧恐怕是他的优点吧。他具有代表性的作品是《小鸟巢》（1910）、《不归日》（1912）等。

其次，在自然主义开始衰退之时终于崭露头角的作家还有小川未明（1882—1961）。关于小川未明，非常了解他的相马御风、片上伸等曾详细地论述过。相马御风深得要领地说："他的艺术中心是，因北陆的自然和城市的生活而被摧残和压抑的精神不安"。另外，片上伸也一语中的："小川未明氏的不安绝不仅仅是精神上的不安，不是颜色、也不是声音、更不是形状，是一种无以言表、无法捕捉的一闪念，是只有极其微妙的、敏锐的神经才能感知的、没有形状的、黑鸟的展翅。"

像小川未明那样既浪漫又阴沉，而且具有锐敏神经的人，文坛上几乎没有。他初期的作品是对"蓝花"的探求与憧憬。但是，随着逐渐接近现实，他甚至痛苦地感受到现代物质文明所带来的压抑。由此他产生了烦恼、痛苦、悲伤，将这些直接反映在神经过敏的焦点上，就是他的艺术，而且完全被人生的色彩所涂抹。真挚、正直、沉痛之处始终深深地吸引着人们，甚至可以说他的文风源自于敏锐的神经。虽然后来他的文章有了很大的完善，不过，在明治末期之前，他的文章基本上没有摆脱粗杂、笨拙的指责，但却充满着一股生命力，在神经描写上表现出显著的特点。神经的文章才是他独自的东西。他的代表作是《愚钝的猫》（1912）、《不说话的表情》（1912）等。此外，出自夏目漱石门下的小宫丰隆写了《淡雪》《烙印》（1913），刚要在小说方面施展，却中途辍笔，实在是可惜。

综上所述，新浪漫主义作家的出现，在陷入僵局的自然主义文学以外开拓出了新的领地，在拯救文学的机械化和物质化方面效果相当明显。虽然对永井荷风、谷崎润一郎等人感官性、享乐性、颓废性的东西有相当的非难，但来自自然主义的沉闷，令人要窒息的苦恼因此不知缓和了多少。可以说森田草平、铃木三重吉、小川未明等人的艺术对此做出了贡献。但归根结底，假如不逼到新理想主义艺术出现的份上，就无法忍受这种沉闷。当时的年轻人在对新浪漫主义产生共鸣的同时，在天空的一边，追求新理想主义文学，并寄予景仰之情的大有人在。

第十二章　改造时期的文学

第一节　欧洲的思潮及文学总的趋势

到明治末期，我国文坛基本上都被自然主义给统合起来了。但是，进入大正时代，伴随着自然主义的衰退，各种流派相互竞争起来了。在明治末期，新浪漫主义文学已经产生。其次我国文学同欧洲文学一起接近大改造时期，首先出现了新理想主义文学，而且在大正前期——大正元年到大正六年——成为文坛主流。然而，在欧洲社会改造的呼声在世界大战中期开始加强，在美国产生了民主主义的呼声，日本也受到波及和影响，产生了必须适应大改造时期的、具有社会倾向的文学。社会主义文学、无产阶级文学就是这一类文学。作为旁系，除了原有的新浪漫主义文学外，产生了诸如言情文学、杂谈文学、宗教文学、表现主义文学等文学。此外还有继承自然主义流派的新现实主义文学。文坛逐渐成为个性中心、各派分立的时代。

正如明治时代叫做表面写实的时代、浪漫主义的时代、自然主义的时代，其文学主流非常清晰。但是大正时代，老实说，它的主流没有明治时代那样清晰。这是因为由于以个性为中心的各派产生了分裂对峙。不过，要想弄清其总的趋势，虽有点儿不自然，但也

只能把大正前期作为新理想主义文学时代，把后期作为社会文学时代。这只是就大致的倾向极其粗略的分法。严格来讲，进入后期新理想主义文学也拥有相当的势力，而且欲称之为新现实主义的文学也拥有相应的势力。而且在前期，社会文学也终于抬起了头。两大主流相互扭结、交织在一起。但为方便论述起见，像上面那样区分的话，也是可以的吧。

　　正确意义上的艺术，始终应该是自由的。不能说大正的艺术必须以新理想主义来统一；也不能仅仅以社会倾向完全占领文坛。归根结底，只要各流派拥有其存在的艺术意义，就会相互并存下去。但是，以我的一孔之见，统治今天和明天的文学，应该是具有理想倾向的文学和社会倾向的文学吧。我推测这两个恐怕是大的主流、是中心势力。所有有心的现代人在苦恼于社会的同时在精神上也苦恼。社会改造的呼声很高，但是能实现到什么程度呢？精神上祈求光明的呼声到处都能听到，这样的光明在什么地方呢？总之，这两个问题还没有得到解决。因此，社会性的烦恼和精神上的懊恼不是那么容易被驱除。正因为如此，迫切需要内心的光芒、社会的光芒。对于这样的倾向缺乏关心的文学，至少对我个人来说是不太关心的。但是，因为这个而认为我是功利地看待文学，那就错了。当然，完全伴随着艺术的表现是必须的条件。即使跟我关心的文学，艺术化不足的情况下，或者功利性地偏颇的情况下，我也不能把它当做艺术来举荐。这一点自不待言。

　　我的想法如上所述，但是作为文学史家，对于各流派，必须以公平的态度去面对，用爱心去体味各流派的特长。对理想倾向、社会倾向以外的文学也要给予公正的关注，因为我希望它们的每一个生命力都能顺利地得以伸展。

　　再说，我在此展望新理想主义的文学时，首先必须概述的是时

第十二章 改造时期的文学

代潮流的推移和思想界的变化。关于时代潮流的推移，伟大的明治天皇的驾崩、乃木希典大将的殉难，其次开创大正新世代、第二维新的呼声、还有护宪运动……等等，从各种各样的事实都能够看见重大的推移。关于这个时代潮流变化的感悟，我曾经在长篇论文《大正时代文化的历史发展》里有如下阐述：

> 陷入僵局的不仅仅是欧美文化，明治也接近半百，进入大正时代的同时，日本文化也进入了必须进行一些转变的重大时期。从明治维新开始到明治末期，谋求文化发展的重要人物已经步入老年时期，明治文化得到了足够的发展，基本上完成了欧美文化的模仿。但是，仅仅如此的话，始终不能让人放心，因为欧美文化绝不是完美无缺的，内容、外形都不是很充实。我认为其长处主要是在机构、物质、科学方面，我并不认为其在精神、思想上胜过日本。但是，明治时期的日本，先觉者们无条件地陶醉于欧美文化，忙于模仿其表面和形式等。日本文化只是肤浅地欧化，除此之外没有实现任何新的进步、新的发展。因此，明治时期的文化完全不是日本特有的文化，是模仿欧美的文化的躯壳。当然其中有日本传统的长处——消化力，多少有一些把模仿文化日本化了的地方吧。另外在某些部分——医学上毋庸置疑，涉及日本人的新发现还是有的。但大体上，日本文化是模仿欧美文化的残骸。可是现在，作为明治文化源泉的欧美，既然颓废与烂熟形成文化上畸形、变态的状况、出现各种蛀虫，处于末流的日本文化也就不得不陷入僵局。源流混浊而末流澄清，这是不可能的。因为明治文化在某种程度上颓废烂熟，在这里不得不进行一次大转换。所谓"大正时代正是第二维新"就是这个意思。

但是，进入大正时代，仅仅有第二维新的呼声，而很难举出第二维新实质性的东西。正当有心的人们一筹莫展之时，似晴天霹雳爆发了世界大战。世界大战是物质与精神两界的大地震。这是有史以来最为悲痛的事情，而且在其意义上包含了很重要的东西：（一）欧洲文化的幻灭和大破产；（二）几百万的牺牲者；（三）几百亿元的战费；（四）大战前后的苦难和大失败；（五）对和平的绝望；（六）俄罗斯等国的赤化；（七）美国的膨胀。仅这些就具有重大的意义。即使再冷静的、再无所谓的人，也不能对此无动于衷。特别是其影响既然在日本产生了各种各样的波动和作用，就不得不对其更加关心了。而且这对于具有敏锐感性的艺术家而言，必定非常具有吸引力。

作为世界大战的影响，率先在我们日本实现的是社会改造的呼声、民主主义的呐喊、劳资问题、妇女解放问题、社会主义的兴起。这些情形的发生，正是因为世界大战的结果，使由此导致的世界不安宁、社会大动荡。换句话说，是物质、精神两界的大地震后的大修缮。对于这种趋势，有心人只得祈求世界上的人类停止纠纷，争取内部一致、从中实现永久的幸福和善美。当然，有良心的艺术家更应如此。

以上是大正时期重要的时代的演变。那么，思想方面的发展如何呢？世界大战开战之时，泰戈尔①的哲学流行。但是，随后突然转

---

① 罗宾德拉纳特·泰戈尔（Rabindranath Tagore, 1861—1941），印度著名诗人、文学家、社会活动家、哲学家。1913年以诗集《吉檀迦利》成为第一位获得诺贝尔文学奖的亚洲人。他以印度"梵我合一"的传统哲学思想与现代人道主义融合，追求的理想与光明，人的尊严和爱的福音。他的思想正是对"世界大战"后文化发展的补充，因而产生世界性影响。他的诗中含有深刻的宗教和哲学的见解，泰戈尔的诗在印度享有史诗的地位，代表作有诗集《吉檀迦利》（1910）、《飞鸟集》（1916）、《新月集》（1913）、《园丁集》（1913），长篇小说《沉船》（1906）、《戈拉》（1910）、《家庭与世界》（1916）。

为托尔斯泰热。之后,卡彭特、罗素、罗曼·罗兰①、新康德派②的哲学等依次得势。另一方面达到了强烈的宗教热,特别是佛教思想的研究,与此相抗衡的是社会主义思潮的研究非常兴盛。尤其是马克思、莫里斯等的呼声最高。

很遗憾,我不能在此详细地阐述这些思想。总之,上述思想是关于社会改造、精神拯救的真知灼见。泰戈尔把《奥义书》的哲学以新的进化论形式进行解释,强调爱的思想,阐明应该实现从欧洲孤立与区分的想法到东洋的合一与亲和,从小我到大我,从瓦片和泥巴的城墙到宇宙灵性的转变。在这一点上,他仍然展示了新浪漫主义的倾向。

然后,除了托尔斯泰的人道主义、罗曼·罗兰的新英雄主义、新康德派的新理想哲学以及佛教研究的倾向,剩下的基本上就是扎根于社会主义思想的改造论、乃至改造论的哲学。总之,所有的思想都集中在面向全世界的有意义的文化改造这一焦点,而且印证这一点的是明确的社会意识。

从个人意识到社会意识的转换,贯穿了大改造时期的思想。在欧洲最近的文艺里,这样的色调非常显著。法国的保罗·布尔热、

---

① 罗曼·罗兰(Romain Rolland, 1866—1944),法国现代著名文学家、传记作家、音乐评论家、社会活动家。他一生坚持自由真理正义,为人类的权利和反法西斯斗争奔走不息,被称为"欧洲的良心"。他创作了《约翰·克里斯多夫》(1902—1912)、《母与子》(又名《欣悦的灵魂》1922—1933)等作品,1915年因他的"文学作品中的高尚理想,和他在描绘各种不同类型人物时所具有的同情和对真理的热爱",获得诺贝尔文学奖。

② 新康德派是19世纪末—20世纪初在西欧各国,特别是在德国广泛流行的一个提倡复兴康德哲学的流派。温德尔班、李凯尔特和狄尔泰等人呼吁"重返康德",重新诠释康德思想。他们主要关注的是认识论和伦理学问题,其共同特点是否定康德关于"物自体"概念的唯物主义因素,发展康德哲学中的主观唯心主义和不可知论,并在哲学上反对一切道德自然主义。

法朗士①、巴雷斯②、罗曼·罗兰以及英国的威尔斯③、本涅特④等均出现了明确的社会意识。从近些时候来讲，这起源于托尔斯泰、陀思妥耶夫斯基等人。这种社会意识与作为19世纪特征的个人意识并不冲突相背。正确的个人意识应当同正确的社会意识融合为一体。从这样的思想出发，杜阿梅尔⑤写了《文明》《殉教者的生活》。亨利·巴比塞写了《炮火》《光明》。巴比塞在其作品里表达了相制、

---

① 阿纳托尔·法朗士（Anatole France，1844—1924），法国作家、文学评论家、社会活动家。他写了一系列的历史题材小说。他的这些作品均流露出历史循环论、社会改造徒劳无益论的悲观情绪，但更多的是充满对社会丑恶的嘲讽和抨击。主要作品有诗集《金色诗篇》（1873），长篇小说《希尔维斯特·波纳尔的罪行》（1881）、《黛丝》（1890）、《在白石上》（1904）、《企鹅岛》（1908）、《诸神渴了》（1912）等。

② 莫里斯·巴雷斯（Maurice Barrès，1862—1923）。法国作家，早年受浪漫主义影响，感情狂放不羁，后来逐渐倾向于接受社会和宗教的纪律，对自己的感情有所制约。他善于分析心理状态，描写景物细腻动人。文学也由犷放、矫饰逐渐变为洗练。主要作品是两个三部曲，《自我崇拜》三部曲：《在野人眼前》（1888）、《自由人》（1889）、《贝丽妮丝的花园》（1891）；《民族精力的小说》三部曲：《离开本根的人》（1897）、《向军人发出号召》（1900）和《他们的嘴脸》（1903）。

③ 赫伯特·乔治·威尔斯（Herbert George Wells，1866—1946），英国著名小说家、社会改革家和预言家，尤以科幻小说创作闻名于世。1895年出版《时间机器》一举成名，随后又发表了《莫洛博士岛》（1896）、《隐身人》（1897）、《星际战争》（1898）、《现代乌托邦》（1908年）等多部科幻小说，《勃列林先生看穿了他》《获得自由的世界》（1914年）、《世界史纲》（1920）等大量关注现实，思考未来的作品。

④ 阿诺德·本涅特（Arnold Bennett，1867—1931），英国作家。他善于描写平凡的生活琐事，在平淡无奇中揭示生活中的诗意，文风精细认真但有时又太过冗长沉闷。主要作品有：《北方来的人》（1898）、《老妇人的故事》（1908）、"克莱汉格"三部曲包括《克莱汉格》（1910）、《希尔达·莱斯韦斯》（1911）、《老两口》（1915），还写过许多较为轻松的小说、短篇小说和杂文。

⑤ 乔治·杜阿梅尔（1884—1966），法国作家，1917年发表第一部反战小说《烈士传》，小说引起了巨大反响，与巴比塞的《火线》齐名。翌年发表续篇《文明》，获龚古尔文学奖。他最重要的作品是两部多卷长篇小说：《萨拉万的生平和遭遇》（六卷，1920—1932）和《帕斯齐埃家族史》（十卷，1933—1945）。这两部小说以现实主义和理想主义相结合的创作方法，广泛而深刻地揭露了资本主义社会的黑暗。

第十二章 改造时期的文学

和平、同胞合作、废除传统、废止军备、国际联盟等思想，组织了叫做"Le Group Clarte"① 的思想团体。而且，其在德国成为表现主义，产生了恩斯特②的《变化》、格奥尔格③的《加来的市民》。而在英国，除了萧伯纳④、威尔斯、高尔斯华绥⑤以外，产生了劳伦斯⑥、

---

① Le Group Clarte，法语，即"光明社"，巴比塞等发起成立的国际进步文艺家反帝团体。

② 恩斯特·托勒尔（Ernst Toller, 1893—1939），德国剧作家之一，也是德国表现主义戏剧的重要代表作者，与乔治·凯泽（Georg Kaiser）齐名。托勒尔的戏剧特色，在于他的戏剧与他的政治参与密切相关，几乎他的每一部剧作都带有政治主题，宣扬他的"左倾"政治理念。重要剧作包括《转变》（1918）、《群众与人》（1921）、《机器粉碎者》（1922年）、《德国青年亨克曼》（1924）、《哈啊！人生如斯》（1927）、《霍尔牧师》（1939）。

③ 施特凡·安东·格奥尔格（Stefan Anton George, 1868—1933），德国19世纪末20世纪初文学潮流的主要代表。他反对1890年前后在德国兴起的自然主义，把法国的象征主义奉为创作的榜样。

④ 萧伯纳（George Bernard Shaw, 1856—1950），爱尔兰剧作家，他的剧作紧密结合现实政治斗争，敢于触及资本主义社会的本质问题，把剥削阶级的丑恶嘴脸暴露在公众面前，他善于通过人物对话和思想感情交锋来表现性格冲突和主题思想，戏剧性语言尖锐泼辣，充满机智，妙语警名脱口而出。代表作有《华伦夫人的职业》（1894）、《匹克梅梁》（1912）、《圣女贞德》（1923）、《苹果车》（1929）等。1925年"因为作品具有理想主义和人道主义"而获诺贝尔文学奖。

⑤ 约翰·高尔斯华绥（John Galsworthy, 1867—1933）是英国小说家、剧作家，他的创作以19世纪后期和20世纪初期英国社会为背景，描写英国资产阶级的社会和家庭生活，以及盛极而衰的历史，语言简练，形象生动，讽刺辛辣。主要作品有长篇小说《有产业的人》（1906）、《福尔赛世家》三部曲（《有产业的人》1906、《骑虎》1920和《出租》1821）、《现代喜剧》三部曲（《白猿》1926、《银匙》1926、《天鹅之歌》1928）、《尾声》三部曲（《女侍》1931、《开花的荒野》1932和《河那边》1933），以及剧本《银匣》（1906）、《斗争》（1909）、《群众》（1914）和《逃跑》（1926）等。1932年获得诺贝尔文学奖。

⑥ 大卫·赫伯特·劳伦斯（David Herbert Lawrence, 1885—1930），是20世纪英语文学中的重要作家，也是最具争议性的作家。他的作品描写日常生活中无休止的心灵抗争，都弥漫着一种忧郁的情调。著名小说包括《儿子与情人》（1913）、《虹》（1915）、《恋爱中的女人》（1920）和《查泰莱夫人的情人》（1928）等，也创作诗歌、戏剧、散文、游记等。

吉尔伯特①和麦肯齐②等新进锐意的作家，他们都充满了正确的社会意识。

　　在思想和文学面前没有国界。以上所述欧洲的现状、思想、文学倾向仍然给日本带来强烈的影响。在日本，理想倾向的文学、社会倾向的文学大部分都受欧洲思想、文学的影响。最近，作为反动思想兴起的国家主义、爱国主义思想，可以说是在法国的古斯塔夫·勒庞③的《乌合之众》和意大利爱国团体的行动刺激下而产生的。

第二节　新理想主义文学的代表——武者小路实笃

　　我国文坛新理想主义文学的兴起，可以说是因为具备了物质的自然主义文学中，精神因素的缺失。本来，物心一如、灵肉合致是人类的本体。一味地倾向于物质、或偏向于内心是跟人类的本体相

---

①　吉尔伯特·基思·切斯特顿（Gilbert Keith Chesterton，1874—1936），英国作家、文学评论家，风格多样，文笔轻盈。推理小说《布朗神父探案》（1911－1935）首开以犯罪心理学方式推理案情之先河；其他重要小说有《诺廷山上的拿破仑》（1904）、《名叫"星期四"的男人》（1907年）；诗集有《野骑士》（1900）、《新诗集》（1929）；戏剧代表作是《雷邦多》（1915年）；论著《文学中的维多利亚时代》（1913）及有关勃朗宁、狄更斯、萨克雷、乔叟的研究著作，见解精当。

②　康普顿·麦肯齐（Compton Mackenzie，1883—1972），英国作家，他有着高超的驾驭语言的能力，具有幽默感和表述技巧，主要作品有《纵情的私奔》（1911）、《欢宴》（1912）、《道路险恶》（1913）；代表作是反映他那个时代的现实主义的6卷长篇小说《爱的风来自四方》（1937—1945）。

③　古斯塔夫·勒庞（Gustave Le Bon，1841—1931），法国社会心理学家、社会学家，群体心理学的创始人，代表作《乌合之众：大众心理研究》（1895）。他认为人群集时的行为本质上不同于人的个体行为。群集时有一种思想上的互相统一。

第十二章 改造时期的文学

违背的。只是肉体的生活、或只是精神的生活,事实上都是没有存在的道理的。自然主义忘记了人类的本体,带着一种偏颇的看法。被物质的、肉体的东西所禁锢,忽视了心灵精神这一方面。因此,我国文坛曾一时完全缺乏心灵精神的要素。这是谁都无法长期忍受的。人们对于破坏陋习、偶像、虚伪后的自然主义、已经失去了主体势力的自然主义,难以忍受其生命的机械化,都在发泄不满,那是无法压抑的内心不平。为了缓和这些、弥补不足,新理想主义文学应运而生。

因此,新理想主义的思想核心,基本上是人道主义,乃至是"爱"。古时佛陀的慈悲、基督的爱、近时的托尔斯泰的无抵抗主义都源于此。爱他人、爱人生,当然不是什么新的思想。但是,面对世界上在争论、猜疑、诅咒之中相互对峙的人们,为了能使他们和平地保持内部一致,无疑是相当有力的思想。新理想主义的文学,对于这样的思想,从文学的角度做出了新的解释,在致力于具体的表现上具有重要的意义。其态度不是否定的,而是肯定的;与其说是客观的,不如说更多的是主观的;与其说是消极的,不如说是积极的;不是无理想的,而是有理想的;不是黑暗的,而是光明的。信奉此主义的,多数出自《白桦》派,其中心人物是武者小路实笃(1885—1976)。

总的来说,《白桦》派在明治大正文学史上创造了一个新的纪录。他们多数是贵族或富家子弟,他们聚集在一起形成了一个文学团体,这是史无前例的。而且因为他们基本上没有感受到生活的困苦,没有把文学当做职业的必要,所以一点没有文坛的那股臭气,在这个团体里,洋溢着新鲜的、清纯的空气,他们完全不懂生活的苦难和面包的烦恼。

他们出版《白桦》的时候,有识之士早已注意到其意义了。在杂志上最致力于理论思考的是武者小路实笃。他是一个拥有强烈自尊的人，热情、态度非常阳刚而真挚，而且他自身拥有乌托邦理想，一天都不忘实现它。他的作品全部都是以人类的爱为基调，宣传他的乌托邦。这就像前面说的那样，在文学方面，我认为他受托尔斯泰乃至陀思妥耶夫斯基的影响、感化的地方极多。恐怕还没有像他这样彻底倾心于托尔斯泰作品的人。但是，他并不想去模仿托尔斯泰，而更多的是地体会托尔斯泰的心境和内部生命，并延伸他自己的内部生命。他的生命成长，使其对自然主义感到失望、痛感世界不安的状态，并希望所有的人类以"爱"之心温暖、握手，内部保持长期一致。他重视人类的本能、宇宙的本能，相信人类的真心所表现出的力量的原因就在于此。

　　英国哲学家罗素把人类的本能分为持有冲动和创造冲动，把持有冲动当做有害物来排除，极力强调创造冲动。武者小路实笃在《自己的人生观》里把人类的本能分成个人的、社会的、人类的、宇宙的四种。他对于个人的本能，鄙视到"这不是可以轻蔑的本能，但是仅仅被这种本能支配，而完全不拥有其他本能的人不会拥有同其他人共同的东西。"接着，在社会本能部分提及了国家本能，阐述了这样一层意思，即"这本能纯粹的时候，那人能够超越自己的生命。但是纯粹地发挥国家本能是非常困难的。如果国家的立场有不纯之处，我们内心的国家本能就不能感到共鸣。"另外他还重视人类本能，说"这一本能，从根上来讲与个人本能虽然是相结合的，但在这里没有自他的区别。正义的人类本能的爱是从这一本能产生的。从这一本能衍生出的东西，与全人类产生了同感或赞美或感谢或忧愁。"最后他强调宇宙本能，说"让超越人类本能的自己说，位于更深处的本能是宇宙本能。人类即使灭亡，宇宙也不会灭亡。涅槃是指与这个宇宙相和谐的境地。至此，一切既是无也是有。所有就是一切。佛陀的佛经里写着，佛陀是这么说的：去践行'你的同胞同你是一个人'这一真理（这句话比'像爱你一样爱邻人'这句话更大气）。这样，你于自己死亡的时候，于真理则是不灭的"。至此，他的思想变得极具佛教色彩，是夏目漱石所说的"则天去私"的境地。这是他思想的一大进步。如果他了解大乘佛教的法界圆融思想、一念三千的哲理、善恶不二、邪正一如法门乃至开权显实作用的话，他的思想就会更加深远、高大。

他的根本思想大致如上所述，既不新颖也不深奥。但是，在他内部能很好消化、提出，并且将这一思想在他的"新村"里实现、体验，对劳动抱有亲切感，这些是我们所望尘莫及的、宝贵的东西，我敬爱这些。但是在崇拜他的青年当中有人把他说成是"惊人的预言者""耶和华第二"，对这种偏袒反为其害的做法实在难以苟同。他不是今后要发展的人吗？

他的表现方式与他自身的内心完全相吻合，非常朴实，有股韧劲、令人感化的力量。总之，虽然语言似乎有些贫乏、不够精彩，但简洁、明快、奔放。一字一句中洋溢着他的生命力。在这一点上，也可以说他是新文体的创造者。但是，太过饶舌、旁若无人地信口开河之处时而可见，往往会发现有种所谓"自以为是"的倾向。

他除小说外还有论文、杂记、诗、戏曲。其特色也在《没见过世面的人》（1912）、《后来者》《他的妹妹》（1915）、《幸福者》（1919）等作品里显现出来。总的来说，他的戏曲作品很多，而且戏曲并不一定以实际演出为目的，而是自由大胆地想怎么写就怎么写。世界大战之际写的《一个青年的梦》是他最初完成的杰作。在此，引用其一首短诗：

上坡的车

从后面推痛苦，

拉车人也许更痛苦，

推车人也痛苦，

然而却不能松手，

松手就会被车碾压。

再加一把劲儿，再加一把劲儿。

虽然痛苦，再加一把劲儿，

兄弟，最后一把劲儿。

即使这样一首小诗，也跃动着他的面貌。

第三节　有岛武郎及其他

新理想主义文学中，继武者小路实笃之后举足轻重的是有岛武郎（1878—1923）。在尊重"爱"这一方面，武者小路实笃和有岛武郎是一样的。但是武者小路实笃的"爱"更加高大。而且从爱到宇宙灵魂，不达目的誓不休，不达到永久生命的涅槃境界就不满足。也就是说，如不同伟大的真理相符合，就不安心满足。但有岛武郎的爱不如武者小路实笃的爱高大。他说"创造艺术家的是爱的强烈、深远、高大"。不过，他的爱只限于周围的东西乃至一些小的方面的东西。而且，归于宇宙灵魂、涅槃之类的境地，不就是有岛武郎所想不到的吗？仅就这一点，他就不如武者小路实笃高远。

但是，有岛武郎不仅强调爱，实际上也展示了他相当牢固的意志力。为了佃户，他开放了他的所有地，拿出所有的财产，想要赤手空拳开展工作，同情无产者等。从中，我们可以明白他对爱的主张的字面及深层含义。这应该与实笃的"新村"的经营受到同等的尊敬。

可以说他的作品基本上是为了宣传"爱"而写的。《实验室》《凯旋》《死的前后》《普通人的信》《石头下的小草》《给幼小者》（1918）等都是以"爱"为基调而写的。作品中流露着爱的觉悟、爱的体验。这里表现出来的爱实在是既单纯又清澈。但是夹杂着理智的作用，遗憾的是其热烈、动人的程度稍有不足。

但是他的表达方式有分量、恰当、词语丰富。《该隐的末裔》（1917）等淋漓尽致地表达了主人公仁右卫门的狂暴性。北海道的地方色彩也如同图画一样浮现出来。《闷热的秋天》也难舍诗趣。最近，他在戏曲上倾注精力，写了多篇如《吃又平之死》《御柱》《断桥》等作品，正当他要展开新局面，却中途和一个叫波多野的女子突然为情而死，令人感到惋惜。

继有岛武郎之后令人想到的是长与善郎（1888—1961）。他在本质上同实笃非常相似。不过没有实笃那样坚定的人生观和信仰。但是，以肯定的、光明的、积极的态度，有为了拥护爱和正义而战斗的勇气。这里体现了男人的坚强。但同时另一方面又有天真烂漫的孩子般的温柔。这两点毫不矛盾地融合于他的一身。这在《盲目之河》（1914）、《项羽与刘邦》（1917）等作品里表现得非常明显，这两篇是最能体现其特色的作品。

他所描写的项羽是一个力拔山兮气盖世的英雄，同时他又是一个对爱执着的英雄。面对敌人时，如同狂怒的雄狮，而面对虞姬则像野菊花般温柔。《盲目之河》的男主人公 N 自爱恋 S 以来，对 S 的爱非常认真与热烈。但是，S 拒不接受 N 的爱，始终非常冷酷。但尽管如此，N 不改变最初的诚实。这里有悲壮之可爱。这些表达方式可见长与善郎以强有力而又粗壮的主线不断前行。虽然并不是没有生硬的感觉和几分稚气，但这些令人觉得都被他的真实所打消了。尽管如此，与武者小路实笃、有岛武郎的技巧相比，免不了有些逊色。

与以上这些人相比出现得晚了点，还是应该认定为新理想主义作家的有仓田百三（1891—1943）、吉田弦二郎、贺川丰彦（1888—1960）、江原小弥太（1882—1978）等人。虽然都不是出身于《白桦》的，但是，我觉得可以列入这一派。另外，志贺直哉（1883—1971）、里见弴（1888—1983）等人虽然是《白桦》出身的，但更应该放入新现实主义里。毕竟，大正时代相继出现了许多新进作家，加之到了各流派分立的时代，放入固定的学派和范畴是非常困难的。

仓田百三是爱的极力倡导者，形成其基调的是基督教乃至佛教。换句话说，是宗教情操。他是一个把成佛、祈祷、念佛之类的话频繁地挂在嘴边，希望达到在人生的不和谐深处里能看见和谐境界的真挚的求道者。《出家与其弟子》（1918）、《俊宽》（1920）等作品就是从这样的希望的心里产生的。在这里，他要在不和谐的人生中清晰地看到美丽和谐，并将这种意志清楚地表现了出来，他的表达诗意而清新，但是多愁善感的成分比例大，而且太过于柔弱无力。人们对于他"赚人眼泪"的指责也正是因为如此吧。

吉田弦二郎出现于自然主义衰颓时代，最初可以多少看出一丝自然主义的痕迹。但是，他很早就有了从基督教得到的热烈的宗教情操。而且在他的小说里逐渐显现出了宗教倾向。他总是经常赞美释迦、基督、托尔斯泰、陀思妥耶夫斯基、松尾芭蕉等。他虽然有自然诗人的痕迹，但在这里仍然渗透出宗教的气息，淌着甜蜜哀愁的泪滴。总的来说，观察缺乏透明，多愁善感之处还有残留。但是，到了《熊的圈套》《人生苦难》（1920）这两部作品，他的艺术有了大的进步。其代表作有《大卫和孩子们》《松尾芭蕉》（1923）。

贺川丰彦的《超越死亡线》(1920) 只不过是一部完全缺乏文学价值、肤浅的通俗小说。江原小弥太的《新约》(1921) 稍好一些。作品里飘荡着一股艺术的芳香，有真实感。此外，这类作品里，石丸梧平 (1886—1969) 的《凡人亲鸾》、藤井真澄 (1889—1962) 的《超人日莲》等描写宗教伟人的作品有很多。石丸梧平的作品在投射现代人的内心这方面、藤井真澄的作品在赋予新诗般的纯化和新解释这方面，有一定的意义。但是，关于描写这样的宗教巨人，需要周到的准备和深入研究是毋庸置疑的。

第四节　小说界里的前辈们

从新理想主义到社会主义文学推移时代的中途，起到过渡作用的是新现实主义文学。属于这一派的有菊池宽 (1888—1948)、里见弴、志贺直哉、藤森成吉 (1892—1977)、室生犀星 (1889—1962)、加能作次郎 (1885—1941)、有岛生马 (1878—1923)、细田民树 (1892—1972)、谷崎精二 (1890—1971)、相马泰三 (1885—1952)、松岗让、细田源吉 (1891—1974)、水守龟之助 (1886—1958)、泷井孝作 (1894—1984)、中村武罗夫 (1886—1949)、加藤武雄 (1888—1956)、舟木重信 (1893—1975)、冲野岩三郎 (1876—1956)、生田长江 (1882—1936)、江马修 (1889—1975)、广津和郎 (1891—1968)、中户川吉二、田中纯、丰岛与志雄 (1890—1955)、葛西善藏 (1887—1928)、久米正雄 (1891—1952)、芥川龙之介 (1892—1927)、中条百合子 (1899—1951)、藤村千代子、吉屋信子 (1896—1973)、宇野浩二 (1891—1961)、武林无想庵 (1880—1962)、生田春月、佐藤春夫、石丸梧平等。在这些人里有继承自然主义派的，有继承新浪漫主义派的。还有近松秋江、长田干彦（1887—1964）等的言情文学。但是，要清楚地区分这些是不容易的。在这些作家里面，有进行各种尝试的，甚至有同时写戏曲和小说的，不像以前那样，小说家一定以写小说为主、戏曲家一定以写戏曲为主。而且，作家数量也增加了很多。如果加上森鸥外、永井荷风、岩野泡鸣、上司小剑、德田秋声、田山花袋、岛崎藤村、正宗白鸟、谷崎润一郎等前辈的话，文坛上的人多得确实有点惊人。

其次，相对于新现实主义，对社会主义文学抱有亲近感的人们中，有长谷川如是闲、加藤一夫（1887—1951）、小川未明、前田河广一郎（1888—1957）、中西伊之助（1887—1958）、宫岛资夫（1886—1951）、宫地嘉六（1884—1958）、岛田清次郎（1899—1930）、新井纪一（1890—1966）、内藤辰雄（1893—1966）、尾崎士郎（1898—1964）、江口涣（1887—1975）、井东宪（1895—1945）、藤井真澄、金子洋文（1894—1985）、山田清三郎等。他们被称为无产阶级作家。当然，他们各自的程度不一，有抱有强烈的阶级意识、遵从社会主义思想宣传的，有多少带有社会主义思想倾向的。无政府主义、虚无主义、工团主义、马克思主义等，各自喜好的侧重点不同。总之，微温派、赤热派在程度上有差别。也可以像巴比塞和罗曼·罗兰一样，将其分为实行和非实行两派的倾向。

新现实主义派把新旧、前辈、后辈合并起来达 50 至 60 名之多。其中最近出现的不知姓名的人也有不少。另外，也有像中谷德太郎那样中途夭折，仅仅在《孔雀夫人》一卷中留下其业绩。中谷德太郎有颓废的都市人的痕迹，有新浪漫主义的倾向。其作品都带有才气焕发的趣味，流露出充满朝气的诗情。像他这样的人，今后肯定是一个能够大力施展才华前途有望之人，令人惋惜。

那么，在这里记述新现实派的诸多大小作家的业绩，自然只介绍我对其作品有亲近感的人。因为对数十位作家逐一核查不仅是一件非常困难的事情，而且还说不定看错其本质。到了这一时期，在原来的那些作家里，最能发挥其特色的是岩野泡鸣、谷崎润一郎等人，岛崎藤村、德田秋声、正宗白鸟、田山花袋、上司小剑等也持续着相当坚实的步伐。高滨虚子、永井荷风等逐渐陷入僵局，而森鸥外通过历史小说、传记小说走他独自的路。

岩野泡鸣主张的一元描写，具体体现在《征服者被征服者》（1919）中，没有停留在单纯的客观描写的表面，实现了主客观融合，达到了他所能够达到的境地。在此前后他的作品里像《喝毒药的女人》（1914）、《附体》那样圆熟的作品不少。谷崎润一郎更是发挥了他的唯美倾向乃至恶魔主义色彩，在永井荷风陷入僵局后，他依然独立前行。但从另一方面来说，他最初展示给我们"惊异"的创造，给人一种魅力逐渐消失的感觉。换句话说，他行进的道路是固定的，可以看出连他自己也困惑于其中而不能自拔。但是，他还是发表了相当多非他莫属的作品，如《哈桑汗的妖术》《忧愁之门》《异端者的悲哀》（1917）等。而且他从小说这一绝境转向戏曲，打开了他的一片新天地。他近期的作品有《没有爱的人们》《正因为有爱》（1921）等。

德田秋声、正宗白鸟、上司小剑三人以及野上弥生子（1885—1985）对传统有所继承，并在传统的技巧上更加成熟了。上司小剑的长篇《东京》、正宗白鸟的《毒妇般的女人》引起了文坛新一轮的注目。但是，总的说来，对于其前途能否有新的期待还是个疑问。像正宗白鸟那样观察事物的视角日益鲜明，但内部生命却是完全陷入僵局。从改造时期的艺术精神看，简直是有种毫无关系的感觉。

德田秋声非常接近于此。

　　岛崎藤村、田山花袋稍微有变化。田山花袋是自然主义的提倡者，但是他给人的感觉是任命运摆布、自然开花结果、进而以期转变。例如，《一个僧人的奇迹》（1917）、《残雪》（1917）表达了他试图摆脱自然主义作茧自缚境地的内心变化。其心向佛，似乎变化得更多更有力。但是，由于他的年龄和自然主义氛围的干扰，没有把他从利己主义者境地中解放出来，没能使其迅速地完成飞跃。与之相比，还是岛崎藤村更多体现了一个作家的勇敢。换句话说，准确意义上来讲，他有自我改造的勇气。《新生》一书证实了这一点，那是沉痛的人生记录。作品中主人公的错误行为被后悔的眼泪洗清，这一点显得非常情深意切。这里可以非常明显地看出他要从自然主义转向其他方面的心情和态度。但是，《新生》之后的他没有了《破戒》时期的气概，有过于自重的形式。

　　除此之外，铃木三重吉停止写小说而转向了童话，这是非常聪明之举。森田草平写了《十字街》（1912），但也中途封笔远离了小说。小栗风叶退隐到乡下后彻底沉寂了。只有泉镜花则十年如一日，不过，他那超然的态度让人联想到他的纯真。只有森鸥外一人保持着他卓越的洞察力，写了《北条霞亭》（1917）、《津下四郎左卫门》《伊泽兰轩》（1916—1917）等历史小说，可以看出其老练纯熟的笔致，而且里面多多少少洋溢着一些新意，特别是《北条霞亭》非常优秀。《高濑舟》（1916）、《爷爷奶奶》（1915）、《最后的一句》（1915）也很不错。至此，我们不得不承认他的素养之深和坚忍顽强。红露逍鸥四大作家里，尾崎红叶首先去世，最近，看到森鸥外逝世的消息，不由得感到一种凄凉。

第五节　新现实主义文学与其中坚力量

当今，新现实派的骨干力量是志贺直哉、里见弴、菊池宽、芥川龙之介等。丰岛与志雄、藤森成吉、佐藤春夫、室生犀星、广津和郎、近松秋江、中村星湖等人无疑也是有相应特色的作家。虽然也有非常不条理的地方，但是也有像宇野浩二那样的，虽有非常不条理的地方，却把物语小说写成流畅的饶舌风格的奇人。但是，说到今后应该寄予很大期望的新人是谁，目前简直无法估计。

以上这些人当中，志贺直哉是应该受到尊敬的作家。他既不多写也没滥写。而且他最厌恶以权谋术数君临文坛。他肯定人生，尊重正义和爱，但并不是将他的主观愿望强加在情节中，总是纯客观的，不明确区分善恶、美丑、正邪，他的表达具有浑然天成之感。

他尊重正确的东西，但是对不正确的东西也给予理解和同情。他公平中正、不偏激，看一下《到网走去》（1910）、《正义派》（1912）就可以理解这些。但他明显地还带着世纪末的苦闷和忧愁的阴影，其神经非常敏感，感觉也非常敏锐，感情有时容易激动。这些有时在他的作品里表现出异常的灰暗。不过，他以清澈见底的纯洁的心，努力去抑制这些。这里非常明显地存在着内心的冲突。《和解》（1917）就是他对他父亲的内心冲突的表达。

《和解》应该和他近期的作品《暗夜行路》（1921）①一起看做他的代表作，与父亲的不和所带来的烦恼、痛苦、兴奋、激情等得到了很好的体现，而且也很好地表达了因祖母的去世，自然而然地

---

① 这里是指《暗夜行路》的"前编"，"后编"完成发表于1937年。

同父亲和解的情形。他的表达单纯朴素，但是运词炼句十分精炼，没有那种拖沓感。在表现技巧上，志贺直哉大概是《白桦》派中首屈一指的吧。

与志贺直哉一样出自《白桦》，并且在文坛占有重要地位的是里见弴（1888—1983）。他重感情、缺理智，他虽然现实，但不具有自然主义的冷酷。活泼的才气、把握事物本质的能力、一种颓废性的浪漫气息，这些在他的作品里都融为了一体。

他最初倾心于泉镜花的作品，从他那里学到的了不少东西。这有益于他作为一个作家的进步，但也有束缚他的地方。但是他到底还是没有囿于泉镜花的世界里，闯出了自己独特的世界。他喜欢描写花街柳巷的人物和氛围。不知道这些是否受泉镜花的影响，但是描写这样的世界是他独特的地方。《善心恶心》（1916）、《大火》《毒蘑菇》《父亲》等就是这样的例子。他被称之为新技巧派的骁将或者是名人，实际上，是他有拼命专心于技巧的风格。不过，与其说他冷静地观察其应对的事物，不如说他的风格是与描写的事象一起燃烧、把强烈的热情涌动原本托出。他未必注重词句的雕琢，而是致力于事象的本质，所谓心理描写之巧妙也源于此。他的表达的确非常利落、敏锐。但是也有钻牛角尖的弊端，常常沉浸于独自认同、独自思考。在最近的作品《好管闲事》里，这种弊端逐渐减少，增加了些成熟的味道。《直辅的梦想》大概是他的代表作之一吧。

菊池宽总是与芥川龙之介同时被人想起，两人大约在大正五年同时在文坛出道，从世俗的角度来说，也或许是因为两人在文坛的成功太过迅速了吧，也许还因为他俩是情投意合的挚友吧，而且在素质和倾向上，理智、聪明之处也非常相似，还有两人对历史小说的兴趣也是如此相似，而且在这方面，被认为好像是受森鸥外的影响的地方也是如此的相似。

第十二章　改造时期的文学

大致上可以说芥川龙之介是新的历史小说家。当然，虽然他有时也写像《秋》《春》这样取材于现代的东西，不过，基本上是借助历史来表达他的趣味和感受。知识似乎很渊博、装腔作势的风格、有时候酷似艺术爱好者，这些地方我想说都跟森鸥外一模一样。甚至其明澈的文章也被认为与森鸥外是一脉相承的。当然，这并不意味着芥川龙之介是模仿森鸥外。

芥川龙之介的历史小说总的来说是巧致的，题材的选择方法也很棒，而且整体上完善得不能再完善了，没有一丝纰漏。还充分地利用了从《今昔物语》① 等作品中找到的题材。他的表达拒绝虚妄，高雅而又明朗，这或许是经过充分地推敲，完全去除不纯之处，以确保必然的纯粹性吧。有时，为了改变形式和花样，像《世之助的故事》（1918）那样采用对话体、像《奉教人之死》（1918）那样借用有古典味道的老风格，饶有趣味。这里反映出了他那敏锐的思维。

但是，从另一方面看，并非无可指责。极端的说法是把他的历史小说称之为高等讲谈，不过这有些苛刻。但作品整体上讲大道理、过于刻板，总让人觉得不舒服。《大石内藏之助的一天》（1917）、《戏作三昧》（1917）、《地狱变》（1918）都是上乘的佳作。但总觉得有些冷。这大概是他作品整体上共通的缺点吧。

菊池宽在文坛上的技巧得到认可，可以说是因为他写的历史小说。以《忠直卿行状记》（1918）、《恩仇之外》（1919）而迅速崭露头角。这些已经展示了他那杰出的笔力和构思。忠直卿的现代人性格、市九郎由罪恶到忏悔奉献的一生，这些的确给现代年轻人以心

---

① 《今昔物语》是一部取材于佛教传说的短篇小说集，约成书于12世纪上半叶，全书共分天竺（印度）、震旦（中国）和本朝（日本）三部分。因每个故事皆以"古时……"开头，故取名《今昔物语》。芥川龙之介创作的历史小说，大约有五分之一直接取材于《今昔物语》，包括《罗生门》《鼻子》《丛林中》等。

灵的撞击，不仅仅是有趣。

他对历史小说非常热心，但是另一方面，也没忽视以现代事物为题材进行创作。这一点它不同于芥川龙之介，表现出虽不是理想家、道德家，但却是一个颇具良心之人，理性冷静而透彻，拥有控制住情感纷扰的力量。总而言之，有注重合理生活的一面。而且，他是一个总是不忘对日常生活适度批判的人，有一种英国绅士的风度。实际上，他专攻的是英国文学，似乎得益于约翰·高尔斯华绥等人的地方很多。

他的现代小说多数是从他身边的、或是从日常生活的平凡事件中选择主题，之后加上他的批判。其主题的捕捉方法总是那么巧妙，万无一失，表达也确切、简洁、明晰。但也有一些说理式地卖弄聪明的感觉。换句话说，有喜欢使用花招的倾向。而且与其说向大处延伸，不如说在小处完善，这样的倾向很突出，这里有他的长处和短处。令人担心的是弄不好的话，会不会就此故步自封了呢？不过，聪明的他一定会突破。在这方面表现出他优秀素质的是《像神一样羸弱》（1920）一类的作品。

在历史小说方面，他也与芥川龙之介不同，仍然从史实中看出某个主题，从中暗示人生的一面，或者透露他的道德批判。《兰学事始》（1921）、《俊宽》《乱世》《船医的立场》《投标》（1921）、《报仇三态》（1921）等，无论哪一篇都写得很好，简洁没有漏洞，以其周到的笔触写出了他独自的气息和韵味。但是像《笑》（1920）一样，他仍然用了他独特的花招，巧妙地引导读者，这是他的长处同时也是他的弊端。如果自然味道再浓重一些的话，那浑然天成就会体现出来吧。然而，他尚未达到这样的境界。

接下来应该说的是佐藤春夫、室生犀星两人。在诗人气质这点上两人是一样的。但佐藤春夫具有现代人的忧郁和病态的感官，室

生犀星有颓废之处，情欲色彩很强。佐藤春夫在适合自身趣味的世界里，肆意发挥他独特的空想，发挥他那敏锐的触觉，由此诞生了《田园的忧愁》（1916—1918）、《指纹》（1918）、《美丽城市》（1919）、《星》（1921）等作品。室生犀星描写他所看到的周边氛围、情调、色彩，散发出敏锐而又细腻的感官气息，并诞生了《地下室与老人》《苍白的巢穴》（1920）等作品。总之，佐藤春夫、室生犀星的小说是一种诗歌。从现实主义作家来看，我认为有与此相应的不满吧。

藤森成吉、丰岛与志雄二人像近松秋江、中村星湖、广津和郎他们那样，因为同学关系而被对照地联想起。藤森成吉是一个以谦恭的态度正直地注视人生的人，而且能从人生琐事里揭示出某种意义。在此展示了他那扎实的洞察力。《山》（1918）、《孩子》（1919）、《鼠》（1920）等作品为此提供了佐证。

有人把丰岛与志雄的小说看做是立足于现实主义的象征主义作品。这不能随便下结论。但他的作品流露出一种试图深入人生内在生命深处的神秘气息，这是事实。他在《被掠夺的男子》里描写了恋爱、性欲，巧妙地表现了女性心理。男女间深深的爱恋，正是他喜欢描写的题材，而且也展示了难以抑制的性欲的力量。其文风像秋天的天空一样，有种清澈、恬静的意蕴，总令人感觉到从其本质流露出来的节奏变化。以这种倾向撰写的小说有《骷髅》《虚幻的彼岸》《如果有生》（1917）等。

中村星湖在进入这个时期后转向新主观主义倾向，作为问题小说的提倡者，更加发挥了他真挚而稳健的写作风格。作品集《丢失的戒指》中收集了相当优秀的短篇小说。《火》篇幅很短，却自然地渗透出幽默的味道，这一点很好。不过，整体上低沉、缺乏生气是他的缺点。近松秋江的《舞鹤殉情》文笔柔弱美艳，与长田干彦一起掀起了言情文学的热潮。另外，在《死亡之幕的彼岸》《老幼》里总是散发着他那独特的情趣，洋溢着难以舍弃的意蕴。与他很亲近的长田干彦有着新浪漫主义倾向，最初的出发点的确是非常好，但是到了后来，再没有写出像《江湖艺人》《水路》《衰落》那样的名著，很是可惜。广津和郎写了《神经病时代》（1917）、《悔》等长篇小说，其实力得到了认同，是早稻田派中最被期待的人之一。他以细腻严谨的目光观察现实，源于理想主义的社会解剖刀非常锐利。他的表达过于平淡，倾向于冗长，但的确朴实，很少纰漏，有的部分写得令人觉得他将会大有发展。描写赌徒的《隐秘小屋》尤其出色。不过，非常遗憾他近来没有执笔。

此外，加能作次郎创作了有关饱经风霜者的小说，自然、不加修饰地、悄然将人生的苦味渗透其中。相马泰三创作了精细缜密而不令人生厌的作品。谷崎精二用细致的笔锋描写了淡淡哀愁的世界，展示了诚实的态度。这一时代他们形成了早稻田派的中坚力量①。近期的作家有细田源吉、细田民树等，这些人今后值得期待。

还有，对早稻田非常亲密的有宇野浩二、葛西善藏。宇野浩二因《苦恼的世界》（1919）、《仓库里》（1919）而被认可，陆续出版了各种长短篇小说。有时写颇有意思的故事，但是无论如何，只是给人一种有个性的滑稽画的感觉，而且过于饶舌这一点令人厌烦。葛西善藏的作品从贫穷者的视角静观贫穷，展示出人情味，这一点与德田秋声很相似，而且表达简练也可取。

这样叙述下去就没边了。但是水守龟之助、加藤武雄、中村武

---

① 文学史上也称他们为"奇迹派"，他们的主阵地是早稻田大学的学生同仁杂志《奇迹》。1912年9月，小说家舟木重雄（1884—1951）主编的《奇迹》创刊，开拓出一块文学园地。此派同仁主要是广津和郎、葛西善藏、宇野浩二、相马泰三、谷崎精二、嘉村礒多、光用穆等，他们是早稻田大学新一代。

第十二章　改造时期的文学

罗夫等《新潮》众人的努力不容忽视。水守龟之助的作品主题立意非常明确，破绽很少。加藤武雄被认为多愁善感，但是清纯而专情，其表达朴素中透着清新。

还有，必须把久米正雄、三田派①的久保田万太郎、水上泷太郎（1887—1940）、南部修太郎（1892—1936）等人列上。久米正雄受到读者的好评，但是在小说方面是一位出奇地缺乏实质的作家。最初并不是这样的，归根结底，因为他逐渐趋于安逸。不过，其文风畅达自在，的确是具有真正意义上的能人的笔锋，而且清新、有活力。创作了《朝颜》（1912）、《初凋草木》（1917）的久保田万太郎作为出生于浅草的作家，拥有独特的趣味：迷人的下町情调，淡淡的、脱俗的春天淡雪般的笔触令人心旷神怡。水上泷太郎和南部修太郎一样看不出太多的漏洞，前者在稳健中寓有清新，后者高雅严肃。木下杢太郎（1885—1945）的异国情调气息也同《唐草表纸》（1915）一样不会被人们遗忘。还会不由得想起以下这些人。江马修（1889—1975）那热情的文章和人道纯粹的地方，有岛生马（1878—1923）的画家情趣的文章也给人以深刻的印象，佐藤绿叶（1886—1960）在长篇小说《黎明》（1921）里展示了扎实功底和开明思想，石丸梧平（1886—1969）在《船厂公子》里展现了京阪情调的一个方面。

---

①　以文学杂志《三田文学》为中心形成的文学流派。1910年由庆应大学文学部教授永井荷风创刊并任主编，成为当时反对自然主义、倡导唯美主义文学的阵地。早期主要作家有永井荷风、森鸥外、上田敏、野口米次郎、木下杢太郎、三木露风、马场孤蝶、山崎紫红、黑田湖山、深川夜鸟、藤岛武二等，后又有堀口大学、久保田万太郎、佐藤春夫、水上泷太郎等庆应大学出身的作家参与。1916年永井荷风退居二线，由泽木四方吉任主编，西胁顺三郎、胜本清一郎、井伏鳟二、丹羽文雄、和田芳惠等一批新作家登场，他们统称为"三田派"。

第六节　论坛新倾向和"右左倾"两派

　　提倡社会主义文学就是最近的事情，这是因为世界大战的影响与刺激，评论界努力所带来的趋势。在这一时期，对生命的创造意义、对内部生活的反省、从书斋走上街头的积极态度——这些，评论界的评论家们都在积极倡导。不过，结果是人道主义思想逐渐占据了势力。其次是传统主义的东西被极力倡导，这正是民族自觉的表现。另一方面，关于民主主义的讨论和探索都在极其认真地进行。片上伸在其论文集《思想的胜利》里提到民主主义："因为民主主义的，不能仅仅停留在政治民本上，必须是将人类生活的整体，以民主的精神来指导乃至支配为己任"。田中王堂也大致陈述了相同的看法：必须实现一切文化的民众化。这种倾向逐渐促进了民众的自觉，而且也要求为民众的艺术、为民众的娱乐。与此同时，促进内部生活改造和社会生活改造的舆论逐渐加强。田中王堂从浪漫主义功利层面、大彬荣从无政府主义的立场提到了社会改造问题。阿部次郎最早论述了《文坛的社会问题》。当时，生田长江触及了相同的问题，提倡"只有更好地提高自己，才能更好地提高社会。只有更好地提高社会，才能更好地提高自己"。还兴起了政治与文学和政治革新的言论。内田鲁庵等最热心讨论这些问题。作为当时的评论家，除以上的人员外，有中泽临川、和辻哲郎、石坂养平、本间久雄（1886—1981）、吉江乔松、赤木桁平（1891—1949）、土田杏村（1891—1934）、稻毛咀风（1887—1946）、广津和郎、加藤朝鸟（1886—1938）、田中纯（1890—1966）、安成贞雄（1885—1924）、三井甲之（1883—1953）、生方敏郎（1882—1969）以及以前的岛村抱月、岩野泡鸣、长谷川天溪、相马御风等。相马御风展示了从书

第十二章 改造时期的文学

房走向街头的意义,他极力主张自我生活。不过到了大正五年,突然改变,潜心于内部生活,一个人退居故里,《凡人净土》《还原录》(1916)等记录了这一时期的情况,在这里不可否认受托尔斯泰的感化很大。岩野泡鸣的态度日益积极,在《悲痛的哲理》(1920)里,充分地阐述了他的享乐主义、肉灵合致的学说。

当时文坛总的来说开始涣散。片上伸在谈到这一时期的情况时,说"我认为小说界的大道,即使是现在,仍然是自然主义文学所开创的现实主义这一条路。诚然,扎根现实的基调同样存在,更掺杂了复杂的现代主观的颓废情调的文学,或欲脱离对现实的凄惨颓废情调的执着、承认这些实相之下人类本性闪现的倾向,这些虽然都给各个时期的文坛以新的刺激、燃起了新的灯火。但前者成为肤浅低下的浪子文学,后者成为简单的光明小说,很快就失去了其清新的力量"。接着从内心深深地叹息到"当今文坛似乎各自都以各种各样的作品装点得很是热闹。但是,动辄停留在对生活的看法和描写的技巧这些小规模的巧妙上的竞争,极其缺乏通过蕴藏于作者胸中自然力量的流露来完成写作的情趣"。他对于新理想主义文学的态度偏于否定与拒绝,但却道破了文坛的弊端。

但是,评论界比起创作界还稍微有些生气。田中王堂、中泽临川、岩野泡鸣等特别展示了其努力的足迹。田中王堂有意识地组织为了人生的哲学,合理地把文化生活引向正确的方向。他有颇多实用主义色彩乃至人道主义的倾向。他讲威廉·詹姆斯①,讲桑塔耶

---

① 威廉·詹姆斯(William James,1842—1910),美国心理学家和哲学家,美国机能主义心理学和实用主义哲学的先驱,美国心理学会的创始人之一。他建构了科学心理学的完整体系;提倡实用主义,认为世间无绝对真理,真理决定于实际效用,适合于时代环境而有效用者,即是真理;首倡意识流理论,认为意识不是静止的,而是因人因时因地而连续不断地流动的。主要著作有:《心理学原理》(1890)、《宗教经验种种》(1902)、《实用主义》(1907)、《多元的宇宙》(1909)、《真理的意义》(1909)。

那，讲彼得，讲穆勒、卡莱尔、爱默生、泰戈尔、西蒙斯等，也谈到托尔斯泰和尼采。后来论述了罗素的哲学。其文章庄重，修辞上非常用心，有工整之妙处。与田中王堂相比，中泽临川写了更有人情味的新颖的文章，介绍了欧洲的新思想、文学乃至社会问题。岩野泡鸣通过他的享乐哲学，频繁地挑起论战，展示了他那纯真的风采。片上伸、阿部次郎等人都集中力量思考内部生活，着力于新生命的展开。

不久之后，评论界的势头终于选择了新方向，开始热心沿着社会改造的道路前进。这多是由于受到欧洲的大势和社会主义的勃兴所刺激。从事文艺评论的人也加强了社会意识、阶级意识，开始讨论贫民与无产阶级。在思想界，从个人的完善到社会的完善的倾向，很快转向世界人类的完善，而且作为大多数的无产阶级的完成，必然成为先决问题。关于这些事情探讨的升温，大约是大正十年的事情吧。无产阶级文学在当年由村松正俊（1895—1981）等人最初提倡。他说"现代处于资产阶级意识之下，而且其意识正将消失，即将出现的则是无产阶级的意识"，指责文坛迎合资产阶级趣味，没有无产阶级意识的觉醒。接着，激进的平林初之辅（1892—1931）进一步推进了这一论调，他论述了要兴起无产阶级艺术，首先必须采取从特权阶级的独占解放出来的手段的原因，极力强调社会制度的改造，并极端地论到"必须把我们祖先遗留下来有价值的艺术全部拿出来，投入到破坏的熔炉里"。与此相对抗，福士幸次郎（1889—1946），重新极力主张传统主义的必要。也有人极力从艺术至上主义、新理想主义、文化主义乃至宗教的立场出发，反对无产阶级艺术。思想界的动荡在这里促进了宗教热的勃兴，西田天香（1872—1968）等人的学说感动了一部分人。田中智学（1861—1939）、大谷光瑞（1876—1948）、山川智应（1879—1956）、远山谛观等人在宗

教上的讨论也推动了社会的前进。

接下来，在罗曼·罗兰和巴比塞之间进行的、关于社会主义文学运动的论争在日本也成了评论界的一大问题。是把改造的问题仅仅停留在思想上还是去实行，关于这些，武者小路实笃倾向于罗曼·罗兰，堺利彦（1870—1933）、山川均（1880—1958）等倾向于巴比塞。室伏高信（1892—1970）、大山郁夫（1880—1955）、吉野作造（1878—1933）、杉森孝次郎（1881—1968）、长谷川如是闲等人为前辈评论家，新进评论家青野季吉（1890—1961）、小岛德弥、新居格（1888—1951）、赤松克麿（1894—1955）、佐野学（1892—1953）、林癸未夫（1883—1947）、武藤直治（1896—1955）、前田河广一郎（1888—1957）、相田隆太郎等人为无产阶级思想以及文艺而奋斗，无产阶级文化的问题得以重新讨论。关于无产阶级教化，土田杏村（1891—1934）、新居格等人进行了热情地论述。这样，在评论方面，以《早稻田文学》为据点的本间久雄带头，加上宫岛新三郎（1892—1934）、森口多里（1892—1984）、岛村民藏、原田实等稳健周到的评论家，与三田派的井汲清治（1892—1983）、小岛政二郎（1894—1994）、三宅周太郎（1892—1967）相对应，涌现出一股新的泉水，对即将出现的文学赋予一定的影响。当时，吉江乔松在《艺术的道路》里谈到即将到来的文学时说："必须是这样一种以个体生活为基调、不是去统率适用于整体规则所自然产生的生活、而是把合唱共奏的生活具体化，并率先开辟这种生活的艺术。为此需要多数无产阶级的觉醒，以及开展形成生活文明的自觉活动。为了促进这一活动，艺术就必须成为表现舞台而发挥其灵敏的作用。"

菊池宽当时虽然大致上对无产阶级文学抱以同情，但是主张面对社会现状有必要作出某些妥协，站在了右倾派的前列。对此，前田河广一郎带领"左倾"派坚决拒绝妥协，严厉地攻击菊池宽，两者的争论甚为火热。津田光造（1889—?）同情菊池宽，而千叶龟雄等人更多的支持前田河广一郎，而且藤井真澄（1889—1962）、村松正俊（1895—1981）等都支持前田河广一郎。这样，文坛里形成了"左倾"派与右倾派的对立，旗帜与以前相比更加鲜明。公平地说，年轻贵族的觉醒既然产生了新理想主义文学，那么无产阶级的觉醒必然产生无产阶级文学，这是理所当然的，是必然的趋势。其创作的巧拙另当别论，从事实和理论上来说，当然无产阶级文学、无产阶级文化必须确立并发展。但是，像平林初之辅所说的那样，以此来统一整个文坛是很困难的，这一点必须冷静地思考。另外，河上肇（1879—1946）、福田德三（1874—1930）、河田嗣郎（1883—1942）、米田庄太郎（1873—1945）等各大学的教授们从学术层面发表社会主义思想的研究成果，金子筑水高呼文化主义，这些都不能忽略。还有致力于妇女问题，对此加以深入探究的山川菊荣（1890—1980）、平塚雷鸟（1886—1971）、本间久雄等人也功不可没。

第七节　社会主义文学的中坚与新机运的流动

顺应上述趋势，社会主义文艺为打破文坛的停滞，表现出生气勃勃的势头。这一派的代表人物有前田河广一郎、小川未明、加藤一夫（1887—1951）、长谷川如是闲、江口涣（1887—1975）等。新人有岛田清次郎（1899—1930）、新井纪一（1890—1966）、宫地嘉六（1884—1958）等人。最近数量众多崭露头角的新人，大多是还不太出名，所以目前很难以作出明确判断。前田河广一郎的小说据说有日本高尔基的色彩。他的艺术的确是"力量"的艺术，是阶级意识、反抗精神剧烈燃烧的结晶。至于技巧什么的，或许是无关紧要的问题，即使在这一点上，虽然他时好时坏，但总的来讲还是比较扎实的。其代表作有短篇集《三等船客》中的《一群海员》以及《红色马车》中的《离船以后》《背叛》《红色马车》等。特别是《离船以后》《红色马车》这两篇，他的特色体现得非常突出。

小川未明是人道主义精神的把持者、一种无政府主义者。他开始写社会主义作品，这当然是到达了他应该走的路。在他来讲，真实与热情与技巧相比，似乎更能成为他的力量。这种倾向在《朝着他们的去向》里得以体现。加藤一夫立足于虚无主义，为了表达他的思想而写作小说。但《无明》中的思想未必完全是虚无的，倒是可以看出一种宗教性的东西。他的表达不很巧妙但很真挚。长谷川如是闲在哲学小说方面，体现了打破旧习的反抗精神，在他的表达中可以清晰地窥见他的锐利神经的律动。还有，说到虚无主义思想的话，大泉黑石的《老子》（1923）等作品把其思想最清晰地具体化了。

江口涣曾经是论坛的一员猛将，但是后来转为主要是写小说。他的文笔完全是通过粗线条强有力地描写事物，虽有些粗犷，但是有难以割舍的味道。《恋爱与牢狱》（1923）算是其力作吧。宫地嘉六主要描写劳动者的生活，逐渐展示出了他技巧的圆熟。特别是在他作品里所体现的幽默，是他独特的东西。岛田清次郎作为《地上》的作者，的确可见男性的特色，而且作品中以想象描绘的新时代很有意义。新井纪一通过熟练的笔墨，自由地描写劳动生活，但是有必要更简练一些。武林无想庵（1880—1962）的创作既有与社会主义共鸣之处，也有暧昧的地方，他那种随笔般的小说有种奇妙的韵味。

随着文坛新机运的逐渐转变，出现了伊藤贵麿（1893—1967）、佐佐木味津三（1896—1934）、横光利一（1898—1947）、藤泽清造（1889—1932）、伊藤靖（1893—?）、犬养健（1896—1960）、下村千秋（1893—1955）、牧野信一（1896—1936）、十一谷义三郎（1897—1937）等诸多新人，文坛的将来值得祝福。这一新机运的流动，一方面刺激了戏剧文学、诗歌等，在这方面出现了生气勃勃的景象。即使在戏剧文学方面，作家的数量也增加得非常快，而且也出现了很多震撼现代人心灵的戏曲。森鸥外、谷崎润一郎、久米正雄、菊池宽、小山内薰、武者小路实笃、有岛武郎、长与善郎、长田秀雄、冈本绮堂、上司小剑、岩野泡鸣、久保田万太郎、吉井勇、木下杢太郎、永井荷风等都在写小说的同时写戏曲。中村吉藏、山本有三、藤井真澄、近藤经一（1897—1986）、秋田雨雀、池田大伍（1885—1942）、山崎紫红、岛村民藏、灰野庄平（1887—1931）、铃木泉三郎（1893—1924）等都是集中精力写戏曲为主的人。另外，也有佐藤红绿、松居松叶（1870—1933）、真山青果等成熟的作家，特别是坪内逍遥始终如一地为戏曲尽心尽力，完成了莎士比亚的翻译，甚至扎实地推动了圣诞剧、儿童剧，在这方面功绩确实很大。森鸥外对独幕剧翻译的功劳也很大。

即使在诗歌方面，新人旧人加在一起的话，数量也非常多。作为无产阶级的歌人有石川啄木（1886—1912）、土岐哀果以及安成次郎、西村阳吉（1892—1959）、西川百子（1887—?）、西出朝风（1884—1943）、青山霞村（1874—1940）等。另外，在诗作方面，三木露风（1889—1964）、北原白秋（1885—1942）两人开创了一个时期后，个性觉醒的实力派诗人披露了其情感与思想。这些人里面有福田正夫（1893—1952）、前田春声（1896—1977）、北村初雄（1897—1922）、生田春月（1892—1930）、柳泽健（1889—1953）、西条八十（1892—1970）、霜田史光（1896—1933）、日夏耿之介

（1890—1971）、正富汪洋（1881—1967）、高群逸枝（1894—1964）、山口宇多子、川路柳虹（1888—1959）、室生犀星（1889—1962）、百田宗治（1893—1955）、富田碎花（1890—1984）、佐藤惣之助（1890—1942）、千家元麿（1888—1948）、三富朽叶（1889—1917）、萩原朔太郎（1886—1942）、福士幸次郎（1889—1946）、野口米次郎（1875—1947）、中山启、服部嘉香（1886—1975）、高村光太郎（1883—1956）、佐藤春夫（1892—1964）、木下杢太郎（1885—1945）、白鸟省吾（1890—1973）等人。另外还有其他十几个人。曾经从我主持的《新评论》里出现的、酷似若山牧水、吉井勇等人的林四郎（1879—1939），在他的歌集《火酒》里体现了栩栩如生的颓废的实感。

诗歌和戏曲都明确分为"左倾派"和"右倾派"的时代终于到来了。当然，虽然白色、红色之外或许还有绿色，但其大体的倾向已经在当今显现了出来。它将给我们文坛带来怎样的新色彩呢？这是很有意思的问题。我在想：这两派对立，会不会各自又分成两三派呢？总之，即便是右倾派也只会剩下拥有明确社会意识的，而缺乏社会意识的作家以及评论家将随着时代的潮流一起消失殆尽。

还有，在这个时期杂文也形成了一股势力，内田鲁庵、堺利彦、高岛米峯（1875—1949）、村松梢风（1889—1961）、马场孤蝶（1869—1940）、松崎天民（1878—1934）、佐佐木指月（1882—1944）、田中贡太郎（1880—1941）、生方敏郎（1882—1969）、杉村楚人冠（1872—1945）、户川秋骨（1871—1939）、涩川玄耳（1872—1926）、笹川临风（1870—1949）、大町桂月（1869—1925）、若山牧水、黑田礼二、相马御风、大泉黑石（1894—1957）等人都发挥了各自的个性和爱好，这无疑是值得令人瞩目的现象。虽然有人随口一说是杂文，但是其文学价值绝不应低估。在内容上有的胜过创作。永井荷风、吉江乔松、田山花袋、岛崎藤村、菊池宽、芥川龙之介、近松秋江、北原白秋、野口米次郎等人的随笔也反映了各自的倾向、个性，饶有趣味。在翻译方面，除了坪内逍遥、森鸥外之外也出现了一些新人。如生田长江（1882—1936）、升曙梦（1878—1958）以及米川正夫（1891—1965）、市川又彦（1886—1982）、楠山正雄（1884—1950）、中岛清（1883—1966）、矢口达（1889—1936）、山内义雄（1894—1973）、生田春月（1892—1930）、丰岛与志雄（1890—1955）、木村庄太（1889—1950）、山本有三（1887—1974）、小山内薰、中山昌树（1886—1944）、木村庄八（1893—1958）、松村みね子（片山广子，1878—1957）、福田久道（1895—？）、日夏耿之介（1890—1971）、中村吉藏（1877—1941）、新关良三（1889—1979）、山岸光宣（1879—1943）、堀口大学（1892—1981）、茅野萧萧（1883—1946）、成濑无极（1884—1958）、布施延雄（1892—？）、原久一郎（1890—1971）、长冈义夫、柳田泉（1894—1969）、加藤一夫（1887—1951）、野上丰一郎（1883—1950）等人。大致上来讲，与前期相比，译著方面的进步非常显著。

另外，为了实现国史的文学化、科学化，《国民之日本史》《日本文化史》以及威尔斯的《世界史纲领》等书的翻译出版也是不容轻易忽视的。《在国民之日本史》里我也和西村真次（1879—1943）、中岛茂一（中岛孤岛，1878—1946）、薄田贞敬（薄田斬雲，1877—1956）等人一起执笔过。《日本文化史》是帝大出身的学士们分担执笔的。成功与否另当别论，我们在科学地研究史实的同时，为了实现文学表达的自由，倾注了相当的苦心与努力。为探求人类内部的一致性而撰写的威尔斯的《世界史》表现了丰富的文学趣味，特别是描写古代的那部分非常出色。

第十二章 改造时期的文学

　　总的说来，与明治时代相比，可以看出大正时代的文学缺少些许朝气，但是仔细察看的话，在小说、戏曲、诗歌、评论、杂文等方面，产生了各种各样的流派，内容复杂而又丰富。假如再增加点深度、大气、高度的话，恐怕就要超过明治时代，关键在于各自的自觉和创意。而且经常给予日本文艺新刺激的欧洲，全都陷入了经济、政治的僵局，连英国也在苦恼的今天，新的强有力的思想、文艺可能不会像以往一样在欧洲连续出现，这一点应该牢记。也就是说必须扫除依赖欧洲的想法，思考日本自己应该努力产生强有力的新思想、新文艺。在此，虽然也需要对朝气蓬勃的美国文化进行一番考察，但更多的是重新回顾日本思想，同时回顾印度思想、中国思想等，不是消极保守的，对日本文艺有益的地方还是有的吧。从广义上讲，东洋文化的科学性的研究乃至文艺方面的考察是必要的和有益的，至少会由此产生新的源泉和新的启示，这是将文艺从欧洲化中解放出来！这难道不是必须认真自省的重要问题之一吗？而且，在思想上保持人类内心的一致、在文化上保持纯真的心灵拥抱，这是不可等闲视之的。

附录一　日本近代文学年表

明治元年（1868）

1. 江户改称为东京。
2. 迁都东京。
3. 昌平学校复兴。
4. 德富芦花、北村透谷、内田鲁庵出生。

明治二年（1869）

1. 开成所兵校、昌平学校合并、称为大学校。
2. 在府县设立小学校。
3. 福泽谕吉的《西洋概况》的第二《世界国尽》出版。

明治三年（1870）

1. 中村正直的《西国立志编》出版。
2. 假名垣鲁文的《西洋徒步旅行记》第一编刊出，至明治五年全部完成。

明治四年（1871）

1. 岛村抱月、田山花袋、德田秋声、高山樗牛出生。

2. 《横滨每日新闻》创刊,是最初的日报。

3. 假名垣鲁文的《安愚乐锅》《黄瓜使者》出版。

明治五年(1872)

1. 东京开设女子学校和图书馆。

2. 《东京日报》创刊。

3. 在横滨修建最早的基督教教堂。

4. 岛崎藤村、樋口一叶出生。

明治六年(1873)

1. 创立东京外国语学校。

2. 森有礼等组织"明六社"。

3. 泉镜花、纲岛梁川出生。

4. 《邮政报知》创刊,成为《报知》的前身。

5. 福池樱痴辞去官职加入《东京日报》。

明治七年(1874)

1. 以西周为主导,采用罗马拼音文字的议论兴起。

2. 服部抚松的《东京新繁荣记》出版。

3. 《读买》《朝野》二报创刊。

4. 成岛柳北的《柳桥新志》出版。

5. 《明六杂志》出刊,每月发行二期。

明治八年(1875)

1. 新岛襄在旧都发起成立"同志社"。

2. 小栗风叶出生。

明治九年（1876）

1. 服部抚松的《东京新志》创刊。

2. 中村敬宇的"同人社"发行《同人社文学杂志》。

3. 《明六杂志》停刊。

4. 海老名弹正、小崎弘道等为传播基督教结社，在熊本组建乐队。

明治十年（1877）

1. 西南之战爆发，历经 8 个月被平定。

2. 成岛柳北的《花月新志》创刊。

3. 《团团珍闻》《颖才新志》创刊。

明治十一年（1878）

与谢野晶子出生。

明治十二年（1879）

1. 最早的翻译小说，织田纯一郎的《花柳春话》出版。

2. 设立学士院。

3. 永井荷风、正宗白鸟出生。

4. 《大阪朝日》创刊。

5. 《歌舞伎新报》发刊。

6. 颁布教育令。

明治十三年（1880）

1. 《六合杂志》创刊。

2. 东京大学培养出经一批文科毕业生。

明治十四年（1881）

1. 隆重颁布"国会开设"大诏。
2. 中江兆民的《政理丛读》出版。
3. 河竹默阿弥的《岛衢月白浪》出版。

明治十五年（1882）

1. 东京专门学校在早稻田创建。
2. 《时事新报》创刊。
3. 最早的新体诗，外山正一等人的《新体诗抄》出版。
4. 中江兆民的《民约译解》出版。

明治十六年（1883）

1. 矢野龙溪的《经国美谈》出版。
2. 坪内逍遥的《恺撒奇谈》出版。
3. 中江兆民的《维氏美学》出版。

明治十七年（1884）

1. 成岛柳北去世。
2. 《都》的前身《今日新闻》创刊。
3. "废除假名文字论"兴起。
4. 角藤定宪在大阪演出壮士剧，成为新派剧的开始。
5. 藤田鸣鹤的《文明东渐史》出版。

明治十八年（1885）

1. 砚友社成立，出版《我乐多文库》。

2. 坪内逍遥的《小说神髓》和以《当代书生气质》为题的新小说出版，成为写实主义的先驱。

3. 罗马字会成立。

4. 官制改革，设置内阁。

明治十九年（1886）

1. 明治学院建立。

2. 《中央公论》的前身《反省杂志》诞生。

3. 发布"帝国大学令"。

4. 末广铁肠的政治小说《雪中梅》出版。

5. 山田美妙的《风琴调一节》出版，提倡言文一致体。

明治二十年（1887）

1. 二叶亭四迷的《浮云》，东海散士的《佳人奇遇》出版。

2. 德富苏峰等组建"民友社"，《国民之友》创刊，鼓吹平民欧化主义，为杂志界带来新倾向。

3. 德富苏峰的《新日本青年》出版。

4. 东京音乐学校创办。

5. 《哲学杂志》诞生。

明治二十一年（1888）

1. 三宅雪岭，志贺矧川等组建"政教社"，成为国粹主义的机关，创刊《日本人》。

2. 《东京朝日》创刊。

3. 东京美术学校创办。

4. 《我乐多文库》印刷发行。

5. 二叶亭四迷的译作《幽会》《邂逅》，末松青萍的译作《山谷野百合》，山田美妙的《夏天的树丛》出版。《幽会》对国木田独步，田山花袋等产生深刻影响。

6. 《都之花》诞生。

7. 《大阪每日》创刊。

8. 岩本善治的《女学杂志》创刊。

明治二十二年（1889）

1. 《我乐多文库》改为《文库》，之后改为《江户紫》，《千紫万红》继续出版。

2. 森鸥外等的《栅草子》创刊。

3. 春阳堂的《新小说》诞生。

4. 东京专门学校设置文科，坪内逍遥为此作出了很大努力。

5. 山田美妙的《蝴蝶》和《莓姬》，坪内逍遥的《细君》，矢崎嵯峨之屋的《初恋》，幸田露伴的《雾团团》，尾崎红叶的《色忏悔》，广津柳浪的《残菊》等出版。

6. 飨庭篁村的《丛竹》出版，这是承继江户文学一脉最后的代表性作品。

7. 鼓吹国粹主义的报纸《日本》发刊。

8. 森鸥外的译诗集《于母影》出版。

9. 高田半峰的《美辞学》出版。

10. 歌舞伎座建成。

明治二十三年（1890）

1. 新岛襄去世。

2. 《国民新闻》发刊。

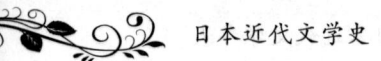

3. 幸田露伴的《叶末集》《一口剑》，森鸥外的《舞姬》，宫崎湖处子的《归省》，尾崎红叶的《伽罗枕》出版。

4. 设立国学院。

5. 教育勅语颁布。

明治二十四年（1891）

1. 田口卯吉的《史海》发刊，成为史学新研究阵地。

2. 中村正直去世。

3. 川上青次郎的新派剧诞生。

4. 坪内逍遥等的《早稻田文学》创刊，以其稳健、严谨而受到文学界重视。

5. 斋藤绿雨《捉迷藏》《油锅地狱》，尾崎红叶的《二人女房》出版。

6. 作为少年大学第一编的岩谷小波的《金色丸》出版，成为御伽文学的先驱。

7. 村上浪六的《三日月》出版，被称为"拨鬓小说"。

8. 狂热诗人中西梅花的《梅花诗集》出版，是新诗体诗集最早刊行。

明治二十五年（1892）

1. 侦探小说流行，突破当时小说的单调格局。

2. 正冈子规着手俳句革新，落合直文开始短歌革新，在他们门下各自产生不少秀才。

3. 幸田露伴的《五重塔》，尾崎红叶的《三人妻》，森鸥外的创作、译文集《水沫集》出版。

4. 《万朝报》，《文学界》创刊。

5. 内田鲁庵的《文学一斑》出版。

6. 井上哲次郎和基督教徒之间展开"宗教与教育冲突"的大讨论。

明治二十六年（1893）

1. 内田鲁庵翻译陀思妥耶夫斯基的《罪与罚》出版。

2. 高山樗牛的《泷口禅师》出版。

3. 幸田露伴着手创作《风流微尘藏》。

4. 坪内逍遥的史剧理论提出，是戏剧文学革新的先声。

5. 民友社的《十二文豪》、博文馆的《世界文库》发行，致力于欧美文学的介绍。

6. 《二六新报》创刊。

7. 河竹默阿弥去世。

明治二十七年（1894）

1. 坪内逍遥的历史剧《桐一叶》在《早稻田文学》连载。

2. 北村透谷自杀。

3. 假名垣鲁文逝世。

4. 中日甲午战争爆发。

5. 尾崎红叶出版《心中的黑暗》。

6. 《栅草子》停刊。

明治二十八年（1895）

1. 4月与清朝议和，国民意气高昂。

2. 《帝国文学》《太阳》《文艺俱乐部》《文库》创刊。《文库》由《少年文库》改版。田冈岭云的《青年文》也于此时创刊。

3. 俳会秋声会成立。

4. 南新二去世。

5. 文艺评论渐趋蓬勃,青年评论家锐气健旺。

6. 樋口一叶的《浊流》《青梅竹马》,泉镜花的《夜行巡查》《外科室》,广津柳浪的《黑蜥蜴》,尾崎红叶的《不言不语》,江见水荫的《杀死老婆》,川上眉山的《暗潮》,幸田露伴的《新浦岛》出版。

明治二十九年(1896)

1. 竹越三叉等的《世界之日本》发刊。

2. 《新小说》再兴。

3. 森鸥外等的《目不醉草》创刊。

4. 森鸥外的论文集《月草》出版。

5. 若松贱子、末广铁肠逝世。

6. 《新声》创刊,文坛新人多以此为据点。佐藤橘香(义亮)、高须梅溪(芳次郎)二人是主要编辑。

7. 尾崎红叶的大作《多情多恨》开始在《读卖》刊载。"埋葬红叶"的呼声也在文坛鹊起。

8. 广津柳浪的《今户情死》《河内屋》,后藤宙外的《黑暗中的现实》,小栗风叶的《睡前妆》,斋藤绿雨的《雨蛙》,坪内逍遥的历史剧《牧夫人》出版。

9. 与谢野铁干(宽)的《东西南北》出版。

10. 二叶亭四迷翻译屠格涅夫《单恋》单行本出版。

明治三十年(1897)

1. 《新著月刊》《日本主义》创刊。

2. 森田思轩去世。

3. 福地樱痴成为歌舞伎座写作作者。

4. 森鸥外、小金井善美子的译诗集《草影》，岛崎藤村的诗集《嫩菜集》，国木田独步、田山花袋、宫崎湖处子等的《抒情诗》、繁野天来和三木天游的《铃虫松虫》出版。

5. 二叶亭四迷翻译、屠格涅夫的《浮草》出版。

6. 国木田独步的《源老头》、小松贱子翻译的《小公子》出版，樋口一叶的《一叶全集》出版，当时的国木田独步甚为不顺。

7. 尾崎红叶的《金色夜叉》在《读卖》开始连载。

明治三十一年（1898）

1. 《心之花》《杜鹃》创刊。

2. 《国民之友》《早稻田文学》停刊。

3. 岛崎藤村的诗文集《一叶舟》及诗作《夏草》出版。

4. 内田鲁庵的《岁末二十八号》、小栗风叶的《失恋》、幸田露伴的《二日物语》、泉镜花《辰已巷谈》出版。

5. 正冈子规的和歌革新论在《日本》刊出。

6. 日本派的句集《新俳句》出版，中村不折的插画大大增加了其俳趣。

明治三十二年（1899）

1. 《反省杂志》改题为《中央公论》。

2. 高山樗牛的《时代精神论》刊出。

3. 土井晚翠的诗集《天地有情》、薄田泣堇的《暮笛集》出版。

4. 小杉天外的《蛇的一生》、德富芦花的《不如归》、泉镜花的《参拜汤岛》、田山花袋的《故乡》、菊池幽芳的《自我之罪》出版。

5. 正冈子规开始写作写生文。

6. 森鸥外的《审美纲领》出版。

明治三十三年（1900）

1. 《歌舞伎》《小天地》创刊。

2. "东京新诗社"组建，创办《明星》杂志，主要促力短歌革新。

3. 大西操山、外山正一去世。

4. 小杉天外的《初姿》、泉镜花的《高野圣僧》、国木田独步的《郊外》出版。

5. 后藤宙外倡导"田园生活论"，开始创作田园小说。

6. 诗歌全盛，浪漫主义势头健旺，抒写恋情的诗歌盛行。

明治三十四年（1901）

1. 作为自由的新佛教先驱，《精神界》创刊。

2. 福泽谕吉、中江兆民、大桥乙羽逝世。

3. 国木田独步的《武藏野》《牛肉和马铃薯》，德富芦花的《回忆》，中村吉藏的《无花果》出版。

4. 与谢野晶子的歌集《乱发》、河井醉茗的诗集《无弦弓》、岛崎藤村的《落梅集》、土井晚翠的《晓钟》、薄田泣堇的《晚春》、金子薰园的歌集《残月》出版。

5. 小杉天外的《流行歌》出版，体现他推崇的左拉的自然主义。

6. 高山樗牛在《太阳》发表《作为文明批评家的文学者》，赞美尼采，尼采的思想学说盛行，之后，高山樗牛倡导《美的生活论》，极力倡导本能满足主义，引发热烈论争。

7. 高安月郊翻译的《易卜生的社会剧》出版。

明治三十五年（1902）

1. 高山樗牛在杂志《太阳》上赞美日莲的伟大，向世人介绍其思想，12月因病去世。

2. 正冈子规逝世。

3. 永井荷风出版《地狱之花》、倡导左拉主义。

4. 国木田独步的《酒中日记》以及田山花袋的《重右卫门的末日》出版，田山花袋觉醒的时代到来。

5. 纲岛梁川发表《宗教的真理性》。

6. 森鸥外的《即兴诗人》单行本出版，经历9个年头，渐至完整。

7. 北村透谷出版《透谷全集》。

明治三十六年（1903）

1. "专门学校令"发布。

2. 对俄开战之说鹊起。

3. 尾崎红叶、落合直文、清泽满之、市川团十郎、尾上菊五郎去世。

4. 诗歌杂志《白百合》创刊。

5. 蒲原有明的《独弦哀歌》、平木白星的《日本国歌》出版。

6. 国木田独步《妇祸》《第三者》，幸田露伴的《滔天浪》、小杉天外的《魔风与恋情》出版。

7. 木村鹰太郎翻译的《勃朗特全集》出版。

8. 岛崎藤村提出"人生不可把握"，有如投身绚烂的瀑布，青年人怀疑人生的倾向渐趋浓郁。

9. 正冈子规出版《写生文集》。

明治三十七年（1904）

1. 2月爆发日俄战争。

2. 《红叶全集》《樗牛全集》出版。

3. 正冈子规的歌集《竹里歌》、岩野泡鸣的诗集《夕潮》、儿玉花外的《花外诗集》、幸田露伴的长诗《出庐》出版。

4. 田山花袋在《露骨的描写》中主张排斥技巧说。

5. 岛崎藤村的《水彩画家》、泉镜花的《风流线》、木下尚江的《火柱》《丈夫的自由》、菊池幽芳的《乳姐妹》、田口椇汀的《女夫波》出版。

6. 《新潮》（其前身是《新声》）刊行。

7. 姉崎嘲风等人创办《时代思潮》。

8. 小泉八云、市川左团次、斋藤绿雨、原抱一庵逝世。

明治三十八年（1905）

1. 10月与俄国和谈，国民产生世界性强国的自觉。

2. 田口卯吉、野口宁斋逝世。

3. 夏目漱石的《我是猫》《伦敦塔》、小栗风叶的《青春》、国木田独步的短篇小说集《独步集》出版。

4. 纲岛梁川发表《见神的实验》，产生很大反响。

5. 纲岛梁川的《梁川文集》《病间录》出版。

6. 《无我爱》创刊。

7. 蒲原有明的《春鸟集》、岩野泡鸣的《悲恋悲歌》、上田敏（柳村）的译诗集《海潮音》、横漱夜雨的《护花使者》、薄田泣堇的《二十五弦》、前田林外的《夏花少女》、河井醉茗的《塔影》、落合直文的《萩之家遗稿》出版。

8. 坪内逍遥的《新曲赫哉姬》出版。

9. 内田鲁庵翻译托尔斯泰的《复活》出版。

10. 户则姑射、浅野冯虚的《莎翁全集》出版。

明治三十九年（1906）

1.《早稻田文学》复刊，岛村抱月为主编，《趣味》《文章世界》创刊。

2. 组建文艺协会。

3. 岩野泡鸣的论文《神秘的半兽主义》、高须芳次郎（梅溪）的文艺论集《青春杂笔》出版。

4. 二叶亭四迷的《面影》、夏目漱石的《草枕》及短篇小说集《漾虚集》、国木田独步的短篇小说集《命运》、伊藤左千夫的《野菊之墓》、小杉天外的《古武士》、佐藤红绿的《行火》、山崎紫红的剧作集《七个桔梗》出版。

5. 岛崎藤村的《破戒》出版，显示了自然主义文学的黎明。

6. 与谢野晶子的《舞姬》《梦之花》，薄田泣堇的《白羊宫》、菖蒲会的诗集《菖蒲草》、河井醉茗的诗文集《玉虫》、沟口白羊的《篁竹笛》、落合直文的《萩之家歌集》出版。

7. 日本世界语协会成立。

8. 京都帝国大学文科开讲。

9. 福地樱痴去世。

明治四十年（1907）

1. 自然主义文学势头健旺，但后藤宙外加以反对。

2. 国木田独步的短篇小说集《涛声》、真山青果的《青果集》、正宗白鸟的《红尘》、岛崎藤村的《绿叶集》、夏目漱石的《鹑笼》、柳川春叶的《春叶集》出版。

3. 田山花袋的《棉被》，真山青果的《南小泉村》，小栗风叶的《恋中醒来》，正宗白鸟的《尘埃》、二叶亭四迷的《平凡》、夏目漱石的《虞美人草》、中村星湖的《少年行》、德田秋声的《凋落》出版。

4. 天声的社会剧《大晨》、真山青果的《第一人》出版。

5. 高须芳次郎的《我的散文诗》出版。

6. 《日本人》改题为《日本及日本人》。

7. 纲岛梁川、陆羯南去世。

8. 金子熏园的歌集《我的羞愧》出版。

明治四十一年（1908）

1. 川上眉山、国木田独步逝世。

2. 《明星》停刊，浪漫主义文学衰退。

3. 夏目漱石、高滨虚子出版的短篇小说集《鸡头》和"序"，提出"余裕派小说"的观点，婉转地批评自然主义。

4. 岛崎藤村的《春》、田山花袋的《一个士兵》、德田秋声的《出产》、正宗白鸟的《向何处去》《二家族》、夏目漱石的《三四郎》出版。

5. 岩野泡鸣的诗集《黑暗的杯盘》出版。

6. 长谷川天溪大力支持自然主义，发表《暴露现实的悲哀》，岛村抱月以《文艺上的自然主义》《自然主义的价值》进一步展开。

7. 金子筑水提出《生活的情味》论。

明治四十二年（1909）

1. 后藤宙外、泉镜花等组织的"文艺革新会"成立，成为反自然主义运动。

2. 森鸥外等人的《昴星》创刊。

3. 永井荷风的《法国物语》禁止发行。

4. 德田秋声的《新婚家庭》、田山花袋的《乡村教师》《妻》，岛崎藤村的《芽生》，森田草平的《煤烟》，高滨虚子的《俳谐师》，正宗白鸟的《落日》，德富芦花的《寄生木》出版。

5. 岛村抱月的《近代文艺研究》出版。

6. 自由诗社成立，相马御风等提倡写口语诗。

7. 当时在短歌中带上自然主义倾向的代表是若山牧水、土歧哀果、石川啄木和前田夕暮四人。

8. 市川左团次、小山内薰等人的"自由剧场"建立，首次上演的剧目是易卜生的《约翰·盖勃吕尔·博克曼》，这是易卜生戏剧最早的公演。

9.《早稻田文学》开始介绍文学家，首先被介绍的是岛崎藤村和正宗白鸟。

10. 长谷川天溪、二叶亭四迷去世。

11. 森鸥外的《埃塔·塞库爱丽丝》在《昴星》刊出，但被禁止发行。

明治四十三年（1910）

1.《白桦》创刊，新理想主义文学兴起。

2. 设立"文艺委员会"。

3. 岛村抱月发表论文《描写文明思潮的文学》。

4. 金子薰园的歌集《觉醒之歌》出版。

5. 中村吉藏的新社会剧《牧师之家》上演。

6.《独步全集》出版。

7. 山田美妙逝世。

8. 永井荷风的《欢乐》被禁止发行。

9. 永井荷风担任编辑的《三田文学》创刊。

10. 德田秋声的《足迹》,岛崎藤村的《家》,田山花袋的《缘》,夏目漱石的《从此以后》,岩野泡鸣的《放浪》,正宗白鸟的《微光》,永井荷风的《冷笑》出版。

11. 森鸥外的短篇集《涓滴》出版。

明治四十四年（1911）

1. 新的女性文学阵地《青鞜》创刊。

2. 文艺协会改组,第一次私人性质演出易卜生的《玩偶之家》。

3. 秋田雨雀的《幻影和夜曲》出版。

4. 金子薰园的歌集《山河》出版。

5. 永井荷风的随笔《红茶之后》出版。

6. 市川团藏、川上音二郎逝世。

7. 幸德传次郎（秋水）等无政府主义者被处死刑。

8. 德田秋声的《霉》,正宗白鸟的《泥娃娃》,岛崎藤村的《牺牲》,泉镜花的《三昧线堀》,高滨虚子的《朝鲜》出版。

明治四十五年——大正元年（1912）

1. 自然主义文学出现渐渐停滞的形势。

2. 樋口一叶的日记公开发表。

3. 岛崎藤村游学法国。

4. 厨川白村的《近代文学十讲》出版。

5. 小川未明的短篇集《少年之笛》,夏目漱石的《春分之后》,铃木三重吉的《回不去的时光》,水野叶舟的《森林》,武者小路实笃的单行本《不懂世故的人》，永井荷风的《新桥夜话》出版。

6. 田山花袋的《漩涡》，岩野泡鸣的《发展》，志贺直哉的《克洛迪斯的日记》出版。

7. 文艺委员会一致公认坪内逍遥在文学上的贡献，为他颁发奖金和奖牌。

8. 文艺协会上演戏剧《故乡》，但被令禁演，引发议论。

9. 高须芳次郎的《平家的人们》出版。

10. 阿部次郎发表论著《文坛的社会问题》。

大正二年（1913）

1. 鲁道尔夫·欧肯、柏格森的哲学受到欢迎，憧憬新理想的思潮兴起。

2. 文艺协会解散。艺术座兴起，首次公演演出《莫娜·瓦娜》（梅特林克1902年的剧作）。

3. 田村俊子的单行本《誓言》，德田秋声的《媾曳》，岛村抱月的《影与影》出版。

4. 德田秋声的《糜烂》，志贺直哉的《范某的犯罪》，《混浊的头脑》，森鸥外的《阿部一族》，中村星湖的《牢狱》，岩野泡鸣的《少爷》出版。

大正三年（1914）

1. 世界大战开始。

2. 高须芳次郎等人编辑的《新评论》创刊。

3. 以印度诗人泰戈尔获得诺贝尔文学奖为契机，出现大量介绍泰戈尔的文字。

4. 新潮社的《现代评论选集》出版，第一种出版的是田中王堂

的《王堂论集》，第二种是片上伸的《片上伸论集》。

5. 阿部次郎的《三太郎日记》出版。

6. 高须芳次郎的《近松笔下的人物》出版。

7. 上司小剑的《鲤鱼皮》，长与善郎的《盲目之河》，武者小路实笃的《我也不知道》《一个青年的梦》出版。

8. 托尔斯泰的《复活》在艺术座演出。

大正四年（1915）

1. 土肥春曙逝世。

2. 言情文学兴起，近松秋江的《舞鹤情死》获得好评。

3. 德田秋声的《粗暴》，上司小剑的《父亲的婚礼》，武者小路实笃的《她的妹妹》《二十八岁的耶稣》，有岛武郎的《宣言》《幻想》出版。

4. 收录蒲原有明、北原白秋等人诗作的诗集《曼陀罗》出版。

大正五年（1916）

1. 岛崎藤村回国。

2. 上田敏、夏目漱石、木夏木虎彦、角田浩浩歌客、高田实逝世。

3. 相马御风倡导田园生活，退隐乡里。

4. 杂志《托尔斯泰研究》及第三次《新思潮》创刊，成为红门派新人的阵地。

5. 爱山的《独立评论》再度兴旺。

6. 出现"游荡文学扑灭论"。

7. "白桦派"的新理想主义文学形成大势，武者小路实笃、有岛武郎、志贺直哉、里见弴等成为其中坚。

8. 武者小路实笃的《小小的命运》《燃烧的火》，菊池宽的《屋顶狂人》《海之勇者》，芥川龙之介的《鼻子》，里见弴的《善心恶心》，生马的《暴君》出版。

9. 夏目漱石的《明暗》、江马修的《受难者》、田山花袋的《时间就是及格》作为单行本出版。

10. 森鸥外的《伊泽兰轩》开始在《东京日日》连载。

11. 俄国诗人巴尔蒙特，印度诗人泰戈尔来访。

12. 《诗坛九人集》出版。

大正六年（1917）

1. "民众艺术论"兴起。

2. 倡导"传统主义"思潮兴起。

3. 有岛武郎的《平凡人的信》《该隐的后裔》《迷路》，志贺直哉的《和解》，仓田百三的《出家人及其弟子》，江马修的《暗礁》，田山花袋的《一个僧人的奇迹》《残雪》，长与善郎的《项羽与刘邦》出版。

4. 坪内逍遥的《离别的星月夜》出版。

5. 佐佐醒雪逝世。

6. 田山花袋的《东京的三十年》出版。

7. 艺术座上演《布朗》（第二任谭格瑞夫人）、《活尸》。

8. 上田敏的《现代的艺术》出版。

9. 老托尔斯泰的二儿子小托尔斯泰来访。

大正七年（1918）

1. 世界大战结束。

2. 岛村抱月、柳川春叶、素木继子逝世。

3. 片上伸从俄国回国。

4. 诗坛兴起"民众艺术论"的呼声。

5. 永井荷风主持的《花月》创刊。

6. 童话杂志《红鸟》创刊。

7. 有关"告白文学"的议论兴起。

8. 岩野泡鸣的"描写论"提出，与之论争的文字不少。

9. 福田德三、吉野作造等组建"黎明会"。

10. 森鸥外的历史小说集《高濑舟》出版。

11. 岛崎藤村的《樱桃熟了的时节》，中条百合子的《一棵嫩芽》，素木继子的《青白梦》，佐藤春夫的《李太白》《田园的忧郁》，德富芦花的《新春》，广津和郎的《神经病时代》，白石实三的《回不去的过去》，菊池宽的《忠直卿行状记》及小说集《无名作家的日记》出版。

12. 坪内逍遥的历史剧《义时的末日》，中村吉藏的《淀屋》，绮堂的《柳叶集》《雨月集》出版。

13. 武者小路实笃的《新村生活》出版。

14. 《二叶亭全集》出版。

大正八年（1919）

1. 《改造》《我们》《解放》创刊。

2. "国民文艺会"建立。

3. 和田垣谦三、松井须磨子、水野仙子、井上圆了、宫崎三昧逝世。

4. 组建"著作家联盟"。

5. 尾上菊次郎、河原崎国太郎逝世。

6. 文艺与社会和政治的关系频繁被论及。

7. 作为中产阶级运动，成立组织 SMU。

8. 新作家辈出，列举新作家及其作品，如园池公致的《独自角力》，岛田清次郎的《地上》，加藤武雄的《悲惨之恋》《呜咽》，室生犀星的《抒情诗时代》，舟木重信的《婚约男子的书信》，南部修太郎的《少年之日》，宫地嘉六的《瓮》，中户川吉二的《白蜡虫》，冈田三郎的《涯道》，水守龟之助的《小茶园》，田中纯的《智慧果》，宇野喜代之介的《人柱》，细田民树的《围着女人转的父子》，宇野浩二的《悲苦世界》《库房中》等。

9. 加能作次郎的单行本《雪粒之音》，芥川龙之介的《傀儡师》，葛西善藏的《带着孩子》，岛崎藤村的《新生》等出版。

10.《日本象征诗集》出版。

11. 岩野泡鸣的《征服非征服》，芥川龙之介的《某些自己的事》《毛利先生》，丰岛与志雄的《苏生》，里见弴的《我》，武者小路实笃的《幸福者》，梧平的《船厂少爷》，中村星湖的《丢失的戒指》，广津和郎的《神经病时代》，宫地嘉六的《煤烟的味道》，藤森成吉的《新土地》出版。

12. 东仪铁笛组建"新文艺协会"。

13. 片上伸的《思想的胜利》，田中王堂的《国民哲学的建设》，本间久雄的《现代妇女问题》出版。

14.《抱月全集》出版。

大正九年（1920）

1."新妇女协会"成立。

2. 帝国大学副教授森户辰夫的《克鲁泡特金的思想》触犯了当局而被起诉。

3. 平和克复的大诏颁发。

4. 中泽临川、须藤南翠、中谷德太郎、黑岩泪香、岩野泡鸣逝世。

5. 创建"时装协会"。

6. 诗坛兴旺，柳泽健的《现代诗及诗人》出版。

7. 举办"德田秋声、田山花袋五十寿辰庆祝会"。

8. 片上伸发起成立"托尔斯泰研究会"。

9. 吉江乔松、郡虎彦回国。

10. 加藤一夫、小川未明、江口涣加入社会主义同盟。

11. 去年以来，海外文学翻译颇为兴盛，翻译家涌现。

12. 金子筑水倡导"文化主义"。

13. 德田秋声的《一个卖笑妇的故事》《厌离》，正宗白鸟的《毒妇》，志贺直哉的《小和尚的神仙》，生田长江的《长泽兼子》，上司小剑的《微笑》，久保田万太郎的《雨空》，加能作次郎的《祖母》，秋田雨雀的《国境之夜》，中村吉藏的《井伊大佬之死》，室生犀星的《美丽的冰河》，田中纯的《山上》，丰岛与志雄的《理想女性》，加藤一夫的《失明》，谷崎精二的《闲人》，野上弥生子的《藤户》，弦二郎的《吹奏雉子笛的人》出版。

14. 坪内逍遥的《法难》出版。

大正十年（1921）

1. 早稻田演剧研究会。早稻田诗歌会成立。

2. 由诗王会主办祝贺藤村五十寿辰纪念会。

3. 河井醉茗的《日本诗歌史》在《诗圣》开始连载。

4. 中村吉藏组织"易卜生研究会"。

5. 新妇女协会就"结婚限制案"向议会提出请愿。

6. 为表彰岩谷小波三十年的功绩，举行五十寿辰祝贺会。

7. "小说家协会"成立,随后产生"无名作家同盟"。

8. 野村隈畔与爱人情死。

9. 纳赛尔访问日本。

10. 长篇小说大为流行。

11. 《现代诗人选集》出版,题词祝贺岛崎藤村五十寿辰。

12. 芥川龙之介的《秋山图》《山鸣》,弦二郎的《榉》,菊池宽的《兰学起源》《投标》《船医的立场》,广津和郎的《星期天》,志贺直哉的《暗夜行路》,谷崎润一郎的《A和B的故事》,佐藤春夫的《星》,长谷川如是闲的《一个人谋叛犯人的陈述》,加能作次郎的《釜》,水守龟之助的《小邮票和帽子》,宇野浩二的《一年的机会》,正宗白鸟的《各种各样的人》出版。

13. 何川丰彦的通俗小说《越过死亡线》出版。

14. 高须芳次郎的《近代文学史论》出版。

15. 江原小弥太的《新约》《旧约》出版。

16. 中村武罗夫的《人生》,佐藤绿叶的《黎明》出版。

17. 坪内逍遥的《我的露天戏剧》出版。

18. 中谷德太郎的遗作《孔雀夫人》出版。

19. 西田天香的《忏悔的生活》出版。

大正十一年(1922)

1. 去年以来,海外文豪的纪念会逐渐多了起来。本年度举行的纪念会的作家有居斯塔夫·福楼拜(1821—1880)、沃尔特·惠特曼(1819—1892)、阿图尔·斯尼茨勒(1862—1931)。

2. 森鸥外、飨庭篁村、市川段四郎逝世。

3. 萨安夫人、鲁·库比拉斯、吉姆巴利斯特、安娜·巴布罗夫人、爱因斯坦等访问日本。

4. 新妇女协会请愿"废除治安警察法第五条"的法案，3月下旬在议会通过。

5. 政府提出的"国际社会运动取缔法案"被众议院否决。

6. "但丁图书展览会"举行。

7. 《新小说》主办的"英国文学讲演会""国民文艺会"主办的"戏剧文学讲演会"举行。

8. 诗人平户廉吉以及林田春潮、宫崎湖处子逝世。

9. 当局与剧作家剧场主就缩短演出时间的问题，达成协议。

10. "建设者同盟"以及"早稻田文学社"举行夏期讲习会。

11. "现代佛教国家美术展览会"开展。

12. 举行俄裔法籍雕塑家扎德肯的作品展览会。

13. 成立"日本国际教育协会"。

14. 流行童话、童谣及其音乐。

15. "水平社"诞生。

16. 文人中发起"救济俄国饥馑"运动。

17. 社会主义机关杂志陆续刊出。

18. 作为宗教文学，以亲鸾、法然等高僧为题材，或者描写释迦牟尼，重新阐释其思想的作品出版。

19. 大泉黑石的《老子》出版。

20. 《净土和赞》被译成英文。

21. 信天主教复兴。

22. 三木露风的《象征诗集》、蒲原有明的《有明诗集》出版。

23. 有岛武郎的《一个宣言》出版。

24. 《播种人》九月号刊出"普洛特·卡特研究"专号。

25. 近年来，特别是今年，诗坛充满活力。

26. 芥川龙之介的《庭》、里见弴的《多管闲事》，葛西善藏的

《朝诣》，无想庵的《性欲的魔掌》，长谷川如是闲的《吃的不一样》，江口涣的《被分裂的集体》，前田和广一郎的《三等船客》，新井纪一的《两个文学青年》，中西伊之助的《死囚犯和裁判长》出版。

27. 藤井真澄的《科学饮食公司》，上野虎雄的《泥沼》，金子洋文的《洗澡堂与诗人》，大关柊郎的《蹂躏》出版，还写成剧本。

28. 坪内逍遥的《家庭儿童剧》出版。

29. 日夏耿之介的《日本近代诗的确立》刊载于《中央公论》。

30. 山梨县大藤村建立樋口一叶纪念杯。

31. 有岛武郎的个人杂志《泉》创刊。

32. 爱因斯坦博士访问日本。

33. 《近代戏剧大系》刊行，接下来《森鸥外全集》出版。

34. 《国民的日本史》刊行。

大正十二年（1923）

1. 早稻田大学在报知讲堂举办文艺电影放映会。

2. 法国大使克洛岱尔的诗集《圣女日南斐法》公开发行。

3. 举行与谢野宽五十寿辰祝贺会。

4. 已故的长谷川如是闲、二叶亭四迷忌日法会。

5. 德富苏峰因《近世日本国民史》被帝国学士院授予奖赏。

6. 小川未明、中村吉藏、秋田雨雀等作家参与无产阶级文学活动。

7. 我们哲学界的恩人卡贝尔在横滨领事馆逝世。

8. 有岛武郎、波多野秋子在信州轻井泽情死。

9. 俄国作家斯更塔阿勒兹来访。

10. 菊池宽的《肉亲》，犬养健的《愚父》，丰岛与志雄的《任凭日晒雨淋》，谷崎润一郎的《埃·玛丽安》，葛西善藏的《父亲的葬礼》，藤村千代的《追忆父亲》，佐藤春夫的《过于寂寞》，江口涣的《恋爱与牢狱》，光景和朗的《探视兄弟》等出版。

11. 武者小路实笃的《劳苦与曾吕利》，长田秀雄的《石川开城记》，菊池宽的《义人甚兵卫》，山本有三的《同志的人们》，金子洋文的《被丢弃的戒指》出版，都改写成剧本。

12. 吉江乔松的《法兰西文学印象记》柳泽健的《南欧游记》出版。

13. 吉江乔松监修的《现代法兰西文艺丛书》刊行。

14. 里见弴的《多管闲事》，佐藤春夫的《都市的忧郁》，谷崎润一郎的《完全不爱》合出一种单行本。

15. 田山花袋的《现代小说》，高须芳次郎的《日本近世文学十二讲》出版。

16. 《武者小路实笃全集》刊行。

17. 9月1日东京地震引发大火。

附录二 索 引

说明：

1. "索引"包括本书中出现的人名、书名、报刊名、文学组织团体名称、历史文化事件和专门概念术语等；

2. 将上述内容各条目按首字拼音顺序排列，索引中作者的著作和作品，附列在作者名后；

3. 条目后的数字是该条目出现在本书中的页码。条目在同页中多次出现，只标注一次页码。

A

阿部次郎　8、58、292、307、380、382

《文坛的社会问题》　380

《阿罗罗木》　34

爱德华·布尔沃·利顿　272

《艾拉姆》　272

艾伦斯特·海克尔　284

爱默生　19、74、106、162、163、185、382

《报偿论》　74

安部矶雄　183、222

安倍能成　58、292、307

安成次郎　386

安成贞雄　380

安德·弗兰克　94

《民法哲学》　94

安娜·西维尔 273

《黑骏马》 273

安斯托 7

《欧洲影响下的近时发展》 7

《日本文学史》 7

安徒生 270

《即兴诗人》 52、212、270

岸本捨吉 319

岸田吟香 75

奥古斯特·孔德 105

奥斯卡 352

奥斯普·肖品（Ossip Schubin） 139

奥伊肯 61

《奥义书》 359

B

巴尔扎克 54、284、329

八五调 167

八面楼主人（宫崎湖处子） 274

巴恩 94

《近代哲学》 94

巴比塞 184、360、361、370、383

巴赫 20

巴克尔 162

巴雷斯 360

巴伦 20

《巴托罗缪市集》 140

《白桦》 61、345、363、368、374

白桦派 308

白河鲤洋（白河次郎） 274

白鸟省吾 387

《百花园》 45

百田宗治 387

拜伦 152、167、238

《曼弗雷德》 167

拜物主义 219

坂本四方太 257、262

坂谷素 77

《万国共通语之必要》 77

板垣退助 43、71、85

半井桃水 205

薄田泣堇 238、239、246、247、248、249、337

《暮笛集》 246、247

《石狮赋》 247

《逝去的春天》 247

《白羊宫》 337

薄田贞敬（薄田斩云） 388

保守中正党 96

保守主义 176

《报知》 44、75、106、292

报纸小说 93

悲惨小说 48、201、202、204

悲观主义 318

北村初雄 386

北村透谷 34、35、47、105、107、119、126、128、129、130、131、155、156、163、167、168、319、320

《爱默生》 163

《沉睡的蝴蝶》 168

《楚囚之诗》 131、168

《蝴蝶的未来》 168

《怀念富岳诗神》 155

《骷髅舞》 168

《内部生命论》 155

《蓬莱曲》 131、168

《十梦》 131

《宿魂镜》 105、130

《五缘》 131

北清事变 246

北原白秋 58、63、249、338、386、388、408

北田道龙 160

本多利明 14

《西域物语》 14

本吉欠伸 135

本间久雄 380、383、384

本间潜藏 75

本涅特 360

本能满足主义 298

本能主义 174、175、187、189、216、235、253、290、305

本·琼森 140

本田增次郎 273

本乡座 269

贝尔萨克莱 88

《德拉·梭伦》 88

《峡谷中的姬百合》 88

彼得 244、382

毕尔格 241

《莱诺勒》 241

毕利 75

病态感官美 351

边沁 94、283

《变形记》 140

表面写实的时代 355

表面写实主义 208

表现主义 355

表现主义文学　355

表象文学　292

别林斯基　100

滨田健次郎　95

《语言哲学》　95

并木五瓶　26、29

并木宗辅　25

波多野　267

勃朗宁　239

伯伦知理　78

《国法泛论》　78

伯内特女士　271

拨鬓小说　133、198

博爱社　67

不道德小说　222

布尔热　301、359

布朗　18

布鲁诺　39

布吕内蒂埃　307

布施延雄　388

柏格森　61、344、345

《创造进化论》　344

C

仓田百三　368

《出家与其弟子》　368

《俊宽》　368

草村北星　223

《滨子》　223

《草莽杂志》　78

草双纸　82

草野柴二　304

岑贝尔格　14

长谷川二叶亭　44

《浮云》　44

长谷川如是闲　370、383、384、385

长谷川时雨　335

长谷川天溪　56、185、274、290、292、293、295、296、298、301、306、308、343、380

《暴露现实的悲哀》　293

《反基督教的精神》　293

《幻灭时代的艺术》　292

《排除伦理性游戏》　293

长田干彦　311、370、377、378

《水路》　378

《江湖艺人》　378

《衰落》　378

长田秋涛　271、272

《王冠》　272

长田秀雄　59、341、386、416

《饥渴》　341

长田偶得　163

长与善郎　367、386

《盲目之河》　367

《项羽与刘邦》　367

长塚节　34、257、258、333、335

《土》　335

《朝野新闻》　42、75

巢林子　264

彻底自然主义　287、289

成岛柳北　42、76、78、84

成濑无极　388

池边铁昆仑　108、109

池边义象　170

池田大伍　386

迟塚丽水　134、280

《富士高峰》　280

尺振八　18、71

赤门派　188、245、274、276、277、300、307、311

赤木桁平　380

赤松连城　77

赤松克麿　383

《出版月评》　104

川本幸民　78

川岛忠之助　87

川合清丸　96

川尻宝岑　143

《那智泷誓文觉》　143

《拾遗后日连枝楠》　143

《文觉上人劝进账》　143

川路柳虹　387

川上眉山　45、46、48、49、110、111、117、118、199、200、202、204、211、219、224、280

《暗潮》　49

《白藤》　49

《表里》　49、200

《贱机》　49

《墨染樱》　46、117

《净身》　117

《书记官》　200

《心情日记》　280

川上一座　269

传奇小说　86、133、134

传统主义　62、380、382

冲野岩三郎　369

《创世纪》　168

《春窗奇谈》　23

春汀 279

春秋座 63

《春莺转》 22、87

纯粹性自然主义 295、296

村井弦斋 134

村上霁月 262

村上浪六 46、133、230

《井筒女之助》 133

《三日月》 46、133

《当世五男人》 230

村上专精 95、185

《佛教道德新论》 95

村上英俊 18、71

村松梢风 387

村松正俊 382、384

D

达尔文 152、235、283

《物种起源》 283

达朗贝尔 78

《百科全书》 78

达理堂 18、71

大彬荣 380

大乘佛教 8、34、55、80、120、160、178、194、365

《大道丛志》 96

大道社 96

大改造时期 355、359

大谷光瑞 382

大槻玄泽 13

《兰学阶梯》 13

大槻玄干 13

《兰学凡》 13

大和田建树 166

《渔火》 166

《大和锦》 45、104

《大和琴》 240

《大海》 104

大久保彦左卫门 143

大内青峦 77

大桥乙羽 110、118

《小袖袄》 118

大泉黑石 385、387

《老子》 385

大山郁夫 383

大石高德 20

大町桂月 52、170、240、241、250、274、276、280、387

大西操山 155、157、158、161、167、183、193、277、278、400

《悲哀的快感》 277

《滑稽的本性》 277

《近世美学思想刍论》 277

《良心起源论》 161

《伦理学》 161

《论理学》 161

《论审美感官》 277

《审美新说刍论》 277

《叔本华》 161

《西洋哲学史》 161

《先哲斯宾诺莎的性行》 161

大野洒竹 263

《大正时代文化的历史发展》
　　357

大仲马 87

大塚楠绪子 205

大隈重信 86

丹纳 146

单调小说 222

但丁 79、129

岛村抱月 32、33、49、50、
　　52、56、63、147、158、201、
　　205、206、211、217、218、
　　274、275、276、277、278、
　　289、290、291、292、294、
　　295、296、297、298、299、
　　300、301、302、304、305、

306、307、308、318、322、
323、326、333、380

《被囚禁的文艺》 56、306

《代序：论人生观中自然主义》
　　295

《当今文坛和自然主义》 295

《第一义与第二义》 295

《夫妇波》 50、218

《和汉美论研究》 278

《怀疑与告白》 295、305

《路易王室的梦想足迹》 306

《论审美意识》 278

《墨绘草纸》 50、218

《气韵生动》 278

《莎翁扫墓记》 306

《审美的研究法》 278

《失去热情的自己》 295

《实践的人生和艺术的人生》
　　305

《文艺上的自然主义》 295、
　　296

《西鹤论》 33

《新奇的快感与美的快感的关系》
　　278

《玉蔓》 218

《音乐美的价值》 278

《月晕日晕》 218

《自己与分裂生活》 305

《自然主义的价值》 295、296

《自然主义与一般思想的关系》 295

岛村民藏 383、386

岛地默雷 96

岛崎藤村 8、34、35、53、
　56、57、128、129、130、
　131、168、169、175、189、
　231、235、236、237、238、
　239、242、243、244、246、
　248、289、290、291、292、
　304、312、316、317、318、
　319、320、321、322、323、
　324、325、326、328、338、
　370、371、372、388

《白瓷花瓶赋》 244

《出发前半小时》 60

《春》 57、319、375、404

《稻草鞋》 236、316

《家》 57、319、320、326

《街树》 319

《老姑娘》 236

《怜拜伦寄户川栖月》 168

《落梅集》 244

《嫩菜集》 242、243

《农夫》 244

《破戒》 56、291、292、316、
　317、318、319、372

《秋风之歌》 244

《深林之逍遥》 244

《水彩画家》 236、237、316

《四只袖子》 244

《突贯》 320

《晚春的别离》 244

《微风》 320

《夏草》 244

《新潮》 244

《新生》 372

《一叶舟》 244

《椰子的叶荫》 236

《月光》 244

岛田清次郎 370、384、385

《地上》 385

岛田三郎（沼南） 77、104、
　106

道德小说 222

道顿 148

稻村三伯 13

《波留麻和解》 14

稻毛咀风 380

德川吉宗 13

德富芦花 35、48、50、80、
　107、108、141、163、205、
　221、222、223、274、280、
　281、335

《不如归》 48、50、222、223

《黑潮》 222

《槲寄生》 335

《托尔斯泰》 79

《自然和人生》 280

德富苏峰 8、35、80、94、
　104、105、106、107、108、
　109、156、162、163、164、
　165、172、173、180、222、
　279

《将来之日本》 104

《进步还是退步》 107

《吉田松阴》 162

《静思余录》 107

《青年与教育》 107

《日本国民史》 165

《人物管见》 107

《文学断片》 107

《自然与人》 107

德赫姆 140

德田秋声 8、56、57、110、
　111、205、221、222、304、
　311、325、326、328、333、
　370、371、372、378

《出产》 56

《凋落》 325

《分娩》 325

《火焰》 325

《懒汉》 222

《烂》 328

《霉》 8、57、325、326、328

《新家庭》 325

《足迹》 57、325、326

登张竹风 188、274

《尼采和二诗人》 274、275

邓南遮 303、353

《死的胜利》 353

荻原井泉水 339

帝都复兴 3

帝国大学 96、97、185、259

《帝国文学》 33、179、188、
　198、242、263、275、336

帝国主义 173、176、180、
　181、284

低回派 57、348

低回趣味 28、40、302、303

狄慈根 284

狄德罗　71、78

迪斯累里　22、27、87

《春窗绮话》　87

《春莺转》　87

《经世伟勋》　87

《政界情波》　22

《荻生徂徕》　97

第二维新　357、358

第四阶级　1、2

《地人论》　159

丁尼生　88、89、239

《轻骑队进击曲》　89

丁酉伦理会　182

东海散士　90

《佳人奇遇》　90

《东京每日》　82

《东京日日》　44

《东京日日新闻》　42、75、76

《东京曙新闻》　75

《东京新志》　78

东京专门学校　100、158

东仪铁笛　59、63

东洋思想　120

东洋式的文学　1、4

东洋文化　96、108、109、171、
　389

东洋哲学　47、96

《东洋哲学丛书》　96

东洋哲学会　96

《东洋自由新闻》　86

都德　273、284

《走马灯》　273

都会诗　338

读本　82

《读卖》　46、99、110、122、
　134、144、161、230

《读卖新闻》　75、225

《读者》　216

独幕剧　341、386

《都之花》　45、104、108、
　110、112、136

黩武主义　176

杜阿梅尔　360

《文明》　360

《殉教者的生活》　360

杜登　234

《杜鹃》　260、261、263、
　302、333、335

杜鹃派　261

渡边国武　95

《印度哲学史》　95

渡边温　88

渡边霞亭　135

渡边治　22

渡边义芳　83

短歌　110、169、170、196、
　　238、241、253、258、338、
　　339

短歌革新运动　57、250

短歌界　250

多拉特　140

E

恶魔主义　41、352、371

恶之花　352

恩格斯　161、284

恩斯特　361

《变化》　361

儿童剧　386

儿玉花外　249

《社会主义诗集》　249

《风月万像》　249

二宫敬作　15

《二六新报》　275

《二十世纪》　23

二世春水　83

二叶亭四迷　27、44、46、57、
　　88、100、101、103、105、
　　116、125、126、135、136、
　　137、138、139、140、141、
　　142、269、270、271、304、
　　322、332、333

《浮云》　27、44、100、101、
　　103、116、126、135、136、
　　140、141、204、332

《面影》　332、333

《平凡》　57、332

《三个会面》　46

《我的翻译标准》　136

F

《法华经》　191

法朗士　360

翻译剧　268、269

翻译文学　20、23、27、85、
　　86、88、90、126、135、136、
　　142、269、272

凡人主义　52、174

繁野天来　241

《铃虫松虫》　241

《反响》　95

《反省会杂志》　160

《反省杂志》　104、198

饭田宏次郎　94

泛神论 192

《芳谭》 45

非个性派 206、217

废藩置县 11、42、66

费尔巴哈 235

费舍尔 15

费希纳 162

《死后的生活》 162

丰岛与志雄 369、373、377、388

《被掠夺的男子》 377

《骷髅》 377

《虚幻的彼岸》 377

《如果有生》 377

冯特 161

讽刺小说 219

《佛教》 160

《佛教公论》 160

《佛教文学》 160

佛陀 363、365

弗朗索瓦·拉伯雷 39

伏尔泰 71

伏见鸟羽之战 65

浮田和民 80

服部抚松（诚一） 22、84

《东京繁昌记》 84

《妾宅》 84

服部德 86

服部躬治 250、255

服部嘉香 387

弗利德里大帝 37

福本日南 96、108、109

福地樱痴 22、42、44、75、76、84、105、143、145、264、267、269

《春日局》 143

《大久保彦左卫门》 143

《关原誉凯歌》 143

《幕府衰亡论》 105

《日蓬记》 143

《侠客春雨伞》 267

福地源一郎 42

福士幸次郎 382、387

福田德三 384

福田久道 388

福田理轩 71

福田夕咲 338

福田正夫 386

福田直彦 87

福楼拜 54、284、303

《包法利夫人》 284

福泽谕吉 7、16、18、19、

42、44、68、69、70、71、72、73、74、76、77、78、81、82、93、105、130、157

《福翁自传》 73

《畸型少女》 73

《启蒙学习之文》 73

《穷理图解》 78

《劝学篇》 73

《世界国尽》 73

《西洋事情》 73、81

《文明论概略》 73

富兰克林 20

富农主义 340

富田碎花 387

富永蕃江 272

副岛种臣 67、96

妇女问题 44、93、384

G

改进党 86

概念小说 197、198、199、200、201、204、211、215、228

感伤主义 208、217、228、237

冈本绮堂 59、267

《新罗三郎》 59

冈察洛夫 101、284

冈鬼太郎 59

冈田八千代 335

冈田虚心亭 118

冈野半牧 135

纲岛梁川 35、53、158、175、182、188、190、193、194、195、274、275、276、277、308

《悲哀的高调》 194

《病间录》 190、194

《基督之诗》 194

《见神的实验》 53、194

《宗教的真理》 194

高安月郊 249、267、268、269

《大盐平八郎》 268

《江户城的让出》 268

《金字塔》 249

《夜涛集》 249

高滨虚子 4、8、28、33、57、260、262、291、301、311、348、371

《朝鲜》 349

《鸡冠花》 57、301

《俳谐师》 349

《三张与四张半》 349

高布尔 18

高村光太郎（碎雨） 387

高岛米峯 387

高蹈派 130、336

高尔基 303、384

高尔斯华绥 361、376

高井几董 263

高良齐 15

高桥达郎 94

高桥太华 91

高桥五郎 159、160

高桥义雄 23、93

《日本人种改良论》 93

高桥自恃庵（健三） 108、109

高群逸枝 387

高山樗牛 33、46、50、52、107、134、141、157、161、174、175、177、178、179、181、182、184、185、187、188、189、190、191、195、197、202、216、219、220、221、224、230、244、253、265、272、274、275、276、277、278、279、292、306、308、313

《大佛露佛说》 278

《关于古社寺与古美术的保存》 278

《关于美感的考察》 278

《关于月夜的美观》 278

《近松巢林子》 33

《近世美学》 278

《历史书论》 278

《论美的生活》 185

《泷口禅师》 46

《泷口入道》 134

《论戏曲中悲哀的快感》 277

《美术与道德》 278

《作为文明批评家的文学家》 185、186

高畠蓝泉 83

高须梅溪 205

高野长英 15

歌德 79、88、129、141、151、169、239

《狐狸的裁判》 88

《维特的烦恼》 141

歌坛革新运动 259

歌咏都市情调 56

格奥尔格 361

《加来的市民》 361

格林　182

格雷　89

《悲歌》　89

葛西善藏　369、378

个性派　206、215、217、218

根岸短歌会　258

根岸派　256、258

功利主义　82、84、155、176、
　　181、188、283

宫岛新三郎　383

宫岛资夫　370

宫地嘉六　370、384、385

宫崎梦柳　23

宫崎湖处子（八面楼主人）
　　107、147、163、242、274

《归省》　107

《华兹华斯》　163

宫崎三昧　134

宫田砂燕　81

攻玉塾　18、71

龚古尔　54、147、284、287、
　　319

《共存杂志》　77

共立学舍　18、71

沟口白羊　249

古典主义　285

《古今著闻集》　31

《古事谈》　31

古斯塔夫·勒庞　362

《乌合之众》　362

古藤庵（岛崎藤村）　168

古文学的新研究　277

古泽滋　106

谷崎润一郎　61、311、345、
　　349、351、352、354、370、
　　371、386

《阿艳之死》　351、352

《阿才与巳之介》　351

《刺青》　351、352

《恶魔》　314、351、352

《麒麟》　351

谷崎精二　369、378

《瞽使者》　139

《关西文学》　135、198、275

关新吾　106

关直彦　20、22、87

观念小说　48、49、50、198、
　　199、209、225

《官版巴达维亚新闻》　74

光明小说　222、381

广津柳浪　45、46、49、110、
　　111、117、201、202、203、

204、205、346

《变目传》 201、202

《残菊》 46、117

《畜牲腹》 202

《龟先生》 202

《河内屋》 49、201、202、203

《黑蜥蜴》 49、201、202、203

《今户情死》 49、201、202、203

《可爱的孩子》 117

《青大将》 49、202

《五张画》 117

《信浓屋》 201

广津和郎 369、373、377、378、380

《悔》 378

《神经病时代》 378

《隐秘小屋》 378

《鬼啾啾》 23

贵族主义 176

国粹保存主义 106、250

国粹派 17

国粹运动 95

国粹主义 96、97、138、176、177、178、179

《国会新闻》 229

国家本能 364

国家主义 2、50、62、78、97、109、178、179、187、362

国家至上主义 180

国剧革新 340

国权扩张主义 176

《国民》 57、223

国民精神 35、47、179、219、

国民文学 179、198

《国民新闻》 121、138、229

《国民之日本史》 388

《国民之友》 45、46、88、94、99、104、105、112、125、126、131、135、136、167、205、224、274

国木田独步 35、50、56、57、107、108、136、137、205、231、235、236、242、290、291、311、312、313、314、315、317、319、321、325

《暴风》 314

《波之音》 314

《诚实日记》 312

《第三者》 236、314

《独步集》 34、193、193

《酒中日记》 236、290、314

《命运论者》 314、315

《牛肉与马铃薯》 236、290、314、315

《女难》 236、314、315、316

《涛声》 57、313

《尾崎红叶论》 312

《竹栅门》 313、314、315

《巡查》 314、315

国木田治子 335

《国体新论》 86

国文调 138、139

国文开拓的新运动 170

《国文学大纲》 277

果戈理 272、284

《小说家》 272

《结婚》 272

H

畑山吕泣 108

哈姆普敦 149

哈特曼 148、185

《海底旅行》 23、43

海老名弹正 80、159

海涅 239

《海外新报》 74

《海外新闻别集》 74

汉文调 74、91、108、139

霍普特曼 273、287、294、303

《西里西亚织工》 287

河岛敬藏 23

河东碧梧桐 57、260、261、262、339

河井醉茗 249、252

《无弦弓》 249

河上清 183

河上肇 348

河田嗣郎 348

河竹默阿弥 34、42、84、143、145、264

《岛衢月白浪》 83

《发结新三》 83

《狂言百种》 144

《霜夜钟声十字签》 83

和歌 256、257、258、259、263

和歌革新 250、251、255

和汉折中体 116

和辻哲郎 292、307、380

和田泷次郎 94

赫尔德尔　146

赫克尔　94

《进化要论》　94

赫姆霍茨　235

鹤亭秀贺　82

鹤屋南北　26、29、32、34

贺川丰彦　368、369

《超越死亡线》　369

贺茂真渊　30

黑暗小说　222

黑格尔　180、235

黑田礼二　387

黑岩泪香　46、133、175、190、
　191、192、272

《大金块》　134

《人耶鬼耶》　134

《天人论》　175、190、191、
　192

《铁面具》　134

亨得利·兹弗　14

《长崎波留麻》　14

《兹弗波留麻》　14

亨利·巴比塞　360

《炮火》　360

《光明》　360

亨利·马克　186

《横滨每日》　82

《横滨每日新闻》　75

《横滨新闻》　75

横光利一　386

横濑夜雨　249

横井时雄　159

红门派　263

红芍园主人　87

弘斋　230

《日出岛》　230

后藤达三　78

后藤宙外　49、50、52、56、
　147、205、206、216、217、
　218、221、222、223、274、
　275、277、278、279、290、
　300、303、346

《腐肉团》　50、222

《黑暗的现实》　50、217

《觉醒》　50

《司空见惯》　217

《蚁荒》　50

户川残花　128、167

户川秋骨　128、131、147、
　169、387

《普罗旺斯恋歌》　169

《奥维德与自然界》　169

户泽姑射　268、280
户塚静海　15
护宪运动　357
滑稽本　82
滑稽小说　82、219
滑稽文学　42、81
《花月新志》　42、78
《咏丁登寺》　120、125
《化学入门》　78
《化学训蒙》　78
话本　84
画家情趣　379
桦太开拓使　66
怀疑论　185、305
桓武帝　165
幻想诗歌　253
幻想哲学　235
灰野庄平　386
活历剧　143
霍桑　272
《红字》　272

J

箕浦胜人　106
基督教思想　34、38、78、79、
　　95、131

《基督教新闻》　95
基佐　162
稽古堂刊　21
积庆、重晖、养正　159、178
矶贝云峰　167
极端欧化主义　93
吉卜林　180
吉尔伯特　362
吉江乔松（孤雁）　8、304、
　　380、383、388
《高原》　334
《绿云》　334
《艺术的道路》　383
吉井勇　59、58、338、341、
　　386、387
《生灵》　341
《俳谐亭句乐之死》　341
《狂艺人》　341
《无赖汉》　341
吉田荻洲　273
吉田静致　185
《哲学史上第三期的怀疑论》
　　185
吉田弦二郎　34、368
《大卫和孩子们》　368
《人生苦难》　368

《松尾芭蕉》 368
《熊的圈套》 368
吉屋信子 369
吉雄权之助 14
吉野作造 383
吉原物 203
技巧主义 295
纪海音 25
纪行文 106、107、120、280
纪行文学家 280
《纪州日新纪闻》 75
纪实主义 154
济慈 239、246
寂瑟主义 259
加能作次郎 311、369、378
加藤朝鸟 380
加藤弘之 77、78、86、185
《人权新说》 86
加藤武雄 369、378、379
加藤一夫 370、384、385、388
加藤宗甫 78
家庭小说 48、50、51、205、217、218、219、222、223、228
甲比丹 13、14
中日甲午战争 36、37、40、47、48、50、58、97、118、120、141、143、170、171、173、176、181、183、197、198、219、223、224、269、284、289
假名会 112
假名垣鲁文 19、42、80、81、82、83、84、132
《安愚乐锅》 19、81、82
《滑稽富士游》 8
《黄瓜使者》 19、81、82
《西洋徒步旅行记》 19、42、81
《政谈青砥碑》 81
菅了法 95
《哲学论纲》 95
见神论 193、194
《见闻札记》 271
建部遁吾 179
健次郎 35
《江城日志》 75
江岛其碛 24、29、132
《江湖文学》 198
《江湖新闻》 75
江户情调 349
江户情趣 281

江户趣味　110、156、211、
　　212、349
江见水荫　45、49、110、118、
　　204、217、230、269
《泥水清水》　204
《杀妻》　49、230
《水车》　230
《炭烧的烟》　49、230
江口涣　370、384、385
《恋爱与牢狱》　385
江马修　369、379
江藤新平判乱　67
江原小弥太　368、369
焦尔达诺·布鲁诺　192
角田浩浩歌客　107、274
角田竹冷　263
《教育敕语》　97
《教育学术界》　190
《解体新书》　13
芥川龙之介　34、369、373、
　　374、375、376、388
《春》　57、319、375
《大石内藏之助的一天》　375
《地狱变》　375
《奉教人之死》　375
《秋》　375

《世之助的故事》　375
《戏作三昧》　375
堺利彦　62、135、183、383、
　　387、439
今村法官　298
《今昔物语》　31、375
今野愚公　272
金斯利　88
金子熏园　250、256、339
《残月》　256
《记忆中的诗歌》　339
《写景诗》　256
金子洋文　370
金子筑水　52、133、147、158、
　　163、190、274、275、276、
　　277、308、343、384
《怀疑和努力》　343
《生活中的人情味》　343
津田光造　384
津田仙　71、76
津田真道　77
《出版自由论》　77
《近时评论》　77
近松半二　25
《老幼》　378
《死幕之彼方》　378

《送给离别妻子的信》 335

《文坛废话》 309

《舞鹤殉情》 377

《近世樱田新闻》 76

近藤经一 386

近藤真琴 18、71

进步主义 69、76、77、84、176

进化论 95、359

禁欲主义 187

精神拯救 359

京阪情调 379

《京都新闻》 76

经验派 154

《精神界》 190、191

井东宪 370

井汲清治 383

井上勤 21、23、43、87、88

井上通泰 126

井上笠园 135

丁尼生 239

井上圆了 95、96、157、160、161

《哲学道中记》 95

《哲学一夕话》 95

《哲学要领》 95

《佛教讲义录》 160

井上哲次郎（井上巽轩） 43、88、95、97、157、158、161、177、185、190

《比沼山之歌》 240

井原西鹤 23、29、32、33、45、113、115、121、125、135、207、208

《好色一代女》 32

《五人女》 33

静剧 341

净琉璃 29、144

净琉璃体 144

《净土教报》 160

久保天随 280

久保田万太郎 311、379、386

《初凋草木》 379

《朝颜》 379

久米正雄 369、379、386

九保猪之吉 250

鸠山和夫 77

旧兵制 65

旧式文学 82

旧式戏剧文学 143

《旧约》 95

菊池大麓 77

菊池宽　369、373、374、375、
　　383、384、386、388

《报仇三态》　376

《船医的立场》　376

《恩仇之外》　375

《俊宽》　376

《兰学事始》　376

《乱世》　376

《投标》　376

《像神一样羸弱》　376

《笑》　376

《忠直卿行状记》　375

菊地幽芳　135、223

《小簾之门》　135

《自我之罪》　51、135、223

《扶桑杂志》　78

剧坛改革运动　269

《醒草》　198

军国主义　180

K

卡尔德隆　144

《萨拉梅亚镇长》　144

《调高矣洋弦一曲》　144

卡莱尔　159、162、164、166、
　　185、279、307、382

《卡莱尔的人物及事业》　274

卡米耶·勒莫尼埃　240

卡彭特　183、184、359

卡罗女士カロォ　20

《蒙里西物语》　20

卡斯特　183

《文明的弊端及其救治》　183

开港主义　173

开权显实　265

开设国会运动　43

凯比尔　185

凯尔奈尔　239

康威　271

《雕刻师》　271

柯勒律治　248

科学精神　283、284、285、289

克拉克　19

克兰斯特　139

《恶因缘》　139

《地震》　139

克洛卜施托克　10、146

客观派　154

客观主义　263

空想本位　215

空想的文学　281

口语诗　56、338

堀口大学　338

狂飙突进时代　129

狂飙突进运动　175、182、
　　186、188、196

狂言座　63

L

拉斐尔前派　129

拉斐尔前派（P.R.B）　129

拉克斯曼　15

莱蒙托夫　271

《浴泉记》　271

莱辛　10、128、144、146、148

《爱米丽亚·迦洛蒂》　144

《拉奥孔》　148

《折蔷薇》　144

莱昂内尔·约翰逊　240

赖山阳　31、106、165

兰顿　141

《想象对话》　141

兰姆　22

《莎士比亚戏剧故事》　22

兰学　12、13、14、16、70

兰学史　12

浪荡文学　345

浪华青年文学会　135

浪华文学会　134

浪漫主义　10、28、40、41、
　　45、49、52、53、54、61、
　　79、120、126、127、145、
　　170、171、173、174、175、
　　176、185、187、189、193、
　　195、204、209、212、215、
　　216、217、238、248、249、
　　252、258、259、273、282、
　　283、284、285、286、288、
　　289、290、291、292、321、
　　343、345、348、349、355、
　　380

浪漫主义倾向　185、215、
　　252、378

浪漫主义文学　10、282、284、
　　345、349、355

《浪漫主义运动》　186

浪子文学　381

劳动组合期成会　183

《劳动世界》　183

劳伦斯　361

劳资问题　287、305、358

老子　152、385

勒贡特·德·利尔　336

乐天派　312

雷宾斯 94

《哲学史》 94

雷斯特尔·沃尔德 94

《社会学》 94

《黎明》 236、379

《黎明业书》 280

黎盛顿 149

李比希 235

利顿 22、27、43、87、272

《阿勒斯特·马特纳巴斯》 87

《花柳春话》 22、43、87

《击思谈》 22、43、87

《慨世志士传》 22、87

《连理谈》 22

《艾拉姆》 272

李凯尔特 62

里见弴 368、369、373、374

《大火》 374

《毒蘑菇》 374

《父亲》 374

《好管闲事》 374

《善心恶心》 374

《直辅的梦想》 374

《里锦》 159

理想家 153、376

理想派 119、120、229

理想派小说 135

理想倾向 356

理想倾向的文学 362

理想主义 129、130、215、283、314、378

丽水 230

《半月城》 230

历史剧 83、143、144、145、267、277

历史小说 46、113、121、133、134、135、163、231、348、371、372、374、375、376

历史叙事诗 248、249

立志社 71

利己主义者 372

笠亭仙果 82

恋爱诗 242

恋爱小说 50、117、217、220、221、270

恋爱小说家 236

恋恋趣味 302

良宽 30

列奥纳多·达·芬奇 38

列扎诺夫 15

林癸未夫 383

林田春潮 274

林四郎　387

《火酒》　387

铃木泉三郎　386

铃木三重吉　57、311、345、352、353、354、372

《不归日》　353

《小鸟巢》　353

铃置仓次郎　94

柳川春三　75

柳川春叶　110、111、205、223、325

《泊客》　223

《忘水》　223

《柳桥新志》　42、78

柳水亭种清　42、82

柳田泉　388

柳亭种彦　24

柳泽健　386

春风亭柳枝　84

《仿唐倭抚子》　84

《六合丛谈》　74

《六合杂志》　95、159、183

泷井孝作　369

卢梭　10、85

《民约论》　85

鹿鸣馆　92

路功处士　169

陆羯南（实）　96、108、109

碌堂（朝比奈知泉）　109

《绿荫丛书》　320

《伦理学说书解题》　182

罗马字会　77、112

罗曼蒂克　129、130、200、326、332、338、339

罗曼·罗兰　359、360、373、383

罗曼主义　228

罗塞蒂　239、242、248

罗素

落合直文　97、126、166、169、170、241、250、251、255、256、280

《孝女白菊之歌》　166

《高岭之雪》　170

《历史读本》　170

《日本文学全集》　170

M

马场辰猪　77、86

《天赋人权论》　86

马场孤蝶　101、128、131、304、319、387

马可林 106

马克罗德 94

《经济哲学》 94

马克思 284、359、370

马克思主义 370

马科斯·罗德 174

《变质论》 174

马修·阿诺德 148、307

《马醉木》 258

麦考莱 149

麦肯齐 362

麦克白夫人 266

麦克斯·斯奇鲁纳 235

麦兰 15

迈尔 235

茅野萧萧 388

茅野雅子（旧姓增田） 255

《昴星》一派 338

没有情节的小说 288

梅特林克 303

梅亭金鹫 42、82

梅泽和轩 274

美国文化 18、19、389

美国彦造 75

美文 97、131、170、280

美文体 280

《妹背山》 58

《梦恋恋》 23

蒙田 39

孟德斯鸠 85

《法的精神》 86

梦幻剧 145、264

弥生子 311

米川正夫 388

米开朗基罗 39、154

米田庄太郎 384

《妙宗》 160

民友社 50、80、104、107、
108、109、157、162、163、
164、165、169、182、205

《民约译解》 85、89

民主平等主义 186

民主主义 355、358、380

民族自觉 380

鸣泷学舍 15

《名古屋新闻》 75

"明六社" 76

《明六杂志》 76

《明教新志》 160

《明星》 251、252、255、
258、275

《明星》派 258、337

明治天皇　65、67、357

明治维新　11、16、304、357

《明治新体诗歌集》　166

冥想派　245

冥想诗人　244

缪尔赫德　182

末广铁肠（重恭）　76、90、91、100、106

《雪中梅》　90、91、100

《花间莺》　90

末松谦澄（青萍）　76、88、95

《哲学一斑》　95

莫泊桑　33、54、147、231、236、284、287、294、303、324

莫尔　39

莫里斯　184、359

墨子　152

木村鹰太郎　177

木村庄太　388

木村庄八　388

木内宗吾　149

木崎好尚　135

木下杢太郎　59、341、379、386、387

木下尚江　221、222

《火之柱》　222

《良人的自白》　222

牧野信一　386

穆勒　74、94、106、283、382

《自由论》　74

《暮云》　280

N

乃木希典　357

男女同权　77

《男人之歌》　251

南部修太郎　379

南新二　132

楠山正雄　59、307、341、388

《独立评论》　159

内海月杖　250

内藤辰雄　370

内藤湖南　108

内藤鸣雪　260、262

《成为文学家之方法》　156

《窥文学之一斑》　156

《腊月二十八日》　50

《约翰逊》　163

内田不知庵（鲁庵）　119、140

内田不知庵（即内田鲁庵） 217

内田鲁庵 8、27、34、46、47、48、156、205、219、220、221、271、304、380、387

《单只鹌鹑》 50、211

《腊月二十八日》 50

《落红》 221

《霜柱溶化》 221

内田鲁庵（不知庵） 21、46、47

内村鉴三 157、159、160、279

《独立评论》 159

《内外新闻》 75

内政本位主义 176

能量守恒定律 235

尼采 52、174、182、185、186、187、188、190

尼采主义 184、185、186、188、189、216、237

拟古派 240

鸟尾小弥太 96、97

《保守新论》 96

《王法论》 96

涅槃 364、366

涅槃境界 366

奴隶道德 174

女流作家 335

女流作家派 205

《女学杂志》 44、141、159

O

欧化运动 92、93

欧化主义 93、94、95、96、107、163、176、179

欧美文化 11、12、16、36、65、68、72、82、96、97、357

欧美文学 85、96、97、98、321

欧仁·苏 21、272

《巴黎的秘密》 21

《人七癖·吝啬篇》 21

欧洲大陆文学 53、303、304、317

欧洲趣味 108、258、259、263

欧洲思想 180、346、362

欧洲文化 17、60、64、171、172、179、358

欧洲文学 3、4、64、79、125、126、129、215、231、250、

253、268、269、303

欧洲文艺复兴时代　129

P

帕尔·格雷夫　336

帕尔莫尔　23

《女权扩张情理歧道》　23

俳会　263

俳境　260、261

俳句　7、24、27、29、30、32、33、53、57、63、110、117、130、149、196、225、238、250、256、259、260、261、262、263、279、291

俳句趣味　256、259、280

俳句的革新　256

俳句革命　339

俳句革新　29、33、57、241、259、260、261、262、263

俳句风格　261、262

俳句界　250

《俳句评释》　261

俳句思想　241

俳趣味　346

俳人　7、33、117、257、259、260、262、263、291

俳师　259、260

俳坛　34、311、339

俳味　346

俳谐派　291

俳谐趣味　347

俳谐式小说　28

俳志　263

畔柳芥舟　274、277

帕拉　19

培根　39

培里　16

膨胀主义　180

皮相写实主义　111、133

片山孤村　304

片山平三郎　88

片山潜　183、222

片上伸　8、58、304、309、380、381、382

《思想的胜利》　380

片上伸（天弦）　304

片上天弦　349、309、343

片上天弦（片上伸）　309

平安时代　11、29、30、38、131、266

《平假名图画新闻》　76

平将门　165

平林初之辅 38、237、238、
　384
平面描写 322、322、323、
　324、332
平民社 183
《平民新闻》 183、184
平民主义 50、176
平木白星 181、249
《日本国歌》 181
《释迦》 249
《夜晚新七》 249
《源九郎义经》 249
平田久 164
《卡莱尔》 164
平田秃木 128、131、141、169
《薄命记》 131
《草堂书影》 131
《格雷氏的风雅之歌》 169
《南欧诗影》 169
《神曲余韵》 131
《意大利初期抒情诗》 169
平尾不孤 274
平野万里 255
平塚雷鸟 384
《评论》 159
评论家 7、33、48、50、51、
　52、58、73、100、105、108、
　109、140、146、147、148、
　151、155、158、159、160、
　173、177、186、189、193、
　196、199、203、218、231、
　234、240、245、248、275、
　276、289、290、301、304、
　307、308、309、316、359、
　360、362、380、383、387
评论界 52、104、106、109、
　274、282、294、300、307、
　308、380、381、382、383
评论文学 179
《评论新闻》 77
坪内逍遥（雄藏） 7、26、27、
　32、33、43、44、46、48、
　50、52、58、63、87、88、
　92、97、98、99、100、101、
　104、105、110、111、119、
　133、134、138、139、140、
　141、142、144、145、147、
　148、149、150、151、152、
　153、154、155、157、158、
　164、181、182、188、193、
　197、216、218、219、264、
　266、267、268、269、274、

277、278、340、341、386、
388

《当代书生气质》　27、44、
92、97、98、99、100

《梨园落叶》　58

《马骨宣言》　188

《麦克白评释绪言》　149

《"没理想"之语义辩》　150

《妹与背镜》　58

《妹背山》　58

《内地杂居之梦》　99

《桐一叶》　52、59、145、
264、265、266、267

《杜鹃孤城落月》　52、267

《二叶楠》　267

《扛钵姬》　341

《牧夫人》　52、266、267

《外国语学与外国文学》　139

《我国的历史剧》　145

《惜别星月夜》　266

《细君》　46、99、105

《新曲初梦》　341

《新曲赫哉姬》　58、340

《新曲金毛狐》　341

《新曲浦岛》　58、269、340

《新乐剧论》　58、269、340

《小说神髓》　44、92、97、
98、100、110、111、147

《小说学校拨鬓科的教学规则》
　133

《一元纸币的故事》　99

《义时的末日》　266

《应翻译的外国文学》　139

《英语和英国文学》　139

品田太吉　22

蒲原有明　53、58、238、239、
246、247、248、337

《春鸟集》　337

《独弦哀歌》　248

《幻影》　248

《嫩草叶》　247

《五月霭》　337

《阳光与落叶》　337

《有明集》　337

普罗克特　271、288

《遗物》　271

普希讷尔　191

Q

七五调　99、167、268

奇异主义　212

启蒙运动　10、65、70、71、

73、74、77、146、158

气氛剧　341

《气海观澜广义》　78

契诃夫　60、303、329、341

《狗》　60、341

恰连波斯　94

《思维哲学史》　94

《独逸哲学英华》　94

千家元麿　386

千叶龟雄　8、275、384

千叶江东　205、275

千叶江东（千叶龟雄）　275

前野良泽　13

前田春声　386

前田河广一郎　370、384

《背叛》　385

《红色马车》　385

《离船以后》　385

《三等船客》　385

《一群海员》　385

前田林外　249

《源九郎义经》　249

前田夕暮　58、239

前田晁　307、309

浅香社　250

浅野冯虚　271、280

浅野冯虚（浅野和三郎）　271

强者道德　174

乔治·梅瑞狄斯　347

乔瑞·雷梅泰尔　5

乔叟　140、362

桥爪贯一　142

《鞘当》　84

亲鸾　191

《青年文》　198、205、224、263、275

《青年文学》　159

青木昆阳　13

《和兰话译》　13

《和兰文字略考》　13

青山霞村　386

青山学院　95

青野季吉　389

清教徒主义　279

清少纳言　29、254

清水橘村　20

清泽满之　175、190、191

情趣性主观　297

情绪性主观　297

庆应义塾　7、17、18、70

《穷理图解》　78、82

《穷理问答》　78

丘科夫斯基　136

秋涛　273

秋声会　262、263

秋田雨雀　33、59、311、307、
　　341、386

《秋之声》　262、263

萩原朔太郎　389

萩之乱　41、67

曲亭马琴　4、29、44

趣味中心　83

《全世界一大奇书》　88

泉镜花　4、48、49、110、199、
　　200、202、205、206、211、
　　212、213、214、215、216、
　　217、224、228、229、300、
　　325、326、346、372、374

《琵琶传》　200

《参拜汤岛》　212

《辰巳巷谈》　49、212

《风流蝶花形》　212

《高野圣僧》　212、213、214

《海城发电》　49、200

《黑百合》　212

《化鸟》　212

《化银杏》　49、200、211、
　　212

《锦带记》　212

《六之卷》　212

《龙潭谭》　212

《髯题目》　212

《三昧线渠》　346

《通夜物语》　212、213

《外科室》　49、200

《一之卷》　212

《夜行巡查》　49、199

《夜半钟声》　200

《照叶狂言》　49、212

犬养健　386

犬养毅（木堂）　86、106

劝惩主义　42、44

劝善惩恶主义　83

墒团右卫门　164

R

人道主义　10、41、53、61、
　　184、380、381、385

人见东明　249、338

人见一太郎　107、164

《荣格》　164

人情本　24、82、351

人情小说　133

人生派　100、111、126、129、

131、206、208、225

人物评论　279

人种改良说　92

《日本》　258、260、263

《日本百杰传》　163

日本传统文学　34

《日本的女学》　44

日本风格　292

《日本近世文学十二讲》　83

日本派　33、261、262、263

《日本评论》　158

日本趣味　26、239、258

《日本人》　96、104、108、241

《日本文化史》　388

《日本文学全书》　97

《日本现代文学十二讲》　5、6

《日本新闻》　96

日本演艺协会　142

日本主义　173、176、177、178、179、180、181、197、219

《日本主义》　177、198

日俄战争　27、36、37、40、53、54、55、160、173、175、183、215、237、255、269、281、284、289、304、322

日莲　190、191、268、279

日莲主义　175、190、279

日南　279

日夏耿之介　386、388

儒勒·凡尔纳　21、87

《非洲内地三十五日空中旅行》　87

《佳人血泪》　21

《六万英里海底旅行》　87

《铁世界》　87

《万里绝城北极旅行》　87

《新说八十日世界一周》　87

《学术妙用造物者惊愕试验》　87

《亚非利加内地三百五十日空间旅行》　21

《月球旅行》　43

荣城居士　21

若山牧水　58、339、387

若松贱子　141、271

若叶会　59

S

SSS（新声社）　125、167

塞万提斯　21

《谷间之莺》 21

三富朽叶 387

三好松洛 25

三井甲之 380

三木露风 58、63、328、379、386

《暗门》 338

三木天游 241

《铃虫松虫》 241

三木竹二（森笃次郎） 268

三世种彦 83

《白缝物语》 82

三田派 311、379、383

三游亭圆朝 7、84

《牡丹灯笼传奇》 84

三宅花圃 205

三宅雪岭 96、108、161、162、183、185、279

《我观小景》 108、162

《宇宙》 108、162

三宅周太郎 383

桑迪斯 140

桑木严翼 274

《尼采的伦理学说》 274

涩川玄耳 387

森口多里 383

森鸥外 27、32、46、47、52、57、59、60、89、104、105、119、125、126、127、128、138、139、141、142、144、145、147、148、150、151、152、153、154、155、157、167、169、170、204、219、241、258、267、268、269、270、271、272、277、278、301、303、304、348、370、372、374、375、379、386、388

《北条霞亭》 372

《地震》 46、139

《恶因缘》 46

《高濑舟》 372

《津下四郎左卫门》 372

《涓滴》 348

《埋没的人》 46、139

《泡影记》 126、127

《青年》 57、348

《性欲生活》 59

《染色不同》 204

《日莲高僧街头说法》 268

《日莲十字街头说法》 59

《审美纲领》 89

《生田川》 60

《水沫集》 138

《天保物语》 348

《舞姬》 46、105、126、127

《心头语》 275

《信使》 126、127

《性生活》 303

《伊泽兰轩》 372

《爷爷奶奶》 372

《游戏》 57

《游乐》 303

《玉匣两浦岛》 52、267、268

《走马灯》 373、348

《最后的一句》 372

森有礼 76、77

《废刀论》 77

《禁妾论》 77

《男女同权论》 77

森田草平 57、311、345、352、353、354、372

《煤烟》 352、353

《自叙传》 353

《十字街》 372

森田思轩 46、47、87、155、156、163、164、165

《赖山阳》 163

桑塔耶那 5、307、381

莎士比亚 22、23、24、33、39、43、88、89、138、144、149、150、151、152、153、158、264、269、313、386

《奥赛罗》 23、268、269

《春情浮世之梦》 23

《该撒奇谈》 23

《哈姆莱特》 23、89、268、269

《恺撒传奇》 88

《恺撒大帝》 144

《李尔王》 23、149、269

《罗密欧与朱丽叶》 23、33

《麦克白》 138、140、150

《裘力斯·恺撒》 88

《威尼斯商人》 58

《自由太刀奈波切味》 23

山岸光宣 388

山本有三 386、388

山川登美子 255

山川菊荣 384

山川均 62、383

山川智应 135、382

山东京传 4、24、80

山冈铁舟 96

453

山口宇多子　387
山路爱山　19、50、107、147、
　　155、156、163、165、279
《论赖襄》　165
《新井白石》　163
山内义雄　388
山崎紫红　59、249、341、386
《七个橘梗》　341
《上杉谦信》　59
山山亭有人　82
山山仙士　89
山田美妙　2、27、44、45、
　　110、112、115、116、118、
　　134、166、167、168、169、
　　230、241
《病后之吟》　167
《蝴蝶》　45、112
《恩仇记》　112
《花车》　112
《花刺》　112
《可怜狂》　230
《笼中俘虏》　112
《莓姬》　112
《日本韵文论》　169
《湿衣》　112
《柿山伏》　112

《伪劣全刚石》　112
《武藏野》　112、137
《夏季的茂密树林》　112
《夏木立》　45
《新体诗选》　166
《阎罗地藏》　230
《这孩子》　112
山田清三郎　370
山县悌三郎　94
杉浦重刚　96
杉享二　77
《硬货制论》　77
杉村楚人冠　183、387
杉森孝次郎　308、383
杉田玄白　13
杉赝阿弥　59
善恶不二　365
《善恶草》　135
上岛鬼贯　149
上司小剑　8、333、370、371、
　　386
《木像》　333
《海鳗之皮》　333
《东京》　371
上田柳村　131、240、274、275
上田柳村（敏）　129、274

《文艺论集》 274

上田柳村（上田敏） 240

《鲁宾斯坦的圣乐剧》 240

上田敏 240、272、301、304、319、337、349、350、379

《尽心竭力》 272

《海潮音》 337

《漩涡》 324、350

上田秋成 31

上田万年 240

《新体诗歌集》 240

《少年文学》 118

《少年文集》 275

《少年园》 104

社会民主党 183、222

社会问题 48、148、183、284、285、317、382

社会小说 48、50、88、205、218、219、220、221、222、228

社会主义 1、39、48、61、62、173、182、183、184、200、221、222、273、308、358、359、370、382、384、385

《社会主义》 183

社会主义思潮 158、181、284、359

社会主义文学 1、9、28、355、369、370、380、383、384

社会主义文艺 184、384

社会主义协会 183

社会主义研究会 183

社会问题研究会 183

深见重左 164

深刻小说 48、50、209

神风连之乱 41、67

神秘主义 22、41、211、312

神田孝平 77

《演剧改良论》 77

神我融会 194

《审美纲要》 278

《审美新说》 278

审美主观 297

生方敏郎 380、387

生田长江 58、307、309、343、369、380、388

《否定和肯定》 343

《艺术家与艺人》 307

生田春月 369、386

生田葵 346

升曙梦 304、388

圣彼得寺塔　154

圣伯夫　147、307

圣诞剧　386

《圣诞颂歌》　271

《圣经》　19、79、80

胜海舟　96

诗歌的革新　120、242、250

诗论　169

诗形自由论　240

施托姆　55

《十二文豪》　163、164、165、169

十舍返一九　4、23、29、42、80、81

十一谷义三郎　386

实用主义　53、303、304、308、381

实验派　278

实证哲学　105、283

石坂养平　380

石川啄木　57、339、386

石井露月　262

石桥忍月　47、134、147、148、155、167、169

石桥思案　2、110、118

《少女心》（1889年）　118

石黑忠惠　78

石丸梧平　369、379

《船厂公子》　379

《凡人亲鸾》　369

辻新次　75

《时代思潮》　275

《时事》　44

《时事新报》　93

史蒂德　173

《史海》　106、163

史记　162

史论　72、83、106、107、109、147、162、163、165、166

史传　47、143、162、163、164、165、166

矢口达　388

矢崎北邙散士　167

矢崎嵯峨之屋　107、108、136、242

《初恋》　108

《臭鸡蛋》　108

《流转》　108

《梦幻境》　108

矢田部良吉（尚今）　88、89

矢野龙溪　43、44、90、105、106、184

《经国美谈》 43、90

《新社会》 184

矢野文雄 77

市川魁雷 83

市川团十郎 142、143

市川左团次 60、63、142、341

市川又彦 388

《世界百杰传》 163

世界大战 27、37、38、79、184、355、358、365、380

"世界的丑恶"论 288

世界的美化 288

《世界之日本》 179、198

世界主义 173、176、179、180

世态剧 143、277

室伏高信 383

室生犀星 369、373、376、377、387

《苍白的巢穴》 377

《地下室与老人》 377

笹川临风 274、387

式亭三马 4、23、24、29、42、80、81、82、101

释迦 152、191、368

释迦牟尼 97、254

守田勘弥 63

《抒情诗》 242

叔本华 185

霜田史光 386

水谷不倒 205、217、218

《薄唇》 218

《靖刀》 218

水上泷太郎 311、379

水守龟之助 369、378、379

水野仙子 335

水野叶舟 255、311、333、334、335

《放弃》 335

《回音》 334

《女作者》 335

《森》 334

《誓言》 335

《微温》 334

《御代》 334

顺天求合社 71

思案 219

司各特 22、87、88、240、249

《春江奇谈》 22、88

《湖上夫人》 88、240

斯宾塞 8、39、94、95

《天上美的赞歌》 39

《仙后传》 39

《社会平衡论》 94

《宗教进化论》 94

斯迈尔斯 74

《品行论》 74

《西方国家立志编》 74

《自助论》 74

《自由伦》 74

斯威夫特 22、88、152

《格列夫四岛记》 88

《格列夫游记》 88

《格列佛游记》 22

斯温伯恩 242

《死刑前的六小时》 139

寺山星川 156

《双鸳春话》 22

松村春辅 82

《复古梦物语》 82

松村介石 159、160

松村みね子（片山广子） 388

松岛刚 94

松冈国男（柳田国男） 242

松岗让 369

松井须磨子 59、63

松居松叶 141、267、268、386

《恶源太》 268

《敌国降服》 268

松濑青青 261

松崎天民 387

松田正久 86

松尾芭蕉 29、30、32、33、34、117、129、150、259、368

《古池》 150

松叶 219

苏德曼 59、273、303、341

《故乡》 59、341

随笔 22、29、31、39、72、74、105、131、164、238、264、271、308、346、385、388

《随在天神》 96

T

《獭祭书屋俳话》 263

塔索 294

太田玉茗 167、242

《太阳》 177、186、197、198、268、270、275、292

《太政官日志》 75

泰戈尔 358、359、382

泰纳 14、15

泰勤格 84

谈州楼燕枝　84

《岛鸻冲白浪》　84

炭太祇　263

汤白　20

《俄罗斯奇遇记》　20

汤浅半月（吉郎）　166、168、
　　241

《天地初发》　168

《十二石塚》　166

藤村千代子　368

藤井真澄　369、370、384、386

《超人日莲》　369

藤森成吉　369、373、377

《孩子》　377

《山》　377

《鼠》　377

藤田剑峰（藤田丰八）　274

藤田鸣鹤　22、43、76、89、
　　90、105、106

《文明东渐史》　90

藤泽清造　386

《天变地异》　78

天才主义　52、174、175、187、
　　189、253、290

天赋人权说　185

天弦（伸）　304、306、309

天野为之　88

田边太一　142

田村俊子　311、333、335

田村松鱼　205

田岛任天　95、106

《佛教灭亡论》　95

田冈岭云　52、184、274、275、
　　276

田口鼎轩　105、106、147、
　　162、163

《乐天录》　106

《日本经济论》　106

《日本开化的性质》　106、162

《日本开化小史》　106、162

《中国开化小史》　106、162

田口掬汀　205、223、275

《女夫波》　223

田口卯吉　94、105

田山花袋　8、32、49、50、55、
　　56、57、99、113、124、136、
　　165、203、205、212、217、
　　230、231、235、236、242、
　　280、289、290、291、298、
　　304、307、309、311、312、
　　314、319、320、321、322、
　　323、324、325、326、328、

338、370、371、372、388

《残雪》 372

《重右卫门的最后》 236、290、291

《东京三十年》 8

《发》 324

《故乡》 59、217、341

《隣室》 322

《露骨的描写》 55、236、291

《棉被》 56、291、321、322、324、325

《明治小说史》 165

《南船北马》 280

《蒲团》 29

《妻》 57、322、323

《日光》 280

《少女病》 298、322

《生》 57、322、323

《缘》 57、322、323

《乡村教师》 57、324

《现代的小说》 8

《小桃源》 217

《漩涡》 324、350

《一个僧人的奇迹》 372

《一个士兵》 322

《野花》 217

田园派 263

田园小说 217、223

田中纯 369、380

田中贡太郎 387

田中介二 311

田中王堂 309、380、381、382

田中智学 160、190、279、382

《宗门之维新》 190、279

条野采菊 82

《柳荫月朝妻》 82

铁昆仑 279

通口龙峡 300

通俗小说 2、48、133、233、369

《通俗伊索寓言》 88

樋口一叶 32、48、49、105、204、205、206、207、208、209、210、211、270、313

《暗樱》 208

《岔道》 105、209

《埋木》 208、270

《麦秆虫》 208

《亲自》 209

《青梅竹马》 49、204、208、209、210

《十三夜》 49、208、209

《五月雨》　208

《玉榉》　208

《浊流》　204、208、209

同人社　17、18、70

《同人社文学杂志》　77

同志社　18、71、79、80、95、104

《同志社文学》　159

《桐一叶》　52、59、145、264、265、266、267

《秃头》　219

《图谱解剖学》　13

屠格涅夫　46、135、136、137、231、237、270、287、303、320

《单相思》　270

《多余人日记》　101

《猎人笔记》　46、101、135、287

《罗亭》　237、270

《邂逅》　136

《幽会》　46、88、101、105、135、136、137、140

《浮萍》　270

《酒袋》　270

《犹太人》　270

《父母心》　270

《梦语》　270

《孽缘》　270

土方久元　142

土肥春曙　59、269

土井晚翠　53、238、239、244、245、246

《黑龙江上的悲剧》　246

《暮钟》　245

《天地有情》　245、246

《晓钟》　246

土岐哀果　58、338、386

土田杏村　380、383

土子金四郎　95

《哲学茶话》　95

托尔斯泰　79、163、187、224、273、284、359、360、363、364、368、381、382

《笛吹川》　224

《克鲁采尔奏鸣曲》　224

《冷热》　224

《邻家女》　224

陀思妥耶夫斯基　70、101、103、135

《罪与罚》　46、79、140、271

《团团珍闻》　78、83

颓废主义 339、350、351

W

洼田空穗 255、333、334

《白日田野》 255

瓦格纳 273

外山正一 8、43、77、88、
94、240

《可儿大尉》 240

丸冈九华 2、118

《万朝报》 183

《万国新闻》 75

万国宗教会议 160

万亭应贺 82

《释迦八相文库》 82

万延元年 74

《万叶》 34、256

万叶调 30、256

《万叶》风格 256

《万叶》精神 256

《万叶集》 30、31、32、34、
256

万叶调和歌 34

万有理教 192

王朝文学 253

王尔德 352

王阳明 313

微温派 370

威尔斯 360、361、388

《世界史》 388

《世界史纲领》 388

威尔逊 94

《历史哲学》 94

威兰德 146

威廉·詹姆斯 381

为永春水 24、42、80、82

《时代加贺鸢》 82

唯神学会 96

维斯 185

维尔倍克 18

维尔哈伦 240

《维氏美学》 89

唯美主义 28、41、61、303、
349、379

唯物主义 39、284、359

唯物论实证哲学 105

《伟人史丛》 163

尾崎红叶 2、7、8、27、32、
44、45、46、48、49、51、
100、110、111、112、113、
114、115、116、117、118、
119、120、121、122、132、

133、134、166、202、205、212、215、216、224、225、226、227、228、229、230、231、237、262、263、273、311、312、313、327、372

《八重绶带》 114

《剥皮蛋》 113

《不言不语》 114

《沉香枕》 114

《多情多恨》 51、114、225、226、228、229

《二人女房》 45

《风流京木偶》 112

《红子戏语》 112

《伽罗枕》 45

《江岛土产贝屏风》 112

《金色夜叉》 48、51、114、202、228、229

《两个尼姑的色情忏悔》 45、112、113

《两个妻子》 114、115、116、121、133

《模糊的船只》 113

《南无阿弥陀佛》 45

《拈花微笑》 113

《怒气钵卷》 112

《青葡萄》 114

《如此主人》 113

《三个妻子》 114、115、116

《少女博士》 112

《夏瘦》 113

《心中的黑暗》 115、117

《新色情忏悔》 114、115、117

《新体诗选》 166

尾崎红叶派 215

尾崎士郎 370

尾崎行雄（愕堂） 23、86、87、90、106

尾崎庸夫 43

尾上柴舟 250、255

尾上菊五郎 60、63、142

为艺术而艺术 104、114、129、206、286

魏德金德 60

《出发前半小时》 60

《文》 104

《文部省杂志》 78

《文库》 51、110、198、205、224、249、275、276、279

《文库》派 249

文化主义 62、382、384

《文学界》 34、46、80、125、126、127、128、129、130、131、138、141、155、156、170、174、205、319、336

《文学种种》 139

文艺革新会 290、300

《文艺俱乐部》 198、275

文艺协会 58、59、63、341

《文艺新闻》 223

文艺座 63

《文章世界》 292、307

文治主义 176

问题小说 377

倭铿 244、245

《我乐多文库》 2、45、104、110

乌兰德 239

乌托邦 364

乌托邦理想 364

乌有先生 150

无产阶级文学 222、355、382、383、384

无抵抗主义 363

无二教（Monism） 191

无名会 63

《无明》 385

无修饰的艺术 293

无修饰艺术 293

无所属派 205

无政府主义 186、370、380、385

无自觉文学 281

《芜村句集》 261

五十岚巴千 218、274、277

五事之诏敕 68

五七调 241

五五调 167、241

武岛羽衣 53、170、240、241、280

《小夜砧》 240、241

武林无想庵 369、385

武藤直治 383

武者小路实笃 35、345、346、362、363、364、366、368、383、386

《没见过世面的人》 365

《后来者》 365

《他的妹妹》 365

《幸福者》 365

《一个青年的梦》 365

《自己的人生观》 364

《物理训蒙》 78

物语小说 373

物质主义 181

X

希波尔特 15

西出朝风 386

西川百子 386

西川如见 12

《华夷通商考》 12

西村茂树 77、96

西村天囚 134、135

《回收站之笼》 135

西村天囚（时彦） 134

西村阳吉 386

西村真次 388

西多蒂 12

《西风颂》 246

西蒙斯 244、382

西南之乱 67

西南战争 11、41、42、69、84、85

西田天香 382

西条八十 386

西行 129、230

《西亚努斯》 140

《西洋血潮小风暴》 23

西洋哲学 161

西园寺公望 43、86

西周 76、77

《罗马字论》 77

希伯来语 168

希腊主义 253

《希腊古翁颂》 246

席勒 129、265

《华伦斯坦》 265

戏剧文学 52、58、60、142、143、144、145、266、267、268、339、386

戏剧文学革新 264、370

戏曲家 340

戏曲作品 365

细田民树 369、378

细田源吉 369、378

下村千秋 386

下町情调 379

夏尔·波德莱尔 336

夏目漱石 4、28、33、57、99、169、291、292、301、302、303、307、309、311、345、346、348、349、352、354、365

《草枕》 28、347

《春分之后》　347

《从此以后》　347

《二百一十日》　347

《哥儿》　347

《幻影之盾》　348

《坑夫》　347

《伦敦塔》　348

《门》　57、347

《明暗》　347、348

《三四郎》　57、347

《文坛平等主义的代表人物沃尔
　　特·惠特曼》　169

《我是猫》　28、57、99、347

《心》　347、348

《行人》　347

《虞美人草》　57、347

夏目漱石一派　28、291

《先代萩》　142

显克维奇　274

现代物质文明　354

现代小说　220、323、376

现实的文学　201

现代女性的倾向　335

现实主义　54、55、59、79、
　　101、120、144、170、173、
　　174、181、200、270、271、
　　272、273、280、284、303、
　　326、343、355、356、360、
　　362、377、381

乡土文学　334

香川景树　30

《香港新闻》　74

香取秀真　258

享乐哲学　382

享乐主义　61、183、306、332、
　　344、350、381

飨庭篁村　32、46、126、132、
　　156

《丛竹》　46

《当代商人气质》　132

向上主义　191、192

相马泰三　369、378

相马御风　58、255、281、292、
　　306、309、338、353、380、
　　387

《凡人净土》　381

《还原录》　381

《瘦犬》　338

相田隆太郎　383

象征诗　248、336、337、338

象征主义　55、59、272、292、
　　305、306、336、377

萧伯纳 361

小川未明 8、311、345、353、370、384、385

《不说话的表情》 354

《朝着他们的去向》 385

《愚钝的猫》 354

小岛德弥 383

小岛乌水 205、275、280

《扇头小景》 280

小岛政二郎 383

小幡笃次郎 78

小宫丰隆 292、354、307

《淡雪》 354

《烙印》 354

小金井喜美子（小金井君子）125、141、170、271

小栗风叶 48、49、50、56、110、205、206、215、216、217、221、231、237、270、311、322、325、331、332、372

《肚脐日记》 216

《龟甲鹤》 215

《黑装束》 216

《极光》 331

《觉醒之恋》 56

《恋爱鲨》 331

《恋慕流》 49、216

《凉炎》 216

《鬓下地》 49、216

《青春》 56、237、270、331

《十七八》 49、216

《苏醒女人》 216

《天才》 331

《晚妆》 215

《未成年》 216

《沼之女》 216

《政弩》 50

小林一茶 30、33

小品文 107、120、334

小牧暮潮 249

小山内薰 35、60、304、333、334、341、386、388

《大川端》 334

《窗》 334

《蝶》 334

小杉天外 49、50、205、217、219、231、232、233、234、235、237、289、290、346

《暗紫色》 232

《初姿》 50、232、289

《咖啡店》 232

《改良若殿》 50、218

《恋与恋》 232

《流行歌曲》 232、233、290

《乱发》 232、253、255

《魔风痴情》 233

《女儿心》 232

《奇病》 218

《拳头》 233

《蛇莓》 232

《长者星》 233

《卒塔婆记》 218

《左绳》 232

小室案外堂 23

《小说萃锦》 45、104

小说界 44、45、63、114、133、142、166、197、206、218、231、237、300、318、332、369、381

《小说文库》 45

小松原英太郎 106

《小天地》 198

《小学唱歌集》 89

小野梓 77、106

小中村义象 97

小仲马 20、272

《茶花女》 272

写生文 279、280、291、335、353

写实派 121、215、242

写实性自然主义 295

写实主义 2、40、44、50、55、98、99、111、114、133、208

谢林 185

《心海》 159

《心的解剖》 219

心理小说 204、206、228

《心情日记》 280

新兵制 65

《新潮》 198、244、378

新村 365、367

新岛襄 18、71、78、79、80

《新妇女》 44

新关良三 388

新机运 1、37、381、318、344、384、385、386

新技巧派 374

新井白石 12

《西洋纪闻》 12

新井纪一 370、384、385

新居格 383

新康德派 359

新浪漫主义 41、345、349、352、354、355、370

新浪漫主义的倾向 370、378

新理想主义 61、62、308、345、356、363、368、269

新理想主义文学 291、354、355、356、362、363、366、381

新理想哲学 359

新内情调 335

新俳境界 260

新俳句趣味 280

新俳人 260

新俳书 260

《新评论》 387

《新社会》 184

《新声》 51、55、198、205、224、236、249、274、275、276、279、291、312

新声社 88、125、126、128、141、167、236、280

新声社系统 205

新诗歌 146、166、169

新国文 97、166、169、170

新史剧 264、265、266、267、341

新式戏剧文学 143

新体诗 7、8、27、29、43、56、73、88、108、130、131、161、166、167、195、338、240、241、250、336、338、339

《新体诗抄》 8、43、88、166

《新体诗歌集》 240

《新闻事略》 75

新闻小说 222、230

新文化 10、11、12、14、15、16、36、63、68、69、71、74、76、77、81、82、83、179、350

新文化创造 3

新文体 72、365

新文学 10、23、26、27、28、40、42、44、54、80、85、86、92、118、119、125、147、160、166、173、174、198、274、345

新文化的世纪 10、11

新文学世纪 11

《新文学志》 45

《新文艺》 275

新小说 27、43、44、98、220

《新小说》　45、56、104、
　　198、267、275、300
新现实派　371、373
新现实主义　370
新现实主义派　370
新现实主义文学　355、369、
　　373
新兴文坛　57、218、224
《新约圣经》　95
新兴文学　37、38、346
新兴文艺　319
新英雄主义　359
新乐剧　340
新主观主义倾向　377
《新著百种》　45、104、112、
　　120
《新著月刊》　198、267
欣德曼　271
《名誉夫人》　271
星堇风格　252
星堇主义　252
星野天知　128、131
《纳骨堂彻悟有限》　131
《忧柔树》　131
《醒草》　32、198、275
兴味本位　111

幸德秋水　183、184
幸堂得知　132
幸田露伴　8、32、45、46、
　　51、105、119、120、121、
　　122、124、125、132、134、
　　174、205、224、229、230、
　　275
《大胡子男人》　229
《二日物语》　51、229、230
《风流佛》　45、120、121
《风流微尘藏》　120、229
《胡须郎》　120、121、125
《菊之滨松》　229
《露团团》　45、120
《梦中日记》　120
《天宇都浪》　230
《滔天浪》　52
《尾花集》　125
《五重塔》　45、119、120、
　　121、122、124
《新浦岛》　51、229、230
《血红星》　120、121、125
《艳魔传》　120、121
《一个人睡》　229
《一口剑》　105、120、121
《缘外缘》　120、121

《枕头山水》 120

《竹叶舟》 229

熊本之乱 67

修辞论者 156

须藤南翠 83、90、91、100

《绿蓑谈》 90

《新妆佳人》 90、91、100

虚饰文学 293

虚无主义 306、333、370、385

悬赏小说 334

雪莱 238、239、246

Y

《亚细亚》 108

雅俗折中体 111、115、116、117

雅语 141、262

言情文学 370、378

言文一致 45、51、103、112、113、226

言文一致体 108、111、112、115、116、138、203、230

岩本善治 157、159、160

岩谷小波 45、110、118、219、262、263

《夫妇贝》 118

《黄金丸》 118

《堇日记》 230

《友禅染》 118

岩仓具视 41、69

岩野泡鸣 35、56、57、168、249、292、305、306、311、331、332、336、338、340、370、371、380、381、386

《悲痛的哲理》 381

《耽溺》 57

《发展》 332

《放浪》 332

《丰太阁》 249

《斧头福松》 340

《附体》 371

《喝毒药的女人》 371

《黑暗的杯盘》 338

《火焰舌》 340

《露霜》 249

《盆地》 332

《神秘的半兽主义》 292、306

《田户之海主人》 249

《征服者被征服者》 371

盐井雨江 240、241、250、280

《海滨的笛竹》 241

演艺矫风会 142

砚友社　2、27、44、45、49、51、56、100、104、109、110、111、118、119、120、126、132、133、199、205、224、236、262、300

砚友社派　111、112、117、125、129、205、207、230、311、312、313、325

《洋洋社谈》　77

阳明学派　161

杨朱　152

耶和华　365

野口米次郎　379、387、388

野吕元丈　13

《和兰本草和解》　13

野上丰一郎　388

野上弥生子　333、335、371

《新的生命》　335

一念三千　365

《一千零一夜》　88

"一位论派"协会　183

一元描写　371

伊达朴堂　274

《高尔基》　274

伊东专藏　83

伊丽莎白女王时期　37

伊藤贵麿　385

伊藤靖　386

伊藤蓉峰　33

《堀川波之鼓》　33

《恋八卦柱历》　33

《冥途飞脚》　33

《天网岛》　33

《心中宵庚申》　33

伊藤玄朴　15

伊藤证信　175、190

《无我之爱》　175

伊藤左千夫　34、258、291、333、335

《野菊之墓》　335

伊原青青园　218、268

伊豫松山　260

依田学海（百川）　134、143、145、264

《侠义美人》　90

《那智泷誓文觉》　143

《拾遗后日连枝楠》　143

《文觉上人劝进账》　143

《以良都女》　44、104

艺术座　63

艺术主义　176

易卜生　59、60、187、294、

303、340、341

《博克曼》 60

《社会的敌人》 268

《玩偶之家》 59、269、341

《易卜生的社会剧》 268

《约翰·盖勃吕尔·博克曼》 341

吟唱民谣诗 56

印象批评 5

印象评论 307、309

印象派自然主义 321

英国风格 335

樱井天坛 304

樱田治助 26、29

《颖才新志》 78、228

硬文学 104

永井荷风 57、61、205、231、233、234、235、272、290、306、345、349、350、351、352、354、370、371、379、386、388

《地狱之花》 233、234、290

《法国物语》 350

《红茶之后》 351

《哈桑汗的妖术》 371

《欢乐》 57、303、350

《冷笑》 57、350

《没有爱的人们》 371

《梅历》 351

《牡丹之客》 351

《美国的故事》 57

《美国物语》 350

《新桥夜话》 351

《异端者的悲哀》 371

《忧愁之门》 371

《隅田川》 351

《正因为有爱》 371

《幽会》 46、88、101、105、135、136、137、140

幽玄主义 259

《邮便报知新闻》 75、76

游荡文学 61、132、220、222

游荡小说 222

游戏本位 111

游戏文学 293

《游子》 280

有岛生马 369、379

有岛武郎 345、366、367、368、386

《吃又平之死》 367

《断桥》 367

《该隐的末裔》 367

《给幼小者》 367

《凯旋》 367

《闷热的秋天》 367

《普通人的信》 367

《死的前后》 367

《实验室》 367

《石头下的小草》 367

《御柱》 367

有贺长雄 94、95

《社会进化论》 95

《哲学辞汇》 95

右倾派 1、2、6、383、384、387

幼稚主观派 119

余情 262

余味 262

余裕 28、291、301、302

余裕派 291、301、348

余裕小说 302、303

《于母影》 125、126、167

于斯曼 300

与谢芜村 29、30、32、33、259、260、261

与谢野晶子 53、252、253、254、255

《乱发》 232、253、255

《小扇》 255

与谢野铁干（宽） 53、240、241、249、250、251、252、253、256

《东西南北》 240、241

《天地玄黄》 241

《源九郎义经》 249

《紫》 249

宇田川文海 135

宇野浩二 369、373、378

《仓库里》 378

《苦恼的世界》 378

雨果 21、139、242、275、273、284

《巴黎圣母院》 21、272、273

《悲惨世界》 21、272

《英雄的肝胆》 21

寓意小说 135、229

元良勇次郎 117

元良勇太郎 190

元禄文学 38、115

原抱一庵 141、272

原久一郎 388

原田实 383

《源氏物语》 150、207

《猿蓑》 261

474

《远近新闻》 75

远山谛观 382

约翰·斯图亚特·穆勒 383

约翰彦 75

约·吉鲁·维龙 89

《维氏美学》 89

约瑟夫彦 75

《月球旅行》 43

《云中语》 275

Z

杂谈文学 355

杂文 7、42、76、84、132、264、279、360、387、389

《在国民之日本史》 388

早稻田派 33、52、156、188、205、218、262、378

早稻田系统 205

《早稻田文学》 32、33、45、56、100、104、140、145、149、181、218、241、264、268、275、277、278、291、295、298、306、307、308、334、383

《早稻田学报》 185

《藻盐草》 75

则天去私 346、365

《增补獭祭书屋俳话》 263

《栅草子》 46、104、144、148、150、198

斋藤良恭 21

斋藤绿雨（正直正太夫） 49、47、50、126、132、155、156、164、205、211、218、219、275、280、281

《备忘录》 280

《感想录》 280

《给鸥外渔史》 164

《油地狱》 132

《捉迷藏》 46、132

詹尼斯 19

哲理性自然主义 295

哲学小说 385

《哲学杂志》 95、104、185

《真理》 159

真山青果 59、325、331、332、340、386

《癌肿》 332

《不生女的一生》 332

《第一人者》 59、340

《茗荷田》 332

《南小泉村》 332

《青果集》 56
《如果没有出生的话》 340
侦探派 133
《侦探尤贝尔》 46、139
侦探小说 46、133、140、190
《枕草子》 29
正富汪洋 387
正冈子规 29、33、34、53、
　　108、241、256、257、258、
　　259、260、261、262、263、
　　280
《芭蕉杂谈》 260
《灯火12月》 260
《灯影》 280
《墓》 280
《男女句合12月》 260
《耙子和灯笼》 280
《俳人芜村》 260
《俳谐大要》 260
《死后》 280
正冈艺阳 275
正派小说 220
正宗白鸟 8、33、35、56、
　　274、292、304、307、311、
　　325、328、329、331、333、
　　334、370、371

《到何处去》 329、330、331
《毒》 331
《毒妇般的女人》 371
《尘埃》 56
《两个家族》 329、331
《落日》 329
《普普通通》 329
《泥娃娃》 331
《徒劳》 329
《微光》 331
《妖怪画》 329
政教社 96、104、108、109、
　　157
政治小说 27、43、86、90、
　　91、92、141
《政理丛谈》 85
织田纯一郎 22、43、87
植村正久 159
志贺重昂（矧川） 96
《日本风景论》 109
志贺直哉 368、369、373、374
《到网走去》 373
《正义派》 373
《和解》 373
《暗夜行路》 373
中村花瘦 110、118

中村湖村　287

中村吉藏（春雨）　35、59、
　　135、275、304、340、386、
　　388

《牧师之家》　59、340

《无花果》　51、223

中村吉右卫门　60

中村敬宇（正直）　18、19、
　　68、69、70、73、74

《西国立志篇》　42

中村星湖　292、333、334、
　　373、377

《丢失的戒指》　377

《火》　377

《漂泊》　334

《少年行》　334

《星湖集》　334

中村武罗夫　369、378

中岛孤岛　274、388

中岛茂一（孤岛）　388

中岛清　388

中古无涯　205

中谷德太郎　370

《孔雀夫人》　370

中国趣味　239

中国文学式　349

《中国文学大纲》　277

中户川吉二　369

中间派　206、215、217、219

中江兆民　10、43、86、89、
　　90、105、191

《法兰西革命前200年纪事》
　　105

《理学钩玄》　106

《三醉人经纶问答》　105

《泰西理学小史》　106

《一年有半》　105

中内蝶二（中内义一）　274

中山昌树　388

中山得十郎　14

《长崎波留麻》　14

《兹弗波留麻》　14

中山启　387

中世文化　171

中条百合子　369

《中外新闻》　75

中西梅花　122、167、168

中西伊之助　370

《中央公论》　104、198

中泽临川　309、320、380、382

塚原涩柿园　22、46、134、230

《五月女坂》　230

 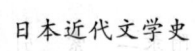

塚越停春（楼） 107、147、163

《近松门左卫门》 163

仲马 20

《基度山伯爵》 20

《西洋复仇奇谭》 20

舟木重信 369

竹柏园派 258

竹柴其水 143

竹内玄同 15

《竹取物语》 340

竹田出云 25

竹越三叉 107、147、163、165、279

《二千五百年史》 107、165

《麦考莱》 163、165

《新日本史》 165

竹越与三郎 50、94

主观派 154

筑波会 262、263

《转型期的文学》 9

传记小说 371

庄子 152

准亭 23

姉崎嘲风 161、275、276、279

资产阶级趣味 382

资产阶级意识 382

子规派 33

自然派 318、322

自然主义 7、28、32、40、41、53、54、55、56、57、58、60、61、63、131、176、204、209、216、217、225、231、233、235、236、237、278、282、283、284、285、286、287、288、289、290、291、292、293、294、295、296、297、298、299、300、301、302、303、304、305、306、309、310、311、312、313、314、316、321、323、324、325、328、331、332、333、334、335、336、338、339、340、341、342、343、344、345、346、347、348、349、350、351、353、354、355、359、361、363、364、368、370、372、379

自然主义倾向 55、126、204、215、225、233、284、293、294、325、331、335、338、348

自然主义思想　284、293、
　　305、306

自然主义式的象征主义　305、
　　306

自然主义文学　2、21、54、
　　56、281、282、284、285、
　　286、287、288、289、291、
　　294、303、311、325、343、
　　353、354、362、381

自然主义运动　56、306、307、
　　308

自由党　51、86

《自由凯歌》　23

《自由基督教》　159

自由诗　336

自由诗社　338

自由史论　163

自由史传　163

《自由新闻》　183

宗教观念　338

宗教评论　159、279

宗教倾向　368

宗教情操　368

宗教思潮　292

宗教文学　8、72、355

宗教小说　222

宗教意识　299

《宗教与文学》　159

左拉　21、33、50、54、147、
　　231、232、233、234、235、
　　236、271、272、273、284、
　　287、288、303、324

《卢贡-马卡尔家族》　234、
　　324

《娜娜》　21、232、272、273

《世界第一美人》　21

《战尘》　271

《洪水》　272、273

《三名城》　324

左拉主义　217、231、233、
　　234、280、289、350

"左倾派"　1、2、6、387

佐贺之乱　41

佐藤春夫　350、369、373、
　　376、377、387

《美丽城市》　377

《田园的忧愁》　377

《星》　377

《指纹》　377

佐藤红绿　33、262、335、386

《脚炉》　335

佐藤绿叶　379

《黎明》　379

佐藤橘香（义亮）　205、275

佐藤惣之助　287

佐野天声　59、340

《不死的誓言》　340

《大农》　59

《东京朝日新闻》　332、340

《富农》　340

《意志》　340

佐野学　383

佐佐木味津三　386

佐佐木信纲　53、170、258

《日本歌学全集》　170

佐佐木指月　387

佐佐醒雪　262、263、264

译后记

这本译著的原作是日本现代著名学者高须芳次郎的《日本现代文学十二讲》，为新潮社"思想·文艺讲话丛书"的一种，初版于1924年（大正13年）。我们依据的版本有所修订，是1930年新潮社出版的第8版。

作者高须芳次郎（1880—1948），又名高须梅溪，日本近现代著名文学评论家、作家、翻译家。1906年毕业于早稻田大学英文系，明治末期、大正年间活跃于文学界和评论界，写作文艺评论、时事评论、散文、散文诗，出版散文集《暮云》（1900）、《青春杂笔》（1906）、《我的散文诗》（1906）、《苍空：小品文集》（1917）、《在美的废墟上崛起起》（1920）和史传作品《平家的人们》（1907）等；文学评论著作主要有《水浒传故事》（1903）、《日本名文鉴赏》（1911）、《江户情调与恶的赞美》（1918）、《文章大辭典》（1920）、《日本近世文学十二讲》（1923）、《日本现代文学十二讲》（1924）、《古代中世日本文学十二讲》（1930）、《烂熟期·颓废期的江户文学》（1931）、《明治大正昭和文学讲话》（1933）、《明治文学史论》（1934）、《近代文艺史论》（1935）、《中国文学十五讲》（1939）、《文章做法问答》（1937）、《人的文学与高山樗牛》（1943）等；历史文化方面的主要著作有《妇女日常座右铭》（1911）、《中学生诸君》（1912）、《十八世纪史》（1916）、《十九世纪史》（1917）、

《平安时代》(1922)、《东洋思想十六讲》(1925)、《从老子到庄子》(1926)、《日本名著解题》(1928)、《日本思想十六讲》(1928)、《小池国三传》(1929)、《以中国文化为中心》(1931)、《明治大正五十三年史论》(1934)、《日本精神的传统》(1941)、《海的二千六百年史》(1940)、《藤田东湖传》(1941)、《日本文化史论》(1941)、《日本思想读本》(1942)、《日本女性读本》(1942)、《水户学辞典》(1942)、《物语大日本史》(1942)、《孔孟思想讲话》(1942)、《近世日本儒学史》(1943)、《老庄思想读本》(1944)等。昭和时期以主要精力从事"水户学派"研究，编辑《水户学全集》(1933)，撰写了系列相关学术著作，同时在大学执教，1948年逝世。

从他的著述可以看到，高须芳次郎学识渊博，对汉学、西学和日本传统国学都有相当的造诣，自由穿梭于文学、历史、宗教、哲学各个领域。他的宏阔学术视野和多学科交叉研究特点也体现在《日本现代文学十二讲》中。著作生动、系统地论述了日本近代（明治、大正）文学的演变和发展，对日本传统文学的近代转型，新文学因素的发生与发展，新文学思潮和运动的展开，近代诗歌、小说、戏剧、散文、翻译文学、文学理论各文类的新倾向和重要作家都做出了富于见地的评述。著作有几个鲜明的特点：

（一）视野宏阔。作者将日本近代文学摆在东、西文化冲突的整体格局中考察，深入探讨近代日本文学与日本传统文学和文化、西方文学和文化、中国文学和文化之间的关系，而且在哲学、宗教、政治、心理、社会、教育等多学科的跨越与联系中考察文学思潮和文学现象，体现出一种多元联系、宏观整合的文学史观。

（二）鲜明的学术个性。作者是当时活跃文坛的作家和评论家，与同时代的许多诗人、作家、文学评论家有着直接的交往，熟悉了解他们的生活经历、思想情感和创作状态。所以著作以作者直接参与当时文坛活动的鲜活感受和大量的第一手材料，饱含历史见证的激情，具有鲜明的学术个性。

（三）丰富翔实的材料。著作大量运用当时的期刊、论著和作品中的材料，对主要作家的代表性作品都有中肯的评价和论述，对近代日本文学的思潮发展、门派传承、文体流变、作家个性都有清晰的梳理和准确到位的分析。评论和判断，都以材料为依据，论从史出。为当代的文学写"史"，能有这样的史识和见解，实属不易。

（四）在比较中突出对象特点的分析方法。作者在论述作家作品或文学现象时，往往将具有相似性、相关性的对象联系起来，放在一起论述，突显各自的特点。体现了作者擅长以多维联系的思维方式把握事物的特点，这样的分析方法往往使论述功效事半功倍。

总之，原著在文学演进与社会文化互动中论述日本近代文学，学术视野开阔，评价精准确切，文字表达流畅，是一本既有学术深度，又具有可读性的文学史论著作。原著虽然用的《日本现代文学十二讲》这样的题目，但不是一般的介绍性讲义，而是以历史的眼光，审视、分析明治、大正时期的文学现象，通篇渗透着史识和客观理性的精神。日本的明治、大正正是我们称之为"近代"的历史时期。所以，我们将著作题目译成《日本近代文学史》，将其中的"十二讲"相应地译成十二章。

原著在20世纪二三十年代中国学者论述日本近代文学时成为重要的参考，如谢六逸的《日本文学史》、郑振铎的《文学大纲》都是把这本著作当做重要的参考文献，其中的一些观点和论述直接影响了他们的著作。从这一角度来看，翻译本著对研究日本文学在中国现代的传播也有重要的学术价值。

国内翻译日本的"近代文学史"相关著作有两种：其一是吉田精一著、齐干翻译的《日本现代文学史》，由上海人民出版社 1976 年出版。该著近代、现代混用，虽名为"现代"，实际上是将明治维新以后至二战后日本一百余年的文学分五个阶段进行粗线条的梳理，对日本近现代文学的主要现象和作家作了精炼而有深度的分析。但以 16 万字（译成汉语）的篇幅论述百余年的文学，只能突出主线，略去大量细节；一些作家作品、重要文学现象只能一笔带过。其二是长谷川泉著，郑钦民翻译的《近代日本文学思潮史》，由译林出版社 1992 年出版。该著从"文学思潮"的层面，对明治维新一直到二战后的 23 个文学思潮（从启蒙文学、写实主义、拟古典主义、浪漫主义、自然主义……战后派文学、民主主义文学、传统派文学等）发展的基本情况作出分析介绍。汉语译本仅 10 余万字。

与上述两本同类译著相比，这本《日本近代文学史》涉及的是明治、大正六十来年的文学发展与演变，篇幅却有 30 多万字，自然比吉田精一和长谷川泉的著作论述更为细致，材料更为丰富。更重要的是作者是当时文学活动的直接参与者，有大量亲身所见所感的生动事实，加之作者具有中学、西学的深厚素养、视野开阔、思维敏锐，既能深入其里，又能超乎其外；既有感性的生动细节，又有理性的规律把握。译著能为我国读者学习研究日本近代文学，提供一本在极大程度上还原当时文学发生发展语境的最佳著作，从而促进我国的日本近代文学研究。

我获得原著还有一段故事。那是 30 多年前的 1985 年，当时上海师范大学中文系受教育部委托，主办首届"世界文学助教进修班"，全国 20 多所高校从事外国文学教学的 32 位青年教师，齐聚上海师大进修，研读世界文学硕士课程。是时上海师大外国文学教研室师资力量雄厚，以著名学者、翻译家朱雯为首，有李金波、秦得儒、朱乃长、王秋荣、梅希泉、陈伯通、杨国华等一批学界知名的专家学者，不仅他们为进修班上课，还邀请了沪宁两地的著名学者讲学，如方平、钱春绮、草婴、倪蕊琴、许汝祉、赵瑞蕻、余秋雨等先生都给进修班上过课。来自各地的青年教师求知若渴，在浓郁的学习氛围中切磋交流，讨论学术问题，探寻研究方向，取长补短，相互促进。当时上海福州路两侧是各种各样的书店，那里是进修班学员周末经常光顾的地方，一旦发现期待的书，那种兴奋和激动难以言表。大家不仅选购自己需要的图书资料，也关注其他同学的需求。

同居一室的刘有元兄在福州路一旧书店发现了《日本现代文学十二讲》，回校后告知我，我立马乘公交车赶到书店，以2.50元的价钱买下了它。翻开扉页，令我惊讶，一方娟秀的朱印，刻有"葛祖兰印"四字，旁边手书一行："19/10/24日內山書店にて之を買ふ"，这是书的原主人葛祖兰记录购书时间和地点的题款，即民国19年（1930年）10月24日购于内山书店。"内山书店"，早就从学习鲁迅作品中知道了日本人内山完造在上海的书店及其对现代中日文学、文化交流发挥的作用；"葛祖兰"是20世纪初留学日本早稻田大学，后来任商务印书馆编辑，编译了不少日本语言文学的读物，以翻译、写作俳句著称的著名学者。印章和题款增加了这本旧书的文化含量。

随后翻阅了目录，我意识到这本著作的价值，就有一种翻译成汉语出版的愿望。在以后的日本文学学习与研究中，从中获益不少。这次天津外国语大学比较文学研究所组织翻译出版"比较文学研究译丛"，总算有机会实现多年的夙愿。为保证翻译质量，我邀请天津外国语大学日语学院的杜武媛教授、天津师范大学外国语学院的李建华教授参与本著的翻译。具体分工是黎跃进翻译作者序、第一至第四章和年表，杜武媛翻译第五、六章，李建华翻译第七至十二章；杜武媛对全书做出原文校阅；黎跃进对全书进行润色校阅，对书中首次出现的人名增补生卒年号，首次出现的书名增补初版时间，还对书中背景性的人物、事件和专门术语加以注释。为了便于读者阅读使用本著，还约请天津工业大学图书馆的李宝东，编制了"索引"。

  翻译是两种文化的对话。对话难免会有误听误判，希望学界同仁和读者指正，以期修订完善。这里要感谢为本书的翻译、出版付出努力的各位，感谢天津外国语大学"求索译丛"编委会和比较文学研究所，感谢中央编译出版社为译稿出版提供的资助和辛勤劳动！

黎跃进

2016年7月8日于天津西郊